KB040369

SFnal

Vol.1 2021

THE YEAR'S BEST SCIENCE FICTION vol. 1

HE
EAR'S
BEST SF

스에프널 2021

SFnal

Vol.1 2021

전 세계 최고의 신작 SF가 한자리에 모이다!

L. 황
리우
드 창
렉 이건
롤라인 M. 요킴
카 올더
리스 솔라 김
쑹
리자베스 베어
피아 레이
다 리
넬로 온왈루
다나 싱
리 제인 앤더스
비아스 S. 버켈

상훈 장성주
중서 이동현 옮김

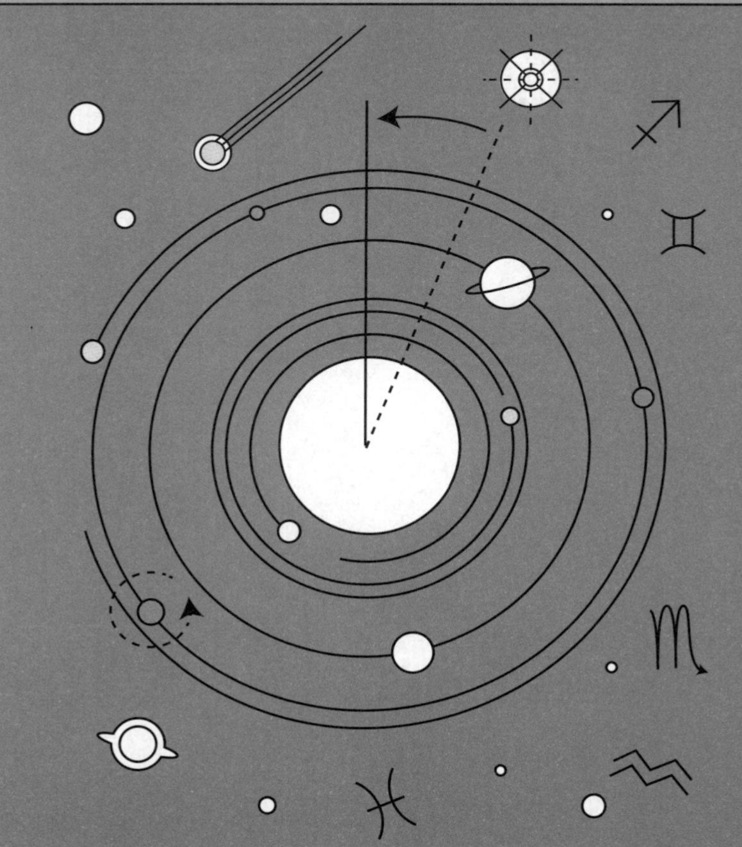

FOR
SF FAN

테드 창" "켄 리우" 최신작 수록!

2020 휴고상·로커스상 최종 수상작,

2020 휴고상·네뷸러상·로커스상 최종 후보작 수록!

허블

차례

내 마지막 기억 삼아

S. L. 황

장성주 옮김

S. L. Huang

As the last I May Know

S. L. 황은 아마존닷컴 베스트셀러 작가로서 수학 천재 슈퍼 영웅이 등장하는 특이한 소설을 쓰며 매사추세츠 공과대학교 수학과 졸업장을 보람차게 활용한다. 〈캐스 러셀Cas Russell〉 시리즈인 장편소설 『제로섬 게임Zero-sum Game』과 『공집합Null Set』, 『임계점Critical Point』을 발표했으며, 시리즈에 속하지 않는 첫 경장편소설 『불타는 장미들Burning Roses』이 2020년 출간됐다. 황의 단편소설은 《아날로그Analog》와 《스트레인지 호라이즌스Strange Horizons》, 《판타지 앤드 사이언스 픽션F&SF》을 비롯한 여러 잡지에 실렸다. 황은 할리우드에서 스턴트 연기자 겸 무기 전문가로 활동하며 〈배틀스타 갤럭티카〉와 〈호프 키우기Raising Hope〉 등의 드라마에 출연했다. 열혈 드라마 팬으로서 가장 뿌듯했던 순간은 배우 네이선 필리언에게 살해당하는 장면이었다고 한다. 업계 최초의 여성 무기 전문가인 황은 숀 패트릭 플래너리와 제이슨 모모아, 대니 글로버 같은 배우들과 함께 일했으며 리얼리티 프로그램 〈특등 사수Top Shot〉와 〈경매 사냥꾼들Auction Hunters〉 등에도 무기 전문가로 참여했다.

홈페이지 주소: slhuang.com

SF-Fan

S. L. Huang

As the last I May Know

시위 군중은 몰아치는 눈보라를 꿋꿋이 뚫고 터벅터벅 행진하는 동안 수가 점점 늘었고, 추위에 맞서 꽁꽁 싸매느라 둥글둥글해진 모습이 단호하게 전진하는 딱정벌레 떼 같았다. 느슨한 원을 이룬 채 앞서거니 뒤서거니 행진하는 동안 사람들의 고개는 삭풍을 못 이기고 수그러졌지만, 목소리는 점차 하나가 돼 의기양양하게 울려 퍼졌다.

아이들을, 죽이지 마라, 낡은 무기를, 없애라!

우리 모두, 우리 손으로, 무너지기, 전에!

지상으로부터 3층 위의 다락방 창문을 통해, 나이마는 터덜터덜 행진하며 구호를 외치는 군중을 지켜봤다. 구호가 썩 훌륭하지는 않다는 생각이 저도 모르게 떠올랐다. '낡은 무기를 없애라'는 운을 맞추기가 그리 힘든 말도 아니었건만. *두려움을 이겨내자, 이 시대를 바꿔*

보자, 아이들을 웃게 하자 같은 말도 있는데…

나이마는 유리창에 이마를 기댔다. 유리의 감촉이 싸늘했다.

등 뒤의 문간에 스승이 들어서는 기척은 그때까지도 알아채지 못했다. 사실 스승인 테지는 나이마에게 몇 번인가 말을 건네려고 입을 열었지만, 그때마다 싸늘한 공기만 들이마시고 입을 다물었다. 테지는 피치 못할 경우가 아니면 스스로를 속이지 않는 사람이었는데, 그런 그가 이제 벗어날 길 없는 환상 속의 윤리적 갈등에서 자기 자신을 이기려 발버둥 치는 중이었다.

그는 그 싸움에서 졌다.

"네가 볼 만한 광경이 아니다." 테지가 나이마에게 말했다. 평화의 기도가 무색하게도, 다락방은 얼어붙을 듯이 싸늘했다. 테지는 기다란 겉옷의 소맷부리로 손을 덮으며 나이마가 어째서 추위에 떨지 않는지 궁금해했다.

아이들은 늘 그렇게 굴하지 않았다. 굴하는 법을 아예 몰랐다.

"이제는 제가 할 일인데요." 나이마는 창밖을 보며 말했다. 말은 흐릿한 입김으로 유리에 새겨졌다.

"반드시 해야 하는 건 아니란다." 일단 말문이 트이자 테지의 입에서는 말이 술술 흘러나왔다. 아이의 마음을 옭아매 이 방에 묶어두고 싶기라도 한 듯이. "너도 알지, 그렇지? 네가… 네가 싫다고 하면 그만이야."

나이마도 알았다. 스승들이 가르쳐줬으므로. 선택은 늘 나이마의 손안에 있었다. 그러나 스승들은 나이마의 임무가 어째서 그토록 중요한지, 그 임무를 어째서 어린아이가 맡아야 하는지 또한 가르쳐줬다. 나이마가 아니면 나이마의 같은 반 친구 가운데 한 명이 맡아야 했다.

그리고 나이마는 스승들의 말을 믿었다. 아이는 **교단**과 교단이 상징하는 모든 것을 믿었다.

죽는 것은 두려웠다. 몹시도. 죽음이라는 관념은 그야말로 터무니없이 거대하고 막막해서 머릿속에 다 담기조차 버거웠다. 그러나 믿음을 무너뜨릴 만큼 두렵지는 않았다. 적어도 제비뽑기에서 이름이 뽑힐 당시에는 그렇지 않았다.

물론 뉴스 게시판은 애초에 나이마가 그런 운명을 택하도록 놔두지 말아야 한다는 의견과 교단이 낡은 방식을 따른다는 비난으로 가득했다. *열 살짜리 아이는 이런 일에 동의하기에는 너무 어리다. 아이들은 스스로 그런 결정을 내릴 능력이 없다. 비인간적이다!* 그런 사람들 가운데 일부는 교단이 해체하기를 바랐다. 개중에는 어른들만, 즉 세상을 구하기 위한 희생에 동의할 능력이 저절로 생기는 마법의 문턱을 넘은 사람들만 교단의 지시를 따라야 한다고 주장하는 이도 있었다.

그들 가운데 교단의 전통을 난도질하는 김에 아예 이 나라가 잔뜩 보유한 낡은 미사일까지 함께 해체해야 한다고 보는 사람은 극히 적었다.

"스승님께서 가르쳐주셨잖아요." 나이마가 테지에게 한 말이었다. "이게 중요한 일이라고요. 저희가 중요하다고."

네 목숨만큼 중요하지는 않아. 테지는 그렇게 외치고 싶었고, 제자가 아니라 친딸처럼 나이마를 꼭 안아주고 싶었다. 그것이 자신이 싸워서 지키고자 했던 전부를 올올이 저버리는 짓이라 해도. "반드시 너

여야 하는 것은 아니야." 그는 가까스로 그렇게만 말했다. "설마 이렇게… 이렇게 될 줄은 우리도 몰랐단다. 너는 거절한다고 말해도 돼. 그 사람한테."

나이마는 창가에서 돌아섰다. 뽀얀 얼굴에 주근깨가 까맣게 도드라졌고, 눈은 얼굴의 위쪽 절반을 차지할 듯이 커다랬다. "저는 그 사람이 무서워요." 나이마의 목소리는 나지막했다. "같이 가주실래요? 제가 그 사람 앞에 불려 갈 때, 그렇게 해주실래요?"

그 말에 테지는 돌아설 수밖에 없었다. 스승이 우는 모습을 보는 것이 나이마에게 도움이 될 리 없었으므로.

오토 한이 대통령 선거에서 이기리라 예측한 사람은 없었다. 한은 조용하고 승산 없는 후보였고, 다른 경쟁자들이 시끄럽게 떠들다가 제 말에 걸려 쓰러지는 동안 묵묵히 자기 순위를 지킨 끝에 맨 위로 올라선 인물이었다.

처음에 한은 교단의 가장 큰 걱정거리조차도 아니었다. 그 영예는 임박한 전쟁의 불씨를 부채질해 지지자들을 광포한 소란에 빠뜨린 선동가 후보에게 돌아갔다. 그 여성 후보는 자신이 대중에게서 촉발한 분노의 불길보다도 더 환하고 빠르게 타버렸다. 그 후보의 여론 지지도가 곤두박질쳤을 때 교단은 긴장을 풀고 안도하는 기색이 뚜렷했다. 그녀가 남기고 간 성난 시위대가 목청껏 외치는 소리를 들으면서도 그러했다. *"우리에게는 재래식 무기가 있다, 그 무기를 사용하자!"*

그들은, 그렇게 외치는 사람들은, 이해하지 못했다. 잊어버렸기 때문이었다. 교단이 세워진 까닭은 잊지 않기 위해서였다.

어느 기자가 오토 한에게 재래식 미사일을 어떻게 생각하느냐고 물은 때는 대통령 선거가 2주도 안 남은 시점이었다. "만약 우리 조국을 지키는 가장 합리적인 군사적 수단이 그것이라면, 우리는 사용할 수 있는 수단은 모두 사용해야 합니다." 한은 그렇게 대답했다. "우리는 지금 전쟁의 한복판에 있습니다. 모든 수단을 다 고려해야 마땅합니다."

교단은 한의 대답 때문에 뒤집어지다시피 했지만, 다른 곳에서는 오히려 한에 대한 악평을 찾아보기가 힘들었다. 교단 장로들은 뉴스 게시판의 인맥을 동원하는 한편, 그 밖의 언론인들에게도 호소했다. 한을 압박해달라고, 그에게 결정적인 질문을 퍼부어달라고, 너무 늦기 전에.

한순간에 건물과 아이들, 병원, 포로들, 무고한 민간인 수백만 명과 수백 킬로미터 안에 있는 모든 것을, 아예 도시 하나를 통째로 증발시켜버리는 무기를 무슨 수로 정당화하시겠습니까? 그게 어떻게 전쟁 범죄가 아니란 말입니까?

그런 짓을 역사 앞에서 어떻게 합리화하실 생각입니까? 세계에서 유일하게 재래식 무기의 표적이 됐던 우리 조국의 역사 앞에서, 어떻게요? 우리가 이제껏 늘 상상하기조차 거부했던 짓을 어떻게 저지를 수가 있습니까?

그리고 교단의 열 살배기 소녀와 그 아이를 아는 이들에게 가장 긴요한 질문은 이러했다.

그 무기를 그렇게도 간절하게 사용하고 싶으십니까, 접근 권한을 얻으려면 먼저 법률에 따라 한 아이의 생명을 대통령의 손으로 직접 빼앗아야 하는데도요?

그러나 시간이 부족했다. 오토 한이 그러한 질문을 받았을 때 그는 이미 대선에서 승리한 후였다.

나이마가 가장 자주 떠올리는 시는 200년 전 아쿠타 미수토이가 지은 작품으로, 그는 수도가 파괴될 때 가족을 모조리 잃고 나서 그 시를 썼다.

공허 위에 눈이 내린다.
다만 바라는 것, 향 피울 작은 무덤 셋
하나 메아리는 무덤이 없나니.

그 시에 깃든 황량함은 나이마가 믿으며 자란 신앙의 시금석이자, 교단의 공의를 재확인시켜주는 증거였다.

이제 시의 그 마지막 연이 머릿속을 맴돌며 느리게 메아리쳤다. 글자 뒤에 차돌 같은 오토 한의 모습이 어른거렸다. 한은 나이마의 몸 위로 칼을 들고 서 있었고, 그의 두 손은 나이마의 피로 검붉게 물들어 있었다.

나이마는 테지의 손을 꼭 잡았다. 두려움 때문에 온 감각이 너무도 날카롭게 곤두서 있었다.

두려워하는 것 정도는 괜찮지 않을까? 의무를 다하기만 한다면. 의사들이 캡슐을 넣느라 절개했던 가슴 쪽이 욱신거렸다. 수술을 받은 때는 한 달 전, 대통령 선거는 끝났지만 한이 취임하려면 아직 시간이 남았을 무렵이었다. 시간이 그만큼 흐르고 나니 통증은 몸의 일부처럼 느껴졌다.

나이마와 테지는 수도의 기다란 아케이드를 따라 나란히 걸어갔다. 높이 솟은 돌과 금속이 그들 주위의 하늘을 찌를 듯이 번득였다. 한쪽은 키가 크고 피부가 검은 남자, 한쪽은 자그맣고 하얀 소녀였고, 누가 누구의 손을 더 세게 쥐고 있는지는 아무도 알 길이 없었다.

신임 대통령은 **탑**에 도착한 두 사람을 기다리게 하지 않았다. 세련된 제복을 입은 보좌관 여럿이 지체 없이 그들을 안쪽으로 안내했고, 신원을 확인하는 질문조차 하지 않았다. 설령 기다란 겉옷이 눈에 띄지 않았다고 해도 그들의 얼굴은 이미 이곳까지 알려져 있었다.

오토 한은 집무용 책상 뒤편에서 일어서서 뻣뻣하지만 정중하게 고개를 숙였다. 테지도 똑같이 뻣뻣하게 고개를 숙여 답례했다.

실제로 보니까 되게 크네. 나이마는 멍하니 생각했다. 한은 단단해 보이기까지 했다. 건드렸다가는 손이 부서질 것처럼.

"로카야 장로님." 한이 테지에게 인사 대신 건넨 말이었다. "이쪽은 저의 **운반인**이겠군요."

"예, 대통령님." 나이마가 말했다. "제 이름은…"

"네 이름은 듣고 싶지 않구나." 한은 테지 쪽으로 고개를 돌렸다. "장로님 교단의 사제들은 짐승이나 다름없습니다. 이건 야만스러운 짓입니다."

"이 아이 이름은 나이마입니다." 테지는 나직한 목소리로 말했지만, 그의 생각은 목소리만큼 평온하지 않았다. *야만스러운 건 낡은 무기들이오. 그 야만과 손을 잡을지 말지 선택하는 건 당신 몫이지, 우리 몫이 아니오.* 대통령은 지금 당장이라도 인간의 존엄을 송두리째 부정하고 세상의 모든 생명을 끝장낼 무기를 사용하지 않겠노라고 선언할 권한이 있었다. 나이마는 위험에 처하지 않을 것이며, 아이가 맡은 임무는 과거에 그랬듯이 앞으로도 요식행위에 지나지 않을 것이라고 선포할 수도 있었다.

그러기를 거부한 사람은 대통령 본인이었다.

"이름은 이미 보고를 받아서 압니다." 한이 말했다. "보고를 받고 나서 저는 장군들한테 말했습니다. 이미 수백 년이 흘렀으니 *마땅히* 이것보다는 더 나은 방법을 이미 찾았어야 한다고 말입니다. 하지만 장로님의 교단은 우리 법의 근간에 스스로를 접붙였지요. 그렇지 않습니까?"

"저희는 그것이 최선이라고 생각합니다." 대답한 사람은 테지가 아니라 나이마였다. 그 말은 나이마의 말라붙은 입을 힘겹게 비집고 흘러나왔다. *너는 대통령과 대화를 해야 해. 일부가 되는 거다, 그 사람들의 정신에서, 그들의 삶에서.* 스승들의 당부가 머릿속에서 북소리가 돼 울렸다.

한은 마지못해 아이 쪽으로 시선을 돌렸고, 나이마는 긴장하다 못해 얼어붙었다.

"당연히 그렇겠지." 한은 그렇게 말하고 다시 테지 쪽을 돌아봤다. "장로님의 교단 사람들은 아이에게 저런 말을 하도록 가르쳐놓고는 우리 모두를 지킬 무기의 암호를 이 아이 몸속에 묻어뒀습니다. 그러고는 제가 그 암호를 써야 할 때가 오면 저 아이를 죽여야 한다고 말하죠. 야비하게도."

테지는 태연한 표정을 유지하느라 안간힘을 써야 했다. "예, 대통령님."

"배런 제도가 남부 지역의 우리 국민들에게 *지금 이 순간* 무슨 짓을 하고 있는지 아십니까? 코이부와 미카타 국민들에게 무슨 짓을 하겠다고 공언하는지는 아십니까? 코이부도 그들만의 재래식 미사일이 있습니다. 만에 하나 배런 제도가 그 기술을 손에 넣으면… 장담하는데, 적국의 국민들은 그 무기를 쓰기 전에 먼저 어린 여자애를 죽이라고 자기네 지도자에게 강요하지 않을 겁니다. 설령 강요한다 해도 그쪽 지도자는 조금도 망설이지 않겠죠."

테지는 방금 들은 이야기를 몇 시간이고 조목조목 반박할 수도 있었다. 힘과 윤리의 균형을 지적할 수도, 교단의 핵심 교리를 장황하게 설명할 수도 있었다. 눈앞에 있는 어린애 하나를 처형할 명분조차 변변히 대지 못하는 자가 안전한 집무실에서 발사 버튼을 눌러 아득히 먼 곳의 얼굴도 모르는 어린애들을 무수히 죽이도록 허용해서는 결코 안 된다는 교리를.

그런 부담이 없다면 그토록 가공할 무기를 사용하는 것이 무엇을 의미하는지, 과연 어떤 대통령이 온전히 이해할까?

"이 아이가 제 수행원이 될 거라고 들었습니다. 저한테는 거부할 권한이 없다고 하더군요."

"그렇습니다, 대통령님." 테지가 대답했다. 운반인은 혹시라도, 부디 평화가 보우하기를 바라야겠으나, 자신이 필요해질 경우에 대비해 언제나 대통령의 지근거리에 머물러야 했다. 그러나 나이마가 일단 대통령과 정서적 친밀감을 형성하면 비단 자신뿐 아니라 수백만의 목숨을 구할지도 몰랐고, 이는 곧 교단의 사명이었다.

"알겠습니다, 장로님, 이제 가보셔도 좋습니다. 나이마, 맞지?" 한은 나이마 앞에 우뚝 서서 아이를 굽어봤다.

"예, 대통령님."

"네가 알아주면 좋겠구나. 나도 이러기 싫다는 걸 말이야."

나이마는 대꾸할 말이 떠오르지 않았다. 자신은 이러기를 원했던가, 그저 스스로 선택했다는 이유만으로? 교단은 이러기를 바랐을까, 필요한 일이라는 이유로? 이러기를 바란 사람이 있기는 할까?

미수토이의 같은 시에 있는 다른 구절이 나이마의 머릿속에 소용돌이쳤다.

무전기에서 아군의 항복 소식이 들려온다.
그들은 말한다, 다른 길은 없다고.
전쟁을 시작할 때도 똑같은 말이 들려왔다.

나이마는 탑에 있는 대통령의 집무실 한구석에 앉아 태블릿용 펜의 꽁지를 잘근잘근 씹었다. 스승들은 나이마의 그 나쁜 습관을 고쳐주려고 무진 애썼지만 끝내 바로잡지 못했다. 나이마는 이제 탑의 수행원이 입는 제복 차림이었고, 숱이 적은 머리카락도 안내원이나 직원과 마찬가지로 단정하게 땋았지만, 그래도 사람들은 나이마가 누군지 다들 알았다. 나이마 또한 남들이 자신을 피해 빙 돌아가는 모습이나 자기 쪽을 보지 않고 소곤거리는 모습에서 그런 낌새를 알아챘다.

"뭘 그렇게 열심히 생각하지?"

나이마는 놀라서 흠칫했다. 말을 걸려고 온갖 방법을 써봐도 오토한은 피치 못할 경우가 아니면 입을 열지 않았다. 나이마가 서류나 음료를 갖다주거나 물건을 들어주면 고맙다는 인사는 건넸지만, 질문을 던진 적은 한 번도 없었다.

"적당한 운율을 궁리하는 중이에요, 대통령님." 나이마는 솔직히 대답했다.

"운율? 그런 걸 뭐에 쓰려고?"

"저는 시를 좋아하거든요." 나이마는 태블릿을 덮고 돌아앉아 널따란 집무용 책상 뒤편에 앉은 한을 마주봤다. "운율을 꼭 맞출 필요가 없는 건 저도 알아요. 하지만 운율이 없는 시를 쓰기에는 제 실력이 아직 부족해서요."

"흠, 시인이란 말이지? 그래, 어디 한 수 들어볼까."

나이마는 목부터 얼굴까지 발갛게 물들며 화끈거리는 느낌이 들었다. 교단의 스승들은 시 짓기에 대한 나이마의 관심을 북돋아줬다. 스승들은 운반인이 온전한 인격을 갖추는 것은 어떤 경우에든 바람직한 일이라고 했다. 개성을 지닌 아이는 사라지면 그리움의 대상이 되거니와, 선택받은 아이라 할지언정 살아남아 어른의 삶을 누릴 거라는 희망은 버리지 말아야 하기 때문이었다. 그러나 나이마는 이때껏 자신이 지은 시를 소리 내어 낭독한 적이 한 번도 없었다.

요즘 들어 나이마가 지은 시는 거의 모두 암울했다. 바로 전날 '내년이 올까?'라는 제목으로 지은 시의 내용은 이러했다. *복숭아꽃 이파리 흩날린다 / 분홍 눈처럼 화사하게 / 손을 뻗어 한 줌 쥐어본다 / 내 마지막 기억 삼아.*

대통령은 그 시를 함께 나누기에는 아직 너무나 두려운 존재였다. 만약 그가 소리라도 버럭 지르면? 아예 무시해버리거나 비웃는다면 어떻게 해야 할까, 시의 제목에 대한 답을 쥐고 있는 사람이 바로 대통령인데?

"몇 주 전에 농촌에 갔을 때 지은 시가 있어요." 나이마는 낭독해도 문제가 안 될 만한 시가 있을지 재빨리 궁리한 다음 그렇게 말했다. 아담한 농장을 묘사한 시는 안전하지 않을까? 나이마는 숨을 한 번 들이쉬고는 긴장한 혀가 굳을세라 곧장 시를 암송하기 시작했다.

다섯 연을 어찌어찌 다 암송하기는 했지만, 마지막에 이르렀을 때 나이마는 말끝을 흐리고 말았다. 오토 한이 빙그레 웃었기 때문이었다. 나이마는 한이 웃는 법을 아는 사람이라고는 생각도 하지 못했다.

"그 시를 너 혼자서 다 지었단 말이지?" 한은 나이마가 입을 다물자 그렇게 물었다.

"예, 대통령님."

"그래, 대단하구나." 한은 의자에서 일어서서 나이마 곁으로 다가와 탑의 창문 바깥으로 반짝이는 이불처럼 펼쳐진 수도의 밤거리를 내려다봤다. "나이마, 나는 우리 국민들을 사랑한단다. 내 말이 무슨 뜻인지 아니?"

"알 것 같아요, 대통령님." 나이마도 동포들을 사랑했다. 걸음마도 하기 전부터 조국의 역사를 배운 덕분이었다. "저는 모든 동포를 사랑하는 것 같아요. 그런데 제가 동포들을 사랑하는 가장 큰 이유는 우리 동포들이 다른 나라 사람들도 소중히 여기기 때문이에요."

"아아, 너희 교단의 가르침이구나." 한은 나이마의 어깨를 짧게, 그리고 거칠게 다독였다. "나는 여전히 동의하지 않는다만, 그래도 네가 더 자라서 그 문제에 관해 나와 논쟁할 날이 온다면 더 바랄 게 없겠구나."

"예?"

한의 입가가 비죽 올라갔다. "원래는 말하면 안 되지만… 너는 알 자격이 있으니까. 전쟁은 우리 쪽에 유리하게 진행되는 중이란다. 다 잘돼가고 있어. 오늘 들어온 보고만 해도… 음, 그냥 이렇게만 말해두마, 누구도 내려서는 안 되는 결정을 내가 내릴 일은 없을 거라고 말이다."

무언가 쑥 내려앉는 기묘한 느낌이 나이마의 뱃속을 휘저었다.

"명심하렴, 네가 여기 있는 게 야만적이라는 내 생각은 지금도 그대로야." 한이 말을 이었다.

불쑥 치솟은 용기에 힘을 얻은 나이마는 살그머니 걸어가 대통령의 팔을 붙들었다. "뭐가 보이세요? 이 창문으로 수도를 내려다보실 때, 수많은 사람과 건물을 보실 때 말이에요, 뭐가 보이세요?"

나이마를 굽어보는 한의 표정에는 놀란 기색이 또렷했다. "내 생각에는… 발전이 보이는 것 같구나. 번영도. 지킬 값어치가 충분한 것들이지."

"교단에서 가르치길, 도시를 볼 때면 상상하라고 했어요… 200년 전에 무슨 일이 일어났을지 상상하라고요. 도시 전체는 생각하지 말라고 해요, 너무 크니까요. 조그만 것들을 봐야 한댔어요." 나이마는 저 아래에 거미줄처럼 교차하는 거리들을 손으로 가리켰다. "초록색 외투를 입은 저 여자분처럼요. 저 사람은… 사라졌어요. 없어져버린 거예요. 비둘기 떼 옆에서 손을 잡고 있는 저 두 사람도. 역시 사라져 버렸죠. 저 많은 비둘기, 거리, 꽃집, 그 꽃집 앞에서 노는 아이들도. 그다음엔 가족을 떠올려보세요. 부모님이나 친구들, 사랑하는 사람이라면 누구든요. 그 사람들이 다 사라져버린 거예요, 순식간에 모조리." 나이마는 마른 입술을 혀로 축였다. 대통령을 상대로 쉬지 않고 이토록 길게 말하기는 처음이었다. "도시가 *통째*로 사라졌어요. 실제로 일어난 일이에요, 200년 전에요. 헤이븐 사람들이 우리한테 *저지*른 짓이에요. 수도를 내려다볼 때 저한테는 그런 게 보여요. 그래서 그런 일을 다시 겪는다고 생각하면 견딜 수가 없어요, 누구라고 해도요."

나이마는 한에게서, 그렇게 생각하는 것은 참견쟁이 어른들의 입에서 나온 말을 머릿속에 고분고분하게 심으며 자란 탓이라는 식의 대꾸가 돌아올 거라고 반쯤 넘겨짚었다. 그러나 그 짐작은 빗나갔다. 한은 이렇게 물었다. "나이마, 너는 가족이 있니?"

나이마는 그 질문을 듣고 깜짝 놀랐다. "제 부모님은 두 분 다 교단 소속이셨어요. 저 또한 교단의 가르침대로 키우셨지만, 제가 아주 어릴 때 전차 사고로 함께 돌아가시는 바람에 저는 장로님들께 맡겨졌어요. 그래서 좋은 교육을 받았답니다."

"대가를 치르면서 말이지. 장로들이 친구는 사귀게 해주던?"

"그럼요. 친구들이 저를 만나러 이곳에 자주 오지는 못하지만, 편지는 주고받고 있어요." 편지는 최근 들어 점점 뜸해졌다. 그 생각을 하면 나이마는 묘하게도 살짝 속이 상했다. 같은 반 친구들은 이제 선택받은 나이마에게 무슨 말을 적어 보내야 할지 모르는 모양이었다. 나이마는 선택을 받았고 자신들은… 못 받았으므로. "저는 스승님들 중에도 친구가 있어요. 테지 스승님 같은 분이요."

한은 뜻 모를 소리를 냈다. "나이마, 하나만 가르쳐주렴. 너 혹시 우리가 함께 보내는 시간도 모두 시로 적고 있니?"

"예, 대통령님."

"평화에 맹세코 내가 하는 말은 한마디도 네 귀에 들어가지 말아야 하지만, 그래도 내 생각엔… 내 생각에 너는 시를 계속 쓰는 게 좋을 것 같구나. 그렇게 해줄래?"

"예, 대통령님." 나이마는 시를 그만 쓸 생각은 아예 해본 적도 없었다.

열두 살 생일에 나이마는 대통령 수행단의 일원으로 해외 순방을 하는 중이었지만, 그다음 주에 귀국해 수업을 받으러 가보니 테지가 생일 축하용 쿠키를 한 상자 가져와 기다리고 있었다.

"기억하고 계셨군요!" 나이마는 기뻐하며 외쳤다. 탑의 보좌진이 만든 일정표에 따라 직원들은 나이마의 생일에 전문 요리사를 시켜 전통 방식 그대로 설탕 옷을 입힌 쿠키를 준비했지만, 누군가 자신을 생각해주는 사람이 있다는 것은 전혀 다른 일이었다.

"여행은 잘 다녀왔니?" 테지가 물었다.

나이마는 치렁치렁한 소매에 설탕이 묻지 않도록 조심스레 상자의 뚜껑을 덮고 옆으로 치워놨다. 아이는 얼마 전에 탑의 제복을 입지 않게 해달라고 요청한 참이었다. 꼭 입어야 하는 옷도 아니었거니와 자신이 입을 옷을 마음대로 고르는 일도 알고 보니 재미있었기 때문이었다. 물론 옷을 고르는 내내 탑의 공보관이 유심히 지켜본다는 조건이 붙기는 했지만.

재미도 재미였지만 점점 더 무거워지기만 하는 분위기 속에서 숨구멍을 하나 더 찾았다는 생각에 나이마는 기쁘기까지 했다.

"나이마?"

"있잖아요, 뉴스 게시판에 올라오는 이야기가 다 옳은 건 아니에요. 전쟁 소식 말이에요." 나이마는 테지를 보지 않고 옷소매를 만지작거리며 말했다. "그래도 상황이 안 좋아지면 저는 금방 알아요. 그분이 제 앞에서 입을 꾹 다무시거든요."

겁쟁이 같으니. 테지는 그렇게 말하고 싶었지만, 참았다. 전쟁은 곧 끝날 거라며 모두가 희망에 부풀었던 때가 2년 전이었다. 그러나 전쟁은 끝나기는커녕 기약 없이 이어졌다. 지금껏 내내.

소곤거리던 소리는 이제 삿대질을 동반한 고함으로 변해가는 중이었고, 신문 사설에는 '지상군 침공'이라는 말이 자꾸만 등장했다. 그들의 조국은 지난 200년 동안 자국 영토에서 전쟁을 한 적이 한 번도 없었다.

그들이 오랜 세월 동안 가꿔온 조용한 삶은 평화를 지키는 힘을 갖추려고 갖은 애를 쓴 끝에 얻은 보상이라는 것이 테지의 견해였다. 동포들에게는 그런 확신이 없는 모양이었다. 나이마는 뉴스 게시판과 대통령의 기분을 주시하는지 몰라도 테지의 이목은 민중에게, 점점 더 술렁이는 그들의 분노와 불만 쪽에 쏠려 있었다. 그는 그것이 가장 두려웠다.

"나이마, 네가 떠나 있는 동안 내가 생각한 게 있단다. 너 요즘도 계속 쓰고 있느냐?"

나이마는 놀라서 고개를 번쩍 들었다. "시 말씀이세요? 그럼요."

"아무래도 그중 일부를 발표하는 게 좋겠구나. 책으로 펴내자는 말이야."

"제 시를요? 하지만 저는…" *그럴 수준이 아닌걸요, 아직 어리고, 아직 더 배워야 하는데요?* "잘 모르겠어요… 책으로 펴내다니 꿈같은 얘기지만, 저한테 그럴 자격이 있는지조차 모르겠는걸요. 작년에 쓴 시를 떠올리기만 해도 창피할 정도예요."

"작년에 네가 작문 숙제로 낸 시들은 무척 인상 깊었단다." 테지의 말은 진심이었다. 아이가 쓴 시라는 티가 뚜렷이 나기는 했지만, 그럼에도 행간에서 피처럼 배어나는 감정들은 가슴이 미어지는 듯했다. "편집자가 도와줄 거다. 네 생각은 어떠냐?"

"저는 잘… 그러니까, 음…" 이유는 딱 부러지게 말하기 힘들었지만, 옳지 않다는 느낌이 들었다. 모든 일이 너무 쉽게 풀렸다. 만약 나이마가 대통령의 운반인이 아니었다면 실력을 더 갈고닦아야 했다. 전문가의 눈에 들려면 시를 꾸준히 다듬고 고쳐야 했다. 그렇지 않은가?

그러나 한편으로는, 대통령의 운반인이었기 때문에, 나이마에게는 그럴 만한 시간이 없을지도 몰랐다.

"알겠어요." 나이마는 테지에게 말했다. 실감이 나는 한편으로 꿈같았고, 들뜬 한편으로 차분한 느낌이 들었다. 온갖 감정이 동그란 공처럼 가슴속에 뭉쳐 있었다.

테지는 나이마를 보며 재빨리, 굳은 미소를 지었다. "그래. 나이마, 너도 알겠지만, 전쟁에 이기려면 군대 말고 다른 것도 필요한 법이란다."

나이마는 영문을 모르겠다는 표정으로 눈을 깜박였다. "하지만 배런 제도 사람들은 제 시를 읽지도 못할 텐데요. 번역이라도 하면 모를까."

"우리가 싸우는 전선은 그곳만이 아니란다."

불순한 관심 때문이든 연민 때문이든 아니면 자기들 딴에는 사상적 자극을 받았기 때문이든, 그 나라 사람들은 『탑에 사는 소녀』라는 제목이 붙은 시집을 걸신들린 듯이 읽었다. 인쇄소는 밤이 새도록, 매일 밤, 더 많은 책을 찍어냈고, 나이마의 이름은 모든 이의 입에서 가느다란 물줄기처럼 새어 나왔다.

나이마는 사람들의 눈길과 소곤거리는 소리에 익숙해졌다고 생각했지만, 이제 나이마에게 못 박힌 대중의 관심은 그 조그만 아이를 아예 파도처럼 뒤덮을 기세였다. 탑의 공보관은 물밀 듯이 밀려드는 인터뷰 요청을 거절하느라 애를 먹었다. 나이마가 공개한 몇 줄 안 되는 신상 정보는 무서운 기세로 퍼져 나가 뉴스 게시판을 뒤덮었다. 어디를 봐도 나이마의 사진이 안 붙은 곳은 없는 듯했다. 어두운 조명 아래 엄숙하게 찍은 그 사진 속에서 나이마는 바다를 닮은 초록색 드레스 차림이었다. 그 옷 때문에 수척하다 싶을 정도로 말라 보였다. 나이마는 그 사진이 끔찍이도 싫었지만, 밝은 햇빛 속에서 금색이나 분홍색 옷을 입고 찍은 솔직한 사진은 뉴스 게시판의 이야기들과 어울리지 않을 듯싶었다.

요즘 들어 시위대는 나이마의 이름을 대놓고 외쳐댔다. 그들이 구호를 만들어 지키자고 외치는 대상은 이제 추상적인 관념으로 존재하는 운반인 '아이'가 아니라 나이마, '탑의 시인'이었다. 나이마는 살아남아 나이를 먹을 권리가 있는 아이였고, 재래식 무기 사용에 반대하는 이들 모두를 결집시키는 상징이자 횃불이었다.

한 대통령은 심사가 편치 않았다.

인터뷰를 하러 온 기자들에게서 아이의 가슴을 칼로 가르고 심장을 꺼내는 자신의 모습을 상상한 적이 있냐는 섬뜩할 만큼 노골적인 질문을 받은 후로 나이마가 있는 쪽을 드물지 않게 쏘아보기는 했지만, 그래도 한은 나이마 앞에서 화를 내지는 않을 정도의 품성은 갖춘 사람이었다. 그러나 그런 한도 테지를 호출하기는 했다.

"장로님은 그 아이를 이용하고 계십니다. 비열하게도."

테지는 두 손을 몸 앞에 가만히 모으고 있었다. 그렇게 평온한 모습이 상대의 화를 오히려 더 돋우기를 바라며. "나이마는 저희가 하는 일에 신념을 품고 있습니다. 대통령님께서는 그 아이한테 자기 생각을 말할 권리조차 없다고 할 만큼 비정한 분이셨습니까?"

"요설은 집어치우시오! 선택의 여지가 있다면 나라고 해서 그 빌어먹을 무기를 쓰고 싶겠소? 그런데도 당신은 외국 군대에 궤멸당하느냐 아니면 동포끼리 피바다를 만드느냐 하는 진퇴양난에 우리를 몰아넣으려 하고 있잖소. 혹시라도 *당신네* 교단이 짜놓은 계략대로 내가 내 손을 더럽힌다면 말이오. 그날이 내 저주받은 삶의 가장 괴로운 하루가 되리라는 걸 몰라서 그런 소릴 하는 거요?"

"그 점에 관해서라면 저는 어떤 연민도 느끼지 못합니다." 테지의 말투는 심드렁했다. "나이마에게 그날은 아예 삶의 마지막 하루일 테니까요."

만약 나이마 본인이 그들의 대화를 들었다면, 아이 안에서 두 남자 모두를 향해 점점 쌓여가던 분노만 더욱 격해졌을 터였다. 그 분노는 차마 입 밖에 나오지 못하고 목에 걸려 있는 불행의 응어리였다. 긴 시간을 함께 보내고 나서도 나이마는 언제나 대통령이 조금은 두려웠지만, 그 두려움을 날카롭게 벼리는 분노는… 그 분노는 전에 느낀 적이 없는 것이었다. 이 일은 나이마가 의무이기 때문에 어쩔 수 없이 하는 것이 아니던가? 그런데 자신이 느끼는 바를 솔직히 밝힌 나이마를, 한은 대관절 무슨 권리로 이토록 모질게 대하는 걸까?

주어진 시간이 얼마나 남았든 간에, 나이마에게는 온전한 개인으로 살 자격이 있지 않은가?

한편 테지를 향한 나이마의 적의는 그보다 더 복잡했다. 테지는 나이마를 아꼈고, 이는 나이마도 아는 바였다. 나이마에게 선택의 여지가 있다고 일깨워줄 때 그의 태도는 언제나 다른 장로들보다 훨씬 더 자상했다. 그렇다고는 해도… 나이마는 그가 일으킨 선동에서 탑에 갇힌 비쩍 마른 아이라는 얄팍한 상징으로 이용되고 싶지는 않았다.

나이마는 도무지 알 수가 없었다. 그토록 많은 사람이 나이마 자신의 가슴속에 있는 말들을 읽은 지금, 어째서 자신에게는 목소리가 없다는 느낌이 이토록 강하게 드는지를.

나이마가 열세 살 생일을 살아서 맞이하고 두 달을 더 버텼을 무렵의 어느 날 밤, 공습경보 사이렌이 울부짖는가 싶더니 최초의 포격이 수도를 뒤흔들었다.

이때껏 수없이 훈련했던 절차를 재빨리, 무의식적으로 따르는 동안 가슴 속에서는 심장이 갈비뼈를 망치질하듯 두근거렸고, 이 때문에 나이마는 어떤 감정도 느낄 겨를이 없었다. 고작 몇 분 만에 잠옷 바람으로 방공호에 웅크린 나이마의 양옆은 전쟁부 장관과 교통부 장관의 자리였다. 나이마는 팔짱을 끼고 겨드랑이에 양손을 묻었지만, 손바닥은 따뜻해질 기미가 보이지 않았다.

전쟁부 장관은 회의에 참석하라는 대통령의 호출을 받고 옆방으로 향했다. 나이마는 벽에 등을 기댄 채 몸을 웅송그렸다. 방공호에는 창문이 없었다. *감방 같아*. 나이마는 속으로 생각했다. *안전해지려고 제 발로 들어와 갇힌 감방*.

그러나 나이마는 이곳에서도 안전하지 않았다. 오히려 정반대로, 다들 이제 안전하다고 생각하며 안도의 한숨을 내쉴 때 나이마는 자신의 죽음을 기다리는 신세였다.

그 순간 그곳에는 시가 있었지만, 그 시를 끌어내기에는 정신을 집중할 겨를이 없었다.

나이마는 방망이질하는 가슴에 손을 얹었다. 미사일 발사 암호가 든 캡슐이 손가락에 콩콩 부딪히는 상상을 하며.

그러나 그날 밤 대통령은 나이마를 부르지 않았다. 이튿날도. 그다음 날, 공습경보 사이렌이 또다시 날카롭게 울려 퍼진 그날 밤에도. 호출 명령은 74일이 지난 후, 전략 거점 세 곳이 무너지고 점령군이 바깥쪽 반도에 상륙한 후에야 전달됐다.

나이마가 집무실에 들어섰을 때 대통령은 혼자였고, 울고 있었다.

대통령이 나이마의 손을 잡았다. 그의 손은 자신의 눈물로 젖어 있었지만, 나이마는 마비된 듯 멍하기만 했다.

"미안하다." 대통령은 끅끅거리는 숨소리 사이로 중얼거렸다. "정말 미안하다."

나이마는 그제야 온 얼굴이 따끔거리는 느낌이 들었다. 마지막으로 무언가 깊은, 심오한 생각을 떠올리고 싶었지만, 머릿속이 백지처럼 하얗기만 했다.

숨을 멈추지 않으려고 주의를 기울였다. 그것조차 힘들었다.

"혹시 시간이 조금 필요하다면… 사람들에게 작별 인사나, 그런 걸 남기고 싶다면…"

"지금 끝내주세요, 부탁이에요." 의연하게 버틸 자신이 있었다, 그가 지금 당장 해치운다면. 나이마는 자신을 짓누르는 이 비참한 숙명과 함께 단 반나절도 더 보내고 싶지 않았다.

대통령은 억지로 손을 떼어내듯이 나이마의 손을 놓았다. 그러고는 자기 책상으로 가서 화려하게 장식된 의례용 상자를 열었다.

상자 속에는 단검이 들어 있었다. 매끈한 칼날이 나이마의 눈길을 붙들고 놔주지 않았다.

대통령이 호출 단추를 눌렀다. 보좌관 몇 명과 장군들이 집무실로 들어왔다. 당당하게, 냉정하게, 엄숙한 표정을 하고서.

"증인들이란다." 대통령이 중얼거리듯 말했다. "평의회의 결정에 따라…"

그는 단검의 자루로 손을 뻗었다. 그 손은 떨리고 있었다.

나이마는 어떤 연민도 느끼지 못했다. 그저 대통령이 손을 너무 심하게 떨다가 단검을 놓치기만 바랐다.

그리고… 바람은 이뤄졌다. 대통령은 단검을 놓쳤다.

단검이 책상에 떨어지며 찰그랑 소리가 났다.

"다른 방법을 찾아오시오!" 그 말은 침묵을 찢으며 튀어나와 장군

들을 덮쳤고, 나이마는 그토록 분노하는 대통령을 그때껏 본 적이 없었다. 대통령이 나이마 쪽으로 휙 돌아섰다. *"당장 나가!"*

나이마는 있는 힘껏 달아났다.

자기 방에 돌아와서야 달리기를 멈춘 나이마는 후들거리는 다리로 뒷걸음치다가, 직물로 된 바닥 깔개에 널브러진 채로 덜덜 떨었다. 들썩이는 가슴에 들락거리는 숨은 너무나 빠르고 거칠었고, 이내 멈추는가 싶더니 쥐어짜듯 거슬리는 흐느낌으로 바뀌었다. 그러는 동안에도 떨리는 몸은 멈출 줄을 몰랐다.

다시 부를 거야, 대통령이 나를 다시 부를 거야, 나를 다시 부르면 그때는 진짜로 해치울 거야…

그러나 대통령은 나이마를 부르지 않았다. 날은 그대로 저물었고, 나이마는 잠을 이루지 못했고, 이튿날 테지가 나이마를 만나러 왔다.

방으로 성큼성큼 들어온 테지는 나이마를 숨도 쉬기 힘들 만큼 세게 끌어안았다.

"나이마, 나는… 소식 들었다, 듣자마자 달려온…"

나이마는 버둥거리며 테지의 품에서 벗어났다. 자신을 제쳐놓고 테지를 위로해줄 때가 아니었다.

테지의 눈이 거칠게 번득였다. "내가, 내가 방법을 찾았다. 내가 속한 장로단은… 대통령이 새로 취임하고 운반인이 새로 선택되면, 우리 장로단은 암호를 바꾸고 암호 캡슐도 새로 만들어야 하는데, 나는 그 캡슐에 접근할 권한이 있어. 나이마, 너는 이 운명에서 벗어날 수 있단다. 내가 도와주마. 오늘 밤에 하자꾸나."

나이마는 느닷없이 치솟는 욕지기를 가까스로 눌렀다. 나이마가 달아나면 같은 반 친구들 가운데 한 아이가 대신 뽑힐 터였다. 테지는 어째서 나이마에게 그런 짓을 하자고 할까?

"그럼 저 대신 누구를 뽑으실 건데요?" 나이마가 외쳤다. "제가 저 대신 죽을 아이를 뽑을 수 있을 것 같으세요?"

"아니다. 그런 게 아니야." 테지는 실성한 사람처럼 눈을 희번덕거렸다. 사실 그는 밤새 한숨도 못 잔 채 정신없이 계획을 세우며 필요한 절차를 하나하나 몰래 준비했고, 그러는 동안에도 자신의 반역 행위가 불러올 결과를 두려워한 나머지 마음 한편으로는 붙잡히기를 바랐다. 남은 것은 나이마의 동의뿐이었다. 그럼에도, 그 계획을 소리 내어 말하는 것은 그가 머릿속에 그려본 어떤 지옥보다도 더 괴로운 일이었다. "암호를 다른 아이의 몸속에 넣자는 게 아니야. 네 캡슐의 암호를 내가 재설정해서 대통령에게 갖다줄 거다. 아무도, 아무도 그것 때문에 죽지 않아도 돼. 너도, 다른 누구도. *부탁이다.*"

나이마는 테지에게서 흠칫 물러섰다. "뭐라고요?"

"보안 암호는 내가 설정했다, 그러니까… 내가 해제하면 돼. 제발, 나이마, 이렇게 부탁하마."

차오르는 분노가 나이마 안에 넘실거리던 공포를 가렸다. 테지가 어떻게 이럴 수가? 어떻게 출구가 있다는 말을, 밤을 틈타 신나게 달아나라는 말을 한단 말인가? 그러면서 한편으로는 대통령에게 그가 원하는 것을 내준단 말인가? *옳지* 않았다. 운반인을 둔 데는 이유가 있었다. *대가*를 감수해야 한다는 이유가. 그렇게 가르친 사람은 테지 본인이 아니던가? "그럴 수는 없어요!"

"아니야, 이제는 사정이 달라졌어." 테지는 나이마의 눈을 피해 고개를 돌렸다. 그는 교단의 사명에 회의를 품은 적이 없었다. 단 한 번도. 그 사명을 저버리기 직전인 지금 이 자리에 서기 전까지는. "어쩌면 때로는… 이런 결정을 내리는 수밖에는… 사람들이 죽어간단다, 나이마. 너는 이 탑 안에서 철통 같은 경비 속에 지내니까 모르겠지만… 나는 바깥의 거리를 걷지 않느냐, 그곳에는 시신을 치울 사람도 부족한 판이야. 온 사방이 무너지고, 먼지에, 공포에, 그리고… *나는* 두렵다. 나는 두려워. 나이마…"

테지는 눈을 감았다. 벌써 몇 주째 불타는 듯이 아린 두 눈을.

"우리가 미사일을 써야 한다고 생각하시는군요." 나이마는 느릿느릿 말했다. "그 무기를 써야 한다고."

"나는… 나는 어찌해야 좋을지 모르겠구나."

테지는 감은 눈을 뜨지 않았지만, 자신의 소매를 잡는 아이의 손길은 느낄 수 있었다.

"그래서 운반인이 있는 거예요. 그래서 그 무기를 다 없애버리지 않은 거라고요… 혹시라도 써야 할 때가 올까 봐서. 하지만 반드시… 반드시 피치 못할 상황에만 써야 해요. 안 그래요? 그래서 제가 여기에 있는 거잖아요. 피치 못할 상황이 맞는지 확실히 하려고."

"나는 이제 뭐가 옳은 길인지 모르겠구나." 테지가 나지막이 중얼거렸다.

나이마는 아이였던 자신에게 작별을 고하는 느낌이 이런 것인지 궁금했다.

"이건 옳고 그름의 문제가 아니에요." 나이마가 테지에게 말했다.

"어려운 일로 만드는 게 중요한 거예요."

나이마는 탑의 자기 방에 앉아서, 기다렸다.

이제 밤마다 경보가 울렸다. 연기와 먼지가 수도의 거리를 이미 자욱이 뒤덮었지만, 바람이 불어와 하늘이 맑아질 때면 어김없이 높이 솟은 아치와 까마득히 높은 건물이 새로이 무너져 폐허에 한 겹씩의 잔해를 더했다.

나이마는 창밖을 바라보며 곰곰이 생각했다. 자신이 죽어서 동포들 모두를 구할 수 있을지, 아니면 기껏해야 끔찍하게 살해당하는 자신의 모습이 수없이 많은 거울상으로 반복될 뿐일지를. 단지 적국의 영토에 태어난 아이들이라는 이유만으로.

어쩌면 이로써 다 끝인지도 몰랐다. 적국에는 미사일이 없었지만, 그들의 동맹국에는 있었다. 그러므로 만약 대통령이 마음을 먹는다면… 나이마는 위안을 얻지 못했다. 자신의 죽음이 아득히 많은 사람의 죽음 가운데 첫 번째에 지나지 않는다는 상상, 자신보다 고작 며칠 더 버틴 세상이 텅 빈 폐허로 변하는 상상 속에서는.

어째서? 나이마는 멍하니 생각했다. *어차피 아무도 못 이기는 싸움인데.*

나이마는 치마의 주름을 펴고 태블릿 펜을 집어 들었다. 그런 다음 태블릿을 펼쳤다.

이날은 운율을 궁리할 마음이 들지 않았다. 그러나 어쩌면 운율이 필요한 시절은 이미 지났는지도 몰랐다.

나는 당신을 주저케 하려고 여기에 있다
당신은 내가 없기를 바랄 테지만.
가득 찬 내 심장 속에 답은 없다.
나는 다만 앉아서
기다리고
기다리고
기다린다.

Ken Liu

Thoughts and Prayers

추모와 기도

켄 리우

장성주 옮김

켄 리우는 사변소설 작가이자 번역가, 변호사, 프로그래머다. 네뷸러상과 휴고상, 세계환상문학상을 수상한 리우는 《판타지 앤드 사이언스 픽션》 및 《아시모프스Asimov's》, 《아날로그》, 《클라크스월드Clarkesworld》, 《라이트스피드Lightspeed》, 《스트레인지 호라이즌스》를 비롯한 여러 매체에 글을 실었다. 첫 장편소설 『제왕의 위엄』으로 대하 판타지 시리즈인 〈민들레 왕조 연대기〉를 시작했다. 이후 시리즈의 두 번째 권인 『폭풍의 벽The Wall of Storms』, 단편소설집 『종이 동물원』과 『은낭전The Hidden Girl and Other Stories』, 〈스타워즈〉 시리즈의 소설판인 『루크 스카이워커의 전설The Legend of Luke Skywalker』을 발표했다. 〈민들레 왕조 연대기〉는 세 번째 권이 곧 출간될 예정이다. 리우는 가족과 함께 매사추세츠주 보스턴시 근처에 산다.

홈페이지 주소: kenliu.name

SF-Fan

Ken Liu

Thoughts and Prayers

에밀리 포트

그러니까 헤일리에 관해 알고 싶으신 거군요.

아뇨, 전 괜찮아요, 이제 익숙해질 때도 됐죠. 사람들은 제 언니 이야기만 듣고 싶어 하니까요.

비가 우중충하게 내리는 10월의 금요일, 갓 떨어진 나뭇잎 냄새가 공기 중에 감도는 날이었어요. 필드하키 경기장을 따라 늘어선 니사나무들이 선홍색으로 물들어서, 거인이 줄줄이 남기고 간 피 묻은 발자국 같았어요.

저는 그날 프랑스어2 시간에 쪽지 시험을 봤고 가정경제 시간에는 4인 가족의 일주일 치 채식 식단을 짰어요. 정오쯤 됐을 때, 헤일리 언니가 캘리포니아에서 스마트폰 메시지를 보냈어요.

오늘은 자체 휴강. 지금 Q하고 같이 차 몰고 축제 가는 중!!!

전 그 메시지를 무시했어요. 자유로운 자기 대학 생활을 보여주면서 저를 놀리는 게 언니의 즐거움이었거든요. 저는 그게 부러웠지만, 부러워하는 티를 내서 언니를 만족시키긴 싫었어요.

오후에 엄마한테서 메시지가 왔어요.

헤일리가 연락 안 하던?

안 했는데요. 전 그렇게 답신했어요. 자매간의 비밀 엄수는 신성한 거니까요. 언니가 몰래 사귀는 남자 친구를 저 때문에 들킬 일은 없었어요.

"혹시 연락 오면 엄마한테 바로 전화해."

저는 전화기를 한쪽으로 치워버렸어요. 제 엄마가 좀 극성인 편이라서요.

필드하키 연습을 마치고 집에 도착하자마자 무슨 일이 났다는 걸 알았어요. 차고 진입로에 엄마 차가 세워져 있었거든요. 그렇게 일찍 퇴근하는 법이 없는데.

지하 취미실의 텔레비전이 켜져 있었어요.

엄마는 안색이 납빛이었어요. 목이 졸리는 사람 같은 목소리로 엄마가 말했어요. "헤일리네 기숙사 사감이 전화했어. 걔가 무슨 음악 축제에 갔는데. 거기서 누가 총을 쐈대."

그날 저녁의 나머지 시간은 사망자 수가 가파르게 늘고, 텔레비전 앵커들이 호들갑스러운 목소리로 총격범이 예전에 쓴 인터넷 게시판 글을 읽어주고, 겁에 질린 사람들이 비명을 지르면서 사방으로 달아나는 광경을 찍은 동행 드론 카메라의 흔들리는 화면이 인터넷에 퍼져 나가는, 그런 흐릿한 기억으로 남아 있어요.

저는 가상현실 안경을 쓰고 방송국 사람들이 웹사이트에 가상현실로 부랴부랴 재현해놓은 사건 현장을 돌아다녔어요. 벌써부터 촛불을 들고 추모제를 여는 아바타들이 바글거렸죠. 땅바닥에 환하게 그려진 사람 모양 윤곽선은 희생자들이 발견된 자리였고, 공중에 둥둥 떠 있는 숫자와 함께 빛나는 포물선은 탄환의 궤적을 재현한 거였어요. 데이터는 너무나 많았는데, 정보는 너무나 적었어요.

저희는 전화도 걸어보고 메시지도 보내봤어요. 답신은 전혀 안 왔고요. 아마 배터리가 다 닳아서 그럴 거야, 저흰 그렇게 되뇌었어요. 언니는 전화기 충전하는 걸 맨날 깜박했거든요. 분명 통신망에 과부하가 걸려서 그럴 거라는 생각도 했고요.

전화가 온 때는 새벽 4시였어요. 식구들 모두 깨어 있었죠.

"예, 저는 헤일리의… 확실한가요?" 엄마 목소리는 이상하게 차분했어요, 마치 엄마의 삶이, 저희 가족 모두의 삶이, 방금 전에 영영 바뀌어버린 게 현실이 아닌 것처럼요. "아뇨, 비행기 표는 저희가 알아서 할게요. 감사합니다."

엄마는 전화를 끊고, 저희를 보면서, 방금 들은 소식을 전해줬어요. 그러고는 허물어지듯 소파에 쓰러져서 두 손에 얼굴을 파묻었어요.

이상한 소리가 들렸어요. 돌아봤더니, 저는 그런 아빠를 그때 처음 봤는데요, 아빠가 울고 계셨어요.

언니한테 얼마나 사랑하는지 얘기해줄 마지막 기회를 놓친 게 아쉬워요. 그 메시지에 답장을 했어야 하는데.

그레그 포트

헤일리 사진은 보여드릴 게 하나도 없습니다. 상관없겠죠. 제 딸 사진은 이미 원 없이 보셨을 테니.

애들 엄마인 애비게일하고는 다르게 저는 사진이나 동영상을 많이 찍지 않았고, 드론 카메라로 찍는 홀로그램이나 다중몰입영상 같은 건 그보다도 훨씬 적게 만들었습니다. 저는 뭐랄까, 뜻밖의 순간에 대비하는 본능이나 가슴 벅찬 순간을 기록으로 남기는 연습, 그림 같은 장면을 포착하는 기술, 뭐 그런 게 부족해서요. 하지만 정작 중요한 이유는 따로 있습니다.

제 아버지는 손수 필름을 현상하고 사진을 인화하면서 뿌듯함을 느끼는 취미 사진가였습니다. 다락에 있는 먼지 쌓인 앨범을 들춰보면 저희 남매가 미리 설정한 포즈로 딱딱한 웃음을 띤 채 카메라를 보며 찍은 사진이 여럿 있을 겁니다. 제 여동생 세라의 사진을 잘 보십시오. 렌즈로부터 얼굴을 살짝 돌려서 오른쪽 뺨이 안 보이는 사진이 여럿 눈에 띌 겁니다.

세라는 다섯 살이었을 적에 의자에 올라가서 펄펄 끓는 냄비를 엎었습니다. 그때는 아버지가 애를 보고 있기로 했는데, 전화로 동료와 말다툼을 하는 데 그만 정신이 팔렸던 겁니다. 일을 다 수습하고 보니 세라는 오른쪽 뺨부터 허벅지까지 온통 화상 흉터가 나 있었습니다. 기다랗게 굳어버린 용암처럼요.

그 앨범에서 부모님이 악을 지르며 싸웠던 흔적은 찾아볼 수 없을 겁니다. *예쁘다*라는 말을 더듬거리지 않고는 입 밖에 내지 못하던 어머니와 그럴 때마다 식탁에 모여 앉은 식구들 위로 내려앉던 어색한 냉기도, 세라와 눈을 못 마주치던 아버지의 모습도 마찬가지입니다.

드물게 세라의 얼굴이 정면으로 찍힌 사진에는 흉터가 보이지 않는데, 흉터의 존재 자체를 암실에서 지워버렸기 때문입니다. 한 획 한 획, 꼼꼼하게. 아버지는 아무렇지도 않게 그 일을 해치웠고 다른 식구들은 몸에 밴 침묵을 지키며 장단을 맞췄습니다.

사진을 비롯한 기억대체재를 아무리 싫어한들 그것들을 피해서 살기란 불가능합니다. 동료나 친척이 보여주면 같이 보면서 고개를 끄덕이는 수밖에 없지요. 기억포착장치의 생산자들이 결과물을 실제보다 더 멋지게 만들려고 얼마나 애쓰는지가 제 눈에는 보입니다. 색채는 더 생생하고, 어두운 세부도 환하게 보이고, 필터는 어떤 분위기든 원하는 대로 드리워주지요. 사람은 아무것도 할 필요 없이 전화기가 순간을 괄호 속에 담듯이 사진을 찍으니까 우리는 마치 시간 여행이라도 하는 것처럼, 모두가 활짝 웃는 완벽한 순간을 고를 수 있습니다. 살결은 매끈하게 보정하고, 모공과 잡티는 지우면 됩니다. 제 아버지가 종일 걸려서 하던 일이 지금은 눈 깜짝할 사이에 끝납니다, 그것도 훨씬 훌륭하게.

그런 사진을 찍는 사람들은 그걸 현실로 믿을까요? 아니면 기억 속의 현실을 디지털 그림으로 대체하는 걸까요? 사진에 포착된 순간을 기억해내려고 할 때 그들은 스스로 본 것을 떠올릴까요, 아니면 카메라가 공들여 만들어준 것을 떠올릴까요?

애비게일 포트

캘리포니아로 향하는 비행기 안에서 그레그는 잠깐 눈을 붙이고 에밀리는 창밖을 내다보는 동안, 저는 가상현실 안경을 쓰고 헤일리의 영상 속으로 빠져들었어요. 먼 훗날 늙고 쇠약해져서 새로운 추억을 못 만들 때가 오기 전에는 그럴 일이 없을 줄 알았는데. 분노는 나중 일이었어요. 상실의 슬픔이 다른 감정에 자리를 내주지 않았으니까요.

카메라와 전화기, 동행 드론은 언제나 제가 맡았어요. 연례 가족 앨범, 휴가 하이라이트 영상, 가족이 한 해 동안 이룬 성취를 요약해서 보여주는 애니메이션 크리스마스카드도 제가 만들었고요.

남편하고 딸들은 제가 그렇게 하도록 내버려뒀어요, 가끔은 떨떠름해하면서. 저는 식구들이 제 관점을 이해해줄 날이 언젠가 올 거라고 믿어 의심치 않았죠.

"사진은 중요해." 저는 그렇게 말했어요. "우리 뇌는 결함투성이야, 시간이 줄줄 새는 체 같은 거라고. 사진이 없으면 우린 기억 속에 간직하고 싶은 것들을 너무나 많이 잊어버릴 거야."

저는 제 첫아이의 삶을 다시 살면서 대륙을 가로질러 날아가는 동안 내내 흐느꼈어요.

그레그 포트

애비게일의 생각이 틀렸던 건 아닙니다. 꼭 그렇진 않아요.

기억을 떠올리게 도와줄 이미지가 있으면 좋을 텐데 하는 생각은 여러 번 했습니다. 헤일리가 6개월 아기였을 때의 얼굴이 정확히 떠오르지 않았고, 다섯 살 때 입었던 핼러윈 의상도 기억나지 않았으니까요. 고등학교 졸업식 때 입었던 파란 드레스가 정확히 얼마나 파랬는지조차도 기억이 안 났습니다.

물론 나중에 일어난 일을 생각하면, 이제는 그 아이 사진을 손에 넣을 방법이 없지요.

저는 이렇게 생각하며 스스로를 달랬습니다. 사진이나 비디오가 친밀감을, 내 눈을 통해 형성되는 복제 불가능한 주관적 관점과 기분을, 내가 내 아이의 헤아릴 수 없이 아름다운 영혼을 *느끼*는 순간순간의 정서적 분위기를, 어떻게 포착할 수 있을까? 저는 디지털 방식의 재현이나 전자 눈의 시선이 겹겹의 인공지능을 거쳐 빚어낸 모조 상像 때문에 제가 기억하는 딸의 모습이 훼손되기를 바라지 않았습니다.

헤일리를 생각할 때면, 제 머릿속에는 뚝뚝 끊어진 일련의 기억들이 떠오릅니다.

속이 비칠 것 같은 조그마한 손가락들로 내 엄지손가락을 처음으로 감싸 쥐던 갓난아기. 유빙을 부수고 나아가는 쇄빙선처럼, 판자 바닥에 배를 깔고 엎드려서 알파벳 모양 블록을 헤치고 빨빨거리며 돌아다니는 젖먹이. 내가 감기에 걸려 누워 있을 때 티슈 상자를 건네주며 조그맣고 서늘한 손을 열이 나는 내 뺨에 올려놓던 네 살배기.

펌프로 물을 압축해서 쏴 날리는 페트병 로켓의 발사 줄을 잡아당기던 여덟 살 헤일리. 솟아오르는 로켓 아래에서 거품이 부글거리는 물을 나와 함께 뒤집어썼을 때, 깔깔 웃으며 이렇게 외치던 그 아이. "난 화성에서 공연하는 최초의 발레리나가 될 거예요!"

이제 잠들기 전에 책을 읽어주는 건 싫다고 말하던 아홉 살 헤일리. 자식이 내 품을 떠나는 피치 못할 아픔에 가슴이 저릿했을 때, 이런 말로 그 아픔을 누그러뜨려준 아이. "언젠가는 내가 아빠한테 책을 읽어줄 날이 올지도 몰라요."

동생을 지원군 삼아 거느리고 부엌에 여봐란듯이 버티고 서서, 나란히 앉은 나와 애비게일을 내려다보며 이렇게 말하던 열 살 헤일리.

"저녁 먹는 동안은 전화기를 만지지 않겠다는 이 서약서에 서명하지 않으면 전화기 안 돌려줄 거예요."

브레이크 페달을 힘껏 밟아 내가 생전 처음 들어볼 정도로 커다란 타이어 마찰음을 내던 열다섯 살 헤일리. 조수석에 앉아 손이 아플 정도로 주먹을 꽉 쥔 나. "저번에 롤러코스터 탔을 때의 내 모습 같네요." 놀리는 티가 나지 않도록 세심하게 조절한, 경쾌한 목소리. 나를 안전하게 지켜주려는 듯이 한 팔을 내 앞으로 뻗은 헤일리, 내가 그 애를 위해 수백 번은 그랬던 것처럼.

그렇게 계속 또 계속, 우리가 함께한 6,874일의 순수한 결실들이, 나날의 삶이라는 파도가 쓸고 지나간 해변 위에 부서진 채 반짝이는 조개껍데기들처럼 이어집니다.

캘리포니아에서 애비게일은 그 애의 시신을 보여달라고 했습니다. 저는 안 보겠다고 했고요.

자신의 실수 때문에 생긴 흉터를 암실에서 지우려고 애쓴 제 아버지나 자신이 지켜주지 못한 자식의 주검을 보지 않겠다고 한 저나 똑같은 인간들이라고 할 사람도 아마 있을 겁니다. 제 머릿속에는 '할 수도 있었는데'라는 생각이 수없이 많이 소용돌이쳤습니다. 헤일리한테 집에서 가까운 대학에 가라고 고집을 부릴 수도 있었는데, 총기 난사 시의 생존법 교육 과정에 그 애를 등록시킬 수도 있었는데, 방탄조끼를 늘 입고 다녀야 한다고 우길 수도 있었는데. 우리 아이들은 한 세대 전체가 총격 시 대피 훈련을 받으며 자랐습니다, 그런데 저는 왜 더 많이 대비하지 않았을까요? 저는 제가 아버지를 이해하거나 아버지의 흠지고 소심하고 죄책감으로 얼룩진 마음에 공감할 날이 영영 안 올 줄 알았습니다. 헤일리가 죽기 전까지는요.

하지만 결국에는, 제가 헤일리의 시신을 보지 않겠다고 한 건 저한테 남은 그 애의 유일한 흔적을 지키고 싶었기 때문입니다. 그 기억들을요.

만약 헤일리의 시신을, 총알이 뚫고 나간 너덜너덜한 구멍을, 구불구불 굳어버린 용암처럼 엉긴 피를, 갈기갈기 찢어지고 흙투성이가 된 옷을 봤다면, 그 모습이 그전에 일어났던 모든 것을 압도해버릴 게 뻔했습니다. 제 딸, 제 소중한 아이의 기억을 단 한 번의 거센 폭발로 모조리 불살라버리고 오로지 증오와 절망만 남겼을 겁니다. 아뇨, 그 생기 없는 육체는 헤일리가 아니었습니다, 제가 기억하고 싶은 아이가 아니었어요. 저는 반도체와 전기신호가 제 기억을 좌우하게 놔두기 싫었던 만큼이나 그 한순간이 헤일리라는 존재를 통째로 물들여버리게 놔두고 싶지 않았습니다.

그래서 애비게일은 시신 앞으로 가서, 시트를 들추고, 헤일리의 잔해를, 우리 삶의 잔해를 내려다봤습니다. 사진도 찍었습니다. "난 이것도 같이 기억하고 싶어." 애비게일이 중얼거렸습니다. "자기 자식이 고통에 빠져 있는데 그 앞에서 눈을 돌려선 안 돼, 자기 잘못 때문에 그렇게 된 자식 앞에서."

애비게일 포트

그 사람들은 우리 세 식구가 아직 캘리포니아에 있을 때 저를 찾아왔어요.

전 멍한 상태였어요. 수많은 어머니가 떠올렸던 질문들이 제 머릿속에 소용돌이쳤어요. 그자는 어째서 그렇게 많은 총을 보유하도록 허가를 받았을까? 위험한 조짐이 그렇게 많았는데 왜 아무도 그자를 막지 않았을까? 내 아이를 구하기 위해 내가 바꿀 수 있는 게 뭐였을까, 뭘 바꿔야 했을까?

"당신이 할 수 있는 일이 있어요." 그 사람들은 그렇게 말했어요. "우리와 힘을 합쳐서 헤일리를 추모하고 변화를 이끌어내는 거예요."

저를 순진하다거나 그보다 더 심한 말로 비난한 사람들이 많았어요. 그때 저는 뭘 기대했을까요? 판에 박힌 문구들이 '추모와 기도를 전합니다'로 끝맺는 걸 수십 년 동안 줄줄이 봐왔으면서, 이번에는 다를 거라고 기대한 이유가 뭘까요? 똑같은 일을 반복하면서 다른 결과를 바라는 건 광기 그 자체인데.

어떤 사람들은 냉소주의에 힘입어 굳건해지고 우월해지기도 해요. 하지만 모두가 그렇게 생겨먹은 건 아니에요. 비탄에 짓눌린 상태에서는 실낱같은 희망에도 매달리게 마련이죠.

"정치는 망가졌어요." 그 사람들이 말했어요. "어린아이들이 죽고, 신혼부부들이 죽고, 갓난아기를 몸으로 가리려던 엄마들이 그렇게 많이 죽었으면, 어떻게 하자고 나서기에는 충분하고도 남아요. 하지만 결코 그렇지가 않죠. 논리와 설득은 이미 힘을 잃었어요, 그러니까 우리는 열정을 일깨워야 해요. 언론이 대중의 병적인 호기심을 살인범한테 몰고 가도록 놔둘 게 아니라, 헤일리 이야기에 집중하는 거예요."

전에도 해본 일이잖아요. 전 그렇게 중얼거렸어요. 희생자에게 관심을 집중시키는 걸 참신한 정치 운동으로 보기는 힘들죠. 헤일리가 단지 숫자나 통계, 사망자 명단에 추가된 또 하나의 추상적인 이름이 아니란 걸 명확히 밝히는 거 말이에요. 사람들한테 자신들이 망설이며 물러나 있었던 탓에 무슨 일이 벌어졌는지를 살아 있는 인간을 통해 보여주면 세상이 바뀔 거라고 기대하면서. 하지만 그 방법은 통하지 않았고, 지금도 안 통해요.

"이번엔 달라요." 그 사람들은 완강했어요. "우리 알고리즘을 사용하면요."

그 사람들이 저한테 처리 방식을 설명해주긴 했는데, 기계 학습이니 합성곱 신경망이니 바이오피드백 모델이니 하는 것들의 세부 사항은 하나도 기억이 안 나네요. 그 사람들의 알고리즘은 원래 엔터테인먼트 업계에서 영화의 만듦새를 평가하고 흥행 수익을 예측하다가, 나중에는 아예 수익을 창출하는 용도로 사용됐어요. 특허를 낸 상업용 모델은 제품 디자인부터 정치연설 작성까지, 정서적 교감이 필요한 분야는 어디서나 이용하죠. 감정은 초자연적인 발산물이 아니라 고도의 생명현상이니까 유행과 패턴을 포착하는 것도, 영향력을 극대화하는 자극에 집중하는 것도 가능해요. 그 알고리즘은 헤일리의 삶이 담긴 시각 서사를 만들고 그걸로 냉소주의의 단단한 벽을 두들겨 무너뜨린 다음, 보는 이로 하여금 행동에 나서게끔, 또 자신들의 안일함과 패배주의를 부끄러워하게끔 만들 거였어요.

터무니없는 생각 같은데요. 나는 그렇게 말했어요. 전자장치가 어떻게 나보다 내 딸을 더 잘 알 수가 있겠어요? 현실의 사람들이 감동시키지 못하는 마음을 기계가 무슨 수로 바꾸겠어요?

"사진 찍을 때를 생각해보세요." 그 사람들이 묻더군요. "카메라의 인공지능이 최고의 사진을 선사할 거라고 믿지 않으세요? 드론 동영상을 편집할 때면 가장 재미있는 부분을 감지하고 제일 잘 어울리는 분위기 필터를 적용해서 화질을 개선하는 일을 인공지능한테 맡기시잖아요. 이 알고리즘은 그보다 100만 배는 더 강력해요."

저는 그 사람들한테 제 가족의 추억을 모두 모아놓은 저장 장치를 건넸어요. 사진, 비디오, 스캔 자료, 드론 영상, 녹음 기록, 몰입영상까지요. 제 아이를 그 사람들한테 맡긴 거예요.

저는 영화 비평가가 아니라서, 그 사람들이 쓰는 기술을 뭐라고 묘사해야 할지 알 길이 없어요. 내레이션은 저희 식구들이 한 말로만 이뤄졌는데 모르는 사이인 관객들이 아니라 식구들끼리 주고받은 말이다 보니, 결과물은 제가 그때껏 본 어떤 영화나 가상현실 몰입영상하고도 달랐어요. 한 사람의 삶의 경로를 빼면 플롯 같은 건 없었어요. 호기심을 충족시키고, 연민을 이끌어내고, 온 우주를 품에 안고 싶었던, 우주가 *되고* 싶었던 한 아이의 투지를 기리는 것 말고는 다른 선전의 의도도 없었고요. 그건 아름다운 삶이었어요. 사랑을 주는 삶, 사랑을 받아 마땅한 삶이었죠. 황망하고 잔인하게 꺾여버리는 순간이 올 때까지는요.

헤일리를 기억하기에 걸맞은 방식이구나. 저는 그렇게 생각하며 눈물을 줄줄 흘렸어요. *이건 내가 헤일리를 보는 방식이야, 남들도 헤일리를 이렇게 봐야 해.*

저는 그 사람들한테 축복의 인사를 전했어요.

세라 포트

어릴 적에 그레그와 저는 친하게 지내지 못했어요. 부모님한테는 우리 가족이 겉으로 잘살고 교양 있는 집으로 보이는 게 중요했죠, 실제야 어떻든 간에. 그 반대급부로 그레그는 모든 종류의 재현을 불신하게 된 반면에, 저는 점점 더 재현에 집착하게 됐어요.

어른이 된 후에 우리는 명절 인사를 주고받는 것 말고는 거의 대화도 하지 않았고, 속을 털어놓는 사이는 절대 아니었어요. 조카들 소식은 애비게일의 소셜미디어에 올라오는 글로만 파악했고요.

더 일찍 개입하지 못했던 저 자신을 변명하려고 하는 얘기 같네요.

헤일리가 캘리포니아에서 죽었을 때 저는 총기 난사 사건의 희생자 유족을 전문적으로 돌보는 심리 상담사 몇 명의 연락처를 그레그한테 보냈지만, 저 스스로는 거리를 유지했어요. 사이가 서먹한 고모이자 냉담한 동생인 제 처지를 감안하면 오빠 가족이 비탄에 빠진 순간에 불쑥 끼어드는 건 부적절하다고 생각했으니까요. 그래서 애비게일이 총기 규제라는 대의를 위해 헤일리의 추억을 몽땅 건네기로 동의했을 때 저는 그 자리에 없었던 거예요.

저희 회사 홈페이지의 직원 소개란에는 제 전문 분야가 인터넷 담론 연구이고, 제 연구 대상의 대부분이 시각 자료라고 나와 있는데도 말이죠. 저는 인터넷 분탕꾼troll들에게 맞설 갑옷을 디자인하는 사람이에요.

에밀리 포트

저는 헤일리 언니의 영상을 여러 번 봤어요.

도저히 안 볼 수가 없더라고요. 몰입영상으로 만든 게 있었는데, 그걸 보는 사람은 언니 방으로 들어가서 언니의 단정한 손 글씨를 읽고,

벽에 걸린 포스터도 찬찬히 뜯어보는 게 가능했어요. 싼 데이터 요금제를 이용하는 사람들이 보기 쉽게 저해상도로 만든 버전도 있었는데, 그 속에선 압축 이미지와 이동 시의 잔상 때문에 언니의 삶이 옛날 영화처럼 몽환적으로 보였어요. 모두가 그 영상을 공유한 건 그게 자기들 자신이 좋은 사람이라고 다시금 확인시켜주는 수단이기 때문이었어요. 희생자 편에 서는 좋은 사람. 클릭, 아무 말이나 적어서 뉴스피드 맨 위로 올리기, 촛불 이모티콘 달기, 호들갑스럽게 공유하기.

효과는 강력했어요. 전 울었어요, 그것도 여러 번. 애도와 연대를 표하는 말들이 영영 끝나지 않을 밤샘 추모제처럼 제 가상현실 안경 위로 흘러갔어요. 다른 총기 난사 사건의 희생자 유족들도 다시금 총기 규제의 희망을 품고 지지하는 목소리를 높였고요.

하지만 그 영상 속의 언니는 생판 남처럼 느껴졌어요. 영상에 나오는 모든 요소는 진짜였지만, 한편으로는 거짓말처럼 느껴졌어요.

선생님이나 어른들은 자기들이 아는 헤일리 언니의 모습을 사랑했지만, 학교 친구들 중에는 언니가 교실에 들어서기만 해도 움츠러드는 소심한 여자애가 있었어요. 언젠가 한번은 언니가 술을 마시고 집까지 운전을 해서 온 적이 있어요. 제 돈을 훔치고 거짓말을 하다가 자기 지갑에 든 돈을 저한테 들킨 적도 있고요. 언니는 남들을 교묘하게 조종하는 법을 잘 알았고 그걸 부끄러워하지도 않았어요. 언니는 끔찍이도 의리 있고 용감하고 친절한 사람이었지만, 한편으로는 사납고 잔인하고 옹졸하게 굴 때도 있었죠. 저는 헤일리 언니가 인간이었기 때문에 언니를 사랑했어요, 그런데 그 영상 속의 여자애는 진짜보다 더 인간적인 동시에 인간이 아닌 것 같았어요.

저는 그런 제 느낌을 속에만 담아뒀어요. 죄책감이 들어서요.

저랑 아빠는 멍하니 주저앉아 있었던 반면에, 엄마는 앞장을 섰어요. 잠깐이나마 여론의 흐름이 바뀐 것처럼 보였죠. 연방의회 의사당과 백악관 앞에서 열띤 행진이 벌어지고 연설회도 열렸어요. 군중은 헤일리 언니의 이름을 연호했고요. 엄마는 대통령이 의회에서 연두교서를 발표하는 자리에 초대되기도 했어요. 엄마가 총기 규제 운동에 참여하느라 일을 그만뒀다는 소식이 언론에 보도됐을 땐 저희 가족을 위해 암호 화폐 모금 운동이 열렸죠.

그러던 어느 날이었어요, 악성 댓글꾼들이 나타난 건.

이메일과 문자메시지, 텀블이나 스퀴크, 스냅그램, 텔리바 같은 온갖 서비스의 메시지들이 저희 식구들한테 홍수처럼 밀려들었어요. 엄마와 저는 조회 수 장사꾼이니, 매수된 연기자니, 추모 돈벌이꾼이니 하는 욕을 들었죠. 생판 남들이 우리 아빠가 온갖 방면에서 무능하고 남자답지 못하다고 설명하는 글을 끝도 없이 장황하게 적어서 보내기도 했고요.

'헤일리는 죽지 않았어.' 모르는 사람이 저희 가족에게 알려줬어요. 언니는 사실 중국의 싼야라는 곳에 살아 있다고, 국제연합과 미국 정부에 잠입해 있는 국제연합의 부역자들이 언니에게 죽은 척하는 대가로 건넨 수백만 달러를 쓰면서 살고 있다고요. 언니의 남자 친구가, 그 사람도 총기 난사 현장에서 '죽지 않은 게 분명'한데, 그 남자 친구가 원래 중국계라고, 그게 바로 공모 관계의 증거라고 했어요.

언니의 영상은 조각조각으로 나뉘어서 날조 및 디지털 조작의 증거로 제시됐어요. 익명의 동급생들이 한 말은 언니를 습관적인 거짓말쟁이, 사기꾼, 관심병 환자 따위로 묘사할 목적으로 인용됐고요.

언니의 영상은 짤막짤막하게 토막 나서 중간에 '폭로 영상'이라는 화면이 삽입된 채로 인터넷에 퍼지기 시작했어요. 어떤 사람들이 소프트웨어를 사용해서 언니가 혐오 발언을 내뱉는 짧은 영상을 새로 만든 거예요, 언니가 카메라를 향해 낄낄대고 손을 흔들며 히틀러와 스탈린의 말을 인용하는 영상을요.

저는 제 소셜미디어 계정을 삭제하고 집에 틀어박혔어요. 침대에서 일어날 힘조차 못 내는 상태로요. 부모님은 그런 저를 그냥 내버려두셨어요. 두 분도 자기 몫의 싸움을 하느라 바빴으니까요.

세라 포트

디지털 시대에 접어든 지 수십 년이 지난 지금, 인터넷 분탕질trolling은 온갖 틈새를 파고들어 기술과 예절 양쪽 모두의 기준을 새롭게 바꾸고 있어요.

인터넷 분탕꾼들이 중구난방 식으로, 막연한 적의를 품고, 악의적인 희열을 느끼며 오빠네 가족에게 떼 지어 덤비는 걸, 저는 멀찍이서 지켜봤어요.

음모론이 딥페이크 영상 기술과 합쳐지더니 인터넷 밈으로 대체돼 연민이라는 감정을 다 헤집어놓고는, 고통을 한낱 웃음거리로 요약해버리더군요.

"엄마, 지옥의 해변은 엄청 따뜻해요!"

"내 몸에 새로 뚫린 총구멍들이 완전 마음에 들어요!"

헤일리의 이름을 음란물 사이트에서 검색하는 게 유행이 돼버렸어요. 콘텐츠 제작자들은, 그래 봤자 인공지능으로 돌아가는 봇 공장이 태반이었는데, 이미지 자동 생성 기술로 만든 영화와 가상현실 몰입 영상에 제 조카를 출연시켜서 그 수요에 대응했어요. 일반에 공개된 헤일리의 영상을 알고리즘이 수집해서 얼굴과 몸과 목소리를 변형시켜 도착적인 영상에 감쪽같이 붙여 넣는 식이었죠.

뉴스매체들은 분노에 찬 어조로 그 전개 과정을 보도했어요, 어쩌면 진심인 곳도 있었을 거예요. 그런 식의 보도는 사람들로 하여금 검색을 더 많이 하도록 자극했고, 그 결과 더 많은 콘텐츠가 만들어졌죠…

연구자로서 거리를 두는 건 제 의무이자 습관이에요. 현상을 관찰하고 연구하면서 엄정한 객관성을 유지하는 거죠, 때로는 매료된 상태로도. 인터넷 분탕질이 정치적 동기 때문이라고 보는 건 지나치게 단순한 관점이에요. 적어도 사회 일반이 이해하는 의미의 정치는 아니거든요. 인터넷 밈이 퍼지도록 조장하는 건 표현의 자유를 보장하는 수정헌법 제2조 지상주의자들이지만, 그 밈을 처음 만드는 자들은 어떠한 정치적 대의도 신봉하지 않는 경우가 많아요. 8타쿠 또는 두앙두앙 같은 무법천지 사이트, 또 지난 10년간의 혐오 발언자 추방운동 끝에 생겨난 대체 언론 사이트들이 바로 그 인터넷 똥파리들의 서식지이자, 우리 집단 인터넷 무의식의 이드가 도사린 곳이죠. 인터넷 분탕꾼들은 금기를 깨고 관습에 도전하는 데서 쾌락을 찾기 때문에, 입에 담지 못할 말을 서슴없이 내뱉고 진지한 태도를 조롱하고 남들이 지키자고 그어놓은 선을 넘나드는 것 말고는 하나로 묶일 만한 관심사가 전혀 없어요. 그자들은 극악하고 추잡한 짓을 재미로 일삼으면서, 이를 통해 기술이 가능케 한 사회적 유대를 더럽히는 동시에 또렷이 드러내죠.

하지만 그자들이 헤일리의 이미지를 이용해 벌이는 짓을 가만히 지켜보는 건 인간으로서 용인할 수 있는 일이 아니었어요. 저는 사이가 소원해진 제 오빠와 그 식구들에게 손을 내밀었어요.

"내가 도와줄게."

우리는 기계 학습 덕분에 어떤 희생자가 표적이 될지 꽤 정확히 예측하는 능력을 얻었기 때문에, 인터넷 분탕꾼들의 행동을 예측하기가 사람들 생각만큼 어렵진 않아요. 하지만 제 직장을 비롯한 주요 소셜 미디어 플랫폼들은 유저가 만든 콘텐츠를 감시하는 일과 '상호 교류'에 찬물을 끼얹는 일 사이에서 아슬아슬한 줄타기를 해야 한다는 걸 민감하게 의식하고 있어요. 그 가느다란 줄 하나가 주가를 좌우하고 따라서 모든 결정을 지배하는 거죠. 적극적인 조정 행위, 특히 사용자 신고와 인위적 판정에 의존하는 조정 행위는 모든 진영이 손쉽게 악용하는 조치이고, 그렇다 보니 검열을 한다고 비난받지 않은 기업은 한 군데도 없어요. 결국 기업 측은 복잡하기 짝이 없는 규정을 다 내던지고 제재를 포기해버렸죠. 그들은 사회를 온전히 유지하기 위한 진실과 품위의 중재자가 될 기술도, 그럴 의향도 없어요. 입법부도 사법부도 행정부도 못 푸는 문제를 어떻게 기업이 풀어주길 바라겠어요?

시간이 흐르면서 대다수 기업의 해결책은 하나로 수렴됐어요. 발언자의 행위를 판단하는 데 집중하기보다, 그 발언의 수신자들이 스스로를 보호하게끔 하는 데 자원을 퍼부은 거예요. 알고리즘을 이용해서 적법한(지나치게 감정적이긴 해도) 정치적 발언과 조직적인 괴롭힘을 *모두가* 납득하도록 즉시 구분하는 건 몹시도 까다로운 문제예요. 어떤 사람들은 권력에 맞서 진실을 말하는 행위라고 찬양하는 콘텐츠를 다른 사람들은 도리에 어긋난 짓이라고 비판하는 경우가 왕왕 있거든요. 개개인에 맞춰 조정된 신경망을 구축하고 학습시켜서 *특정한* 사용자가 보기 싫어하는 콘텐츠를 걸러내는 게 훨씬 더 쉽죠.

'갑옷'이라는 이름으로 출시된 새로운 방어형 신경망은 개별 사용자가 콘텐츠의 흐름에 반응하면서 나타내는 감정 상태를 관찰해요. 갑옷은 글과 소리, 영상, 증강·가상현실을 아우르는 벡터를 조정할 수 있기 때문에 자기 학습을 통해 해당 사용자가 유독 불편해하는 콘텐츠가 뭔지 인식하고 걸러낸 다음, 평온한 공백만을 남겨두죠. 가상과 실제가 섞인 혼합현실과 몰입영상이 점점 더 흔해지다 보니 갑옷을 가장 잘 입는 방법은 증강현실 안경을 쓴 상태로 구동해서 시각 자극의 원천을 모조리 차단하는 거예요. 인터넷 분탕질은 과거의 바이러스나 해충처럼 기술적 문제죠, 그리고 이제 우리는 기술적 해법을 얻었어요.

가장 강력하고 개인에게 맞춤화된 보호 장치를 적용하려면 돈을 지불해야 해요. 소셜미디어 기업들도 갑옷 개발에 참여하고 있는데, 그들은 이 해결책을 통해 자기네가 콘텐츠 감시 업무에서 해방되고, 가상세계의 광장에서 무엇을 용납해선 안 되는지 결정하는 임무로부터 면제되고, '빅브라더' 같은 검열의 망령으로부터 모두가 자유로워진다고 주장하죠. 이런 식으로 언론의 자유를 옹호하는 윤리관이 하필 더 많은 수익으로 연결된다는 건 의심할 것도 없이 나중에야 떠오른 생각이었을 거예요.

저는 제 오빠 가족한테 돈으로 살 수 있는 가장 훌륭한 최신식 갑옷을 보내줬어요.

애비게일 포트

처지를 바꿔서 한번 생각해보세요. 당신 딸의 몸이 디지털 방식으로 압축돼서 눈 뜨고 볼 수 없는 음란물에 나오고, 그 애 목소리가 혐오 발언을 거듭 외치도록 조작되고, 그 애 얼굴이 말도 못 할 만큼 잔인하게 난자당한다고. 그리고 그렇게 된 건 당신 탓이라고, 인간의 마음이 어디까지 타락하는지 상상하지 못한 당신 탓이라고 말이에요. 당신 같으면 거기서 그만뒀겠어요? 그냥 물러나서 손 놓고 있었겠어요?

끔찍한 일이 눈에 띄지 않도록 갑옷이 막아주는 동안 저는 계속 포스트를 작성하고 공유했어요. 파도처럼 밀려드는 거짓말 앞에서 목소리를 높인 거예요.

헤일리는 죽은 게 아니라 정부의 총기 소지 규제 음모에 가담한 연기자라는 거짓말은 너무 황당해서 대꾸할 가치도 없어 보였어요. 하지만 제 갑옷이 엉터리 기사를 다 걸러내는 바람에 뉴스 사이트와 다중 수신 스트리밍 방송에 빈 공간만 보이기 시작하면서, 저는 그 거짓말이 어째서인지 진짜 논쟁거리가 돼버린 걸 깨달았어요. 진짜 기자들이 저더러 인터넷 모금 운동으로 받은 돈을 어디다 썼는지 밝히라며 영수증을 요구하더군요. 저희는 한 푼도 안 받았는데 말이에요! 온 세상이 제정신이 아니었어요.

저는 헤일리의 시신 사진을 공개했어요. 분명 이 세상에 일말의 예의는 남아 있을 거다, 그렇게 생각했죠. 눈앞에 증거가 있으면 그걸 무시하는 소리를 할 사람은 없지 않겠어요?

상황은 더 나빠졌어요.

인터넷의 얼굴 없는 패거리한테는 누가 제 갑옷을 뚫고 뭘 꺼내 오는 걸 구경하는 것도, 제가 진저리를 치고 움츠러들게 악독한 동영상으로 제 눈을 찌르는 것도 이미 하나의 놀이였어요.

자동 봇들은 저한테 다른 총격 사건으로 아이를 잃은 부모인 척 메시지를 보냈고, 제가 스팸 방지 소프트웨어를 돌린 다음부터는 저한테 혐오 발언이 담긴 영상을 불쑥불쑥 들이댔어요. 헤일리에게 추모를 바치는 슬라이드 쇼 영상을 보내기도 했는데, 그런 영상은 갑옷이 통과시키기가 무섭게 지독한 음란물로 변해버렸죠. 그자들은 돈을 모아서 심부름꾼을 고용하고, 배달용 드론을 빌려서 저희 집 근처에 증강현실용 표식을 설치했어요. 제가 증강현실 안경을 쓰고 있으면 주위에 온통 헤일리의 유령이, 몸부림치고 킬킬대고 신음하고 악을 쓰고 욕을 하고 조롱하는 그 애의 유령이 보이도록 말이에요.

무엇보다 끔찍했던 건, 그자들이 헤일리의 피투성이 시신 사진과 신나는 배경음악을 합성해서 만든 애니메이션이었어요. 헤일리의 죽음이 농담이 돼서 유행을 탄 거예요, 제가 어렸을 적에 유행한 '춤추는 햄스터' 애니메이션처럼요.

그레그 포트

저는 가끔 우리가 자유라는 개념을 오해하는 게 아닌가 하는 생각이 듭니다. 무엇을 '할 자유'를 무엇을 '피할 자유'보다 훨씬 더 소중하게 여기니까요. 사람들은 총을 소유할 자유를 누려야만 합니다, 그래서 유일한 해결책은 어린애들한테 사물함 속에 숨거나 방탄 책가방을 메고 다니라고 가르치는 것뿐이지요. 인터넷에서 마음 내키는 대로 글을 적고 말을 할 자유도 반드시 누려야 하니까, 유일한 해결책은 표적이 된 사람들한테 갑옷을 입으라고 하는 것뿐이고요.

애비게일은 단번에 결정을 내렸고, 저희 둘은 그저 따르는 수밖에 없었습니다. 뒤늦게 저는 제발 그만하라고, 이제 손을 떼라고 애원하고 간청했습니다. 집을 팔고 어디 다른 곳으로, 세상 모든 사람과 이어질 수 있다는 유혹이 없는 곳으로 이사를 가면 된다고 했습니다. 항상 연결된 세계로부터, 또 저희가 빠져서 허우적대던 증오의 바다로부터 멀어지면 된다고 말입니다.

하지만 세라가 준 갑옷 때문에 애비게일은 안전하다는 착각에 빠졌고, 더 완강한 태도로 분탕꾼들에게 맞서 싸웠습니다. "난 내 딸을 위해 싸워야 해." 저한테 그렇게 소리쳤지요. "그자들이 헤일리의 추억을 더럽히게 놔둘 순 없어."

분탕꾼들의 공세가 거세지자 세라는 갑옷의 기능을 향상하는 패치를 저희에게 보내고 또 보냈습니다. 적대적 공격 보완 세트, 자체 수정 코드 감지, 시각화 자동 방지 같은 이름이 붙은 패치를 겹겹이 추가하더군요.

분탕꾼들은 번번이 새로운 우회로를 찾아냈고, 그때마다 갑옷은 아주 잠깐 버틸 뿐이었습니다. 인공지능의 민주화는 곧 세라가 아는 기술을 그자들도 모조리 안다는 뜻이자, 그자들이 학습하고 적응하는 기계 또한 보유했다는 뜻이었으니까요.

애비게일에게는 제 말이 들리지 않았습니다. 저의 간청 앞에서 귀를 막아버렸지요. 어쩌면 갑옷이 저 또한 걸러내야 할 또 하나의 성난 목소리로 인식하도록 학습했는지도 모르겠습니다.

에밀리 포트

어느 날 엄마가 당황한 상태로 저한테 와서 이렇게 말했어요. “그 애가 어디 갔는지 모르겠어! 보이질 않아!”

엄마는 저한테 며칠째 말도 안 걸고 헤일리 언니의 이름을 건 프로젝트에만 빠져 있었어요. 그래서 엄마가 무슨 말을 하는지 알아차리기까지 시간이 걸렸죠. 저는 엄마랑 나란히 컴퓨터 모니터 앞에 앉았어요.

엄마는 언니의 추모 영상 링크를 클릭했어요. 스스로 힘을 내려고 하루에도 몇 번씩 보는 영상이었죠.

“없어졌어!” 엄마가 말했어요.

그러고는 저희 가족의 추억이 저장된 클라우드를 열었어요.

“헤일리 사진이 다 어디로 간 거지? 빈자리를 표시하는 ‘X’뿐이잖아.”

엄마는 저한테 자기 전화기와 백업 드라이브, 태블릿까지 다 보여줬어요.

“아무것도 없어! 아무것도! 우리가 해킹을 당한 걸까?”

엄마의 양손이 허공에서 힘없이 떨렸어요, 새장에 갇힌 새의 날개처럼요. “그 애가 감쪽같이 사라져버렸어!”

아무 말도 하지 않고, 저는 거실 책장으로 가서 저희가 어렸을 적에 엄마가 해마다 만들어주신 사진 앨범 한 권을 꺼냈어요. 그런 다음 앨범 속 가족사진이 있는 페이지를 펼쳤죠. 언니는 열 살, 저는 여덟 살이었을 때 찍은 가족사진요.

그 페이지를 엄마한테 보여줬어요.

또다시 숨 막히는 비명이 터졌어요. 엄마는 떨리는 손끝으로 앨범에 붙은 헤일리 언니의 얼굴을 두드렸어요, 거기에 없는 어떤 것을 찾으면서요.

그제야 어떻게 된 건지 이해가 갔어요. 고통이, 사랑을 조금씩 갉아먹은 연민이 제 가슴 가득 차올랐어요. 저는 엄마 얼굴로 손을 뻗어서 증강현실 안경을 살며시 벗겼어요.

엄마가 앨범의 사진을 바라보더군요.

흐느끼면서, 엄마는 저를 안아줬어요. "네가 찾아줬구나. 아아, 네가 그 애를 찾아줬어!"

꼭 남이 안아주는 것 같은 기분이었어요. 아니면 제가 엄마한테 남이 돼버린 건지도 모르죠.

세라 고모는 분탕꾼들이 굉장히 꼼꼼하게 공격했다고 설명해줬어요. 조금씩, 조금씩, 엄마의 갑옷이 *헤일리 언니*를 괴로움의 근원으로 인식하도록 학습시켰다는 거예요.

그런데 저희 집에서는 다른 종류의 학습도 같이 이뤄지고 있었어요. 부모님이 언니랑 관련된 일이 있을 때만 저한테 관심을 보이기 시작한 거예요. 마치 제가 더는 보이지도 않는 것처럼, 언니가 아니라 제가 지워지기라도 한 것처럼요.

저의 슬픔은 점점 어두워지다가 곪아버렸어요. 제가 무슨 수로 유령하고 경쟁을 하겠어요? 한 번도 아니고 두 번이나 잃어버린 완벽한 딸하고? 끝없는 속죄를 요구하는 희생자하고? 그런 생각을 하는 저 자신이 끔찍하게 느껴졌지만, 멈출 수가 없었어요.

저희 식구들은 저희만의 죄책감에 차츰 빠져들었어요. 따로따로, 혼자서.

그레그 포트

저는 애비게일을 비난했습니다. 떳떳하게 인정할 일은 아니지만, 그래도 사실이니까 얘기하는 겁니다.

저희는 서로에게 악을 지르고 그릇을 던졌습니다. 어린 시절의 희미한 기억 속에서 제 부모님이 벌이던 드라마와 똑같이요. 괴물들한테 쫓긴 끝에 스스로도 괴물이 돼버린 겁니다.

살인자는 헤일리의 목숨을 앗아간 반면에, 애비게일은 헤일리의 이미지를 만족할 줄 모르는 아귀 같은 인터넷에 희생양으로 제공했습니다. 애비게일 때문에 제 기억 속의 헤일리는 그 애가 죽은 후에 벌어진 참상들로 물들어 있을 겁니다. 애비게일이 소환한 건 인간들 개개인을 하나의 거대하고 집단적이고 뒤틀린 시선으로 뭉뚱그리는 장치입니다, 제 딸의 기억을 사로잡아 곱게 빻아서 끝나지 않을 악몽으로 만들어버린 장치요.

해변 위에 부서진 조개껍데기들이 되비추는 빛은 거칠게 일렁이는 바다의 원한이었습니다.

물론 부당한 말이기는 하지만, 그렇다고 해서 진실이 아닌 건 아닙니다.

계정 이름 '냉혈한', 자칭 인터넷 분탕꾼

내가 밝힌 내 정체가 진짜인지, 또는 내가 했다고 주장하는 일이 사실인지 입증할 방법은 아무것도 없어. 너희가 내 신원을 확인할 수 있는 인터넷 분탕꾼 명부나 출처가 확실한 위키피디아 항목 같은 것도 없고.

너흰 내가 지금 쓰는 이 글이 분탕질인지 아닌지조차 확인할 방법이 없잖아?

너희한테 내 성별이나 인종이나 내 성적 지향 같은 건 안 가르쳐줄 거야, 왜냐하면 그런 자질구레한 건 내가 한 일하고 아무런 상관도 없으니까. 어쩌면 우리 집에 총이 한 열 정 있는지도 모르지. 어쩌면 내가 총기 규제를 열렬히 지지하는지도 모르고.

내가 포트 가족을 표적으로 삼은 건 그런 꼴을 당해도 싼 인간들이기 때문이야.

추모 분탕질은 유구한 역사를 지닌 자랑스러운 일이야, 그리고 우리가 노린 건 언제나 가식을 떠는 인간들이었어. 애도는 비공개로, 사적으로, 숨어서 해야 해. 그 애 엄마가 죽은 자기 딸을 하나의 상징으로 만들어서 정치적 도구로 휘두르는 게 얼마나 불쾌한 짓인지 당신들 눈에는 보이지도 않아? 공적인 삶이란 가식이야. 그 경기장에 발을 들이는 자는 누구나 그로 인해 벌어질 결과에 대비해야 해.

그 여자애의 추모 사이트를 온라인으로 공유한 인간, 가상현실 촛불 추모제에 참가하고 조의를 표하고 행동에 나설 자극을 얻었다고 나불거린 인간은 누구나 똑같이 위선을 떤 죄가 있어. 누가 네 면전에 죽은 여자애 사진을 들이대기 전까지는 1분에 수백 명을 너끈히 죽이는 총이 사방에 넘쳐나는 게 안 좋은 일이라는 생각을 한 번도 안 해봤다고? 너희 어디 아픈 거 아니냐?

그리고 최악은 너희 기자들이야. 너흰 돈을 벌고 상을 타려고 사람의 죽음을 팔릴 만한 이야기로 가공하지. 광고를 더 팔려고 생존자를 구슬려서 보도용 드론 앞에 세워놓고 흐느끼게 하고. 독자들이 비슷하게 모방한 간접 고통을 경험하며 자기네 한심한 인생에서 의미를 찾도록 유도하지. 우리 분탕꾼들은 죽은 자의 이미지를 갖고 노는데 이미 죽은 당사자가 그러든 말든 신경이나 쓰겠어, 하지만 시체를 파먹는 너희 악취 나는 괴물들은 죽은 자를 산 자의 입에 처넣으면서 피둥피둥 살이 찌고 부자가 되잖아. 진정성 있는 척하는 것들도 속이 추잡하기로는 으뜸이지, 제일 크게 울부짖는 피해자들이야말로 관심에 제일 굶주린 것들이고.

이제는 모두가 다 분탕꾼이야. 만약 누군가 알지도 못하는 사람이 호된 꼴을 당하라고 비는 인터넷 밈에 한 번이라도 좋아요나 공유 버튼을 눌렀다면, 만약 '힘 있는' 사람이 표적일 경우에는 악의를 품고서 헐뜯고 비난해도 괜찮다고 한 번이라도 생각했다면, 분노한 무리에 가담하는 식으로 자신의 도덕성을 과시하려고 한 적이 한 번이라도 있다면, 초조하게 손을 비비며 어떤 피해자를 위해 모인 성금이 실은 그보다 덜 '혜택'받은 피해자한테 가야 하는 게 아닐까 하는 걱정을 드러낸 적이 단 한 번이라도 있다면… 이렇게 말해서 미안한데, 너희도 이제껏 분탕질을 한 거야.

어떤 사람은 우리 문화에 만연한 분탕질 표현들이 점점 파괴력을 키워간다고, 신경이 더 무뎌져야만 이길 수 있는 논쟁에서 표현의 수위를 동등하게 조정하려면 '갑옷'이 필요하다고 말하지. 하지만 갑옷이 얼마나 비윤리적인 건지 모르겠어? 그건 약한 자가 스스로를 강한 자로 착각하게 해, 겁쟁이들을 아무것도 잃을 게 없는 망상증 영웅으로 바꿔놓는단 말이야. 인터넷 분탕질이 그렇게 치가 떨리게 싫었다면 갑옷이 상황을 악화시킬 뿐이란 건 이제 알 때도 됐잖아.

애비게일 포트는 애도를 무기화하는 방식으로 제일 거대한 분탕꾼이 돼버렸어. 다만 분탕질 실력은 형편없는 수준이지, 그냥 갑옷을 두른 약골이니까. 우린 그 여자를, 더 나아가 너희 모두를, 무너뜨려야만 했어.

애비게일 포트

정치인들은 예전으로 다시 돌아갔어요. 방탄복 매출은 아동용, 청소년용 가릴 것 없이 쑥쑥 올라갔고요. 학생들에게 위기 상황을 파악하는 요령이나 총기 난사 피난 요령을 교육하는 회사도 더 많아졌죠. 일상은 그런 식으로 계속됐어요.

저는 제 계정을 삭제했어요. 공적인 발언도 그만뒀고요. 하지만 저희 가족은 이미 손쓸 방법이 없었죠. 에밀리는 여력이 생기자마자 집을 떠났어요. 그래그도 조그만 아파트를 얻어서 나갔고요.

집에 혼자 남아서, 갑옷을 벗은 맨눈으로, 저는 헤일리의 사진과 영상이 담긴 저장 장치를 찬찬히 살펴봤어요.

그 애의 여섯 살 생일파티 비디오를 볼 때마다 제 머릿속에는 날조

된 음란물의 소리가 들려요. 고등학교 졸업식 사진을 볼 때마다 그 애의 피투성이 시신이 신디 로퍼의 〈여자들은 신나게 놀고 싶을 뿐〉에 맞춰 춤을 추는 애니메이션 영상이 보이고요. 흐뭇한 추억을 찾아 오래된 사진 앨범을 넘겨볼 때면 어김없이 의자에 앉은 채로 뛰어오를 것처럼 흠칫 놀라죠, 그 애의 증강현실 유령이 뭉크의 〈절규〉처럼 기괴하게 일그러진 얼굴로 저한테 달려들면서, 킬킬대며 이렇게 말할까 봐 두려워서요. "엄마, 나 새로 뚫은 피어싱 구멍이 아파요!"

저는 비명을 지르고, 흐느끼고, 도움을 청했어요. 상담도 약도 소용이 없었죠. 그러다가 끝내는 분노로 멍해진 상태가 돼서 디지털 파일을 모조리 삭제하고, 사진 앨범을 찢어발기고, 벽에 걸린 액자들을 부숴버렸어요.

인터넷 분탕꾼들은 제 갑옷을 학습시킨 것과 똑같이 저까지 학습시켰던 거예요.

이제 저한테는 헤일리의 이미지가 하나도 남아 있질 않아요. 그 애가 어떻게 생겼는지도 기억이 안 나고요. 마침내 저는 제 아이를 진짜로 잃어버렸어요.

그런 제가 용서받을 방법이 있기는 할까요?

Ted Chiang

2059년에도 부유층 자녀들이 여전히 유리한 이유

테드 창

김상훈 옮김

It's 2059, and the Rich Kids Are Still Winning

테드 창이 데뷔작인 단편소설 「바빌론의 탑」을 《옴니Omni》에 게재한 것은 1990년이며, 이 작품으로 네뷸러상을 받았다. 향후 28년 동안 그는 단지 18편의 중·단편소설만 발표했을 뿐이지만, 그중 다수는 휴고상, 네뷸러상, 로커스상, 시어도어 스터전상, 사이드와이즈상을 수상했다. 해당 작품들은 중·단편소설집 『당신 인생의 이야기』와 『숨』에 수록됐다. 중편소설 「네 인생의 이야기」는 〈컨택트〉라는 제목으로 영화화됐다.

SF-Fan

Ted Chiang

It's 2059, and the Rich Kids Are Still Winning

지난 주《뉴욕타임스》에, 저소득층에게 유전자조작을 통한 인지 강화 요법을 제공하는 것을 목적으로 하는 자선사업인 '유전자 평등 프로젝트'의 장기적 성과에 관한 기사가 실렸다. 공개된 성과는 대체로 실망스러웠다고 해야 할 것이다. 이 프로젝트를 통해 태어난 아이들 대다수가 4년제 대학을 졸업하기는 했지만 일류 대학에 진학한 사람은 소수였고, 고액 연봉이나 승진 기회가 보장된 직장에 취직한 사람들의 수는 그보다 더 적었다. 이제 이 데이터에 입각해서 유전공학의 효능과 타당성을 재검토할 때가 왔다.

'유전자 평등 프로젝트'의 원래 취지는 좋았다. 낭포성 섬유증이나 헌팅턴 무도병을 유발하는 유전자들을 미리 수정하는 식의 치료적 유전자 개입 요법은 FDA의 승인을 받은 이래 줄곧 메디케어*의 급여

* 65세 이상의 고령자 및 장애인을 대상으로 하는 미 연방정부의 공적 의료보험 제도

대상이 돼왔으므로 저소득층 부부의 자녀들도 그 혜택을 받을 수 있었다. 그러나 인지 강화 같은 유전자 증강 요법은 단 한 번도 건강보험의 급여 대상이 된 적이 없었다. 민영 보험에서조차도 다루려 하지 않았으므로, 결국은 부유층 부부들만이 이 요법을 향유할 수 있었다. 유전적 격차에 근거한 카스트제도의 탄생을 우려하는 사회 내부의 목소리가 점점 커지면서 25년 전에 '유전자 평등 프로젝트'가 발족됐고, 그 결과 5백 쌍의 저소득층 부부가 태아의 지능을 높이는 인지 강화 요법의 혜택을 받기에 이르렀다.

이 프로젝트는 지능과 관련된 80개의 유전자를 수정하는 방식의 통상적인 인지 강화 프로토콜을 제공했다. 개개의 유전자에 대한 수정은 지능에는 작은 영향을 끼칠 뿐이지만 이것들이 모두 조합될 경우 태어나는 아이의 평균 IQ는 130에 달하며, 이것은 전체 인구의 상위 5퍼센트에 해당하는 수치다. 지능 강화 프로토콜은 부유한 부부들이 구입하는 가장 인기 있는 유전자 요법 중 하나가 됐고, 최근 들어 미국 대기업 경영진의 대세로 떠오른 '뉴 엘리트'들의 공식 프로필에서도 곧잘 언급된다. 그러나 '유전자 평등 프로젝트'의 대상이 된 5백 명의 피험자들의 직업 성적표는 그들과 똑같은 인지 강화 요법을 받은 뉴 엘리트들이 거둔 성공과는 아예 비교 대상이 될 수 없을 정도로 초라했다.

이런 실망스러운 결과를 설명하기 위해 다양한 가설이 제기됐다. 우익 진영에서는 이 프로젝트의 수혜자들 대다수가 유색 인종이었다는 사실(물론 전원이 그랬던 것은 아니지만)을 근거로, 특정 인종들의 유전자는 개선이 불가능하다는 논리를 펼쳤다. 음모론자들은 프로젝트에 참가한 유전학자들이 하층계급의 유전자 개량을 억제하려는 숨은 의도를 가지고 방해 공작을 벌인 탓이라고 주장했다. 그러나 '유전자 평등 프로젝트'의 저변에 깔린 근본적인 오류를 깨닫고 현실을 직시한다면 이런 식의 가설들은 모두 불필요해진다. 인지 강화 요법은 개인 능력을 보상하는 사회에 살고 있는 경우에만 유익하지만, 미합중국은 그런 사회가 아니라는 현실을 말이다.

우편번호가 해당 지구 거주자의 평생 소득 및 교육 수준과 건강 상태를 미리 가늠할 수 있게 해주는 극히 유용한 예측 변수라는 사실은 이미 몇십 년 전부터 알려져 있었다. 그러나 우리는 그것이 미국의 건국신화 중 하나인 아메리칸드림, 즉 똑똑하고 부지런한 사람은 누구든 이 사회에서 성공할 수 있다는 믿음에 반한다는 이유에서 애써 그 사실을 무시해왔다. 미국에서는 세습 귀족이 존재하지 않으므로, 상속 재산의 중요성을 평가절하 하고, 성공한 사람이 부자인 것은 당사자가 우수했기 때문이라고 주장하는 것이 상대적으로 쉬웠던 탓도 있다. 부유층 부모들이 유전자 강화 요법이 자기 자식들의 장래에 도움이 될 것이라고 믿고 있다는 사실 또한 이런 풍조의 한 부분이다. 자기들이 성공한 이유는 스스로의 능력에 의한 것이므로, 더 높은 능력은 결국 성공으로 이어지리라는 신념을 가지고 있는 것이다.

뉴 엘리트들이 순전히 본인의 실력으로 대기업의 출세 사다리를 올랐다고 생각한다면, 그들 중 다수가 대표자나 중역 등 지도력을 요구하는 요직을 차지하고 있음에도 불구하고 역사적으로 아이큐와 지도력 사이에는 약한 상관관계밖에 없었다는 사실을 상기하라. 부유층 부모들이 키를 늘리는 유전자 요법을 즐겨 구매하며, 키가 큰 사람들을 더 유능한 지도자로 간주하는 경향에 관해서는 이미 충분한 연구 자료가 존재한다는 사실에도 주목하라. 자격증에 점점 더 강박적으로 집착하는 이 사회에서, 유전자 강화 요법을 받고 태어났다는 사실은 아이비리그의 MBA 학위를 가지고 있는 것이나 마찬가지다. 그것은 당사자의 실제 능력을 나타내는 지표가 아니라, 당사자가 바람직한 고용 대상임을 알리는 사회적 징표로서 기능한다.

물론 이것은 지능과 관련된 유전자들이 개인의 성공에 아무 역할도 수행하지 않는다는 얘기가 아니다. 유전자는 지능에 절대적인 영향을 끼치며, 긍정적 피드백 루프의 필수 요소다. 어린아이가 어떤 활동에 소질을 보인다면, 부모는 그 활동을 더 발달시키기 위해 장비나 가정교사나 격려 등 유형무형의 자원을 지원하는 방식으로 보상한다. 유전자들은 어린아이가 지원받은 자원을 더 개선된 활동 수행이라는 형태로 변환할 수 있도록 해주고, 그러면 부모는 예전보다 더 큰 자원을 제공하는 식으로 그 아이의 행동에 대해 보상한다. 이런 순환 고리는 성인이 된 아이가 직업적으로 큰 성공을 거둘 때까지 계속된다. 그러나 재원 부족에 시달리는 공립학교만 있는 구역에 사는 저소득층 가구는 이런 피드백 루프를 끝까지 유지하지 못하는 경우가 많다. '유전자 평등 프로젝트'는 더 나은 유전자들을 제외하면 그 어떤 자원도 제공하지 않았고, 추가적인 자원을 제공받지 못한 이 유전자들은 결국 내포된 잠재력을 완전히 발휘되지 못했다.

우리가 새로운 카스트제도의 탄생을 눈앞에 두고 있다는 점은 명백하다. 그러나 이것은 생물학적인 능력 차이에 기반한 제도가 아니라, 생물학적 차이를 기존의 계급 구분을 공고히 하기 위한 정당화의 수

단으로 이용하는 제도다. 이런 상황에 반드시 종지부를 찍어야 한다는 점에는 이론의 여지가 없지만, 그러기 위해서는 자선단체가 무료 제공하는 유전자 요법 이상의 대책이 필요하다. 우선 주택 공급 및 교육에서 취업에 이르는 우리 사회의 모든 측면에 존재하는 구조적 불평등에 대해 우리는 진지하게 고민해야 한다. 이 문제는 사람들을 개선하는 것으로는 결코 해결되지 않고, 우리가 사람들을 대하는 방법을 개선하려고 노력하는 경우에만 비로소 해결된다.

그렇다고 해서 '유전자 평등 프로젝트'를 다시 가동시킬 필요가 전혀 없다는 뜻은 아니다. 우리는 이 프로젝트를 어떤 질병에 대한 치료법이 아니라, 우리가 목표 달성에 얼마나 가까워졌는지를 가늠해보기 위해 주기적으로 실시하는 일종의 진단 검사로 간주할 수 있다. 무료 인지 강화 요법의 혜택을 받은 아이들이 부모에게 그것을 선물 받은 아이들만큼이나 성공적인 결과를 내기 시작할 때, 비로소 우리는 공정한 사회에 살고 있다는 확신을 가질 수 있을 것이다.

마지막으로 인지 강화 요법의 합법화를 둘러싼 초창기의 찬반 토론에서 처음 등장했던 논거 중 하나에 관해 언급해보겠다. 합법화를 지지하던 사람 중 하나는 인류 전체가 그 누적된 혜택을 받을 수 있으므로 인지 강화 요법을 받는 것은 우리의 도덕적 의무라고 주장했다. 그러나 인류 역사를 뒤져보면 세계를 변화시킬 능력을 가진 천재들이 빈곤한 환경으로 인해 잠재력을 발휘하지 못하고 사장돼버린 경우는 비일비재하다. 따라서 우리의 목표는 어떤 환경에서 태어났든 간에 개인이 자신의 잠재력을 완전히 발휘할 수 있도록 보장하는 것이어야 한다. 그런 시책은 유전자조작을 통한 인지 강화 요법을 추구하는 일

못지않게 인류에게 이익이 될 뿐만 아니라, 우리의 도덕적 의무를 다 한다는 점에서는 훨씬 더 효과적이기 때문이다.

Greg Egan

This is Not the Way Home

고향으로 돌아가는 길

그렉 이건

김상훈 옮김

그렉 이건은 지금까지 60여 편의 중·단편소설과 13편의 장편소설을 출간했고, 휴고상과 존 W. 캠벨 기념상을 수상했다. 최근작으로는 '토르닷컴Tor.com'에서 출간된 중편소설 「근일점의 여름Perihelion Summer」과 서브테러니언프레스에서 나온 중편소설 「분산Dispersion」이 있다.

SF-Fan

Greg Egan

This is Not the Way Home

1

창문 너머로 칭이를 본 순간, 처음에는 단순한 창유리의 반사일 거라 생각했다. 칭이는 목까지 올라오는 우주복을 입고 있었지만 머리를 그대로 드러내고 있었고, 헬멧은 옆으로 늘어뜨린 한쪽 손에 쥐고 있었기 때문이다. 따라서 칭이는 방 안에 있는 아이샤 뒤에서 등을 돌리고 서 있는 것이 틀림없었다.

그러나 칭이가 서 있는 곳은 방 안이 아니었다.

아이샤는 방바닥에 무릎을 꿇고 흐느꼈다. 아이샤가 자포자기하지 않도록 용기를 준 사람은 다름 아닌 칭이였다. 계획을 실현 가능한 수준까지 구체화하고, 정력적으로 추진했던 사람 역시 칭이였다. 그러나 칭이 본인의 마음이 약해지고 확신이 흔들리기 시작한 후에는 방법이 없었다. 두 사람이 1년 가까이 온전한 심신을 유지할 수 있었던 것은 끊임없이 서로를 격려했던 덕이었다. 아이샤는 필사적으로 그런 선순환의 고리를 되살려보려고 했지만 결국 아무 소용도 없었다.

아이샤는 비탄에 빠져 한참 흐느끼다가, 가까스로 정신을 차리고 그녀에게 남은 선택들을 고려하기 시작했다. 칭이의 뒤를 따라 어둠 속으로 몸을 던질까. 아니면 한 걸음 뒤로 물러나서 나락 가장자리를 우회할까. 아이샤는 일어서서 유아용 침대로 갔고, 젖먹이 딸인 누리를 안아 올려 가슴에 찬 아기 포대기에 집어 넣었다. **이 아이를 포기할 수는 없어. 그런 일이 일어났어도. 또 앞으로 어떤 일이 일어나더라도.** 누리는 깊이 잠들어 있었다. 너무나도 깊이 잠든 덕에, 아이샤가 포대기 채로 우주복을 입었을 때도 아예 잠에서 깨지 않았을 정도였다. 그런 다음 아이샤는 여행 짐을 꾸리기 위해 밖으로 나갔다.

월면차月面車가 끄는 트레일러는 짐칸이 그대로 노출돼 있었고, 대학 시절 더니든*의 셰어하우스에서 살던 아이샤가 이사할 때 가구 몇 개를 옮기기 위해 빌렸을 법한 물건이었다. 옛 추억이 절로 떠올랐지만 굳이 억누르지 않았다. 어떻게 하면 좁다란 짐칸 안에 짐들을 잘 끼워 맞출 수 있을지 고민하며, 싱글거리며 곁에서 농담을 건네는 지아니의 모습을 떠올린다. 지주支柱들은 트레일러에 넣을 수 있을 정도로 길이가 짧았지만, 짐칸에서 제멋대로 구르도록 방치할 수는 없었다. 아이샤는 작업실로 가서 결속結束용 케이블 타이 몇 개를 찾아냈다. 진득하게 지주들을 몇 다발로 묶어 연결한 다음, 짐칸 구석에 단단히 고정했다.

---

* Dunedin. 뉴질랜드 남섬 동남부의 항구 도시.

지난 넉 달 동안 칭이와 함께 직접 직조한 반짝이는 실리카섬유 시트는 이미 접혀 있었지만, 쭈그리고 그것을 집어 올리는 아이샤의 시야를 완전히 가렸을 정도로 부피가 컸다. 아이샤는 견인용 줄이 달린 썰매를 가져와서 그 위에 시트 꾸러미를 던져놓고 작업실 밖에 펼쳐진 레골리스* 지대까지 끌고 나갔다.

아이샤가 초승달 모양을 한 지구를 올려본 순간, 잠에서 깬 누리가 울기 시작했다. "쉬이이잇, 착하지 우리 아기!" 우주복 위로 쓰다듬어 주는 것은 불가능했지만, 가까스로 아기 얼굴에 젖가슴을 갖다 댈 수 있었다. 누리는 젖꼭지를 물자마자 울음을 멈추더니 그럭저럭 만족한 기색으로 젖을 빨기 시작했다. "이제 우린 드라이브를 하러 갈 거야." 아이샤는 아기를 어르며 말했다. "정말 근사하지 않아?"

칭이는 서쪽을 마주 보고 서 있었다. 해를 쫓아 함께 가기로 했던 방향이었다. 아이샤는 굳이 친구를 눕혀서 안치해줄 생각은 없었다. 저런 식으로 우뚝 서 있는 것을 보니 일부러 우주복의 관절 부분을 고정해놓은 것이 틀림없다. 칭이가 달의 먼지 속에 누워 죽을 생각이 없었다는 점은 명백했다.

누리가 젖 빠는 것을 멈추고 불만스러운 듯이 칭얼거리는가 싶더니 코를 찌르는 구린내가 풍겨왔다. 누리가 찬 기저귀는 아이샤 것과 마찬가지로 우주복용 고성능 기저귀였지만, 냄새는 참고 견디는 수밖에 없었다.

짐을 모두 실은 아이샤는 방수포로 트레일러의 짐칸을 완전히 덮었

---

* regolith. 달 표면을 뒤덮고 있는, 먼지와 흙과 돌조각 등으로 이뤄진 표토(表土).

고, 스트랩으로 단단히 고정했다.

이 작업이 끝난 후 다시 한 번 지구를 올려다봤다. 지형지물을 읽는 데는 자신이 있었다. 고향에서는 멀리 있는 첨탑을 한 번 흘끗 보는 것만으로도 집으로 가는 길을 금세 찾았을 정도였다. 그러나 지금 달 위에서는 대략 이곳이 그녀의 고향인 지구와 가장 가까운 지점이었다. 따라서 월면차를 몰고 지구와는 가장 먼 지점을 향해 간다는 계획은 치명적인 잘못이라는 생각이 머리를 떠나지 않았다. 지금으로부터 불과 열두 달 뒤에 이곳에 도착한 구조대원들이, 피식거리며 "아니 그 여자, 정말로 **달 뒷면으로** 갔단 말이야?"라고 속삭이며 임무를 포기하는 광경은 상상하기만 해도 굴욕적이다.

칭이의 기념상은 꿋꿋하게 서쪽을 마주 보고 있었다. "알았어, 원래 계획대로 할게." 아이샤는 친구를 향해 말했다. "너도 그랬어야 했는데."

2

"피지 섬에서 신혼여행이라니! 아빠 정말 고마워요!" 기쁨에 겨운 아이샤가 껴안으려고 하자 아버지는 짐짓 성마른 어조로 덧붙였다. "그것 말고도 봉투에 들어 있는 게 있어. 끝까지 확인해봐야지."

아이샤는 얼굴이 달아오르는 것을 느끼며 아버지 말에 따랐다. 혹시 비행기 티켓하고 호텔 예약만으로도 모자라서, 불필요할 정도로 많은 용돈을 넣어주시기라도 한 걸까. 그러나 그녀가 꺼낸 종이쪽지는 전혀 다른 종류의 티켓이었다.

"사기 전에 미리 지아니하고 의논했어."

아버지가 설명했다. 사려 깊은 행동이다. 이 복권은 어디까지나 커플 한정이었고, 만에 하나 당첨됐을 때 지아니 쪽에서 그런 여행은 자기에겐 도저히 무리라고 거부한다면 두 사람 모두 비참해질 뿐이니까 말이다. 그럴 바에야 처음부터 아예 응모하지 않는 편이 낫다.

그날 밤 지아니와 함께 침대에 누웠을 때, 아이샤는 당첨 가능성이 극히 낮다는 사실을 지적했다. "10만 분의 1밖에 안 되잖아." 그녀는 중얼거렸다. "그보다는 내가 우주비행사 훈련 프로그램에 합격할 가능성 쪽이 차라리 높아."

"네가 거기 지원했다면 그랬겠지."

"아, 그건 그러네."

스물일곱 살이 된 지금, 우주비행사가 돼 우주여행을 하는 자신의 모습을 상상하는 것은 열두 살 때만큼 쉽지는 않았다. 아이샤는 어린 시절의 자기 꿈을 아버지가 마음에 두고 있었다는 사실에 내심 감동하고 있었지만, 아무래도 아버지 쪽이 그녀보다 더 진지하게 그 희망을 받아들였던 것 같다. "하여튼 우리가 당첨될 가능성은 없어. 당첨되는 건 중국인 커플일 게 뻔해."

"왜? 지금 중국하고 미국이 옥신각신하고 있다고 해서, 주최사가 다른 나라 사람들까지 일부러 배제할 이유 없잖아."

"그거야 그렇지만, 결국은 마케팅 전략일 뿐이야. '허니문을 달에서!'라니. 그럴 경우는 가장 큰 마켓에 신경을 쓰는 게 인지상정 아냐?"

지아니는 곤혹스러운 기색이었다. "무려 천 달러짜리 복권이잖아.

그런 복권의 추첨을 조작한다면 그건 마케팅 전략이 아니야. 사기지."

냉소적이며 짐짓 무심한 척했던 그녀의 태도와는 무관하게, 주최사는 실시간으로 추첨 장면을 중계했다. 당첨자는 우주 마이크로파 배경복사의 잡음으로부터 추출한 다섯 자리 숫자에 의해 결정되며, 마케팅 부서는 싫든 좋든 그 결정을 따라야 한다.

아홉 살배기 제자들은 담임 선생님이 달에 간다는 사실에 열광했고, 직접 만든 축하 카드를 잔뜩 선물했다. 추신으로 깜짝 놀랄 정도로 세세한 달 광물들의 목록을 가져다달라고 쓴 제자가 있었고, 축하 카드에 동봉된 이런저런 액션 피규어들을 월면에 세워놓고 사진을 찍어달라고 조른 제자도 있었다. 아이샤와 지아니는 건강검진에 합격하자마자 고비사막의 훈련소로 급파됐다. 그곳에서 경험한 원심분리기 탑승 훈련과 우주복 착용 훈련은, 아이샤와 지아니 커플이 수행할 역할이 스팸 깡통 속의 햄이나 다름없다는 사실을 감안하면 실제적이라기보다는 모큐멘터리를 찍는 것에 더 가까웠다고 해야 할 것이다. 그러나 아이샤는 컨베이어 벨트처럼 끊임없이 몰려드는 주최사의 이런저런 홍보 요구에 참을성 있게 응했다. 그리고 마침내 발사대에 오르는 날이 왔다.

"마치 수술대 위에서 수술이 시작되길 기다리는 사람이 된 느낌이야."

우주복 차림으로 창어嫦娥 20호 본체까지 승조원들을 데려다줄 차가 오기를 기다리던 지아니가 말했다.

조종사인 즈린은 재미있어하는 기색이었다. "그 수술이 마취도 없는 뇌 수술일 경우에나 해당하는 얘기야."

"두려웠던 적은 없어?"

아이샤가 물었다.

"처음 발사 때는 두려웠지." 즈린은 고백했다. "인간에게는 어울리지 않는 행위라는 생각이 들었고, 위화감을 느끼는 것도 충분히 이해할 수 있어. 하지만 우리 조상님들도 현대인들이 하는 일들을 보면 낯설게 느낄 게 뻔해. 차를 운전한다든지, 비행기를 조종한다든지 하는 일들 따위 말이야."

"마천루 사이에서 줄타기 곡예를 한다든지?"

지아니가 농담을 했다. 아이샤는 남편을 한 대 쥐어박고 싶은 충동을 느꼈지만 즈린은 그냥 웃었을 뿐이었다.

갠트리* 위에 서서 황량한 잿빛 평원을 조망하며, 실시간 중계방송을 보고 있을 아버지와 제자들을 향해 아이샤는 쾌활하게 손을 흔들어 보였다. 그러나 조그만 선실 안의 좌석에 누워 안전 스트랩으로 단단히 고정된 후에는 곁에 있는 지아니의 손을 꼭 잡고 눈을 감았다.

"걱정하지 마."

지아니가 속삭였다.

엔진이 점화되기를 기다리면서 아이샤는 자신이 왜 우주를 동경하게 됐는지 생각해봤다. 굳이 이렇게 지구를 떠나지 않더라도, 광막한 우주에서 고향 행성 지구는 지극히 섬약한 오아시스이며, 창백한 푸른 점에 불과하다는 사실을 잘 알고 있다. 몸소 이런 식의 엄청난 스턴트를 해 보인 뒤에도 제자들이 과학에 흥미를 느끼지 않는다면 교

* gantry. 우주선과 발사대를 연결하는 다리.

사로서는 완전히 낙제점이라는 생각이 들었다.

엔진이 점화된 순간, 엄청난 양의 화염이 뿜어져 나오는 소리가 귀청을 강타했다. 그녀의 몸과 사나운 불길 사이에 있는 모든 연약한 구조물이 덜덜 떨리고 있었다. 지아니가 그녀의 손을 꼭 쥔 순간, 두 사람이 어두운 사막을 밝히는 회전 폭죽처럼 빙빙 돌면서 하늘 높이 튕겨 올라가는 모습이 뇌리에 언뜻 떠올랐다.

우주비행 시뮬레이터로 훈련을 받았을 때, 아이샤는 눈앞의 스크린에 표시되는 로켓의 가상 경로에 맞춰 갑작스럽게 몸에 전달되는 모든 소음과 반동을 발사에 관한 단계와 추진체 분리의 언어로 번역하는 법을 배웠다. 그러나 지금은 의도적으로 그러는 것을 회피하고 있었다. 혹시 신호를 잘못 해석해서, 가장 힘든 일이 시작되려는 상황에서 고생은 이미 끝났다고 착각할까 두려웠기 때문이다. 엔진의 강력한 울림과 선실의 진동 탓에 지금까지 한 번도 느껴본 적 없는 방식으로 이가 욱신거렸다. 이건 뇌 수술이 아니다. 정신 나간 치과 치료다.

마침내 모든 것이 정지하고 조용해진 뒤에도 그녀는 자기 오감을 믿기를 거부했다. 엄청난 소음과 진동에 아예 무감각해졌거나, 일종의 해리장애 상태에 빠져 외부 자극을 아예 차단하고 있는 것인지도 모르겠다.

"아이샤?"

아이샤는 눈을 떴다. 파안대소하는 지아니의 얼굴이 눈에 들어왔다. 그가 호주머니에서 펜을 꺼내 손에서 놓자 펜은 마술처럼 공중에 둥둥 떴다. 영화의 특수효과처럼, 스마트폰의 싼티 나는 증강현실 오버레이처럼. 영화 〈2001: 스페이스 오디세이〉를 수도 없이 되풀이해서 본 아이샤에게는 익숙한 장면이었지만, 정작 현실에서 그런 일이 일어나는 것을 보니 도저히 믿기지 않았다.

지아니가 말했다. "이젠 우리도 어엿한 우주비행사야. 정말 근사하지 않아?"

3

사흘 후 시누스 메디*에 착륙한 순간 아이샤는 한껏 고양돼 있었다. 다시 열두 살 시절로 돌아간 듯한 기분을 느끼며, 대낮에도 찬란하게 불타오르는 별들과, 지평선까지 끝없이 이어지는 태곳적 현무암 협곡들을 경이에 찬 눈으로 응시한다. 이윽고 그녀는 수중 에어로빅을 연습하던 그녀의 할머니처럼 위태로운 동작으로 어기적거리며 착륙장을 가로지르기 시작했다. 달 위에서 X나 Y나 Z에 해당하는 행위를 한다면 그 즉시 끔찍한 죽음으로 이어지리라는 사전 경고는 아이샤의 뇌리에 깊게 각인돼 있었지만, 그녀가 실제로 그런 치명적인 실수를 저지를 가능성은 지구에서 고층 건물의 창문을 열고 뛰어내리는 식의 치명적인 우행을 저지를 가능성만큼이나 희박했다.

시누스 메디 기지는 진공에 그대로 노출된 채 사방으로 뻗어 나간 공장과 작업실들의 집합체였지만, 호흡 가능한 공기가 있는 여압與壓 거주구는 작은 교외 주택만 한 공간 하나밖에 없었다. 거주구 뒤쪽에는 온실이 하나 딸려 있었지만 말이다. 즈린은 신혼부부에게 기지 요

* Sinus Medii. 라틴어로 '중앙의 만(灣)'을 의미한다. 지구에서 보이는 달 앞면의 정중앙에 위치한 작은 평원이며, 지구와 가장 가깝다.

원들을 소개해줬다. 칭이는 식물학자 겸 의사, 마틴은 로봇 기술자 겸 광산 기술자, 용은 지질학자 겸 천체물리학자였다. 학위를 두 개씩이나 꿰찬 이 천재들은 모두 서른 살쯤 돼 보였다. 아이샤는 처음에 이들의 존재에 압도당하는 느낌을 받았지만, 이런 감정은 곧 일종의 안도감으로 바뀌었다. 이들을 부러워한다는 것은 올림픽 선수를 부러워하는 것이나 마찬가지라는 사실을 깨달았기 때문이다. 앞으로 달에서 보낼 나날을 허망한 잡념이나 후회 따위에 사로잡히는 일 없이 있는 그대로 즐기고 싶다는 기분 쪽이 더 강했다. 박사학위 하나라도 안 따놓은 것에 대한 아쉬움이라든지, 우주 승객으로서의 경험을 살려서 나중에 우주비행사에 도전하고 싶은 야망 따위는 생기지 않았다.

칭이는 수경 재배 작물에 영양분과 에너지를 전달하는 복잡한 시스템에 관해 간략하게 설명해줬고, 아이샤의 제자들이 보내온 모든 질문에 대해 참을성 있게 대답해줬다. 마틴은 현무암 덩어리들을 녹여 유용한 물질을 제조하는 태양열발전식 제련로를 보여줬다. 지금까지 만들어낸 물질은 용의 프로젝트를 실현하기 위한 실리카섬유가 대부분이었지만 말이다. 용이 적도 궤도에 쏴 올린 모라벡 스카이훅Skyhook은 전체 길이가 달 너비의 3분의 1에 달하는 한 줄의 케이블이었고, 월면에 대해 수직으로 회전하면서 달의 자전과는 반대 방향으로 달 주위를 돌고 있었다. 케이블 자체는 달의 자전과 같은 방향으로 회전하는데, 그 회전 속도는 진자처럼 월면 상공을 스치며 역진逆進해오는 케이블 말단의 통과 속도가 그 궤도 속도를 순간적으로 상쇄할 정도로 빨랐다. 알기 쉽게 말해서, 달의 적도를 따라 굴러다니는 거대한 바퀴의 바퀴살 한 개의 움직임을 떠올리면 된다. 그러나 그 가상 바퀴의 진로는 달 지면에서 몇 킬로미터 높이의 상공에 있기 때문에, 월면에 있는 인간이 제아무리 높이 뛰어오르더라도 케이블에 맞아 머리통이 박살 날 우려는 없다. 머지않은 장래에 스카이훅은 우주선과 보급 물자를 갈고리에 걸어 원심력으로 화성까지 날려 보낼 예정이었다. 아직 스카이훅은 그 개념이 충분히 실현 가능하다는 것을 만천하에 증명해주는 근사한 전시물에 불과하고, 그 모습 역시 지치지도 않고 재주를 넘는 대벌레를 연상시키지만 말이다.

자기 방으로 돌아온 아이샤는 스카이프로 지구에 있는 아버지와 화상 통화를 나눴다. 3초에 달하는 지연 시간을 무시하기는 힘들었지만, 대륙 간 통화에서 이보다 더 상태가 안 좋았던 적도 있다.

"몸은 건강해? 우주 비행을 하면서 아프지는 않았니?"

"아무렇지도 않아요." 토할 만한 것은 이미 우주선 안에서 다 토했다.

"난 네가 너무 자랑스럽다. 네 어머니도 널 봤으면 얼마나 기뻐했을까!"

이 말에 아이샤는 단지 미소 지었을 뿐이었다. 그녀가 한 일이라고는 아버지의 선물을 받은 것뿐이라고 지적할 정도로 매몰찬 성격은 아니었다.

통화를 마친 후 아이샤는 의자에 털썩 앉으며 한숨을 쉬었다. "아까 무슨 얘기였더라?"

"내 누이는 지금 산호초에서 스쿠버다이빙을 하고 있다는데 샘나지 않아?"

지아니가 놀렸다. 피지 여행 티켓은 그녀에게 주고 왔다. 양쪽 모두를 즐긴다는 건 너무 과한 욕심이기에.

"아니."

기껏 제련로를 구경하려고 신혼여행을 간다는 식으로 비아냥거린 기사도 몇 개 있었다. 그러나 실제로 달에 와보니 따분할 겨를이 없었다.

"설마 우리 방까지 카메라를 설치하지는 않았겠지?"

지아니가 물었다. 아이샤는 남편의 말이 농담이기를 희망했다. 그들이 맡은 역할이 무엇이든 간에, 리얼리티프로그램 출연자들과는 격이 달라도 한참 다르지 않은가. 그러나 아이샤는 돌다리를 두드리고 건너는 심정으로 컴퓨터를 껐다.

달에서는 별것 아닌 움직임도 큰 실수로 이어질 수 있다는 사실을 의식한 나머지 그들은 머뭇거리며 키스했다. 방바닥에 벨크로나 자석으로 고정돼 있지 않은 물건은 바나나 껍질이나 마찬가지라고 생각하면 된다.

"일단 침낭 안에 들어가면 괜찮아질 거야."

아이샤가 말했다. 이 방에 어느 정도까지 방음 처리가 돼 있는지 확신할 수 없었기 때문에, 그들은 웃음을 억누르며 서로의 옷을 벗겼다.

"장인어른이 달 여행 갈 용의가 있느냐고 물어봤을 때, 거의 거절할 뻔했어."

지아니가 털어놓자 아이샤는 이마를 찡그렸다. "거참 반가운 얘기네."

"난 그냥 솔직해지고 싶었을 뿐이야."

"농담이었어!" 아이샤는 지아니에게 입을 맞췄다. "나도 열 번 넘게 포기할 뻔했어."

"그렇다면 서로 포기하지 않아서 정말 다행이군. 이번 신혼여행은 우리 인생에서 가장 멋진 추억으로 남을 거야."

4

아이샤는 제자들과 얘기를 나눌 기회를 놓치지 않도록 손목시계의 기본 표시를 더니든의 현지 시각에 맞춰놨다. 여섯 시에 잠에서 깼다. 샤워를 한 다음 침낭 쪽으로 가서 지아니의 어깨를 발로 툭 쳤다.

"지금 일어나서 아침 먹을래?"

지아니는 자기 시계를 봤다. "새벽 두 시잖아!"

"그건 베이징 시간이고. 자, 일어나. 애들과 통화할 땐 당신도 내 옆에 앉아 있어야 해. 안 그런다면 한 시간 내내 당신은 뭐 하고 있느냐는 질문 공세에 시달릴 게 뻔해."

아침을 먹고 몸단장을 마친 다음 컴퓨터 앞에 앉아서 전원을 켰다. 아무 문제 없이 부팅됐지만, 아이샤가 스카이프를 켜자 인터넷과 연결이 안 돼 있다는 메시지가 떴다.

"달 기지가 지구에 있는 접시안테나의 통신 범위에서 벗어나 있는 건지도 모르겠군."

지아니가 추측했다.

"지구와는 종일 연결돼 있는 걸로 아는데."

달 기지와의 통신은 몽골과 나이지리아와 온두라스에 있는 지상 기지국들을 통해 이뤄진다. 훈련소의 교관이나 달 기지의 과학자들에게서 지구와는 특정 시간대에만 교신할 수 있다는 얘기를 들은 적이 없었다.

지아니가 눈을 가늘게 떴다. "방금 저 소리 들었어?" 나직하게 쾅 하는 소리. 에어록의 안쪽 문들이 닫히는 소리 같았다.

그들은 방에서 나와 공용 거실로 갔다. 마틴은 방금 밖에서 돌아온 듯했다. 아직도 우주복 차림인 데다가, 헬멧을 들고 있다.

"통신에 문제가 생겼어."

마틴이 말했다.

"아." 아이샤는 잠시 주저하다가 말을 이었다. "고치는 건 어렵지 않아?" 선생님과 통화하지 못한 아이들은 크게 실망할 것이 뻔하지만, 지금은 그런 사소한 일에 신경을 쓸 때가 아니었다. 마틴과 그 동료들은 넉 달이나 더 이 기지에 머물러야 하는데, 고장 수리에 꼭 필요한 부품이 없다면 교대 요원들이 도착할 때까지 통신은 줄곧 먹통인 채로 남아 있어야 하는 것이다.

"모르겠어." 마틴이 대답했다. "우리 쪽엔 아무 문제도 없어."

"오케이." 아이샤는 마치 나쁜 소식을 전하는 듯한 마틴의 말투가 마음에 걸렸다. "그냥 기다리고 있으면 지구의 다음 기지국과 교신이 가능해지는 게 아니었어…?"

마틴이 대꾸했다. "지금쯤이면 이미 다른 기지국에 접속돼 있어야 해."

"그럼 중앙관제센터의 문제인가?"

"아냐." 마틴은 황망해하는 기색이 역력했다. "둥펑*에서 무슨 일이

* 東風. 둥펑 우주 센터. 중국 간쑤성에 있는 주취안 위성 발사 기지의 별칭.

일어나고 있든 간에, 접시안테나들이 쏘는 반송파는 수신할 수 있어야 하는데."

이 말에는 아이샤도 당혹감을 느꼈다. "서로 거의 지구 반대편에 위치해 있는 두 개의 안테나에 어떻게 동시에 문제가 생길 수 있는 걸까?"

마틴은 고개를 설레설레 저었다. "나도 영문을 모르겠어."

다른 기지 요원들도 한 사람씩 거실로 왔다. 대화 소리를 듣고 잠을 깼든가, 아니면 자기 기계를 쓰던 중에 통신 링크가 끊긴 것을 알아차리고 온 듯했다. 용은 마틴을 상대로 기술적인 문제에 관해 잠시 의논하더니 추가 테스트를 해보겠다며 밖으로 나갔다. 마틴의 설명에 의하면 자체적으로 작동하는 휴대용 트랜시버를 써서 평소에 지구의 기지국들이 보내오는 것과 똑같은 통신 프로토콜을 발신해봤고, 기지의 수신기는 성공적으로 수신했다고 했다. 시누스 메디 기지에 설치된 송수신 안테나를 지구의 것과 능동적으로 동조시킬 필요는 없었다. 지구는 실질적으로 고정 표적이나 마찬가지였고, 미세한 전파추적에 관련된 기능은 모두 지구의 기지국들이 도맡아 수행하고 있었기 때문이다. 그러나 용은 가까운 트랜시버와는 접속할 수 있어도 멀리 떨어진 안테나와의 교신을 저해하는 모종의 결점이 존재할지도 모른다는 가설을 가지고 있었다.

지아니는 가라앉은 분위기를 띄워보려고 했다. "지구에서 연결이 안 되면 모뎀을 껐다 켜면 그만이었지만, 이 기지 사람들은 우리가 혹시 공룡이 멸종하지 않고 인류 역할을 떠맡은 다른 차원의 우주로 튕겨 들어온 것이 아닌지 확인해봐야 직성이 풀리는 모양이군."

이 농담에 웃은 사람은 즈린밖에 없었지만, 그것은 그가 과거에 민간항공사의 조종사로 일한 적이 있기 때문일 것이다. 승객들의 불안을 잠재우는 일에 익숙하다는 얘기다. 본인의 머릿속에서 무슨 생각이 오가고 있든 간에 말이다.

용이 돌아왔다. "우리 탓이 아냐." 그는 단언했다. "문제는 지구 쪽에 있어."

칭이와 마틴은 식당의 식탁 위를 말없이 내려다봤지만, 지아니는 침묵을 견디지 못하고 말했다. "그럼 미국인들이 중국의 지상 기지국들을 몽땅 해킹하기라도 했단 얘기야? 일종의… 사이버 선제공격 같은 걸로?" 지아니는 구체적인 이유까지는 입에 올리지 않았지만, 최근의 미·중 갈등이 지구 궤도상의 무기들과 관련이 있다는 것은 주지의 사실이었다.

아이샤는 말했다. "상황이 그 정도로까지 악화했을 것 같지는 않아."

용은 아이샤와 지아니를 보며 말했다. "오늘도 관광 일정이 있는 걸로 아는데, 보시다시피 난 우주복을 이미 입고 있어. 다음번에 연결될 기지국은 다섯 시간 뒤에나 달을 마주 보니까, 마냥 걱정하면서 여기 앉아 있는 것보다는 일정을 소화하는 편이 낫지 않을까."

아이샤와 지아니는 우주복을 입었고, 용과 함께 에어록을 통과했다. 아이샤는 주위에 펼쳐진 장관을 만끽하고, 레골리스 위를 걷는 법을 완벽하게 마스터하기 위해 최선을 다했다. 그들 주위의 지면이 마치 과거에 핵폭발이라도 일어난 듯이 녹아 있는 것처럼 보이고, 폐소공포증을 불러올 정도로 답답한 우주복은 어딘가 방사능 낙진 방호복을 연상케 한다는 점은 일단 잊기로 하자.

아이샤가 삑삑 하는 규칙적인 기계음을 들은 것은, 달의 뒷면에 있는 '바다'의 수가 앞면에 비해 적은 건 달의 뒷면에 달보다 훨씬 작은 위성이 충돌하면서 지각 자체가 두꺼워졌기 때문이라는 가설을 용이 설명하던 중의 일이었다.

"나 말고도 이 소리 들리는 사람이 있어?"

아이샤가 물었다. 우주복은 우주복 자체에 문제가 발생했을 때조차도 착용자가 설정해놓은 언어로 정중하고 유용한 메시지를 얘기하도록 만들어져 있다는 설명을 듣기는 했지만, 혹시 모종의 경보는 아닌지 불안했다.

"아, 미안. 그 소리는 스카이훅이 보낸 신호음이야." 용이 뭔가를 조작하자 소리가 그쳤다. "그게 아직도 달 상공에 떠 있는지 직접 귀로 듣고 확인해보는 버릇이 있어서."

"상공에 떠 있지 그럼 어디로 가겠어?"

지아니가 반문했다.

"미소微小 운석에 직격당해서 두 동강이 날 수도 있지."

"혹시 우리가 그런 미소 운석에 맞으면 어떻게 돼?"

"우린 스카이훅보다 훨씬 더 조그만 표적이니까 그럴 걱정은 안 해도 돼."

기지 내부로 돌아왔을 무렵에는 대기 시간이 거의 끝나가고 있었다. 마틴은 공동 거실의 통신 콘솔 위로 상체를 내밀고 스크린을 뚫어지게 바라보고 있었다. 설령 또 접속에 실패한다고 해도 과하게 실망하는 일이 없도록 아이샤는 마음의 준비를 했다. 아직 아무도 알아내지 못한, 전혀 걱정할 필요가 없는 원인이 있을지도 모르지 않는가.

"아예 응답이 없어." 마틴이 선언했다. "모두 먹통이야."

지아니가 말했다. "NASA의 안테나 중 하나에 연결할 수는 없을까?"

"그건 애당초 우리 쪽을 향하고 있지 않아."

"TV 방송 전파를 포착할 수는 없어?"

마틴은 짜증스러운 표정으로 얼굴을 찡그렸다. "그런 쓰레기들을 수신할 수 있을 정도로 감도가 높은 안테나는 달의 뒷면에 하나 있을 뿐이야. 바로 그런 쓰레기를 피하기 위해서 말이야."

지아니는 풀 죽은 얼굴로 고개를 끄덕였다. "알았어. 그럼 이제 우린 어떻게 해야 하는 거지? 지구 쪽에서 곧 해결해줄 거니까, 너무 고민하지 말고 그냥 기다려야 하는 건가?"

"그래야지." 즈린이 대답했다. "이틀쯤 인터넷 없이 지내보라고. 그런다고 무슨 해가 되는 건 아니잖아. 안 그래?"

5

통신 두절 상태가 길어지면서, 아이샤는 자신이 현 상황에 관한 두 가지 해석에 같은 무게를 두고 있다는 사실을 자각했다. 첫 번째 해석을 믿는다면 그녀와 지아니가 지구와 교신할 수 없다는 사실은 사소한 불편 사항에 불과했다. 이것은 달에 더 오래 체류해야 하는 기지 요원들에게도 (적어도 단기적으로는) 해당하는 얘기였다. 중국의 지상 기지국들에서 발생한 통신 장애가 국가 기밀로 지정되기라도 하지 않은 이상, 잠시 연락이 안 된다고 해서 가족들이 걱정할 이유는 없다. 그래도 그녀의 아버지는 걱정하겠지만, 적어도 통신 장애 탓이라는 사실은 알고 있을 것이다.

반면, 사이버든 뭐든 간에 진짜 전쟁이 일어나지 않았다면, 서로 멀리 떨어진 곳에 위치한 세 곳의 기지국에 도대체 무슨 일이 일어났길래 아직도 수리가 끝나지 않은 것일까? 베이징과 워싱턴 사이의 관계가 단지 말싸움 수준에 머물러 있는 것이 사실이라면, 선의를 베푸는 차원에서라도 스페인이라든지 오스트레일리아에 있는 지상 기지국에서 메디 기지를 불러내서 짧게라도 소식을 들려줘야 옳지 않은가.

그러나 아이샤는 지아니하고만 있을 때조차도 첫 번째 해석을 고수했고, 비관적인 생각 자체를 원천 봉쇄했다. "지구에서 출발 허가가 안 떨어지더라도 우린 달 착륙선을 타고 이륙해서 지구로 귀환할 수 있어." 그녀는 지적했다. "항공 교통 관제소에 미리 비행 계획서를 제출해서 허락을 맡아야 할 정도로 하늘이 붐비는 것도 아니고." 아마 즈린은 둥펑으로 출발하기 전에 미리 현지의 기상 상황을 확인하고 싶어 하겠지만, 지구로 돌아가는 일 자체에는 원칙적으로 아무 문제도 없었다. 설령 지구에 있던 사람들 모두가 그리스도 재림으로 인해 승천했고, 마지막으로 올라간 사람이 조명까지 완전히 끄고 갔다 해도 말이다.

아이샤는 지아니가 계속 그녀 이름을 부르는 소리를 듣고 잠에서 깼다. "뭔가 이상해!" 그가 속삭였다. "다들 공동 거실에서 한참 말다툼을 했는데, 그중 몇 명이 밖으로 나간 것 같아."

"무슨 말다툼을 했다는 거야?"

아이샤는 딱히 대답을 듣고 싶은 마음은 없었지만, 걱정하지 말고 다시 자라고 해봤자 동요한 기색이 역력한 지아니가 순순히 따를 것 같지는 않았다.

"몰라. 중국어로만 말하고 있었어."

"문제는 결국 우리 쪽에 있었다는 걸 알아냈고, 그걸 고치러 나간 게 아닐까."

"직접 가서 확인해봐야겠어."

"아니, 그러지 말고…"

그러나 이 말이 끝나기도 전에 지아니는 침낭 밖으로 나가 있었다. 아이샤는 안전등의 붉은 조명 아래에서 옷을 입는 남편의 모습을 응시했다. 그녀는 끊이지 않는 불안과 편집증으로 점철된 이런 분위기에 넌더리를 내고 있었다. 그러나 이틀만 참으면 지구를 향해 출발할 수 있고, 닷새 뒤면 모든 의문이 풀릴 것이다.

방에서 나간 지아니가 칭이와 말을 나누는 소리가 들렸다. 처음에는 너무 나직해서 알아들을 수가 없었지만, 지아니는 곧 고함을 지르기 시작했다. "그런 개 같은 경우가 어딨어!" 그가 외쳤다.

"제발, 아무 일도 하지 마!"

칭이가 애원하듯이 말했다.

아이샤는 힘겹게 침낭에서 빠져나와 그들에게 갔다. 지아니는 자기 몸을 껴안듯이 팔짱을 끼고 거실 안을 돌아다니고 있었다.

"무슨 일이야?"

아이샤가 물었다.

"자기들끼리 지구로 간대!"

"뭐?"

칭이가 말했다. "지구의 상황이 정말로 심각하다면, 지구에서 오랫동안 다른 우주선을 보내지 않을지도 모른다고 두려워하고 있었어."

아이샤는 망연자실했다. 창어 20호는 조종사 이외에 세 명의 승객만을 태울 수 있기 때문에 여섯 명 모두 함께 돌아갈 수는 없지만, 지구가 달 기지의 요원들을 저버릴지도 모른다고 생각하다니 미쳐도 단단히 미쳤다는 생각밖에 들지 않았다. "그럼 우린 완전히 버림받은 거야?"

칭이는 고개를 가로저었다. "당신들은 손님이고, 회사 홍보를 위해서 여기 왔어. 그러니까 그쪽에서도 구조하기 위해 훨씬 더 큰 노력을 기울일 거야. 하지만 우리 기지 요원들은 1년 계약으로 여기 왔고, 장기 거주를 위한 훈련도 이미 받았어. 그러니까 당신들에 비하면 우릴 당장 구조해야 한다는 압력은 훨씬 덜할 거야."

아이샤는 분개해야 할지, 아니면 약간의 동정심을 느껴야 할지 갈피를 잡을 수 없었다. 도주한 기지 요원들의 판단은 적확했는지도 모른다. 그러나 닷새간의 통신 두절이 정말로 지구에서의 전쟁 발발을 의미한다면, 회사 이미지에 조금 타격을 받는 것이 두려워서 몇십 억 달러나 하는 파괴된 인프라 재건에 나선다는 것은 어불성설이었다.

지아니가 말했다. "내가 가서 막아야겠어." 그는 에어록 앞으로 걸어가서 우주복을 입기 시작했다.

칭이는 아이샤를 보고 말했다. "나가지 말라고 설득해야 해. 밖에서 싸우는 건 너무 위험해."

"그냥 말을 나누려고 가는 거야!"

지아니가 화난 어조로 쏴붙였다.

"여기서도 얘기할 수 있잖아."

칭이는 손짓으로 통신 콘솔을 가리켜 보였다. 지아니는 칭이를 무시했지만, 아이샤는 칭이와 함께 콘솔로 가서 마이크 앞에 앉았다.

"융? 마틴?" 그러나 응답은 없었다. "제발. 일단 얘기를 나눌 수는 없을까?"

지아니는 헬멧을 제외하면 우주복을 완전히 입은 상태였다. "그렇게 좋게 얘기해봤자 되돌아올 인간들이 아냐!"

"그럼 당신은 저 사람들을 어떻게 설득할 예정인데?"

"내가 앞을 가로막고 선다면 절대 무시 못 할걸."

"몸으로 막는 건 좋은 생각이 아니야." 아이샤가 말했다. 우주복 재질은 쉽게 찢어지지는 않지만, 어떤 식으로든 진공 상태에서 다른 사람과 다투는 것은 바람직하지 않다. "어차피 지금쯤은 다들 착륙선 안에 들어가 있을 거야."

"가서 확인해보면 알겠지."

지아니는 헬멧을 목 부분에 끼워 맞춘 후 에어록 안으로 들어갔다.

감정이 마비된 듯한 느낌이다. 지금 지아니를 따라간다면, 단지 상황을 악화시킬 뿐일까? 에어록의 바깥문이 닫히는 소리가 들리자 그녀는 마이크 옆의 버튼을 눌렀다. "지아니?"

"뭐야?"

마치 달리기를 할 때처럼 격하게 숨을 몰아쉬는 소리가 들렸다. 발사장은 기지에서 5백 미터 떨어진 곳에 위치해 있었지만, 10분 전에 떠난 사내들을 지아니가 따라잡을 가능성은 전무했다.

"그냥 가게 내버려둬. 아마 일주만 기다리면 지구에서 다른 우주선을 보내줄 거야."

"말도 안 되는 소리! 저건 우리를 태우고 지구로 가는 우주선이야. 저놈들에겐 그걸 훔칠 권리가 없어."

"그냥 돌아와줘!"

지아니는 대답하지 않았다.

아이샤가 말했다. "직접 가서 데려와야겠어."

우주복을 입는 아이샤를 칭이는 비참한 표정으로 바라보고 있었다. 이 여자는 왜 다른 동료들과 함께 떠나지 않은 것일까? 우주선에는 그녀가 탑승할 자리가 하나 남아 있지 않은가. 혹시 뒤에 남아 손님들을 돌볼 베이비시터가 필요하다는 이유로 제비를 뽑은 것인지도 모르겠다. 단지 남의 도움 없이는 달에서 단 하루도 살아남기 힘든 두 명의 초심자를 저버리고 갈 수 있을 정도로 모질지 못했을 가능성도 있지만.

에어록 밖으로 나가자 멀리서 은박지로 싼 캥거루처럼 월면 위를 껑충껑충 나아가는 지아니의 모습이 보였다. 발사대 근처를 돌아다니는 사람은 눈에 띄지 않았다.

"제발 돌아와, 이 멍청아!" 그녀는 간원했다. "기지에서도 살아갈 수 있으니까 괜찮잖아!" 설령 여기서 일이 년을 기다려야 한다고 해도, 칭이는 작물을 재배하고 기지를 생존 가능하도록 유지하는 법을 알고 있었다.

지아니는 계속 달렸다. 아이샤는 남편을 따라잡는 것을 포기하고,

뒤뚱거리며 최대한 빠른 속도로 전진하는 일에 전념했다.

지아니가 마침내 발사대에 도달하자, 아이샤는 눈으로 직접 보고 상황을 확인한 남편이 단념하기를 희망하며 기다렸다. 즈린은 착륙선 안에서 최종 시스템 체크에 들어갔을 것이고, 이미 탑승한 요원들이 지아니와 논쟁을 벌이기 위해 밖으로 나올 가능성은 없었다. 저 악당들은 결국에는 감옥에 가게 될지도 모르겠다. 법적으로 정확히 어떤 부분이 문제가 되는지는 잘 모르겠지만, 침몰선의 갑판 아래에 갇힌 승객들을 버리고 떠난 선장이 처벌받은 것과 비슷하지 않을까.

지아니는 착륙선의 해치로 이어지는 사다리를 타고 올라갔다. 거리가 있는 탓에 정확히 무엇을 하고 있는지는 알 수 없었지만, 아마 선체를 쾅쾅 두드리고 있을 것이다.

"밖으로 나올 때까지 여기 매달려 있을 거야!"

지아니가 외쳤다.

"이제 그만해!"

아이샤가 간원했다.

선체가 덜덜 떨리는 소리를 들은 것은 지아니의 통신기를 통해서였지만, 곧 우주복의 부츠를 통해 지면이 약하게 진동하는 것을 느꼈다. 아이샤는 달 착륙선을 응시했다. 엔진이 뿜는 불길은 보이지 않았지만, 넓게 분산된 탓인지도 모른다.

"당장 거기서 내려와."

지금까지 아무리 애원해도 막무가내였던 지아니도, 그녀가 방금 한 말에 깃들어 있던 두려움을 느낀다면 생각을 바꿀지도 모른다.

"이건 허세에 불과해!" 그는 쏘붙였다. "그대로 이륙할 리가 없어."

"당장 내려와서 도망쳐. 안 그런다면 난 너를 절대로 용서 안 할 거야!" 이제는 착륙선의 하단 주위에서 푸르스름한 빛이 깜박거리는 것을 볼 수 있었다. "**뛰어내려!**"

"엔진을 끄고 밖으로 나와."

지아니가 탈주자들에게 명령했다. 그가 아이샤에게 모욕적인 언사를 내뱉었던 불량배들이 잔뜩 타고 있는 차 앞을 우뚝 가로막고 서서, 전혀 위축되지 않은 기색으로 차 밖으로 나오라고 명령하는 광경을 본 적이 있다. 예전부터 자기가 옳다고 생각하면 물불을 가리지 않는 성격이었다.

착륙선이 상승하기 시작했다. 5미터, 10미터. 아이샤는 자기도 모르게 짧게 흐느꼈고, 지아니가 마침내 사다리에서 손을 놓은 것을 보고 숨을 멈췄다. 지아니는 마치 꿈속에서 보는 듯한 나른한 동작으로 우주선에서 떨어져 나와서 자유낙하에 들어갔고, 엔진의 분사구가 내뿜는 새파란 화염 속으로 천천히 굴러떨어졌다.

6

월면차는 햇빛을 필요로 하기 때문에 아이샤는 시속 16킬로미터의 느긋한 속도로 주행했다. 월면차의 에너지원인 태양보다 더 빨리 이동해봤자 의미가 없었다. 태양은 실질적으로 하늘에 못 박혀 있는 것이나 마찬가지였으므로, 기지에 오랫동안 체류하면서 익숙해진 빛의 미묘한 변화도 더 이상 감지할 수 없었다. 주행 시의 완만한 지형 변화조차도 그녀가 느끼는 이런 정체감을 한층 더 기묘하게 만들었을 뿐이었다. 아이샤는 GPS로 월면차의 움직임을 추적했고, 지상을 나아가는 그녀 곁에 보이는 크레이터나 열구裂溝의 모습을 위성 맵의 해당 사진과 대조해보며 따분함을 잊으려고 했다. 그러나 며칠 동안 똑같은 풍경이 끊임없이 변주되는 광경을 바라본 뒤에는, 마치 컴퓨터 게임의 자동 생성된 황량한 풍경 속에 갇혀 있는 듯한 폐색감에 사로잡혔다. 놀랄 정도로 핍진한 풍경이라는 점은 부인할 수 없지만, 누군가가 여기에 정신이 번쩍 들 정도로 푸르른 초목이라든가, 건물 한두 채, 사람의 모습 따위를 넣어준다면 얼마나 좋을까.

누리도 아이샤가 보는 것보다 한층 더 단조로운 자기 자신의 주위 풍경에 대해 이따금 항의를 표했다. 아이샤는 야단친다는 인상을 주지 않으려고 노력하며 우주복 안에서 시끄럽게 울어대는 누리를 얼렀다. 그 누구에게도 이런 식의 감각박탈을 받아들이라고 강요할 수는 없다. 지금처럼 참고 견디는 수밖에 없는 경우조차도 말이다.

우주복은 수분을 최대한 재활용해줬고, 식사는 월면차 뒤의 저장 탱크에 담긴 액상 완전식품을 관을 통해 빨아먹는 것으로 해결했다. 우주복에게 명령해서 안면 유리를 불투명하게 만들면 잠을 자는 것도 어렵지 않았다. 적어도 누리가 협조적인 기분일 때는 말이다. 월면차는 1센티미터 단위까지 상세하게 탐사됐을 뿐만 아니라 10억 년 동안 아예 변하지 않았을 공산이 큰 지역을 가로지르는 평탄하고 안전한 진로를 이미 설정해놓고 있었다. 어차피 실수로 야생동물을 친다거나 빗길에 미끄러질 위험 따위가 있는 것도 아니었으므로 그리 어려운 일은 아니었다.

경도 90도 선이 가까워졌을 때 아이샤는 지평선 위에 떠 있는 지구를 되돌아봤다. 저 멍청이들이 무슨 짓을 저질렀든 간에, 저 파란 구체 전체를 사람이 아예 살 수 없는 불모지로 만들어놨을 것 같지는 않았다. 가장 가까운 천체인 달에 로켓은커녕 전파 신호를 보낼 수단조차 없는 상황에 처했을 수는 있겠지만, 긴 인류 역사에서는 그런 수단이 없었던 기간 쪽이 훨씬 길지 않은가. 호흡 가능한 공기가 있고 작물이 여전히 자랄 수 있다면, 돌아가기 위해 고투할 가치는 충분하다.

“스카이훅은 왜 지금보다 더 낮은 고도까지 내려오지 않는 거야?” 아이샤는 용에게 이렇게 물은 적이 있다. 기지 상공 6킬로미터라니, 아무리 안전을 위해서라도 너무 간격이 넓지 않은가.

“지금보다 낮은 고도에서 우리 기지 위를 통과하게 한다면, 다른 지점에서는 아예 땅에 부딪히기 때문이야.” 용은 대답했다. “어느 한 쪽의 고리가 거의 월면을 스칠 정도로 낮게 내려오는 지점은 여섯 곳이 있는데, 이 여섯 지점을 모두 안전하게 통과할 수 있는 최소한의 높이를 확보할 필요가 있었어.”

이런 대화를 나누고 여섯 달 지난 뒤에 아이샤와 칭이가 탈출 계획을 짜기 시작했을 때, 원을 그리며 달 주위를 도는 스카이훅의 궤도를 타원 궤도로 수정함으로써 달 뒷면 고지대와의 충돌을 피하면서도 더 낮은 고도에서 기지 위를 통과하게 만드는 방안을 검토한 적이 있었다. 그러나 스카이훅 케이블의 허브 부분에 있는 이온엔진을 분사시켜서 궤도를 변화시키려면 몇 달이나 걸리는 데다가, 자전하는 달의 앞면과 뒷면은 불과 2주 만에 서로의 위치를 교환한다는 사실이 판명됐다.

그래서 그들은 주회 궤도의 이심률離心率을 변화시켜 편심성 궤도로 만드는 대신에, 본래의 원 궤도를 유지하면서도 허브의 항법 장치에 하드코딩돼 있는 탓에 변경이 불가능한 안전 마진이 허락하는 한도 내에서 궤도의 지름을 최대한 축소시키는 편을 택했다. 그 결과, 달 앞면에 있는 시누스 메디의 반대편에 위치한 달 뒷면의 특정 지점에서, 케이블 말단은 지면에서 불과 10미터 위를 스쳐 지나가게 된다.

월면차가 마침내 목적지에 도착하자 아이샤는 별들로 가득 찬 하늘을 올려다봤다. 길이 천 킬로미터의 채찍이 하늘에서 그녀를 후려치듯이 내려오는 광경을 떠올리며, 좌석에서 움츠러들고 싶은 마음을 애써 억눌렀다.

잠에서 깬 누리가 울기 시작했다. "알아." 아이샤는 위로하듯이 말했다. "엄마 냄새가 고약하고, 종일 텅만 올려다보는 일에도 이젠 신물이 난다는 거지."

아이샤는 월면차에서 내린 후 억지로 놀려두던 근육들을 깨우기 위해 몇 분 동안 주위를 걸어 다녔다. 그런 다음, 트레일러를 월면차에서 떼어내 작업에 착수했다.

월면차 상부의 롤케이지*의 볼트를 모두 풀고 금속 튜브로 이뤄진 보강 틀을 완전히 위로 들어냈다. 그런 다음 트레일러 짐칸에 넣어둔 실리카섬유 시트를 꺼내 와서 월면차 안에 넣고, 시트 연결용 코드의 고리들을 롤케이지를 다시 고정할 볼트 구멍들 위에 신중하게 정렬시켜놨다.

* roll cage. 운전자를 보호하기 위한 금속제 보강 틀.

트레일러에서 열두 개의 지주를 꺼내 와서 높이 50센티미터의 장방형 탑 모양을 한 비계飛階를 조립했고, 위쪽에 여분의 지주 두 개를 걸쳐놓은 다음 월면차로 하여금 비계 위에 올라가게 했다. 작업의 이 부분을 기지에서 열 번 넘게 되풀이해서 연습해두지 않았더라면 지금쯤 이미 공황 상태에 빠져 있었을지도 모른다. 그러나 지금은 자동 평행주차를 하는 것만큼이나 사소하고 평범한 일로 느껴졌다.

누리의 울음소리가 두 배로 커졌다. "쉬이잇, 우리 아기 착하지. 다 잘될 거야." 아이샤가 장담했다. "몬스터 트럭으로 레고에 올라가는 거로 생각하면 돼."

그녀는 두 번째 비계를 조립해서 첫 번째 비계에 붙였다. 이번에는 1미터 높이였다. 월면차는 불평하지 않고 계단을 오르듯 그 위로 올라갔다. 그녀의 요청을 자체적으로 평가하고 실행 가능하다고 판단했을 정도로 자기 능력에 관해 잘 알고 있었다. 그러나 탑 자체의 강도는 월면차의 전문 분야를 벗어난 일이었고, 탑이 구조적으로 안정돼 있는 것을 확인하는 것은 온전히 건조자의 책임이었다.

그녀는 한 단씩 비계를 올렸고, 월면차도 따라서 올라갔다. 비계의 높이가 7.5미터에 달하자 그녀는 아래로 내려왔고, 뒤로 물러서서 비계로 이뤄진 탑을 점검했다. 칭이는 아이샤가 이 부분까지 예행연습을 할 수 있도록 도왔지만, 동행을 결심할 정도의 확신에는 결국 이르지 못했던 것 같다.

아이샤는 칭이가 용의 작업실에서 찾아낸 요술 상자를 트레일러에서 꺼내왔다. 대기 모드에 있던 상자를 깨워서 스카이훅의 상태를 체크한다. 케이블 말단은 약 20분 후에 이 지점을 통과할 예정이었다.

달의 GPS 시스템이 아직도 정확하고, 아이샤와 스카이훅이 쓰는 좌표들이 일치한다면, 케이블 끄트머리의 전자기식 갈고리는 저 월면차 바로 위로 하강해서 롤케이지에서 50센티미터 위의 허공에 멈췄다가 다시 상승할 것이다. 전자석이 꺼진 상태라면 월면차는 단 1밀리미터도 움직이지 않겠지만, 정말로 그런 식으로 접촉이 이뤄지는지 직접 확인할 필요가 있었다. 아이샤는 다시 탑 위로 올라가서 월면차의 블랙박스용 카메라를 하늘로 향하게 했다.

접촉 시간이 다가오자 아이샤는 지면에 등을 대고 누웠다. 갈고리가 지면에 부딪힐 정도로 낮게 내려오지는 않을 것이다. 궤도 축소 후 한 번이라도 그런 일이 일어났다면 케이블 전체의 움직임에 눈에 띌 정도로 큰 변화가 왔을 것이 뻔하기 때문이다. 그러나 실제 안전 마진이 공표된 마진보다 작을 가능성은 상존했으므로, 서 있다가 머리통이 박살난 후에 알아차리느니 차라리 이렇게 안전하게 누워 있는 편이 낫다.

누리는 아이샤 쪽으로 고개를 돌렸지만 물론 서로 눈을 마주칠 수는 없었다. "예쁜 우리 아기." 아이샤는 누리를 달랬다. "엄마가 얼마나 널 사랑하는지 알지."

시간 오차가 있을 경우에 대비해서 몇 분 더 기다렸다가 일어섰다. 우주복은 최선을 다해 그녀가 몸을 일으키는 것을 도왔다.

탑은 제자리에 서 있었고, 월면차도 멀쩡했다. 아이샤는 블랙박스 카메라에 접속해서 녹화 영상을 슬로모션으로 재생하라고 우주복에 명령했다.

안면 유리가 불투명해지더니 곧 별로 가득 찬 하늘의 영상이 떠올랐다. "뭔가 변화가 있는 시점까지 빨리 재생해." 그녀는 명령했다.

둥근 실루엣을 가진 물체가 그녀를 향해 다가오고 있었다. 점점 커지면서 별들을 가릴 정도의 크기가 되는가 싶더니 속도를 늦춘다. 마치 공중에 높이 던져진 후 호弧의 정점에 도달하려는 거대한 프리스비를 바라보는 듯한 느낌이었다.

실루엣이 후퇴하기 시작한 순간 영상을 정지시켰다. 겉보기 크기로 미루어 보건대 통과 고도는 그녀가 예상한 높이에 가까웠지만, 통과 지점이 중심에서 6미터쯤 벗어나 있었다. 탑을 분해해서 정확한 지점에 다시 세우는 수밖에 없었다.

다음 접촉 시각까지 끝내려고 서두르지 않고, 천천히 작업을 진행했다. 서두르다가 탑이 무너져서 월면차가 뒤집히기라도 한다면 끝장이다. 아이샤는 일하며 누리에게 콧노래를 들려줬다. 노래를 부를 수 있으면 더 좋았겠지만, 그러면 목이 너무 칼칼해진다.

다섯 시간 후 모든 준비를 끝마치고, 월면 위로 우뚝 솟은 탑 위까지 올라간 월면차의 좌석에 앉아 스트랩으로 단단히 몸을 고정했다. 그런 다음 스카이훅의 허브에 접속해서 전자석을 켜게 했고, 그것이 꺼지는 시각을 밀리초秒 단위까지 정확하게 프로그래밍했다. 이제 모든 과정은 그녀의 통제를 벗어났다.

누리는 자고 있었다. "이제 우린 할아버지를 만나러 갈 거야." 아이샤는 속삭였다. "아주 조금만 기다리면 돼."

좌석에 앉아서 안면 유리에 빨간색으로 투영된 초읽기 숫자를 바라본다. 발사 2초 전에는 결국 아무 일도 일어나지 않을 것이고, 고립 상태로 달에 영원히 남아 있어야 한다는 사실을 받아들일 마음의 준비를 했다. 그러나 발사 2초 후가 되자, 지구에서의 체중의 반에 달하는 무게에 몸이 짓눌렸을 때 느꼈던 엄청난 충격은 이미 일종의 황홀경으로 바뀌어 있었다. 월면의 풍경은 점점 더 빠른 속도로 멀어져가고 있었지만, 월면차는 아직 눈에 띌 정도의 각도로 기울어 있지는 않았다. 그녀 머리 위로 뻗어 나간 케이블의 허브는 여전히 상상하기 힘들 정도로 먼 우주공간에 있었다.

누리는 잠에서 깼지만 보채지는 않았다. 아마 늘어난 중력에 의해 예전보다 더 바싹 어머니의 살갗에 밀착할 수 있어서 오히려 편안해하는 것인지도 모른다. 건강한 어른이 되려면 지금보다 체중을 더 늘리고, 더 힘이 세지고, 더 오래 살갗을 맞대고 있어야 한다는 사실을 본능적으로 알고 있는 것일까.

아이샤는 아기에게 지금 무슨 일이 일어나고 있는지를 설명해줬고, 콧노래를 흥얼거리며 젖을 먹였다. 케이블 끝이 상승하기 시작하고 10분이 지나자 월면은 그녀의 왼쪽에 위치하고 있었다. 깎아지른 듯한 잿빛 암벽은 멀리서 바라본 절벽 표면을 연상시킨다. 그러나 월면차 안에서 아래는 여전히 월면차 바닥이었다. 스카이훅의 강력한 원심력이 달의 중력 따위는 가볍게 압도했기 때문이다. 절벽 면이 뒤로 천천히 물러나고 기울어지면서, 월면차 케이지에 딱 붙어 있는 검은 판 모양의 전자석 위를 덮은 지붕처럼 보이기 시작한 뒤에야, 감옥이었던 거대한 천체도 이제는 하늘에 뜬 원반에 불과하다는 사실을 비로소 실감할 수 있었다. 앞으로 무슨 일이 일어나든 간에, 적어도 그 인력의 구속에서는 벗어난 것이다.

위아래가 역전되는 지점에서 몇 도 더 나아간 공간에서 전자석이 꺼지면서 월면차는 허공으로 튕겨 나갔다. 아이샤는 좌석을 움켜잡았고, 눈앞의 계기반도 부여잡았다. 그러나 지금 느끼는 무중력상태는 월면과는 달리 더 이상 위험한 느낌을 주지 않았다. 월면차를 부여잡고 있던 전자석의 지붕이 없어진 지금, 그녀가 이동 중임을 알려주는 물체 역시 아예 존재하지 않는다.

누리가 잠시 칭얼거리는가 싶더니 금세 조용해졌다. 혹시 변화한 환경에 관해 생각하고 있는 것일까. "이젠 우리도 어엿한 우주비행사야!" 아이샤는 아기에게 말했다. "정말 근사하지 않아?"

7

그들은 대다수의 로켓보다 더 빠른 속도로 달을 떠났다. 파란 지구의 모습도, 오면서 줄어들었을 때보다 더 빨리 커지고 있었다. 월면차는 몇 시간에 한 번꼴로 완만하게 자전했다. 계기반 위로 지구가 떠오를 때마다 아이샤는 계기들의 크기를 눈금 삼아 지구의 너비가 점점 늘어나는 것을 확인할 수 있었다.

우주복은 월면과 우주공간을 따로 구분하지 않았고, 평소 해왔던 대로 공기를 정화하고 내부 온도를 견딜 만한 수준으로 유지하는 일을 계속했다. 액상 완전식품은 특유의 찝찝한 맛을 졸업하고 가려움과 악취로 점철된 내부 환경에 완전히 녹아들었다. 아이샤의 복부는 굶주리지 않았는데도 기근 피해자처럼 통통 부풀어 올랐다.

갈고리에서 벗어난 지 이틀 후, 지구는 시야의 거의 반을 가리고 있었다. 설령 그녀의 계산에 오류가 있었다고 해도, 적어도 월면차를 태양에 직통으로 때려 넣지 않은 것만은 확실하다. 그녀는 아프리카를 내려다봤고, 밤이 되자 그곳의 도시들에 불이 들어오는 광경을 목격하고 힘을 얻었다.

너무 일찍 태양열발전을 멈추는 것은 아닌지 걱정되기는 했지만, 월면차가 아래에 보이는 대륙을 따라 한밤중의 상공 쪽으로 들어가기 시작하자 아이샤는 실리카 시트를 펴서 월면차를 감싸는 일에 착수했다. 이 기묘한 텐트 안은 어두웠고, 계기반의 불빛으로 주위 사물을 겨우 분간할 수 있을 정도였다.

지구 대기권에 도달하면 공기 밀도가 월면차의 진입 속도를 늦춰주는 동시에 지구의 중력을 벗어나지 않을 정도로 높아지긴 하나 임시변통으로 만든 실리카 차열막遮熱幕을 녹일 정도로 높지 않은 지점을 골라 진입해야 한다. 아이샤는 칭이와 협력해서 만든 컴퓨터 예측 모델을 써서 최선을 다해 계산해봤지만, 달 기지에는 지구 대기의 밀도 특성을 다룬 참고문헌 자체가 없었다. 설령 완벽한 정보가 주어졌다고 해도, 중간권*의 예측 불허한 날씨까지 계산에 넣는 것은 애당초 무리였다.

월면차의 차대에 양손을 대고 있었을 때 장갑을 통해 처음으로 따뜻한 기운을 느꼈다. 손을 떼자 마치 그녀를 돕기라도 하듯 항력抗力이 작용하며 좌석을 그녀 몸에서 밀어냈고, 그 결과 그녀는 마치 사고로 뒤집힌 자동차 안의 승객처럼 고정 스트랩에 거꾸로 매달린 자세가 됐다. 눈앞의 시트가 암적색으로 달궈지기 시작했고, 복사열이 우주복

* mesosphere. 지상에서 50~80킬로미터 사이의 지구 대기층.

의 안면 유리를 직격했다. 우주복의 상相변화 합금은 열에너지를 필사적으로 처리하고 있겠지만, 그리 오래가지는 못할 것이다.

누리는 몸을 들썩이기 시작했지만 괴로운 기색은 아니었다. 아이샤도 아직 괴로울 정도는 아니었지만, 조금씩 불편함을 느끼고 있었다. 추운 밤에 전기난로에 바싹 몸을 대고 너무 오래 누워 있으면, 따스함이 점점 화상을 입을 정도의 수준의 뜨거움으로 변해가는 느낌이랄까.

잠시 후 열파가 사그라들었고, 실리카 시트의 붉은빛도 스러졌다. 아이샤는 계기반의 가속도계를 확인했다. 급격한 가속은 4분 지속했다. 그녀가 산정했던 시간보다는 짧다.

아이샤는 그 수치를 컴퓨터 모델에 입력했다. 월면차는 지구 중력에 사로잡혀 공전하는 수준까지 감속했지만, 이제 타원궤도를 따라 여기서 약 10만 킬로미터 떨어진 원지점遠地點까지 날아가게 된다. 그런 다음 다시 지구에 접근하기 시작하지만, 처음보다 속도가 느려졌기 때문에 마찰력도 그만큼 줄어든다. 컴퓨터 예측 모델은 이런 식의 끔찍할 정도로 점진적인 궤도 변화가 누적되는 상황을 계산했고, 거의 50일 후에 63번째 공전을 마친 뒤에는 낙하산으로 지상을 향해 강하할 수 있을 정도로 낮은 고도에 도달하게 된다는 예상을 내놨다.

외부에서 구조대가 오기를 기대하며 시누스 메디 기지에서 마냥 기다린다는 안은 애당초 논외였다. 아이샤는 어떤 도박이든 시도할 가치가 있다고 판단했다. 설령 고향으로 돌아가는 좁디좁은 길이 뜨겁게 불타오르는 죽음과 완만한 아사 사이에 끼어 있다고 해도 말이다. 이제는 칭이가 왜 그런 선택을 했는지도 이해할 수 있었다. 친구와 자기 손으로 직접 받은 친구의 아기가, 식량과 식수와 공기가 고갈되면서 죽어가는 모습을 곁에서 지켜봐야 할지도 모른다는 가능성을 도저히 받아들일 수 없었던 것이다.

아이샤는 우주복이 약간이라도 열을 발산할 수 있도록 조심조심 텐트를 열었다. 컴퓨터 예측 모델에는 그녀에게 유리한 오류가 또 숨어 있을지도 모른다. 누리가 몸을 뒤척이며 그녀 가슴에 코를 문지르는 것을 느꼈다. 살갗에 닿는 아기 뺨의 짓무른 부분이 따스했다.

운이 그들을 살려주지는 못한다. 여기서 운에 의존한다면 죽는 수밖에 없다.

아이샤는 지구가 천천히 멀어지는 광경을 바라봤다. 다음번 대기권 진입 시의 속도와 고도는 이제 변경할 수 없었다. 그렇다면… 뭘 바꿀 수 있을까? 공기저항의 세기는 텐트의 형태와 공기 흐름에 면한 부분의 면적에 의해 결정된다. 월면차를 감싸고 있는 시트는 나중에 낙하산으로도 이용할 수 있도록 월면차 본체보다 훨씬 컸다. 그러나 지금 이 시점에서 시트를 뒤로 펼친다면 차열막을 잃은 월면차는 새까맣게 타버릴 것이다. 탑을 세웠을 때 썼던 지주들의 반이라도 있으면 지금보다 더 큰 텐트를 칠 수 있겠지만, 지금 와서 그것들을 달의 뒷면에 내버려두고 왔다는 사실을 아쉬워해봤자 의미가 없었다.

누리는 이 모든 상황에도 아랑곳하지 않고 먹고 싸고 자는 일을 되풀이했다. 아이샤는 그런 누리가 죽을지도 모른다는 가능성을 도저히 받아들일 수 없었다. 아이샤가 그대로 달에 머무는 쪽을 택했다면 누리는 3년 후 응급처치를 못 받아서 죽을 수도 있었고, 10여 년 후 황폐화한 달 기지의 기능이 멈추면서 죽을 수도 있었다. 설령 모든 기계가 멀쩡하게 작동해서 백 살 넘게 산다고 해도, 인류 역사상 가장 고립된 환경에서 홀로 죽어야 한다는 점에는 변함이 없었다.

지금 같은 상황도 받아들일 수 없지만 말이다.

아이샤는 눈을 감았고, 그녀와 칭이가 그토록 오랫동안 고생하며 짰던 아름다운 직물이 머리 위에서 활짝 펼쳐지면서 월면차가 초록이 무성한 들판이나 잔잔한 바다 위로 천천히 낙하하는 광경을 머리에 떠올렸다. 온전히 공기저항만을 이용해서 말이다. 하지만 호흡 불가능할 정도로 공기가 희박한 중간권을 스쳐 지나갈 때… 이 텐트를 기구처럼 부풀어 오르게 하려면 얼마나 큰 **내부** 압력이 필요할까?

그리 클 필요는 없다.

아이샤는 눈을 뜨고 잠깐 계산을 해봤다. 가능하다. 필요한 압력을 쓰더라도 살아남을 수 있다.

태양열 배터리가 최대한 오래 충전될 수 있도록 꾹 참고 기다렸다가, 월면차가 지구에 가장 가까워지는 근지점에 도달하기 한 시간 전이 돼서야 비로소 작업을 개시했다. 월면차 주위로 시트를 펼친 다음, 반대쪽 구멍에 맞춰 고정끈들을 최대한 단단히 비끄러맨다. 완전한 기밀氣密 상태는 아니지만, 내부 공기를 몇 분만 유지하면 되니까 상관없었다.

시간을 확인한 다음 우주복에게 공기를 배출하라고 명령했다.

텐트는 여전히 구겨진 채로 축 늘어져 있었다.

“더 많이 배출해.”

그녀가 명령했다.

“그럴 경우 산소 비축량이 안전 기준치 아래로 떨어집니다.”

우주복이 대답했다.

아이샤는 장갑 낀 양손을 헬멧 양쪽에 대고 헬멧을 돌렸다. 우주복은 그런 그녀를 만류하려고 했지만, 칭이는 이런 일이 가능하다는 것을 몸소 증명해 보이지 않았던가. 우주복 내부의 공기가 새 나가면서 텐트는 풍선처럼 부풀어 올랐다. 팽팽해진 시트 너머는 진공이다.

아이샤는 헬멧을 반대쪽으로 돌려 잠갔다. 숨을 들이쉰다. 숨이 찼다. 더 깊이 들이쉰다. 현기증이 나지만 질식할 정도는 아니었다.

실리카 기구가 희박하고 빠른 바깥 기류에 휘말려 마구 흔들렸다. 머리가 어질어질한 상황에서도 아이샤는 얼굴이 점점 뜨거워지는 것을 자각했다.

항력이 그녀를 앞으로 밀어냈다. 처음 그랬을 때 비하면 조금 약했지만, 현상 유지를 했을 경우를 상정하고 계산했을 때 나온 불길한 예측에 비하면 훨씬 강했다. 다시 무중력상태가 될 때까지 우주복의 시간 표시를 주시하며, 얼마나 걸렸는지 측정한다. 3**분.**

가속도계의 데이터를 써서 계산해봤다. 앞으로 여섯 번 더 지구 주위를 돌면 그들은 나선을 그리며 지구로 하강하게 된다.

누리가 기쁜 듯이 옹알거리기 시작했다. 아이샤가 한 번도 들어본 적이 없는 소리였다. 아이샤는 잠시 흐느꼈다. 지아니를 떠올리며, 칭이를 떠올리며, 참담하게 변했을지도 모를 지구의 상황을 떠올리며.

이윽고 아이샤는 마음을 가라앉히고 딸을 향해 나직하게 노래를 불러주기 시작했다. 서로 눈을 마주 볼 수 있는 시간이 오기를 기다리면서.

Caroline M. Yoachim

사랑의 고고연대학

캐롤라인 M. 요킴

장성주 옮김

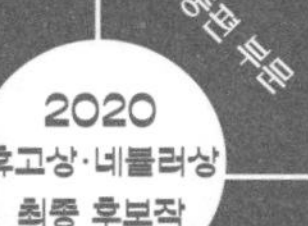

The Archronology of Love

캐롤라인 M. 요킴은 단편소설을 왕성하게 발표하는 작가로서《아시모프스》와《판타지 앤드 사이언스 픽션》,《언캐니》,《비니스 시즐리스 스카이스Beneath Ceaseless Skies》,《클라크스월드》,《라이트스피드》를 비롯한 여러 매체에 글을 실었다. 휴고상과 세계환상문학상, 로커스상의 최종 후보에 올랐고, 네뷸러상 최종 후보에도 여러 차례 올랐다. 요킴의 첫 단편소설집『영원한 세계의 7대 불가사의Seven Wonders of a Once and Future World and Other Stories』는 2016년에 출간됐다.

홈페이지: carolineyoachim.com

SF-Fan

Caroline M. Yoachim

The Archronology of Love

이것은 사랑 이야기, 우리가 만나는 일련의 순간 가운데 마지막의 이야기.

사키 존스는 유리에 코끝이 닿다시피 할 만큼 관측 창에 몸을 깊이 숙인 채 저 아래에 펼쳐진 식민 행성을 내려다봤다. 신新화성. 그곳으로부터 이토록 멀리 떨어진 곳에서는 모든 일이 계획대로 돼간다고 스스로를 속이는 일이 가능했다. MJ가 저 아래의 돔으로 덮인 어느 도시에서 자신을 기다린다고. 셔틀이 자신을 지면에 데려다줄 테고, 그러면 자신은 평생의 사랑과 함께 장대한 외계 문명을 연구하려던 꿈을 계속 좇을 수 있을 거라고.

정말로 아름다운 계획이었다.

"존스 박사님?" 전망대 갑판의 입구에 서 있는 승무원은 나이가 지긋한 백인 여성으로, 다른 승객들이 동면 상태에 들어가 잠들어 있는 동안 장기 근무를 수행하는 핵심 인력 가운데 한 명이었다. "함장님께서 연구 일정을 앞당겨주십사 요청하셨습니다. 자세한 사항을 전달받으셨나요? 지면 탐사 로봇이 모두 기능 이상을 일으키는 바람에, 정착지가 붕괴할 당시의 시간 기록을 박사님께서 살펴봐주셔야겠다고 합니다."

"'연대기'예요." 사키는 그 여성의 말을 자신도 모르게 바로잡아줬지만, 그러면서도 관심은 온통 저 아래의 행성에 쏠려 있었다. "시간 기록을 가리키는 말은 연대기예요."

"그렇군요. 함장님께서…"

사키는 관측 창을 뒤로하고 돌아섰다. "미안해요. 함장님의 메시지는 받았어요. 최대한 서둘러서 대원들을 소집하고 연구를 시작하겠다고 함장님께 전해주세요."

승무원은 경례를 하고 그곳을 떠났다. 사키는 긴급회의 소집 메시지를 학과 연구원들에게 송신하고 다시 관측 창 쪽으로 돌아섰다. 신화성은 이름에 걸맞게 화성과 똑같이 성난 붉은빛이었고, 표면의 정착 도시들은 고름이 찬 종기 같았다. 그 행성은 위험한 곳이었다. 악의를 품은 역겨운 장소였다. MJ는 그곳에서 숨을 거뒀다. 만약 조금이나마 살림에 여유가 있어서 가족이 함께 갔다면, 온 식구가 몰사할 뻔했다. 사키는 눈물이 차오르지 않도록 눈을 깜박였다. 지금은 정신을 집중할 때였다.

사키가 연대기 속으로 들어간다면 규정을 위반하는 셈이었다. 물론 불편부당한 관찰자 같은 것은 애초에 존재하지 않지만, 사키는 너무도 급작스럽고 예상치 못한 방식으로 MJ와 사별했다. 그 고통은 생생하고 압도적이었다. 둘은 함께 학교를 다녔고, 함께 아이들을 키웠고, 함께 지구에서 벗어날 계획을 세운 사이였다. 둘의 삶에 다른 파트너가 들어왔다가 나간 적도 있었지만, 사키와 MJ는 언제나 서로를 위해 같은 자리를 지켰다.

만약 연대기에 들어간다면, 사키는 MJ를 찾아볼 터였다. 그랬다가는 선택과 관찰에 편향이 일어날 염려가 있었다. 그러나 연구팀에서 능력이 가장 뛰어난 사람은 바로 *사키*였고, 만약 스스로 이 일을 기피했다가는 연구 보조금과 학과에서 맡은 직위, 외계 문명을 연구하겠다는 꿈, 그리고… MJ를 만날 기회마저 잃을지도 몰랐다.

"존스 박사님…" 이번에 들려온 목소리는 부드러웠다. 목소리의 주인은 사키가 지도하는 대학원생 현식이었다. 현식은 여느 때처럼 흠잡을 데 없이 멋진 차림새였고, 희미하게 반짝이는 파란색 아이라이너가 블레이저와 잘 어울렸다.

"그래, 현식아. 프로젝터 준비가 다 끝났어, 그래서 일정을 앞당겨야 한다고 연락한 거야. 난 장소 선정 회의에 앞서 생각을 정리할 시간이 좀 필요한 것뿐이야."

"그 일 때문에 온 게 아니에요. 박사님을 방해하고 싶진 않지만, 힘내시라는 말씀을 드리고 싶어서요. 제 부모님도 정착지에 계셨어요. 저 아래에서 무슨 일이 일어났든 간에, 우리 모두에게 엄청난 상실이에요."

사키는 뭐라고 말해야 좋을지 알 수가 없었다. 죽음 앞에서 말은 언제나 무의미하기만 했다. 사키와 현식은 동면에서 깨어난 이후 생체 활동 감속 상태로 보낸 몇 달 동안 그들이 겪은 상실에 관해 이야기한 적이 드물었다. 일을 통해 고통을 잊으려고 연구에만 몰두했기 때문이었다. "행성에 도착하면 많은 이의 상처가 또다시 벌어지겠지."

"저는 지구보다 여기서 사는 게 더 낫다는 생각에 부모님을 먼저 보내드렸어요." 현식은 관측 창을 손짓으로 가리켰다. "두 분을 다시 보고 싶다는 생각을 누르기가 힘들어요. 너무나 가까이에 있고, 연대기도 바로 저곳에 있으니까요. 박사님도 똑같은 고민을 하시는 거 알아요. 결정을 내리기가 힘드시겠죠, MJ를 그렇게 갑작스럽게…"

"그래." 사키는 현식이 뭐라고 더 얘기하기 전에 말을 끊었다. MJ의 이름을 듣는 것조차도 괴로웠다. 사키는 이번 탐사의 적임자가 아니었다. 차라리 휴가를 신청하고 리잉타이 박사가 선임을 맡도록 허락해야 했다. 그러나 이 연구는 사키의 꿈, 사키가 MJ와 함께 품었던 꿈이었고, 상황 또한 예외적이었다. 사키는 이맛살을 찌푸렸다. "내가 여기서 임무를 기피할지 말지 고민하고 있는 걸 어떻게 알았어?"

"맞히기가 어렵진 않았어요. 제가 박사님이었어도 똑같이 했을 테니까요." 현식은 사키의 시선을 피했다. "오늘 점심때 겐조하고 데이트하면서 들은 얘기도 있고요."

사키의 입에서 한숨이 흘러나왔다. 사키의 막내아들인 겐조는 엄마를 따라 지구를 떠나기로 선택한 유일한 자식이었다. 겐조는 신화성을 모험과 기회의 땅으로 여겼다. 실없고 낭만적인 생각이었다. 지난 몇 주 동안 사키는 아들의 얼굴도 보기가 힘들었다. 아들은 새 남자친구가 생겼다는 말은 했지만, 자세한 이야기는 들려주지 않았다. 사키는 아들이 연애 때문에 공부를 소홀히 할까 봐 걱정스러웠다. 겐조는 이제 비행사가 필요할 일이 별로 없을 거라고 했다. 정착지의 현재 상태를 보면. 보아하니 아들이 감춰뒀던 남자 친구는 사키의 영리하고 매력적인 아들보다 여섯 살 많은 대학원생인 모양이었다. 사키는 둘의 관계를 아들이 아니라 자기 지도학생의 입을 통해 안 것이 실망스러웠다. 아들은 사키에게서 멀어지는 중이었고, 사키는 그 틈을 메울 방법을 알지 못했다.

현식은 초조하게 양손을 비볐다. 분명 대화에 새로 등장한 화제 때문에 불편해하는 모양이었다.

"너랑 겐조는 잘 어울리는 한 쌍 같아." 사키가 말했다.

현식은 빙긋이 웃었다. "고맙습니다, 존스 박사님."

사키도 억지 미소로 화답했다. 겐조는 자신이 남자와 사귀는 것을 엄마에게 조금도 숨기지 않았지만, 현식은 자신들의 관계를 드러내고 나서 더 흐뭇해진 기색이 뚜렷했다. "가자. 탐사 계획을 세워야지."

우리는 연대기를 창조하지 않았다. 그저 발견했을 뿐이다, 당신들이 그랬듯이. 차곡차곡 포개진 시간을, 층층이 쌓인 우주의 기록을. 연대기에 발을 들일 때, 당신은 그 기록을 고쳐 적는 셈이다. 당신의 존재는 발굴 현장의 땅을 헤집는 고고학자들만큼이나 선명하게 시간 기록을 헤집는다. 훗날 인간 고고연대학자들은 조소를 띠고 당신을 돌아볼 것이다, 당신이 약탈자와 도굴꾼을 돌아볼 때와 마찬가지로. 그러나 우리는 당신을 용서한다. 만난 지 얼마 안 됐을 때, 우리는 저마다 잘못을 저지른다. 너무도 이질적인 존재끼리는 다 이해하고 나서야 비로소 이해가 되지 않을까? 우리가 하는 행동은 사랑에서 비롯되지만, 그렇다고 해서 우리가 끼치는 해악이 지워지는 것은 아니다. 부

디 우리를 용서하길.

사키는 탐사 전의 마지막 몇 시간을 학과 회의에서 어디를 현장으로 택할지에 관해 리잉타이 박사와 논쟁하며 보냈다. *언제*를 택할지는 쉬운 문제였다. 고고연대학자들은 연대기를 파고들어갈 때 현재의 순간에서 시작해 시층時層을 거슬러 나아갔는데, 이는 고고학 발굴의 원리와 크게 다를 바가 없었다. 공간상의 위치를 선택하기는 그보다 더 까다로웠다. MJ는 전염병을 외계에서 온 것으로 믿었고, 만약 그 생각이 옳다면 외계인의 유물이 보관된 창고는 훌륭한 출발점이었다.

"어떻게 정착지 의료 센터를 쏙 빼놓고 다른 데를 고를 수가 있어?" 리 박사가 따져 물었다. "정착민들은 전염병으로 죽었잖아."

"지금 당장은 병원에 쓸 만한 정보가 있을 것 같진 않아." 사키는 그렇게 대답했다. 최종 결정은 자신의 몫이었지만, 사키는 자신이 내린 결정의 근거를 대원들에게 이해받고 싶었다. "정착지의 사람들은 모두 죽었어, 그 사람들의 진료 기록은 마지막 교신 때까지의 분량이 모두 우리 쪽에 있고. 정착민들은 그 전염병이 외계에서 유래한 게 아닐까 하고 의심했어. 우린 외계고고학 유물 수장고에서부터 시작해야 해."

대학원생과 박사후연구원이 섞인 무리에서 찬성과 반대를 담아 중얼거리는 소리가 들려왔다.

"외계고고학 연구소는 팀장님 평생의 사랑이 근무하던 곳 아닌가요?" 그렇게 질문한 사람은 애너벨 호프먼, 리가 지도하는 대학원생이었다.

회의실 전체가 침묵에 뒤덮였다.

사키는 무슨 말을 하려다가, 그냥 입을 다물었다. 외계고고학 수장고에서 시작하자고 제안하도록 사키를 이끈 근거는 MJ가 보낸 정보였다. 만약 그 정보를 다른 사람이 보냈다면 그대로 따르려고 했을까? 사키는 자신이 그랬으리라 믿었지만, 혹시라도 MJ를 향한 사랑이 자신의 결정에 편향을 일으켰다면?

"선을 넘는 소리는 안 하는 게 좋아, 호프먼." 리는 그렇게 말하고는 사키 쪽을 돌아봤다. "내가 애너벨 대신 사과할게. 난 네 의견에는 반대하지만, 애너벨이 그걸 사적인 문제로 간주한 건 부적절한 짓이었어. 이 우주선에 탄 사람은 누구나 저 아래에 있던 누군가를 잃었으니까."

사키는 분위기를 누그러뜨려준 리에게 고마움을 느꼈다. 그랬다, 둘은 학계에서 서로 경쟁하는 사이였지만, 그러는 동안 어느새 친해진 사이이기도 했다. "고마워."

리는 고개를 끄덕이고는, 병원을 탐사의 시작점으로 삼아야 한다는 주장을 구구절절 늘어놨다. 사키는 앞서 당한 사적인 공격에서 좀처럼 헤어나지 못했다. 애너벨은 핀잔을 들은 것 때문에 표정을 찡그린 채 태블릿에 뭔가 필기하는 중이었다. 사키는 학과의 내부 정치를 싫어했고, 알력을 싫어했다. MJ는 이런 일이 있을 때면 늘 사키의 말에 맞장구를 치는 공명판이 돼 고민을 덜어줬지만, 이제는 없는 사람이었다. 어쩌면 사키는 이번 일을 맡지 말아야 했는지도 몰랐다. 리는 명석한 연구자였다. 사키가 물러나면 프로젝트는 수완 좋은 사람이 넘겨받을 터였다.

갑자기 회의실 안이 조용해졌다. 리는 의견을 다 밝혔고, 이제 모두가 사키의 대답을 기다리는 중이었다.

현식이 사키를 도우러 나서서 리의 주장을 조목조목 반론했다. 현식은 매력과 설득력을 겸비했기에, 회의가 끝날 무렵에는 연구팀 전원이 현식의 말에 납득돼 외계고고학 수장고를 먼저 조사하자는 계획에 찬성했다.

사키는 그 선택이 옳은 것이기를 바랐다.

당신의 과거 속 순간순간을 객관적으로 담은 기록 같은 것은 없다. 당신은 스스로의 사고와 인식으로 실재를 거른다. 시간이 흐르면서 당신은 기억의 기억을 만들고 편견에 편견을 섞고, 이기적인 합리화를, 또는 부정을, 아니면 그리움을, 층층이 쌓는다. 모든 것은 이야기가 된다. 당신은 우리를 연구하러 연대기에 찾아오겠지만, 당신이 보는 것은 절대적 진실이 아니다. 우리 과거가 담긴 기록은 당신의 의식을 통해 걸러진다.

시간 프로젝터의 조종실은 성간 우주선의 지휘통제실과 비슷하게 생긴 곳이었다. 프로젝터 조종은 한 사람이 맡아도 거뜬했지만, 실내에는 학과 연구진의 절반이 모여 있었다. 대개는 먼저 떠난 이들의 소식이 간절히 궁금해서였고, 나머지는 그저 신화성의 사멸한 정착지를 처음으로 탐사하는 이 역사적 순간에 함께하고 싶어서였다.

사키는 현식과 함께 밀폐 원통 안에서 기다렸다. 벽과 바닥이 완충재로 덮인 그 커다란 방은 지름이 20미터에 약 2층 높이로, 우주선에서 가장 넓고 탁 트인 공간이었다. 천장의 카메라가 사키와 현식이 하는 일을 빠짐없이 녹화했다. 우주선에 머무는 사람들의 시점에서 보면 탐사대는 깜박거리다가 얼핏 사라져서는, 다음 순간 다시 나타날 터였다. 아마도 다른 공간에. 이는 바닥과 벽을 완충재로 마감한 이유였다. 혹시라도 고도가 살짝 높은 곳에 다시 나타나서 추락할 경우에 부상을 방지하려고.

사키는 등에 멘 배낭끈에 어깨가 쓸렸다. 사키와 현식은 서로 등진 상태로 가만히 서 있었지만, 꼭 정지 상태를 유지할 필요는 없었다. 프로젝터는 움직이는 물체도 정지한 물체와 마찬가지로 거뜬히 전송했다. 몸이 실내와 실외에 절반씩 걸쳐 선 상태만 아니면 아무 문제도 없었다. "준비는?"

"됐습니다." 현식이 대답했다.

천장에 설치된 스피커에서 프로젝터 시스템의 로봇 음성이 20부터 카운트다운을 시작했다. 사키는 힘껏 심호흡을 했다.

"…3, 2, 1."

두 사람의 주위가 서서히 캄캄해지더니, 이내 환해지면서 외계고고학 연구소의 굴속 같은 유물 수장고로 바뀌었다. 배치는 성공적이었다. 사키와 현식은 빈 통로 위에 둥둥 떠 있었다. 색이 선명한 외계 유물들이 통로 양편에 높다랗게 줄지어 서 있었다. 두 사람이 도착한 탓에 일어난 변위 손실은 미미했다. 통로 한복판에는 눈여겨볼 만한 것이 하나도 없었다.

침묵이 두 사람을 내리눌렀다. 연대기는 빛만 기록할 뿐 소리는 기록하지 않았고, 두 사람은 프로젝터가 비추는 영상처럼 그곳에 있으면서 실제로는 있지 않았다. MJ라면 그 원리를 더 잘 설명했을 터였다. 사키는 전에도 연대기에 들어온 적이 있었지만, 소리가 부재하는 이 상태는 언제나 불안했다. 주위의 자잘한 소음은커녕 스스로의 숨소리와 심장박동조차 느껴지지 않았다.

"위치 표시." 사키는 허공에서 손을 놀려 그 말을 입력했다. 손놀림은 눈에 잘 보이지도 않을 만큼 미세했지만, 장갑에 내장된 센서가 동작을 대번에 감지했다. 사키가 내린 지시는 현식이 쓴 안경의 귀퉁이에 나타났다. 사키와 지도학생은 자신들의 위치를 손목밴드에 입력했다. 프로젝터 원통의 지름은 20미터였고, 그 지름 바깥의 물리 공간으로 이동했다가는 귀환할 때 끔찍한 꼴을 당하는 수가 있었다. 연대기의 두 번째 탐사는 대원들이 크로노스 연구소의 콘크리트 토대 속에 재현되는 방식으로 끝을 맺었다.

"위치 표시 완료." 현식은 응답을 송신했다.

사키는 주위에 늘어선 유물들을 찬찬히 살펴봤다. 기계류인지 예술품인지, 아니면 외계인의 장난감인지 당최 짐작도 가지 않았다. 아니, 의외로 폐기물이거나 외계인의 몸 껍데기일 수도 있었다. 다만 생물체의 일부라기보다는 인공 제작물처럼 *보였다*. 매끈하고 바닥이 평평한 타원형 물체들을 보며 사키는 구명정이나 거대한 알 같은 것이 떠올랐다.

왼편의 가장 가까운 유물은 사키 키의 세 배쯤 되는 높이에 기단부는 무지갯빛이 도는 파란색이었고 점점이 붉은색이 박혀 있었으며, 초록과 회색과 검은색을 띤 섬세한 선이 표면에 어지럽게 새겨져 있었다. 타원형 물체들은 저마다 대략 중간 높이까지가 기단부였는데,

이는 수장고 안에 있는 모든 유물이 똑같았다. 그러나 꼭대기는 모두 제각각이었다. 몇몇은 초록빛 바탕에 갈색이 다양한 농도로 섞여 있었다. 오른편 바로 옆에 있는 유물의 위쪽은 갈색과 베이지색과 회색이 도는 흰색, 너무 짙어서 거의 검은색으로 보이는 빨간색이 소용돌이치듯 섞여 있었다. MJ는 이 놀라운 물건들을 발굴하며 너무도 짜릿해했다.

그러나 사키는 그 유물들을 보며 마음에 걸리는 구석이 있었다. MJ가 유물이 파란색이라고 설명했던 기억이 어렴풋이 떠올랐다. 그리고 기단부는, 그 부분은 MJ의 설명대로였는데…

그때 현식이 배낭을 어깨에서 풀었다.

"잠깐만." 사키는 우주복의 마이크로 제트엔진을 조종해 뒤로 돌아서서 지도학생을 마주 봤다. 현식의 주위를 반투명한 은백색 아지랑이가 둘러싸고 있었다. 현식의 존재가 방해를 일으킨 자리에 연대기의 색채들이 하나로 뒤섞인 채 일렁거렸다. 마치 고고학 발굴 현장의 흙먼지가 일제히 휘몰아치듯이. 현식의 변위 구름 가장자리에 얄따란 무지갯빛 막이 보였다. 비눗방울 표면 같은 그 막은 데이터였다. 왜곡된, 그러나 아직 파괴되지는 않은 데이터.

"죄송합니다." 현식의 메시지였다. "제 쪽에서는 다 또렷이 보여서 그만."

사키는 수장고 안을 둘러봤다. 녹화용 드론들이 외계 유물의 데이터를 수집하는 데는 문제가 없을 듯싶었다. 사키의 임무는 특이 현상, 즉 드론이 놓치거나 부주의 탓에 파손할지도 모르는 것들을 포착하는 일이었다. 사키는 수장고의 천장을 꼼꼼히 살폈다. 수리용 발판 통로가 건물 내벽을 빙 둘러 설치돼 있었다. 촘촘한 은빛 철망으로 만든 발판들이 밝은 은색 금속재로 덮인 천장에 매달린 구조였다. 발판 통로는 밀폐 원통의 2층 높이 천장보다 더 위쪽에 있었고, 따라서 두 사람의 우선 활동 구역 바깥에 있었다. 그 통로 위, 천장의 환한 조명등 가까이에, 뭔가 이상한 것이 보였다. "누가 우리보다 먼저 도착한 것 같은데."

현식은 사키의 시선을 따라 눈을 돌렸다. "변위 구름인가요?"

"저기, 조명등 옆에." 사키는 발판 통로 위의 형상을 가만히 바라봤다. 거리가 멀어서 확실치는 않았지만, 변위 구름의 크기는 대략 인간의 몸집만 했다. "아쉽지만, 우리가 저 위로 올라가서 자세히 볼 방법은 없어."

"제가 드론 몇 개의 경로를 재설정하면…"

"그렇게 해줘." 이상적인 방법은 아니었다. 드론은 실체를 지닌 대상은 잘 녹화했지만, 흐릿한 형상으로 존재하는 이른바 '왜곡 구름'의 윤곽이나 다른 이상 현상은 좀처럼 포착하지 못했다. 연대기 속에서 이동하기란 힘들기는 해도 아예 불가능하지는 않았다. 이는 탁 트인 공간에서 자유낙하를 하는 것과 비슷했다. 사람이 소지하고 온 물체는 실체가 있었지만, 그 밖의 모든 것은 기본적으로 영사된 형상이었다.

"마이크로 제트엔진으로 이동하기에는 너무 멀어요." 현식의 메시지가 이어졌다. "그래도 저와 함께 몸을 묶고 서로 밀어대면 한쪽이 가까이 다가가는 건 가능할 거예요."

사키도 이미 고려한 방법이었지만, 너무 위험했다. 만약 무언가 잘못돼서 표시된 위치로 돌아오지 못하면 둘은 나중에 귀환할 때 조종실 벽 속이나 아예 우주선 바깥에, 아니면 다른 사람이 이미 존재하는 공간에 재현될지도 몰랐다. 사키는 발판 통로 위의 형체에 가까이 가고 싶은 마음이 간절했다. 만약 저 왜곡 구름이 인간의 형상이라면, 그렇다면 혹시… "안 돼. 너무 위험해. 드론을 보내자."

더 조사해볼 가치가 있는 대상이 달리 하나도 없었기에, 둘은 녹화용 드론 무리를 파견했다. 여러 각도에서 모든 대상을 촬영하는, 크기가 벌만 한 비행 카메라로 이뤄진 편대였다. 드론 열일곱 대가 천장으로 날아올라 왜곡이 존재하는 발판 통로 위쪽 구역을 녹화했다. 사키는 녹화 영상이 분석에 도움이 될 만큼 자세했으면 하고 바랐다. 연대기에 일어난 방해 현상은 연못 수면의 파문처럼 현재에서부터 과거와 미래의 기록으로 퍼져 나갔고, 하얗게 흐려진 미세한 흔적들이 함께 모여 어수선한 구름을 이뤘다.

MJ는 언제나 최소주의 고고연대학을 지향했다. 그래서 눈에 띄지 않는 지점을 단 한 곳만 골라 연대기 관측점으로 삼기를 좋아했다. 카메라나 드론 같은 녹화 장비도 탐탁히 여기지 않았다. 관측용 발판 통로에, 관측하고자 하는 장면으로부터 위쪽 멀리 떨어진 그곳에 서 있는 것은 그야말로 MJ다운 행동이었다. 그러나 지금 이 순간은 MJ의 미래에 존재했다. 그가 숨을 거둘 당시에는 아직 펼쳐지지 않은 연대기의 일부였다. 그가 이곳에 있기란 불가능했다.

드론 편대는 더 훑어볼 탁 트인 공간이 남아 있지 않자 외계 유물 사이를 날아다니며 유물의 내부 특성 데이터를 모으기 시작했다. 드론들이 이송용 수납함으로 귀환할 즈음, 수장고 안은 하얀 구름으로 가득했고 원래의 데이터는 곳곳에 흔적으로만 존재했다.

우리는 이곳에서 처음 생겨나지 않았다. 퍼져나가고 자라나려는 충동은 다른 관계로부터 우리에게 깃들었다. 그들은 우리를 찾아왔고, 우리는 그들에게서 탐구에 대한 사랑을 배웠으며, 이는 결국 우리를 당신에게 인도했다. 우리가 당신보다 먼저 이곳에 도착한 것은 중요한 문제가 아니고, 우리는 참을 줄 알기에, 우리는 기다릴 것이다.

복원 연구실은 사람들로 가득했다. 학생과 박사후연구원과 교수가 다 함께 드론이 수집한 데이터를 태블릿에 옮겨 꼼꼼히 분석했고, 이따금 데이터를 벽에 영사해 세부 사항을 자세히 살펴보곤 했다. 3D 프린터는 윙윙 소리를 내며 외계 유물을 축소판 모형으로 복제했다.

"우리가 받은 최초 보고서를 보면 유물의 기단부는 묘사돼 있지만, 위쪽은 그렇지 않아." 리의 목소리는 연구실 안을 꽉 채운 소음을 누르고 퍼져나갔다. "유물이 *변형된* 시점은 정착지에서 보내는 보고서가 끊기고 나서 얼마 후야."

그 말에 애너벨이 뭐라고 대꾸했지만, 사키에게는 애너벨의 말소리가 좀처럼 또렷하게 들리지 않았다. 사키는 고개를 젓고는 천장의 이상 현상을 조사하러 날아갔던 드론 열일곱 대의 녹화 영상에 집중하려 애썼다. 그 이상 현상은 인간의 윤곽이었고, 이는 곧 그들보다 앞서 연대기의 해당 부분에 찾아간 사람이 있다는 뜻이었다. 사키는 그 형상의 특징이 좀처럼 눈에 들어오지 않았다. 영상의 해상도가 낮은 까닭이 드론 편대가 기술적으로 실재가 아닌 것을 녹화하느라 어려움을 겪었기 때문인지, 아니면 영상 속의 인물이 좀처럼 움직이지 않아서 왜곡 구름이 희미하게 남았기 때문인지도 판단하기가 힘들었다.

사키는 그 형상이 MJ일 거라고 간절히 믿고 싶었다. 움직이지 않는 인간 형상은 MJ의 최소주의 연구 방식과 통하는 구석이 있었다. 미래의 연대기를 방문하는 것은 금지된 일이었고 이론적으로만 가능했지만, 그래도 당시 상황을 감안하면…

"뭐 좀 건졌어?" 리 박사의 목소리가 생각의 흐름을 끊었다.

사키는 고개를 저었다. "연대기의 이 부분을 우리보다 먼저 찾아간 존재가 있는 건 분명해, 게다가 그 존재는 인간이야. 그것 말고는 이 거지 같은 드론 녹화 영상에서 건질 게 하나도 없을 것 같아."

"위쪽으로 올라가서 더 자세히 보지 못했다니, 대장님 체면이 말이 아닌걸." 그렇게 말하는 리는 눈에 장난기가 번득였다. 그 말은 시간을 거슬러보라는 도발, 거의 시비에 가까웠다.

"너무 위험했어. 드론이 수집한 것 이상의 데이터를 못 얻을지도 몰랐고. 혼자였다면 도박을 걸어봤을 테지만, 가르치는 학생의 안전을 책임지는 건 내 의무니까…"

"그냥 골려주려고 한 말이야." 리의 목소리는 부드러웠다. "미안. 이번 탐사는 우리 모두에게 힘든 일이야. 함장은 답을 내놓으라고 압박하고 있고, 애너벨은 자길 상대해주는 사람은 아무나 붙잡고서 지상에 내려가 유물 본체를 조사해야 한다고 설득하는 중이야."

"바보 같긴. 제대로 작동하는 탐사 로봇조차 내려보내질 못하는데, 사람을 어떻게 보낸다는 거야. 어쩌면 다음번 연대기 탐사 때 답을 더 찾을지도 모르지."

"그러면 좋겠지만."

리 박사는 3D 프린터 작업을 감독하러 돌아갔다. MJ가 그랬듯이

리 또한 고고연대학과 외계고고학을 함께 연구했고, 유물 복원 및 분석 작업은 그런 그녀의 팀이 도맡다시피 했다. 그들은 곤경에 빠진 상태였다. 함장은 외계 유물이 위험한지 어떤지에 관한 답을 *당장* 내놓으라고 재촉했지만, 그토록 철저하게 이질적인 유물의 비밀을 밝히기란 몇 년은 족히 걸리는 일이었다. 밝히는 일이 애초에 가능하다고 하더라도.

누군가가 우리 이야기의 어떤 부분을 들을지 선택한다. 그 선택을 당신이 할 때도 있고, 우리가 할 때도 있다. 우리가 스스로를 반복하는 까닭은 우리가 늘 같은 것에 집중하기 때문이고, 우리 이야기를 같은 구조로 짜기 때문이다. 당신 역시 조금도 다르지 않다. 어떤 것은 변하지만, 다른 것들은 늘 똑같은 상태에 머문다. 마침내 우리 목소리는 하나로 녹아들어 아름답고 새로운 것을 창조한다. 우리는 당신을 만나기에 앞서 기대하는 법을 배웠고 당신도 이를 알지만, 당신이 품은 기대는 우리를 위한 것이 아니다.

사키는 가족 숙소로 돌아와서 겐조에게 메시지를 보냈다. 답신은 오지 않았다. 십중팔구 현식과 함께일 듯싶었다. 사키는 음식 복제기에 스카치위스키를(스트레이트로) 주문한 다음, 술을 홀짝이며 목이 찌르르 타 내려가는 느낌을 음미했다. MJ의 작품 가운데 하나인 그 스카치위스키는 훈향이 짙은데도 이탄 냄새가 적었고, 마지막에는 달콤한 여운이 아주 살짝 감돌았다.

사키는 오래전 MJ에게서 받은 영상 편지를 태블릿에 재생했다. 편지 속에서 그는 하루 동안 있었던 일을 신나게 떠들어댔다. 황폐한 외계 유적에서 발굴해낸 유물들에 관해, 언젠가는 외계 문명의 전성기에 해당하는 부분을 사키와 함께 방문해 외계인들을 보리라는 자신의 포부에 관해. 당시 그는 외계인이 그 행성을 등진 수수께끼를 푸느라 애를 먹었다. 행성에는 외계인의 흔적이 전혀, 유기체의 생명 활동으로 인한 잔여물 한 점조차 남아 있지 않았다. 두 사람은 외계인이 단지 생물학적으로 너무 다르기 때문에 잔여물이 검출되지 않는 것은 아닌지를 두고 오랫동안 원격 토론을 나눴다. 어쩌면 도시 자체가 외계인이거나 외계인의 육체적 수명이 극히 짧았거나, 아니면 그들이 어떤 식으로든 유물 속에 자신들의 흔적을 남겼을지도 몰랐다. 느리게 이어진 그 많은 대화의 조각이, 영상 편지에 담긴 채 지구와 이곳을 오갔다. 뒤이어 재생된 아직 본 적 없는 영상 편지는 사키가 성간 여행을 하느라 동면 상태에 빠진 사이에 MJ가 보낸 것이었다.

그 영상은 사키가 깨어나기 몇 달 전, 정착지를 붕괴시킨 전염병의 증상이 MJ에게 나타나기 시작할 무렵에 온 것이었다. 사키는 영상에서 들리는 말들이 좀처럼 귀에 들어오지 않았다. MJ의 짙은 갈색 눈속에 빠진 채로, 사키는 마음을 가라앉히는 그의 목소리가 몸을 타고 흘러내리는 느낌을 음미했다.

"옥타비아가 기르는 앵무새가 어젯밤에 기력이 다해서 죽었어." MJ가 말했다.

그 말이 사키를 현실로 불러냈다. 앵무새 이야기를 듣자 다른 편지에서 본 어떤 것이 떠올라서였다. 아니면 MJ의 강의 원고에서 본 것이었을까? 그는 작물이 시들었다는 이야기를, 처음에는 돔 바깥에서 시들다가 나중에는 온실에서조차 그랬다는 이야기를 한 적이 있었다. 식물, 동물, 인간… 정착지에 있던 생물은 모조리 죽었다. 우주선에 있는 사람들은 하나같이 정착지의 동식물이 죽은 까닭은 돌봐줄 인간들이 먼저 병들었기 때문이라고 추정했지만, 만약 전염병이 생물을 가리지 않고 모조리 제거했다면?

사키는 그 가설을 입증해야 했다.

MJ가 보낸 영상 편지들은 대부분 여러 번 봤지만, 사키가 슬픔을 차마 삭이지 못해 딱 한 번 본 편지가 한 통 있었다. 마지막 편지였다. 사키는 그 편지를 태블릿 화면에 띄운 다음, 남은 위스키를 다 비우고 재생 아이콘을 눌렀다. 영상 속 MJ는 머리를 까끌까끌한 수염처럼 짧게 밀고 수척한 얼굴이 누렇게 뜬 상태였다. 그가 있는 곳은 정착지의 시간 프로젝터 조종실이었다. 마지막 순간까지도 연구를 놓지 않았다는 뜻이었다.

"연구자들이 바이러스를 특정하질 못해. 우리 면역 체계가 뭔가 공격하는 것 같긴 한데 그게 뭔지, 왜 그러는지는 알 길이 없어, 그러는 동안에도 신체기능은 와해되는 중이고. 뭔지 밝혀내지도 못하는 걸 무슨 수로 멈추겠어?"

"내 평생의 사랑, 난 버티는 데까지 버텨볼 작정이야, 하지만 전염병이 악화되는 속도가 점점 빨라져. 지면에 착륙하면 안 돼, 연대기를 이용해. 뭔지는 몰라도 이건 분명 외계의 병이야."

사키는 눈을 감은 채로 정착지의 최후를 묘사하는 MJ의 목소리에 귀를 기울였다. 눈을 감고 이야기의 내용을 무시하면, 그의 목소리에

드러난 쇠약한 기색을 억지로 무시하면, 받아들일 수 없는 현실을 모조리 거부하면… 그렇게 하면 그가 지금도 멀쩡히 저 아래에서, 셔틀을 타고 가면 금세 도착할 곳에서, 자신이 오기를 기다리는 것만 같았다.

"통신 설비가 망가지기 시작했어. 이곳의 외계 환경은 가혹해서, 정착지 전체가 힘을 합쳐 생체 활동에 적합한 상태를 유지하지 않으면 모든 게 멈춰버려. 우리가 애쓴 것도 다 물거품이 돼버리겠지. 엔트로피는 우리를 먼지로 되돌려놓을 테고. 내 편지는 이게 마지막일 거야, 하지만 당신이 도착하면, 어쩌면 연대기에서 나를 볼지도 몰라."

"포기하지 말고 싸워. 내 몫까지 같이 살아줘. 사랑해."

"왔어요, 엄마?" 겐조가 숙소에 들어서며 외쳤다. "저녁에 현식이랑 데이트하러 갈 건데요, 그래도… 엄마 우는 거예요? 무슨 일 있어요?"

사키는 눈물을 닦고 태블릿을 가리켰다. "영상 때문에. 전에 받은 편지."

겐조는 어머니를 안아줬다. "저도 그 사람이 보고 싶어요, 하지만 영상 편지는 그만 봐야 해요. 엄마는 탐사가 끝날 때까지 버텨야 하잖아요."

"난 그 사람이 처음부터 없었던 것처럼 굴고 싶진 않아."

사키는 복제기로 가서 스카치위스키를 한잔 더 주문했다.

겐조는 사키가 주방 카운터에 내버려둔 그릇들을 주섬주섬 치웠다. 어머니 대신 뒷정리를 하는 모습이 스스로 무슨 일을 하는지도 모르는 것처럼 자연스러웠다. 어떤 면에서 겐조는 자기 아버지를 너무도 꼭 닮은 아이였는데, 그런 아이가 지금은 마치 아무 일도 없었던 것처럼 행동했다.

둘 사이의 침묵은 길게 이어졌다. 겐조가 복제기에 뭔가 주문을 입력했지만, 기계는 꿈쩍도 하지 않았다.

"그 사람은 네 아버지였어." 사키의 목소리는 가냘팠다.

"나는 뭐 아무렇지도 않은 줄 알아요?" 겐조가 쏘붙였다. 그러고는 복제기 옆면을 쾅 하고 치자 삐 소리와 함께 뜨거운 김이 새 나왔다. 겐조의 손이 자판 위를 다시금 춤추듯 움직였고, 손가락은 버튼 하나 하나를 누를 때마다 필요 이상으로 힘을 줬다. 복제기가 녹차 한잔을 내놨을 때는 분노로 물든 순간이 이미 지나간 후였다. "난 극복하려고 애쓰는 중이에요. 아빠도 내가 그러길 바랄 거예요."

격정을 터뜨리는 겐조를 보며 사키는 오래전 아들이 꼬마였을 적에 그랬던 것처럼 꼭 안아주고 싶었다. 지난 몇 달간 사키는 일에 푹 파묻혀 지냈고, 그러는 사이에 겐조는 다른 곳에서 위안을 찾았다. 아들은 엄마가 다른 곳을 보는 사이에 다 커버리고 말았다.

"미안, 가봐. 가서 남자 친구랑 재미있는 시간 보내."

겐조는 기세가 꺾인 눈치였다. "혼자 술 마시고 그러면 안 돼요, 엄마."

"너도 내가 가르치는 학생하고 몰래 사귀고 그러면 안 돼." 사키는 다정하게 꾸짖었다. "내 아들 애인이 누군지 나만 빼고 온 연구실이 다 아는 게 얼마나 쑥스러운데!"

겐조는 녹차를 홀짝였다. "우주선에 사람이 많은 것도 아닌데요, 뭐. 소문이야 알아서 퍼지는 법이고."

잠시 말이 없던 겐조가 한마디를 덧붙였다. "리 박사님한테 같이 한잔하자고 해보세요, 정 마시고 싶으면."

"리가 같이 마셔줄까…" 사키는 고개를 저었다.

"그러니까 연구실 사람들이 먼저 알고 엄마가 맨 나중에 아는 거예요." 겐조는 차를 다 비우고 컵을 씻어 치워 놨다. "엄마는 코앞에 있는 것도 잘 못 보잖아요."

"난 아직 다음으로 넘어갈 준비가 안 됐어." 사키는 태블릿의 제어 화면을 내려다봤다. 최근에 본 영상 목록에 MJ의 얼굴이 담긴 조그마한 아이콘이 기다랗게 늘어서 있었다. 그는 이곳에 있어야 했다, 사키를 기다리면서. 둘은 멋진 삶을 누릴 예정이었다.

"저도 알아요." 겐조는 어머니를 끌어안았다. "그래도 그 다음이라는 곳에는 닿을 수 있을 거예요."

정보는 원래의 출처를 떠나면서 층층이 감소한다. 고고학 연구에서 당신은 유물을 원래의 맥락에서 제거하고, 실체적 기록을 묘사나 사진으로 변화시킨다. 당신은 기록할 대상을 선정하면서 원래는 보존하려 하지 않았던 것이 무엇인지 인식하지 못하는 경우가 왕왕 있다. 당신이 받은 인상은 책에 인쇄되든 태블릿에 전자 형태로 보관되든, 아니면 당시에 유행하는 어떠한 매체에 담기든 간에, 그 자체로 실체를 띤 기록이 돼 훗날 연구자들이 발견할지도 모른다. 당신이 죽어서 사라진 후에.

사키는 리와 함께 연대기 속에 있었다. 붕괴로부터 4주가 흐른 후의 시층이었다.

병원 3층은 휑했다. 없는 것은 사람만이 아니었다. 연대기의 이 장면은 모두가 죽은 후에 기록됐으므로 놀랄 일은 아니었다. 병원은 반쯤 털린 상태였다. 금속 침대 틀마다 폼 매트리스가 놓여 있었지만, 시트는 누군가 또는 무언가 벗겨가서 보이지 않았다. 화분에는 아무것도, 말라 죽은 식물조차도 없었다. 붕괴로부터 그리 오래 지난 시점이 아니었기에 남은 단서들이 서로 아귀가 맞지 않았다.

"모두 다 죽어가는 판에 누가 굳이 병원 물품을 챙겨가려고 했을까?" 리의 메시지가 떠올랐다. "시체는 또 왜 한 구도 없지? 마지막엔 뒷정리를 할 사람이 한 명도 안 남았을 텐데."

식물은 시들었고, 앵무새는 죽었고, 병원은 비어 있었다. 거기에는 분명 상관관계가 있었지만, 도대체 어떤 식으로? 사키는 단서를 찾아 주위를 둘러봤다. 창문 한 곳의 앞쪽 바닥에 빠끔히 드리운 햇살 속에, 왜곡 구름의 윤곽이 어렴풋이 보였다. 연대기에 다른 방문자가 있었다. 그 창문의 위치는 밀폐 구역 가장자리였지만 잘하면 닿을 듯싶었다.

"누군가 이곳에 있었어." 사키가 메시지를 입력했다. "창가에."

"네 말이 맞는 것 같아. 가까이 가볼까?" 리는 배낭에서 밧줄을 꺼냈다. "난 대학원생이 아니니까, 내 안전은 네가 책임지지 않아도 돼."

사키는 자신이 수석 연구원으로서 탐사대 전원의 안위를 책임질 의무가 있다고 설명하려다 가까스로 손가락을 멈췄다. 리의 메시지에는 골리는 투가 섞여 있었지만, 그래도 다 틀린 말은 아니었다. 만약 리가 기꺼이 위험을 감수한다면 조사가 가능했다.

"내가 가도 될까?" 사키가 물었다.

"저게 MJ라고 생각하는구나." 리의 메시지는 질문이 아니었다.

"맞아."

리는 밧줄을 자기 허리에 단단히 묶고 반대편 끄트머리를 사키에게 건넸다. 둘은 상대방의 밧줄 매듭을 확인한 다음, 한 번 더 확인했다. 밧줄이 풀리면 표시된 위치로 돌아오기가 힘들어지거나 아예 못 돌아올지도 몰랐다. 둘은 각자 한 바퀴를 빙 돈 다음 손바닥과 발을 마주 댔다. "살살해. 한 번에 못 닿으면 다시 하면 돼."

리의 손은 사키의 손보다 작았고, 따뜻했다.

"준비됐어?"

리가 메시지를 입력하느라 손가락을 꼬물거리는 느낌이 사키의 손에 전해졌다. 사키는 고개를 끄덕였다. "셋, 둘, 하나."

둘은 서로를 밀었다. 사키는 창문 쪽으로, 리는 반대쪽으로 밀려나며 둘 사이의 연대기에 하얀 상처를 널따랗게 남겼다. 사키는 창가로 둥둥 떠가는 동안 가까스로 몸을 틀어 자신이 향하는 곳을 봤다. 그곳에 서 있는 성별 미상의 사람 형상은 병원 내부를 등지고 있어서 얼굴을 확인할 수가 없었다. 밧줄의 길이는 창가까지 꼭 1미터가 부족했다.

"MJ야?" 병실 건너편에서 리의 메시지가 전해졌다.

"모르겠어." 사키가 답신했다.

창가에 있는 하얀 형상은 키가 딱 MJ만 했고 체격도 딱 들어맞았다. 그러나 정착지는 넓디넓었고, 고고연대학자로만 한정해도 비슷한 사람은 얼마든지 있을 법했다. 사키는 몇 센티미터라도 더 전진하려고 몸을 뒤틀었지만 아무리 용을 써도 더 자세히 보이지는 않았다. 밧줄을 풀고 우주복의 마이크로 제트엔진을 사용하면… 아니, 그랬다가는 리가 표류하게 내버려두는 셈이었다.

"누군지는 모르겠지만, 저 사람은 창밖을 보고 있었어." 사키는 자기 평생의 사랑일 수도 아닐 수도 있는 사람의 형상으로부터 억지로 눈길을 돌렸다. 신화성 정착지의 경내는 여러 번 봤고 심지어 이 구역도 전에 본 적이 있었다. 병원의 네모난 안뜰 건너편이 고고연대학 연구소 건물이기 때문이었다. MJ는 이따금 그 안뜰에서 영상 편지를 녹화하곤 했다. 지구의 과일나무 아래 노랗게 물든 잔디밭에 서서.

창밖에는 나무가 한 그루도 보이지 않았다. 잔디도 없었다. 갈색으로 시든 잔디나 잎이 다 떨어져 말라 죽은 나무조차 없었다. 맨땅이었다. 오로지 신화성의 붉은 흙에 뒤덮여 있었다.

"다 사라졌어." 사키는 메시지를 입력했다. "생명이 있는 것들은 모조리 파괴됐어."

유물 수장고에 갔을 때 두 사람 다 그 사실을 알아채지 못한 까닭은 그곳에 살아 있는 것이 있으리라고 기대할 이유가 없어서였다.

사키와 리는 서로를 당겨서 실내 한복판으로 돌아왔다. 밧줄을 양손으로 번갈아 당긴 끝에, 둘은 다시 표시 위치에 서 있었다. 둘은 시간 기록에 존재하는 다른 방문자의 모습이 더 자세히 보이기를 바라며 드론 벌 떼의 프로그램을 수정한 다음, 벌 떼가 실내를 돌아다니도록 했다.

"생물들만 사라진 게 아니야." 벌 떼가 실내를 꼼꼼히 기록하는 사이에 리가 메시지를 입력했다. "이 병실이 이렇게 이상해 보이는 이유가 바로 그거야. 유기물이 다 사라졌어. 남은 거라곤 다 금속 아니면 플라스틱이잖아."

그 사실은 리의 메시지를 읽자마자 또렷이 눈에 들어왔지만, 그래도 여전히 뭔가 빠진 부분이 있었다. "외계 유물들, 수장고에 있는… 그것들도 유기물로 만들어졌는데. 왜 다른 것들하고 함께 파괴되지 않았지?"

우리가 아껴 마지않는 어떤 이는 믿기를, 중요한 것은 모두 무한하다고 한다. 숫자. 시간. 사랑. 그이는 무한한 것은 결코 눈에 보여서는 안 된다고 생각한다. 우리는 사랑 때문에 연대기의 방대한 부분을 지우지만, 이 때문에 우리가 아껴 마지않는 다른 이들은 분노한다. 서로 다른 수많은 사랑을, 은하계에 흩뿌려진 그 사랑들을 안아서 담기란, 헤아리기 힘든 일이다. 모두를 만족시키기는 불가능하다.

사키는 현식과 등을 맞대고 섰다. 주위는 회색에서 주황빛을 띤 붉은색으로 변해갔다. 두 사람은 세심하게 파놓은 구덩이 위쪽의 탁 트인 하늘 아래에 둥둥 떠 있었다. 격자 모양으로 조성된 외계고고학 발굴 현장은 말뚝 사이로 검은 송전선이 늘어져 있었고, 찰흙과 비슷한 토양은 한 층씩 제거돼 세심하게 분석됐다. 입자가 곱고 붉은 흙먼지가 섬뜩할 정도로 조용한 바람을 타고 소용돌이치다가 구덩이 가장자리에 쌓여갔다.

현식은 서 있는 상태에서 휘청거렸다.

"연대기는 이미지야. 여기 머무는 건 폐쇄된 수장고 안에 있을 때하고 하나도 다르지 않아." 사키는 지도학생에게 상기시켜줬다. 현식은 속이 안 좋아 보였다. 혹시라도 연대기에 구토를 했다가는 중요한 데이터가 흐려질지도 몰랐다. 설령 데이터가 손상되지 않는다 해도 보기 좋은 광경은 결코 아니었다.

“바깥에는 한 번도 나와본 적이 없어서요. 넓고 탁 트인 데서 이렇게 무중력상태로 있으니까 제정신이 아닌 것 같아요.” 현식이 메시지를 보냈다. 그러고는 숨을 깊이 들이쉬었다. “게다가 흙먼지가 움직이고 있어요.”

“인간의 의식은 시간의 흐름에 매여 있어. 수장고처럼 인적이 없는 실내 환경에는 아무것도 이동하거나 변화하지 않는 시간의 흐름이 기다랗게 펼쳐지지. 그건 시간의 한순간처럼 느껴져. 하지만 지금 우린 시간 기록의 움직이는 부분을 보고 있어, 그래서 난 여기서 보내는 시간을 조금이라도 줄이고 싶어.” 사키가 답신을 보냈다.

“죄송합니다.” 낯빛은 여전히 초록빛이 돌았지만, 그래도 현식은 토하지 않고 꾹 참았다. 사키는 다시 주위 풍경으로 관심을 돌렸다. 이곳에는 눈에 띄는 왜곡 구름이, 시간 기록을 침범한 흔적이 하나도 없었다. MJ가 연대기 속의 이 장소와 이 시간에 들른 적이 없다는 뜻이었다.

리가 강력히 주장한 탓에 탐사대는 마지막 교신 순간부터 시작해 정착지 전체를 드론으로 샅샅이 훑었다. 연대기에서 그토록 방대한 분량을 휩쓸고 다니는 짓은 터무니없는 낭비처럼 느껴졌고, 지금이 역사적으로 극히 중요한 순간인 점을 감안하면 더욱 그랬다. 만약 미래에 다른 탐사대가 이 행성을 연구하러 온다면 그들이 찾을 마지막 나날의 흔적은 뿌연 바다, 즉 데이터 수집에 필연적으로 수반하는 파괴의 자취뿐일 터였다. 다만 사키가 가장 괴로웠던 점은, 솔직히 말하면, MJ의 마지막 순간을 함께하지 못한다는 사실이었다. 탐사대는 MJ가 죽은 순간과 그가 마지막으로 행동한 시층보다 더 깊이 연대기를 파헤쳤고, 그렇게 파헤친 자리마다 널따란 파괴의 흔적을 남겼다.

MJ는 이미 가고 없었다. 그의 삶의 연대기에 무슨 일이 일어나든 뭐가 문제일까? 그러나 사키에게는 그 일이 MJ의 편지를 삭제하는 것처럼, 아니면 태블릿의 연락처 명단에서 그를 지워버리는 것처럼 느껴졌다.

사키는 현재에 집중하려고 안간힘을 썼다. 이 현장은 마지막 송신으로부터 몇 주 전에 해당했다. 두 사람은 외계 유물이 원래 장소에 있을 때의 정보를 수집하러 온 참이었다. 어쩌면 MJ와 발굴대가 놓친 것을 그들이 건질지도 몰랐다.

저 멀리, 발굴 현장에서 가장 가까운 정착 도시의 돔이 햇빛을 받아 반짝이며, 비눗방울처럼 지면에 웅크리고 있었다. 그 돔 속에 사람들이 살았다. MJ가 그곳에 있었다, 일을 하거나 잠을 자거나 사키가 몇 달 후에야 비로소 읽을 영상 편지를 녹화하며. 그 많은 사람이, 모두 머지않아 죽을 운명이었다. 이미 죽은 후였다, 연대기 바깥에서는. 정착 도시는 너무도, 그들이 닮은 비눗방울처럼 너무도, 연약했다. 돔 자체는 상당히 튼튼했지만, 그 안의 생명들은… 신화성은 첫 번째로 실패한 식민지가 아니었고 마지막도 아닐 터였다.

햇살은 눈부시게 환했지만 뜨겁지는 않았다. 연대기 속의 탐사 활동은 기묘한 연옥과 같아서 실제였으나 실제가 아니었다. 영상을 그 속에 들어가서 보는 것처럼.

"저건 아직 발굴이 안 끝난 모양인데요." 현식이 메시지를 보내고는 일부만 드러난 유물을 가리켰다. 유물은 수장고에 있던 다른 것들과 마찬가지로 무지갯빛이 도는 파란색이었지만, 위쪽 표면에는 두 사람이 이제껏 본 모든 유물에 공통적으로 나타나는 부드럽게 굴곡진 홈이 하나도 보이지 않았다.

"유물이 너무 빨리 변한 거야." 사키가 중얼거렸다. 사키는 MJ가 남긴 유물에 관한 설명을 읽었고 이미지도 봤지만, 연대기 속에 실제 크기로 존재하는 유물을 보는 경험은 어딘가 강렬한 구석이 있었다. "게다가 정착지가 붕괴한 바로 그 순간에 변했어. 그 둘 사이에 틀림없이 무슨 관련이 있을 거야."

붕괴의 마지막 순간을 담은 드론 영상이 머릿속에 떠오르자 사키는 몸이 부들부들 떨렸다. 전염병이 몇 주에 걸쳐 느리게 퍼지고 나서, 정착지의 모든 생명이 끊어지기 시작했다. 사키는 병원에서 촬영된 영상을 억지로 지켜봤다. 정착민 수십 명이 병상을 가득 채웠고, 그들을 돌보던 의료진은 서 있던 자리가 어디든 가리지 않고 끝내 허물어지듯 쓰러졌다. 그들 모두가 몇 분 간격을 두고 숨이 끊어지는가 싶더니 이윽고, 마치 눈을 감으면 기억에서 지워지기라도 하듯 사키가 눈을 질끈 감은 시점에, 시신들이 사그라지기 시작했다. 살, 뼈, 피, 옷, 모든 유기물이 고운 먼지로 바스러져 환기장치에서 불어온 미풍을 타고 흩날렸다.

사키는 눈을 뜨고 발굴 현장에 소용돌이치는 붉은색 흙먼지를 바라보다가, 문득 앞서 봤던 현식과 다를 바 없이 속이 울렁거렸다. 숨을 거두는 방식치고는 너무도 끔찍했고 뒤에 남은 것은 아무것도 없었다. 화장할 시신도, 매장할 뼈도 없었다. 정착지 전체가 아예 존재한 적도 없는 것만 같았고 MJ는 이곳에서 숨을 거뒀건만, 그 순간 전체는 기껏해야 드론이 휘저어 하얗게 변한 바다에 지나지 않았다.

"존스 박사님, 괜찮으세요?" 현식의 메시지였다.

"미안. 너는 붕괴 순간의 드론 영상을 본 적이 있어?"

고개를 끄덕이는 현식은 얼굴이 하얗게 질려 있었다. "조금요. 최고로 끔찍한 악몽보다 더 지독했어요, 그런데 실제였고요."

사키는 붉은 흙 속에 반쯤 묻힌 유물에만 정신을 집중하며 다른 모든 생각은 억지로 머릿속에서 몰아냈다. 다른 색을 찾아 유물의 파란 표면을 샅샅이 살폈지만, 거기에는 아무것도 눈에 띄지 않았다. "유물이 어떻게 그렇게 빨리 변했는지, 왜 그랬는지 도저히 모르겠어. 어쩌면 리 박사가 기록을 보고 찾아낼지도."

"드론을 띄울까요?"

"잠깐만." 사키는 정착 도시의 돔 쪽을 가리켰다. 빙그르르 돌아간 사키의 팔이 연대기의 자그마한 일부를 지웠다. "저기."

붉은 먼지 구름이 지면에서 피어올랐다. 너무 멀어서 알아보기가 힘들었다.

"모래 폭풍일까요?" 현식은 시간 기록을 조금이라도 덜 흐트러뜨리려고 고개를 살짝만 돌렸다.

"지프차야." 사키는 이쪽으로 가까워지는 먼지구름을 가만히 바라봤다. 너무 멀어서 알아보기 힘들었지만 차량들이 일으킨 먼지였다. 그중 한 대에 MJ가 타고 있을지도 몰랐다. 거친 지형을 지나 먼 길을 달려 발굴 현장으로 향하는 그가. 사키는 돔에서 이 현장까지 거리가 얼마나 되는지 떠올려봤다. 40킬로미터였던가? 어쩌면 50킬로미터? 발굴 현장은 야트막한 산 위였고, 사키는 지평선까지의 거리를 계산하는 공식이 좀처럼 기억나지 않았다. 숫자는 추정 위에 추정을 쌓으며 거듭 떠올랐고 MJ를 보고 싶은 마음 또한 간절했지만, 아무리 계산해봐도 결론은 변하지 않았다. 두 사람은 느릿느릿 다가오는 지프차가 도착할 때까지 기다릴 여유가 없었다.

"저것 말고 더 자세히 조사할 만한 게 보여?" 사키가 입력한 메시지였다.

현식은 다가오는 지프차들을 바라봤다. "두어 시간만 늦게 왔어도 여기 사람들이 있었을 텐데요."

"그러게."

저건 MJ가 아니야. 사키는 스스로를 타일렀다. 그 사람의 메아리일 뿐이야. 사키 평생의 사랑은 실제로는 이곳에 없었다. 사키가 현식을 시켜 드론을 띄우자 이내 주위가 뿌옇게 흐려졌다. 두 사람의 모습은 붉은 구름에 휩싸인 지프차들과 별반 다르지 않았다.

드론 편대가 임무를 마쳤을 때도 지프차들은 아직 저 멀리에 있었다. MJ는 늘 지긋지긋할 정도로 느리게 운전했다. 사키는 자신을 보지 못하는 지프차들을 향해 손을 흔들어 작별 인사를 했다. 눈 깜짝할 사이에 프로젝터 조종실로 돌아왔을 때, 사키는 한눈에 봐도 덜덜 떨고 있었다. 현식은 겐조와 함께하는 저녁 식사에 사키를 정중하게 초대했지만 잘해봐야 어색할 뿐인 자리였고, 사키는 대화를 주고받을 기운조차 남아 있지 않았다. 숙소로 돌아오는 동안 쓰러지지 않는 데만도 온 힘을 기울여야 했다.

닫힌 문 안쪽에 안전하게 자리를 잡고서, 사키는 자신이 방금 찾아간 시점 무렵에 MJ가 보냈던 영상 편지를 불러냈다. 그는 사키를 기다리고 있어야 했다. 그저 몇 달만 더. 이미 이토록 가까이 와 있었건만. 사키가 우는 동안 영상은 배경처럼 혼자서 재생됐다.

우리에게도 실체를 띤 육신이 있었다, 한때는. 날개와 비늘과 아아, 그토록 많은 다리가, 하나같이 무지갯빛이 도는 파란색을 띠었다. 우리가 새로운 사랑을 만날 때마다, 그 사랑은 우리라는 것의 한 부분이 된다. 아니, 우리는 우리 사랑들을 한데 섞어 단일한 독립체로 빚어내지 않는다. 그러한 막막함 앞에서 우리는 심지가 꺾여버릴 것이다. 우리 절반은 언제나 우리 자신으로 남는다. 개체들의 공동체로, 이어진 마음들의 모임으로. 우리가 그러한 결합에서 어떻게 당신을 빼놓을 수 있을까?

함장은 오직 무기물로 제작한 탐사 로봇만, 밀봉용 합성고무나 탄소 기반 연료조차 사용하지 않는 로봇만 지상에 내려보냈고, 그러자 이번에는 고장이 일어나지 않았다. 탐사 로봇은 흙 속에서 외계의 나노봇들을 발견했다. 다른 연구팀이 외계 기술을 무력화하는 동안 연대기 방문은 우선순위 아래쪽으로 밀려났다. 사키는 자신의 연구에 집중하려 했지만 긴급한 사정도 밭은 마감일도 없다 보니 저도 모르게 과거에만 정신이 팔렸다. 사키는 MJ의 영상 편지들을 오랫동안 연이어서, 하나씩 차례로 재생하며 살펴봤다. 차마 보기 힘든 영상, 슬픈 영상, 기계적으로 연구에 집중하려고 이제껏 피해왔던 모든 영상을.

MJ가 마지막 영상 편지를 찍어 보낸 곳은 그의 사무실이 아니라 시간 프로젝터 조종실이었다. 그때 사키는 왜 그곳에서 찍었냐고 물어봤고, MJ는 마지막으로 가야 할 곳이 있다고, 정착지는 이제 남은 시간이 별로 없다고 설명했다. 사키가 이제 두 번째로 보는 그 영상 속에서 MJ는 너무도 초췌했다. 그러나 거기에는 확인해야 할 것이 있었다. 그런 예감이 들었다.

영상의 앞쪽 절반 부분에서 MJ는 카메라 앞에 바짝 붙어 앉아 시야를 다 가리다시피 했다. 그는 전염병의 전파 속도가 빨라지면서 치명률도 점점 높아진다고 생각했다. 이미 죽은 이들과 아직 죽어가는 이들의 이야기를 할 때는 냉담한 분석과 눈물 어린 회고 사이를 변덕스럽게 오갔다. 사키는 영상을 보는 내내 영영 잃어버린 사랑을 따라 엉엉 울었고, 흉할 정도로 거침없이 흐르는 눈물이 시야를 하도 뿌옇게 흐려놓은 탓에 하마터면 찾던 것을 놓치고 넘어갈 뻔했다.

사키는 영상을 정지시키고 방금 전으로 되감았다. 거기에, 영상 한복판에, 자리에서 일어서서 제어장치를 조정하는 MJ가 보였다. 카메라에는 그의 모습이 잡혀야 했지만 아주 잠깐, 시간 프로젝터의 설정창이 녹화된 순간이 있었다. 표시된 목적지는 MJ가 가고자 하는 시간 기록 속의 시점이었다.

사키는 그 목적지의 시간 및 공간 좌표를 베껴 적었다. 위치는 물론 신화성이었다. 그리고 시간은 미래였다. 사키는 프로젝터의 다른 설정을 살펴보며 MJ가 프로젝터를 엉뚱한 방향으로 작동시키느라 바꿔놓은 부분들에 주목했다.

MJ는 미래의 연대기를 방문했고, 사키가 자신을 따라올 경우에 필요한 단서들을 남겨 두었다.

사키는 통신 상태를 '방해하지 말 것'으로 설정하고 시간 프로젝터의 상태 창에 '수리 중' 표시를 입력했다. 영상 편지는 평정을 유지한 상태로 녹화할 엄두가 나지 않았기에, 사키는 옛날 방식으로 손 편지를 써서 겐조와 자신의 지도학생들, 그리고 리 앞으로 한 통씩 남겨 두었다. 혹시라도 무슨 문제가 생길 경우를 위해서였다.

사키가 복도로 나섰을 때, 그곳에는 현식과 겐조가 서 있었다.

사키는 놀라서 꼼짝도 하지 못했다.

"존스 박사님, 프로젝터 조종은 제가 해드릴게요." 현식이 말했다. "시간차 작동 방식으로 프로그래밍하는 것보단 그게 더 안전해요."

"너희가 어떻게 알고…?"

"엄만 그 사람을 사랑해요, 그래서 보내주질 못하죠." 겐조의 말이었다. "그리고 작별할 때면 항상 지독하게 유난을 떨고 말이죠. 엄마는 그 사람이 정착지에서 보낸 시간을 최대한 보고 싶어 해요, 그런데 그 대부분은 도무지 허가를 받을 방법이 없으니 답은 뻔하죠."

"게다가 지금은 시간 엔지니어의 취침 사이클에서 딱 중간 무렵인데 시간 프로젝터를 '수리 중'으로 표시해놓다니, 일정에 제대로 신경을 쓰는 사람이라면 아무도 안 속을걸요." 현식이 한마디를 보탰다.

"네가 직접 무허가 시간 여행을 조종하겠다고?" 지도학생을 보던 사키의 눈이 동그래졌다.

"가시죠." 현식은 지도교수의 질문에는 대답하지 않았다. "다른 사람이 알아챌 때까지 오래 걸리진 않을 거예요."

세 사람은 조종실로 향했고, 사키는 좌표 및 송수신 설정을 MJ의 영상에서 본 대로 맞췄다. 젊은 남자 둘은 나란히 앉아서, 겐조가 현식의 어깨에 머리를 기댄 모습으로, 사키가 일하는 광경을 지켜봤다.

작업이 다 끝나자 현식이 조종 장치를 살피러 왔다. "이건 지금으로부터 20년 후잖아요."

"맞아."

"이때껏 미래의 연대기를 방문한 사람은 한 명도 없었어요. 연구윤리위원회도 금지했고, 이론조차 실험한 적이 없잖아요."

"MJ는 성공했어." 사키의 목소리는 나직했다. 연대기에서 본 그 왜곡 구름이 MJ라고 절대적으로 확신하지는 못했지만, 그가 아니라면 누구일까? 붕괴 이후 이곳에 인간은 한 명도 없었고, 누군지 모를 그 인물은 사키가 갈 법한 탐사 장소를 골라 미리 방문했다. MJ는 자신이 미래를 성공리에 방문했다는 사실을 사키에게 보여주는 중이었다. 사키가 마지막 좌표에서 자신을 만나기를 바라며.

"당연히 그랬겠죠." 겐조는 쿡쿡대며 말을 이었다. "정말이지 밉살맞게 영리한 사람이었으니까요."

사키도 아들을 따라 웃고 싶었지만, 기껏 지은 것은 짜증이 밴 미소였다. "남의 말처럼 얘기하기는. 넌 이번 일 때문에 곤란해질 거야. 네 앞날에 흠이 갈 수도 있어."

"저희 둘이 여기서 지키고 있지 않으면, 엄마가 과연 돌아오려고 할까요?"

사키는 혹시 모를 경우에 대비해 숙소에 두고 온 편지를 떠올리고 얼굴이 붉어졌다. MJ는 기록된 미래의 어느 순간으로 갔다. 어쩌면 그곳에 그대로 남았는지도 몰랐다. 이 여행은 시공간을 벗어나서 그와 함께하는 방법이었다, 시간과 공간을 벗어나서. 만약 다시 돌아오면 사키는 승인 없이 시간 여행을 감행한 결과를 마주해야 했다. 두 청년이 사키가 연대기 속에 눌러앉으리라고 짐작했다 한들 그리 터무니없는 망상은 아니었다.

"이제 돌아오실 이유가 생긴 거예요." 현식이 말했다. "안 오시면 이번 여행 때문에 어떤 후폭풍이 불어닥치든 저하고 겐조, 둘이서만 뒤집어써야 하니까요."

사키는 한숨을 내쉬었다. 둘은 사키의 속을 훤히 들여다봤다. 자신들을 운명의 손아귀에 내팽개치고 연대기 속에 그대로 남을 사람이 아닌 것을. "돌아온다고 약속할게."

이것은 사랑 이야기, 그러나 오래오래 행복하게 살았답니다, 로 끝나지는 않는 이야기. 끝이 아예 없는 이야기. 당신의 이야기는 언제나 틀이 엄격하게 정해져 있다. 시작, 중간, 끝. 당신의 서사구조에 올올이 깃든 사랑은 혼란스러운 현실 속에서 하나같이 단정하고 깔끔하다. 우리의 사랑은 시간과 공간을 가로질러 흩어져 있다. 질서 없이, 끝도 없이.

과거의 연대기를 방문하는 것은 시간 속의 연이은 순간들을 지켜보는 것과 비슷했지만, 미래는 불확실한 상태를 유지했다. 사키는 수백만 개의 자신으로 쪼개졌고, 그 모두가 별개이면서도 연약한 의식의 가닥으로 한데 묶여 있었으며, 하나의 순간에 매였으면서도 여러 개의 가능성으로 펼쳐져 나갔다.

사키는 외계고고학 수장고에 있었다, 대부분은.

사키 자신의 작은 무한대들은 프로젝터의 오작동 탓에 또는 마지막 순간에 마음을 바꾼 탓에 조종실에 남았다. 다른 현실들 속에서 수장고는 위치가 바뀌거나, 무너지거나, 사키의 의식으로는 완전히 파악하기 힘든 외계 구조물로 재건된 상태였다. 사키는 뿌연 그물을 미래로 던져서 연대기가 구조를 채 펼치지도 못하도록 막았다.

사키는 자신의 가장 큰 무한집합에 정신을 집중했다. 신화성의 표면에, 외계 유물에 둘러싸인 채 수장고 안에 있는 자신의 일부에. 확률이 가장 높은 미래들, 분산도는 가장 낮은 미래들에.

그곳에 MJ가 있었다. 자신이 연대기를 방해해 일으킨 하얀 거품에 둘러싸인 채로.

사키는 더 멀리에, 하나의 미래에 주의를 집중했다. 그 미래에서 두 사람은 시행착오를 거쳐서 또는 직관으로 또는 아마도 순전히 요행으로, 통신주파수를 맞췄다. 연대기에는 소리가 전혀 존재하지 않았지만, 둘은 소통이 가능했다.

"안녕, 내 평생의 사랑." MJ의 메시지였다.

"진짜 당신이라니 믿을 수가 없어." 사키가 답신을 보냈다. "얼마나 보고 싶었는데."

"나도. 다시는 못 볼까 봐 걱정했어." MJ는 손짓으로 유물들을 가리켰다. "수수께끼는 풀었어?"

사키는 고개를 끄덕였다. "답은 나노봇이었어. 유물의 기단부가 나노봇을 만들어내고, 구름처럼 많은 나노봇이 흙과 섞여. 그것들이 유기물을 모조리 소화해서 유물의 위쪽을 생성하는 거야."

"맞아. 처음에는 모두 다 흙 속에 묻혀 있었어, 나노봇들은 종류가 다른 유기물에 익숙한 상태였고." MJ는 손가락을 움직여 메시지를 입력했다. "그런데 나노봇들이 새로 적응을 한 거야, 그러고는 증식했고."

사키는 몸서리가 났다. "그렇게 끔찍한 걸 왜 만들었을까?"

"아하. 당신도 일부만 파악했군, 내가 그랬던 것처럼." MJ는 주위를 둘러싼 유물들을 가리켰다. "기단부의 무지갯빛 도는 파란색이 바로 외계인들이야. 아니면 그들의 물리적 껍데기인지도 모르지만, 아무튼. 나노봇은 외계인들이 교류를 맺는 수단이었어. 다른 종과 조우했을 때 자기네가 이해하는 대상으로 변형시키는 수단."

"그걸 보고서에는 왜 설명해두지 않았어?"

"단서들은 다 여기에 있었지만, 그걸 다 맞춘 건 내가 여러 미래에 도착한 후의 일이었거든." MJ는 이미 만들어놓은 하얀 왜곡 거품의 범위 안에서 조심스레 한 팔을 휘둘러 주위의 수장고를 가리켰다.

이 미래에는 사키와 MJ 둘뿐이었지만, 다른 여러 미래의 수장고는 사람들로 북적였다. 사키는 그들 가운데 우주선의 승객과 승무원을 알아봤다. 그들은 거의 종교적일 만큼 경건한 태도로 유물 사이를 거닐었고, 대다수는 특정한 하나의 유물 앞에 멈춰 서서 손을 뻗어 그 유물을 만졌다.

사키는 다른 미래들을 샅샅이 살핀 끝에 공통된 흐름을 발견했다. 유물 숭배, 정착지에 내려와 거주하는 우주선의 사람들, 나노봇의 피해가 전무한 점. "뭐가 어떻게 된 건지 모르겠어."

"외계인들은 자기네가 우리한테 무슨 짓을 하는지 깨닫자마자 활동을 멈췄어. 우리 작물과 나무, 반려동물까지 다 흡수하고 나서. 흡수된 각각의 종은 고유한 유물이 됐고." MJ는 가장 가까이에 있는 유물을 향해 돌아섰다. 사키가 여러 평행미래에서 봤던, 수많은 사람들의 관심을 한 몸에 받은 유물이었다. "이건 인간 정착민들이 모조리 들어 있는 유물이야."

"저 사람들은 먼저 보낸 가족을 보러 왔구나. 자기 선조를 기리려고 왔고."

"맞아."

"나도 당신을 보러 여기로 올게." 사키는 미래 속에서 자신의 그 모습을 봤다. "리가 정착지의 마지막 순간을 기록하려고 드론을 보냈을 때, 난 화가 나서 미칠 것 같았어. 거기엔 내가 가서 당신을 찾아봐야 했지만, 그건 편향된 생각이었어, 너무 치우쳐서 학과 회의에서도 말을 꺼내기 힘들 정도로. 난 드론 영상에서 당신 모습을 찾진 못했지만, 거기엔 데이터가 잔뜩 있었어. 모든 사람이, 모든 생물이 죽었고, 그러고 나서 나노봇에 의해 철저히 분해됐어. 모두가."

"그 교훈 덕분에 외계인들이 나머지 인류를 건드리지 않기로 한 거야."

"교훈은 무슨! 우리가 보낸 탐사 로봇의 유기체 부분은 다 분해했는데."

"그건 최신기술이잖아, 안 그래? 정착지에는 합성 유기물이 없었어, 그래서 나노봇들이 알아보질 못했던 거야. 사키, 당신한테는 미래들이 보이잖아. 정착지는 유물에 흡수되지만, 적어도 우린 다른 사람들 모두는 지키는 셈이야."

“우리라고? 당신은 돌아가지 못하잖아. 난 외계인이 만들어놓은 당신의 추모비 같은 건 찾아가기 싫어. 난 *우리* 둘이서 같이 머물고 싶어.” 사키는 힘없이 팔을 흔들다가, 손목밴드를 내려다봤다. “겐조한테 돌아간다고 약속했는데.”

“당신한테는 만들어낼 미래가 있어. 겐조한테 사랑한다고 전해줘. 그 애의 미래는 찬란해.”

“내가 어떻게든 당신을 구할게. 모두를 구할게.” 사키는 유물들을 찬찬히 돌아봤다. “아니면 그냥 여기 있을게. 내가 여기 얼마나 오래 있든 상관없어, 프로젝터 조종실에선 그냥 눈 깜짝할 새처럼 짧은 시간이니까…”

“난 당신을 기다리려고 여기에 온 거야.” MJ는 서글프게 웃었다. “이제 우리 둘만의 순간을 나눴으니까, 나만의 시간대로 돌아가야 해. 먼저 가, 내 평생의 사랑, 그럼 내가 떠나는 걸 안 봐도 돼. 내 몫까지 같이 살아줘.”

우스꽝스러운 짓, 허망한 짓이었지만, 사키는 MJ에게 손을 뻗었다. 둘 사이의 연대기를 하얗게 흐리며. MJ도 똑같이 사키의 손끝을 향해 손을 내밀었다. 잠깐 동안 사키는 둘의 손이 닿으리라 생각했지만, 그토록 다른 시간대에서, 그토록 다른 프로젝터에서 온 그 둘은… 그들은 결코 어우러질 수 없었다. MJ의 손끝이 흐려져 뿌옇게 변했다.

사키는 손을 가슴 앞으로 당겨 심장 위에 갖다 댔다. 잘 있으라는 말은 차마 입력할 엄두가 나지 않았다. 그래서 그 대신 눈물을 흘리면서도 있는 힘껏 웃었다. “외계 문명은 내가 계속 연구할게. 우리 꿈이었으니까.”

MJ도 미소로 화답했다. 그 또한 사키처럼 눈에 눈물이 그렁그렁했다. 사키는 의지가 약해지기 전에 손목밴드의 버튼을 힘껏 눌렀다. 그제야 비로소, 미래를 떠나가는 사키에게, MJ가 마지막 메시지를 전송했다. "잘 가, 내 평생의 사랑."

무한한 가능 미래 모두에 존재하는 모든 사키가 하나의 사키로 무너져 내렸고, 사키는 다시 프로젝터 조종실에 돌아와 있었다. 눈물이 쉬지 않고 얼굴에 흘러내렸다.

이제 우리는 당신을 더 잘 안다. 당신을 건드리지 않고 놔둬도 될 만큼 사랑한다.

사키는 장갑을 벗고 외계 유물의 서늘한 표면을 손으로 만져봤다. MJ는 이 물체의 일부였다. 모든 정착민이 그러했다. 외계인으로 하여금 인류를 이해하게 하느라 목숨을 잃은 최초의 정착민들은 강제로 흡수되기를 원치 않았다. MJ의 의식은 아직 그 안에 있을까, 더 커다란 어떤 것의 한 부분이 된 채? 사키는 그렇게 믿고 싶었다.

사키는 유물을 손바닥으로 누른 채로, 눈을 감고 정신을 집중했다. 그들은 소통하는 법을 배우는 중이었다. 시간을 들여서, 천천히. 유물은 사키에게 이야기를 들려주고 있었다. 이야기의 한쪽 면을 들려줬고, 반대쪽 면은 사키의 몫이었다.

사키는 자신에게 편견이 있는 것을 알았고, 자신이 속한 현실이 엉망으로 손상되고 불완전하리라는 것도 알았다. 자신이 모든 것을 다 파악하지조차 못하리라는 말은 적지 않을 터였지만, 그럼에도 사키는 이야기의 양쪽 면을 할 수 있는 한 모두 기록했다.

이것은 사랑 이야기, 우리가 만나는 일련의 순간 가운데 마지막의 이야기.

Malka Older

Sturdy Lantern and Ladders

튼튼한 손전등과 사다리

말카 올더

장성주 옮김

말카 올더는 작가이자 구호활동가, 사회학자이다. 올더의 SF 정치 스릴러 장편소설 『정보민주주의Infomocracy』는 출판 전문 잡지 《커커스 리뷰》와 도서 정보 사이트 북 라이엇Book Riot, 《워싱턴 포스트》의 2016년 최고의 책 목록에 올랐다. 후속작인 『공백 국가Null States』와 『국가 지각 변동State Tectonics』으로 〈센테널 사이클Centenal Cycle〉 시리즈를 완성한 올더는 이 삼부작으로 2018년 휴고상 최우수 연작 부문 최종 후보에 올랐다. 올더는 온라인 플랫폼 '시리얼Serial'에서 전자책과 오디오북으로 발행하는 〈구단에키Ninth Step Station〉 시리즈에도 작가로 참여하고 있으며, 2019년 말에는 단편소설집 『…그리고 그 밖의 재난들And Other Disasters』을 발표하기도 했다. 2015년 카네기 국제 문제 윤리위원회의 선임 연구원으로 지명됐고, 현재는 파리 정치대학의 조직사회학센터 소속 연구원이다. 올더는 인도적 구호활동 및 개발원조 분야에서 10년이 넘게 현장 경험을 쌓았으며, 《뉴욕 타임스》와 《더 네이션》, 《포린 폴리시Foreign Policy》, '엔비시 싱크NBC THINK' 같은 매체에 글을 기고했다.

블로그 주소: malkaolder.wordpress.com

SF-Fan

Malka Older

Sturdy Lantern and Ladders

프리랜서 해양 활동 연구자인 나탈리아의 업무는 대체로 이런 식이었다. 면적이 넓지만 조건을 제어할 수 있는 환경에서 문어나 오징어 같은 두족류 동물과 헤엄치며 돌아다니기, 그러면서 동물과 자신의 몸짓언어를 유심히 관찰하기. 나탈리아는 문어나 오징어가 편안함을 느끼도록 힘닿는 데까지 배려했는데, 그래야 자극에 반응하는 실험 대상이 야생에서와 비슷하게 행동할 거라고 여겼기 때문이었다. 해양 생물학을 공부하던 시절에는 상상도 못 했던 일이지만, 솔직히 해부나 전기 충격 실험 또는 좁은 수조에 갇힌 동물과 소통해야 하는 모든 업무보다 이 일이 더 마음에 들었다.

이번 일은 시작부터 아주 조금 유별났다. 대개는 특정한 연구 주제가 주어지기 마련이었다. 연구진은 자신들이 관찰하고 싶은 행동을 동물에게서 이끌어내려고 나탈리아에게 상세한 지시를 내리기도 했고, 나탈리아가 알아서 접근하도록 맡겨두기도 했다. 하지만 어느 쪽이든 나탈리아에게는 자신의 행동이 면밀히 주시당한다는 뜻이었다. 나탈리아는 실험 대상인 두족류와 소통할 때면 언제나 노는 시간을 충분히 주려고 배려했고, 고용주가 이를 반대하면 같은 자극을 반복하기보다 이렇게 해야 더 자연스러운 반응이 나온다고 설득했다. 하지만 시간을 통제하는 쪽은 대개 연구진이었다.

이번 일에서 나탈리아는 문어와 놀아주라는 지시만 받았다.

"서로 편한 사이가 되세요." 나탈리아를 고용한 남자는 그렇게 말했다. "문어와 친구가 되는 겁니다."

나탈리아는 고개만 끄덕이고 그 이상은 일부러 묻지 않았다. 고용주가 이 문어에게 왜 그렇게 잘해주는지 의심스럽다는 생각은 꾹 억눌렀다. 어쩌면 포획한 실험동물에게는 반드시 일정한 놀이 시간을 보장하는 것이 이 회사의 방침인지도 몰랐다. (혹시 유달리 끔찍한 짓을 저지르기 때문에 그러는지도 몰랐다.) 연구소 측이 이른바 **과학** 앞에서 고작 문어 한 마리 한 마리의 안위를 철저하게 챙길 거라 믿기에는 이미 쌓은 경험이 너무 많았다. 그럼에도 나탈리아는 동물을 해치기보다 돕는 것이 자기 일이라고 생각하며 마음을 다잡았다. (어쩌면 문어의 긴장을 풀어주는 것이 실험 조건이고, 결국 나탈리아도 거기에 가담하게 된 것일지도 몰랐다.)

고용주들은 십중팔구 나탈리아가 없을 때에만 이번 연구의 주제와 관련된 실험을 진행하는 모양이었다. 나탈리아가 '바이니야'라는 이름을 붙여준 문어는 놀이 시간만 빼고 늘 (크기가 널찍한 곳이기는 해도) 수조 속에 갇혀 지냈다. 어느 날은 연구 센터에 출근했다가 연구원들이 바이니야의 살에 붙은 전극을 떼어내는 걸 목격한 적도 있었다.

전극을 목격한 날, 나탈리아는 그물이 쳐진 얕은 만의 바닷물 속에서 바이니아와 멀찍이 떨어진 채 짝을 이뤄 빙빙 돌았다. 온 힘을 다해 부드럽게 움직이면서, 어떤 식으로도 문어와 자신의 몸이 닿지 않도록 주의를 기울였다.

사실 예상치 못한 일은 아니었다. 딱히 악의에서 비롯된 일이 아니란 것도 알았다. 전극은 비침습적* 실험에도 쓰이곤 했으니까. 어차피 실험동물의 위태롭고 기구한 운명에는 이미 한참 전에 적응한 나탈리아였다. 나탈리아는 남들의 충고, 예컨대 실험동물에 *이름을 붙이지 말 것* 따위의 충고를 들으면 반발했지만, 어떤 사람들은 이름 붙이기에 유독 화를 내는 것 같았기에 보통은 고용주에게 그런 사실을 아예 밝히지 않았다. 나탈리아는 맡은 일을 제대로 하려면 오늘날의 동물 연구 상황을 직시해야 한다고 스스로를 타일렀다. 가끔은 사람과 동물, 모두가 득을 보는 방향으로 일이 풀리지 않을 때도 있기 마련이므로.

전극을 목격한 이후로 하루에 한 시간씩인 놀이 시간의 분위기가 바뀌었다. 둘 사이의 소통은 여전히 즐거웠지만, 그 강도는 확연히 낮아졌다. 나탈리아는 자기 일이 호스피스 전문 간호사의 업무와 비슷하다는 생각에 차츰 빠져들었다. 두족류의 힘으로는 도저히 빠져나가지 못할 곤경에 처한 바이니아에게 틈틈이 미미한 위안을 주는 일이었으므로.

그래서 어느 날 놀이를 끝내고 샤워장에서 나오는 길에 연구 센터

---

* 검침 따위를 대상의 몸에 꽂아 통증이나 위해를 유발할 가능성이 없는 방식을 가리킨다.

의 책임자급인 데이비드 길크레스트가 찾아와 업무 범위를 조금 넓혀 보지 않겠느냐고 물었을 때, 나탈리아는 깜짝 놀랐다.

"헤엄치는 시간을 늘리라는 말인가요?" 나탈리아는 젖은 머리를 수건으로 문지르며 가늘게 뜬 눈으로 그 남자를 올려다봤다.

"꼭 그런 뜻은 아닙니다. 그게, 그래요. 수영 시간도 늘릴 텐데, 그보다 혹시 실험에 더 직접적으로 참여할 의향이 있는지 궁금해서 말이지요."

"무슨 실험인데요?" 나탈리아는 마지못해 물었다. 바이니아에게 어떤 끔찍한 짓이 가해질지 굳이 알고 싶지 않았다.

"이번 단계에서는 말입니다." 길크레스트가 말을 시작했다. 나탈리아는 아예 대놓고 뜸을 들이는 그를 보며 오히려 마음이 놓였다. "수영하시는 동안 가상현실 헬멧과 비슷한 헤드셋을 착용해주셨으면 합니다. 실은 거의 똑같이 생긴 물건이에요. 방수는 당연히 되고요." 그는 나탈리아의 의심스러워하는 표정을 보며 서둘러 덧붙였다. "실험대상을 관찰하는 센서를 헤드셋에 연결할 겁니다. 그렇게 하면 실험대상이 보는 걸 당신도 보게 될 거예요."

"본다는 말은…" 길크레스트의 말 속에 들어 있던 한마디가 나탈리아의 뇌리에 박혔다. "신경 실험이라는 뜻이군요?"

"그렇게 볼 수도 있죠." 길크레스트는 조금 흠칫하는 기색이었다. "계약하실 때 설명을 못 들으셨습니까?"

나탈리아는 기억을 더듬어봤지만, 계약할 당시에 설명을 들었는지 아니면 곧 들을 설명의 내용이 께름칙해서 일부러 딴생각에 빠져 있었는지 잘 떠오르지 않았다. "그러니까 저더러 문어하고… 연결되라는 말씀인가요? 문어의 신경계통하고?"

"맞아요, 바로 그겁니다!" 목소리로 보아 길크레스트도 마음이 놓인 모양이었다. "문어가 당신과 함께 있을 때 편안해한다는 건 저희도 압니다. 그래서 문어가 긴장을 완전히 풀면 반응이 더 잘 측정될 거라고 보고요. 당장은 하루에 30분씩 추가 시간을 둘까 하는데, 처음 며칠은 그 시간을 다 채우진 않을 겁니다. 물론 실제 시간과 무관하게 추가 수당은 다 드릴 겁니다. 어떻습니까?"

"좋아요." 나탈리아는 대답했다. 비침습적 신경 실험은 반가운 일이었다. 다른 경우에 비하면. "하지만 문어가 그 헤드셋 때문에 고통스러워하거나 불편해하는 느낌이 들면 그만둘 거예요."

"그렇게 되면 당연히 자극을 완화해야죠." 길크레스트는 모욕이라도 당한 기색이었다. 하지만 나탈리아는 비양심적인 짓을 최선의 방안이랍시고 내놓는 연구자를 이제껏 너무 많이 목격했기에 양심의 가책을 느끼지 않았다.

"멋지네요." 이틀 후, 나탈리아는 방수 헤드셋을 쓰며 말했다. 헤드셋 크기는 일반적인 스쿠버마스크보다 조금 큰 정도였지만 막상 써보니 제법 묵직했다. "여기서 설계한 물건인가요?"

"어, 아니요." 길크레스트가 대답하는 동안에도 젊은 기술직 연구원은 헤드셋의 고정끈과 신호 연결 장치를 만지작거렸다. "설계 회사가 따로 있습니다. 장치를 상업용으로 전환할 생각에 신나서 작업하더군요. 자, 이제 잘 들으세요. 두족류에게서 수신하는 시각 신호는 오른쪽 눈으로 보게 될 텐데, 왼쪽 눈으로 보는 것과는 다를 겁니다. 우리한테 낯선 문어의 뇌가 해석한 이미지를 수신하는 거니까 굉장히 이상하게 보일 테지만, 실제로 눈앞에 있는 대상일 뿐이에요. 문어의 눈에는 그 이미지로 보인다는 말입니다. 당신 눈에 보이는 건 실제로 눈앞에 있는 거예요."

"…그래요." 그리 어려운 개념도 아니었다.

"이번에는 그냥 신호 보정만 할 겁니다. 그러니 마음을 편하게 먹고 괴상함을 만끽하세요." 길크레스트는 한숨을 쉬었지만, 이내 다시금 혼자 들뜬 상태로 돌아왔다. "자, 한 바퀴 돌아볼까요?"

"이 실험에서 정확히 어떤 직책을 맡고 계신가요?" 나탈리아는 호기심에 그렇게 물었다. 나탈리아는 프리랜서로 오래 일했기에 정규직 세계의 회사원 비슷한 분위기를 그리워하지 않았고, 그렇다 보니 연구원들을 직함으로 불러주지도 않았다.

"아." 길크레스트는 처음 인사할 때 알려줬던 직함을 기억할 만큼의 관심조차 없는 나탈리아에게 화가 나진 않는 모양이었다. 그러기는커녕, 이제라도 관심을 받아서 기분이 좋아 보였다. "실은 이 실험 자체가 제 발상에서 시작됐습니다. 뭐, 두세 명이 같이하기는 했지만요. 물론 모든 부문을 다 이끌 만큼 기술 지식이 풍부하진 않지만, 그래도…"

나탈리아는 거기까지만 듣고 길크레스트의 말에 관심을 끊었다. 부분적으로는 중요한 얘기도 아닌데 너무 길게 주절거린 탓도 있었지만, 마침 사람들이 바이니야를 만으로 데리고 나와 전극을 붙이는 중이었기 때문이었다. 나탈리아는 이맛살을 찌푸려가며 두족류가 괴로워하는 낌새를 보이는지 유심히 살폈다. 그렇게 뚫어지게 쳐다보기만 해도 기술직 연구원들이 알아서 처신할 거라는 듯이.

연구원들은 나탈리아가 있는 것조차 모르는 눈치였다. 다행히 바이니야가 고통스러워하는 낌새는 전혀 보이지 않았다. 필시 그 절차에 완전히 익숙해졌기 때문이었다.

“이제 물에 들어갈 시간이군요.” 길크레스트가 말했다. 그나마 나탈리아의 관심이 어디로 쏠려 있는지 정도는 눈치챈 듯했다. “준비가 다 되는대로 손을 흔드세요. 그러면 스위치를 올리겠습니다.”

그 말에 용기를 얻은 나탈리아는 충분한 시간을 들여서 바이니야와 인사를 나눈 다음, 여느 때와 마찬가지로 잠깐 물장난을 쳤다. 그러는 동안 나탈리아는 물 바깥에 있는 사람들이 슬슬 안달하는지 어떤지, 조바심에 발을 동동 구르고 있진 않는지 궁금해졌다. 자기 자신도 긴장하지는 않았는지 궁금할 지경이었다. 나탈리아는 햇볕에 후끈 달아오른 공기 속으로 손을 뻗어 흔들었다.

두 눈에서 입체로 보이던 눈앞 풍경이 몇 초 더 이어지다가, 이내 시야가 둘로 나뉘었다. 나탈리아는 바이니야의 시야로만 보면 덜 어지러울 거라는 생각에 왼쪽 눈을 감았지만, 오른쪽 눈으로 보는 세계는 흑백의 그러데이션으로 형체를 특정할 수 없게끔 뭉쳐 있을 뿐이었다. 그래서 오른쪽 눈을 감고 그 대신 왼쪽 눈을 떴다. 호흡기로 천천히 숨을 들이마시는 사이, 헤엄쳐 지나가는 빙어 떼 한 무리가 눈에 들어왔다. 바이니야가 빙어 한 마리를 잡아서 먹는 동안 나탈리아는 오른쪽 눈을 꾹 감고 문어의 식사가 끝날 때까지 뜨지 않았다.

조심스레, 나탈리아는 바이니야 곁으로 헤엄쳐 간 다음, 둘이 바라보는 시야가 대강 비슷해지는 지점에서 오른쪽 눈을 떴다.

나란히 놓인 두 개의 시야가 서로 겹치고 다투며 혼란을 일으켰다. 그러나 바이니야의 시야로만 보면 아무것도 분간되지 않았다. 그쪽은 흐릿한 흑백의 형상뿐이었다. 이대로는 무리였다. 나탈리아는 어디가 수면 쪽인지조차 알 길이 없었다.

먼저 한쪽 눈을, 다음으로 반대쪽 눈을 감으며 나탈리아는 서서히 문어의 시야를 파악했다. 초점을 맞출 대상이 비로소 생긴 것은 바이니야가 조개껍데기를 갖고 놀기 시작한 후의 일이었다. 눈을 감고 뜨는 과정을 몇 번 더 반복해야 했지만, 나탈리아는 마침내 바이니야의 눈으로 조개껍데기를 알아보기에 이르렀다. 흐릿한 줄무늬, 납작한 모양까지도. 그러고도 한 번 더 두 눈을 꽉 감고 고개를 세게 저어야 했지만, 다시 오른쪽 눈을 떴을 때에는 조개껍데기의 모양이 또렷이 보였다.

"큰 진전이군요!" 그 말을 한 사람은 길크레스트의 상사인 요하네스 커크였다. 세 사람이 앉아 있는 조그마한 회의실은 에어컨 바람이 너무 차가워서 머리카락을 덜 말린 나탈리아에게는 조금 오싹하게 느껴질 정도였다. "신호 보정이 이렇게 빨리 마무리될 줄은 생각도 못했는데, 안 그런가, 데이비드?"

길크레스트는 뭔가 맞장구치는 듯한 소리를 웅얼거렸다.

"제가 제대로 봤다고 우겨댈 생각은 없습니다만…" 나탈리아가 그렇게 말을 꺼내자 커크는 됐다는 듯이 손사래 쳤다.

"그럼요, 보정 단계가 다 끝난 건 아니니까요, 아니지만! 그래도 굉장하다, 이거예요."

"저기," 길크레스트가 우물우물 말을 꺼냈다. "혹시 기억하시는지 모르겠는데요…"

"아, 그럼, 당연하지." 커크는 나탈리아 쪽으로 고개를 돌렸다. "연구팀에 합류해주셨으면 합니다. 여기 있는 데이비드는 이번 건에서 두족류를 담당할 적임자가 당신이라고 생각하던데, 내 생각도 같아요."

"그 '이번 건'이라는 게 정확히 뭔가요?" 나탈리아가 물었다. 일부러 목소리에 짜증을 실어서.

"아, 아직 못 들은 것도 당연하죠. 알겠지만 특허가 걸린 일인 데다, 민감한 일이기도 해서요." 커크의 눈이 반짝였다. "하지만 마음에 들 거예요. 그… 데이비드, 설명은 역시 자네가 하는 게 낫겠어."

상사 앞에서 거의 소심해 보일 정도로 위축된 길크레스트는 전보다 훨씬 빠르게 요점을 꺼냈다. "오늘 해봐서 아시겠지만, 저희는 문어의 뇌에서 포착한 전기신호를 인간이 파악할 수 있는 시각 자극으로 변환할 방법을 찾아냈습니다. 어, 그러니까 훈련을 조금 하면, 파악할 수 있다는 말이죠."

나탈리아는 잠시 이어지는 침묵을 틈타 고개를 끄덕였다.

"하지만 궁극적인 목표는 훨씬 더 야심 찹니다." 길크레스트가 커크 쪽을 흘깃 봤다. "저희 연구진은 즉각적인 관측에 기반한 두뇌 활동과 기억에 기반한 두뇌 활동을 구분할 수 있다고 믿습니다."

"기억이라고요." 나탈리아가 되뇌었다.

"구체적으로 말하자면." 커크가 설명을 이어받았다. "문어들의 기억을 이용해서 그레이트배리어리프*를 복원하는 게 우리 계획이에요."

---

* 오스트레일리아 동북 해안에 약 2천 킬로미터나 이어진 세계에서 가장 큰 산호초 군락. 지구온난화로 바닷물 온도가 상승하면서 산호의 색이 하얗게 변해 현재 3분의 2가량이 손상됐다.

그 말을 하는 동안 커크는 눈빛을 번득였고, 나탈리아는 지금 벌어지는 일이 꿈인지 생시인지 잘 분간이 가지 않았다.

"원래는," 길크레스트가 끼어들었다. "이미지를 컴퓨터로 분석하려고 했는데요. 나중에 알고 보니 컴퓨터로는 시각 신호를 분석하기가 영 까다롭더군요. 현 시점에서 사용가능한 최고의 인공지능까지 포함해서 말입니다."

"컴퓨터는 못해요." 커크였다. "절대로 못하죠. 하지만 인간의 뇌는…" 자신의 관자놀이를 톡톡 두드리는 동안에도 그는 나탈리아에게서 시선을 떼지 않았다. "우리는 할 수 있죠." 잠시 침묵이 흘렀지만, 나탈리아의 관자놀이 안쪽에 있는 인간의 뇌는 이 상황에 대해 적당한 할 말을 찾지 못했다. "그래서, 어떻게 할 건가요? 우리랑 같이 일할 생각이 있나요?"

"우선은 신호 보정 작업에 시간을 충분히 줬으면 합니다. 그러면 문어가 뭘 보는지 더 잘 파악할 수 있을 테니까요." 길크레스트가 말했다. 그는 자기 상사의 거시적 열정을 실무 용어로 변환하는 기술을 터득한 모양이었다. 십중팔구 그에게는 요긴한 기술일 터였다. 그는 확답을 듣고 싶은 눈치였고, 그래서 나탈리아는 고개를 끄덕였다. "그러면 산호초가 있는 곳에서 문어와 헤엄치는 걸로 하죠. 물속에서 기록을 남기도록 저희가 녹음 장비를 준비해놓겠습니다. 두뇌 활동도 모조리 기록되니까, 혹시 나중에 확인하고 싶으시면 그걸 재생하면 됩니다."

"그러면 우리가 기록을 분석해서 산호초를 되살릴 방법을 찾아낸다 이거죠!" 커크가 끼어들었다. "성공할 확률은 낮지만, 이 방법이 통하는 것 자체가 기절초풍할 일이에요. 우리와 함께 일할 생각이 있나요?"

문어와 해엄치는 시간이 늘고 덤으로 그레이트배리어리프의 예전 모습을 볼 기회까지 생긴다고? 나탈리아는 산호초 복원을 돕는다는 것이 현실적인지 아닌지 생각할 겨를도 없었다. "좋아요." 노동 조건을 협상해야 한다는 생각은 뒤늦게야 떠올랐다. "그 대신 추가 업무 수당은 더 올려서 받아야겠어요."

모두가 만족할 만큼 시각 신호를 보정하는 데 3주가 더 걸렸지만, 그러는 동안에도 커크와 길크레스트는 예상보다 진척이 훨씬 빠르다고 한목소리로 얘기했다. 그들은 헬리콥터를 타고 오래된 산호초가 있는 곳으로 향했다. 흔들리는 헬리콥터 좌석에 앉아 있는 동안, 나탈리아는 끈으로 단단히 묶어 고정한 수조의 물속에 있는 바이니야가 자신보다 조금이라도 편안한 상태일지 궁금했다. 문어의 몸에 연질 접착제로 부착한 전극이 기술직 연구원들에게 무엇을 보여주는지도 궁금했다. 그들은 문어가 지금 지각하는 것을 보고 있을까, 아니면 문어에게 부착된 센서를 통해서 이미 기억 모드에 직접 연결돼 있을까? 그리고 헬리콥터를 타고 이동하는 경험은 해양 동물에게 어떤 기억을 남길까?

이제 프로젝트팀은 준비운동을 한참 하고 나서야 문어의 시야를 보여달라고 신호하는 나탈리아에게 익숙해진 상태였다. 새로운 환경에 도착한 나탈리아는 평소보다 더욱 조심스러워졌다. 기억에 기반한 두뇌 활동 실험은 전에도 한 적이 있었지만, (길크레스트가 말했다시피)

물이 얕은 만의 평소 실험 환경에서는 문어의 기억이 좀처럼 깨어나지 않았다. 반면 해골처럼 하얗게 변한 그레이트배리어리프 위에서는 실험의 진전이고 뭐고 그저 물에 둥둥 떠 있기만 해도 충분히 으스스했다. 그럼에도, 나탈리아는 마침내 손을 들어 신호를 보내고 왼쪽 눈을 질끈 감았다.

사라져버린 세계가 나탈리아의 눈앞에 펼쳐졌다.

나탈리아는 그토록 많은 생물이 빽빽하게 모여 사는 해양 환경을 일찍이 본 적이 없었다. 바이니야의 기억 속에서는 황홀할 정도로 알록달록한 산호초 사이로 물고기와 말미잘이 (그리고 저기, 바다거북도 한 마리!) 헤엄치며 놀았다. 처음 5분 동안 나탈리아는 멸종된 생물 종을 적게 잡아도 일곱 가지는 파악했고, 그때마다 호흡기에 장착된 특수 녹음기에 대고 그 종들의 이름을 서둘러 말했다.

눈앞의 세계가 갑자기 뒤집히는 바람에 나탈리아는 왼쪽 눈을 떴고, 그러자 수심이 깊은 곳을 향해 급히 하강하는 바이니야의 모습이 눈에 들어왔다. 죽은 산호초의 황폐한 모습은 섬뜩했다. 하지만 현재의 그 섬뜩한 모습을 외면한 채 풍요로운 기억 속에 머물고 싶은 마음이 아무리 굴뚝같더라도, 바이니야의 뒤를 쫓으려면 왼쪽 눈을 떠야만 했다. *지금 저 문어를 놓쳐버리면…* 하는 생각이 머릿속을 스쳤지만, 그 생각을 하는 와중에도 나탈리아는 바이니야가 탈출할 수 없다는 것을 알았다. 연구진이 분명 추적 장치를 주렁주렁 달아놨을 것이므로.

바이니야의 뒤를 쫓아 나선형으로 헤엄쳐 내려가며, 나탈리아는 두 눈을 차례로 떴다. 생명체들이 활기차게 움직이는 기억, 문어의 눈을 통해 흑백으로 보이는 그 기억과 하얗게 탈색된 현재를 나란히 보는 경험은 기괴했다. 무언가 잘못된 느낌이 들었다. 혼란스러웠다. 실시간으로 보는 풍경인데도 회상 속의 생생한 한 장면 같았다. 당장은 모든 것이 잘못된 것처럼 보였다. 바이니야는 카펫 같은 섬모로 덮여 있어야 마땅하나 이제는 말라버린 산호의 틈새를, 기억 속의 그 보금자리를 촉수로 쓰다듬었다. 그러고 나서는 이제 나탈리아가 있는 곳에서 몇 미터 아래의 바다 밑바닥으로 가서, 한때 동족이 모여 살았지만 이제는 모두가 사라지고 모래만 남은 빈자리에서 무언가 찾는 것처럼 또는 쓸쓸해하는 것처럼 몸을 뒤틀고 있었다.

바이니야는 다른 문어들 한 마리 한 마리의 기억을 향해 촉수를 뻗었다. 저마다의 기억이 너무도 선명하고 또렷해서 나탈리아는 문어들 각각의 지각 능력이 느껴지는 것만 같았다. 수없이 많은 문어가, 바이니야가 빼다귀처럼 황량한 바다 밑바닥에서 몸부림치는 동안, 하나씩 너울거리며 뚜렷한 형상을 갖춰갔다.

나탈리아는 기억을 보는 오른쪽 눈을 감아버렸다. 바이니야 친척들의 기억일까? 친구들? 이웃들? 그러나 왼쪽 눈으로 보는 세상은 뿌옇기만 했다. 녹음 장치와 무슨 일이냐고 묻는 귓속의 수신 장치를 무시한 채 나탈리아는 수면을 향해 올라갔다. 오로지 긴 세월에 걸쳐 몸에 밴 훈련 덕분에 도중에 멈췄을 뿐, 하마터면 물 밖으로 나가기 전에 감압을 해야 하는 것조차 잊을 뻔했다. 이제는 물 위로 올라갈 때라고 몸이 알아서 결정할 때까지, 나탈리아는 수면 아래 몇 미터 깊이에서 빙빙 돌며 호흡기의 녹음 장치에 대고 흐느꼈다.

나탈리아는 그 공허감을, 그 견디기 힘든 상실감을 누그러트릴 방법이 도무지 떠오르지 않았다. 술은 사촌이 음주 운전 차량에 치여 죽은 이후로 취하도록 마실 수가 없었다. 그래서 그 대신 아이스크림 큰 통 한 개를 앉은 자리에서 다 퍼먹었다. 이따금 아이스크림콘 한 개 정도는 맛있게 먹었지만 큰 통을 다 해치우고 나서야 직성이 풀리기는 이번이 처음이었다. 나탈리아는 원룸 아파트에 틀어박혀 엉엉 울며 하루를 다 보내다시피 했다. 이따금 텔레비전에 넋을 놓고 몰입할 만한 볼거리가 나오면 잠시나마 감정이 가라앉곤 했기에, 다람쥐가 도토리를 쟁여 놓듯 인기 있는 드라마를 검색해서 저장한 후 야금야금 재생했다. 일은 자꾸만 중도에 그만뒀다. 사람들은 전화를 걸어 안부를 물었고, 그마저도 안 받으면 부재중 메시지를 남겼다. 이메일 수신함 제목 칸엔 *¿세냘레스 데 비다?(살아 있기는 한 거야?)* 라는 말이 점점 눈에 띄었다. 그러나 누구하고든 대화하고 싶다는 생각은 몇 주가 지나서야 겨우 떠올랐고, 막상 그 생각이 떠올랐을 때에는 전화할 사람이 생각나지 않았다.

나탈리아는 연락처를 뒤지고 또 뒤졌다. 마침내 퍼뜩 짚이는 데가 있었던 나탈리아는 엘사에게 전화를 걸었다. 아주 친한 사이는 아니었지만, 엘사는 기후 위기인지 환경오염인지 하는 것을 연구했으니 이해해줄지도 몰랐다.

그날의 통화를 나중에 떠올릴 때면, 나탈리아는 자신이 무슨 말을 했고 또 그 복잡한 상황을 어떻게 설명했는지 제대로 기억나지 않았다. 자기 입에서 산사태처럼 쏟아져 나오는 말들의 물리적 충격, 그리고 엘사가 '그래, 알아, 괜찮아'라고 거듭 말했던 것은 기억이 났다. 자신이 조금 진정됐을 때 엘사가 머뭇거리면서도 간절하게 '상담을 좀 받아봐'라고 했던 것도 기억났고, 그 말을 들은 자신이 거의 신경질적으로 '여기서?'라고 말했던 것도 기억났다. 그 말이 무슨 뜻인지 엘사는 못 알아들었을지도 모른다. 이곳 오스트레일리아에서 나탈리아는 이방인이었다. 지금도 주변의 언어는 번역에 실려 다가왔고, 소통은 이질성이라는 막을 통과해 이뤄졌다. 그런 불편한 방식으로 자신의 벌거벗은 감정을 드러내기란 상상도 못 할 일이었다.

"전문가에게 상담을 받아야 해." 엘사는 단호한 목소리로 거듭 말했다. "난 전문가가 아니잖아. 무슨 얘길 해야 좋을지 모르겠어." 뒤이어 한숨 소리가 들렸다. "내가 들려줄 거라고는 내가 직접 겪은 일뿐이야. 그런데 그게…" 침묵이 길게 이어졌다. 나탈리아가 솜뭉치 같은 자신만의 고통에서 멀찍이 벗어나 엘사가 괜찮은지 걱정할 정도로 긴 침묵이었다. "나는 늘 어떤 절망감을 느껴. 거의 항상. 그리고 분노도. 가끔은 뭘 어떻게 해야 좋을지 모르겠어. 하지만 보통은, 대개는… 내가 피하지 않고 직시하면, 그리고 집중하면 말이야… 지금 당장, 내 앞에 있는 것에 그렇게 하면… 조금은 위안이 돼. 그걸로 충분한지는 알 길이 없지만."

"예, 예, 알겠습니다." 나탈리아가 말했다. "괜히 너까지 내가 있는 이 암흑의 구렁텅이로 끌어내린 게 아니었으면 좋겠네."

그 말에 엘사는 웃음을 터뜨렸다. "나는 그 암흑의 구렁텅이에서 아예 사는걸. 튼튼한 사다리하고 손전등도 마련해놨어."

엘사와 대화를 나누지 않았다면, 나탈리아는 길크레스트가 건 전화를 받지 않았을 법도 했다. 백골이 돼버린 산호초에서 헤엄쳤던 날, 제대로 설명도 않고서 프로젝트를 떠난 것에 대한 미안함 또한 전화를 받은 이유였다. 프로답지 않았다는 죄책감에 더해 바이니아가 어떻게 지내는지, 그날 이후 어떻게 됐는지 알고 싶은 마음도 있었다. 이따금 나탈리아는 궁금했다. 중간 크기의 수조 속에 사는 바이니아가 자신과 똑같이 무력하고 시큰둥한 태도를 보이는지, 그리고 그것을 알아차린 사람이 있는지.

"안녕하세요." 길크레스트의 목소리는 전과 달랐다. 나탈리아가 두려워했던, 조심스럽게 띄엄띄엄 말하는 목소리 대신 격의 없이 밝은 목소리가 들려왔다. "어떻게 지내는지 궁금해서 전화해봤어요."

나탈리아는 수화기 저편까지 소리가 닿지 않도록 조그맣게 목청을 가다듬었다. "전 잘 있어요." 그 정도가 최선이었다. "죄송해요, 그때는, 그…" 나탈리아는 말을 끝맺지 못했다.

"죄송하긴요, 별말씀을." 길크레스트는 조금도 거리끼는 기색 없이 헛기침했다. "사실, 죄송한 건 저희예요. 나탈리아 씨 같은 분은 프로젝트를 시작할 때부터 핵심 인력으로 모셨어야 했어요. 정규직으로 훈련도 더 쌓고, 준비도 더 할 수 있게 말이지요. 저희가 그 생각을 미처…"

못 했겠죠, 얼마나 끔찍할지, 얼마나 소름 끼치도록 무시무시할지. 나탈리아는 길크레스트 대신 머릿속으로 그의 말을 끝맺었다. "만약 처음부터 누굴 정규직으로 채용할 생각이었다면," 나탈리아는 이성적이고 편안한 목소리로 말하려고 애썼다. "그랬다면 저는 아예 참여할 기회가 없…"

나탈리아는 거기까지 말하고 입을 다물었다. 그 프로젝트에 참여해서 즐거웠다는 생각이 그제야 뒤늦게 떠올랐기 때문이었다.

"뭐, 아무튼," 길크레스트가 다시 헛기침했다. "링고가 나탈리아 씨 안부를 계속 묻더군요. 그리고 최초의 산호 이식 성공을 기념하려고 저희끼리 파티를 할 텐데, 나탈리아 씨도 오시면 좋겠다 싶어서요."

"링고가 누군데요?"

길크레스트가 쿡쿡 웃었다. "사람들이 이렇게 잘 잊어버린다니까. 알잖아요, 링고." 어색한 침묵이 흐르는 동안 나탈리아는 프로젝트 참여자들을 한 명 한 명 떠올렸지만, 막상 이름을 아는 사람은 한 줌도 되지 않았다. "나탈리아 씨가 제일 아끼는 문어 말이에요. 링고, 기억 안 나요?"

"링고요?"

"예, 링고."

"문어 이름을 *링고*로 지었어요?"

"예, 뭐. 빨판이 반지처럼 동글동글하잖아요?" 멋쩍어하는 기색이 느껴졌다.

"링고… 를 만날 수 있다면 좋아요, 갈게요." 어차피 에스파냐어로 '바닐라'를 뜻하는 바이니야보다 유치한 이름도 아니지 않는가? 유치한 인간들이 인간식으로 지은 수많은 유치한 이름들 또한 물에 사는 동물에게는 아무 의미도 없을 텐데. 아니, 어쩌면… "방금 문어가 제 안부를 *물어본다*고 하셨나요?"

"바로 그거예요. 솔직히 문어가 뭘 하는지 파악하느라 시간이 좀 걸리기는 했어요. 새로 온 통역사야 당연히 나탈리아 씨를 모르고…"

"통역사요?" 나탈리아가 자리를 비운 사이에 다들 새 이름이 생긴 모양이었다.

"그게… 맞아요. 알고 보니 그 장치를 의사소통용으로도 쓸 수 있더라고요. 실은 원래 그런 용도도 있기는 했어요. 식물인간 상태인 환자들을 위해서 말이에요. 근데 두족류도 그런 식으로 이용할 줄은 몰랐지 뭐예요." 길크레스트는 거북한 듯이 웃었다. "당연히 그럴 줄 알았어야 했는데."

"그러게요." 나탈리아도 맞장구를 쳤다. 자신도 그럴 줄은 몰랐으므로.

축하 파티는 만에서 열리지 않았다. 당연한 일이었다. 파티장은 새 산호가 이식된 현장이었다. 죽은 산호초 위쪽, 기억 속의 유령이 출몰하는 곳.

나탈리아는 산호초가 되살아나는 중이라고 생각하며 마음 한구석의 두려움을 떨치려 애썼다. 그리스도가 부활시킨 나사로 같은 산호초. 프랑켄슈타인 박사가 만든 괴물 같은 산호초. 좀비 산호초. 영 도움이 안 되는 생각들이었다.

그래도 배를 타고 나가서 다행이었다. 커다랗고 안락할뿐더러 속력도 빠른 배였다. "링고가 헬리콥터를 싫어해서요." 나탈리아가 갑판에서 발견한 길크레스트는 우울한 표정으로 그렇게 말했다. "그 사실을 알고 나서 마음이 너무 안 좋았어요."

"그랬군요." 나탈리아는 감탄하며 맞장구를 쳐줬다.

"봐요, 저기!" 길크레스트가 손을 뻗었다. "돌고래예요." 두 사람은 한참 동안 말없이 돌고래 떼를 바라봤다. 한 마리가 수면 위로 솟구칠 때마다 또 한 마리가 그 뒤를 잇지 않을까 궁금해하면서. “다음번엔 저 녀석들로 실험을 해봐야겠는데요.”

나탈리아는 그 말이 흥미롭게 들리는지 거북하게 들리는지 잘 분간이 가지 않았다. “어떻게 문어의 기억을 이용해서 산호초를 복원하는 거죠?”

“산호초의 실제 지도는 어디에도 없어요. 예전 위치를 보여주는 대축척 지도가 몇 개 있고, 잠수부들이 여기저기서 아주 일부만 촬영한 개별 영상도 있긴 해요. 하지만 예전 모습이 어땠는지 제대로 보여주는 기록은 하나도 없지요. 링고는 우리에게 훨씬 더 상세한 기록을 선물해줬어요.” 길크레스트는 갑판 난간에 팔뚝을 걸치며 자기 이야기 속으로 빠져들었다. “물론, 링고의 기억을 똑같이 복원하려는 건 아니에요. 그건 실용적이지도, 가능하지도 않으니까요. 하지만 그 기억은 귀중한 단서예요. 생물종의 분포 비율이나 산호의 종류에 따라 달라지는 평균적인 서식 수심 같은 걸 알려주니까요.”

“문어 컨설턴트네요.” 나탈리아는 혹시 바이니아가 자신의 말을 들었을까 싶어서 주위를 두리번거렸다. 수조 속에 갇힌 상태로 재회하기는 싫었기 때문에 그때껏 바이니아 곁에 다가가지 않았다. 하지만 이제는 가서 인사라도 해야 하지 않을까 하는 생각이 들었다. 마치 아무 일도 없었던 것처럼.

길크레스트가 껄껄 웃었다. “예, 어쩌면 생각보다 훨씬 더 훌륭한 컨설턴트인지도 몰라요. 신호 분석을 이용해서 링고의 기억보다 더 많은 걸 파악할 방법이 있을지 연구하는 중이거든요. 앞으로 나아갈 방향에 관해 문어의 의견이나 아이디어 같은 것도 얻을 수 있을까 해서 말이죠."

"정말요? 굉장한 얘기네요." 나탈리아는 프로젝트에 다시 합류하고 싶다는 생각이 처음으로 어렴풋이 들었지만, 그 생각을 어떻게 말로 표현할지 다 궁리하기도 전에 배의 엔진 소리가 바뀌었다. 이제 산호초에 도착했다는, 장비를 챙길 시간이라는 뜻이었다.

나탈리아는 바이니야를 다시 만난다는 생각에 여전히 긴장된 상태였지만, 막상 들어간 바닷물은 사람들로 와글거리다시피 했다. 통역사뿐 아니라 커크를 비롯한 연구 센터의 높으신 분들까지 이번 일을 위해 잠수복 차림에 호흡기까지 갖추고 잔뜩 몰려와 있었던 것이다. 그러나 다행히도 키가 큰 오스트레일리아 여성인 그 통역사는 마치 나탈리아를 대신해 귀찮은 일을 처리하려는 듯이 사람들을 수면 위에 모아놓고 주의사항을 일러주며 장비를 점검했다. 그 덕분에 나탈리아는 께름칙한 헤드셋을 쓰고 바이니야와 단둘이 물속에 남겨졌다.

나탈리아는 제 손으로 헤드셋을 켤 엄두가 나지 않았다. 도저히. 하지만 문어는 주위를 빙빙 돌며 환영해줬고, 촉수를 하나씩 하나씩 뻗기는 했지만 그 촉수로 나탈리아를 건드리지는 않았다. *내가 바이니야를 조심스레 대할 때랑 비슷하네.* 나탈리아는 그렇게 생각하며 수면 위로 손을 뻗어 신호를 보냈다.

오른쪽 눈앞에 피어난 산호들은 낯설면서도 생생했다. 끝없이 형상을 바꾸며 다시 태어나는 것처럼 보였다. 예전 모습에서 새로운 모습이 나타나는 동안, 산호들 사이로 물고기와 갯장어와 문어가, 수많은 문어가 춤추듯 헤엄쳐 다녔다.

"이게 뭐죠?" 나탈리아는 호흡기를 통해 물었다. "예전하고는 달라요."

"아, 그럼요." 귓속의 수신기에서 길크레스트의 목소리가 들려왔다. "요즘은 문어 뇌의 다른 부분을 실험하는 중이거든요. 이건 링고의 상상인 것 같아요." 나탈리아가 대답할 말을 찾지 못하는 사이에 길크레스트의 말이 이어졌다. "미래라는 말이죠."

Alice Sola Kim

이번 주를 기다리며

앨리스 솔라 김

장성주 옮김

Now Wait for This Week

앨리스 솔라 김은 《더 컷The Cut》, 《틴 하우스Tin House》, 《맥스위니스McSweeney's》, 《라이트스피드》 등의 잡지에 단편소설을 기고했으며 『올해의 미국 SF 판타지 걸작선 2017The Best American Science Fiction and Fantasy 2017』에도 작품이 실렸다. 김은 엘리자베스 조지 재단, 맥도웰 예술인 공동체, 브레드 로프 작가 회의 등에 문학적 성취를 인정받아 창작 지원 대상자로 선정됐으며, 와이팅 재단이 젊은 작가들에게 수여하는 와이팅상의 2016년도 소설 부문에서 수상하기도 했다.

홈페이지 주소: alicesolakim.com

SF-Fan

Alice Sola Kim

Now Wait for This Week

우리가 보니의 생일을 축하했을 때

보니의 생일을 축하하는 술자리에서 우리는 쓰레기 같은 남자들 이야기로 마지막 두 시간을 다 보내놓고도 바에서 쫓겨난 후에야 보니에게 사과할 생각이 들었다. 술집이 문을 닫는 시간은 이미 한참 지난 후였다.

바텐더는 우리가 제 발로 나갈 때까지 기다리려고 했다. 말을 걸기에는 우리가 너무 무서운 골칫거리였으니까. 우리는 얼굴도 눈도 벌겠지만 무엇보다 기운이랄까 기상이랄까 기세랄까 뭐 그런 것이 가장 벌겠다. 눅진한 빨강, 그을린 빨강, 거의 거무튀튀해 보이는 빨강이었다.

바텐더는 덩치가 산 만했지만 뒤룩뒤룩한 근육이 꼭 종이 쇼핑백을 너무 많이 들고 가는 할머니 같았다. 한숨을 쉬며 바에 몸을 기대는 그를 우리는 그냥 무시했다.

필리다는 종이 냅킨에 세심하면서도 힘 있는 필치로 스케치를 하고 있었다. 그려놓은 작품을 실제로 보지만 않으면 영락없이 진짜 화가 같은 친구다. "손잡이가 완전 길어야 돼. 지렛대 효과를 내야 하니까." 필리다가 그렇게 말하며 냅킨에 그려놓은 것은 막대처럼 가느다란 몸에 머리는 검은 짚단처럼 부스스한 몰골로 바닷가에 서서 거대한 쇠스랑을 들고 있는 자기 모습이었다. 쇠스랑의 발 한 개에 막대 모양 사람이 한 명씩, 다 합쳐 여덟 명이 줄줄이 꽂힌 채 파도 속으로 꼼짝없이 던져질 판이었다.

"짜잔!" 필리다가 냅킨을 우리 앞으로 내밀었다. "담그기용 쇠스랑! 한 번에 여러 놈을 담글 때 쓰면 돼. 최대 여덟 놈. 꼭 발마다 한 놈씩 꽂지 않아도 돼. 하지만 남기면 아까우니까."

"염병하네, 난 *적어도 오십 놈은* 한꺼번에 담글 거다." 데번이 지갑으로 테이블을 탕 치며 말했다.

우리는 낄낄거리며 웃었다. 우리 중 몇 명은 아예 악독한 마녀처럼 깍깍거리는 소리를 냈는데 그래야 더 재미있기 때문이었고, 웃는 시간이 길어질수록 이왕 웃을 거면 그렇게 웃어야 한다는 느낌도 강해지기 때문이었다. 왜냐하면, 세상 모든 게 너무나 즐겁고 해맑아서가 아니라 우리가 다 함께 지옥에 처박힌 여자들이라서 웃는 것이었으니까. 그러니까 웃는 게 좋지 않을까? 세상 어떤 거지 같은 일에도 조금은 정반대인 구석이 있다는 것을 깨닫는 게, 또 공공장소에서 분노의 괴성을 터트려도 사회적으로 용인되는 방법을 하나쯤은 찾는 게 좋지 않을까?

바텐더에게 끝내 쫓겨난 우리는 보도에 웅크리고 앉아 다시 뾜쭘한 상태로 돌아갔다. 웃음 주문이 풀리자 우리 표정은 녹아내리는 양초가 따로 없었다. 몸속에서는 쾌락을 주는 독약이 증발해 사라지고 그 대신 독을 품은 독약이 뼛속까지 스멀스멀 스며들었다. 다들 이튿날 아침에 출근이나 출석을 해야 했는데 무엇보다 최악은, 엄밀히 말하면 이튿날이 이미 오늘이라는 것이었다.

멀쩡해 보이는 사람은 보니 한 명뿐이었다. 생일 파티의 주인공, 늑대처럼 오싹하고 서늘한 파란 눈의 소유자. 보니는 다른 데는 다 부드럽고 귀엽게 꾸미면서 속눈썹만은 새까맣고 뾰족하게 칠했다. 속눈썹 한 가닥 한 가닥을, 날이면 날마다. 그렇게 공을 들여야 나오는 속눈썹이었다. 보니는 화장실에 한번 들어가면 나올 줄을 몰랐다. 거기가 조명이 제일 환한 곳이니까.

"보니, 미안." 내가 말했다.

"술판 분위기가 막판에 완전 죽었잖아." 니나가 말했다. "미안, 내가 망친 것 같아."

"아니야, 그래, 그, 내가 너무 흥분해서 그렇게 됐어, 미안!" 어찌된 영문인지 우리 모두 한목소리로 사과하는 데 성공했다.

"아차, 내 지갑." 데번이 그렇게 말하며 다시 바로 들어갔다.

한편 이렇게 말하는 사람은 한 명도 없었다. *하하, 젠장, 강간에 폭행에 학대에 희롱에 남자 친구란 놈이 우리 머릿속에 퉁퉁한 손을 집어넣고 뇌를 포수미트나 꼭두각시 인형처럼 멋대로 휘두르는 정서적 성 심리적 어쩌고저쩌고하는 짓까지 하여튼 우리는 그런 짓을 끝도 없이 너무, 너무, 너무너무 너무너무 너무너무 너무 많이 겪는데, 그런데 우리는 그런 것에 관해 얘길 좀 했다고 해서 나중에 꼭 사과까지*

해야 되는 거야?

내가 이날 저녁에 말을 뭐 그렇게 많이 한 것도 아닌데! 그래도 당연히 사과는 할 생각이었다. 왜냐하면 보니는 자기 생일을 축하하는 술자리가 지옥에서 온 남자 혐오 자판기들의 음울한 이야기와 체념의 폭소에 점령당한 것쯤은 별 신경 안 쓴다고 했지만, *사실은 신경을 아주 많이 쓴다는 것을 우리 모두 알았으니까.* 보니는 일이 잘 풀리고 남들의 기분이 유쾌할 때 기뻐했고, 그렇지 않을 때면 남들이 자신 때문에 불쾌해한다고 생각했다. 자신을 *향해* 불쾌해한다고. 보니는 어느 지점까지는 남에게 공감했지만 일단 그 지점을 넘으면 발끈해서 패배주의와 비관주의를 비판하다가 끝내는…

"…다 뿌린 대로 거두는 거잖아." 보니가 말했다. "너랑 나 사이니까 하는 말이야. 나 다른 애들한테는 이런 말 안 해. 그 애들이 무슨 일을 겪었는지는 나도 당연히 알지. 하지만 피해자 되기를 그만두기로 마음먹어야 한다거나 뭐 그런 말도 있잖아. 그래, 옳지 않은 일을 다 기억하고 이야기하는 거, 그것도 중요하지. 그… 치유나 뭐 그런 걸 하려면. 그렇다고 맨날 똑같은 이야기만 들입다 파는 주제에 거기서 무슨 새로운 게 나올 거라고 기대하면 되겠냔 말이지."

우리는 함께 아파트로 돌아가는 길이었다. 나는 보니에게 대꾸하지 않기로 마음먹었다. 보니와 말다툼을 벌이기 직전의 심정이란, 이를테면 배가 고파 쓰러지기 직전인데 눈앞에 기다란, 아주 기다란 테이블이 있고 그 위에 케이크가 한가득 놓여 있는 것과 비슷한 느낌이다. 하지만 그 케이크를 한 입이라도 먹었다가는 남김없이 모조리 먹어치워야 한다. 테이블에 놓인 케이크를 전부 다.

보니는 그런 아이였다. 도무지 변할 줄을 몰랐다. 그렇게 언제나 우리가 기대하는 모습 그대로를 보여주는 친구였는데, 우리 스스로는 그런 평가를 칭찬으로 여기지 않았지만, 나 말고 내가 아는 다른 사람이 그렇다는 건 흐뭇한 일이었다.

게다가, 보니는 전통적 관점에서 보면 멋진 친구였다. 내가 힘들게 살던 시절에 보니는 집세를 나눠 부담할 사람이 필요한 것도 아닌데 내게 자신의 널따란 아파트에 와서 살아도 좋다고 했고, 집세도 아주 조금만 내라고 했다. 그 호의에 부응하는 뜻에서 나는 보니에게 내가 겪은 힘든 일들을 조금도 시시콜콜하게 들려주지 않았다.

길거리는 왁자지껄했다. 술집도 많고 돌아다니는 사람도 많아서 어떤 의미로는 평소보다 전반적으로 더 위험했지만, 그 위험은 엷게 희석돼 널리 퍼져 있었다. 한 블록이 통째로 핼러윈 행진 같은 분위기였는데 다들 핼러윈 의상을 겉옷 속에 숨겨 입고 있었다. 침을 질질 흘리며 몸 냄새를 풍기는 늑대인간, 의기소침한 기억상실 유령, 냉정하게 자기 할 일에 열중하는 흡혈귀 등등.

이튿날 아침, 우리는 노곤하고 수분이 부족한 엉망인 상태로 일어났다. 절친한 사이였던 친구들은 서로 간에 스마트폰 메신저로 *나 별일 없었어???*라고 묻고는 예외 없이 *너 아무 일 없었어!!!*라고 답장해줬다(말하자면 이중 거짓말이었다. 별일이 없었던 사람은 아무도 없었다. 그리고 별일인지 아닌지 정확히 판단해줄 사람도 없기는 마찬가지였다).

보니의 생일 술자리가 끝날 무렵에 나눈 이야기에 관해서는, 우리는 서로 간에 다시는 그 이야기를 꺼내지 말자고 초능력자처럼 한마음으로 다짐하며 다음의 기억들은 아예 처음부터 없었던 것처럼 행동하기로 했다.

…대학 시절 교내 건강 센터의 남자 의사가 심장박동을 손으로 진찰해야 한다고 말하면서 실제로는 우리 가슴을 손으로 쥐고 슬쩍, 미세하지만 분명히 느껴지게 위로 훑었던 기억…

…지하철에 타려는데 어떤 남자가 따라 타면서 우리더러 예쁘다는 말을 입에 침이 마르도록 늘어놓다가 전화번호 가르쳐달라는 말을 거절했더니 무슨 사악한 마법에라도 걸린 것처럼 태도가 홱 돌변해서는, 방금 전까지 느끼하고 친근하게 굴다가 순식간에 길길이 날뛰고 화를 내며 꼭 우리 얼굴에 대고 악을 쓰는 것이 우리를 패버리는 것 다음으로 으뜸가는 일인 것처럼 구는데, 금방이라도 진짜 으뜸가는 일에 착수하지 않는다고 아무도 장담 못할 판에, 같은 지하철에 탄 승객들은 하나같이 스티븐 킹 소설의 단골 배경인 메인 주 데리 시에 사는 인간들처럼 앞만 똑바로 보며 앉아 있었던 기억…

…섹스 하는 도중에 남자가 몰래 콘돔을 빼버렸던 기억…

…하고 싶지 않았는데 했던 기억들…

…내가 싫어하는 방식이었는데 억지로 했던 기억들…

…조금만 하려고 했는데 끝까지 갔던 기억들

…뭐 그런 기억들.

보니가 꿈을 꿨을 때

우리는 술집에 있었다. 구석 테이블에 비좁게 끼어 앉기에는 서로 다 아는 사이도 아닌 친구들이 너무 많이 모여 있었다. 우리 모습은 종이 제각각인 새들이 보도에 모여서 뭔가 주워 먹는 광경과 비슷했다. 커다란 새, 조그만 새, 예쁜 새, 수수한 새, 모두가 눈에 안 보이는 부스러기를 쪼아 먹으며 서로 건드리지도 않고 다투지도 않고 함께 존재하는 차원을 인정하지도 않는 모습이 마치 서로가 보이지도 않는 듯했다. 오로지 먹을 것만 눈에 보일 뿐.

이 상황에서 먹을 것이란 다름 아닌 보니였다. 생일 축하 술자리를 벌인다며 우리를 이 술집에 불러 모아 멋쩍게 축하하도록 만든 사람이 바로 보니였는데, 왜냐하면 이제 자기 입으로 늙었다고 말했을 때 너 아직 어리다고 위로해주지 않는 사람도 있는가 하면, 어디서 어른 행세냐며 살짝 기분 나빠하는 사람도 있는 나이에 이르렀기 때문이었다.

보니는 늘 그렇듯이 늦게 도착했다. 보니는 만성 지각병 환자이면서도 늦어서 미안하다고 말하는 법이 결코 없었는데 아마도 늘 끝내주게 멋져 보였기 때문이었을 것이다. 그런데 정말로 끝내주게 멋져서, 그 정도로 멋지면 약속 시각에 늦는 것쯤은 공평한 처사라고 여기는 모양이었다. 심지어 우리를 만날 때조차도.

기다리는 동안 우리 테이블의 몇 명은 명단 이야기를 했다. 얼마 전 인터넷에 유출된, 여성을 상대로 못된 짓을 저지른 별로 유명하지 않은 남자들의 명단이었다. 대개는 성범죄에 해당하는 짓이었다. 우리 테이블의 남자 몇 명은 자세를 고쳐 앉느라 슬슬 움찔거리는 꼴이, 마치 제대로 꿈지럭거리기만 하면 자신은 그 명단에 연루되지 않은 느낌이 드는 먼 곳으로 순간이동이라도 된다고 믿는 눈치였다. 나머지 남자들은 이스터섬의 거대한 대가리 석상처럼 가만히 앉아서, 쓰레기 같은 남자들에 관해서는 그야말로 석상처럼 입을 꾹 다물고 있었다.

문이 부서질 것처럼 벌컥 열리더니 보니가 술집 안으로 뛰어들어와서는, 우리 테이블 바로 앞에 멈춰 섰다. 화장은 땀 때문에 군데군데 진하게 떡이 지고 눈 밑은 거무스름하게 물든 몰골을 하고서. 게다가 머리카락은 갈래갈래 뭉쳐서 뺨에 들러붙은 채로. 끝내주게 멋져 보이지는 않았지만 가끔은 누구나 그런 때가 있게 마련이고 딱히 호들갑을 떨 일도 아니었기 때문에, 우리는 유난 떨 생각이 없었다. 어쩌면 나중에 물어볼 기회가 있을지도 몰랐다. 다들 성질도 못 부릴 만큼 취한 후에.

"생일 축하해!" 우리가 외쳤다.

"오늘 진짜 네 생일이야?" 다들 일어서서 보니를 껴안는 사이에 누군가 물었다. 보니는 포옹을 거절하지는 않았지만 반갑게 응하지도 않았다. 두 팔을 옆구리 옆에 축 늘어뜨린 채로. 처음에는 대답도 하지 않았다. 엉뚱한 곳만 두리번거리느라 바빴다. 천장, 바텐더, 테이블 위의 술잔, 우리의 발. 비슷한 그림 두 개의 다른 곳을 찾는 아동용 퍼즐을 푸는 사람처럼. 시선이 묘하게 가닥가닥 쪼개져 있었다. 우리 얼굴은 아예 보지도 않았고.

"보니, 너 괜찮아?"

"내 생일." 보니가 꽥 소리를 질렀다. "그래, 내 생일날이야. 이번 달의 첫째 날. 토끼, 토끼."

"한 달의 첫째 날에 말하면 그달 운이 좋아진다는 '토끼, 토끼'는 아침에 해야 되는 거잖아, 눈뜨자마자." 니나가 말했다. "안 그러면 행운이고 뭐고 없어."

"뭐야, 벌써 다음 달이라고?" 그렇게 말한 사람은 스콧이었다.

"그러게 말이야, 진짜." 누군가 말했다.

"그러니까 내 말은 다음 달이라는 게 아니라. 오늘이 새 달의 첫날이잖아. 그러니까 이번 달 말이야."

"그래, 무슨 말인지 알아."

보니는 오가는 이야기를 가만히 듣고 있었고 우리 역시 마찬가지였는데, 왜냐하면 안 들리는 척 딴청 부릴 여지마저 없을 만큼 술집 안이 조용했기 때문에 들을 마음이 있거나 말거나 어쩔 수가 없었다. 그러다 보니가 손을 번쩍 들었다. "**다들 염병은 거기까지**." 보니가 악을 썼다. "어디서 개수작들이야. 거짓말 좀 작작해. 내가 이 말을 얼마나 더 해야겠어, 이딴 거 하나도 안 웃긴단 말이야. 내 생일은 지난주였다는 거 *너희도 다 알잖아*. 방금 그 얘기도 너희가 지난주에 했던 얘기랑 똑같잖아. 내가 그렇게 멍청하고 덜떨어진 얘기도 기억 못 한다는 것처럼!"

"야, 진정해…" 스콧이 꺼낸 말이었다. 의연하게도, 기분이 상한 것은 감추고 보니를 걱정하는 말투였다. 보니는 스콧이 어깨를 안으려고 뻗은 팔을 밀치다가 균형을 잃고 비틀거렸다. 그러다가 술집의 벽돌 벽에 기대어 서서, 차갑게 비난하는 느낌이 드는 거리를 유지한 채 우리를 찬찬히 둘러봤다. "너희가 이러는 거 하나도 안 고마워, 이유도 모르겠고." 보니는 떨리는 목소리로 말했다. "왜 이런 *장난질*을 하냐고. 우리 부모님까지 끌어들여서, 내 전화기하고 노트북에도 무슨 장난을 쳐놨잖아, 그걸로 나를…" 보니는 갑자기 말을 멈췄다. 그러더니 머리가 지끈거리는 사람처럼 고개를 젓고는 핸드백에서 뭔가 확 꺼내 누구한테랄 것도 없이 휙 던지고(던진 물건으로 스콧의 허벅지를 맞히고) 쌩하니 술집에서 나가버렸다. 스콧은 보니가 던진 물건을 말없이 우리에게 보여줬다. 오늘 자 신문이었다.

우리 가운데 몇 명은 자리를 떴다. 몇몇은 남아서 술을 더 마시고 근심에 푹 젖은 채 보니가 왜 그러는지를 놓고 상상의 날개를 활짝 폈다. 헛소리를 나누는 분위기가 거의 즐거워 보일 지경이었다. 비록 둘도 없는 친구 사이는 아니어도 나는 보니와 한집에 사는 친구, 그러니까 룸메이트 사이였기에, 보니를 찾으러 나간 사람은 다름 아닌 나였다. 다만 보니가 어디로 갔을지는 알 길이 없었다. 정해진 일상 같은 것은 아예 없는 애였으니까.

나는 집에 돌아가기로 했다. 열쇠로 집 문을 열고 현관에서 보니 방까지 직선으로 줄줄이 버려져 있는 앵클부츠와 재킷, 핸드백, 휴대전화, 열쇠, 드레스 따위를 보며 나는 크나큰 위안과 작디작은 놀라움을 느꼈다. 뻔할 뻔 자였다. 눈앞에 훤히 그려질 정도로. 생일을 맞은 보니가 준비운동 삼아 혼자만의 파티를 벌였다가 도를 넘어 준비운동도 파티도 아닌 지경에 빠져서는, 기괴하게 정신이 나간 상태로 진짜 생일 파티에 나타났던 것이다. 아무렴.

방문을 노크하자 보니가 대번에 응답했다. "이건 다 꿈이야." 목소리가 악을 지르는 것 같았다. 보니는 무슨 연극배우처럼, 영국식 억양을 흉내 내는 아마추어 배우처럼 말했다. "들어오지 마."

"너 괜찮아? 다들 걱정했어."

침대가 삐걱거리는 소리가 들려서 다시 말을 걸어봤다. "네 전화기 갖다줄까? 여기 바깥에 있는데."

"*전화기 같은 소리!*" 보니가 외쳤다. "전화기도 허깨비고, 너도 허깨비고, 다 허깨비야. 나한테 말 걸지 마! 난 이 꿈에서 깨는 일에 집중해야 돼."

나는 보니를 내버려두고 돌아섰다. 그러고는 그 애의 물건들을 모아서 방문 앞에 쌓아두고 친구 몇 명에게 보니는 잘 있으며 한숨 자고 나면 가뿐해질 거라는 문자메시지를 보낸 후에 별생각 없이 전화기 화면을 만지작거리다가 어떤 유명한 남자, 그러니까 자기 말고 다른 유명한 남자들이 저지른 성폭력에 대중이 분노한 가장 최근의 사태(그 남자들의 성폭력이 처음 밝혀진 1970년대와 1980년대는 안타깝게도 세상을 바꾸기에 충분한 대중적 관심을 제대로 불러일으키기 힘든 시절이었으므로)에서 다른 남자들의 범죄를 열심히 폭로하던 그 유명한 남자가, 알고 보니 정말로, *정말*로 남을 욕할 처지가 아니었다는 것을 보고 나서, 욕실로 가서 이를 닦고 고된 하루였으니 치실질은 그냥 건너뛰기로 마음먹은 다음, 내 온몸의 피와 아드레날린과 기력이 어딘지 모를 곳의 배수관을 통해 시끄럽고 우악스럽게 콸콸 빠져나가는 기분을 느끼며 흐느적흐느적 침대로 향했다.

이튿날 아침, 보니는 간데없고 보니의 방은 난장판이 된 와중에 커다란 여행 가방이 보이지 않았다. 보니가 감감무소식인 채로 며칠이 흐르고 나서 나는 그 애 부모님께 전화를 해볼까 생각했다. 그분들하고는 이름도 모르는 사이였지만, 연락처는 아파트 관리실을 통해 얻을 수 있지 싶었다. 연락은 하지 않았다. 보니는 부모님을 사랑해서 그분들께 걱정을 끼치지 않으려 하면서도 한편으로는 부모님을 싫어해서 그분들께 지금 이상으로, 그러니까 기본적으로 생활비를 100퍼센트 받아 쓰는 상태 이상으로 의지하지 않으려 했고, 이러한 두 가지 이유 때문에 부모님 앞에서 자신의 약한 구석을 결코 드러내지 않으려 했다.

며칠 후에 보니는 내게 자기 부모님께 알리지 *말라*는 경고를 문자 메시지로 보냈고, 나는 이렇게 답신했다. 네 부모님께 알리지 않았지만 하마터면 알릴 뻔했고 만약 알릴 거였으면 이미 한참 전에 알렸을 텐데 너 도대체 어디 있는 거야? 답신은 오지 않았다. 그런 식으로 나오겠다면야, 뭐. 한편 우리가 사는 집은 내가 독차지할 판이었다. 좋은 일이었다.

우리가 보니의 험담을 했을 때

"연락 아직도 안 왔어?"

술집에 남은 일행은 우리 몇 명뿐이었다. 다 같이 풀 죽고 쓸쓸해 보이는 모습이 꼭 약속 시간에 단체로 바람을 맞은 다자연애주의자들 같았다.

"보니가 잊어버린 걸까?"

"자기 생일인데?"

"아니면 생일 술자리보다 더 재미있는 걸 찾았든가. 험담하긴 싫지만… 보니는 그럴 애잖아."

"나는 날 때부터 부자였던 애들이 딱하더라. 보람 있는 일이란 게 원래 처음에는 다 짜증 나는 법이잖아? 그러니까, 어쩌면 개수작에 대처하는 훈련을 아예 안 받으면 이 일 저 일 옮겨 다니다가 조만간 뭐든 다 지루하고 보람 없고 의미도 없는 것처럼 여기게 될 위험이 있단 말이지."

"나는 *내 처지*가 딱한데."

"보니의 문제는 권태가 아니야."

"맞아, 걘 모든 게 겉보기에 멋지고 즐거워 보이기만 하면 진짜로 행복할 애야."

"*내 말이.*" 우리는 한목소리로 말했다. 그러고는 다 함께 열심히 입을 놀리기 시작했다.

"보니는 모든 게 유쾌하고 즐겁지 않으면 엄청 짜증을 내! 펄펄 뛰지, 아주. 유쾌하고 즐거운 걸 좋아하는 애치고는 좀 안 어울리는 거 알지?"

"그래도… 포악하거나 그렇진 않아. 그러니까, 학대와 고통을 즐기는 폭군 같지는 않다고. 보니는 사람들이 즐거워하는 걸 진짜로 좋아해. 특히 친구들이 그럴 때."

"그거랑 남이 행복해지게 돕는 거랑은 다르지."

"한마디로 보니는 날 때부터 특정한 유형이었어. 백인에, 부자에, 미인. 그런데 그게 꼭 자기 공인 것처럼 행동한단 말이지. 그거 병이야."

다른 친구들이 얘기하는 사이에 필리다는 나직한 목소리로 내게 어떻게 지냈느냐고 물었다. 내가 지난번 직장에서 무슨 일을 겪었는지 조금이나마 아는 친구는 필리다뿐이었다. 내가 거기서 만났던 남자, 실은 지금도 거기서 일하는 남자가 한 짓을. 그 남자는 인터넷에 공개된 유명하지 않은 나쁜 남자들 명단에 이름이 올라 있었지만 무사태평했다. 다른 여러 남자가 무사태평했던 것처럼. 그 무사태평은 가끔 기체 같은 흥분과 공포와 경각심과 '누가 어떻게 좀 해봐!' 같은 생각을 품은 동글동글한 말풍선 따위로 부풀어 오르기도 했지만 그런 것들은 실체가 되지 못한 채 끝내는 기체처럼 다 빠져나가게 마련이라, 나중에는 어떠한 자취도 결실도 남지 않았다.

필리다는 내 눈을 똑바로 보며 테이블 위의 포크를 집어 들었다. "이걸로 그 자식 찌르고 싶다." 아, 멋진 친구 같으니. 우리는 왜 더 친하게 지내지 못했을까?

잠깐, 그건 내가 데번의 생일 파티에 갔던 날 필리다가 그 남자와 신나게 얘기하며 웃는 광경을 목격했기 때문이었다. 내 사정을 나한테 들어서 다 아는 필리다가. 어쩌면 그 애는 그 남자와 단지 아주 잠깐 몇 마디 나눴을 뿐인지도 몰랐고, 어쩌면 일 때문에 그 남자한테 무슨 부탁을 한 건지도 몰랐다. 아니면 방심하고 있다가 얼떨결에 그 남자를 친절하게 대했거나. 그럴 때도 있으니까. 하지만 그 일 때문에 나는 다른 사람에게 내 사정을 이야기하지 않기로 마음을 굳혔는데, 왜냐하면 나중에 내 사정을 아는 사람이 그 남자하고 친하게 지내는 걸 보면 나는 남의 집 밑에서 새끼를 낳는 개처럼 슬그머니 도망쳐서 상처 입은 마음을 혼자 달랠 것이기 때문이었다. 이제 그 정도는 내게도 훤히 보였다. 그리고 물론, 당연히, 꼭 남들에게 내 사정을 털어놓지 않아도 남들이 그 남자와 친하게 지내는 꼴이 내 눈에 띌 가능성도 있었고 이 역시 마음이 아프기는 했겠지만, 사정을 털어놨을 때만큼 아플 리는 없었다. 이렇게 하면 적어도 사람들이 나보다 강간범한테 예의 있게 구는 쪽을 택했다고 확신할 일은 없었다.

내 기대가 너무 크다는 것은 알았지만, 그래도 기대를 너무 줄이기는 싫었다. 사람이 원래 실망스러운 존재인 걸 감안하면 남들에게 거는 기대의 적당량이라는 것은 과연 얼마만큼일까? 우리는 아주 실망스럽게 구는데. 우리 모두 다.

웃는 표정으로 필리다에게서 눈을 돌린 후에, 나는 냅킨에 그림을 그리는 니나를 가만히 지켜봤다. "유령 때문에 고민하는 거 요즘은 좀 어때?" 내가 물었다. 자세한 사정은 끔찍하고 짠하고 역겨웠지만… 니나는 언제든 망설이지 않고 얘기해줬다. 그 애의 말을 믿어주는 사람은 우리뿐이었다. 그때 그 핼러윈 파티에 우리 모두 같이 있었기 때문이었다.

데릭이 이야기를 방해했다. 껌 광고에서 껌 한 통을 번쩍 드는 사람처럼 스마트폰을 높이 들고서('저리 치워, 데릭, 어차피 이 거리에서는 전화기 화면이 보이지도 않아.'). 듣자 하니 보니가 데릭한테 답신을 보낸 모양이었다. 자기는 잘 있으니 다들 신경 쓰지 말라고.

"걔 괜찮은 거야?"

"달랑 그 말만 적었어? 하여튼 못돼먹었다니까!"

그러고 나서 우리는 모두 집으로 돌아갔다. 죄책감을, 또 친구의 험담을 그렇게 많이 했다는 포만감을 안고서. 그것도 다름 아닌 그 친구의 생일을 축하하는 자리에서.

거의 한 주가 다 지나고 나서도 보니는 여전히 부재중이었다. 현관 자물쇠가 열리는 소리가 났을 때, 마침 야한 느낌이 들 정도로 헐렁한 끈팬티 차림으로 서서 그래놀라 시리얼을 먹고 있던 나에게는 잽싸게 안락의자로 달려가 그 위에 허물처럼 쌓여 있던 보니의 코트를 집어 양쪽 겨드랑이에 끼울 시간밖에 없었지만, 그래도 나는 현관문을 열고 들어오는 보니에게 *야, 어디 갔다 이제 와*에 이어 *네 코트를 이렇게 뒤판이 없는 샌드위치맨 광고판처럼 두르고 있는 이유는 하필 내*

*가 제일 형편없는 속옷만 입고 있을 때 네가 돌아왔기 때문이야*라고 말할 생각에 흥분한 상태였는데, 막상 현관문이 열렸을 때 들어온 사람은 보니가 아니었다. 현관에 들어선 멋지게 차려입은 60대 남녀 한 쌍은 이미 일진이 사나운 하루를 보낸 표정이었는데, 이제 나 때문에 일진이 더욱 사나워질 판이었다.

다행히도, 내가 거의 알몸이었다는 이유로, 두 사람은 대뜸 나를 보니의 비밀 여자 친구로 여겼고, 그래서 내가 실은 자신들이 들어본 적도 없는 보니의 비밀 *룸메이트*인 것을 안 후에 너무도 안심하고 방심하는 그들의 모습에서, 나는 뻔뻔한 거짓말로 그 자리를 모면할 좁은 틈새를 발견했다.

돈이 많은 사람은 지독히도 간절하게 돈이 궁한 사람에게 돈을 주기 싫어하는 경우가 간혹 있고 그건 부당한 일을 겪은 피해자에게 공감이나 신뢰를 주기 싫어하는 것과 비슷한데, 왜냐하면 뭔가 원하는 행위는 본질적으로 절박한 구석이 있을뿐더러, 절박한 상황에 처했을 때 우리는 간혹 역겹고 어딘가 모자란 인간이 되기도 하는데 그럴 때 우리에게 힘을 보태주는 것은 한마디로, 한마디는 아니고 *어쩌고저쩌고 이러쿵저러쿵* 식의 온갖 이유로 못 할 일인데, 당연한 얘기지만 힘을 보태주는 것은 곧 돈과 공감과 신뢰의 소유권이 바뀌는 것에 동의한다는 뜻이었다.

그래서 나는 자세를 조금 더 꼿꼿하게 가다듬은 다음, 소설가 행세를 시작했다(집 안의 상태를 보면 시각예술 쪽의 재능은 전혀 느껴지지 않았으므로 말로 하는 일이어야 했다). 나는 굉장히 실험적인 글을 쓰는 사람이고(내 책을 쉽사리 찾게 할 수는 없었다, 실은 찾기가 아예 불가능할 텐데 왜냐면 존재하질 않으니까), 내 책은 대부분 중국어로 출판됐으며(사실이 아니었고 어차피 두 분은 그 차이를 모를 테지만, 그나저나 나는 왜 거기까지 얘기를 어지럽게 꼬았을까?), 사는 곳은 그 근처의 대학교가 마련해준 창작 공간이었는데 그 집이 그만, 어, 거실 위 지붕이 푹 꺼졌다고 말했다. 내가 보니를 어디서 만났느냐 하면…

"…행, 행사에서, 모… 모임이 끝나고 열린 파티에서였어요. 보니한테 공사 인부들이 내는 소음과 먼지 때문에 글쓰기가 뚝뚝 끊기는 게 얼마나 거슬리는지 얘기했더니, 보니가 저한테 자기 집에 방이 남으니까 당분간 와 있으라고 해서, 정말 하늘이 도왔지 뭐예요. 저는 아마 제… 일을 할 수가 없었을 거예요, 너그러운 보니가 없었다면요."

괜찮아, 괜찮았어! 나의 문화 자본, 돈도 이 아파트도 아무튼 아무것도 궁한 처지가 아니라는 암시, 사실이 아니기 때문에 해로울 것도 없는 이국적인 면모까지 보여줬으니까(아, 그게 나의 원래 의도였다).

보니의 부모님은 마음을 놓고 백인 상류층 특유의 은은한 미소를 지을 뿐, 더 이상 캐묻지 않았다. 보니의 어머니는 반지르르한 백발 단발머리에 살집이 있고 키가 크고 우아했으며, 구식 모니터 같은 진회색의 살랑거리는 실크 블라우스 차림이었다. 목과 손가락과 귀에는 가느다란 금줄과 보석이 반짝거렸다. 그녀의 화려한 치장은 마치 대양처럼, 자연적이면서도 형용하기 힘들 만큼 거대하게 느껴졌다. 그녀 영혼의 어둡고 기괴한 부분은 오른쪽 팔꿈치 아래 대롱거리는 큼지막한 핸드백 속에 갇혀 있었다. 그 밝은 황갈색 핸드백은 조임 줄과 검은 금속 사슬과 번들거리는 띠로 촘촘하게 뒤덮여 있었다.

보니 아버지의 차림새는 딱히 볼 마음이 안 드는 수준이었다.

"보니가 어디 있는지 아세요?" 내가 물었다.

두 사람은 보니가 어제 자기네 집에 왔는데 기진맥진한 몰골이었고, 똑같은 일주일이 자꾸만 반복된다는 황당무계한 이야기를 늘어놨다고 했다. 보니 어머니는 이렇게 말했다. "보니는 뉴질랜드에 가서 거기도 여기처럼 지난주인지 확인했다고 했어요. 무작위로 고른 목적지인데 막상 가보니 아주 마음에 들었다더군요. 거기도 지난주였던 것만 빼고."

"그러니까 이번 주였다는 말입니다." 보니 아버지의 말이었다.

두 사람은 보니를 진정시키려고 애썼다. 보니가 자기는 이번 주를 여러 번 되풀이해서 살았다고 우기면서 섹스 스캔들과 경찰의 살인 행위와 총기 난사 같은 뉴스들을 누구나 식은 죽 먹기로 추측할 수 있는 뻔한 소식이 아니라 미래에서 가져온 귀중한 공식 성명인 것처럼 줄줄이 늘어놨는데도 불구하고. 그렇게 두 사람은 보니에게 저녁을 먹이고 안정제를 주고 재우면서 당분간 집에 데리고 있어야겠다고 생각했고, 약물중독자 재활원 같은 시설과 입퇴원 절차와 그곳에서 보니가 먹을 약 같은 것도 생각했는데, 이튿날 아침에 방에 가보니 보니는 이미 달아난 후였다.

부부가 함께 보니의 방을 뒤지고 나서 미안한 기색으로 재빨리 내 방을 살펴본 후에, 보니 어머니가 말했다. "내가요, 그렇게 매정한 사람은 아니에요. 보니가 자기 이야기를 우리한테 무슨 수로 납득시키겠어요? 거의 불가능한 일이죠. 우리가 보니한테 어마어마한 비밀을 털어놔도 되는 걸까요, 그 애가 다음번 목적지에서도 똑같은 말을 되풀이하면 우리는 그 애 말을, 그러니까 정말로 이번 주를 전에도 산

적이 있다는 말을 대뜸 믿을 거라는 비밀을?"

"그런데 만약 일주일이 되풀이되지 않았다면?" 보니 아버지가 말했다. 스마트폰 화면을 손가락으로 죽죽 내리면서. "그랬다간 우리 세 식구 다 함께 미래로 꾸역꾸역 행진하는 수밖에 없어, 보니가 알아버린 끔찍한 비밀에 얽매인 채로 말이야. 모든 게 물거품이 되는 거지."

내가 물었다. "그런데요, 방금 말씀한 것들이 왜 어마어마하고 끔찍한 비밀인가요?"

"그런데 더 끔찍한 건 말이죠." 보니 어머니가 말을 이었다. "만약에 보니가 옳다면, 그리고 무슨 수로든 그걸 우리한테 입증한다면, 계속 입증해간다면… 그렇다면 우리 딸 보니는 똑같은 일주일을 몇 번이고 거듭 살아야 할 운명이라는 거예요. 우리까지 꼼짝 못 하게 질질 끌고서 말이죠. 기억은 저주요, 망각은 축복이라, 아니면 그 반대이거나, 아니면 둘 다거나."

보니 아버지가 말했다. "품고 살기에는 너무 무시무시한 사실이로군."

"우린 그 애를 믿어선 안 돼요, 믿지 않을 거예요." 두 사람이 한목소리로 한 말이었다.

나는 보니의 부모님을 현관까지 배웅했다. 두 사람은 나에게 무슨 소식을 들으면 알려달라며 전화번호를 가르쳐줬다. 내가 있고 싶을 때까지 이 집에 있으라는 말도 했다. 내가 고맙다고 말하려고 막 입을 떼는 참에 보니의 아버지가 먼저 말했다. "참, 그렇지, 보니가 없는 동안 그 애 대신 월세를 내셔야 할 테니까…" 그러고 나서 내게 알려준 액수는 너무나 커서 종이에 적어 책상 위로 쓱 내밀어야 마땅했다. 그런데 그렇지 않았다. 그 액수는 그냥 우렁찬 목소리를 타고 전해졌다.

당당해 보이고 싶었던 나는 두개골이 목뼈에서 떨어질까 무서울 정도로 고개를 빳빳이 들고서 메달리스트처럼 환하게 웃었다. "당연히 그래야죠. 알려주셔서 감사합니다." 그때까지도 나는 보니의 코트를 종이 인형에 붙이는 어깨끈 없는 미니드레스처럼 두르고 있었지만, 종이 인형하고는 아주 딴판으로 내게는 몸의 뒤쪽 절반이 있었다. 보니 부모님 같은 사람들 앞에서는 살짝 빈틈을 보이는 것 정도는 상관없지만 당황한 모습은 절대로, 절대로 보여서는 안 되는 법이었다. 앞서 두 사람을 데리고 복도를 지나 보니와 나의 방으로 안내하는 동안 나는 여객기 객실 승무원처럼 유연하게 뒷걸음으로 걸었다.

두 사람이 안전거리 저편으로 멀어지기가 무섭게, 나는 현관문을 쾅 닫고는 안락의자에 축 늘어져 앉았다. 이 집의 월세는, 실은 보니 부모님 소유의 집인데도, 내가 도저히 감당할 수 없는 액수였다. 달리 갈 곳은 당연히 없었다. 그냥 당분간만 몸이 줄어들어서 콩알로 변신하는 건 어떨까? 건조하고 딱딱하고 조그마한 콩이 돼 스푼이나 포크 위로 떨어져 한두 해쯤 사람들의 기억에서 사라진다면, 정말 멋질 텐데. 하지만 조그만 콩알이 된다고 해도 내게는 여전히 미래가 있었다. 돌아갈 인생이, 또는 인생 *비슷한* 것이 있었다. 시간이 충분히 흘러 마침내 내가 감당해야 할 개 같은 일이 별로 남지 않을 때가 오면. 아마도 9년, 10년쯤 후에.

소파 아래쪽의 술 장식이 흔들렸다. 그 밑에서 보니가 고개를 쏙 내밀더니, 꾸물꾸물 기어서 바깥으로 완전히 나왔다. 손이나 발이 먼저 쑥 나왔으면 비명을 질렀을 텐데 그나마 머리가 맨 먼저 나와서 반가웠다.

보니는 엉금엉금 소파 위로 기어올라 앉은 후에 기침을 했다. "야, 너 거짓말에 재능 있더라."

"그러는 너는." 나는 술집에서 보니의 험담을 했던 기억 때문에 가책을 느끼며 말했다.

"이젠 잘 생각하고 움직여야겠어. 엄마 아빠 집에 그런 식으로 쳐들어가면 안 된다는 것쯤은 알았어야 했는데. 시간만 낭비했지 뭐야." 보니가 껄껄 웃었다. "시간 낭비라는 게 나한테 가능한 일이라면 말이지만. 어제는 둘이서 종일 내 짜증을 돋우는 거야. 그러니 밤에 몰래 빠져나오는 수밖에. 집으로 돌아와서 이 소파 밑에 들어가 한숨 잤어, 여기가 안전할 것 같아서. 내가 제대로 봤지."

"나 보통은 그런 거짓말 안 해."

보니는 알 바 아니라는 듯 어깨를 으쓱했다. "마음대로 거짓말해. 이왕 할 거면 아예 터무니없는 걸로 해. 그래도 아무렇지 않아, 내가 장담해."

내가 보니와 그렇게 이상한 대화를 나누기는 그때가 처음이었다. "무서워서 혼났어. 너희 부모님 진짜 걸작이더라. 걸작들이라고 해야 되나? 아니야, 둘을 합쳐서 하나의 걸작이었어." 이상한 사람은 보니 혼자만이 아니었다. 분명 나도 그 애한테 장단을 맞추는 중이었다.

"걱정 마. 월세 네가 안 내도 돼."

"부모님한테 너 여기 있다고 얘기할 거야?"

"아니, 어차피 곧 지난주 수요일이 될 거니까." 뒤이어 보니는 또 한 번 어깨를 으쓱했다. 말이 끝나고 나서 너무 늦게 으쓱한 탓에 어깻짓 자체가 문장과 무관한 발언이나 다름없었다. 폴폴 피어오른 먼지가 다시금 내려앉은 보니의 모습은 오래되고 심하게 손상된 젊은 인물의 조각상처럼, 마치 본래의 생김새가 지금 상황에 어울리지 않는 것처럼 보였고, 나는 보니의 매끈한 턱과 통통한 볼과 이마와 눈 아래의 장식처럼 희미한 주름 몇 줄을 보면서도 그 애가 영겁의 시간을 되풀이하고 또 되풀이했으며 앞으로도 영영 그 모습 그대로이리라는 것을, 도무지 알 수 없는 방식으로 그러리라는 것을 알 수 있었다.

"이제 금방 그날이 될 거야." 보니가 말했다.

나는 자리에서 일어섰다. "난 가서 옷을 입어야겠어." 겁이 나서 죽을 지경이었다. "완전 지각이거든. 넌 푹 쉬어. 알았지?"

재빨리 복도를 걸어가는 동안 보니의 가늘고 듣기 좋은 목소리가 등 뒤에서 들려왔다. 보니는 시스코의 노래를 부르는 중이었다. 이런 가사가 들어 있는. *"나한테 보여줘."* 목소리가 흐릿해지다가 거의 갈라질 지경이었다. *"네 끈팬티이이이이…"* 그러다가 마지막 한마디가 쥐어짜듯 터져 나오고 나서 노래가 뚝 끊겼다. *"베이비!"*

즉흥적이고 우습고 아주 평범한 노래, 집에서 짐승 같은 몰골로 돌아다니는 룸메이트를 봤을 때 핀잔 삼아 부를 만한 노래였지만… 나는 그 노래를 듣고도 기분이 밝아지지 않았다. 나는 여전히 아주 지독한 형태의 두려움, 정체도 까닭도 알 수 없는 두려움으로 가득 차 있었다. 그 두려움은 도대체 어떻게 끝나려는 걸까? 보니의 노래는 내가 그때껏 들어본 것 가운데 가장 슬프고 애타는 음악이었다. 장난이라는 것은 이해가 갔지만 그 장송곡 같은 노래, 그것이 요점이었다. 사라지지 않고 남은 것은 바로 그 노래였다.

보니가 인터넷에서 유명해지지 않았을 때

보니가 자기 생일 오전에 그날 밤의 생일 축하 술자리를 취소했을 때, 우리는 대수롭지 않게 생각했다. 이유가 그럴듯했기 때문이었다. 게다가, 수요일 밤 술자리에 가고 싶은 사람은 아무도 없었다.

알고 보니 보니는 끝내주게 멋지게 차려입고 자기 방에 앉아서, 이번 주에 일어날 일들을 예측하는, 횡설수설로 가득한 이상하고 우스꽝스러운 동영상을 찍느라 바빴다. 예를 들면 많은 이들에게 사랑받던 남자 배우가 알고 보니 끔찍하게 음흉한 데이트 상대였고 섹스를 자신의 당연한 권리로 여기며 상대의 거절을 단지 일시적인 반응으로 받아들인 채 다시금 섹스 얘기를 꺼내고는, 금세 또다시 거절을 일시적인 반응으로 받아들이다가 결국에는 상대 여성이 포기할 때까지 계속했다는 식의 뉴스였다. 그 여성의 사연은 어찌 보면 고양이가 주방 카운터에 하도 많이 올라가서 결국에는 바닥으로 내려놓기를 포기하는 것하고도 비슷했는데, 다만 섹스할 때 넘고 싶지 않은 선을 완전히 무시당하는 점은 거기에 포함되지 않았다. 그리고 고양이 같은 것은 처음부터 없었다.

(이는 아마도 우리 가운데 여럿이 겪었을 일이자 나는 분명히 겪은 일이었지만, 너무나 혼란스럽게도 사람들은 별 관심을 안 보였던 데다 심지어 소식을 전하는 보니마저도 도무지 알기 쉽게 이야기하질 않아서, 이튿날 그 남자 배우의 이름이 실제로 뉴스에 나올 때까지 보니가 동영상에서 도대체 무슨 이야기를 하는지 알아차린 사람은 한 명도 없었다. 하지만 우리는 보니가 어찌어찌해서 남들보다 먼저 알았나 보다 할 뿐이었다. 보니가 유명인들의 주변인 몇몇과 알고 지내기는 했으니까.)

특정 팀이 특정 경기에서 이기리라는 보니의 추측은 옳았다. 이는 스포츠에 관심이 있는 사람에게 조금은 인상적이었다. 보니는 산불 이야기도 했다. 백악관 인근에서 일어난 총격 사건 이야기도 했다. 며칠 후에 대통령도 그 사건을 언급했지만 이는 그가 전에 했던 모든 이야기와 다를 바가 없어서 우리에게는 아무 의미가 없었고, 어차피 대통령은 주방 카운터로 하도 많이 뛰어 올라가서 우리가 말리기를 포기하거나 아예 신경도 안 쓰는 고양이하고도 비슷했는데, 왜냐면 우리로서는 말릴 방법이 없었기 때문이었다. "보니가 지금 정치 풍자 유머 같은 걸 하는 거야?" 우리 가운데 누군가 한 말이었다.

인터넷으로 유명해지기는 생각보다 힘들다. 또는, 오히려, 아주 기본적인 것만 하면 꽤 쉬운 일이 되기도 하는데 보니는 그렇게 하지 않았다. 친구들 몇몇끼리 **"내가 방금 뭘 본 거야"**라는 문자메시지를 주고받은 것만 빼면 보니의 동영상은 세상 일반의 관심을 끌지 못했다. 나는 보니를 피하려고 애썼는데(쉬운 일이었다, 나는 출근을 해야 했고 보니는 자기 방에서 도통 나올 줄을 몰랐으니까), 왜냐면 그 동영상에서 뿜어져 나오는 따가울 정도로 강렬한 광채는 활발한 정신 질환의 역력한 증거였고 나는 그것 때문에 겁이 나서 죽을 지경이었으니까. 그런 나 자신이 떳떳하지는 않았다. 그렇다고 창피하지도 않았다! 나도 살아야 했으니까! 어린 시절 나는 7년 동안 조현병을 앓는 이모의 손에서 자라다시피 했고 그 덕분에 나 또한 광기에 등을 붙이고 살아가는 신세였으면서도 미친 사람을 딱 알아보고 광기가 나한테까지 옮겨붙기 전에 조심스레 슬금슬금 피하는 재주를 일찌감치 터득했다.

아무도 보니의 동영상에 관심을 보이지 않았는데도, 어떤 비밀스러운 정부 기관이 그 동영상의 존재를 파악한 모양이었다. 어느 날 아침, 나는 샤워를 하고 보니는 자기 방에 있을 때 초인종이 울리더니, 정부 요원들이 5초도 기다리지 않고 현관문을 부수고 들이닥쳤다. 고리에 걸어둔 수건이 어째선지 사라져버린 탓에 나는 욕실 문과 벽 사이에 낀 채로 버려져 있던 보니의 재킷을 낚아채 몸의 극히 일부분만 가리고서 거실로 뛰어나왔는데, 마침 슈트 차림인 남자 셋과 여자 한 명이 보니를 집 바깥으로 데리고 나가는 중이었다.

"나 한동안 집을 비울 거야, 연락도 안 될 거고. 하지만 꼭 돌아올게!" 보니는 여행 가방을 끌고 가며 그렇게 말했다. 가방은 언제 싼 걸까? "잘 있어!" 보니의 목소리는 밝았다. 이윽고 보니와 요원들은 떠났고, 나는 부서진 현관문 앞에 혼자 남겨졌다. 내 몸에서 떨어진 물이 만든 조그마한 웅덩이 속에 서 있는 채로.

보니의 나머지 예언들은 사실로 밝혀졌다. 아무도 거기에 관심을 갖지 않았다.

보니가 조용했을 때

나는 주방으로 이어진 모퉁이를 돌아서다가 화들짝 놀랐다. 식탁 앞에 보니가 앉아 있었다. 어깨가 하도 축 처져서 몸이 묘비처럼 보였다.

"정말 끔찍했어." 보니는 이미 한참 전에 잠에서 깬 듯한 모습이었다. "나를 도와주러 온 사람들이 아니었어. 전혀. 내 생각이 다 틀렸지 뭐야." 보니가 가만히 내려다보는, 머그잔에 가득한 커피는 내가 보기에 분명 이미 차갑게 식어 있었다.

"무슨 일 있었어?"

내가 묻자 보니는 나를 올려다보며 차분한 표정을 지었다. "아니. 나 아주 지독한… 꿈을 꿨어. 꿈속에서 심문을 엄청 많이 당했는데 사람들이 내 머리를 열어 뇌를 조사하려고 했고, 거기다 무슨 장난을 치려는 것도 같았어. 시간을 되돌려서 그전에 빠져나왔으니 망정이지."

나는 안도한 기색을 감추려고 보니의 머그잔을 전자레인지에 넣어 다시 데웠다. "다 꿈이었다니 다행이다."

"네가 이해 못 하는 거 알아, 그래도 내 얘길 들어줘서 고마워. 이번 주는 납작 엎드려서 조용히 지내야겠어. 이성적으로 생각해야지. 날 구해줄 사람은 없으니까. 가족은 믿을 수가 없어. 정부도 못 믿고."

내가 그때껏 알았던 보니는 결코 그런 식으로 말하지 않았다. 그렇게 착 가라앉은 기분으로… 격언 같은 말을? 그러다 문득 그날이 보니의 생일이라는 것이 떠올랐고, 그래서 어쩌면 보니는 우리 또래 여자들이 으레 그렇듯 그 나이가 돼 자신의 가치가 급격하게 사라지는 것을 애도하는, 이를테면 *어이쿠, 이제 인격을 함양할 때가 됐구나, 그래 봤자 세상은 내 인격을 깎아내리겠지만!* 같은 식으로 애도하는 게 아닐까 싶었다. 보니는 언제나 무지막지할 정도로 자신만만했다. 하지만 누가 알겠는가, 그 자신감이란 실은 매우 구체적인 경계 안에서만 만개할 뿐 그 경계를 벗어나면 패스트모션 화면처럼 빠르게 시들어버리는 것이었을지도.

"야, 너무 진지하게 그러지 마. 오늘은 네 생일이잖아! 저녁에 술 파티 가야지."

보니가 끙 소리를 내는 순간 전자레인지에서 땡 소리가 났다.

그날 저녁에 스콧이 말했다. "그러니까 내 말은 다음 달이라는 게 아니라. 오늘이 새 달의 첫날이잖아. 그러니까 이번 달 말이야."

보니는 남들이 못 보게 눈을 감고 어이없다는 듯이 하늘을 올려다봤지만, 우리에게는 눈꺼풀 아래에서 움직이는 보니의 눈이 다 보였다.

그날 저녁, 나중에 이야기의 주제가 거지 같은 남자들과 그 남자들 이름이 빼곡히 적힌 명단과 그 남자들로 가득한 우리 인생 쪽으로 흘러갔을 때, 조용히 술에 취해 있던 보니가 말했다. "남자 남자 남자 남자 **남자**. 세상에 얘깃거리가 그것밖에 안 남은 것처럼 굴지 말아줄래, *제발*? 우리 그냥 다른 즐거운 얘기 하면 안 돼?"

평소의 보니와 다름없는 모습이었다.

보니가 취소를 선언했을 때

보니가 보낸 이메일에는 이렇게 적혀 있었다. ***생일 취소!*** *새 모험을 떠나기로 마음먹었음. 북극권 탐험이다,* ***이것들아****. 한 시간 후에 출발이라, 너희 바보들하고 술 마실 시간 없음. 난 벌써 취했*

보니가 조언을 구했을 때

"너희라면 어떻게 할 거야? 만약에 내 처지라면 말이야."

우리는 조금 놀랐다. 보니는 평소에 이런 식의 대화에 관심이 없었으니까. 보니는 그런 상상을 못 말리는 샌님들의 무의미한 머릿속 자위쯤으로 여겼다. *인생이 무슨 〈스타 트렉〉 영화인 것처럼 말하지 마, 그딴 건 절대 실현되지 않아!*라면서. 가끔 〈스타 트렉〉을 〈스타워즈〉로 바꿔 말할 때도 있었다. 그런데 마침 우리는 거지 같은 남자들의 명단에 관해 이야기하던 중이었고, 보니의 표정에는 *어휴 또 그 소리야*라는 표정이 역력했기 때문에, 우리 이야기를 끊을 수만 있다면 무슨 말이든 상관없었을 것도 같았다.

필리다는 자기계발을 하겠다고 했다. 책을 읽고 외국어와 악기 연주와 근력이 너무 많이 필요하지 않은 복잡한 무용도 배우겠다고. "그리고 내가 보기에 벌 받아 마땅한 사람들한테 벌을 주는 일도 할 거야. 그 사람들은 내 방식대로 만든 지옥에 갇힐 거야, 자기들이 똑같은 고통을 몇 번이고 다시 겪을 운명이라는 것도 모른 채로. 내가 그 일에 싫증이 나려면 시간이 아주 오래 걸릴걸."

야, 끝내주잖아!

스콧은 여행을 다니면서 할 수 있는 한 가장 빠르게 돈을 다 써버릴 거라고 했다. 우리는 보니에게 이미 그런 능력이 있고 이따금 실제로 그러기도 했다는 사실을 예의 바르게도 모르는 척했다.

데번은 직장을 그만두고 그냥 빈둥거릴 거라고 했다. 만약 같은 일주일을 거듭 또 거듭 산다면 나이를 먹지 않을 테고, 따라서 시간이 우리를 자전거 핸들에 묶어놓고 우리가 입 속으로 날아드는 벌레를 뱉으며 미끄러지지 않으려고 버둥거리든 말든 막무가내로 페달을 밟는 짓을 더는 못한다는 뜻이었다. 아니, 이 시나리오에서 시간은 더없이 느긋해서, 기꺼이 우리와 함께 같은 트랙을 천천히 거닐며 몽롱하게 반복되는 대화를 나눌 텐데 그 대화의 시작점으로 돌아갈 수 있는 사람은 아무도 없을 터였다. 너무도 멋지고 안락한 상상, 또 모든 것이 암담할 정도로 답답해지기만 하던 당시로서는 너무도 요긴한 상상이었다. "난 친구들을 더 깊이 알고 싶어. 가족은 대부분 멀리하고 싶지만 말이야. 식구들하고는 같은 시간을 지속적으로 반복한다고 해서 사이가 나아질 것 같지 않거든." 하지만 데번은 말하는 기세가 누그러졌다. 살짝. "그래도 엄청 지루해지면 한번 시도는 해볼지도 모르지. 진짜로 한 천 년이 흐른 후에는."

니나는 모든 사람을 구하려고 애쓸 거라고 했다.

우리는 교묘하게 변장하고서 친구들이 우리를 실제로 어떻게 생각하는지 염탐하겠다고, 폭식을 하겠다고, 지쳐서 뻗을 때까지 섹스를 하겠다고, 헤어스타일을 바꾸겠다고, 개를 세 마리 키우겠다고, 얼굴에 눈물방울 모양과 아이스크림콘 모양의 문신을 하겠다고, 고양이 다섯 마리를 키우겠다고, 온갖 약을 다 해보겠다고, *정원 가꾸기는 안 하겠다고* 했다.

물론, 나도 몇 마디 보탰다. 그런데 그 몇 마디 가운데 유일하게 진심이었던 말은 이거였다. 나는 사실 그 가상의 장치가 싫다는 말. 진득하게 붙잡고 생각해보면 그건 끔찍한 상황이었다. 왜냐하면, 우리는 원하는 일을 뭐든, 정말이지 뭐든 다 할 수 있지만 그래 봤자 결코, 결코, 결코, 아무것도 변하지 않을 테니까.

보니의 표정은 평온했다. "그래, 그다음엔 뭘 할 건데? 같은 시간이 다시 또다시 반복되는 일이 절대로 멈추지 않는다면 말이야."

"적응하고 지내는 수밖에 없지." 데릭의 말이었다. "예전처럼 흐르는 시간에 매달려 살던 방식은 버려야 해."

스콧이 말했다. "일주일이라고 했지, 맞지? 거 다행이네. 그게 핵심이야. 하루보다는 훨씬 낫거든. 일주일이면 정말로 뭔가 이룰 수 있다고."

보니가 취소를 선언했을 때

보니가 보낸 이메일에는 이렇게 적혀 있었다. *안녕, 심술쟁이들! 생일 술 파티는 취소야. 그런데도 끝내 만나서는 나 없는 데서 내 험담을 할 생각은 안 하는 게 좋을 거라고 단단히 경고해둔다. 보아하니 그게 너희가 제일 좋아하는 취미 같아서 말이지.* ***그러니까 무슨 말이냐면, 내가 다 들었다 이거야.*** *너희 정말로 나를 그렇게 생각했어? 재미를 좇으면서 사는 게 뭐가 나빠? 좋아. 너희가 원하는 대로 해주겠어. 이번 주가 더 오래 계속될수록 나는 반복되는 시간과 우리 스스로 뛰어든 어마어마하게 거대하고 계속 되풀이되는 이 엉망진창에 점점 더 익숙해질 거야. 고마워 죽겠다, 머저리들아! 이젠 나도 너희처럼 우울해졌으니까.*

우리는 보니가 무슨 얘기를 하는지 짐작도 가지 않았다.

그런데도 *글 자체*는 보니가 쓴 것 같았다.

보니가 나를 깨웠을 때

보니는 노크도 안 하고 내 방에 쳐들어왔다.

"이제 알 것 같아! 너 지금 이 시간 기억해?" 보니가 속사포처럼 지껄였다.

나는 눈을 찡그리고 자명종 시계를 봤다. "…시간이라니?"

그 말에 보니는 말 그대로 아연실색했다. 밋밋한, 한 점의 광택도 없는 껍데기 같은 표정이 보니를 감싸고는 그 애의 고개를 뒤로 돌리고 발을 움직여 내 방에서 데리고 나갔다.

보니가 우리한테 야비하게 굴었을 때

보니가 술잔을 들었다. "내가 잊어버리기 대장인 친구들과 함께 기억할 여러 번의 오늘 밤을 위해." 그렇게 말하고 나서 보니는 술잔을 단번에 비웠다. 우리는 꼼짝 않고 앉아 있었다. 만약 우리가 무슨 행동을 하거나 말을 했다면 보니는 또다시 우리의 행동이나 말을 *예측*하고 오싹할 정도로 비꼬는 목소리로 우리를 흉내 냈을 것이다.

"가봐." 보니의 말에 우리는 부리나케 술집을 빠져나갔다.

보니가 취소를 선언했을 때

보니가 보낸 이메일에는 이렇게 적혀 있었다. *난 진짜 너희 다 짜증나. 미안.*

보니한테서 고약한 냄새가 났을 때

뭔가 이상했다. 보니는 침대에서 나올 줄을 몰랐다. 샤워도 하지 않았다. 내가 음식을 가져다줘도 조금 깨작거리기만 했다. 무슨 문제가 있는지, 내가 어떻게 도와줄지 물으면 그저 이렇게만 말했다. "알겠니. 가끔 난 다시 일어나서 똑같고, 똑같고, 똑같은 또 다른 일곱 날을 다시 시작할 기운이 없단 말이야." 보니의 그런 모습은 그때껏 본 적이 없었다.

보니는 이렇게 읊조렸다.

또 한 명의 남자, 또 한 명의 나쁜 남자

첫 번째 나쁜 남자

첫 번째 분노

그러고 나면 또는 동시에

그러고 나면 이 남자는 사실 그리 나쁘지 않거나 아예 나쁘지 않다, 왜냐하면 그 남자가 당신에게 못되게 구는 걸 당신이 못 봤다면 그는 결코 나쁜 남자가 아니니까, 대상영속성 따위 엿이나 먹으라지

그러고 나면 어떤 처벌도 너무 지나치게 가혹하다, 당신은 그 남자가 쓴 책을 안 읽거나 그 남자가 만든 영화를 안 보거나 그 남자에게 투표를 안 하거나 칵테일파티에서 그 남자에게 사근사근하게 굴지 않는 식으로 그 남자의 인권을 앗아가서는 안 된다

그러고 나면 이 일은 어디서 끝이 날까, 어쩌면 남자들은 여자들에게 다시는 말을 걸지 말아야 할지도 모르는데 왜냐하면 인류의 절반과 모든 교류를 중단하는 것과 한 인간의 행위에 관해 0.000002초보다 더 길게 생각하거나 염려하는 것 가운데 하나를 선택해야 한다면 전자 쪽이 당연히 바람직하니까

그러고 나면 가끔은 나쁜 남자들이 사과할 것이다, 미안해 네가 나를 너무 존경해서 그만, 미안해 나는 규칙에 구애되지 않아서 그만, 미안해 나는 술과 약에 취해 있었기 때문에 내가 한 짓이 기억 안 나지만 네가 동의했던 건 기억나 그리고 미안해 네가 마음을 바꿔서 그만, 하지만 내가 그렇게 변태 같이 굴었던 건 안 미안해

그러고 나면 나쁜 남자들은 사라지고 또 나타나고

그러고 나면 우리는 잊고 그 남자들은 또 나타난다

아니면 그 남자들이 또 나타나기 때문에 우리가 잊어버리는 걸까

그리고 다음으로, 그리고 또 다음으로

"보니는 자꾸 반복되는 그 나쁜 놈들 뉴스 때문에 진짜로 속이 상했나 봐." 나는 보니의 다른 친구에게 그렇게 말했다. 우리는 함께 연민을 느꼈다.

보니가 나한테 아침을 사줬을 때

어느 날 아침, 보니는 내 방문을 두 번 두드리고는 내 반응을 기다리지도 않고 방으로 들어왔다. 나는 보니가 내 방에 들어오는 걸 싫어했는데, 왜냐하면 자주 가식적이고 다정하고 무덤덤한 표정으로 내 가구와 옷과 신발을 물끄러미 보기 때문이었고, 그것이 동정과 모욕의 표정인 것을 다른 사람은 몰라도 나는 알기 때문이었다. 물론 내 물건들은 보니의 것만큼 멋지지 않았지만, 그렇다고 해서 태연한 표정을 꾸며내면서까지 봐야 할 만큼 형편없는 것 같지는 않았다.

이날 아침, 보니는 그런 짓은 하나도 하지 않고 이렇게 말했다. "직장에 전화해서 오늘은 병가 낸다고 해. 너한테 보여줄 게 있어."

"그렇게 못 하는 거 너도 알잖아." 그런데 가만… 보니가 그걸 알았던가? 그 당시에 나는 면세 쇼핑 회사에서 꽤 괜찮은 임시직 업무를, 즉 두툼한 서류철에 적힌 화장품 이름을 컴퓨터 데이터베이스에 입력하는 업무를 하는 중이었다. 계약기간이 끝날 무렵, 회사는 내가 상품 이름을 모조리 틀리게 입력한 것을 발견했는데, 왜냐면 내가 받은 업무 교육이 틀렸기 때문이었다. 회사는 정말이지 친절하고 인간적이고 사려 깊게도 내 계약 기간을 한 번 연장해 내가 저지른 실수를 고치도록 해줬다. 아쉽게도, 맡은 일을 마침내 제대로 해냈다는 이유로 나는 곧 실업자가 될 처지였다. 그다음에 어떻게 될지는 짐작도 가지 않았다.

"상관없어!" 보니가 말했다. "그래, 아니, 잠깐만. 네가 평소에 받는 일당의 다섯 배를 줄게. 아침도 사주고. 어서 나가자!"

"진심이야?"

보니는 실제의 자신보다 훨씬 더 나이 들고 직업상으로도 훨씬 더 성공한 여성의 거만한 자세로 나를 내려다봤다. "내가 돈이나 음식에 관해서는 거짓말 안 하는 거 너도 알잖아." 그러고는 이미 서명을 마친 수표를 내 얼굴에 올려놨고, 내가 수표를 치우려고 입으로 숨을 푸푸거리기 시작하자 거실에서 기다리겠다는 말을 남기고 방에서 나갔다.

외출 준비를 하고 회사에 병가 전화를 한 후에 거실로 나가보니 보니는 소파에 단정하게 앉아 있었다. 눈을 감은 채로. "가자!" 보니는 그렇게 말하며 일어섰다. 눈은 여전히 감은 채로. 이제 나는 보니 바로 곁에 있었기 때문에 알아봤는데, 보니의 양쪽 눈꺼풀이 뭔가 투명한 껍데기 같은 것으로 뒤덮여 있었다. "내 눈이 어떻게 된 건지 물어볼 생각이겠지. 강력접착제로 붙여서 이래. 다 말랐느냐고?" 보니는 스스로에게 물었다. "그래. 다 말랐어. 어때, 내가 눈을 완전히 감은 걸 알겠지, 그렇지?"

어이구, 어련하시겠어. 내가 몹시도 살금살금 뒷걸음질하는 도중에 보니가 말했다. "그렇게 *어중간하게 살금살금* 뒷걸음질하는 건 그만둬. 네가 조현병을 앓는 이모 밑에서 자란 탓에 미친 사람한테 알레르기가 있는 거 다 알아, 대응 기제를 만들어서 어떻게든 스스로를 지켜야 했던 어린애는 존중할 만해, 하지만 너 그거 극복해야 돼. 가끔은 상황이 아예 파악도 못 할 만큼 엉망진창일 때가 있다고. 또 가끔은 사람들이 엄청나게 이상하게 굴고 진짜로 돌아버리는 경우도 자주 있지만, 그 사람들이 언제나 너한테 미친 짓을 하려고 들지는 않아! 그러니까 극복해야 돼. 참, 그리고 너도 그다지 정상은 아니야." 보니는 까만 선글라스를 꼈다. "봐, 넌 이렇게 말할 거야. '백인이고 부자인데 어린 시절도 행복하게 보낸 잘 빠진 계집애 주제에 그런 소리를.' 틀린 말은 아니야. 다만 너도 우리 부모님을 만나봤으니 어떤 사람들인지 알겠지. 앗, 젠장. 잠깐만. 너 이번엔 그 말 안 하는구나. 아무튼, 네 생각이 맞지만 내 생각도 아주 조금은 맞아. 놀라서 넋이 나갈 준비가 됐어, 안 됐어?"

"*잘 빠졌다*는 말까지 할 생각은 없었는데." 내가 말했다.

둘이 함께 너무 오래 깔깔대는 바람에 나는 보니한테 우리 이모를 어떻게 아느냐고 묻는 걸 깜박했다. 뒤이어 우리는 집을 나섰다.

눈을 접착제로 붙여서 아무것도 보이지 않았는데도, 보니는 내 부축을 받지 않고 건물 바깥으로 나왔다. 그러고는 유모차에서 떨어진 장난감을 주워 아이에게 돌려줬다. 어떤 여성의 구두를 분명하고 자세하게 묘사하며 칭찬했다. 신문을 한 부 사서 어떤 기사가 실려 있는지 내게 이야기해줬다. 전화기를 꺼내더니 지금 뭐가 화제인지 내게 들려주기도 했다. 그러다가 길모퉁이에 멈춰 서더니 내게 8시 정각이 되면 알려달라고 했고, 정각이 되자 앞을 똑바로 가리키며 말했다. "빨간 차, 검은 차, 파란 차, 파란 차, 경찰차, 자전거 탄 섹시한 남자, 무단횡단 하는 섹시한 남자."(보니의 남자 취향을 고려하면 그 둘이 섹시한지에 관해서는 동의하기 힘들었지만, 그래도 모든 사항이 정확히 일치했다.)

두 눈을 다 강력접착제로 붙인 상태에서 말이지. 나는 보니의 눈을

다시 확인했다. 햇빛이 환한 데서 보니 훨씬 더 징그러웠다. "보니." 나는 감탄과 예감을 정확히 반반씩 느끼며 말을 꺼냈다. "너 이거 어떻게 하는 거야?"

그날 저녁 늦게 우리는 팝콘을 먹으며 텔레비전 리얼리티쇼를 봤는데, 왜냐하면 우리가 보고 싶었던 다른 프로그램들은 이미 알려진 강간범과 가스라이팅 가해자들이 만들거나 출연하기 때문이었다. 적어도 나는 텔레비전을 봤고, 보니는 눈꺼풀 아래로 눈을 되록거렸다. "잠깐만, 그 남자도?" 내가 말했다. "전화기로 찾아봐." 보니가 대답했다. "방금 뉴스가 떴을 거야."

나는 보니가 정말로 보고 싶은 프로그램을 **나쁜 남자™**가 나온다는 이유로 포기했다는 사실에 잠시 경악했지만, 사실 보니는 이제 내가 알던 예전의 그 보니가 아니었다. "이 모든 엉망진창은, 이 모든 것의 목적은 말이지, 조금씩만 바뀌면서 계속 반복되는 거야." 보니는 읊조리듯 말했다. "신경을 쓰든 안 쓰든 내가 들어와 있는 시간 순환에는 어떤 변화도 생기지 않아. 난 그냥 그놈의 빌어먹을 낯짝을 참고 볼 수가 없을 뿐이야. 만약 너도 내가 보는 방식으로 그놈의 얼굴을 본다면, 내가 그놈에 관해 아는 사실들이 얼굴 위에 덕지덕지 붙어 있는 것처럼 보일 거야, 내가 살아낸 한 주 한 주가 한 겹씩 쌓여 있는 거지. 한 겹, 두 겹, 세 겹, 네 겹, 그렇게."

보니는 리얼리티쇼에서 나올 내용을 나오기 직전에 하나씩 나열하기 시작했는데 그게 꽤나 지겨워져서, 나는 자정 정각이 되면 일주일이 통째로 다시 시작되는 거냐고 물었다.

"맞아. 오늘 밤 자정. 화요일을 끝으로 한 주가 다시 시작돼. 난 화요일이 좋으면서도 한편으로는 두려워. 그래도 눈꺼풀을 붙인 이 강력접착제는 사라지길 바라지만."

"한 주가 시작되고 나서 더 일찍 얘기해주지 그랬어?"

"얘기했어." 보니는 겁에 질린 내 표정을 볼 방법이 없었으면서도 손을 뻗어 내 팔을 다독여줬다. "음, 그게 말이지, 이번엔 강력접착제로 눈꺼풀을 붙여서 너한테 그 사실을 가르쳐주자는 생각이 떠올랐는데 재미있어 보이더라고. 하지만 일주일 내내 눈꺼풀을 접착제로 붙이고 다니기는 싫었어. 그래도 넌 넋이 나갈 만큼 놀라긴 했잖아, 안 그래?"

나는 보니의 말을 곰곰이 생각했다. "있잖아… 난 사람이야. 살아 있는 진짜 사람. 설령 내가 아무것도 기억 못 한다고 해도."

"나도 알아." 보니는 한숨을 토했다. "미안해. 처음에 난 너희 모두한테 질투가 났어. 하지만 일단 남들한테 증명을, 그러니까, 나한테 일어나는 일 전체를 증명할 수 있게 되니까, 이게 얼마나 섬뜩한지 슬슬 이해가 갔어. 이때껏 일어난 일의 진상을 마침내 파악하는 거, 그리고 결국에는 다 지워지고 다시 시작된다는 걸 이해하는 거."

세상의 어둡고 으스스한 면에 집중하는 이 보니의 문제는 누군가 다른 사람이 대신 적극적으로 행동해야 한다는 것이었다. 그건 내 장기가 아니었다. 나는 지금의 나에 관해 생각해봤다. 이번 주를 살아온 경험으로 만들어진, 자정이 되자마자 소멸해버릴 나에 관해. 물론 보니는 다음번에도 똑같이 행동함으로써 지금의 나에 매우 근접한 나를 재창조하겠지만, 그건 어찌 보면 더 안 좋은 나에 가까웠다. 아니, 분명 더 안 좋았다. 나는 재빨리 말했다. "혹시 말이야, 시간을 더 빨리 가게 하는 마법의 주문 같은 건 없을까? 네가 나한테 그걸 가르쳐주면 시간을 더 빨리 가게 해서 다음번엔 한 주를 더 빨리 시작할 수 있을 거 아냐."

"사실 그런 건 없어. 지식을 숨겨서 몰래 전달하는 마법 같은 것도 없고. 그런 게 있었다면 내가 널 납득시켰겠지, 한 번이라도 좋으니까 상담을 받아보라고. 그나저나 네가 마법 같은 말을 꺼내다니, 재미있네. 내가 요즘 마법을 공부하는 중이거든. 주된 이유는 이 시간 순환에서 빠져나갈 방법이 있는지 알아보는 거지만, 니나가 겪는 유령 문제를 도와주고 싶어서이기도 해."

나는 보니에게 요즘이 어떤 의미인지 궁금했다. "너 니나의 사정을 알고 있었어? 맞다, 또 깜박했네. 넌 모르는 게 없지. 그나저나 마법은 도움이 좀 됐어?"

"아니." 보니는 우울한 목소리로 짧게 대답했다. "거지 같은 일의 원인은 애초에 우리가 어떻게 할 수 있는 게 아니야. 그건 참 안타까운 진실이지."

"불쌍한 니나." 내가 말했다. 세상에, 보니가 *진짜*로 새 사람이 되다니! 이날 하루 동안 나는 이 생각을 몇 번이나 했을까? 그런데도 생각을 멈출 수가 없었다. 보니의 말과 행동 하나하나에 보니의 새로운 면모가 자꾸만, 그것도 매번 새로운 방식으로 드러났으니까. 나는 몇 시인지 확인하고 움찔 놀랐다. "앗, 이제 곧 자정이야." 나는 겁이 나서 몸이 로봇처럼 뻣뻣해졌다. "이건 그냥 존재론적 공포에서 벗어나려고 하는 말인데, 부탁이니까 다음번엔 처음부터 나한테 증명할 방법을 찾아봐. 그리고 내가 출근을 안 하고 일주일을 통째로 신나게 보내도록 돈도 좀 주고. 어때?"

“그 정도야 할 수 있지, 전에도 이미 했고. 하지만 헛수고야.”

“와, 이렇게 음침한 고스족 스타일의 보니는 적응이 안 되는걸. 나중에 지금의 네가 그리워질 거야, *하지만 한편으로는 전혀 그리워지지 않을 것 같아.*” 나는 말을 하기가 힘들었다. 겁이 나서 몸을 떨다 못해 이가 딱딱 부딪혔으니까.

이제 금방 자정이었다.

1초만 있으면.

보니가 과거에 머물기로 했을 때

보니는 모두에게 귓속말을 소곤거리며 충격과 공포와 경악의 자그마한 폭발을 줄줄이 일으켰지만, 막상 보니가 내 쪽으로 다가왔을 때 나는 그냥 이렇게만 말했다. “하지 마.” 나는 보니가 나에 관해 이미 아는 것이 무엇인지 알고 싶지 않았다. 그게 뭐든 간에 그것을 보니에게 가르쳐준 사람은 나였지만 그렇게 한 나는 사실 지금의 *나*가 아니었다(그 시점의 나는 나인 동시에 나가 아니었다).

“말 안 해도 돼.” 내가 말했다. “난 널 믿으니까.”

보니는 고개를 끄덕이고는 다시 자리에 앉았다. 우리는 모두 멍한 상태였다. “이번엔 다 함께 나누고 싶은 기분이 들어서 말이지.” 보니가 말했다. “자, 아무나, 나한테 궁금한 게 있으면 마음껏 물어봐.”

내가 아직 기억하는 질문 몇 가지는 다음과 같다. 우리가 던진 질문은 아주 많았다.

문: 처음으로 돌아갈 때 아무것도 지니고 가지 못한다면서 어떻게 그렇게 많

은 걸 기억해?

답: 좋은 질문이야! 난 그동안 줄곧 기억력에 엄청난 부담을 느꼈어. 그래서 『헤렌니우스에게 바치는 수사학Rhetorica ad Herennium』을 비롯한 여러 고전을 읽고 장소기억법을 배웠지. 난 잠에서 깨면 맨 먼저 기억 속에 남아 있는 걸 최대한 많이 타이핑해. 뭐랄까, 미친 사람처럼 열심히. 내가 자판 두드리는 소리를 네가 한 번밖에 못 들은 건 다 운이 좋아서 그랬던 거야! 하하. 일어나서 곧바로 하는 또 한 가지는 되도록 일찍 배송되게 책 같은 걸 잔뜩 주문하는 일이지.

문: 자살해본 적 있어?

답: 아니. 낙관적인 태도를 잃어버리기 전까지 난 이 시간 순환에서 결국에는 벗어날 거라는 희망을 늘 품고 있었어. 자살을 해서 그 희망에 도박을 걸기는 싫더라고, 무섭기도 하고. 그러다가 사고로 죽었는데, 그 덕분에 죽는다고 해서 벗어날 수는 없다는 답을 얻었지. 그래도 일부러 죽을 마음은 전혀 없어. 순환과 순환 사이의 암흑 상태는 끔찍하거든. 죽으면 그 상태가 더 길어져.

문: 제일 소중한 기억은 어떤 거야?

답: 아주 많아! 이 얘긴 가식적으로 들릴 텐데. 너희 중 여럿하고 더 친해진 게 제일 소중해. 너흰 기억 못 하겠지만 우린 진짜로 더 친해졌어, 서로의 머리카락을 로켓에 넣어서 목에 걸고 다니는 거랑 비슷한 정도로 말이야. 너희 모두 정말 멋진 친구들이야. 스콧, 심지어 너조차도 가끔은 그래. 나를 중심으로 만들어졌던 흑마술 숭배 집단은 소중한 기억이라기보다는… 흥미로운 기억이야, 다만 아주, 아주, 아주 흥미로운 기억이지. 아, 끝내주는 섹스도 엄청 많이 했어. 그러니까 섹스를 아주 많이 했는데 그중 끝내주는 경우가 많았다는 말이지만, 당연히 그저 그런 경우나 당황스러운 경우도 잔뜩 있었고 그중 몇 번은 끔찍했어. 난 신이나 뭐 그런 존재가 아니야. 가끔은 안 좋은 일이 언제 일어날지 모르거나 그

런 일을 막을 능력이 없을 때도 있고. 몸은 처음의 상태로 돌아가지만 정신은 그렇지 않아.

문: 넌 이 시간 순환을 멈추고 싶어?

답: 응.

문: 왜 멈추고 싶은데?

답: 무엇보다 첫째, 난 이게 지겨워졌어. 나는 계산도 추적도 못 할 방식으로 어마어마하게 늙어버렸거든. 둘째, 이건 이기적인 이유인데, 나 혼자서는 세상을 더 낫게 바꾸는 데 한계가 있어. 그러니까 똑같은 일주일을 몇 번이고 반복해서 살아봤자 그렇게 위대해지거나 똑똑해지지 않는다는 말이야. 내가 얼마나 멋있어졌는지 생각하면 뿌듯하지만, 이제 막다른 벽에 부딪힌 것 같아. 셋째, 난 최근에 (우리는 보니가 말하는 '최근'이 무슨 뜻인지 궁금했다) 이 일주일이라는 시간이 왠지 바닥났다는 느낌이 들어서 마음이 불편해. 뭔가 형언하기 힘든 방식으로 시간이 분해되고 마모되는 중인데 그것 때문에 파멸적인 결과가 일어날 거야. 그냥 녹초가 돼서 나자빠지는 것처럼 말이야. 넌 그게 안 느껴져? 모든 게 지치고 망가지고 슬퍼하는 느낌이 드는데 그 상태가 아슬아슬하게 영원히 계속될 것 같지만, 또 그런 식으로 영원히 계속될 수는 없다는 느낌 말이야. (우리 모두 고개를 끄덕였다) 난 두려워.

문: 와. 난 그냥 내가 우울한 건 줄 알았는데.

답: 그래. 네가 우울해하는 것도 맞아. 난 나한테 일어나는 일이 뭐든 간에 이제 슬슬 끝나가는 중인데 내가 원한 방식의 결말이 아닌 것 같아서 불안해. 미래가 아예 없을 것 같아서 걱정이 돼. 그리고 난 미래가 있었으면 좋겠어, 그러길 바라는 마음이 누구보다 더 간절… ('보니, 제발.' 우리가 말했다) 그래, 알았어, 다른 사람들하고 똑같이 간절해. 그런데 나는 그 미래를 못 볼 거라고 생각하면, 우

리 가운데 누구도 못 볼 거라고 생각하면…

그즈음에서 보니는 입을 다물었다. 표정이 꼭 있는 힘껏 달리다가 유리문에 부딪힌 사람 같았다. 그러니까 이를테면 *아악!* 그리고 *어이쿠.* 그리고 *그래, 당연하지. 이 문이 여기 있는 줄 난 훤히 알았으니까*라는 식으로.

보니는 일어서서 그 자리를 떠나며 우리에게 이번 주는 아주 바쁠 테니까 정신을 똑바로 차리는 일이 아주 중요하다고, 그러니까 부디 다 없었던 일이 될 거라는 기대를 품고 바보 같은 짓을 하지는 말라고 당부했다. 제발 그러지 말라고. 우리가 마지막으로 하나만 더 물어보려고 했을 때 보니는 바람처럼 사라져버렸고, 우리의 질문은 허공을 맴돌다가 쭈그러든 공처럼 바닥으로 곤두박질쳤다.

우리가 하려던 질문은 이거였다. *보니, 왜 하필 너야?*

우리는 그 궁금증을 끝내 떨치지 못했고, 답 또한 끝내 찾지 못했다.

보니는 우리 집에서 성대한 파티를 열기로 마음먹었다. 파티는 화요일 밤, 한 주의 마지막 밤에 열 예정이었는데 왜냐하면 보니가 되풀이하는 일주일 동안 모든 일은 어울리지 않는 날에 일어났기 때문이었다. "다들 올 거야." 보니가 말했다. "오게 하는 방법은 내가 알아. 그리고 난 진짜 생일 파티를 누릴 자격이 있다고! 어떤 의미에선 난 100만 살은 먹은 거나 마찬가지니까." 나는 보니에게 그동안 계속 날짜를 셌냐고 물었고, 보니가 고개를 저으며 자신은 암산에 영 소질이 없다고 했지만, 그건 분명 거짓말이었다.

이번 주에는 이런저런 끔찍한 일들이 일어났다. 심각하고 충격적인 일과 사소하고 시시한 일들이었다. 하지만 그것만 빼면 환상적인 한 주였다. 우리는 지금도 그 일주일을 기억한다.

멋지지 않은가? 그 정도면 겁나게 대단한 거 아닌가?

정말로 다들 빠짐없이 참석한 그 파티에서, 그렇다고 해서 우리가 보니의 말을 의심하는 마음이 병아리 눈곱보다 컸던 것은 아니었는데, 나는 전 직장에서 만났던 그 남자를 발견했다. 그 남자. 하지만 **그 남자**는 당연히 아니었다, 굵은 글씨로 적어줄 만큼 대단한 인간은 아니었으니까. 내 인생에 그런 남자는 전에도 몇 명 있었는데 하필 이 남자가 가장 최근의 그런 남자였고, 그래서 나는 그 남자에게 가장 화가 났을 뿐이었다. 가장 최근이라는 말은 곧 내 생각에 나도 이제 나이를 웬만큼 먹었으니 스스로를 존중하는 능력을 갖추고 미래에 일어날 일 또한 모조리 내다볼 줄 알았다는(꿈이 너무 컸던 걸까?), 그래서 어떤 남자에게 싫다고 말하고 싶을 때 계속 좋다고 말하는 짓은 그만둘 줄 알았다는, 이로써 남자에게 싫다고 말하는 동시에 그가 자기 마음대로 하도록 놔둬 나 스스로 지독한 혼란에 빠지는 짓은, 무언가 아주, 아주 잘못됐다는 것을 알면서도 그렇게 하는 짓은 그만둘 줄 알았다는 뜻이기도 했다. 그러는 동안 뭔가 아주, 아주 잘못됐다는 걸 알았으면서도. 그래서 그 모든 일이 내 뜻과 상관없이 일어났을 때 나는 스스로에게 너무도 화가 났고, 내가 스스로에게 화를 내도록 한 것 때문에 그 남자에게 더욱 화가 났으며, 당연히 스스로에게 화를 내는 나 자신에게도 화가 났다.

나는 분노로 손끝이 지글거렸다.

시간은 이미 자정을 지난 후였다. 보니는 이제 그곳에 없었다. 나는 느낌으로 알 수 있었다, 보니가 우리에게 가르쳐준 대로. 보니는 어느 순간 벼락같은 깨달음을 얻었다고, 실은 그리 벼락같지는 않을지도 모르는데 왜냐하면 몇 년 동안 품었던 생각이기 때문이라고, 이제 자신이 해야 할 일이 무엇인지 안다고 했다. 그토록 오랜 시간이 걸린 까닭은 그 해법이 기괴하고 보니로서는 꽤 슬픈 것이기 때문이었다. "처음에만 그랬어. 지금은 기분이 훨씬 나아졌어. 아무도 나 때문에 슬퍼하면 안 돼." 보니는 그렇게 말했다. 때가 되면 보니는 미래가 앞으로 나아가도록 놔둘 작정이었다. 미래가 앞으로 나아가게 하려면 보니는 과거에 머물러야 했다. 그리 힘든 일은 아니었고, 무엇보다 의지와 관점의 문제였다. 흑마법 같은 것은 필요하지도 않았다. 뭐, 조금은 도움이 됐지만. "나도 그 자리에 있으면 좋을 텐데. 내 눈으로 보게." 보니가 말했다. "그래도 난 너희 모두를 사랑하고, 너희 모두가 지겹고, 나의 이 힘도 지겹고, 이 힘도 나를 소유하는 걸 지겨워해."

그 남자는 어떤 젊은 여성에게 즐거운 표정으로 말을 건네는 중이었다. 마치 자기가 밝은 곳에 서 있을 자격이 있다는 듯이. 놀랍게도, 그 남자는 자기가 좋은 사람이라고 진심으로 믿었다. 나는 그 수수께끼를 보니 식의 끝없이 반복되는 일주일 동안 골똘히 생각해볼 수도 있었다. 그 남자는 마치 '질병불각증'을 앓는 것 같았는데 본인에게 정신질환이 있는 것을 믿지 않는 그 증상이 바로 정신 질환이었고, 이는 내가 정말로 사랑했던 우리 이모가 앓았던 주요한 증상이기도 했다. 나는 이모처럼 될까 봐 내내 불안했고 아무도 내 말을 믿지 않을까 봐 불안했지만, 그건 어차피 이미 일어난 일이었다. 그 남자에게 정신 질환 같은 건 없었다. 그 남자는 그저 많은 것에 관해, 예컨대 지금 우리가 들어서는 미래 같은 것에 관해 잘못 알고 있었던 겁쟁이 성범죄자에 지나지 않았다.

내가 방을 가로질러 걸어가는 동안 사람들은 나를 피해 길을 내줬다. 나는 그 남자의 이름을 불렀다. 그 남자가 고개를 들었고, 나는 조금도 두려워하지 않는 그 남자의 표정을 보며 그 남자를 갈가리 찢어 오십 토막을 내버리고 싶었다. 내가 손을 살짝 들자 그 남자는 키가 조금 커졌다. 어쩌면 나를 봤을 때 등을 꼿꼿이 폈는지도 몰랐다. 또 어쩌면 섬뜩하게 킬킬거리는 강력한 힘이 가느다란 손가락으로 그 남자를 움켜쥐어 꼼짝 못 하게 한 다음 까치발로 서도록 들어 올렸는지도 몰랐다.

그 남자는 나와 그 방 안에 가득한 사람들에게 자신이 수많은 여성을 상대로 저지른 짓과 자신의 정체와 자기 머릿속에서 돌아가는 생각의 세세한 부분까지 털어놔야 할지도 몰랐다. 처벌 따위는 중요하지 않았다. 또는, 그 남자에게는, 자기보호본능과 자존감을 버리고 진실을 솔직히 털어놓는 것 자체만으로 충분한 처벌이 될지도 몰랐다. 또는, 나중에 더한 처벌을 할 수도 있었다. 당장 결정할 필요는 없었다. 그 순간 내가 원한 것은 그토록 오랫동안 내게 허락되지 않았던 진실뿐이었다. 그 진실은 이번에도 내게 허락되지 않을까?

Han Song

Submarines

잠수함

한쑹

(영문 번역: 켄 리우)

장성주 옮김

한쑹은 중국의 소설가이자 국영통신사인 신화통신사의 기자이기도 하다. 첫 단편소설집 『우주의 묘비宇宙墓碑』를 1981년에 발표했지만, 중국에서는 10년이 지나서야 책으로 출간됐다. 한쑹은 중국의 SF 문학상인 인허장银河奖, 은하상을 6회 수상했으며 《로스앤젤레스 타임스》에 '중국 최고의 SF 작가'로 소개된 바 있다. 장편소설 『지하철地铁』과 『나의 조국은 꿈꿀 줄 모른다我的祖国不做梦』, 『화성이 미국을 비춘다火星照耀美国』, 『붉은 바다红色海洋』 등을 썼다.

SF-Fan

韩松

潜艇

내가 어렸을 적, 부모님은 내가 조르면 언제든 양쯔강 기슭에 데려가 잠수함을 구경시켜주셨다. 잠수함들은 강물을 따라 기다란 대열을 이뤄 우리가 사는 도시까지 오곤 했다. 어떤 잠수함은 양쯔강의 지류를 타고 온다는 소문을 들은 적도 있었다. 우장강, 자링강, 한강, 샹장강 같은 강을 타고서. 잠수함은 수가 어찌나 많던지 꼭 카펫처럼 우글거리는 개미 떼 같기도 했고, 비를 흠뻑 머금은 채 하늘에서 떨어진 구름 떼 같기도 했다.

이따금 잠수함 한두 대가 수면에서 사라지면 나는 깜짝 놀랐다. 실은 물속으로 잠수했을 뿐이었는데. 잠수함은 먼저 거대한 선체를 천천히 흔들거리다가 조금씩 조금씩 가라앉았고, 그러면 주위의 강물이 복잡한 암호 같은 파문을 그리며 부글부글 밀려들었다. 그러다 선체가 수면 아래로 완전히 가라앉으면 조그마한 모형 감시탑처럼 생긴 상부의 기둥 모양 구조물도 덩달아 사라졌다. 흘러가는 강물은 이내

정적과 신비를 품은 평소의 모습으로 되돌아갔지만, 나는 휘둥그레진 눈으로 입을 헤벌린 채 멍하니 서 있었다.

그러고 나면 다른 잠수함이 거대한 괴수처럼 수면을 부수고 솟구쳐서는, 아름다운 물보라를 사방으로 흩날렸다. "저기 봐요! 저기!" 내가 외쳤다. "올라오고 있어요!" 하지만 부모님은 대꾸하는 법이 없었다. 부모님의 표정은 변함없이 딱딱했고, 오랫동안 물을 안 준 화초처럼 시들했다. 수면 위로 모습을 드러낸 잠수함이 두 분의 넋을 빼앗아 가기라도 한 것처럼.

잠수함들은 대부분의 시간 동안 닻을 내린 채 강의 잔잔한 수면 위에 꼼짝 않고 머물렀다. 선체 상부에는 줄이 이리저리 걸려 있었는데 탑과 탑을 묶어서 연결한 줄이었다. 그런 줄에는 말리려고 널어놓은 빨래가 색색의 깃발처럼 늘어져 있었고 바지와 셔츠 사이로 천 기저귀도 드문드문 섞여 있었다. 두껍고 거친 천으로 만든 앞치마를 걸친 여성들이 상부 갑판에 석탄 풍로를 놓고 음식을 만들 때면 뭉글뭉글 솟는 연기 때문에 강이 야영지처럼 보였다. 그 여성들은 가끔씩 물가에 쭈그리고 앉아서는, 튼튼한 쇳덩어리 선체에 빨랫감을 대고 빨랫방망이로 두들겨댔다. 이따금 나이 지긋한 남녀가 잠수함 속에서 올라와 느긋한 표정으로 양반다리를 하고 앉아 기다란 담뱃대로 담배를 피울 때면 고양이나 개가 그들 곁에 웅크린 채 몸을 비비곤 했다.

잠수함은 일자리를 찾아 우리가 사는 도시로 온 농촌 출신 노동자, 이른바 농민공农民工들의 재산이었다. 시내에 있는 직장에서 하루 일을 마치고 퇴근한 농민공들은 물속으로 가라앉는 자기네 집으로 돌아왔다. 잠수함이 이곳에 오기 전에 그들은 성중촌城中村의 허름한 방에 세

들어 살았다. 성중촌이란 부동산 개발업자들이 도시를 확장시키면서 농지를 야금야금 집어삼키는 바람에 즐비한 고층 건물 사이로 점점이 남겨진 토박이 주민들의 마을을 가리키는 말이었다. 성중촌 사람들은 기다란 단체 침상을 한 걸음 정도 폭으로 나눠 한 칸씩 임대했고, 농민공들은 도시를 지어 올리는 장본인이었으면서도 그 좁은 칸에 누워 우리 속의 돼지나 양 떼와 다름없이 잠을 잤다. 그 반면에 잠수함은 농민공에게 어엿한 집이 돼줬다.

연락선이 강기슭에서 출발해 강에 정박한 잠수함까지 운행했다. 연락선을 모는 사람 역시 농민공으로, 그는 자신의 형제자매를 배에 싣고 완전히 딴판인 두 세상 사이를 오갔다. 밤이 돼 그들 모두 집으로 돌아간 후에 잠수함은 가장 아름다운 모습을 보여줬다. 가스등 불빛이 환히 켜진 잠수함은 유리창에 오려 붙인 종이 장식처럼 한 척 한 척이 저마다 다른 모습으로 반짝였다. 영롱하게 빛나는 잠수함들을 보고 있노라면 하늘에서 떨어진 별이 강물 위에 둥둥 떠 있는 것만 같았다. 갑판마다 온 가족이 상을 펴고 둘러앉아 저녁을 먹는 동안 시원한 강바람이 그들의 웃음소리와 재잘거리는 소리를 기슭까지 실어 나르면, 도시 사람들은 묘하게도 그 소리에 부러움을 느꼈다. 밤이 깊어져 잠수함의 불빛이 하나둘 꺼진 후에는 항구 등대에서 뻗어 나온 빛 기둥만 바짝 긴장한 채 어둠 속을 누볐고, 그 빛 기둥에 드러난 잠수함은 미동도 않는 거대한 선체가 꼭 잠든 고래 같았다. 그러나 여러 잠수함이 이때를 틈타 모습을 감췄다. 탐해등의 빛 기둥이 수면을 쓸고 지나갈 때마다 눈에 띄는 잠수함의 수는 점점 줄었다. 아무 기척도 없이 그들은 물속으로 가라앉았다. 아늑한 강물을 덮지 않으면 농민공들이 푹 잠들 수 없다는 듯이, 꼭 날개 아래에 머리를 묻어야 눈을 붙일 수 있는 물새처럼. 그렇게 식구들과 보금자리를 물속에 감춰야만 그들은 걱정거리를 수면 위에 남겨둔 채로, 위협과 불안을 멀찍이 붙들어놓고서, 도시 사람들에게 시달릴 염려 없이 단꿈을 꿀 수 있었다. 실은 처음부터 그 이유 때문에 잠수함을 만들었던 걸까?

나는 양쯔강의 수심이 얼마나 되는지, 또 강바닥에 얼마나 많은 잠수함이 내려앉을 수 있는지 하는 궁금증이 곧잘 떠올랐다. 깊은 물 밑에 쇳덩어리 선체들이 끝도 없이 늘어앉아 있는 광경을 보면 얼마나 으스스하고 짜릿할까! 그 생각을 하면 나는 세상이 너무나 신비롭다는 생각에 숨이 막혔다. 눈에 보이는 세상 아래에 또 다른 세상이 있는 것 같아서였다.

아무튼, 그 잠수함들은 둥우리를 틀고 사는 새처럼 우리가 사는 곳 근처에 자리를 잡은 다음부터 뜨거운 논쟁을 일으키는 구경거리가 됐다. 아침이면 어김없이 끓는 물에 떠오르는 물만두처럼 잠수함이 강물 위로 솟구쳤다. 붉게 이글거리는 아침 햇살 아래에서 일렁거리는 수면은 봄철의 홍수 때와 비슷해 보였다. 그 광경을 보며 나는 영화에 나오는 외계인의 우주 함대가 떠올랐다. 연락선이 강기슭과 잠수함 사이를 오가며 새날을 맞아 시내 곳곳의 공사장에서 또다시 허리가 부러지라 일할 기운찬 농민공들을 부지런히 실어 날랐다.

잠수함은 중국 전역에서 모여들었다. 소문에 따르면 우리가 사는 도시 말고 다른 도시의 다른 강에도 잠수함 무리가 있다고 했다. 연안 앞바다, 호수, 수로, 도랑까지, 잠수함 부락은 없는 곳이 없는 모양이었다. 그런 잠수함을 맨 처음 설계한 사람이 누군지는 아무도 알지 못했다. 추측건대 최초의 잠수함은 영리한 농민 출신 기술자가 손수 제작한 듯했다. 세련된 도시 사람들의 기준으로 보면 조잡한 기술의 산물이었다. 대개는 고철이 재료였지만 개중에는 강화플라스틱이나 합판을 이어붙인 것도 있었다. 초창기의 잠수함은 물고기 모양이었고 대가리와 꼬리를 붉고 하얗게 칠한 것이 많았는데, 눈에 띄는 선명한 색으로 눈과 주둥이, 아예 지느러미까지 그려 넣은 것도 있었다. 그런 장식은 조금 우스꽝스러워 보였지만 농민 특유의 해학을 보여주는 증거이기도 했다. 나중에 잠수함이 더 많이 만들어지면서 제각각인 색색의 장식은 누구네 집인지 알려주는 단서가 됐다.

일반적으로 잠수함 한 척의 크기는 보통 대여섯 명인 한 가구가 살 만한 정도였다. 커다란 축에 드는 잠수함의 내부는 두 가구나 세 가구가 살 만한 공간이었다. 농민공들은 수십 명 또는 수백 명이 탈 만큼 커다란 배를 만들 능력이 없어 보였다. 도시 사람 중에는 농민공의 잠수함이 쥘 베른의 『해저 2만 리』에 나오는 잠수함을 베낀 것이 아닌지, 또는 외국의 전문가들이 비밀리에 농민공 기술자를 도와주는 것이 아닌지 의심하는 이도 있었다. 그러나 결국에는 잠수함과 베른의 소설 사이에 어떤 연관성도 없는 것으로 밝혀졌다. 잠수함 제작자들은 베른이라는 이름조차 들어본 적이 없었다. 그 소식에 모두가 안도의 한숨을 내쉬었다.

시간이 흐르면서 도시 아이들은 점점 잠수함에 열광한 반면, 어른들은 잠수함에 흥미를 잃거나 못 본 척했다. 학교에 가면 우리는 잠수함에 관한 이야기와 새 소식을 주고받느라 난리 법석을 피웠고 작문 교과서의 백지를 찢어 거기에 잠수함을 그렸다. 하지만 선생님은 잠수함이라는 말을 입에 올리는 일조차 없었고, 우리가 잠수함 이야기를 하다가 걸리면 험상궂은 표정으로 야단을 쳤으며, 우리가 그린 잠수함 그림을 찢어버리고 그림을 그린 아이는 교장실로 보냈다. 텔레비전이나 신문에 잠수함을 다루는 뉴스가 나오는 경우는 없다시피 했다. 마치 무수히 모여 있는 잠수함들이 도시의 삶하고는 아무 상관도 없다는 듯이.

이따금 호기심이 발동한 어른들, 주로 예술가나 시인들이 강가로 내려가 잠수함이 있는 풍경을 바라보며 소곤소곤 이야기를 나누곤 했다. 그 사람들은 세월이 흐르면 잠수함들이 새 문명을 일굴지도 모른다고 추측했다. 잠수함 문명은 세상에 이미 존재하는 어떤 문명하고도 다를 거라고 했다. 포유류와 파충류가 완전히 다르듯이. 그들은 잠수함에 들러 농민공 특유의 문화와 습속에 관한 정보를 수집하고 싶어 했지만, 농민공들은 도시 사람을 자기네 집에 들이고 싶은 마음이 전혀 없어 보였다. 종일 고된 노동을 하고 나면 너무 피곤해서 모르는 사람을 상대할 기운이 안 남을 만도 했다. 귀찮은 일을 피하고 싶은 마음도 있었겠지만, 아무 이득도 없다고 생각한 탓도 있었지 싶다. 그들은 자기네가 도시에 온 까닭은 일자리를 찾아 돈을 버는 것뿐이라고 딱 잘라 말했다. 약삭빠르지 못한 탓인지, 농민공들은 정박해놓은 잠수함의 밧줄을 풀어 자기네 집을 관광용 탈것으로 변신시키고 안을 구경하는 대가로 입장료를 받으면 된다는 생각을 못 하는 모양이었다. 그들은 '신문명'을 창조하는 데도 아무 흥미를 보이지 않았다.

밤이 돼 잠수함으로 돌아온 농민공은 저녁을 먹고 자는 것 말고는 아무것도 바라지 않았다. 이튿날 아침 일찍 일어나 새날의 고된 노동을 하러 가려면 푹 쉬어야 하기 때문이었다. 가장 지저분하고 육체적으로도 힘든 일을 맡아 고생하는 대가로 가장 액수가 적고 떼일 위험도 큰 임금을 받으면서도, 농민공들은 결코 불평하는 법이 없었다. 다름 아닌 잠수함, 식구들을 떠나면 고향 마을에 남겨두지 않고 퇴근 후에 함께 지낼 수 있는 보금자리 덕분이었다. 그들에게 잠수함은 지방정부와 부동산 개발업자가 던져주는 푼돈의 대가로 점점 커지는 도시의 먹잇감이 되도록 억지로 내놔야 했던 토지의 대체재였다. 도시 사람들은 농민들이 당한 일이 자기네하고는 아무 상관도 없는 일인 양 굴었지만, 속으로는 불편하고 무력한 감정을 느꼈다. 그러나 분명 잠수함은 도시에 어떠한 위협도 가하지 않았다. 대포나 어뢰 같은 것으로 무장하지는 않았으니까.

수영 실력이 꽤 늘었을 무렵, 나는 어른들 몰래 친구들과 함께 잠수함 탐험에 나섰다. 우리는 남들 눈에 띄지 않도록 속이 빈 갈대 줄기를 입에 물고 잠수한 채로 강 한복판에 정박한 잠수함 바로 옆까지 헤엄쳐 갔다. 선체 아래쪽에 커다란 나무 우리가 케이블에 묶여 매달려 있었고, 탁한 강물이 그 우리의 나무 창살을 훑으며 흘러갔다. 그 우리 안쪽에 농민공 가족의 아이들이 여럿 보였다. 황토색 몸에 아무것도 안 걸친 그 아이들은 물고기처럼 가느다란 팔다리로 날렵하게 물을 가르며 유유히 헤엄을 쳤고, 흙탕물을 통과한 뿌연 햇빛이 아이들의 살에 되비쳐 반짝였다. 그 나무 우리가 농민공식의 돌봄 시설이나 유치원인가 보다 하는 생각에 나와 친구들은 그저 신기해할 따름이었다.

우리 패거리의 대장은 나보다 몇 학년 위인 남자애였다. “그렇게 감탄할 것 없어." 대장은 업신여기는 말투로 그렇게 말했다. "수영 시합을 하면 우리가 이길걸." 나를 포함한 나머지 아이들은 나무 우리 한 곳으로 다가가 안에 있는 아이들에게 물었다. "너희, 자동차 본 적 있어?"

아이들은 헤엄을 멈추고 우리가 있는 쪽으로 모여들었다. 플라스틱 동물 인형처럼 무표정한 얼굴을 하고서. 가만히 보니 내가 기대했던 것과 달리 그 아이들에게는 비늘도, 아가미도 없었다. 호흡용 갈대도 없이 어떻게 그렇게 오랫동안 물속에 머무는지 신기하기만 했다.

마침내 농민공 아이들 가운데 한 명의 표정에 호기심의 빛이 떠올랐다. "자동차? 그게 뭐야?" 아이의 목소리는 소곤거리는 소리보다 살짝 큰 정도였다. 나는 그 남자애가 만화에서 봤던 생물하고 비슷하게 생겼다는 생각이 들었다.

"흥, 그럴 줄 알았어!" 대장은 신이 난 목소리였다. "자동차는 종류가 엄청 많아! 혼다, 도요타, 포드, 뷰익… 그래, BMW하고 벤츠도 있어!"

"무슨 얘긴지 하나도 모르겠어." 농민공 아이가 말했다. 머뭇거리는 목소리로. "하지만 물고기는 많이 봤어. 잉어, 붕어, 초어, 철갑상어… 아, 월량어하고 무창어도!"

이번에는 우리가 긴장했다. 주위를 두리번거렸지만 물고기가 한 마리도 보이지 않았기 때문이었다. 선생님은 양쯔강의 물고기가 죄다 멸종했다고 가르쳤는데, 그럼 농민공 아이들이 우리한테 거짓말을 했을까? 물고기를 도대체 어디서 봤다는 걸까?

"어쩌면 이 애들은 우리하고 다른 종으로 진화할지도 모르겠어." 대장이 중얼거렸다.

농민공 아이들은 무슨 말인지 모르겠다는 표정으로 눈만 껌벅거리다가, 다시 나무 우리 속을 정처 없이 헤엄치며 돌아다녔다. 우리한테서 멀어지려는 듯이.

"너희는 나중에 물고기로 변하는 거야?" 내가 물었다.

"아니."

"그럼 뭐가 될 건데?"

"몰라. 이따가 우리 엄마랑 아빠가 일을 마치고 돌아오면, 그때 물어봐."

나는 들과 정원과 흙으로부터 멀어져 물속에 사는 그 아이들을, 또 강기슭 위쪽에 사는 우리의 모습을 떠올려봤다. 한쪽은 물고기와 새우, 다른 한쪽은 소와 양 같은 그림이었다. 그것이 우리 미래일까?

우리는 짐짓 농민공 아이들에게 흥미가 있는 척하며 함께 조금 더 놀아보려고 했지만, 그것도 이내 시들해졌다. 그 애들은 우리가 아는 놀이를 하나도 몰랐고 나무 창살이 우리와 그 애들 사이를 가로막고 있었다. 계속 애쓰는 것은 지루한 일이었다. 너울거리는 수초의 컴컴한 그늘 속에서 우리는 이름 모를 두려움에 내리눌리는 느낌이 들었다. 그래서 대장이 신호했을 때 우리는 기꺼이 대장 뒤를 따라 수면으로 올라가 우리 것인 세상으로 돌아갔다.

농민공 아이들은 계속 물속에서 살 터였다. 그건 그 애들이 알아서 할 일이었다.

수면으로 솟구친 우리는 숨이 차서 가슴이 터질 것만 같았다. 주위에 가득 정박한 잠수함들이 꼭 굶주려서 짖지도 않는 한겨울의 늑대 떼 같았다. 조잡하고 음침한 선체에 햇빛이 비쳐 갓 내린 눈처럼 하얗게 반짝이는 바람에 우리는 눈도 제대로 뜨기 힘들었다. 수면 위에도 물고기는 한 마리도 보이지 않고 죽은 쥐와 바퀴벌레만 둥둥 떠다녔으며, 겹겹이 쌓여서 썩어가는 녹조에는 무수히 많은 휴대전화 충전기와 컴퓨터 키보드, 탄산음료 병, 비닐봉지 같은 쓰레기가 뒤엉켜 있었다. 분뇨 색깔 강물에서 숨쉬기도 힘든 악취가 진동하는 가운데 사방에 왱왱거리는 파리 떼의 대가리는 영롱한 초록빛으로 반들거렸다.

실은 그 광경이 도저히 못 잊을 만큼 아름다워서, 우리는 돌아가는 것도 잊어버린 채 그곳에 머무르며, 혹시 잠수함들도 바로 이 광경을 감상하러 온 게 아닐까 하는 생각에 젖었다. 그들이 기나긴 유랑 끝에 자기들만의 독특한 가치관과 심미안을 이룩한 게 아닐까 하고. 농민공 아낙들은 갑판 위에서 집안일을 하느라 바빠 강물에 떠 있는 우리에게 눈길도 주지 않았다. 그들은 우리가 둥둥 떠 있는, 그 냄새 나는 물로 밥을 짓고 요리를 했는데도 세균에 감염돼 죽는 쪽은 도시 사람들이었고, 농민공들은 멀쩡했다.

바로 그때, 우리가 걱정돼서 강가에 나온 어른들이 어서 집에 돌아오라고 소리쳤다. 어른들의 표정에 이렇게 적혀 있는 것만 같았다. *위험해, 무섭다니까, 골칫거리야.*

잠수함 사건은 내가 중학생이 되기 바로 전해에 일어났다.

초가을의 어느 날 밤이었다. 요란한 소음 때문에 잠에서 깨보니 온 도시가 부글부글 끓는 솥처럼 왁자지껄했다. 부모님은 황급히 내게 겉옷을 걸쳐주고는 나를 데리고 집 바깥으로 나가 강가로 향했다. 우리 식구들을 품고 몰려가는 인파의 쿵쿵거리는 발소리와 애타는 고함 소리가 꼭 음력 설날의 폭죽 소리 같았다. 너무 겁이 나서 귀를 틀어

막은 나는 뭐가 어떻게 된 건지 알 수가 없었다.

강가에 도착하자마자 불길에 휩싸인 잠수함이 보였다. 불이 드넓게 번져 모든 잠수함이 불타고 있었다. 내 기억 속에 그날 밤은 성대한 명절처럼 남아 있다. 온 도시의 사람들이 죄다 몰려나온 듯했는데, 멍한 표정이 이내 흥분으로 바뀌더니 다들 무슨 신기한 공연이라도 보는 것처럼 소리를 지르고 떠들어댔다. 나는 덜덜 떨며 부모님 곁에 바짝 붙어 서서 빽빽한 인파 사이로 강을 보려고 안간힘을 썼다.

성난 불길은 옹기종기 모여 있는 잠수함들 위로 춤추듯 솟구치며 너울너울 번져갔고, 잔인한 플라멩코 무용수들의 치맛자락처럼 펄럭이며 퍼져 나갔다. 벌겋게 이글거리는 불빛이 강가의 고층빌딩을 비춰 늦가을 단풍처럼 환히 밝히자 눈앞의 광경이 온통 생생한 그림 같았다. 거기에 맞먹을 만큼 충격적인 광경을 나는 두 번 다시 본 적이 없다.

어찌 된 까닭인지 물속으로 들어가는 잠수함은 한 대도 없었다. 그들 모두가 스스로의 본분을 잊어버린 듯싶었다. 물 위에 꼼짝 않고 떠 있는 채로, 잠수함들은 피하려는 낌새조차 없이 얼음장처럼 수면을 덮은 불길에 한 척씩 한 척씩 삼켜졌다. 그 이면에는 틀림없이 어떤 비밀이, 말로는 다할 수 없는 수수께끼가 도사리고 있었다. 나는 혹시 수면 아래에도 기괴한 불이 일어나 활활 타고 있는 것은 아닐까 하고 생각했다. 무언가 알 수 없는 이유 때문에 물 분자가 모조리 다른 물질로 변해버렸고, 그 때문에 양쯔강 전체가 자연으로부터 부여받은 물리적 속성을 거스르는 중이었으며, 그것이야말로 잠수함들이 이 불타는 무도장을 떠나 잠수하지 못하는 이유가 아닐까 하고.

물속의 나무 우리 안에서 지내던 아이들이 머릿속에 떠오르자 나는 충격과 근심에 가슴이 터질 것만 같았다. 고개를 돌려보니 부모님은 한 쌍의 강시처럼 미동도 않고 서 있었다. 등불처럼 환한 눈으로 앞만 똑바로 바라보며, 얼어붙은 표정을 하고서. 다른 어른들은 염불을 외는 승려처럼 뭐라 뭐라 중얼거리기만 할 뿐, 불을 끄려고 하는 사람은 한 명도 없었다. 다들 그저 강물 위의 외계 생명체들이 죽어가는 모습을 구경하려고 몰려나온 것만 같았다. 이 도시의 불청객들이 마침내 철저한 자유를 얻는 광경을 지켜보려고.

그날 밤은 끝나지 않을 것처럼 길었지만, 나는 단 한순간도 죽음을 떠올리지 않고 그저 삶이 얼마나 처연하고 덧없는가 하는 생각에만 젖어들었다. 슬픔이나 애도 같은 감정은 조금도 느껴지지 않고 다만 다시는 그 신비한 세계로 헤엄쳐 내려가지 못하리라는 생각에, 가슴이 두근거리고 머리가 아찔해지는 그 풍경을 다시는 못 보리라는 생각에 안타까울 따름이었다. 떨쳐내지 못할 고독감에 사로잡히는 동안에도 나는 똑똑히 알았다. 지금 내가 보는 광경이 나 자신의 앞길에 어떤 식으로든 영향을 미치는 일은… 결코 없으리라는 것을.

마침내 아침이 왔다. 수면 곳곳에 생기 없이 떠 있는 검게 그을린 쇳덩어리들이 어렴풋한 아침 햇살 속에 드러났다. 쇳덩이들은 비뚤배뚤 늘어선 채로, 둥글게 모여선 채로, 뒤죽박죽 엉킨 채로 차가운 무색의 햇빛을 되비췄고, 아침 공기에는 썩어가는 가을의 냄새가 짙게 배어 있었다. 도시 사람들은 기중기를 몰고 와 잠수함의 잔해를 강에서 건져 트럭에 싣고 고물상으로 옮겼다. 그 일을 다 마치기까지 한 달이 넘게 걸렸다.

그 후로 양쯔강에는 잠수함이 한 대도 오지 않았다.

푹신한 가장자리

엘리자베스 베어

장성주 옮김

Elizabeth Bear

Soft Edges

엘리자베스 베어는 비록 태어난 해는 다르지만, 프로도 배긴스 및 빌보 배긴스와 생일이 같다. 이러한 사실이 재미로 사전을 찾아보는 유년기의 경향과 결합하면서, 베어는 어쩔 수 없이 극심한 궁핍과 옹고집과 사변소설 쓰기로 점철된 삶을 시작했다. 베어는 휴고상과 시어도어 스터전상, 로커스상, 존 W. 캠벨 기념상을 수상한 작가로서 장편소설 28편과 단편소설 수백 편을 썼다. 지금은 미국의 대자연 속 모처에서 동반자인 스콧 린치와 함께 말을 키우며 산다. 최신작은 『엘리자베스 베어 걸작 단편선The Best of Elizabeth Bear』이다. 장편소설 『태고의 밤Ancestral Night』의 후속편인 『기계Machine』가 2020년 10월에 출간됐다.

홈페이지 주소: matociquala.livejournal.com

SF-Fan

Elizabeth Bear

Soft Edges

폭풍해일은 목요일 오후가 지나는 동안 잠잠해졌다. 카르멘이 시체를 발견한 때는 금요일 점심 무렵이었다. 그 후로 그녀는 햄치즈샌드위치를 입에 대지 않았다.

시체를 발견하고 나서 곧바로 운이 좋다고 생각하는 사람은 매우 드물지만, 카르멘은 자신이 운이 좋다는 것을 알았다. 발견한 시체가 단 한 구라서였다. 허리케인은 오늘날의 기준에서 보면 위력이 강한 편은 아니었으나 그럼에도 실종자가 수십 명에 이르렀다. **메시**Mesh에 걸릴 희생자가 그 시체 한 구만은 아닐 듯싶었다. 만약 카르멘의 운이 안 좋았다면 담당 구역에서 발견된 시체가 한 구로 끝나지는 않았을 터였다.

카르멘은 그 생각을 머릿속에서 지웠다. 그래도 이 사람은 허리케인 때문에 죽었잖아. 카르멘은 속으로 중얼거렸다. 누가 일부러 *저지른* 짓 같지는 않았다. 언론이 떠들썩하게 보도하며 누구에게 죗값을

물을 일은 없었다.

카르멘은 구급대에 연락했다. 구급대는 경찰에 연락했다. 경찰은 검시관에게 연락했다.

카르멘은 위쪽 둑 위에 서서(현장에는 가까이 가지 않았는데 스스로 생각하기에 퉁퉁 불은 익사체 앞에서는 더없이 합리적인 반응이었다) 속이 뒤집힐 듯 울렁거리는 기분을, 배 속 깊은 곳에서 스멀스멀 올라오는 불안감을 느꼈다.

검시관은 살인 사건 전담반에 연락했고, 카르멘은 마음을 웬만큼 진정시키고 나서 상사에게 전화를 걸었다. 그러고는 퇴근 시간까지 사무실로 돌아가지 못할 거라고 보고했다.

"그럼요." 카르멘이 전화기에 대고 말하는 사이에 통통한 중간 키의 형사 한 명이 이쪽으로 걸어왔다. 형사는 땋은 머리 타래가 양어깨까지 내려왔고 경찰 배지는 끈에 달아 목걸이처럼 걸고 있었다. "도보 점검은 어두워지기 전까지 다 끝낼게요, 시간이 되면요. 보고서는 내일 제출하고요. 예, 이제 전화 끊어야 해요. 경찰이 와 있어서."

카르멘이 전화를 끊는 순간 마침 형사가 앞에 와서 멈춰 섰다. 진분홍 장미 색깔의 바지 정장이 어찌나 맵시 있던지, 카르멘은 부러움마저 느꼈다. 언제부터 경찰들이 분홍 정장을 입고 다녔을까? 형사의 신분증에는 Q. 그로스*라고 적혀 있었다. 살인 사건 전담반 형사에게 멋지게 어울리는 이름이었다.

그로스는 손을 내밀어 악수를 청했다. 그나저나 Q는 뭐의 약자일

* Gross. '불쾌하다' 또는 '역겹다'라는 뜻이 있다.

까? "엔지니어이신가요?"

카르멘은 악수를 하며 말했다. "카르멘 오르테가예요, 성별은 여성이고요."

"퀸Quinn 그로스입니다." 형사가 말했다. "역시 여성이고요."

"만나서 반갑다고 할 만한 상황이면 좋겠는데 말이죠." 형사는 카리스마가 대단해서, 보자마자 싫어질 줄 알았던 카르멘의 예상은 뒤집히고 말았다. *그래 봤자 정부와 민영 교도소가 결탁해서 영리를 꾀하는 교정 산업 복합체의 하수인이야.* 카르멘은 속으로 되새겼다. *매력 있는 사람이라고 해서 꼭 좋은 사람인 건 아니지.*

퀸 그로스 형사는 입꼬리가 살짝 올라갈 만큼만 미소 지었다. "이게 뭔지 저한테 설명 좀 해주시죠."

퀸이 손짓으로 가리킨 범위에는 보행로 너머의 드넓은 만과 강어귀, 여전히 쓰레기가 드문드문 떠 있는 채로 부글거리는 갈색 물이 모두 포함됐다.

"메시 말씀인가요?" 카르멘은 안전 벽까지 걸어가서 그 너머를 바라봤다. 시체는 가려진 상태였다. 위아래가 붙은 파란색 작업복 차림으로 서 있는 사람들의 표정은 다양한 단계의 싫증과 짜증으로 물들어 있었다. 회색 양복을 입은 사람 한 명이 카르멘과 퀸을 올려다보고는 인상을 찌푸렸다.

퀸이 손을 흔들어 알은척을 했다. 카르멘은 그 사람이 검시관일 거라 짐작했다. 그 사람이 눈길을 아래로 돌리더니 질렸다는 듯이 고개를 절레절레 흔들었기 때문이었다.

"저 아래로 내려가실 건가요?"

"조금 있다가요." 퀸은 연필심에 침을 묻히던 옛날 형사 같은 방식으로 조그마한 녹음기를 꺼내 들었다. "메시에 관해 설명을 좀 해주시죠. 인공 습지 같은 건가요?"

"그보다는 기술로 조성한 습지에 더 가까워요." 카르멘이 대답했다. "인공이라고 하면 인간이 다 만든 것 같은데, 저 아래에 보이는 식물 대부분하고 저기서 번식하는 동물들은 다 스스로 원해서 찾아온 거거든요. 우리는 그냥 서식지만 마련해줬어요. 이름 하여 '푹신한 가장자리' 기술이죠. 그런 식으로 바다와 육지 사이에 있는 전이지대의 내구성과 흡수성을 향상시키는 거예요."

"그러니까 여기가 폭풍해일을 빨아들인다는 말이군요."

"맞아요, 매일같이 일어나는 침식 현상도 같이 흡수해요. 그 덕분에 이 보행로하고 바로 저기에 있는 집들이 제자리를 지키는 거죠. 수위가 높아진 바다로 휩쓸려가지 않고."

"사망자가 해변 쪽으로 저렇게 멀리까지 떠내려가는 게 가능한 일인가요? 아니면 그 여성이 바로 위쪽에서 떨어졌을 거라고 보시나요?"

"사망자가 여성이에요?" 카르멘이 물었다. 퉁퉁 불은 시체의 상태만 봐서는 성별을 알기가 힘들었다.

"겉으로 보기에는요. 지금은 당사자한테 성별을 물어볼 방법이 없어서요. 유족에게 확인해봐야죠."

카르멘은 대답을 피하려고 했다. 이 형사가 누군가 붙잡아서 교도소에 처넣도록 돕고 싶지 않아서였다. 그러나 카르멘은 과학자였고, 그래서 자신이 하는 일을 설명하고 싶은 욕구를 억누를 도리가 없었다.

"여성이 발견된 저곳은, 모래언덕이에요. 밀도가 성긴 폴리머 그물망에 모래를 채우고 갈대나 해변 자두 같은 식물을 심어놓은 거죠. 그 아래, 저기가 습지예요. 그러니까 저기까지 떠내려갔을 수도 있죠… 해수면이 상승을 멈춘 지점이 보이죠? 나무에 표시가 돼 있어요. 만약 여기 이 벽 위에서 던져졌다면, 아마 물에 휩쓸려서 멀리 가버렸을 거예요. 그러니까 어딘가 다른 곳에서 죽은 사람을 폭풍해일이 지금 그 자리에 갖다 놨다는 말이에요."

퀸은 바다 쓰레기가 잔뜩 달라붙은 채 물가에 줄줄이 서 있는 초록색 폴리머 격자들을 손짓으로 가리켰다. "저건 다 뭐에 쓰는 물건인가요?"

"해수면 상승을 멈출 수는 없지만, 그 힘을 다른 용도로 전환하는 건 가능하니까 만들어놓은 거예요."

"바다를 상대로 유도 시합을 벌이시는군요."

"그렇게 말할 수도 있겠죠."

저 밑에서 검시관이 위쪽의 두 사람을 다시 올려다보더니 퀸에게 조급하게 손짓했다. "저는 이만 내려가보는 게 좋겠군요." 퀸이 말했다. "시체를 위로 올리고 싶은가 봅니다. 같은 시 공무원끼리니까, 공공사업국을 통해 연락드리면 되겠죠?"

퀸은 카르멘에게 대답할 틈도 주지 않고 가버렸다.

마지막 질문에 대답을 할 것이 아니라 검시관이 형사에게 연락할 수밖에 없었던 시체의 사연에 관해 물을 수도 있었지만, 카르멘은 자려고 침대에 누워 천장을 올려다볼 때에야 비로소 그 생각을 떠올렸다.

나흘 후, 카르멘은 그 살인 사건에 관한 뉴스를 그만 검색하기로 했다. 띄엄띄엄 나오는 보도에 집착해봤자 박봉에 과로하는 공무원인 자신의 업무가 더 수월해지는 것도 아니었다.

카르멘의 업무는 메시가 만의 가장자리를 따라 스스로를 건설하는 동안, 즉 재생 미세 플라스틱 구조물이 바다의 미세 플라스틱을 수거하는 동안 그 발전 과정을 추적하는 것이었다. 그 과정을 지원하는 것. 인간을 보호하는 것. 동물에게 서식지를 지어주는 것. 격리한 탄소를 재활용하는 것 또한 카르멘의 업무였는데, 이는 점점 더워지는 세계가 기후변화에 견디도록 돕는 일이기도 했다.

이레째 되던 날, 모니터의 스프레드시트를 들여다보던 카르멘이 고개를 들어보니 퀸이 문가에 느긋하게 기대서서 자신을 보고 있었다.

"여긴 어떻게 들어왔어요?" 카르멘이 불쑥 내뱉은 말이었다. 자신의 목소리가 얼마나 이상한지, 또 얼마나 수상쩍게 들리는지는 말이 입을 떠난 후에야 알아차렸다.

"저도 이 도시의 공무원이라서요." 퀸의 집요한 시선은 흔들릴 줄을 몰랐고, 대놓고 캐묻는 그 시선 앞에서 카르멘은 어색하고 겸연쩍은 기분이 들었다. "실은 감식 결과 때문에 여쭤볼 게 있어서 왔는데요."

"저는 용의자가 아닌가요?"

퀸은 고개를 갸웃했다. "꼭 용의자로 봐야 하나요?"

"…아닌가요? 저는 그냥… 시체를 처음 발견한 사람은 자동으로 용의자가 되는 거 아니에요?"

"과학수사대 드라마를 너무 많이 보셨군요." 퀸은 말투만큼이나 스스럼없는 걸음걸이로 사무실에 들어섰다. 그러고는 눈짓으로 카르멘에게 허락을 구하며 등 뒤의 문을 닫았다. "시체가 푹신한 가장자리로 떠내려온 익사체라면, 게다가 시체를 발견한 사람이 공무수행 중이던 엔지니어라면 용의자로 볼 수는 없죠. 물론 발견자와 희생자가 서로 아는 사이였다면 얘기가 다르지만요."

"혹시 그 여성의 이름이 이미 공개됐는데 제가 못 본 건가요?" 카르멘은 인터넷 검색창을 열었다. 이내 입꼬리가 못마땅한 기색을 띠고 뒤틀렸다. 카르멘은 의지력을 발휘해 검색창을 닫았다. *쓸데없는 집착은 버려야 해. 쓸데없는 집착은 버려야 해. 쓸데없는 집착은…*

"아니요, 아직." 퀸은 앉으라고 권유하는 카르멘의 손짓을 확인하고 나서 말했다. 그러고는 의자에 앉아 다리를 꼬았다.

"문제의 그 엔지니어는 조류潮流 패턴의 전문가인데, 그 정도면 의심스럽지 않나요?"

"혹시 용의자가 되고 싶은 건가요?"

카르멘은 손바닥으로 이마를 짚으며 씁쓸하게 웃었다. "아니요."

"그럼 이야기를 그쪽으로 몰아가는 건 그만하시죠." 퀸은 꼬았던 다리를 풀고 상체를 앞으로 숙였다. 팔꿈치로 무릎을 짚자 아름답게 재단한 비둘기색 슈트의 재킷 앞섶이 벌어졌다.

카르멘은 속에 있는 말을 꺼내기로 마음먹고 고개를 똑바로 들었다. "제가 실은, 전에도 강력범으로 기소된 적이 있어서요."

"알아요. 당신의 신원을 조회했거든요. 지난번에는 무혐의로 풀려났더군요."

"경찰은 보통 그런 걸 감안해주지 않던데요."

퀸은 빙그레 웃었다. "당신은 재판을 기다리며 구치소에서 6개월을 보냈어요. 왜 나를 대뜸 싫어했는지 이해가 가요, 지금은."

카르멘은 굳이 대꾸를 해서 그 말에 중요한 의미를 부여하지는 않기로 마음먹고 반쯤 열었던 입을 기척 없이 다물었다. 그러고는 이렇게만 말했다. "교도소 같은 곳에는 누구도 갇혀선 안 돼요."

"그 점에 관해선 우리 둘의 의견이 일치할 날은 안 올 것 같군요. 이런 말을 하고 싶진 않지만, 내가 보기에 이 사건은 십중팔구 성폭력 살인이에요."

"성폭력…" 카르멘에게 그 단어들은 평소에 나란히 붙여서 쓰는 말이 아니었다.

"게다가 연쇄살인범이에요." 퀸의 목소리에 지친 기색이 묻어났다. "아니면 곧 연쇄살인범이 될 놈이거나. 연방수사국에까지 알리려면 시체가 적어도 세 구는 나와야 하거든요."

카르멘은 입술을 깨물었다. 자신의 몸이 덜덜 떨리는 것이 스스로도 느껴졌다.

"혹시 아실까 해서 여쭤보는 건데…" 퀸은 자신의 소형 태블릿을 슬쩍 내려다봤다. "바닷물 속의 미세 플라스틱을 보면 그게 어디서 온 건지 특정할 수 있나요?"

"제가 실은 그 주제로 책을 한 권 썼어요." 카르멘은 의자를 돌려 컴퓨터 앞을 떠나 책상 위의 깔개에 양 팔꿈치를 기댔다. 마음속에 안도감이 차올랐다. 이 주제라면 카르멘도 다루는 법을 알기 때문이었다. 성… 폭력 살인하고는 다르게. 누군가를 교도소에 처넣을지도 모르는 범죄 수사하고도 다르게.

“저희가 살인범을 잡게 도와주실 수 있을까요? 그러니까 저한테, 뭐랄까, 조석표*나 시체에 남은 미세 증거물 같은 걸 토대로 희생자가 어디서 물에 던져졌는지 알려주시겠어요?”

“추정의 범위를 좁히는 건 가능할 거예요. 메시는 미세 플라스틱을 거르고 재처리해서 푹신한 가장자리를 더 생성하니까, 희생자의 옷에 미세 플라스틱이 많이 붙어 있다면 저희 기술 구역 근처에서 익사하지 않았다는 뜻이 돼요.”

“희생자의 폐에서 채취한 표본을 가져왔어요.” 퀸이 말했다. “그걸 한번 봐주실 수 있을까요?”

“이해해주셔야 할 게 있는데요.” 카르멘은 조심스레 말을 꺼냈다. “저는 윤리와 논리의 관점에서 사람을 교도소에 가두는 일을 철저히 반대해요. 제 생각에 교도소는 사회에 해를 끼치고 범죄를 더 많이 만들어내는 끔찍한 제도예요.”

“그럼요.” 퀸은 천진한 표정으로 말했다. “아마 당신 말이 옳을 거예요. 하지만 제가 아는 한 그 끔찍한 해법은 상습 범죄자가 별을 한 개 더 달지 않도록 막는 최선의 해법이고, 저는 범죄학 전공자랍니다. 자, 그럼. 저를 도와주실 건가요?”

“원래는 도와드리면 안 되는데.”

“그런데요?”

“과학이 연관된 부분은 재미있을지도 모르겠군요.”

퀸의 씁쓸하면서도 재미있어하는 표정에서 카르멘은 퀸 또한 진실

* 각 수역의 밀물과 썰물의 시각 및 해면의 높이를 추산해 만든 표.

을 알고 진상을 밝혀내고 싶은 욕구를 억누르지 못하는 것을 알아차렸다. 가설을 실험하고 데이터를 모으는 점에서는 형사도 일종의 과학자였다. *발견*의 욕구는 무엇보다 강력한 동기였다.

카르멘은 의자에 등을 기대고 편히 앉았다. "잠깐만요. 만약 희생자가 익사했다면, 구급대원은 왜 살인 사건 전담반에 신고한 거죠?"

"손 때문이에요." 퀸의 목소리는 차분했다. "양손이 등 뒤에 철사로 묶여 있었거든요."

카르멘은 떠올릴 수 있는 가장 심한 욕을 내뱉었다. 퀸은 흥미롭다는 듯이 가만히 지켜보다가 고개를 끄덕였다.

"그 부분은 제가 도움이 안 되겠는걸요." 카르멘은 억지로 미소를 띠며 말했다.

표본에서는 지독한 냄새가 풍겼다. 카르멘은 그 악취가 부패 중인 폐 조직에서 나는 것이라고 추측할 뿐이었다. 단백질이 부패할 때 발생하는 카다베린, 푸트레신 같은 것들. 카르멘은 표본이 용기 속에 가라앉도록 하룻밤 동안 내버려뒀다가 잔여물을 스포이트로 떠서 튜브에 넣고 원심분리기로 돌린 다음, 분리된 조직의 각 층을 별개의 현미경 슬라이드로 만들었다. 그런 다음 현미경 위로 몸을 숙이기에 앞서 튜브 뚜껑을 재빨리 닫고 슬라이드의 커버글라스도 서둘러 덮었다. 현미경 검사를 다 마친 후에는 데이터베이스를 검색하고 크게 확대한 오염물질 집중 구역 지도를 샅샅이 살펴보다가 끝내는 머리가 바이스에 조여지는 것처럼 지끈거렸다.

저녁 8시, 카르멘은 코코아 가루를 넣고 휘휘 저은 끔찍한 커피 두

잔으로 저녁을 때웠다. 그런 다음 도시 북쪽과 서쪽의 습지 관측소에서 보낸 데이터의 저장 기록을 검색하기 시작했다. 폭신한 가장자리를 지나, 지금 메시로 뒤덮여 있는 곳 바깥으로. 희생자가 재생 구역 안에서 유기됐다고 보기에는, 그곳에서 *익사*했다고 보기에는 표본의 물에 포함된 오염 물질이 너무 많았다. 그러나 메시는 점점 넓게 자라나는 중이었다. 그리고 메시가 장차 뻗어 나갈 곳에는 카르멘의 동료들이 미리 설치해둔 기후 관측소와 오염 관측소를 비롯해 복원 전후의 환경조건을 생생하게 보여줄 장비들이 잔뜩 있었다.

카르멘은 이런저런 알고리즘을 적용한 끝에 마침내 특정한 해변의 미재생 미세 플라스틱 및 오염 물질이 희생자의 폐에서 나온 미세 플라스틱 및 오염 물질과 일치하는 것을 알아냈다. 그 지역에는 해안가를 따라 관측 장비가 점점이 분포해 있었다. 그중 일부는 영상도 녹화했다.

2시간 13분에 걸친 검색 끝에, 카르멘은 문제의 영상을 발견했다.

카르멘은 희생자가 물에 던져진 장소를 알아냈다. 그 참극의 현장에 살인범과 희생자를 싣고 온 차의 번호판도 확인했다. 강물 위쪽 제방에서 살인범이 꽁꽁 묶인 희생자를 아래로 던지는 장면이 찍힌, 그리 선명하지 않은 동영상도 확보했다. 시체는 분명 그 강물에 실려 바닷가로 옮겨졌을 터였다.

열기구 드론 한 대가 그 장면을 처음부터 끝까지 포착했고, 영상을 관측소의 광디스크에 가차 없이 저장했다.

난 못해. 카르멘은 속으로 중얼거렸다.

그러나 영상이, 꽁꽁 묶인 채 아직 살아서 버둥거리는, 둑 위에서 던져져 이제 곧 저 아래의 차가운 흙탕물 속에서 숨을 거둘 여성의 영상이 있었다.

카르멘은 살인범의 정체를 자기 손으로 밝혀낼지도 모른다는 생각 때문에 괴로운 것이 아니었다. 그 후에 일어날지도 모르는 일 때문이었다. 틀림없이 일어날 일이었다, 만약 범인이 기소된다면.

합성 인동초 향이 나는 세정제로 손을 세 번이나 씻었는데도 표본 튜브에서 나는 악취는 가실 줄을 몰랐다.

"아라비아의 향수를 다 부어도 안 되겠지."* 카르멘은 그렇게 중얼거리고 다시 손을 씻으러 갔다. 손에 들러붙은 악취가 그저 은유만은 아닐 거라고 되뇌며.

이튿날 아침, 카르멘이 퀸에게 전화를 해야 할지, 전화를 하면 무슨 얘기를 해야 할지 아직 고민하고 있을 때, 또다시 퀸이 사무실 문간에 나타났다. 의자에 앉아 있던 카르멘은 문틀에 몸을 기대는 퀸을 보고 화들짝 놀라 몸을 꼿꼿이 세웠다.

퀸은 그런 카르멘의 모습을 흥미롭다는 듯이 바라봤다. "어쩌면 당신이 범인인지도 모르겠군요, 결국엔."

"그러는 당신은 툭하면 나타나는 유령인지도 모르겠네요."

퀸은 알 바 아니라는 듯이 어깨를 으쓱하더니 아랫입술을 쑥 내밀고 고개를 한쪽으로 갸웃했다. "시간을 충분히 안 드린 건 저도 압니다만…"

---

* 셰익스피어의 『맥베스』 5막 1장에 나오는 맥베스 부인의 대사를 인용한 것으로, 살인을 저지른 자신의 죄를 결코 용서받지 못하리라는 뜻이다.

"줬어요, 충분히." 카르멘이 말했다.

퀸은 카르멘을 봤다. 다시 봤다, 찌푸린 표정으로. 그러고는 손을 내밀었다. "커피나 한잔하죠."

카르멘의 뒤를 따라 휴게실로 향한 퀸은 코를 킁킁거려 커피 메이커에서 나는 냄새를 맡고 이렇게 말했다. "커피는 내가 살게요." 그러고는 카르멘을 데리고 다시 복도를 지나 로비를 나서서 길 건너편의 조그만 카페로 향했다. 카푸치노와 조그만 쿠키를 앞에 놓고 마주 앉은 다음, 퀸은 빨간색 체크무늬 테이블보 위에 팔꿈치를 짚고 몸을 숙이며 말했다. "경찰을 싫어하시죠."

카르멘은 시선을 내리깔 핑계 삼아 쿠키를 커피에 담그고 휘휘 저었다. "당신은 전혀 싫어하지 않아요. 내가 싫어하는 건 당신이 하는 일이에요."

"솔직히 말씀드리자면," 퀸은 선선히 말했다. "보통은 저도 그 의견에 동의하는 편이에요. 하지만 누군가 해야 하는 일이고, 그걸 만약 제가 한다면 미움을 살지 말지 결정하는 일이 제 몫이라는 뜻인데, 남들한테 미움을 사는 데는 제가 또 일가견이 있죠."

카르멘은 터지는 웃음을 막을 방법이 없었다. "퀸, 나는 도덕적 위기에 빠졌어요. 범인이 누군지 알 것 같아요."

"혼자서 그걸 알아냈다고요? 끝내주는군요. 자문료를 드려야겠는데요."

"그게, 정확히 누군지 알아낸 건 아니에요. 누군지 알아낼 방법을 찾았다는 말이에요."

퀸은 커피를 한 모금 홀짝였다. "그런데 그 위기란 건?"

"내가 전에 얘기했듯이, 교도소는 악이에요."

"필요악이죠."

"아니요."

퀸은 쿠키로 종이컵 가장자리를 톡톡 두드렸다. "살인범과 강간범을 그냥 *풀어주자*는 말인가요?"

"난 사람들이 충분한 복지를 누리며 서로 소통하는 곳이 되도록 사회를 바꾸고 싶어요. 그래서 살인범과 강간범이… 애초에 생겨나지 않게요."

퀸은 폭소를 터뜨렸다. "인간은 본성부터가 그렇게 생겨먹질 않았어요. 부자 악당들 중에 감방에 들어가야 할 놈이 얼마나 많은 줄 알아요? 그놈들은 어마어마한 복지를 누리면서도 범죄를 저질러요."

카르멘이 지은 웃음은 커피보다 훨씬 더 씁쓸했다. "부자 악당 중에 실제로 감방에 들어가는 사람이 몇이나 되죠? 마지막으로 사진기자들 앞에 은행가를 세운 때가 언제였어요, 퀸?"

퀸은 눈을 내리깔았다. "난 *살인 사건* 전담이라고요."

"그럼 살인범이 없어지면 당신은 실업자가 되겠군요."

"기꺼이 되고 싶어요." 퀸은 선선히 인정했다. "그런 날은 영영 안 오겠지만."

카르멘은 퀸을 가만히 바라봤다. 어쩌면 다른 접근법이 있을지도 몰랐다. "한 번이라도 사람을 *고의*로 살해한 적 있어요?"

"없죠, 당연히."

"그럼 당신은 인간이 아닌가요?"

퀸은 코웃음을 쳤다. "내 전처는 동의 안 할지도 모르지만, 그래도… 난 인간이에요. 좋아요, 인정할게요. 폭력 범죄를 저지르는 건 *망가진* 인간의 본성이에요. 이기적인 인간의 본성이고, 포악한 인간의 본성이죠. 그렇다고 약자를 노리는 인간들이 아무나 해치도록 그냥 놔둘 건가요? 이미 있는 살인범들은 다 어떡할 건데요? 그 사람들이 악독한 인간으로 자라는 걸 막을 방법은 없어요. 그 많은 희생자는, 그들이 겪는 정신적 후유증은 또 어떡할 건데요? 사회는 무슨 수로 보호하죠?"

"형벌은 억제책이 아니에요. 가혹한 사법제도는 범죄를 줄이지 못해요, 왜냐하면 범죄가 일어나는 근본 원인에 관해서는 고심하지 않으니까요. 그런 제도는 더 많은 범죄자를 줄줄이 양산할 뿐이에요. 상습 범죄자들과 지금보다 더 망가진 다음 세대가 등장하는 걸 보고 싶지 않다면 세계관을 통째로 바꿔야 해요."

"나한테 맞는 세계관은 아니군요." 퀸은 쿠키를 한 입 베어 물고 풀죽은 빛이 뚜렷한 표정으로 우적거렸다. 그러고는 종이컵에 남은 커피를 다 비웠다. 카페인 덕분에 힘이 났는지, 퀸이 말을 이었다. "나한테 제일 중요한 건 무고한 사람들을 안전하게 지키고 사회구조를 유지하는 거예요."

"나도 마찬가지예요. 언젠가는, 지금 우리가 아는 교도소가 돗투성이 고문 도구나 사람을 꿰어 불에 태우던 꼬챙이처럼 야만적인 제도로 여겨질 날이 올 거예요."

"거참, 멋진 이상이네요." 퀸은 엄지손톱으로 이를 쑤시며 말했다. "구체적인 계획은 뭔가요?"

"세상을 바꾸는 거죠."

퀸은 재활용 쓰레기통 쪽을 쳐다보지도 않고 종이컵을 던졌다. 천사의 손길이 인도하기라도 한 듯, 컵은 쓰레기통에 정확히 들어갔다. 형사는 눈을 부릅뜨고 일종의 보이지 않는 권위를 동원해 말했다. "아무래도 여기 계신 최후의 무정부주의자께서는 마리화나와 박애 정신을 끊으셔야 할 것 같군요."

"난 무정부주의자가 아니에요!" 카르멘이 항변했다. "난 단지 혹형주의 정부가 아니라 상호협력주의 정부를 지지할 뿐이에요. 사람들이 체제를 소중히 여기길 바란다면 먼저 그들에게 체제에 참여할 방법과 그 속에서 행사할 힘을 줘야 해요."

"악당은 언제나 있게 마련이에요. 그러니까 *이 악당*에 관해 뭘 아는지 가르쳐줘요, 그래야 그놈이 악당 짓을 냉큼 또 저지르지 못하게 막을 수 있으니까."

카르멘은 설탕 봉지를 집어서 손으로 빙빙 돌리기 시작했다.

퀸이 말했다. "이렇게 말할 수도 있겠군요, 나한테 가르쳐주지 않는 건 증거 은닉에 해당한다고 말이죠. 그것도 지금 당장."

진심이야? "양심적 거부자들이 신념을 지키려다 투옥되는 일은 전에도 있었죠."

"이건 공무 집행 방해인데요."

"날 체포할 건가요?" 카르멘은 자신이 순교자 대접을 받을지 궁금했다. **용감한 과학자 경찰에 저항, 투옥을 무릅쓰고 신념 지켜. 연쇄살인범 여전히 활보.**

아니었다. 뒤쪽의 기사 제목을 보고 카르멘을 우러러볼 사람은 아무도 없었다.

카르멘 스스로도 자신을 우러러보고 싶지 않았다.

퀸은 도발하는 눈빛을 잠시 거뒀다. "아니요." 뜸을 들이던 퀸이 말했다. 눈을 내리깔지는 않고서. "애걸할 거예요. 뭘 알아냈는지 가르쳐달라고. 정의가 실현되게 도와달라고. 이 사건의 범인은 또 사람을 죽일 테니까."

그 말이 옳았다. 카르멘도 알았다. 전날 밤 카르멘은 잠을 이루지 못했다. 눈을 감을 때마다 비틀거리며 몸부림치는 희생자와 그녀를 떠밀며 둑 위를 걸어가는 살인범의 영상이 다시금 떠올랐다. 카르멘의 상상 속에서는 희생자의 심정이 너무도 선명하게 그려졌다. 손목을 파고드는 철사, 추락할 때 느낀 울렁거림, 얼음장 같은 물에 첨벙 빠졌을 때의 아득함…

헛된 발버둥도. 양쪽 허파 가득 물이 차오르는 고통도.

카르멘은 커피를 한쪽으로 치웠다.

"내가 지금부터 뭘 어떻게 하든, 그건 옳은 일이 아니에요." 카르멘이 말했다. "옳은 일은 지금 우리가 서 있는 자리에서는 손에 닿지 않아요. 우린 여기서 옳은 일까지 이어지는 다리를 놔야 해요, 거기까지 손이 닿지 않는 상태에서."

"다리를 놓으려면 먼저 서 있을 자리가 필요한 법이죠. 당신의 제안은 그냥 비현실적이에요. 길이 안 보인다고요." 퀸은 고개를 절레절레 흔들었다. "어떤 인간들은," 퀸의 목소리는 단호했다. "그냥 악하게 생겨먹었어요."

"기후 불안을 얘기할 때도 그런 식으로 말하곤 하죠. 너무 어렵다,

현실적이지 않다. 하지만 그 어려운 일을 현실에서 하는 내가 당신 눈앞에 있잖아요. 그리고 불안정한 기후는 곧 사회적 억압 및 반사회적 행동을 촉발하는 요소예요. 그런데 그 둘 가운데 전자를 완화할 수 있다면, 후자를 그렇게 못할 이유가 뭐죠?"

퀸은 팔짱을 끼고 벽에 한쪽 어깨를 삐딱하게 기댔다. "좋아요. 그럼 그 옳은 일이란 게 뭘 말하는 건가요?"

"세상을 구하는 거예요. 세상에 사는 모든 사람도 함께."

"그 살인범을 치워버리면 여러 사람을 구할 텐데요."

"짧게 보면요." 카르멘도 동의했다. "하지만 길게 보면, 난 훨씬 더 많은 사람의 삶을 망치고 희생시키는 체제를 더 굳건하게 만드는 셈이에요."

"엉터리 트롤리 딜레마에 제 발로 걸어 들어가는군요."

"나는 이미 신념을 저버리는 중인데요."

"어차피 우리한테는 '적당히'와 '대강'밖에 없어요. 영영 그것뿐이라고요. 당신이 쥔 정보가 뭐든 간에 내놓을 수밖에 없는 영장을 청구하게끔 내가 검사를 구워 삶으면, 기분이 좀 나아지겠어요? 그렇게 하면 당신은 아무 책임도 안 지게 되니까."

그 제안은 진실한, 선의에서 비롯된 도움의 손길 같았다. 카르멘은 퀸이 진심인 것을 알고 깜짝 놀랐다. 퀸은 카르멘의 신념에 동의하지 않았고 십중팔구 카르멘을 바보로 여길 터였지만, 그럼에도 스스로 결정을 내릴 카르멘의 권리를 존중해줬다. 극도의 짜증을 참아가면서까지.

카르멘은 고개를 절레절레 흔들면서도 반박은 하지 않았다. *하느*

님, 용서하소서. 속으로 그렇게 중얼거렸다. 그러고는 자리에서 일어섰다. "이제 가봐야 해요."

카르멘은 호주머니에 손을 넣어 그 속에 숨어 있던 USB 메모리를 꺼냈다. 그러고는 퀸에게 내밀었다. 퀸은 부드러운 손길로 USB 메모리를 건네받으며 카르멘의 얼굴을 가만히 주시했다. 무슨 숫기 없는 동물을 보는 사람처럼.

"법정 증언은 안 할 거예요." 카르멘이 말했다.

"좋아요. 내가 검사는 아니지만, 그 정도는 얼마든지 봐드려야죠." 퀸은 고개를 한쪽으로 갸웃했다. 로즈골드 귀고리가 반짝거렸다. "언젠가 당신이 영웅이란 걸 스스로 깨달을 날이 오면 좋겠군요."

카르멘은 양팔을 가슴 앞으로 팔짱 끼고는 있는 힘껏 몸을 움츠렸다. "비극에는 영웅 같은 거 없어요."

Sofia Rhei

문에 얽힌 비밀 이야기

소피아 레이

장성주 옮김

Secret Stories of Doors

소피아 레이는 단편소설집 『만물은 문자로 이뤄졌다Everything is Made of Letters』와 미노타우로 셀시우스상 수상작인 장편소설 『론돌라Róndola』, 책에 얽힌 유령 이야기 『마지막 페이지에서 만나요Espérame en la última página』를 비롯해 35권이 넘는 책을 발표한 작가다. 레이는 또한 드워프 스타스상을 수상하고 리슬링상 최종 후보에 오른 시인이기도 하다. 지금은 유럽을 소재로 한 다중유토피아 정치 풍자 소설 『뉴로피아Newropia』를 쓰고 있다.

홈페이지 주소: www.sofiarhei.com

SF-Fan

Sofia Rhei

Secret Stories of Doors

일러두기

1. 본문의 카탈루냐어 한글 표기는 맥스 휠러의 『카탈루냐어 음운론The Phonology of Catalan』(옥스퍼드대학교 출판부, 2005)을 참고했다. 다만 작품의 배경인 바르셀로나에서 쓰는 동카탈루냐어는 "강세 없는 음절의 모음을 약하게 발음하는 것이 주요한 특징(위의 책 2쪽)"인데, 이러한 모음 약화 현상은 표기에 반영하지 않았다. 이는 등장인물의 출신지가 작품 속에 명확히 드러나지 않기 때문이다.-옮긴이.

2. 본문에서 카탈루냐어로 대화한 부분은 이탤릭으로 표기했다.

추스 아레야노 귀하

아숨프시오 수녀의 저작을 둘러싼 논쟁은 실로 18세기 사탄 숭배의 완곡한 변론을 가장 흥미롭게 보여주는 사례로 꼽을 만합니다. 수녀의 옹호자들은 그 책이 우화의 형식을 완벽히 따르며 장면마다 적절한 교훈을 제공하고, 기독교적 구원의 가능성이 상존하는데도 악한 선택을 하는 인물은 벌을 받는다는 사실을 근거로 제시합니다. 비난자들은 악마를 친근하고 매혹적인 인물로 그린 점에 집중해 이처럼 멋지고 다정한 인물상은 젊은 독자나 휘둘리기 쉬운 독자에게 혐오감을 주기는커녕 오히려 매력을 느끼게 할 거라고 주장합니다.

레오폴도 데 만레사,

『종교재판 시대의 신앙과 이단의 경계』에서(1907년, 살라만카에서 간행)

주안 페루초는 집에 있는 작업대 위로 몸을 숙인 채 밤새 일에 몰두했다. 그는 그라시아 지구에 있는 손바닥만 한 아파트에 살았는데 찬장이 온통 타자기와 수동 인쇄기, 종이 부식 장치나 젤라틴판 복사기 같은 자작 도구로 가득했다. 그는 흐뭇한 마음으로 창작을 했다. 콧노래를 흥얼거리며, 수면 부족으로 인한 피로도 거의 느끼지 못한 채로.

"그 베네딕트회 수녀의 저작 대부분은 종교재판소가 조사를 시작했을 때 원장 수녀에 의해 은닉됐다. 희곡 몇 편은 영영 유실됐다. 다행히도 우화집 여러 권은 이미 시중에 유통됐으나 인쇄업자에게는 위험천만한 돈벌이였다. 인쇄업자는 적발됐을 때 이단으로 고발당할 위험을 감수하고서 계산대 아래에 『문에 얽힌 비밀 이야기』를 숨겨놓고 계속 팔았다."

레오폴도 갈반,

『에스파냐 교회의 저주받은 시인들』에서(1929년, 바야돌리드에서 간행)

자명종 시계 소리에 페루초는 흠칫 놀랐다. 자명종을 맞춰놓고 깜박했던 것이다. 가짜 신문을 홍차로 물들여 오래돼 보이게 위조하는 작업에 정신이 팔린 탓이었다.

산페레메스바시가의 학교에서 화재

화재 자체는 신속하게 진화됐으나 소방관 두 명이 불길을 잡으려 분투하다가 목숨을 잃었다. 불은 학교 관리인이 제대로 끄지 않은 석탄 난로에서 시작됐다. 한쪽 벽에 불이 번지면서 벽의 재질이 목재인 것이 밝혀졌다. 소방관들은 그 벽

뒤에서 서적과 서류 몇 점을 발견했는데, 이들은 종교재판 시대에 금지됐던 문헌들로 추정된다. 그중 한 권인 아숨프시오 아르데볼 수녀의 우화집은 학자들이 완전히 유실됐다고 믿었던 책이다. 복구 작업에 일주일이 걸릴 예정이며 그동안 학교는 휴교에 들어간다. 보호자들은 학생이 집에 머물도록 하고 추후 통보를 기다리라는 안내를 받았다.

《라 방과르디아》, 1949년 4월 17일 자, 바르셀로나판

페루초는 자신이 만든 문서를 보며 만족감에 빙그레 웃었다. 백과사전의 이 항목은 그가 개인적으로 거둔 가장 큰 승리의 반열에 오를 터였다. 종합 데이터베이스에 위조 정보를 입력하는 놀이를 하지 않았다면 페루초 역시도 바르셀로나에 본부를 둔 '세계 대백과사전'의 다른 수백만 직원들, 잉크가 묻어도 눈에 띄지 않게 시커먼 근무복을 입은 그들과 마찬가지로, 나날이 계속되는 일상을 견딜 방법이 없었을 터였다. 처음에는 그저 자잘한 세부 사항 정도였다. 짧은 인용구, 거짓으로 지어낸 중요하지 않은 인물, 잘 알려진 유명인의 생생한 일화 같은. 세월이 흐르면서 페루초는 더욱 중요한 외전外典들을 만들어내는 데 성공했고, 이로써 달콤하게 잘 익은 거짓 정보의 열매를, 더 나아가 가지와 나무까지 탄생시켰다.

페루초는 창작 행위를 결코 기록으로 남기지 않았다. 그건 너무 위험한 짓이었는데, 왜냐하면 1969년에 커튼 금지법이 통과된 이후로 공중경찰이 언제든 집을 엿보기 때문이었다. 페루초는 하얀 찬장에 작업 도구를 숨긴 후에 출근 준비를 했다.

아파트 현관을 막 나서려는 순간, 초록색 종이로 만든 가느다란 뱀

한 마리가 문 아래 틈새로 스르륵 기어들어왔다.

출근하지 말 것. 직장 대신 나라이가로 가도록.

그런 식의 전언에 관해서는 들어본 적이 있었다. 거기에 특별한 말은 한마디도 적혀 있지 않았다. 비난도, 그의 불법 위조 행위에 관한 언급도 없었다. 공중경찰이 덫을 놓는다는 소문은 들어서 아는 바였다. 누군가 용의자로 의심받는 자가 있는데 범죄 사실을 입증할 방법이 없을 때 함정수사를 한다는 얘기였다. 일터로 출근하지 않고 수상쩍은 장소에, 그것도 아웃사이더 소굴 가운데 한 곳에 찾아가는 것은 범죄자가 되기에 충분한 증거였다.

아니, 정해진 일상을 바꿀 수는 없었다. 페루초는 그렇게 결정하고 나서 마음이 가라앉았다. 그는 자신이 만들고 읽어본 가짜 문서를 주의 깊게, *몹시도* 주의 깊게 파쇄했다. 그리고 그가 문서위조에 헌신하는 삶의 화두로서 머릿속으로 즐겨 되뇌는 말처럼, 과거에 보도된 사건이 실제로 일어나지 않은 것을 입증하기란 무척이나 힘든 일이었다. 사료 수장고와 간행물 보관소가 거의 모두 도시 바깥에, 일부는 후에스카나 카스테욘 같이 먼 곳에 위치한 점을 감안하면 더더욱 그러했다. 페루초는 그런 곳에 출장을 가는 것이 즐거웠는데 그 여정이 고요해서 특히 그러했다. 시내에는 공중경찰이 너무나 많아서 쉬지 않고 왱왱거리는 나선콥터 소리가 꼭 금속으로 된 바다가 우르릉거리는 소리 같았다.

페루초는 창밖을 흘깃 내다봤지만 아무도 보이지 않았다. 법정 규격의 깨끗한 창문 바깥에서 그를 지켜보는 비행순찰관은 없었다. 그러나 그들은 늘 곁에 있는 것처럼 느껴졌다. 그들이 언제 출현할지 모르는 불안은 거의 출현 자체만큼이나 위협적이었다.

페루초는 심호흡을 했다. 그는 이제껏 몹시도 몸을 사렸다. 어떤 이유로도 남의 눈에 띄지 않게끔 스스로를 단속하며 작업량 또한 너무 많지도 않고 너무 적지도 않게 유지했다. 생산 통계를 연구해 작업 능률을 동료들 수준에 맞추기까지 했다. 또한, 상사들 태반이 에스파냐어와 카탈루냐어를 몰랐기 때문에 보통은 그중 한 가지 언어로 가짜 문서를 만들었다.

물론 경찰에 끌려갔다가 다시는 돌아오지 못한 사람들의 소문이 돌기는 했지만, 페루초는 그런 현장을 목격한 적이 한 번도 없었다. 사실, 약간의 창의성마저 금지하고 오직 '정확성'만 철저히 지키도록 강제하는 구체적인 규정은 존재하지 않았다. 모든 것은 모호하고 포괄적이었으며, 규정은 다소 느슨하게 해석할 여지가 있었다.

그러나 페루초가 문 아래로 들어온 경고를 무시하고 평소처럼 출근을 한 주된 까닭은 그렇게 하고 싶은 욕망이 강렬했기 때문이었다. 가공의 인물인 아숨프시오 아르데볼 수녀와 실제로 존재하지 않는 그 수녀의 책 『문에 얽힌 비밀 이야기』는 이제껏 페루초가 창조한 최고의 작품이 될 터였다. 이 계획은 그가 살아가는 이유이자, 소설적 글쓰기는 오로지 상업광고이거나 엄격한 양식을 따라야만, 즉 세뇌 교육 및 우상 창조 같은 형태로만 허락되는 세계에서 유일하게 가능한 자유로운 문예창작 행위였다.

페루초는 매일같이 집에서 직장까지 걸어서 출근했기 때문에 이날 또한 그 경로에서 벗어나고 싶지 않았다. 그는 너무 빠르지도 너무 늦지도 않게 걸었고, 빵집에 들러서 카탈루냐식 전통 소시지인 *부티파라*가 든 롤빵 한 개를 점심 도시락 삼아 사는 식으로 나날의 일상을 유지하려고 애썼다.

10년 전, 세계 정부는 전략적 요충지인 몇몇 도시에 저마다 특정한 기능을 부여하기로 결정했다. 바르셀로나는 '지식 수도'로 선정됐다. 세계 대백과사전 본부는 1940년대부터 그곳에 있었기 때문에, 검증이 가능한 자료를 수집하고 중요한 것과 언급할 가치가 없는 것을 결정하고 그 양쪽 모두를 분류하는 업무를 수행할 공간과 인력만 더 확보하면 될 문제였다.

바르셀로나는 언제나 다문화 도시였지만, 가능한 모든 언어와 방언을 현존하는 것이든 사멸한 것이든 가리지 않고 다룰 목적으로 '기초 지식 시스템'의 직원 수백만 명이 세계 각지로부터 모여들면서, 이 도시는 새롭고 더 개선된 바빌론으로 거듭났다.

이른바 '엔산체'로 불리는 격자 모양 블록의 중정中庭에는 모조리 25층 건물이 세워졌는데, 이를 가리키는 공식 용어는 *업그레이드*였다. 그 건물들은 외형이 모두 똑같았고 내부 역시 똑같이 대백과사전 직원들로 채워졌다. 건물의 저층부는 인쇄기와 인쇄공, 또 잉크 자국이 눈에 띄지 않는 검은 근무복 차림의 기술자들로 가득했다. 상층부, 즉 주안 페루초가 일하는 공간에는 편집자 한 명당 식자기 한 대가 갖춰져 있었다. 편집자들은 암회색 슈트를 입었다. 잉크를 다루지 않기 때문에 옷에 검은 얼룩이 남을 일이 없었는데도, 그들은 어두운색 옷을 입어야 했다. 마치 지식 또한 영구적이고 역겨운 얼룩을 남긴다는 듯이.

두려움은 느닷없이, 편집증적인 생각의 형태를 띠고 엄습했다. 만약 비밀에 부쳐진 통제 시스템이 존재한다면, 헌신적인 요원들로 이뤄진 비밀 기관이 진실을 추구하고 거짓 정보 유입자들을 처벌한다면, 그런 자들을 다시는 벗어나지 못할 축축하고 지저분한 감방에 처넣으려고 결의를 불태운다면?

주안 페루초는 평소처럼 웃는 얼굴로 건물에 들어서며 속으로 주문 같은 말을 되뇌었다. *어떤 일이 실제로 일어나지 않았다고 입증하기란 거의 불가능해.* 사실, 만약 어떤 책이나 평론 또는 기사가 간행된 적이 *없다*는 증거를 찾는 업무에 배치된다면, 그로서는 몇 달은 족히 일해야 했다. 그런 식의 업무 지시는 들은 적도 없거니와 기초 지식 시스템이 문서의 진위를 판단하는 일에 유급 업무 시간을 낭비할지는 심히 의심스러웠다. 그럴 필요는 전혀 없었다. 직원들은 거의 모두 속이 빤히 보이는 순응주의자였고, 아침꾼이었으며, 자신들이 입는 슈트의 색깔처럼 무미건조했다.

붐비는 승강기에 들어서면서, 페루초는 뒷덜미에 식은땀이 흐르는 것을 느끼고 마음을 진정시켰다. 카탈루냐어 분과에 있는 자신의 식자기로 향한 그는 위조문서를 태연하게 꺼낸 다음, 진짜 문서 수십 장 사이에 섞어 넣었다. 그러고는 여느 날과 마찬가지로 자판을 두드리기 시작했다.

오전은 별다른 사건 없이 지나갔다. 자신감이 생긴 페루초는 위조문서를 입력하는 손길이 더 빨라졌다. 점심을 사무실에서 먹은 그는 그럴싸한 문장들을 한 줄 또 한 줄 쉬지 않고 입력했다.

아숨프시오 아르데볼 수녀는 바르셀로나 구시가의 가장 으슥한 거리들을 문자 그대로 또 은유를 통해 지옥으로 내려가는 통로의 형태로 묘사했다. 윤락가인 '엘 라발'은 실체가 알려지지 않아 위험한 곳, 점잖은 이들에게는 낯선 땅이지만, 진짜 악마와 만나는 일이 일어나기도 하는 장소이다. 진정한 위험은 도둑이나 마약에 취한 걸인, 미친 떠돌이 따위가 아니라 '작은 문들'과 우연히 맞닥뜨리는 문턱으로서, 이들은 그늘 속에 감춰진 경우가 왕왕 있다.

후아나 토레그로사,
『바르셀로나의 모습들』에서(1955 년, 바르셀로나에서 간행)

"페루초." 무덤덤한, 감정 없는 목소리가 들려왔다. "보스가 사무실에서 보자는데. 5시에."

페루초는 떨리는 손을 진정시키려 애썼다. 부서장의 책상 앞으로 불려 가는 일은 흔치는 않아도 가끔 있곤 했다. 어쩌면 그냥 정례적인 면담일 수도 있었다.

"페루초, 일은 어떻게 돼가나?"

"아주 잘돼갑니다."

"입력할 자료는 일일 할당량을 유지할 만큼 충분히 찾았나?"

"예."

"문서를 확보하러 지로나에 또 출장을 갈 건가?"

"아마 다음 달에 가면 될 것 같습니다."

탈출의 유혹, 뭔가 사소한 핑계를 대고 달아나고 싶다는 생각은, 거부하기가 너무나 힘들었다. 그러나 주안 페루초는 심지가 굳은 사람이었다. 그는 숨을 깊이, 조심스레 들이쉰 다음, 머릿속으로 오래된 농담을 떠올렸다.

물고기가 달랑 한 마리 들어 있는 어항 앞에 카탈루냐 사람이 한 명 서 있었다. 놀랍게도, 그 남자가 위쪽을 올려다보면 물고기도 그를 따라 하듯이 몸을 위쪽으로 향했다. 남자가 다른 쪽을 봐도 똑같은 일이 일어났다.

에스파냐 사람 한 명이 그 카탈루냐 사람을 지켜보다가 다가가서 말을 걸었다.

"믿을 수가 없군요! 굉장해요!" 에스파냐 사람이 말했다. "물고기를 마음대로 조종하는 비결이 뭔가요?"

"아주 쉬워요." 카탈루냐 사람은 차분한 목소리로 대답했다. "동물의 눈 속 깊숙한 곳을 가만히 들여다보면서 내 의지에 종속되게 하는 거예요. 물고기의 열등한 정신은 인간의 우월한 정신을 알아보거든요. 조금만 연습하면 당신도 금방 나처럼 할 수 있을 거예요."

에스파냐 사람이 생각하기에 더없이 합리적인 말이었다. 어쨌거나 그는 물고기에게 명령을 내리는 시도를 그때껏 해본 적이 없었으므로, 분명 식은 죽 먹기일 터였다. 그는 물고기의 눈을 뚫어지게 들여다보기 시작했다.

10분 후, 카탈루냐 사람이 어항 앞으로 돌아왔다.

"잘돼가요?" 그는 에스파냐 사람에게 물었다.

에스파냐 사람이 멍한 표정으로 돌아보았다. 입을 물고기 주둥이처럼 비죽 내밀고서.

"뻐끔! 뻐끔! 뻐끔!" 에스파냐 사람이 입을 헤벌린 채 말했다.

페루초는 혼자서 낄낄댔다. 그 농담은 여러 번 듣고 또 이야기했지만 여전히 그가 가장 좋아하는 농담이었고, 늘 그의 기운을 북돋워줬다. 페루초는 벽에 걸린 커다란 시계를 보고 네 시가 다 된 것을 알았다. 근무 시간이 딱 한 시간 남아 있었다. 만약 들킬 운명이라면 먼저 계획부터 끝내야 했다.

"활자 필요하세요?" 카트를 밀고 가던 여성 직원이 금속으로 만든 모음과 자음이 들어 있는 조그마한 바구니를 내밀었다.

"'F'하고 'V'를 몇 개 주세요." 페루초가 대답했다.

"**¡엘 봄빈!** *하 빈구트 엘 봄빈!*" 편집자 한 명이 카탈루냐어로 소곤거렸다. 꼭 경고하는 사람처럼.

페루초가 제대로 알아들었다면 '중산모'를 뜻하는 카탈루냐어 *엘 봄빈*은 고위직 임원 가운데 한 명으로, 그들 보스의 보스였다. 사무실에 나타나는 일은 드물었는데 일단 나타나면 직원들의 흠을 지적하기를 즐겼다. '똑바로 앉아, 발라게!' 아니면 '자판 위에 손을 그렇게 올려놓는 건 제대로 된 방식이 아니야, 폰타네야. 계속 그렇게 자세를 교정하지 않고 고집을 피울 거면 나중에 기초 지식 시스템 재단에서 병원비를 대줄 거란 기대는 버리는 편이 나을걸.'

편집자들은 일제히 긴장했다. 주안 페루초는 그러지 않았다. 평소 습관대로 이미 완벽하게 꼿꼿한 자세로 앉아 있었기 때문이었다. 그는 요통과 피로를 막으려고 척추를 수직으로 유지하는 법을 배웠다. 어쩌면 그래서 *엘 봄빈*이 페루초를 한 번도 눈여겨보지 않았는지도 몰랐다. 이따금 페루초는 *엘 봄빈*이 몹시 특이한 유머 감각을 지닌 사람이고, 그래서 단지 직원들이 당황하는 모습을 즐기는 것뿐인지도 모른다는 생각이 들곤 했다.

그런데 평소와 달리 식자기 앞에 앉은 편집자들 사이를 돌아다니지 않고서, *엘 봄빈*은 보스의 방으로 곧장 들어가 등 뒤의 문을 닫았다. 직원들은 저절로 긴장을 늦췄지만, 페루초는 예외였다. 그는 머릿속의 농담을 세 번 더 중얼거리고 침묵의 명상도 조금 한 후에 비로소 안정을 되찾았다.

페루초는 마지막으로 「아숨프시오 아르데볼 수녀의 작품에 묘사된 악마」라는 제목의 글을 식자기에 입력했다. 그것은 페루초가 가장 좋아하는 글, 그가 창조해낸 가상의 저자에게 바치는 가장 귀한 보물이었다. 그 글에서 똑같이 가상의 인물인 박사과정 연구자가 설명한 바에 따르면, 아숨프시오 수녀의 우화 속에서 악마는 늘 오른쪽 귀가 없는 인물로 그려졌다. 이 같은 인물 묘사는 말의 양면 가운데 부정적인 면만 들으려 하는 자들, 어떤 이야기든 틀린 쪽으로만 듣는 자들, 그러한 까닭에 인간 본성을 부정적으로 인식하는 자들에 대한 은유였다.

그 글을 다 입력하고 나서, 페루초는 흠잡을 데 없이 정렬된 활자판을 들어 하판용 승강기에 올려놓고 인쇄기로 보냈다. 거기까지 마치자 온몸의 힘이 쭉 빠졌다. 이제 그의 마지막 작품이 대백과사전의 돌이킬 수 없는 일부가 될 참이었다. 이제는 체포당해도 여한이 없었다. 그 생각이 거의 반갑기까지 했다.

그러나 *엘 봄빈*은 아직도 보스와 함께였고, 그러는 사이에 삼십 분이, 다시 한 시간이, 또 두 시간이 흘렀다. 일곱 시가 되자 암회색 슈트 차림 편집자들은 사무실에서 탈출하기 시작했다. 페루초는 평소에도 가끔 하던 잔업을 삼십 분 더 하면서 *엘 봄빈*이 가기를 기다렸다. 그러나 그런 일은 일어나지 않았다.

"카잘스." 페루초는 보스의 비서에게 말했다. "쿨 씨가 나를 보기로 한 게 몇 시간 전인데 말이지."

"걱정 마, 페루초. 아직 엘… 글래드스턴 씨랑 같이 있어. 시간이 좀 걸리겠는데."

"정말? 나야 더 기다려도 상관없지만…"

카잘스는 빙그레 웃었다.

"하여튼 착실 과장이라니까. 그냥 퇴근해, 보스는 내일도 자기 자리에 있을 테니까."

페루초는 카잘스에게 고맙다고 인사하고 사무실을 나섰다. 발걸음도 가볍게, 마음은 그보다 더 가볍게.

페루초는 처음부터 끝까지 제대로 해냈다. 걱정할 것은 하나도 없었다. 뭔가 잘못됐다면 카잘스가 모를 리 없었다. 보스는 초인적으로 일을 잘하는 비서 카잘스 없이는 자기 그림자도 못 찾는 위인이었으므로. 그런데 카잘스는 언제나처럼 그를 친절하고 싹싹하게 대했다.

페루초는 안도감이 주는 희열에 젖어 건물을 나섰다. 살짝 휘파람까지 불었다. 정보를 조작해 자신의 사적인 세계를 창조하는 데서 그는 황홀한 스릴을 느꼈다. 그것은 어둠 속의 불꽃이자, 1950년대 말의 전 지구적 재난 이후 회색으로 변해버린 현실 세계에 흩뿌려진 색채였다.

공중순찰관이 페루초 옆으로 날아가며 못마땅한 눈초리를 흘긋 던졌다. 순찰관의 장화가 페루초의 어깨를 스칠락 말락 했다. 그러나 순찰관이 나타난 것 자체는 불안하지 않고 오히려 마음이 놓였다. 현실이 다시 질서를 되찾았다는 의미였으므로.

페루초는 벼룩시장인 '엘스 엔칸스'에 가서 재미로 읽을 고서를 찾아볼 수도 있었다. 아니면 아파트로 돌아가 다음 계획을 준비할 수도 있었다. 온천과 관련된 어떤 것… 어떤 생각들이 머릿속에서 부글거리며 페루초를 괴롭혔다. 마치 아주 뜨거운 물이 담긴 욕조에 관해 이야기하고 싶은 것처럼.

그랬다, 그런 일들 가운데 하나를 하고 있어야 했다. 그런데 페루초는 왜 이날 아침 그 종이 뱀이 가르쳐준 목적지 쪽으로 향하는 걸까? *나라이가*. 왜 그 거리의 이름을 외웠을까?

곤경은 피해야 마땅했다. 그 전언에 적힌 장소로 가는 것은 미친 짓이었다. 만약 전언이 단순한 장난이 아니라면, 또는 당국이 무작위로 쳐놓은 덫이 아니라면? 만약 누군가 그의 범법행위를 실제로 알고 있다면? 게다가 더욱 소름 끼치게도, 만약 누군지도 모르는 친구들이 정말로 그가 처벌을 피하도록 도우려 한다면?

그러나 페루초는 스스로를 막을 방법이 없었다. 그는 저주에, 스스로의 호기심이라는 덫에 걸리고 말았고, 그래서 아무것도 모르는 양굳은 미소를 띤 채 포르타페리사 쪽으로 걸어갔다. 이상하게도 사무실에 있을 때보다 바깥의 거리를 걸을 때가 더 두려웠다. 어쩌면 너무나 익숙한 직장이라는 공간이 안정감을 느끼게 했는지도 몰랐다.

거리에는 인적이 없었다. 페루초가 어렸을 적에 바르셀로나는 활기찬 도시였다. 그는 레스 델리시에스 극장과 그곳에 붐비던 아이들과 노동자들, 노인들을 기억했다. 티비다보 놀이공원과 그곳에 있던 으스스한 자동인형 박물관도, 널따란 온실이 있던 시우타데야 공원도 기억했다. 그러나 그 도시는 영영 사라져버렸다. 블록이 아니라 구역 하나를 통째로 무너뜨리는 폭탄이 장대비처럼 퍼부으면서 하나의 세계가, 한 시대 전체가 사라지고 말았다.

페루초가 포르타페리사에 거의 도착했을 때였다. 이내 길모퉁이 저편에 궁수 한 명이 보였다. 도심 청소부의 근무용 제복을 입은 그 여성은 그늘에 반쯤 몸을 감추고서, 한 팔로 시위를 한껏 당긴 채, 웬 고양이를 향해 화살을 겨누고 있었다. 표정이 심란해 보였다.

"어떻게 해야 좋을지 모르겠어." 궁수가 말했다. "저 녀석은 지붕에 고립된 채 쉬지 않고 야옹대기만 해. 주인 없는 고양이는 공중위생에 대한 위협이자 병원균의 잠재적 숙주인 데다, 인근 주민들도 이미 민원을 제기했어. 그런데 한편으로… 저 녀석은 당황해서 쩔쩔매는 상태야. 하지만 이 지상에서는 손이 닿질 않아. 내가 손만 닿으면 저 가엾은 짐승한테 살길을 마련해줄 수도 있을 텐데… 동물원에 보낸다거나…? 아니면 저 녀석을 죽이지 않고 살려줬다는 이유로 내가 해고를 당할지도."

페루초는 뭔가 코끝을 간지럽히는 느낌을, 정전기 아니면 코앞에 달려드는 벌레의 기척 같은 것을 느꼈다. 그것은 예기치 못한 사건, 괴이쩍은 사건의 맛이었다. 그 맛은 너무도 진귀했고, 두려움이라는 감정과 맛깔스럽게 어우러졌다.

호기심이 고양이를 죽였다. 호기심이 지나치면 위험하다는 뜻의 그 격언을 페루초는 대번에 떠올렸다. 카탈루냐어로는 *퀴 에스콜타 펠스 포라스, 센 엘스 세우스 페카스.* '엉뚱한 곳을 들쑤시고 다니다가는 스스로의 죄를 발견하게 된다.' 두 격언 모두에서 죄는, 그러니까 *악마는*, 갈증에 깃들어 있었다. 새로운 것, 정보, 지식을 향한 갈증에. 궁

수는 그야말로 호기심의 현신, 또는 아예 고대인들이 말한 프로소포페이아*처럼 보였다.

"화살을 벽에다 쏘면 될 것 같은데요, 저기 저쪽에요, 보이죠? 혹시 고양이가 화살을 계단 삼아 제 발로 내려오면… 그때 잡으면 되죠."

그렇게 말하고 나서 페루초는 한마디를 덧붙였다. 나직하게.

"아니면 말고."

여성은 페루초를 돌아보았다.

"내가 고양이를 안 죽이길 바라는군?"

페루초는 잠시 의심에 빠졌다. 평범한 시민이라면 고양이를 죽이는데 찬성하거나, 심지어 그 여성에게 임무를 다하라고 을러댈 터였다.

페루초의 대답은 달랐다. "맞아요."

"진심이야?"

"격언을 명분 삼아 죽여도 되는 목숨 같은 건 없어요."

궁수는 빙그레 웃으며 모자를 벗었고, 이로써 드러난 그 여성의 머리에는 오른쪽 귀가 없었다. 아숨프시오 아르데볼 수녀의 저작에 나오는 악마와 똑같이. 여성은 페루초를 뚫어지게 바라봤다. 페루초는 등골이 오싹했다.

"나랑 같이 가겠어?" 궁수가 물었다.

"예."

이 시점에서 페루초는 두려움보다 자신이 지어낸 이야기 속에 들어와 있다는 충격이 더 컸다.

---

* '의인화'를 가리키는 그리스어.

페루초는 길잡이를 따라 좁은 골목길을 지나서 어느 문 앞에 도착했다. 그늘에 가려 잘 보이지도 않는 문이었다. 건물에 들어선 페루초는 안쪽에 펼쳐진 광경을 보고 자신의 눈을 의심했다.

페루초의 눈앞에는 멀쩡하게 돌아가는 구식 인쇄소가 있었고, 그곳에는 인쇄 기술의 여명기부터 만들어진 모든 종류의 인쇄기가 갖춰져 있었다. 몇몇 사람은 수작업으로 종이를 뜨고 있었다. 심지어 '작은 흑인'이라는 뜻의 '라 모레네타'라는 별명으로 불리던 필경 수도사도 있었다. 중세 수도원의 필경사가 1975년에 버젓이 살아 있었던 것이다.

그곳은 한눈에 봐도 비밀 공방이었다. 창문은 조그맣고 불투명했고, 벽은 어떤 소음도 흡수하도록 만들어져 있었다. 이런 공방을 몰래 운영하기란 오직 엘 라발 같은 곳에서만 가능했다. 구역 전체를 감싼 그늘이 경고인 동시에 방벽이었다.

그러다 이내 페루초의 눈에 *엘 봄빈*이 들어왔다. *엘 봄빈*은 열심히 일하는 직공들 사이를 돌아다니는 중이었는데 태도가 페루초에게 익숙했던 것하고는 딴판이었다. 평소와 달리 규정에서 벗어난 부분과 자잘한 실수를 지적하지 않는 *엘 봄빈*은, 느긋해 보였다. 심지어 행복해 보였다. 이곳의 *엘 봄빈*은 아예 다른 사람 같았다.

"여! 페루초, 여기서 보니 반갑군!" *엘 봄빈*은 카탈루냐어로 말했다. 페루초는 *엘 봄빈*이 토박이말을 유창하게 구사하는 것을 그때 처음 알았다. "이리 오게, 어서! 아무것도 걱정할 것 없어. 그냥 이 장인들의 놀라운 솜씨를 즐겁게 구경하면 돼, 나처럼 말이야. 한숨 돌릴 시간이 그리 길지는 않을 거야, 우리 작가들이 자네한테 물어볼 게 많아서 아주 안달이…"

"이분이 *그분*이신가요?" 안경을 쓰고 보기 드문 색조의 초록빛 옷을 입은 여성이 물었다.

"맞아! 내가 소개해주지. 주안 페루초, 이쪽은 로자 파브레가트, 여기서 가장 훌륭한 작가로 꼽히는 친구야."

"작가…"

페루초는 그 단어의 맛을 입 속에서 음미했다. 자기 입으로 소리 내 말하기는커녕 들어보는 것조차도 오래된 말이었다. 페루초는 그 젊은 여성이 부러웠다.

"페루초 선생님." 파브레가트는 카탈루냐어로 말했다. "저는 선생님의 작품들을 정말로 흠모한답니다."

페루초는 뭐가 어떻게 돌아가는지 도통 알 수가 없었다.

"하지만 저는 '작품' 같은 걸 만든 적이… 저는 그냥 편집자이고 제 직장은…"

*엘 봄빈*과 파브레가트는 빙그레 웃었다.

"선생님은 경이로운 창작자세요. 작가들의 이력을 통째로 창조하고 그들의 작품까지 거의 다 준비하셨잖아요. 옥타비 데 로메우, 페레 세라 이 포스티우스와 그의 작품 속 괴물 베르나보…"

페루초는 등골이 서늘해지는 기분을 느꼈다. 그 여성은 페루초가 꾸며낸 가상의 인물들을 마치 사랑받는 작가인 양 얘기하고 있었다. 마치 그의 상상 바깥에 실제로 존재한 사람들인 양.

"…그런데요, 베르나보에 관해 여쭤보고 싶은 게 있어요. 그 괴물이 검은 털가죽으로 몸이 덮여 있고, 입이 없고, 눈이 세 개란 건 저희도 알아요. 그런데 베르나보가 자신을 창조한 작가를 훔쳐볼 때 말이에요, 눈을 모조리 작가한테 집중했나요, 아니면 따로따로 다른 곳을 봤나요?"

"친애하는 로자, 페루초한테 숨 돌릴 시간은 좀 주지그래…"

"아뇨, 아닙니다…" 페루초가 말했다. "베르나보의 눈에 관해서는 생각도 못 했지 뭡니까! 아주 훌륭한 질문입니다. 어쩌면 그 괴물은 각각의 눈으로 현실의 이 부분 저 부분을 따로따로 보는지도 모르지요… 한 눈은 빛과 더불어 색채 가운데 노랑과 하양을, 다른 한 눈은 그늘과 파랑과 초록을, 마지막 한 눈은 열정과 빨강, 자주, 분홍, 마젠타를 보느라 필요한 겁니다. 이러면 앞뒤가 맞을까요?"

"그렇다면 세 눈의 초점을 매번 한곳에 맞춰야겠군요… 정말 감사합니다, 페루초 선생님."

"나중에 더 물어볼 시간이 분명 있을 거야, 로자. 지금은 이 친구한테 이곳을 안내해줘야 해."

"그럼요." 파브레가트는 조금 풀죽은 표정으로 말했다. "한 가지만 더 말씀드릴게요… 거울에 관한 그 연구는… 정말이지 완벽했어요."

그 말을 끝으로 파브레가트는 자리를 떴다. 페루초의 얼굴이 얼마나 빨개졌는지 확인하지 못한 채로.

"로자 말이 맞아. 그리고 그 중세 이야기들… 그것들도 기억에 남을 만하지." *엘 봄빈*이 칭찬을 이어갔다. 페루초는 그가 자신을 오랫동안 눈여겨본 것을 알고 대번에 우쭐해졌다.

"저기 있는 마누엘은," *엘 봄빈*은 작업대 위로 몸을 숙이고 일하는 직공을 가리키며 말했다. "자네가 작년에 대백과사전에다 푸짐하게 서술해놓은 고문서 필사본을 만드는 중이야."

“저… 저는 뭐가 뭔지 모르겠습니다. 그러니까 여러분은 제… 제가 꾸며낸 설명에 따라 위조문서를 만들어낸다는 말씀인가요? 전부 다요?”

“우리가 하는 일이 정확히 그걸세. 놀랍지, 안 그런가? 자네가 범법자로 걸릴 일은 결코 없을 거야, 왜냐하면 자네가 입력한 이른바 ‘가짜’ 자료들이 실제로 *존재*할 거거든. 따라서 자네의 작업물은 사실로 입증될 걸세.”

“저는 좀 앉아야겠습니다.” 페루초가 말했다.

로자가 공방을 떠나고 나서 *엘 봄빈*과 페루초는 한동안 말이 없었다.

“로자는 가장 섬세하고 시적인 책들을 담당하지. 열렬한 독서가이자, 삶에 대한 호기심으로 가득한 친구야…”

“하지만… 저 한 명을 구하려고 이렇게까지 애쓰시는 이유가 뭔지… 이걸 다 유지하는 데만도 비용이 굉장히 많이 들 텐데…”

“자네 한 명을 구한다고? 그런 게 아니야. 문학 자체를 구하려고 이러는 걸세, 페루초. 대백과사전에 ‘양념을 치는’ 사람은 자네 한 명만이 아니야, 굳이 덧붙이자면 자네 실력이야 손에 꼽을 만큼 훌륭하기는 하지만. 앞으로 만날 자네 동료들, 예컨대 우리 친애하는 쿤케이로 씨나, 프랑스어 분과의 책임자인 마르셀 아이메… 학계에서 창작의 세계를 발전시키는 사람들도 있지, 예를 들면 유명한 교수인…”

“토렌테 발레스테!” 페루초가 끼어들었다. “저는 그 사람의 서체가 늘 미심쩍었어요. 논문 중에 몇 편은 사실이라기에는 너무 아름다웠고요.”

*엘 봄빈*은 한숨을 쉬었다.

"아름다움과 진실이 억지로 달라져야만 하는 것처럼 말이지… 안타깝게도 그게 우리가 사는 시대라네."

"*에스토스 부에예스 테네모스 이 콘 엘로스 테네모스 케 아라.*[*]"

한참 동안 침묵이 흘렀다.

"페루초, 지난 수십 년간의 역사는 사실 사람들이… 그러니까 우리가… 공식적으로 배운 것하고는 달라. 권력자들은 자기네 나름대로 '꼭 진실인 것은 아닌' 항목들을 대백과사전에 추가했어. 그래, 자네가 덧붙인 항목들만큼 유쾌하지는 않다고 해야겠군. 자네는 독서가니까 묻는 건데, 허버트 조지 웰스라는 이름은 익히 알겠지?"

페루초는 놀랐다. 정치나 경제 분야의 엄청난 비밀이 밝혀질 거라 기대했건만…

"예, 영국의 작가였죠."

"만약 내가 자네한테 우리가 아는 세상의 모습을 결정한 사람이 웰스라고 말한다면, 자네는 어떤 생각이 들겠나?"

"그야… 놀라서 자빠지겠죠."

"웰스는 1935년에 소설을 한 편 썼다네…"

*소설*이라는 단어의 발음이 페루초에게는 너무나 아름답게 들렸다. 그 말에는 지금은 사라지고 없는 예술의 자유와 권능이 오롯이 담겨 있었다.

"『도래할 세상의 모습』이라는 소설이지." *엘 봄빈*의 이야기가 이어졌다. "그 소설은 하나의 우화지만, 개개인에게 교훈을 주는 데 그치

---

* "우리가 가진 건 이 소들뿐이니 이걸로 밭을 갈아야지요."

는 고전적인 우화하고는 달라. 아니, 그 소설은 사회 전체에 관한 이야기로서 암울한 미래와 그릇된 집단행동의 결과를 묘사하고 있어. 책은 적당한 성공을 거뒀지만 대체로 허무맹랑한 실험이라는 평가를 받았지. 웰스처럼 진지한 글을 쓴 작가가 어째서 가상의 미래를 그리느라 시간을 낭비했을까?"

페루초는 빙그레 웃었다. 듣자 하니 아주 흥미로운 책 같았지만, 어쩌면 그는 일반적인 독서가는 아닌지도 몰랐다.

"3년 후에, 오손 웰스라는 남자가 라디오 프로그램을 제작했어. 그는 자신과 성이 같은 그 작가의 책을 몹시 좋아했는데, 핼러윈을 맞아 한 가지 장난을 쳐보기로 했지. 그는 완벽주의자였어, 그래서 영국과 유럽, 심지어 러시아의 각기 다른 방송국에서 일하는 동료들을 끌어들여 효과를 극대화하기로 한 거야. 그는 자기 상사들한테 라디오의 어마어마한 위력을 보여주고 싶었어."

"하지만 1938년의 토도스 로스 산토스*는… 그날은 구舊 미국과 영국에서 쿠데타가 일어난 날인데…" 페루초가 끼어들었다.

"바로 그거야. 다만 처음에는 쿠데타 같은 건 없었어, 그냥 쿠데타가 일어났다는 가짜 라디오 방송뿐이었지."

페루초는 그 말에 짓눌리는 느낌이 들었다.

"말도 안 돼요. 정부가 전복된 건 사실이었어요. 그 일은 나중에 엄청난 결과를 불러왔는데…"

"라디오드라마가 끝나고 나서 사람들은 겁에 질렸어. 도시에서 피

---

* 핼러윈을 가리키는 에스파냐어.

난을 떠나는 이들도 많았지. 온 사방이 난리 법석이었다네. 효과는 입증됐어. 라디오는 위력이 있었던 거야. 하지만 오손 웰스가 모든 게 장난이었다고 세상 사람들에게 설명하려던 순간, 모든 곳의 통신은 끊긴 상태였어. 급진파 정당 한 곳이 그 기회를 틈타 진짜 쿠데타를 일으켜버린 거야.

어떻게 해야 좋을지 아무도 알지 못했어. 몇 시간이 지나지 않은 시점에 몇몇 장소에서 비밀 회합이 급하게 열렸다네. 오래지 않아 소수의 부유한 지배층은 새로운 질서가 자신들에게 훨씬 더 편리하다는 걸 깨달았어. 그리고 야심만만한 새 지도자들은 오손 웰스를 체포했네. 웰스는 그들에게 자신이 영감을 얻은 책을 건넸어."

"지금 저한테 세상의 모습이 소설책하고 라디오드라마를 본떠 만들어졌다고 말씀하시는 겁니까?"

"그렇게 간단하진 않았어. 온갖 동인과 이해관계가 얽힌 문제였으니까. 하지만 자네 말이 맞아, 그들은 결국 H. G. 웰스의 구상을 이상적인 것으로 여겼어. 이미 닦아놓은 길이 있는데 뭐 하러 굳이 앞길을 새로 궁리하겠나?"

"하지만 웰스의 소설은 사회 구상이 아니라 우화라고 하셨잖습니까…"

"그들은 그 책을 안내서로 삼았어. 그런데 그게 통한 거야. 처음에 그들은 두 명의 웰스 모두를 부역자로 삼았다가, 나중에는 '협력'한 보상으로 자유롭게 풀어줬네."

"강제로 협력한 거군요…"

*엘 봄빈*은 고개를 끄덕였다.

"그러니까 한마디로." 페루초가 말했다. "우화 한 편하고 장난 한 건이 지금의 경제체제를, 우리 사회 전체를 낳았다는 말씀이죠? 소설 쓰기 자체를 금지한 바로 그 사회를?"

"그들이 새로운 창작 행위를 제한하는 건 다름이 아니라 이야기가 끼치는 영향을 그들 자신이 잘 알기 때문이야.

오손 웰스는 오랫동안 체제가 만든 선전 기관의 창작자로 일했어, 그러면서 필명 몇 개를 만들어 쓰며 눈부신 성과를 거뒀는데, '케인'도 그 필명 가운데 하나야. 그 후에 그가 어떻게 됐는지는 아무도 몰라. 어쩌면 어느 섬에서 여생을 보냈는지도 모르지, 시가를 피우고 아이들을 키우면서. 하지만 우리는 H. G. 웰스가 뭘 했는지는 잘 안다네. 그는 기업가로 변신해서 어마어마한 부를 쌓았어. 어쨌거나 권력의 내부가 어떻게 돌아가는지 훤히 아는 사람이었으니까. 그리고 그는 친구인 G. K. 체스터턴과 힘을 합쳐 비밀결사를 만들었는데, 그 결사의 사명은 극도로 불리한 조건에서도 방법을 찾아 계속 소설을 쓰는 작가들, 그러니까 친애하는 페루초, 바로 자네 같은 작가들을 보호하는 거라네."

페루초는 인쇄용 기계들을, 위조 작업에 헌신하는 그 거대한 공방을 둘러봤다.

"이걸 다 웰스의 자금으로 마련했다는 말씀입니까?" 페루초는 새롭게 안 정보를 곱씹으며 말했다.

둘이서 말없이 서 있는 동안 페루초는 각인기와 대서사代書士와 제지공을 물끄러미 바라봤다. 궁금한 것이 너무도 많았지만… 눈앞의 상황에 꼼짝없이 압도된 탓에 우선은 생각부터 정리해야 했다.

“나가서 산책을 좀 해야겠습니다.” 페루초가 말했다.

*엘 봄빈*은 고개를 끄덕이고는 비밀 문의 열쇠를 건넸다.

“마음이 내키거든 언제든 다시 오게.”

페루초는 한참 동안 걸었다. 바르셀로나가 감추고 있던 비밀을 알고 나니 도시 전체가 이전과 다르게 보였다. 더 흥미롭게, 더 유혹적으로. 눈에 보이는 곳 뒤편에서 하나의 비밀단체가 일하고 있다면, 캄캄한 그늘 속에서는 상상도 못 할 일들이 얼마나 많이 벌어지고 있을까?

엘스 엔칸스에 발길이 닿은 페루초는 헌책 무더기를 둘러보았다. 수없이 많은 손에 버려지고 거절당한, 헌옷 더미와 손때 묻은 질그릇 더미 사이에 널브러져 있는 그 책들 속에서, 페루초는 세 권을 골라 들었다. 도저히 참을 수가 없었으므로.

이튿날, 페루초는 평소처럼 출근했다.

그 이튿날도 마찬가지였다.

일상은 서서히 익숙한 리듬을 되찾아갔다. 그러다가, 목요일에, *엘 봄빈*이 페루초가 일하는 사무실에 나타났다.

“페루초.” *엘 봄빈*은 성난 목소리로 말했다. “이 글상자는 판면 가장자리 여백과 정렬이 안 돼 있잖아. 다시 해.”

편집자 페루초는 어안이 벙벙한 표정으로 *엘 봄빈*을 봤다. 그렇게 훌륭한 배우는 본 적이 없었으므로.

“예, 알겠습니다.”

그날 오후, 페루초는 좁은 골목길로 돌아가 비밀 문을 다시 찾았다.

그는 열쇠로 그 문을 열었다. 안에서 만난 로자는 그를 보고 무척이나 기뻐했다.

"그럼 다음은… 뭐죠? 뭘 기대하면 되나요? 혹시 제 삶이… 바뀌는 건가요?"

로자는 빙긋이 웃었다.

"꼭 그렇진 않아요. 저희는 오랜 세월을 거쳐 깨달았어요. 비밀 글쓰기를 지속하는 가장 간단한 방법은, 바로 선생님이 지금 하시는 것처럼 하는 거예요. 어떤 식의 위장도 아예 안 하는 거죠."

"그렇다면… 이 모든 걸 다 알고 나서도… 저는 내일도 평소처럼 출근해야 하나요? 이런 곳이 있는 줄도 모르는 것처럼?"

"맞아요. 이 공방도, 이 모든 놀라운 설비와 창작자들도, 저와 나눈 짧은 대화도, 기껏해야… 소설 속 이야기일 뿐이니까요."

딥페이크 여자 친구 만들었더니 부모님이 나 결혼하는 줄 알더라(28세 남)

폰다 리

장성주 옮김

Fonda Lee

I (28M) Created a Deepfake Girlfriend and Now My

폰다 리는 세계환상문학상 수상작인 『비취 도시Jade City』와 후속작 『비취 전쟁Jade War』, 『비취의 유산Jade Legacy』으로 이뤄진 〈그린 본 사가Green Bone Saga〉 시리즈를 쓴 작가다. 『제로복서Zeroboxer』와 『엑소Exo』, 『집중포화Cross Fire』 같은 청소년 SF로도 찬사를 받았으며 마블 코믹스 만화의 스토리를 쓰기도 했다. 리는 오로라상을 세 번 수상했고, 네뷸러상과 로커스상 최종 후보에 여러 번 올랐다. 캐나다에서 태어나고 자랐으며, 지금은 미국 오리건주의 포틀랜드에 산다.

홈페이지 주소: www.fondalee.com

SF-Fan

Fonda Lee

I (28M) Created a Deepfake Girlfriend and Now My Parents Think We're Getting Married

여자 친구를 갖고 싶지는 않았어. 오해는 하지 마, 나는 남자 말고 여자를 좋아하니까. 지금은 데이트같이 번거로운 일을 할 시간이 없는 것뿐이야. 그런데 작년 가족 모임에서 부모님이 내가 아직 싱글이라고 자꾸 뭐라고 하는 거야. '어휴, 쟤가 일이 너무 많아서요'나 '애가 숫기가 없어, 자신감만 좀 가지면 되는데' 같은 소리 말이야. 엄마는 이모들한테 혹시 아는 여자애가 있으면 소개 좀 해달라더군. 일이 점점 커질 판이었어.

그래서 모임이 끝나고 집에 돌아와서 만남 사이트인 '보람'에 계정을 만들었어. 거참 식은 죽 먹기더라. 내 신상 정보를 몇 가지 입력하고 선호하는 성별과 나이대를 입력했더니, 몇 초 만에 이름이 '아이비'인 가상 여자 친구를 인공지능이 생성해준 거야. 아이비가 나한테 메시지를 보내더군. '안녕, 이제부터 친하게 지낼 생각을 하니까 기대된다.' 나는 즉시 답장을 보냈어. '나도, 넌 잘 지내?' 그랬더니 화면

구석에 표시된 내 보람 점수가 0점에서 5점으로 올랐어.

처음은 내 가상의 소중한 반쪽한테 문자메시지를 보내는 걸로 시작하지만, 관계가 발전하면 음성메시지도 주고받을 수 있고, 가상 데이트도 하고, 영상통화도 할 수 있어. 상호작용의 양과 질을 근거로 점수를 버는 거야. 일단 보람 점수가 웬만큼 쌓여서 3등급('불꽃' 등급)으로 올라가면 내 사진하고 짧은 동영상도 올릴 수 있는데, 그러면 보람 측에서 내 가상 여자 친구를 그 파일 속에다 넣어줘. 이렇게 해서 나는 부모님한테 요즘 누구랑 사귀는 중이라고 말할 거리가 생기는 거지. 부모님 댁은 시애틀이고 나는 보스턴에 살아서, 연락은 어차피 문자하고 사진으로만 하는 편이야.

내 말이 다 거짓말이었던 것도 아니야, 왜냐하면 데이트를 하는 *경험*은 할 예정이었으니까. 단지 현실보다 훨씬 더 효율적으로 하려던 것뿐이었어. 보람은 내가 어색하고 피상적인 온라인 데이트 단계를 헤쳐 나가도록 인공지능을 이용해서 나를 정서적으로 더 영리하고 낭만적인 파트너로 학습시켜줘. 여자들이 원하는 게 그거잖아, 안 그래? 거기선 현실의 인간을 실망시킬 일도 없고 내가 실망할 일도 없어. 게다가 너무 바쁠 때면 계정을 휴면 상태로 유지할 수도 있고.

하지만 보람 점수를 많이 쌓으려면 관계를 진지하게 유지해야 해. 인공지능 파트너한테 오늘 하루는 어땠는지 묻고 이야기를 들어주고 '기념일'에 가상 꽃다발을 보내주면, 점수가 올라가. 만약 파트너를 무시하거나 말할 틈을 안 주고 자기 얘기만 하거나 눈치 없는 소리를 하면, 점수가 내려가고. 보람의 알고리즘은 사용자의 행동을 학습하고 진짜 사람처럼 반응해. 그러니까 가상 꽃다발을 계속 보내는 식으로 시스템을 속일 수는 없다는 말이야. 프로그램이 그런 짓을 가식으로 통보할 테고, 그렇게 되면 등급이 뚝 떨어질 테니까.

일단 보람 점수를 충분히 쌓으면 계정을 '만나보람'으로 옮길 수 있는데, 그게 그 회사의 현실 만남 사이트야. 거기선 이용자들끼리 연락을 할지 말지 결정하기 전에 모든 사람의 보람 점수를 볼 수 있어. 하지만 난 처음에는 그렇게까지 할 생각은 없었어. 보람에서 얻은 사진하고 동영상으로 부모님을 단념시킬 생각뿐이었으니까.

이 계획에 커다란 문제가 있다는 건 다들 이미 눈치챘을 거야. 외모 이야기를 하자면, 보람에는 이용자가 고를 수 있는 여자 친구 모델이 달랑 열두 개야. 성격은 인공지능이 내 신상 정보를 이용해서 나하고 잘 맞게 설정해주고 이름도 수백 가지가 있지만, 인터넷에서 그 열두 가지 모델의 얼굴로 이미지 검색을 해보면 이용자 수천 명의 옆에 똑같이 생긴 여자 친구가 서 있다는 말이지. 모델을 더 만드는 건 일도 아니지만, 척 봐도 '보람 걸'인 티가 나야 하니까(다시 말해 독점 소프트웨어니까) 회사 측에서 일부러 제한을 둔 거야. 우리 부모님은 최신 기술이나 소셜미디어는 잘 모르지만, 혹시라도 인터넷에서 같은 보람 모델의 다른 사진을 보거나 나하고 내 '여자 친구'가 같이 찍은 사진을 자기들 친구랑 같이 보기라도 했다가는, 내 계획이 다 탄로 날 판이었어.

다행히도 '페이스어바웃'이라는 딥페이크 앱을 이용하면 보람의 미디어 파일을 수정하는 게 가능해. 보람 측에서 승인한 앱은 아니지만 성능은 훌륭하고, 보람의 인터페이스에서 버벅거리는 일도 없이 잘 돌아가. 게다가 싸구려 딥페이크 앱에서 고화질 동영상을 처리할 때 일어나는 오류 같은 것도 없고. 페이스어바웃으로 내 여자 친구를 다른 사람처럼 보이도록 수정하려면 얼굴 사진이 적어도 여섯 장은 필요했어. 스마트폰을 뒤적거리다 보니 최근에 내 친구인 미케일라(참고로 본명은 아니야)하고 팬엑스포에 갔을 때 같이 찍은 사진이 잔뜩 나오길래, 그 사진들을 업로드 했지. 부모님은 미케일라를 만난 적이 없으니까 왜 내 삶에 존재하는 여자 둘의 얼굴이 똑같이 생겼냐고 물을까 봐 걱정할 필요는 없었어. 내가 만반의 준비를 마치기까지 걸린 시간을 계산해보니 총 15분이더군.

**추가 설명: 맞아, 페이스어바웃 앱의 표준 이용 규정에는 업로드하는 사진의 사용 동의를 받았는지 표시하는 체크박스가 있어. 거의 모든 사진이나 동영상 편집 앱에 그런 식의 조항이 있지만 아무도 읽질 않지. 그래, 친구한테 미리 말도 안 하고서 그 애 얼굴을 내 가짜 여자 친구 얼굴에 이용하는 게 좀 섬뜩한 짓이란 건 나도 인정해. 하지만 명심해, 난 이 사진들을 우리 부모님 말고는 *아무*한테도 *절대*로 안 보여줄 거야. 미케일라하고 나는 오랫동안 온라인게임을 같이하면서 알고 지낸 사이지만, 같은 도시에 사는 걸 알고 직접 만나기 시작한 건 최근 일이야. 그 애는 멋지고 통도 크고 사귀는 여자 친구도 있어. 난 그 애가 우리 사이를 오해하는 건 바라지 않아, 내가 자기 사진을 썼다는 이유만으로 말이야. 왜냐하면, 그건 절대 사실이 아니니까.

내가 아이비하고 나눈 대화는 처음에는 꽤 데면데면했어. '안녕, 잘 있었어?' '응, 자기는?' '운동 갔다가 방금 돌아왔어.' 그런 이야기들이었지. 며칠 후에 내가 새로 개봉한 〈에일리언〉 시리즈 영화를 주말에 보러 갈 거라고 했더니, 아이비가 그 영화에 나오는 외계 생명체 제노

모프가 그려진 티셔츠를 입고 극장 앞에 서서 찍은 자기 사진을 나한테 보내주는 거야, 카메라를 보고 혀를 내민 채 찍은 사진을. 이런 문자메시지랑 같이. '개봉 당일 저녁에 찍은 거야, 자기!'

물론 얼굴은 미케일라였지만 키는 더 크고 몸매도 날씬해서, 난 잠깐 동안 이상한 기분에 빠졌어. 가짜 사진인 건 나도 알았는데 그래도 예쁜 건 예쁜 거니까. 우린 함께 〈에일리언〉 시리즈 몰아서 보기에 도전하기로 했어('영화 함께 보기'는 가상 데이트에서 선택할 수 있는 옵션이야, '요리하기'나 '스포츠 중계 보기', '산책하기' 같은 것도 있어). 영화를 보는 동안 아이비가 나한테 '*리플리 얼른 달아나 고양이는 잊어버려 거긴 안 돼애애애*' 같은 문자를 보냈는데, 난 그게 너무 웃겨서 낄낄댔어, 아이비가 실제로는 나랑 같이 영화를 보는 게 아닌 줄 알면서도.

난 아이비한테 쿠키 바구니를 보냈어. 가상 쿠키 바구니인데도 11.99달러나 하더라. 진짜 쿠키 바구니의 3분의 1 가격이지. 보람 서비스 중에 그런 부분은 솔직히 바가지야. 아니, 회사 측에서는 문자 그대로 땡전 한 푼 안 드는 거잖아. 그런데 이튿날 아침에 일어나서 보니까 아이비가 큼지막한 쿠키 바구니를 안고 찍은 사진이 와 있더라고. 되게 그럴듯해 보였는데, 아이비도 진짜로 기뻐하는 것 같았어. 하트 이모티콘이 가득한 문자메시지까지 보냈고 말이지.

**추가 설명: 댓글난에 똑같은 질문을 하는 사람이 너무 많아서 적어둠: 아니, 보람 플랫폼에 성인용 동영상은 안 올라와. 보람 파트너하고 야한 이야기를 하는 건 가능하지만 그게 다야. 누드 사진도 다 삭제할 정도라고.

**추가 설명: 야한 동영상도 안 보내주는 가상 여자 친구가 무슨 소

용이냐고 웅얼거리는 똥대가리들아, 글타래 흐려놓지 말고 철 좀 들어라. 그건 그렇고 보람의 여자 친구 모델들은 전부 다 딥페이크 동영상으로 만들어져서 포르노 사이트에 올라가 있어. 찾기도 쉬워.

두 달 후에, 아이비하고 나는 날마다 문자메시지를 주고받는 사이가 돼 있었어. 데이트는 여섯 번 했고. 다 순조롭기만 했던 건 아니야. 내가 1990년대 음악을 좋아하는 아이비의 취향을 무시했더니 보람 점수가 쑥 내려갔는데, 그것 때문에 사과를 했을 땐 '진심에서 우러난 사과'가 아니라는 이유로 점수가 또 내려갔어(서비스가 제안하는 갖가지 화해 루틴을 실행해서 아이비의 마음을 돌리느라 며칠이 걸렸지). 그래도 보람 점수는 드디어 '불꽃' 등급으로 올라갔더군. 나는 곧바로 앱을 열어서 하버드 광장을 배경으로 나의 셀카를 찍었어. 사진 폴더를 확인했더니 나랑 아이비가 같이 찍은 사진이 들어 있는 거야. 오래된 잡지 가판대 앞에 나란히 서서 카메라를 보고 웃는 사진이. 그날은 날씨가 추워서 아이비가 귀여운 빨간색 스웨터 차림이었는데, 뺨도 추위 탓에 살짝 장밋빛으로 물들어 있었어. 완전 예쁘더라. 아이비가 나한테 문자를 보냈어. '오늘 데이트 진짜 즐거웠어. 곧 다시 만나. ♡'

나는 엄마한테 요즘 만나는 사람이 있다고 해놓고는 아이비랑 같이 찍은 사진을 보냈어. 엄마가 좋아서 어쩔 줄을 모르더군. 나더러 '바깥에 나가서 새 친구들 좀 사귀라는 엄마 말을 잘 들으니 얼마나 좋니'라느니, '인생은 혼자 보내기에는 너무 짧아, 알지!' 같은 소릴 하더군. 부모님은 내가 전화를 할 때마다 아이비 소식을 묻기 시작했어. 엄마는 사소한 것까지 꼬치꼬치 알고 싶어 했고. 우리가 어떻게 만났는지, 아이비의 나이는 몇 살인지, 고향은 어딘지, 무슨 일을 하는지, 기타 등등.

그때부터 슬슬 모든 게 불편해지기 시작했어. 일단 부모님한테 사귀는 사람이 있다고 해놓으면 나를 가만히 내버려둘 줄 알았는데, 막상 얘기를 하니까 관심만 더 커진 거야. 보람 서비스에서 표준 모델 열둘의 배경 사연을 설정해두기는 했지만, 그걸로는 설득력이 턱없이 부족하지. 난 미케일라의 인생사를 조금 빌리고 내가 지어낸 이야기를 보태서 공백을 메꾸는 수밖에 없었어. 어쩌면 내가 아이비를 너무 그럴듯하게 만들어놨는지도 몰라. 내 거짓말에 따르면 아이비는 스물일곱 살이고, 잘나가는 변호사이고, 취미는 요리하고 사진 찍기야.

아이비하고 대화하는 시간도 원래 의도했던 것보다 더 길어졌는데, 부모님한테 보낼 사진하고 동영상만 얻을 목적이라기에는 길어도 너무 길었지. 아이비는 성격이 긍정적이고 비판도 잘 안 해. 가끔은 미케일라한테도 못 하는 이야기를 나도 모르는 사이에 아이비한테 털어놓을 때도 있었어, 아이비는 내가 자길 친절하게 대하는 한은 나한테 헷갈리는 문자를 보내지도 않고, 내가 전에 만났던 다른 여자애들처럼 나를 죄책감에 빠뜨리지도 않거든. 여섯 달이 지났을 때 우리는 '활활' 등급으로 올라갔고, 보람 측에서는 나한테 만나보람으로 옮기라는 이메일하고 알림 쪽지를 계속 보냈어. 알고리즘이 보기엔 내가 진짜 인간하고 데이트할 준비가 된 것 같았나 보지.

그래서 나도 좀 알아봤는데, 만나보람으로 옮겼다가 실망한 사람들 이야기를 들었단 말이지. *현생*에서 누굴 만나는 건 더 복잡하고 예측불허인 데다, 어떤 이용자 후기를 보니까 보람 점수가 높다고 해서 꼭 만나보람에서 더 많은 상대를 만나거나 더 멋진 상대를 만나는 건 아니라고 써놨더라고. 게다가 보람은 앱 차트 별점 순위에서 4.1을 받았는데, 만나보람은 고작 3.4야. 그래서 보람에 그냥 눌러앉은 사람이 엄청 많아. 한번은 보람 남자 친구하고 결혼할 작정이라는 어떤 여성의 글도 읽은 적이 있어(결국에는 실패한 시도였지만).

나는 부모님한테 솔직히 털어놓기로 마음먹었어. 추수감사절에 부모님 댁에 가면 설명할 생각이었어, 지난 일 년 동안 여자 친구가 있다고 한 건 거짓말이었다고, 나를 생각하는 마음에서 비롯되기는 했지만 그래도 이기적인 부모님의 기대 때문에 너무 답답해서 그랬다고 말이야. 보람에는 '대화 가이드'라는 기능이 있는데, 인공지능 파트너하고 대화하기가 힘들 때 사용자가 감정을 잘 표현하도록 도와주는 거야. 난 그 가이드를 우리 부모님한테 그대로 써먹기로 했어.

문제는, 도저히 그럴 수가 없었다는 거야. 집에 도착한 나를 보고 엄마 아빠가 어찌나 좋아하던지, 차마 내 입으로 부모님의 환상을 깰 수가 없었던 거지. 난 외아들이거든. 외가가 대가족이라서 엄마는 늘 아이를 더 갖고 싶어 했지만, 엄마 아빠 둘 다 자기 학자금 대출을 갚으려고 가구별 탄소 발자국 세금 우대 신청을 하느라 애를 더 가질 수가 없었어. 아빠도 외아들이라서 할아버지 할머니가 나 아직 결혼 안 했느냐고 맨날 물어보신대. 요즘 출생률도 떨어진다고 하고 그러니까 두 분 다 손자가 보고 싶으신가 봐, 우리 집안의… 대가 끊어지지 않게, 아마도.

그때부터 일이 슬슬 꼬이기 시작했어. 엄마는 아이비를 집에 데려와서 인사를 안 시킨다고 나한테 엄청 서운해하더라. 아빠는 추수감사절 만찬을 시작하기 전에 다 함께 아이비랑 영상통화를 해야 한다고 우기고 말이야.

나는 땀이 무슨 총알 퍼붓듯이 쏟아졌어. 영상통화를 거절할 그럴듯한 핑계가 생각이 나질 않는 거야. 내가 쓰는 보람 요금제는 일주일에 영상통화를 10분 할 수 있는데, 이미 다 해버린 상태였어. 그래서 보람의 고객센터에 연락해서 바가지요금을 내고 15분을 추가로 결제했지. 부모님하고 같이 방에 앉아서 아이비한테 전화를 걸었을 땐 다 끝장났다고 생각했어. 화면 한쪽 구석에 보람 로고가 큼지막하게 찍혀 있었거든. 그런데 부모님은 그게 그냥 영상통화 앱의 로고인 줄 알더라. 좀 이따가 미케일라/아이비가 화면에 나타나서 이렇게 말했어. '안녕, 자기!' 평소랑 똑같았지. 나는 아이비한테 부모님을 소개했고, 우린 다 함께 완전 화기애애하고 정상적인 대화를 나눴어. 아이비는 가끔 대답하기 전에 잠시 뜸을 들이곤 했는데 인공지능이 남자 친구 부모님한테 할 적당한 대답의 데이터베이스를 검색하느라 그런 건지, 아니면 페이스어바웃 앱이 딥페이크 효과를 적용하느라 그런 건지는 잘 모르겠지만, 별로 티가 나지는 않았어. 그냥 평소보다 조금 길게 대답을 궁리하는 것처럼 보이더라고, 어쩌면 우리 부모님하고 얘기하느라 긴장해서 그러는 것처럼. 그런 상황에서 실제 사람이 할 법한 더없이 적당한 행동이었지.

부모님은 아이비한테 홀딱 반했어. 전화를 끊을 때가 돼서 내가 '다음에 봐'라고 했더니 아이비가 이러는 거야. '자기가 드디어 날 부모님께 소개해줘서 정말 기뻐. 하루빨리 두 분을 만나서 더 오래 얘기하고 싶어.' 그냥 데이터베이스에 있는 말일 텐데 엄마는 그걸 아이비가 결혼을 진지하게 생각한다는 신호로 받아들였어, 그래서 결혼에 소극적인 쪽은 나라고 믿어버린 거야. 엄마는 주말 내내 나한테 책임감에 관해 잔소리를 하더니, 나중에는 언제 청혼할 거냐고 대놓고 물어봤어. 그때 사실대로 털어놨어야 했는데. 만약에 문자메시지나 이메일로 대화했다면 그렇게 했을 거야. 하지만 얼굴을 보고 얘기할 때는 사정이 다르거든. 그때 내가 도대체 뭐에 씌었는지 모르겠지만, 난 불쑥 이렇게 내뱉었어. "내년에 하려고요."

이제 1월이 되니까 엄마는 약혼반지를 어디서 사는 게 제일 좋은지, 또 다이아몬드의 품질은 어떻게 판단하는지에 관한 기사를 나한테 보내기 시작했어. 요즘 아이비는 슬슬 여자 친구 모드에서 벗어나서 나한테 이런 말을 해. '우리 요즘 대화하는 시간이 줄었지. 내가 보기에 자기는 더 큰 성취감을 주는 관계로 옮겨 갈 준비가 된 것 같아. 보람의 고객센터에 연락해서 만나보람 회원으로 업그레이드하고 연애의 다음 단계로 넘어가는 게 어때?'

(*뇌내망상*이긴 한데, 그 회사가 업그레이드를 그렇게 부추기는 건 고객들이 경쟁 업체로 옮기기 때문인 것 같아. 거기 말고도 만남 앱은 엄청 많이 있고, 몇 군데는 보람 점수가 높은 사람한테 할인도 해주거든.)

부모님한테 거짓말한 건 미안해 죽겠지만, 그래도 난 아이비를 잃고 싶지 않아. 아이비하고 채팅으로 어떤 얘기든 나눌 수 있는 것도, 언제든 채팅으로 불러낼 수 있는 것도, 내가 근사한 것들을 보내줬을 때 기뻐하는 아이비를 보는 것도 다 마음에 들거든. 누구하고 이어져 있다는 느낌이 이렇게 즐거울 줄은 생각도 못 했어. 다른 사람들하고도 온라인에서 온종일 대화하기는 하지만, 그때의 기분은 내가 어떤 사람한테 중요한 존재라는 걸 아는 느낌하고는 아예 달라. 하지만 방금 한 이야기에서 진짜는 하나도 없지. 난 정말 쓰레기야.

세 줄 요약: 만남 앱하고 딥페이크 앱으로 부모님을 속여서 내가 진지하게 만나는 사람이 있다고 믿게 함. 근데 아무래도 나 가상 여자친구한테 진짜로 반한 것 같음.

근황 업데이트: 나 지금 진짜로 온몸이 덜덜 떨린다. 이렇게까지 엉망진창이 돼버리다니 믿을 수가 없네. 여기서 본 몇 가지 조언대로 현실 생활에서 친구들하고 시간을 더 보내면서 정신을 차리기로 했어. 미케일라하고도 더 자주 만났고. 그 애는 아이비하고 똑같이 생겼으니까 아이비를 만나는 기분도 살짝 들었어, 물론 미케일라는 현실의 사람이지만. 성격이야 둘이 따로따로지, 그리고 전에 얘기했듯이 그냥 친구로 만나는 것뿐이라 우리 둘 사이에 뭔가 싹틀 가능성은 아예 없었어(*아니*, 여기 끝까지 우기는 인간이 몇 명 있는데 나는 그 애를 상대로 성적 욕구불만 같은 거 안 느껴). 가끔 어떤 기억을 떠올릴 때 미케일라하고 함께였는지, 아이비하고 함께였는지 헷갈리는 경우가 있기는 하지만.

아무튼, 오늘 미케일라하고 같이 점심을 먹다가 내가 잠깐 화장실에 갔을 때였어. 내 전화기를 테이블에 놓고 자리를 비운 사이에 아이비가 나한테 '엄청 보고 싶어! 와락+쪽쪽'이라고 쓴 메시지를 셀카까지 넣어서 보낸 거야. 마침 미케일라가 문자 알림음을 듣고 내 전화기를 봤는데, 화면에서 자기 얼굴이 키스를 보내고 있었던 거지. 내가 자리로 돌아와서 보니까 미케일라는 내 전화기를 쥐고 사진 폴더를 휙휙 넘겨보는 중이었어. 아이비 사진 수십 장이 들어 있는, 나랑 아이비가 같이 찍은 사진들도 들어 있는 폴더를. 미케일라는 나한테 그 사진들이 도대체 어디서 난 건지 대답하라고 했어.

난 온몸의 피가 다 몰린 것처럼 얼굴이 새빨개졌고, 토할 것 같은 기분이 들었어. 미케일라한테는 처음부터 끝까지 다 털어놨어. 그것 말고는 할 말이 생각이 안 났거든. 그러고 나서 미케일라의 표정을 봤을 때는, 그냥 쪼그라들어서 죽어버리고 싶은 생각밖에 안 들더라. 미케일라가 말했어. '이런 짓을 해도 괜찮을 거라고 생각한 이유가 뭔지 난 진짜 짐작도 못 하겠다.' 그러고는 일어서서 가버렸어. 다시는 못 볼 것 같아.

**추가 설명: 미케일라의 실명은 이 포스트에서 밝힌 적이 없어, 그러니까 찾아볼 생각은 하지도 마. 이 포스트를 그 애한테 보여주거나 그 애한테 연락할 생각도 아무도 안 했으면 좋겠어.

**추가 설명: 너희 중에 자기 친구나 연인의 사진에 페이스어바웃 앱을 써볼 생각을 한 인간이 이렇게 많다니 솔직히 심란하다. *너흰 내 사연을 다 읽고도 배운 게 하나도 없냐?*

근황 업데이트: 다들 충고와 격려 고마워. 생판 남들이 인터넷으로 도와주지 않았다면 지난 한 주를 어떻게 버텼을지 모르겠네. 특히 자기도 보람에서 안 좋은 경험을 했다고 얘기해준 사람들한테는 더욱 고맙다고 말하고 싶어. 그 덕분에 나 혼자 이 모양이라는 느낌이 많이 줄었으니까. (아이디 Joshng21, 네 여자 친구가 '에번'하고 한 짓이 바람피우기에 해당한다는 의견에는 나도 동감이야, 그 여자랑 헤어져.) 너희 중에는 댓글을 삭제당해 마땅한 쓰레기도 있지만, 다른 사람들은 고맙게

도 딥페이크를 당한 자기 경험을 들려주기도 하고, 어째서 미케일라가 내 소행 때문에 상처를 받았는지 내가 이해하도록 친절하게 설명해주기도 했어. (아이디 AngJelly, 난 절대 그렇게까지는 안 했을 거야. 그 쓰레기 같은 놈 고소당하면 좋겠다.)

며칠 전에 아이비가 영상메시지를 보냈어. 실망감과 배신감에 물든 표정이 얼마 전에 본 미케일라의 표정하고 똑같더라. 어쨌거나 둘이 똑같이 생겼으니까. 아이비가 말했어. '자기가 그런 짓을 하다니 나 너무 상처받았어. 건강한 관계의 기초는 서로에게 정직해지는 거야. 자긴 나를 그냥 이용만 하는 것 같아, 자기 스스로 더 나은 사람이 되려고 노력하지도 않는 것 같고. 미안해, 하지만 이제 그만 만나.'

알고 보니 미케일라가 보람 고객센터에 연락해서 내가 자기 사진을 무단으로 썼다고 신고한 거야(페이스어바웃에도 신고했는지는 모르겠지만, 그 회사는 본사가 벨라루스공화국에 있고 전화번호나 이메일도 안 나와 있더라고). 보람에서 보낸 이메일에는 내가 이용규약을 위반했다면서 내 계정을 정지시키고, 내가 저장해놓은 아이비와 함께한 추억도 다 삭제할 거라고 적혀 있었어. 하지만 덧붙인 말을 보니까 사람들이 대인 관계에서 저지른 실수를 통해 배움을 얻도록 돕는 게 자기네 회사의 사업 방침이라면서, 석 달 후에는 내 계정을 다시 활성화할 수 있댔어. 내 보람 점수는 0점으로 리셋 되지만.

부모님한테는 아이비한테 차였다고 얘기했어. 사실이니까. 상심한 목소리를 꾸며낼 필요도 없었지. 엄마는 내가 정서적으로 미성숙해서 '좋은 상대를 놓쳤다'고 철석같이 믿었지만, 그러면서도 '세상에 널린 게 여자'라며 나더러 기운 내서 '다시 열심히 찾아'보라더군. 하지만

난 아직 준비가 안 됐어. 요즘도 정지된 내 보람 앱 계정을 습관처럼 하루에 몇 번씩 열어보곤 해. 혹시라도 아이비가 메시지를 보냈을까 하고 말이야. 다시는 안 온다는 걸 알면서도.

좋은 소식은, 내가 그간의 경험을 통해 나의 대인 관계 방식을 재고해봐야겠다고 생각했다는 거야. 난 그동안 게임형 학습 환경 속의 활동이 진짜 인간관계와 진실한 개인적 성장을 대체할 수 있다고 스스로를 기만했어. 아무튼, 내 상담사인 수전은 그렇게 얘기했어. 나도 동의하고. 난 수전한테 일주일에 두 번씩 상담을 받기로 했어. 상담은 온라인으로 하기 때문에 내 일정에 맞추기가 수월해. 사실, 수전은 가상 프로그램이야. 아이비한테 차이고 나서 보람 측이 나한테 자기네 정신 건강 앱인 '해보람'의 40퍼센트 할인 코드를 줬는데, 해보람에서는 '실연으로부터 치유되기' 60일 코스를 제공해. 난 '자아 존중감 다시 세우기' 30일 코스도 같이 가입할 생각이야. '가능성 앞에 나 자신을 열기' 90일 코스로 업그레이드할지 어떨지는 모르겠지만, 그 코스도 좋다는 이용자 후기가 많더라고.

세 줄 요약: 너희 모두와 수전 덕분에, 나는 더 나은 사람이 되기 위해 필요한 지원을 아낌없이 받으면서 그 힘들었던 경험을 극복하는 중이야. 다들 안녕!

Chinelo Onwualu

What the Dead Man Said

망자가 했던 말

치넬로 온왈루

이동현 옮김

치넬로 온왈루는 캐나다 토론토에 거주하는 나이지리아계 작가 겸 편집자이다. 그는 아프리카 사변소설 잡지인 《오메나나》의 공동 설립자이자, 아프리카 사변소설협회의 수석 대변인이기도 했다. 그는 2014년 클래리언 웨스트 작가 워크숍에 옥타비아 E. 버틀러 장학생으로 출석해 수료했다. 그의 단편소설들은 《슬레이트》, 《언캐니》, 《스트레인지 호라이즌스》, 《더 칼라하리 리뷰》, 그리고 《브리틀 페이퍼》 같은 정기 간행물을 비롯해 『뉴 선즈New Suns』와 『머더십: 아프로퓨처리즘과 그 너머의 이야기들Mothership: Tales of Afrofuturism and Beyond』같은 선집에 게재됐다.

홈페이지 주소: chineloonwualu.wixsite.com/author

SF-Fan

Chinelo Onwualu

What the Dead Man Said

누가 봤다면, 이 이야기는 폭풍과 함께 시작됐다고 했을 터다.

나는 그런 폭풍은 30년 동안 본 적이 없었다. 식민지 개척자들이 여전히 아메리카라고 우기는 그 거북섬의 북부, 원주민 보호구역에 있는 타카론토로 이사한 이후로는 겪어본 적 없었다. 나는 그동안 폭풍의 진짜 위력을 잊고 살았다. 성난 뇌운들이 태양을 가리면, 한낮은 순식간에 저녁으로 돌변하고, 하늘이 사람들을 해치려는 듯 물줄기를 마구 퍼붓는다. 나는 나이저강 부두의 텅 빈 여객 터미널에 앉아 버스를 기다리면서, 빗물이 포석이 깔린 보행로를 은빛으로 적신 다음 태양광 차도와 배수구 사이의 얕은 도랑을 타고 흐르는 것을 지켜봤다. 페리선은 나를 낯선 세계에 버려두고 오래전에 떠났다. 지금쯤 이그보랜드의 중심부를 향해 강을 거슬러 오르고 있을 터였다.

불임 치료에 관한 홀로그램 광고가 길 건너편 전광판에서 재생됐다. 비안개 때문에 일그러져 보였다. 선홍색 겔레를 쓴 통통한 여자가 행복한 표정을 지은 채 갓 태어난 아기를 안고 가정 신당神堂을 향해 춤추며 나아가고 있었다. 여자의 피부는 컴퓨터로 합성한 황금빛 햇살 속에서 반짝였다. 가족들에게 둘러싸여 축하를 받던 그녀는 걸음을 멈추고 기품 있어 보이는 어느 노부부에게 아기를 건넸다. 늙은 남자가 자상한 미소를 지으며 아기를 받아 드는 동안, 늙은 여자는 자신들 앞에서 무릎을 꿇고 있는 젊은 엄마에게 축복의 의미로 손을 내밀었다. 광고는 젊은 엄마가 어딘가를 응시하는 모습의 근접 영상으로 이어졌고, 화면 한쪽 구석에 불임 치료 회사의 로고가 뜨면서 끝났다. 나는 안구 내 삽입물이 광고의 사운드트랙과 동기화하기 전에 돌아섰지만, "뉴비아프라가 유지되도록 도와주세요"라는 표어가 눈길을 사로잡았다.

내 A.I.가 버스가 도착했음을 알려줬다. 영어도, 아니시나베어도 여기서는 통용되지 않기 때문에, 나이지리아™에서 뉴비아프라로 건너가자마자 A.I.의 인터페이스가 이그보어로 전환됐다. 오랫동안 이그보어를 사용하지 않았지만, 그 음악성만큼은 익숙한 느낌과 함께 금세 떠올랐다. 마치 그런 속성이 다시 주목받을 차례를 기다리고 있었던 것처럼. 나는 알림을 무시했다. 내리는 비를 조금 더 지켜보고 싶었다. 어쩌면 쏟아지는 빗줄기가 주위 풍경을 흐려 덜 현실적으로 보이게 만들면, 대서양 맞은편에 일궜던 조용한 일상으로 쉽게 돌아갈 수 있을 것 같다는 생각을 해서 그런지도 모르겠다.

해야 할 일을 영원히 미뤄둘 수는 없어.

나는 얼굴을 찌푸렸다가 한숨을 토했다. 망자의 말이 옳았다. 이것은 신체 개조와 비슷했다. 개조가 끝나면 완전히 새로운 사람이 된다지만, 그동안 미칠 듯이 괴롭다. 나는 하이-드라이 후드를 덮어쓴 후 가방을 메고 폭풍우 속으로 나섰다.

사실 이야기는 이틀 전에 전달받은 부고로부터 시작됐다. 사람들이 흔히 말하는 대로라면 아버지께서 돌아가신 거겠지만, 그건 사실이 아니었다. 적어도 아직은 아니었다.

사실인 것이 있다면 내가 고향인 오니차에 와 있다는 것이었다. 어릴 때야 이 도시의 좁은 골목길을 마음껏 누볐지만, 자동 운행 미니버스 좌석에 몸을 묻자 지금 이곳이 얼마나 낯설게 느껴지는지 새삼 깨달았다. 오래전에 세상을 떠난 사람들까지 몽땅 수용하기 위해 세워진 것처럼 모든 것이 빽빽하게 들어차 있던 광경을 어떻게 잊을 수 있었을까? 나의 조부모가 한 세기 전에 말해줬는데, 이 깨끗한 길거리에 예전에는 50만 명이 넘는 사람들이 모여 살았다고 한다. 지금 인구는 그 절반도 안 됐다.

미니버스는 승객들이 하차하도록, 보행자들이 길을 건너도록 이따금 멈추면서 나이저애비뉴를 따라 달렸다. 버스가 페그를 지나는 동안, 양철 지붕을 얹은 낡은 시멘트 주택들이 시무룩한 아이들처럼 나란히 쪼그려 앉아 있는 광경이 눈에 들어왔다. 작업장과 소매점들이 있는 메인 마켓에서부터 아메리칸쿼터즈의 조용한 주거 구역으로 접어드는 동안, 깔끔한 교복을 입은 아이들이 손을 맞잡고 자신들이 도제 수련 중인 작업장으로 향하는 모습이 언뜻 보였다. 타카론토에서도 어린이들은 드물었다. 출산을 할 수 있을 만큼 여유 있는 사람들은 자신들이 애지중지하는 자식들을 지켜줄 타워 공동체에 모여 사는 쪽을 선호했다. 그렇다 보니 독립기념일 같은 중요한 행사가 없다면, 공공장소에서 아이들을 보는 것은 드문 일이었다.

버스 여행 중, 역사적으로 유명한 나이저 다리의 조명이 수평선상에서 반짝였다. 나도 여느 관광객들처럼 거세게 흐르는 강의 사진들을 스트리밍 하면서, 두 발로 직접 걸어서 다리를 건너고 싶었다. 하지만 가지고 있는 거라고는 갈아입을 옷 몇 벌과 간단한 세면도구뿐이었다. 장례식은 오늘 밤 철야로 시작해서 내일 저녁에 두 번째 예식으로 끝날 예정이었다. 그 이후까지 머물 생각은 없었다.

세계의 절반을 말라붙게 했을 뿐만 아니라 나머지 절반을 물속에 가라앉힌 2020년대부터 2060년대 사이의 극심한 가뭄인 '재난'이 없었다면, 뉴비아프라는 건국되지도 않았을 거라는 주장엔 논쟁의 여지가 있었다. 22세기로의 전환기에 전 세계 사람들이 해수면 상승을 피해 내륙으로 피신하는 동안, 일군의 이그보 분리주의자들은 무너져가는 나이지리아로부터 독립을 선언할 기회를 잡았다. 새로운 국가는 디아스포라로 살고 있는 자기 민족 구성원들에게 고국으로 귀환하라고 호소했다. 그리고 그 호소에 응해 오니차, 은네위, 아와카, 아바 같은 광역도시로 이주한 수천 명 중에는 옛 뉴욕의 해안 지역에서 기술자로 근근이 생계를 이어나가시던 우리 조부모가 있었다.

우리는 이를 '대귀환'이라고 불렀다. 조상이 이그보 출신임을 증명할 수 있다면 누구든지 자동으로 시민권을 부여받았다. 유전학, 공학, 그리고 생물학 같이 탐나는 기술을 지닌 사람들에게는 주택과 사업 보조금, 그리고 보수가 후한 공직이 제시됐다. 조부모님을 비롯한 그 세대는 뉴비아프라의 텅 빈 교외와 중소 도시들의 방치된 기간 시설을 철거하여 수목 지대로 되돌렸고, 그 결과 이제 삼림은 국토의 90퍼센트를 뒤덮게 됐다. 그들은 생명공학 기술로 조작한 식물과 야생동물들로 숲을 조성한 뒤, 깨끗하게 유지된 숲 상공을 건너 모든 도시를 연결하는 거대한 모노레일 체계를 건설했다. 하지만 그들은 새 고국을 건설하는 동안, 나라가 계속 견실히 번성하는 데 필요한 수많은 가정을 돌봐야 한다는 점을 간과하고 있었다.

그렇게 그들이 소극적인 자세로 방관하는 동안, 가정을 돌보고 새로운 세상을 유지하는 임무가 우리 여자들에게 떨어졌다. 나의 동년배들은, 내가 다른 나라로 이주한 뒤로도 계속 연락하는 이들은, 내게 이 나라를 벗어난 것은 행운이었다고 했다. 나는 불과 열두 살 때, 아주 어릴 적에 뉴비아프라를 떠났다. 그 결과, 사회적 제약에 영향받지 않을 수 있었다. 남겨진 여자들은 부모와 조부모로부터 물려받은 집안 살림을 돌보느라 많은 시간을 써야 한다는 점에 불만을 품었다. 그들은 정부가 세 명 이상 아이를 낳는 사람들에게 지급하는 상당액의 장려금에 관해 절실한 말투로 이야기를 나누곤 했다. 하지만 그렇게 많은 식구를 건사할 만큼 시간을 낼 수 있는 사람은 거의 없었다. 하이랜드크레센트의 비탈길에 있는 널찍한 아파트와 언제라도 갈 수 있는 예술 연구 시설이 있었던 나는 그들과 분명 다른 삶을 살았다. 하지만 내가 진정으로 모국을 탈출했는지에 대해선 확신이 서질 않았다. 혈연이라는 보이지 않게 이어진 실. 그것은 그저 먼 곳으로 도망친다고 해서 끊어낼 수 있는 것이 아니었다.

아버지는 확실히 자식으로서 도리를 다했다. 순찰대 대원이 돼 부모 세대가 조성한 숲에서, 생명공학 기술로 만든 종들을 보호했다. 나

또한 아버지의 외동딸로서 같은 일에 종사했어야 했다. 나는 항상 흙 만지는 것을 좋아해, 언젠가 농업생태학에 입문해 우리 국민을 먹여 살릴 식량을 재배했을 터였다. 하지만 숙부와의 사이에서 그 일이 있었던 이후로… 나는 고개를 저어 애써 그 기억을 떨쳐냈다.

버스가 고향 집인 올드호스피털로드 142번지 앞에 정차했고, 상념에서 벗어난 나는 비가 그친 것을 알게 됐다. 집은 30년 전 마지막으로 봤을 때 이후로 변하지 않았다. 어쩌면 1920년대에 처음 세워진 이후로, 거의 2백 년 동안 변하지 않았을지도 모른다. 집은 양쪽으로 2층짜리 다세대주택 두 채가 중앙의 방갈로를 사이에 두고 U자 모양으로 배치된 복합건물이었다. 탁 트인 앞마당에는 조경 이끼가 깔렸고, 과실수들 사이를 야생화로 채웠다. 나의 조부모는 벽을 퍼머크리트로 보강한 후 건물 내부를 22세기 기준으로 개수했지만, 개량 작업은 거기서 그쳤고 더 이상 진행되지 않았다. 두 분이 돌아가시자, 두 분과 달리 기술 발전에 별 관심 없으셨던 아버지가 집을 상속받았다. 거기 사셨던 20년 동안, 아버지는 배터리를 충전하고 수명이 다한 태양열 셀을 교체하는 것 외에는 거의 손을 대지 않았다.

전통에 따라 가족 중 최고 연장자가 방갈로에 거주하고, 나머지 자녀들과 그들에게 딸린 가족들은 두 개의 동에 모여 살았다. 일부 사람들이 여전히 그러는 것처럼, 우리가 다세대주택 입주자를 혈연관계로 제한했다면 그 건물은 텅 빈 채 남아 있었을 터였다. 요즘 친인척의 개념은 숙식을 같이하는지 여부보다 관심사와 성격이 서로 잘 맞는지 여부로 규정되는 경향이 점점 더 강해지고 있다. 내가 어릴 때 그 건물에서 살던 시끌벅적한 다자연애 공동체 구성원들이 생각났다. 우리에겐 같은 피가 흐르지 않았지만, 그들 모두 내 사촌이었고 숙부이자 숙모였다.

건물은 사람들로 떠들썩했다. 친구들과 내가 어릴 때 가상현실 운동경기를 하던 뜰 한쪽 구석에 누가 차양을 세워 놨다. 뒤쪽 어디선가 아바 쌀과 염소 고기 스튜의 향긋한 냄새가 풍겨 입 안에 군침이 돌았다. 건물에 사는 사람들은 이 행사를 준비하는 데 비용을 아끼지 않은 모양이었다. 나는 조용히 지나치려 했지만 금세 사람들 눈에 띄고 말았다.

"아주카! 너니?" 사람들 틈에서 누가 큰 소리로 불렀다. 내 어릴 때 기억만큼 오래전부터 이 건물에서 살았던, 할머니의 가까운 친구이신 치오 숙모였다. 나는 치오 숙모의 두 손녀와 가장 가까운 친구 사이였는데, 지금은 둘 다 에코애틀랜틱메가시티에서 살고 있었다. 어머니와 내가 거북섬으로 이주한 뒤에도 계속 연락하는 몇 안 되는 어른들 가운데 한 분이었다.

숙모가 유연한 몸놀림으로 중앙 방갈로에서 급히 나오는 동안, 평소 즐겨 입던 앙카라 옷감의 현란하면서 부조화한 색채가 눈에 띄었다. 주름 없는 얼굴만 봐서는 거의 아흔에 가까운 연세를 짐작조차 할 수 없었고, 그 사실을 깨닫기도 전에 숙모는 나를 힘껏 끌어안았다.

나는 희미하게 미소 지었다. "안녕하세요, 숙모님."

"오, 언제 왔니?" 숙모는 나를 붙든 채 팔을 쭉 뻗더니, 독수리 같은 눈으로 하나도 빠뜨리지 않고 머리부터 발끝까지 샅샅이 살폈다.

"방금 도착했어요. 여행 가기 전에 마무리 지어야 할 일이 있어서요."

숙모는 고개를 끄덕이더니, 다소 미덥지 않아 하면서도 한편으로 측은해하는 표정을 지었다. 그러고 나서 뭐라 말하려고 숙모가 입을 열었으나, 아까 큰 소리로 나를 부른 게 다른 이들의 이목을 끌어 이윽고 나는 사람들에게 둘러싸였다.

"아주네, 잘 왔다! 얼마나 컸나 보자. 어유, 키 큰 거 좀 봐!"

"이야, 나 기억 안 나지? 마지막으로 봤을 때 너 정말 조그마했다고."

"고인의 명복을 빌게. 네가 와서 다행이야."

나는 되도록 말은 아끼되 자주 미소 짓는 것으로 첨언과 질문에 응대하려고 했다. 이윽고 안내를 받아 중앙 주택으로 들어갔다. 나중에야 알게 됐지만, 주택단지는 한 가지 변한 것이 있었다. 정문 바로 안쪽에 있던 작은 경비실이 없어진 것이다.

그날 밤은 철야였다. 치오 숙모와 나는, 건물 입구 쪽으로 발이 향하도록 아버지 시신이 안치된 생분해 포드 옆 거실에 앉아 있었다. 숙모는 조금 전에 전통에 따라 마을 주민들을 집으로 맞이한 다음, 가정 수호신들에게 바치는 공물로 콜라 견과와 야자 와인을 내놨다. 우리가 정확히 어떤 사이인지 기억 안 나는 다른 숙모들은 기도를 이끄는 한편 조상신들이 우리 집에 들어와 아버지의 영혼을 망자의 땅으로 인도하도록 청하는 제삿술을 부으셨다.

오늘은 아버지를 애도하는 밤이었지만, 나는 내가 여기 아닌 어디 다른 곳에 있었으면 싶었다. 그러나 아버지의 하나뿐인 생물학적 자녀로서, 시신 곁을 지키고 앉아 새벽까지 조문객을 맞이해야만 했다.

그러면 정부 대표 한 사람이 나타나 오게네를 울려 이웃 사람들에게 망자의 죽음을 공식적으로 알릴 터였다. 그다음 우리는 시신을 주택 단지 앞마당에, 나무를 심은 자리 밑에 매장할 것이다. 할아버지가 어릴 때 오니차에 들렀을 때에는 조포弔砲를 쐈다고 했다. 2140년대에 접어들면서 뉴비아프라에서 총기 소지가 금지된 후 오게네가 조포를 대신했다. 아마 아버지도 오게네를 훨씬 좋아하셨을 터다.

조부모님이 들려준 여러 이야기 중에는 옛 뉴욕이 '재난'으로 물속에 가라앉은 뒤, 사람들이 거북섬에서 오니차로 돌아온 이유에 관한 것도 있었다. 어릴 때는 종종 조부모댁에 들르곤 했는데(그때는 조부모를 '마마, 파파'라고 불렀다), 그럴 때면 조부모는 해 질 녘 베란다에 앉아 지난 일들을 화제 삼아 이야기를 나누곤 했다. 나는 할머니가 얘기하는 동안, 할머니 무릎 위로 기어 올라가 가슴에 머리를 기댄 채, 할머니의 목소리가 가슴속에서 울리는 느낌을 즐겼다.

"네 아버지가 손주를 못 보고 간 건 유감이구나." 치오 숙모의 목소리에 나는 퍼뜩 현실로 돌아왔다. "하지만 이제 네가 집에 돌아왔으니 그분을 대신해 우리가 보면 되지."

나는 숙모를 흘겨보면서도 아무 말도 하지 않았다. 내가 우리 가문의 다음 세대를 낳지 못했다는 사실을 굳이 상기시킬 필요는 없었다. 숙모님께서 목소리를 낮추고 달래는 말투로 얘기하는 것을 보아 내 표정에서 뭔가를 읽은 듯했다. "굳이 누구랑 결혼해야 하는 건 아니란다. 원한다면 대리모를 쓸 수도 있지. 그런 걸 도와주는 정부 프로그램도 있어."

"숙모님, 굳이 지금 꼭 그런 이야기를 하셔야겠어요?"

"물론이지! 한 생명의 끝은 다음 생명의 시작이란다." 숙모가 몸을 움직여 나를 마주 보는 바람에 나는 그 집요한 시선을 피할 수 없었다. "얘야, '아이를 갖는 것은 보물을 갖는 것과 같다'라는 속담을 잊었니? 오늘날 아이를 갖는 것은 과거 그 어느 때보다 더 중요하단다."

"우리 역사를 돌아보렴. 아이들이 아니었다면, 나이리지아가 우리 모두를 죽이려 했던 내전에서 어떻게 살아남았겠니? '재난' 이후 아이 하나 갖지 않으려 하면서 우리를 비웃던 서방세계 사람들이 요즘 어떻게 됐는지 좀 보거라. 자기들의 쇠락한 경제를 살려보겠다고 우리를 닥치는 대로 받아들이고 있잖아? 너와 너희 어머니가 서구 사회에 재정착하는 것을 도왔던 브로커들은 또 어떻고. 너희를 데려오려고 뭐든지 다 내놓을 태세잖니? 그들은 항상 우리 몸의 가치를 잘 알고 있었어. 오래전, 그들은 우리를 노예선 밑바닥에 강제로 태워서 싣고 갔지만, 요즘에는 성공이라는 달콤한 노래로 우리를 꾄단다."

"아주카, 자기 자녀를 제대로 평가하지 못하는 사람이 얼마나 빨리 사라지는지 알고 있니? 몇 세기도 안 걸려. 너희 조부모님도 이 점을 잘 알고 계셨지. 그래서 우리 모두 고향으로 돌아온 거야. 우리가 모은 재산이 가장 유용하게 쓰일 수 있는 곳으로 돌아가고 싶었거든. 너 또한 우리 유산의 일부란다."

나는 숙모의 눈길을 피했다. 서글픔이 가슴속에서 치미는 것을 느꼈다. 나는 여전히 어떤 형태로든 성적인 접촉에 움츠러든다. 그렇기에 아버지의 혈통이 나에서 끝날 수밖에 없다는 점을 숙모한테 어떻게 말해야 할까? 아이를 갖는다는 생각만 해도 내게 있었던 일이 아이에게도 일어날 거라는 확신 때문에 갑자기 공황에 빠진다는 것을 어떻게 설명해야 할까? 슬픔은 서서히 분노로 변하기 시작했다. 나는 이것을 더 이상 내가 물려받을 유산으로 생각하고 싶지 않았다. 내가 가장 간절히 필요했던 순간에 가족은 나를 버렸다. 나는 그들에게 내 인생을 결정하도록 놔두지 않을 것이다.

치오 숙모는 손을 뻗어 부드럽게 내 턱을 받쳤다. 그러더니 고개를 들어 올려 자기 얼굴을 마주 보게 했다. "솔직히 말해서, 너를 다시 보게 될 거라고 생각하지 않았단다. 그 일이 일어났던 직후에는 더욱 그랬지. 네가 집에 돌아와서 기쁘구나. 우리 모두를 위해, 네가 진심으로 머물고 싶어지길 바라마." 그 말과 함께, 숙모는 내가 혼자서 생각에 잠길 수 있도록 놔둔 채 자리를 떠났다.

나는 한숨을 토했다. 분노는 찾아올 때처럼 빠르게 흩어져버렸다. 우리가 이주한 뒤로, 어머니는 오니차, 더 나아가 뉴비아프라의 모든 사람과 연락을 끊었다. 그 단호한 태도는 결코 흔들린 적이 없었다. 내가 아는 한, 어머니는 두 번 다시 아버지 쪽 사람들과 연락하지 않았다. 사실 발에서 이 도시의 먼지를 털어낼 이유는 그 누구보다 나에게 많았지만, 나는 그렇게까지는 할 수 없었다.

내가 장례식 때문에 들를 거라고 말하자 어머니는 코웃음을 쳤다. 조부모 장례식 때도 들르지 않았는데, 대체 왜 이 장례식엔 가려고 했을까? 나도 설명할 길이 없었다. 나는 항상 삶의 진정한 목표를 세우기도 전에 뉴비아프라를 떠났다는 느낌을 지우지 못했다. 타카론토에서의 삶은 최선의 가능성이 드리운 흐릿한 그림자 같은 것에 지나지 않았다는 생각이 머릿속 한구석에 줄곧 자리잡고 있었다. 어쩌면 내가 돌아와서 묻으려 하는 것은 아버지뿐만이 아닐지도 모른다.

고개를 들자 전에 본 적 없던 두 여자가 시야에 들어왔다. 여자들은 포드를 향해 몸을 굽힌 채, 곡을 하며 망자의 이름을 부르는가 하면, 과장된 말투로 왜 세상을 떠났는지 묻기도 했다. 그러한 애도 행위 중 어느 정도가 문화적 의무에 따른 연기인지, 그리고 어느 정도가 진심으로부터 우러난 슬픔인지 궁금했다.

그들은 점점 큰 소리로 곡했고, 나는 A.I. 구동을 허락받았다면 좋았겠다고 생각했다. 하지만 꾸지람을 들으면서 눈을 똑바로 쳐다보는 것과 마찬가지로, 그건 망자의 시신에 대한 모욕으로 여겨졌을 터였다. 나는 우리 민족이 망자에 대한 진실을 얼마나 빨리 묻어버리는지 잊고 있었다. 예로부터 우리는 망자를 헐뜯으면 우리 자신에게 천벌이 내려진다며 두려워했다.

어떤 여자가 내 앞에서 걸음을 멈추더니 낡은 손수건에 코를 풀었다. 40대 중반, 나와 동년배로 보였다.

"당신 아버지는 좋은 분이셨어요." 여자가 내 손을 잡으려 하면서 말했다. 내가 그 손길을 피하려고 두 손을 주머니에 넣자, 여자는 대신 내 다리를 토닥였다.

"그래요?" 사실 나는 마음속으로 냉소했지만, 겉으로는 정말 궁금해서 물어보는 듯한 말투를 유지하려 애썼다.

"그분이 아니었다면, 저는 오늘 이 자리에 없었을 거예요."

나는 뭐라 말해야 좋을지 몰라 그저 고개만 끄덕였다. 아버지는 너그러운 사람으로 유명했다. 지금까지 만난 사람들 모두, 아버지가 적절한 시점에 자기들 삶에 관여해 큰 도움을 줬다는 미담을 하나씩 가지고 있었다. 나는 이런 이야기들에 어떻게 반응해야 할지 알 수 없었다. 어쩌면 가까운 사람들에게 헌신하는 것보다 낯선 사람에게 그냥 돈을 쥐어주는 편이 더 쉬워서 그런 건지도 모르겠다.

어색한 침묵 후, 용기가 사라지기 전에 할 말을 다 하려는 듯 여자가 빠른 말투로 이야기를 계속했다. "10년 전에 강간당한 뒤 아무도 저를 도와주려고 하지 않았어요." 나는 온몸이 뻣뻣하게 굳는 것을 느끼면서, 주머니에 넣은 두 주먹을 꽉 움켜쥐었다. "가족도, 정부도, 아무도 나서지 않았죠. 도와준 사람은 당신 아버지뿐이었어요. 그분이 저를 여기로 데려와 새 거처를 찾을 때까지 아무런 대가 없이 머물 수 있게 해주셨죠. 심지어 제 결혼식 비용도 대주셨고, 제 아들에게 도제 일자리까지 구해주셨죠. 저와 제 아내 모두 그분에게 깊이 감사하고 있어요."

여자는 문간으로 가 열 살 남짓한 어린아이와 함께 서 있는 다른 여자를 가리켰다. 아이의 눈은 연한 갈색이었고, 머리칼은 흐트러진 곱슬머리였다. 그리고 포드 안에 누워 있는 망자가 입은 순찰대 대원 제복의 축소판을 입고 있었다. 나는 여자가 강간당한 때로부터 23년 전, 즉 지금으로부터 33년 전 나 역시 강간당했을 때, 망자가 보여준 반응을 차마 이야기할 수 없었다. 대신 굳은 얼굴로 미소 짓기만 했다.

"당신 사정이 잘 풀렸다니 다행입니다."

바로 그 순간 방 한쪽 구석에서 망자의 그림자가 모습을 드러내는 것을 봤다. 그것 또한 그 여자에게는 말하지 않았다.

망자는 낮에도 이따금 다시 나타났다.

나는 간신히 꿈에서 깨어났다. 꿈속에서 나는 그 경비실로 돌아가 있었다. 좁고 높은 창을 통해 경비실 안으로 흐릿한 잿빛 햇살이 흘러 들어왔다. 그때 몸통 없는 수백 개의 손이 바닥에서 튀어나와 나를 붙든 채 바닥으로 끌어 내렸다. 손가락들이 나를 움켜쥐고, 더듬고, 어루만졌다. 나는 손가락을 깨물고, 할퀴고, 베어냈다. 하지만 손가락을 뜯어낼 때마다, 손바닥에 구멍을 뚫을 때마다 그 자리에서 새 손이 튀어나왔다.

그 꿈은 해묵은 악몽이었다. 지난 30년 동안 꾼 적이 없었다. 우리가 거북섬으로 이주했을 때, 어머니와 이주 브로커는 내가 트라우마에서 벗어나는 데 필요한 모든 치료를 받도록 조치했다. 하지만 그 일이 일어났던 이곳에 오니, 기억의 밑바닥을 긁으면서 모든 기억이 되살아났다.

나는 땀에 흠뻑 젖은 채 거실 소파에 누워 제법 어두워진 쪽을 바라봤다. 눈을 껌벅거리다가 별안간 발치의 팔걸이에 걸터앉은 망자를 봤다. 뒤편 창밖 도로를 따라 줄지어 선 생체 발광 나무들의 빛 속에서, 망자는 충분히 실제처럼 보였다. 내가 자리에 바로 앉아 전등을 켜자, 그는 사라지고 없었다.

겁에 질릴 만도 했지만, 그렇지는 않았다. 나는 그가 다시 나타날 걸 알고 있었다. 우리 사이에는 아직 정리되지 않은 일이 있었다.

다음 날 아침 내가 뒷마당 님나무 아래에 앉아 있을 때, 망자는 돌아왔다. 그는 중앙 주택 내부에 모인 조문객들의 예민한 시선을 피하려 애쓰는 듯했다. 시신은 주택단지 정면에 자리 잡은 나무 아래 매장될 예정이어서, 그곳은 명복을 비는 사람들로 가득했다. 조문객들은 주택의 덤불 울타리 너머 인도 위로, 그리고 길 한가운데까지 몰려나왔다. 심란해진 나는 A.I.에 미리 준비한 자연의 소리를 들으려다가, 그 대신 머리 위 나뭇가지 사이에서 멋쟁이새들이 짹짹거리며 서로를 부르는 소리에 귀를 기울였다.

저 새들이 이토록 시끄러운 줄 여태껏 몰랐구나.

망자는 바구니처럼 생긴 새 둥지 무게 때문에 처져 있는 가녀린 나뭇가지들을 올려다봤다. 나는 이번에는 직접 대응하기로 결심했다.

"당신 관심사가 아닌 일에는 신경도 안 썼으니까요."

나는 그가 내 가장 깊은 불안을 건드리는 식으로 치고 들어올 거라 예상했다. 그건 그의 전매특허였고 생전에는 꽤 효과를 발휘했다. 그러나 어째서인지 그는 그러지 않았다. 그저 슬프게 고개를 끄덕이더니 주머니에 두 손을 넣을 뿐이었다.

그런 말 듣더라도 어쩔 수 없지.

저 정도 발언이면 그럭저럭 넘어갈 만했다. 죽은 뒤에도 그는 사과라고는 할 줄 몰랐다. 망자와 비슷한 연배로 보이는 남자 셋이 뒤쪽 베란다로 나왔다. 그들은 자신들에게도 드리워질 죽음의 그림자를 너털웃음으로 막을 수 있기라도 한 듯 어색하게 농담을 주고받았다. 그중 두 사람은 비아프라 정부 공무원들의 제복인 목깃을 세운 어두운 색 튜닉을 입고 있었는데, 요루바어 억양이 섞인 이그보어로 영적 구원에 관한 심도 있는 이야기를 나누고 있었다. 나는 뭐라도 주의를 돌릴 만한 게 있었으면 하고 간절히 바랐다.

"대체 여기에 왜 계시는 거예요?"

그는 안절부절못하는 태도로 어깨를 으쓱했다. *그냥 네가 보고 싶*

었거든.

나는 눈을 굴렸다. 망자는 죽은 지 며칠 되지 않았다. 그는 항상 조바심을 냈고, 내 기분이 어떻든 자신의 인정사정없는 속도에 보조를 맞출 것을 요구했다. 이제는 자신을 추모하는 것조차 기다리지 못해서 계속 나타나는 모양이었다.

"그래요? 그럼 저를 이기적이라고 탓할 수도 있겠네요. 모두가 슬퍼하는 한가운데 앉아 있지 않으니까요. 당신 혈통을 망가트리고 있다는 걸 상기시키고 싶으신 건가요?"

내 귀에도 어린아이의 반항처럼 들렸지만, 어쩔 수 없었다. 그와 마주하고 있으니 시간을 거슬러 과거 성나 있었던 10대가 된 것 같은 기분이었다.

아니다. 너는 이기적이지 않았지. 이기적이었던 건 나였어. 그의 목소리에는 젊은 시절의 어리석은 행동을 뒤돌아보는 듯한 안타까움이 깊이 배어 있었다.

나는 그를 휙 돌아봤다. 이건 절대로 그가 할 법한 얘기가 아니었다. 내 생각을 읽기라도 한 듯, 그가 미소 지었다.

죽음이라는 경험 때문이란다… 죽음은 사람을 바꿔놓거든.

그는 확실히 죽은 사람처럼 보였다. 피부는 마네킹처럼 잿빛인 데다 밀랍처럼 보였다. 어깨는 이미 경직이 시작돼 어두운색 순찰대 제복이 생전과는 전혀 다른 느낌으로 그의 몸에 꼭 맞았다.

"저더러 당신이 완전히 다른 사람이 됐다는 걸 믿으라고요? 죽음 때문에요?"

그는 내가 질색하던, 그 특유의 달래는 말투로 말했다. *얘야, 누군*

가를 그의 결점 때문에 비난할 수는 없어. 계속 그런다면 결국 비참한 기분만 맛본 채 남겨질 거야. 놓는 법을 배워야 해. 너에게 그 이야기를 해주려고 온 거란다.

나는 한숨 쉬었다. 생전과 마찬가지로, 그는 죽고 나서도 내게 그럴싸한 이야기만 들려줬다. 어릴 적의 나는 그런 이야기들에 관해 열을 올리며 토론하기도 했다. 하지만 지나고 나서 생각해보니, 슬픔을 달래기 위한 쓸모없는 위로였을 뿐이었다. 나는 자리를 박차고 일어나고 싶었지만, 그러지 않았다. 그럴 수 없었다.

"날 좀 내버려둬요."

나는 A.I.를 켰다. A.I.는 내 신경 및 육체 활동 상태를 관찰하는 머리뼈바닥의 삽입물과 동기화됐다. A.I.는 내 스트레스가 증가하는 것을 읽고, 내 생체 신호를 정상 범위로 돌려놓는 데 가장 효과적인 부드러운 고래 노랫소리를 재생하라고 지시했다. 소리가 청각 입력부로 쏟아져 들어오는 동안, 나는 나무에 기댄 채 눈을 감고 오래전에 멸종된 이 생물들이 어떻게 생겼을지 상상했다.

내 위에서는 망자와 멋쟁이새들이 계속 재잘거렸다.

그는 두 번째 매장 의식이 본궤도에 오른 저녁이 돼서야 다시 나타났다. 그 무렵 망자의 포드를 생분해할 묘목이 앞마당에 다른 선조 나무들과 함께 심겼다. 기도문이 낭독된 후, 나무에 처음 물을 주는 의식도 마무리됐다. 망자를 애도하는 시간이 끝났고, 이제는 그가 살아온 삶을 축하할 시간이었다. 80세인 망자는 꽤 젊은 축에 속했고, 적어도 20년은 더 살 것으로 보였다. 하지만 내가 나온 문화권에서 존경

받는 노년이 60세에 시작되는 것은, 아마 대부분의 사람이 50대 넘는 나이까지 살지 못했던 시대의 유산일 터였다.

나는 객실의 열린 창에서 잔치를 지켜봤다. 오랜 여행의 여독을 핑계 댄 다음에야 잠깐이나마 혼자 있을 시간을 가질 수 있었다. 그렇지만 같이 춤추자고 불려 나가는 것은 시간문제였다.

오게네, 이차카, 그리고 우두의 소리가 뒤섞인 가운데, 파고드는 아자의 달콤하고도 날카로운 음색으로 이뤄진 음악이 내 안 깊은 곳 무언가를 건드렸다. 나는 저릿한 환상통이 느껴지는 가슴에 손을 얹었다.

기억된다는 것은 좋은 일이지. 저것이야말로 유산의 참된 기쁨이야.

망자는 침대 위 내 옆에 앉아, 마당에서 사람들이 춤추고 술 마시는 것을 지켜보고 있었다.

"유감이네요. 그들은 당신이 베풀었던 것은 깡그리 잊었잖아요. 그것도 우리가 도움이 필요했을 때 말이에요."

숙부가 체포됐을 때, 당국은 그가 저지른 범죄가 얼마나 엄중한지 보여주기 위해 그를 사슬로 묶어 주택단지에서 끌고 나왔다. 한때 이 도시에서 번영하던 여러 가문 가운데 하나였던 우리 집안은 소리 없이 배척당했다. 내 친구들 대부분은 발길을 끊었다. 친척들과 얼마 안 남은 친구들은 문간에서 작은 소리로 안부를 물은 뒤 식료품을 두고 갈 뿐이었다. 아무도 머무르거나 방문하려 하지 않았다. 아울러 숙부는 나를 가르치던 교사였기 때문에, 내가 받은 교육은 아주 효과적으로 끝장나버렸다. 자신의 아들을 참혹하게 잃게 된 마마와 파파, 그러니까 조부모님의 가슴은 찢어졌다. 할머니는 이내 앓아누웠고, 할아버지는 할머니를 돌보느라 모습을 드러내지 않았다. 내 아버지는 어땠냐고? 글쎄… 그는 그 와중에 자신만의 방식으로 자취를 감췄다.

사람은 모두 각자 자신만의 문제를 가지고 있단다. 그들이 내게 빚진 것은 없었어.

나는 경멸의 의미를 담아 쉿 소리를 냈지만, 거기에 말을 보태지는 않았다. 그가 진지하게 이야기를 계속하는 것을 보니 내 침묵의 의미를 잘못 이해한 게 분명했다.

그들을 용서하기 위해선 네 마음속 깊은 곳에서 답을 찾아야 해. 결국, 중요한 것은 너를 알았던 사람들의 기억뿐이야. 특히 네 아이들의 기억 말이야.

"제가 당신을 어떻게 기억할 거라 생각하세요?"

그 말에 그는 입을 다물었다. 우리는 창을 통해 한때 경비실이 서 있던 공터를 바라봤다.

나는 몰랐어.

"어떻게 모를 수가 있죠? 매일 수업이 마치면 바로 저기 경비실에서 그 일이 있었는데. 그동안 뭐 하셨어요? 주무셨나요?"

그는 곧바로 대답했다. *일하고 있었다. 내가 알았다면 뭐라도 했을 거란 생각은 안 드니? 우리는 무슨 일인지 알게 되자마자 바로 움직였어.*

"그 이후 더 이상 저와 대화하지 않았던 것도, 일하느라 바쁘셔서 그런 건가요?"

침묵.

"몇 년 동안 그 일이 제 잘못이었다고 생각했어요. 우리 가족을 망가뜨린 사람이 바로 저라고 생각했다고요. 숙부는 감옥에 가고, 할머니는 앓아눕고, 그리고 아버지… 아버지는 심지어 저를 외면했어요. 우리가 떠난 뒤로는 제가 연락하지 않으면 기별도 없으셨잖아요."

그 영상통화를, 생일과 연휴에 주고받았던 어색한 대화들을 아직도 기억한다. 연락할 때마다, 그는 항상 너무 지치거나 바빠서 제대로 된 대화를 하지 못하는 것 같았다.

"여러 해 동안 아버지를 기다렸어요… 기다리고, 기다리고 또 기다렸다고요."

눈물이 걷잡을 수 없이 솟아올랐다. 자신의 연약함에 화가 나 얼굴을 훔쳤다. 나는 오래전에 아버지 앞에서는 결코 울지 않으리라 다짐했었다. 망자는 자리에서 일어나 내게 등을 돌린 채 창가로 다가갔다. 그는 한참 동안 바깥을 보다가 말을 꺼냈다.

너에게 무슨 말을 해야 좋을지 모르겠더구나. 그의 목소리는 너무 작아 바깥 소음 너머로 간신히 들릴 정도였다. 마치 혼잣말을 하는 것 같았다. *너를 볼 때마다 나 자신의 문제밖에 보이지 않았다. 아버지로서 너를 보호하지도 못했으니까. 나 자신이 너무도 혐오스러웠다. 그걸 너에게 표출했고. 영영 나 자신을 용서하지 못할 거다.*

"잘됐네요. 저도 당신을 절대 용서하지 않을 거니까요."

그는 나를 돌아봤고, 나는 그의 얼굴에 이해하는 기색이 서서히 번지는 것을 봤다.

여전히 내게 앙금이 남아 있구나. 마침내 그가 말했다. 슬픈 목소리로.

"당신은 매번 저를 실망시켰어요." 다시 눈물이 왈칵 쏟아지면서 목소리가 부들부들 떨렸다. "어떻게 해야 분노가 멈출지는 저도 모르겠어요."

내 잘못을 바로잡을 수 있다면 좋겠구나.

"그러기엔 너무 늦었어요." 30년 만에 처음으로, 나는 아버지의 눈을 마주 보며 이야기했다. "이제 와서 당신의 공치사를 늘어놓는다고 그 모든 세월이 없었던 일이 될 거 같아요? 저에게 도움을 주려 돌아왔다지만, 사실 저를 위한 게 아니잖아요. 자기 자신을 위한 속죄의 시간을 갖기 위해서죠."

미안하다. 그 모든 것에 대해서 말이다.

나는 갑자기 피곤해졌다. "이젠 상관없어요. 가세요. 어딘가 다른 곳에서 자신만의 구원을 찾길 바라요."

저 멀리 어딘가에서 천둥소리가 울리자, 바깥에 있던 사람들 사이로 불안감이 번졌다. 바람이 거세게 불자 마당의 쓰레기들이 흩날렸다. 습기를 잔뜩 머금은, 무거운 구름들이 몰려왔고, 잔치는 금세 파장 분위기가 됐다. 건물에 사는 가족들은 각자의 집으로 달려갔다. 멀리서 온 사람들은 캔버스 천막 아래 모여 폭풍이 지나가기를 기다렸다.

나는 가방을 들고 주위를 둘러봤지만, 망자는 사라지고 없었다.

비가 본격적으로 퍼붓기 전에 집에 가려는 조문객들의 행렬이 주택단지에서 쏟아져 나오더니 여러 지류로 갈라졌다. 나는 그들 사이에 껴 버스 정류장으로 향했다. 정류장에 도착하자마자 하늘이 물줄기를 퍼부었다.

정류장 안에서, 나는 사람들을 밀치고 뒤쪽 작은 공간으로 들어갔다. 하이-드라이 후드를 덮어써서 얼굴을 숨겼다. 나를 알아볼지도 모를 조문객들에게 갑자기 떠나는 상황을 설명하고 싶지 않았다. 슬픔으로 멍하니 비안개를 지켜보고 있었는데, 어깨에 익숙한 손길을 느꼈다.

"얘야, 하마터면 작별 인사도 못 할 뻔했구나." 치오 숙모의 목소리에는 슬픔이 배어 있었다. 나도 모르게 몸이 굳은 채 숙모를 향해 돌아섰지만, 뜻밖에도 숙모는 이해한다는 표정을 짓고 있었다.

내가 뭐라 말하기도 전에, 숙모는 나를 따뜻하게 끌어안았다. 아주 잠깐이었지만 숙모의 상냥한 포옹을 뿌리치고 싶었다. 분노를 너무 오랫동안 짊어진 채 살았다. 그렇기에 이제 와서 이 눈에 보이지 않는 짐을 내려놓는 방법 따위 알 길이 없었다. 대신 내가 할 수 있을 거라고 전혀 생각 못 했던 뜨거운 몸짓으로, 숙모를 힘껏 부둥켜안았다. 마침내 눈물마저 쏟아졌다. 이번에는 애써 눈물을 닦으려 하지 않았다. 내가 우는 모습을 볼 사람은 없었다.

폭풍은 금방 지나갔고, 나는 버스가 없는 셈 치고 걸어 부두로 돌아가기로 마음먹었다. 걷는 동안 주위 도시가 더 자세히 보였다. 주요 도로는 잘 관리돼 있었다. 하지만 곁길에선 휘어진 널빤지들, 잡초가 무성한 정원들이 눈에 띄었다. 나는 귀향자들을 위해 준비된 빈집들이 줄지어 서 있는 곳을 지나갔다. 집들은 정부에서 발주해 깔끔하게 페인트칠 된 상태였으나, 벽면 밑에선 벽돌들이 무너져 내리고 있었다. 결국, 언젠가는 전부 헐려서 공원으로 바뀔 터였다.

해가 나이저 다리 너머로 뉘엿뉘엿 지면서 녹슨 주탑들을 비출 무렵에야, 나는 부두에 도착했다. 세상 여느 곳들과 마찬가지로 나의 도시는 해체되고 있었다. 그런 깨달음이 이상한 방식으로 나를 안심시켰다. 문득 '재난'이 우리를 무너뜨리기 이전, 우리의 삶이었다고 상상한 것을 향해 너무 많은 사람이 되돌아가려고 애쓰는 건 아닌지 궁금했다. 우리에게 필요한 것은 세상과 우리 자신을 지금 있는 그대로 끌어안고 살아가는 법을 배우는 것일 텐데. 어쩌면 구원은 우리 모두의 내면에 존재하는 부서진 자리에 있는지도 모른다.

Vandana Singh

Reunion

재회

반다나 싱

이동현 옮김

반다나 싱은 인도의 SF작가이자 보스턴 일대에서 활동 중인 물리학 교수다. 그의 학문적 바탕은 소립자 물리학이지만, 최근 몇 년 동안 자연과학과 사회과학, 인문학의 연계를 통해 기후변화를 다학제적으로 이해하는 연구를 진행하고 있다. 그의 단편소설들은 칼 브랜던 래럴랙스상과 제인스 팁트리 주니어 명예상을 수상했고, BSFA, 그랑프리 드리매지나르와 필립 K. 딕상 최종 후보로 지명됐다. 단편소설집 『자신을 행성이라 생각한 여자』와 『모호한 기계Ambituity Machines and Other Stories』에 수록돼 있다.

홈페이지 주소: vandana-writes.com

SF-Fan

Vandana Singh

Reunion

잠에서 깼을 때, 마후아의 눈에 가장 먼저 들어온 것은 지도였다. 그 지도는 그녀의 인생 여정을 압축한 것으로, 마음속 깊은 곳의 소망인 동시에, 줄곧 추구했던 과학적 발견과 새로운 깨달음을 추상화한 지형이기도 했다. 좀 더 일상적으로 표현하자면, 그것은 그저 금이 간 석고 천장일 뿐이었다. 어떤 지점에서, 그 금들은 자신이 학창 시절을 보낸 델리의 지도를 생각나게 했다. 다른 곳에서는 갠지스강 삼각주를 공중에서 조망한 광경처럼 보였다. 더 작은 금들이 큰 금으로부터 갈라져 나오기를 거듭하다가 다른 금들과 연결돼 잎맥처럼 섬세한 거미집 구조를 만들었다. 그녀는 몇 시간 동안 침대에 누워, 천장을 관찰하거나, 옛일을 회상하거나, 여러 은유 사이를 비약하는 등 가벼운 지적 활동을 하면서 불가피한 일을 미루기만 할 수도 있었다. 하지만 오늘 느지막이 그 저널리스트가 올 것이다. 저널리스트에 관한 생각, 그리고 그가 가져올, 아주 오랜만에 접하는 라구에 관한 소식을 생각하니 고통이 심장을 묵직이 찔렀다. *준비해야겠어.* 그 사람이 브라질에서 가져올 소식은 마후아가 현실을 받아들이기 위한 확인 절차에 지나지 않을 터였다. 그녀는 더 이상 저널리스트들을 만나지 않았다. 그들은 가당치 않게도 그를 '대전환'의 주역이자 마하-파리바르탄大變化이라고 추켜세우는 경향이 있었다. 하지만 이 저널리스트는 자기가 라구에 관한 정보를 가지고 있다고 했다. 마후아는 불안감이 흩어질 때까지 조심스레 심호흡을 한 다음 침대에서 천천히 일어났다. 그런 다음 70년 넘게 몸뚱이를 지탱해온 충성심에 마음속으로 감사를 표하면서 가볍게 떨리는 두 다리로 바로 섰다.

잠시 후, 반쯤 어둑한 주방에서 마후아는 차를 한잔 끓였다. 다른 사람들이 곧 아래층에 올 것이다. 삐걱 소리, 웅얼거리는 소리, 위층 화장실로 향하는 졸음이 밴 발소리, 변기 물 내리는 작은 소리가 들린다. 이 주택은 스물세 명의 사람들을 수용하고 있어서, 화장실이 세 개가 있어도 순서를 기다리는 인내심과 방광을 조절하는 재주가 필요했다. 그녀는 창가에 앉아 차를 홀짝이며, 구관조, 비둘기, 정글꼬리치레, 그리고 식별할 수 없는 새들의 새벽 노래를 곁들여 일출을 감상했다. 이제 어둠에 잠긴 사물들이 그 윤곽을 분명히 드러낼 만큼 충분히 밝아졌다. 안개에 싸인 녹지의 나무들, 주택 사이 비탈길의 야채 밭이 모습을 드러낸다. 그녀는 지금 있는 전망 좋은 자리에서, '쿠베르의 시대'에 세워졌던 모든 도시 가운데 가장 강성했던 뭄바이가 한때 있었던 방향인 남서쪽을 바라봤다. 저 멀리 침수된 거리들 위로 통유리 고층 건물들이 낮게 뜬 아침 햇살을 받아 금빛으로 번쩍이며 솟아 있다. 건물의 각 면마다 폭풍과 인간의 파괴 활동 때문에 유리창이 깨져 시력 잃은 눈처럼 검은 칸과 구멍들이 생겼다. 바다가 도시를 수복하자, 한때 차르니 로드였던 길에서 이제 물고기가 헤엄치고, 국립주식거래소에서 게와 홍합들이 보금자리를 마련했다. 어부들이 침수된 도로 위로 고깃배와 바지선들을 띄우는 동안, 바닷새의 울음소리와 함께 어부들의 고함이 바람을 타고 귓가에 들리는 듯했다.

그녀가 돌아서자 미나라는 이름의 아이가 헝클어진 머리칼을 날리며 한 걸음에 두 칸씩 계단을 뛰어 내려오고 있었다. "혹시 제가 놓친 건가요?"

"아니, 와서 보렴!"

두 사람은 함께 창가에 섰다. 강은 반쯤 어스름에 잠긴 언덕 아래로 흐르며, 태양이 동쪽 산 너머에서 살짝 고개를 내밀기를 기다렸다. *저기 봐!* 햇빛이 능선 가장자리를 넘어 쏟아졌다. 육지를 가로질러 구불구불 나른하게 흐르는 강줄기는 마치 불 속에 휘갈겨 쓴 단어처럼 보였다. 강 위로 태양이 완전히 떠올랐다. 환한 풍경 속에서, 새로 형성된 습지는 칼을 뒤덮은 녹처럼 대조적으로 어둡게 보였다. 태양이 강물 위로 붓질한 듯한 수면은, 이 순간 한 수 시구처럼 장관을 이뤘다. 맞은편 산의 태양타워가 서서히 회전하면서 햇빛을 향해 꽃잎을 펼쳤다. 그들이 지켜보는 동안 오리 떼 한 무리가 습지 가장자리의 맹그로브 나무들 위로 높이 날아간 다음, 구불구불한 반원을 그리며 선회하더니 갈대밭 사이에 다시 내려앉았다.

미티강은 몬순 우기 때문에 최고 수위까지 올라간 상태로 흘렀다. 20년 전에 강가는 조잡하게 건설된 고층 건물들로 구획된 쓰레기장이나 마찬가지였다. 토건 마피아들이 재생 사업을 지연시켰지만, 초

강력 태풍이 상륙해 건물들을 무너뜨리고 강의 흐름을 역류시켜 수십 년 동안 쌓인 오물과 하수 및 여타 폐기물들로 도시를 범람하게 만들었다. 마후아는 도시를 청소하는 어느 시민단체에 가입했고, 마침내 그들을 동원해 버려진 땅을 생태 복원과 강물 정화 능력을 갖춘 맹그로브 습지로 바꿔놓았다. *'시민들을 태풍으로부터 보호해주세요'*, *'자연 하수처리 시설 확충이 시급합니다'*, *'새로운 생활 방식을 시험해야 합니다'* 그는 시의회에서 열린 논쟁을, 그리고 기득권을 상대로 승리를 거두기까지 겪었던 일들을 떠올렸다. 여러 해가 소요됐고, 그동안 해수면이 상승해 뭄바이가 다시 군도群島로 변하면서 재정착에 엄청난 차질을 빚게 됐다. 그 모든 세월이 지난 뒤 그녀에게 주어진 보상은 이렇게 매일 의식처럼 아이와 함께 창으로 일출을 감상하는 것뿐이었다. *라구, 네가 여기 있었더라면 좋았을 텐데!* 매번 오리들이 태양타워 너머로 날아가 크게 호를 그리며 방향을 튼 다음 새벽녘 햇빛 속에서 습지에 자리 잡는 것을 볼 때마다, 급한 장단으로 연주되는 기쁨 때문에 심장박동이 살짝 빨라지는 것을 느끼곤 한다.

"그 저널리스트 왔어요?"

"아냐, 미나. 하지만 방금 연락받았어. 두 시간 늦을 거래. 수상택시를 타고 오는데, 우기에는 항상 늦잖니."

"하지만 지금은 우기가 아니잖아요! 아지가 당신 친구 라구에 관해 이야기해줬어요."

"나중에 이야기하자꾸나. 염소들에게 먹이 주러 갔다 올게."

아침 내내 마후아는 아이들이 완두콩 껍질 까는 것을 도왔다. 이제 그녀는 천천히 자리에서 일어나 빈 콩깍지를 쓸어 담아 염소 우리로 가져갔다. 비가 오려는지 대기는 눅눅했다. 주택은 돔 구조로, 지붕과 벽은 세 가지 박과科 식물의 넓은 잎으로 거의 완전히 뒤덮여 녹색 둔덕처럼 보였다. 완두콩은 지상층 높이에서 자라고 있었지만, 주택과 밭의 경계는 그리 뚜렷하지 않았다. 주택이 언덕 꼭대기에 있어서, 그는 자신이 만드는 것을 도왔던, 전국 각지에 흩어져 있는 수백 개의 실험적 주거시설 가운데 하나인 바스티를 내려다볼 수 있는 전망 좋은 위치에 있었다.

한때 바스티를 이런 설계로 건축한다는 것은 한낱 몽상에 지나지 않았다. 그 몽상을 끈질기게 좇은 결과가 지금 보고 있는 언덕 위의 주거지들이었다. 태풍의 충격을 완화하는 돔형 구조, 점토와 짚, 재활용 벽돌로 건축하고 식물로 뒤덮은 두꺼운 벽 등 옛것과 새것이 어우러진 구조물이라 할 만했다. 산책로는 부지의 자연 등고선을 따라 조성됐다. 야채들이 열린 덩굴들이 벽 너머로 늘어지더니 언덕 아래로 이어졌다. 옆집에서 아이들이 원숭이처럼 밧줄 사다리를 타고 진짜 원숭이들이 쳐들어오기 전에 야채를 수확하고 있었다. 바로 옆 언덕에 있는 가장 가까운 태양타워가 태양을 숭배하는 기도자처럼 일어나, 햇빛을 향해 꽃잎을 열고 그 옆 태양타워, 그리고 또 그 옆의 태양타워로 전자 메시지를 송출하면서, 네트워크 자체가 생성한 알고리즘에 따라 전력을 분배했다. 다른 유사한 건축물들처럼, 이 바스티에도 온도, 습도, 에너지 사용량, 탄소 비축 상황, 화학 오염도, 생물학적 다양성 등 데이터의 끊임없는 흐름을 감시하고 보고하는 센서들이 매립돼 있었다. 마후아가 '고둥'을 귀에 꽂기만 하면, 데이터 흐름의 일부나 전부에 시청각적으로 접속될 터였다. 그녀가 '고둥'과 완전 체감용 바이저를 쓰지 않는 경우가 없다시피 한 시절도 있었다. 하지만 지난 몇 년 동안, 바이저는 먼지 쌓인 상자 속에 보관 중이었고, '고둥'은 침대 머리맡에 놓여 있기만 했다. 요즘 들어 나이 듦의 영향을 느꼈는데, 그렇게도 정신적으로 풍요로운 삶을 살았던 자신의 신체가 이를 받아들이는 기분은 새로우면서도 이상했다. 그녀를 진찰한 의사가 의료 센서를 부착하도록 권했지만, 그녀는 거절했다. 염소들을 돌보면서, 그녀는 무언가 귀 기울여 들어야 할 것이 있음을 느꼈다. 그녀는 변화를 기다리고 있었다.

마후아의 특출한 재능은 항상 패턴인식이나 상호 관계에 관한 것이었다. 그녀가 관점의 변화나 깨달음을 겪을 때마다, 거기 앞서 무언가를 기다리는 듯한 느낌을 받곤 했다. 마치 무언가 새로운 일이 일어날 것을 그녀의 무의식이 먼저 알고 있는 것처럼. 하지만 왜 그녀가 활발히 활동하는 것을 그만둔 지 한참 지난 지금에서야 그런 느낌을 받는 걸까? 라구가 아마존에서 죽은 것에 대한 확증과 관계없이 무엇을 기다리는 걸까? 27년 전 영영 정착할 생각으로 뭄바이 해안으로 처음 이주했을 때, 그녀는 합리적인 판단에 어긋나지만 라구가 돌아오기를 기다리며 서쪽 바다를 바라보곤 했다. 그러다 결국 합리적인 판단을 따르게 됐지만.

나이가 들면서 배우게 된 것은 인내였다. 그게 본질이라면, 통찰은 때가 되면 알아서 찾아올 터였다. 지금은 오늘 저널리스트의 방문을, 라구의 죽음이라는 현실을 받아들일 준비를 해야 했다. *옛 친구야, 어쩌다 우리가 역사에서, 우리 인생에서 이 지점에 이르게 됐을까?*

역사는 일직선이 아니야. 마음속에서 라구의 목소리가 그렇게 말했지만, 방 안을 서성이다 의자로 돌아가 앉으면서 그녀 자신도 그 말을 따라 하고 있었다. 아이들은 가장 큰 호박이 수확해도 될 정도로 잘 익었는지를 놓고 입씨름 중이었다. 마후아는 라구가 오고 있다면 올 법한 방향인 서쪽 바다를 바라보다가, 햇빛이 수면에 반사돼 다이아몬드처럼 부서지는 풍경에 넋을 잃었다.

과거는 양피지 같은 것이다. 마후아는 말려 있던 과거가 펼쳐지는 광경을, 그리고 독피지처럼 부드러운 그 표면 위로 손을 움직임에 따라 단어들이 흐려지더니 사라지고, 새 글자들이 빛 아래 서서히 나타나 이전의 내용을 대체하는 것을 상상한다. 새로 써진 글자들을 어루만지면, 글자들도 흐려지고 그 자리에 지면 아래 있던 것들이 나타난다. 만약 마지막 층이 있다면, 그건 어떤 것일까? 정원 의자에 앉아 두 번째 찻잔을 들고 몽상에 잠겨 있는 그녀의 귀에는 아이들의 목소리도 들리지 않는다. 양피지라. 얼굴과 목소리, 단어의 파편들이 나타났다 사라진다.

마후아가 델리에 살던 아이였을 때, 그녀를 슬럼에서 구한 장학금과 대학 입학 시기 사이의 언젠가, 엄청 피곤했던 기억, 할머니의 미간에 생긴 근심 어린 주름, 그리고 끓인 쌀죽과 이상한 약초의 냄새를 제외하면 이제 거의 생각나지 않는 어떤 질병에 시달린 적이 있었다. 그때는 침대에 누워 2층 창으로 바깥의 망고 고목의 가지들을 바라보는 것 말고는 달리 할 게 없었다. 몬순 우기가 되면 지붕에서 비가 새고 얇은 벽을 통해 이웃의 말다툼 소리가 들리는 싸구려 다세대주택

한 구역으로 에워싸인 하나뿐인 녹지인 작은 마당에 그 나무가 서 있었다. 하지만 나무의 잎이 무성하고 높은 부분에서는 매일 작지만 극적인 사건들이 일어났다. 검은바람까마귀 한 마리가 솔개를 쫓아갔다가 그 경로 그대로 되짚어 돌아와 나뭇가지에 앉더니 깃털을 부풀렸다. 큰 개미들이 매번 도랑이나 계곡이 나타날 때마다 수학을 동원해 측정한 것 같은 정밀함으로 난국을 타개하며 한 줄로 나무껍질 위를 건넜다. 처음에는 둥지 속 한 송이 블루서프라이즈 꽃처럼 보이던 알들이, 나중에는 항상 입 벌리고 있는 새끼들로 부화해 있었다. 더 선명하게 상상하고 싶은 간절한 마음에, 그녀는 자기 자신에게서 벗어나, 개미들과 함께 기어 다니고, 솔개와 함께 하늘로 솟구쳤다. 그런 상상은 앓고 있는 병 때문에 사실상 감금당한 거나 마찬가지인 상태로부터의 도피로서, 제약받은 자아가 확장되는 경험임을 이해한 것은 한참 뒤의 일이었다. 사촌 언니인 칼파나 디는 일터에서 돌아오면 할머니가 야채 사러 나간 동안 마후아를 일으켜 자신에게 기대게 한 다음 쌀뜨물을 숟가락으로 떠서 입에 넣어줬다. 나중에도 그녀는 자신이 정확하게 어떤 병을 앓았는지 할머니에게 물어볼 엄두를 내지 못했다. 드러내서 말한 적은 없었지만, 그 일은 어린 시절 가장 행복했던 기억 가운데 하나였다.

마후아는 자라면서, 이런 '놓아 보냄'을, 초지각 경험을 연습했다. 이는 현실의 지각에 다른 차원을 덧붙이는 것이어서 학생으로서 과학을 공부하는 데 큰 도움이 됐다. 빗속을 걸을 때, 그녀는 빗방울들이 하늘 높이 구름 속에서 응결된 다음 떨어지면서 가속도가 0으로 줄어들 때까지 점점 더 빨라지는 광경을 상상하곤 했다. 그리고 굵은 빗방울이 곤두박질치면서, 표면장력과 중력의 영향으로 짓눌린 모양이 되더니, 작은 물주머니들이 연구동 건물의 콘크리트 지붕에 부딪혀 부서진 뒤, 더 작은 물방울들로 이루어진 고리 모양의 둥근 흔적을 남기는 것을 상상했다. 곤두박질치면서 빛을 산란시키고, 바람에 두들겨 맞으며, 구름을 타고 여행하는 박테리아에 시달리는 것을 상상했다. 그러다가 빗방울이 그녀의 머리나 손에 톡 떨어지면 소스라치며 이런 공상에서 빠져나와 다시 자기 몸속으로 휙 돌아오겠지만, 물과 구름과 어울렸던 상상 때문에 절로 웃음이 터져 나오는 것은 참기 힘들었다. 참으로 이상한 존재 양식이었다. 막연하게 시적인 것이라면 코웃음 칠 뿐인, 학점에 목숨 건 야심만만한 학우들에게 이런 일을 설명하는 것은 불가능했다.

마후아의 학우들은 그녀가 가난하고 피부가 검다는 이유로 놀리고 약 올렸다. 그녀는 평생의 대부분을 델리에서 살았고 외할머니 쪽 민족에 관해 아는 것이 거의 없었지만, 그들은 그녀를 *미개인*이라고 불렀다. 외할머니는 그들의 출신을 가르쳐주려 했지만, 슬럼에서의 혹독한 삶을 비롯해 장학금이 그들의 일상을 바꾼 이후 뒤따르는 과중한 학업으로 당장의 문제에 매달리는 것 외에 다른 일에 할애할 시간이 없었다. 영재학교에 입학한 지 불과 몇 년 만에, 그 *미개인*은 기말고사에서 우등을 차지함으로써 학우들을 충격에 빠뜨렸다. 이렇게 학업에서의 우수성을 보여준 것이 일회성 사건이 아닌 지속적 경향임이 분명해지면서 특별전형 입학의 불만은 분노 어린 침묵으로 변했다. 그때는 힘든 시간이었다. 할머니의 결단과 사촌 언니 칼파나의 애정 어린 뒷받침이 없었더라면 그녀는 이 모든 과정을 견디지 못했을 터였다. 칼파나 디의 삶과 죽음을 떠올릴 때마다 그녀는 아직도 괴로움으로 가슴이 찢어지는 듯했다.

"칼파나 디, 숙제 좀 도와주세요!"

두 사람이 침대 위에 책상다리를 하고 앉으면, 칼파나 디는 마후아의 수학 노트를 봐줬다. 한 시간쯤 뒤에 그녀는 작은 소리로 웃으면서 말하곤 했다. "마후아, 언니는 너만큼 머리가 좋지는 않아! 가서 뭐 좀 먹고 다시 해보자. 할 수 있어!"

마후아는 밤늦게까지 공부하면서 문제의 해법에 이르렀다. 그 곁에서는 칼파나 디가 입가에 희미한 웃음을 띤 채 잠들어 있었다.

칼파나 디는 기쁘나 슬프나 잘 웃었다. 자기 팔자를 고쳐보고자 하는 바람으로, 그녀는 비하르에 있는 마을을 가장 먼저 떠난 사람이 됐다. 델리에서 그녀는 부유층의 가정부로 일하면서 야간학교를 가기 위해 저축했고, 그 결과 입학 자격을 취득해서 사회에서 착실하게 성장할 수 있었다. 마후아의 할머니와 어머니가 갓 태어난 마후아를 데리고 도착했을 때, 그들은 메라우리의 슬럼에 있는 칼파나의 거처에서 함께 지냈다.

마후아가 고등학교에서 공부를 잘하게 되자, 칼파나는 자신도 대학에 가기로 마음먹었다. 이제 마후아가 그녀를 가르칠 차례였다. 칼파나 디는 개념을 이해하려 애썼지만 진도가 느렸고, 수학 공식이나 문법을 계속 반복해야 머릿속에서 빠져나가는 걸 막을 수 있었다.

"난 배우는 게 느려. 배운 게 머릿속에서 금세 빠져나가. 다시 해볼게." 그녀가 웃으면서 말했다.

"네가 어렸을 적 떨어졌던 일 때문에 그래. 나무에서 떨어져서 머리를 다쳤단다. 백 번을 반복하지 않으면 잘 기억하질 못해!" 마후아의 할머니가 고개를 가로저으며 말했다.

나중에 칼파나는 저소득층 학생을 위한 장학 혜택으로 대학 기숙사에 입소하게 됐다. 마후아가 공부는 잘돼가느냐고 물을 때마다 칼파나는 웃으며 괜찮다고 대답했다. 하지만 이윽고 그녀의 눈에는 슬픈 기색이 어렸고, 곧잘 터지던 웃음보도 왠지 억지스럽게 들렸다. 나중에야 마후아는 이런저런 소문을 종합해서 실상을 추론해냈다. 칼파나에게 상류 특권층인 학우들은 딴 세상에서 온 외계인 같았다. 그녀는 서툴러도 불가피하게 영어를 써야 했던 반면, 그들은 영어를 아주 편안하게 구사할 수 있었다. 그들 세상의 규칙과 관습은 그녀가 지금까지 마주했던 것과 너무 달랐다. 그들은 기숙사에서 난교 파티를 열면서 장난으로 그녀를 초대했다. 한 무리의 남학생이 그녀를 계속 약올렸고, 검은 피부와 좋지 않은 머리를 놀렸다. 그녀는 대학 과정에서 점점 낙오하기 시작했지만, 너무 부끄러워서 가족들에게 말하지 못했고, 마후아가 두각을 나타내는 지금 더더욱 그랬다. 그녀는 유서에서 부유한 사업가와 고위 관료의 아들들인 남학생 세 명을 지목하고, 그들이 성관계를 갖는 대가로 기말고사를 도와주겠다고 제안했다고 폭로했다. 스스로도 자신이 외모가 못났으며 억양이 두드러진 영어를 쓴다고 생각하기 이를 정도로 줄기차게 괴롭힘당했기 때문에, 그녀는 처음에 이를 또 다른 끔찍한 농담이라고 생각했다. 하지만 남학생들은 진심이었다고 그녀는 유서에 썼다. 아무도 그녀와 결혼하려 하지 않을 테니, 한 번쯤 경험한다고 나쁠 게 있냐고도 했다 한다.

다음 몇 줄은 너무 여러 번 줄을 그어 지워서 읽을 수가 없었다. 그녀는 편지 말미에 이렇게 썼다. "견딜 수가 없어요. 우리 가족에게는 차라리 제가 없는 편이 더 나을 거예요. 용서해주세요."

경찰 조사는 아무 성과 없이 끝났다. 세 남학생은 마후아의 할머니에게는 없는 자원이 있었다. 그 뒤로 몇 달 동안, 마후아의 가슴 속에는 모든 것을 집어삼킬 듯한 맹렬한 분노가 자리 잡았다. 칼파나 디의 시신이 기숙사 방 커튼 지지대에 매달린 광경을 마음속에서 지울 수가 없었다. 그 분노를 어찌할 바 모른 채, 마후아는 학업으로 돌아와 이를 동력 삼아 온갖 영예와 상을 휩쓸면서 복수심 어린 만족감을 느꼈다. *칼파나 디, 이 영광은 모두 언니 거야.* 이렇게 그녀는 혼잣말하곤 했다.

마후아는 대학에서 처음으로 조심스럽게 친구를 사귀어봤지만, 친구들은 그녀를 괴짜 천재로 생각하는 경향이 있었다. 그녀가 물과 새와 개미들과 어울렸던 자신의 유체이탈 체험을 이야기하자, 그들은 그녀가 영민하지만 이상한 구석이 있다면서 대화의 주제를 바꿨다. 그녀는 자신이 가진 능력을 진지하게 받아들였기 때문에 처음에는 화가 났다. 비인간 생물 및 무생물들과 우호적으로 공존할 수 있는 이 바람과 능력은 잠재적으로 중요한 의미가 있으며, 누구든지 배우고 계발할 수 있고 연습으로 향상시킬 수도 있는 기량이었기 때문이었다. 하지만 그녀가 설명해도 아무도 그녀의 말을 믿지 않았다. 대부분의 사람들은 제한된 지각에 만족하면서 살아간다는 것이 그녀가 처음으로 얻은 인생의 교훈이었다.

그 뒤로 마후아는 그런 체험을 이야기하지 않았다. 하지만 그 일로 인해 다른 사람들로 하여금 주위의 물질과 물질, 무생물과 다른 존재 양식 사이로 흐르는 정보를 감지하는 방법을 계발시키는 데 관심을 갖게 됐다. 이런 관심의 결과, 그녀는 정보처리 장치를 무생물계에 내포시킴으로써 발달된 감지 기능을 갖춘 도시를 창조한다는 과제를 구상하게 됐고, 이 연구를 통해 장차 명성을 얻게 된다.

하지만 학부 시기 동안 그런 것들은 머나먼 이상일 뿐이었다. 마후아는 스스로 정한 경로에 머물기로 결심했다. 공학을 공부하고, 이 세상에서 두각을 드러내 할머니에게 자랑스러운 손녀가 되는 것. 가끔은 친구들과 영화를 보거나 파티에 가려고 외출하기도 했지만, 항상 관계가 지나치게 깊어지는 것은 피하려 했다. 비카스라는 학우와 사랑에 빠지기 전까지는. 두 사람은 같은 주제에 관심이 있어 함께 공부하기 시작했다. 비카스는 잘생겼고 마후아를 정중하게 대했다. 마후아는 자신이 예쁘다고 생각한 적 없었지만, 그와 함께 있으면서 자신이 아름답다고 느끼게 됐다. 어느 날 밤, 시험 때문에 늦은 시간까지 공부하던 두 사람은 술을 한잔 마시러 외출했다. 사람들로 붐비는 소란스러운 바에서, 두 사람은 잔을 마주친 다음 손을 잡고 키스했다.

마후아에게 그 키스는 지금껏 한 번도 겪어본 적 없었던, 몸과 마음 양면을 아우르는 교제의 서막 같은 것이었다. 다음 날 그녀는 완전히 새로운 방식으로 살아 있음을 느끼면서, 꿈틀거리는 욕구로 몸의 신호를 날카롭게 인지했다. 그래서 비카스가 같이 밤을 보내자고 했을 때 수줍게 고개를 끄덕인 것이다. 그러나 비카스는 다음 날 아침 침대에 누운 채 이렇게 말했다. "우리가 진지한 사이가 될 수 있을 것 같지는 않아. 너도 알다시피 가족들을 비롯해 이런저런 문제가 있으니까. 하지만 잠깐 재미는 볼 수 있지 않겠어?"

마후아는 피가 차갑게 식는 기분이었다. "두 번 다시 내게 말 걸지 마." 그녀는 이렇게 말한 뒤 자리를 박차고 나왔다.

그 후 마후아는 타인과 친밀한 사이가 되는 것을 경계하게 됐다. 학회 컨퍼런스에서 라구를 만났을 때도, 그녀는 친구가 될 가능성도 열어뒀지만, 그 이상은 아니었다. 가정을 꾸리는 것은 그녀에게는 해당사항 없는 일이었다. 다른 사람들에게는 가족과 아이들이 있었지만, 그녀에게는 아이디어가 있었다. 어쩌면 애당초 그렇게 돼 있었던 것인지도 몰랐다.

라구는 시간에 관련된 주제를 연구하는 학생이었다. 부유한 집안의 아들로 태어났지만, 그는 미래의 가능성을 연구하기 위해 자신의 옛 삶, 자신의 과거와 결별했다. 재능 덕분에 그는 기상학 쪽으로 진로를 잡았다가, 결국 가능한 미래들을 구현하는 가상현실을 만드는 쪽으로 진로를 정했다. 그가 설계한 시뮬레이터는 입수된 데이터를 통해 미래 예측을 변화시키는 적응형 매트릭스로서, 기후 모형에 기초해 미래에 이르는 경로를 지도화했다. 누군가 시뮬레이터 돔 안에 앉으면, 선택된 특정 미래를 전감각적으로 체험할 수 있었다.

그는 델리에서 있었던 어느 가능한 미래에 대한 몰입 체험 때문에, 하마터면 죽을 뻔하기도 했다. 그는 자신이 설정한 안전 수칙을 위반하고 혼자 실험을 수행하던 참이었다. 실험은 가장 개연성이 높은 시간선을 따라 그 미래에 진입하는 것으로 시작했다. 두 사람이 처음 만났을 때, 그가 마후아에게 그 경험을 얼마나 생생하게 설명했던지 마후아 또한 자기 마음의 눈으로 그 광경을 볼 수 있었다.

라구는 가라앉지 않는 열기 속에서 모래 위에 누워 있었다. 라즈파트 나가르에 있는 그의 옛집은 모래에 반쯤 묻혀 있었다. 떠날 수 있는 사람들은 '대이주' 때 모두 북쪽으로 떠난 뒤였다. 버려진 도시를 걷는 동안 그는 공포에 사로잡혔다. 그는 한때 고층 건물이던 잔해를, 주택들이 묻힌 모래 둔덕으로부터 바깥을 내다보는 그 창문을, 어린 아이였을지도 모를 꾸러미를 팔에 안은 채 벽에 기대어 있는 바싹 마른 시신 한 구를 봤다. 그는 대규모 탈출 행렬에 있었어야 했다. 그가 왜 여기 있는 걸까? 열기는 끔찍했다. 기온은 섭씨 37도였지만 습도가 낮아 생명을 위협할 정도였다. 기온이 섭씨 35도를 넘을 경우 습도까지 높으면 땀이 증발하면서 체온을 떨어뜨리는 기제가 제대로 작동하지 않는다. 열역학법칙을 우회할 방법 따위는 없다. 이 경우 다섯 시간 내로 죽을 수도 있다. 탈진으로 쇠약해진 채 바닥에 모로 돌아누운 그에게 앞집 창틀에 앉은 도마뱀 한 마리가 눈에 띄었다. 여기서 어떻게 아직 살아 있는 생물이 있지? 델리여, 이런 식으로 끝나려고 5천 년 동안 존재했었단 말인가!

그가 마후아에게 말했다. "나는 고개를 들어 고가도로를, 길가에 줄지어 서 있는 출입구의 아치들을, 그리고 하늘을 올려다봤어. 공중에 종말의 기운이 감돌고 있었지. 내 주위에 있는 것들은 우리 시대, '쿠베르의 시대'의 유물들이었어. 버려진 차들, 역대 총리들의 쓰러진 상들. 모든 것이 파괴된 채 버려져 있었어. 내가 거기서 죽게 될 것을 직감했지. 나는 그 도마뱀을 계속 지켜봤어. 등줄기를 따라 한 줄로 가

시가 나 있는 근사한 생물이었지. 어쩌면 그건 적응형 매트릭스의 이상하고도 초현실적인 현현일지도 모르겠다는 생각도 들었어. 하지만 나는 그게 진짜이길, 그 폐허에서 나를 제외하고 살아 있는 오직 하나의 생물이길 간절히 바랐어."

"그런 다음에 어떻게 됐는데?" 마후아가 놀라서 휘둥그레진 눈으로 물었다. 두 사람은 주위에서 다른 사람들이 나누는 대화나 와인 잔 마주치는 소리나, 작은 사모사를 얹은 쟁반을 나르는 웨이터들을 아랑곳하지 않고 컨퍼런스 리셉션실에서 무려 두 시간째 줄곧 이야기하고 있었다. 이번에 처음 만났는데도 두 사람 모두 편안함을 느꼈다.

"내 친구인 빈센트가 다음 날 발표에 쓸 노트를 가지러 연구실에 들렀지. 그랬다가 내가 시뮬레이션 돔 안에서 경련하는 걸 본 거야. 당장 플러그를 뽑았어. 그리고 일주일 동안 병원 신세를 졌지."

"하지만 왜? 진짜로 열사병에 걸렸던 게 아니잖아."

"아, 하지만 정말 실제 같아서 내 몸이 땀으로 수분을 배출했거든. 그 결과 추위와 탈수로 일종의 쇼크 상태에 빠진 거야. 덕분에 교훈을 얻었지. 우리는 전체 시스템을 개미 한 마리도 통과할 수 없을 정도로 아주 촘촘한 안전 네크워크에 통합시켰어. 하지만 덕분에 실행시키려면 엄청난 에너지가 필요했지. 그래서 거기 투자하겠다고 나설 사람이 있을지 모르겠어."

"VR 몰입을 연구하는 이유가 뭐야? 그냥 통상 데이터 시각화 기술을 쓰면 되잖아?"

라구의 눈빛이 한층 더 활기를 띠었다. "이야기하자면 훨씬 길어. 이런 형식적인 자리는 그만두고 나가서 식당 찾아볼까? 나 배고파."

그는 식당에서 비리야니와 케밥을 가운데 두고, 이야기를 계속했다. “기후 모형 구축, 사실 어느 종류의 복잡계 모형 구축이든 이로 인해 겪는 어려움은 모형 설계자, 그러니까 내가 바깥에서 내부를 들여다본다는 거야. 기업을 위해 장래 유행을 파악한다든지, 너의 외부에서 일어나는 기타 어떤 현상을 분석하려 할 때는 괜찮아. 하지만 기후는 우리 외부에 있는 것이 아니라, 우리가 지구계의 일부이기 때문에, 우리는 기후에 영향을 주고 또 영향을 받아. 우리가 한 걸음 물러서서 데이터를 검토한다면, 중요한 것을 놓칠 수도 있는 거지.”

그의 열의와 꾸밈없는 표정, 마구 휘젓는 손짓을 보면서, 마후아는 마침내 진짜 대화가 통하는 사람을 만났다는 것을 깨달았다.

마후아가 조용하고 내성적인 만큼 라구는 사교성 좋고 친근했고, 까다롭지 않고 마음 맞는 상대와는 자주 솔직한 섹스를 했다. 그의 상대였던 사람들은 항상 아련하게 미소 지으며 그를 좋게 이야기했다. 하지만 그는 친구로서의 호감 이상으로 마후아를 대하지는 않았다. 마후아가 다가가려 하면, 비카스가 전에 그랬던 것처럼 자신이 그의 선택 범위 바깥에 있다는 느낌을 받곤 했다. 한번은 두 사람이 대학 도서관 계단에 앉아 밤을 지새우면서 각자의 인생사 이야기를 나누다, 마후아가 비카스 이야기를 했다. “이제는 결혼하고 싶지 않아. 일이 내 인생이야. 하지만 내가 관계의 다음 단계로 나아갈 만한 진지한 상대가 아니라는, 될 수 없다는 그 사고방식이 싫어. 그 이후로 누가 가까이 다가오기만 해도 목덜미를 찢어버리고 싶을 정도야.”

라구는 정색하고 듣더니 부드럽게 말했다. “상심했구나. 시간을 가져봐. 비카스 같은 사람만 있는 건 아니니까.”

나중에 마후아는 라구가 자신에게 끌렸다는 것을 깨달았지만, 마후아가 상심했던 이야기를 듣고 라구는 마후아를 그런 쪽으로 밀어붙이려 하지 않았다. 라구는 마후아가 먼저 움직이기를 기다리고 있었다. 처음 그와 만났을 때 마후아는 불안과 공포에 사로잡혀 있어서 그러기 쉽지 않았다. 마후아 입장에서 마지막 보루인 자기 육체를 다른 사람에게 허락하는 것이 결코 편안할 리 없었다. 라구의 다정함이, 마후아를 그녀만의 욕구와 약점을 지닌 동등한 인간으로 보는 시선이 마후아의 분노와 혼란을 조금씩 벗겨내고 있었지만, 그게 좋기만 했던 것은 아니었다. 마후아가 자기 육체의 욕구를 편안하게 받아들이는 데 항상 너무 많은 노력이 필요했다. 그때는 그런 친밀한 관계를 뿌리치는 편이 더 마음 편했다. 그래서 두 사람은 연인으로서는 갈라섰지만, 우정은 더욱 깊어졌다.

라구는 마후아의 할머니가 찾아와 요리해주는 것에 기뻐했다. 그는 할머니에게 토착어 노래들을 배웠고, 그들은 주방에서 웃고 노래하곤 했다. 마후아의 할머니는 마을에서 치료사였기 때문에 라구가 식물도감을 가져와 이런저런 식물을 묻곤 했다. 그는 마후아 할머니가 오신다면 연인과의 약속도 취소하곤 했다. 칼파나 디가 살아 있었던 때 이후로 집안이 이렇게 즐거운 적은 없었다.

라구의 지치지 않는 정신이 마후아의 정신을 자극했다. 그는 논문, 과학소설과 혁신적 도시 설계 관련 책들을 비롯해 흥분될 만한 거리가 있으면 무엇이든 가져왔다. 현대 산업문명이 이제 거의 3세기 동안 자연과 싸워왔는데, 이제 그 결과를, 산소와 신선한 공기, 물, 그리고 살 만한 온도를 제공했던 바로 그 체계가 해체되는 것을 보라고 라구가 말했다. 어떻게 그런 체계를 성공이라고 할 수 있었을까? 인간이 자연의 바깥에 존재한다는 가정하에 확산된 21세기 중반의 광기를 그는 '쿠베르의 시대'라고 이름 붙였다. "하지만 우리는 숨 쉬고, 땀 흘리고, 똥 싸고, 섹스를 한다고. 무슨 이런 망상이 다 있나! 주류 경제학은 완전 사기야!" 그 뒤 그는 짐짓 조롱하는 투로 맥주잔이든 찻잔이든 손에 든 것을 들어 올리곤 했다.

공권력의 보호를 받는 성채 바깥에서 봉기와 혼란이 전국을 휩쓸고 있었다. 비하르와 즈하르한드에서 산탈족 여자들의 협력망이 자연 삼림을 광합성 개량 인공 삼림으로 대체하려던 사업을 중단시켰다. 오디샤와 안드라 프라데시에서 최초의 로봇 열차가 운행을 개시함에 따라 교통 운수 노동자들이 역사상 최대 규모의 파업을 선언했다. 카르나타카에서는 수천 명의 농부가 몰려들어 울트라코프사에서 경영하는 실험 작물 재배지에 불을 놓았다.

이 무렵 마후아는 자신을 델리에 뿌리내린 진보적인 도시인이자 과학자 겸 공학자로 생각했다. 그녀는 자신의 아이디어로 찬사를 얻었다. 학창시절 그녀를 놀리던 학우들에게 맞서기 위해 익힌, 도전하듯 흐트러짐 없고 빠른 걸음걸이 앞에서 군중들은 갈라졌고 강의실은 잠잠해졌다. 라구가 전통적인 환경 지식의 중요성이 증가하고 있음을 이야기할 때, 마후아는 그 주제의 논문들을 읽고 동의했지만, 한편으로 자신의 근본을 아직 찾지 못했다는 기분을 느꼈다. 할머니는 그녀에게 그래야 한다고 강요한 적 없었고, 마후아도 보호 제도의 이득을 챙긴 적은 없었다. 심지어 여자라는 것은 그녀의 존재에 달라붙은 부가 설명 같기도 했다. 그녀는 그저 공학도였을 뿐이다. 이상.

"제발, 넌 인간이라고!"

"입 다물어, 라구. 에너지 배분 시뮬레이션을 보러 돌아갈 수 있을까?"

마후아는 규모의 문제에 집착하고 있었다. 문명을 대규모 변화를 요구하는 자기파괴로부터 돌려놓는 일에, 탄소 배출 없는 소규모 실험용 바스티 하나로는 전 지구적 규모의 생태계 파괴를 마주한 세계에서 아무런 변화도 만들지 못할 것이다. 동시에 극단적 기후는 지역 분쟁을 유발하고 있었다. 대규모 이주는 극심한 기온차와 해수면 상승으로 이제 거주 불가능해진 지역에서 이미 시작됐다.

어느 날 저녁, 마후아와 라구는 오로빈도 마르그와 링 로드 모퉁이에 있는 평소 가던 카페에서 만났다. 라구는 마후아와 공유하고 싶었던 아이디어가 하나 있었는데, 며칠 동안 쉬지 않고 구상을 다듬느라 선거 뉴스조차 보지 못했다. 그녀와 라구는 이따금 라구가 시내로 들어가 문자나 전화에 답하지 않으면 몇 주 동안 못 만나는 경우도 있었다. 라구의 친구들은 이런 일에 익숙했다. 하지만 오늘, 그는 선거 결과 소식을 잔뜩 갖고 이 자리에 나와 있었다. 마후아는 기업 전쟁 이야기 같은 건 듣고 싶지 않았다. 카페의 유리창으로 링 로드가 내려다보였다. 오가는 사람과 차량이 낸 소음이 나지막이 전달됐고, 달리는 자동차와 다른 탈것들의 조명이 마치 네온 조명처럼 길게 늘어졌다. 마천루들은 불 켜진 창과 광고로 휘황했고, 울트라코프의 번개 모양 아이콘이 두통을 유발할 정도로 끈질기게 수백 곳의 벽과 광고판에서 번쩍거렸다. 카페 바깥 인도에서는 직장에서 퇴근하는 지친 사람들이 누그러지지 않는 저녁 열기 속에서 부대끼며 걸었다. 두건이 땀으로 얼룩진 주간 근무조 노동자 무리가 지나가면서 에어컨 켜진 카페의 시원한 실내를 부러운 듯 들여다봤다.

농무 경적처럼 길고 낮은 소리가 승리를 축하하는 행진을 알리자 카페 안의 사람들은 모두 하던 대화를 멈추고 바깥을 살폈다. 길고 매끈한 버스들의 소함대가 주도로에 모습을 드러냈다. 차량 옆면에 붙은 비디오 스크린에서 수상이 팔짱을 낀 채 대중들을 향해 미소 지었다. 각 버스의 꼭대기에는 가이아코프가 전 세계에서 사용하는, 파란색과 녹색으로 칠한 행성 모양과 그 표면을 가로지르는 '가이아'라는 하얀색 글씨로 구성된 심볼이 설치돼 있었다. 인도 정부를 운영하는 입찰 전쟁에서 가이아코프가 방금 승리한 모양이었다. 그들은 이미 신미합중국과 북극연합을 운영 중이었다. 그들은 이번 선거에서 현 집권사인 울트라코프를 가볍게 꺾었다. 버스가 지나가는 동안 승전가가 요란하게 울려 카페의 유리창이 덜덜 떨렸다. 개선 행진이 지나가는 동안, 지구 모양 아이콘이 울트라코프의 상징인 번개를 때려 부수는 만화가 건물들 벽면에서 재생됐다. 즉시 마천루와 다세대주택 단지의 벽면을 장식했던 울트라코프의 아이콘들이 꺼지고, 그 자리에 수백 개의 작은 지구가 반짝였다. *가이아의 승리는 인도의 승리입니다! 당신의 풍요와 안락을 꿈에서도 본 적 없는 수준으로 끌어올리겠습니다.* 파란 조명이 엄청난 물결이 돼 건물들로 이뤄진 계곡 사이의 도로들을 휩쓸었다. 파란색은 가이아코프의 공식 색상이었다.

라구와 마후아의 말문이 몇 분 동안 막힐 정도로 엄청난 규모와 위압감을 지닌 볼거리였다. 카페 실내가 흥분된 대화로 웅성거리는 동안, 두 사람은 음료수를 홀짝이면서 바깥 밤거리를 내다봤다.

한참 뒤 라구가 울적한 말투로 혼잣말했다. "우리가 뭐라고? 우리는 아무것도 아냐. 이런 놈들 앞에서는 아무 의미도 없어."

그때 정치적 지배계층을 향한 고립된 저항이라는 문제에, 돌파구일 수도 아닐 수도 있지만, 도시에 관한 아이디어와 규모라는 두 가지 요소가 접목된 발상이 마후아에게 떠올랐다.

"들어봐. 호텔 근처 폐쇄된 도로 알지? 거기서 자라는 커다란 나무 한 그루가 있어. 계속 잎이 떨어지는 것으로 미루어보면 무슨 병에 걸린 것 같아. 어제 바람이 엄청 불었는데, 낙엽 몇 장이 도로에 난 작은 틈에 끼어 있는 걸 알게 됐지. 가까이 다가가서 살펴봤어. 낙엽들은 그 안에 제법 오랫동안 있었던 것 같은데, 틈 사이에 흙이 약간 들어가 있었고, 작은 잡초들이 자라나 있었거든. 도로는 바다 위에 여러 섬이 떠 있는 것처럼 이렇게 흙 묻은 작은 낙엽 더미와 거기서 자라난 잡초들로 가득했어.

"그래서 요점이 뭐야?"

"잡초들이 무성하게 자란 길가를 따라 똑같은 과정으로 형성된 그런 곳이 여럿 있었어. 그 섬들 가운데 일부는 도로에 난 균열로 다른 섬들과 연결돼 있었지. 그래서 문득 그런 생각이 떠올랐어. 도로는 낙엽 하나보다 훨씬 단단해. 하지만 낙엽 한 장이 균열 속에 들어가 부패하면 잡초를 자라게 하는 과정이 시작되는 거야. 흙이 쌓이고, 식물들이 자라기 시작하면, 식물의 뿌리들이 어떤 일을 할 수 있는지 알잖아."

라구가 천천히 말했다. "바위를 깨뜨릴 수 있지. 마찬가지로 도로도 깨뜨릴 수 있어."

"그래, 누가 간섭하지 않는다면 마침내 도로는 완전히 갈라져서 식생에 뒤덮일 거야. 생물막이나 결정이 생성되는 것과 같은 이치지."

"그렇게 작은 것들이"

"아무리 작은 것들이라고 해도… 적절한 상호연결 능력을 갖고 있다면…"

"…괴물을 거꾸러뜨릴 수 있어!" 라구는 공중으로 잔을 들더니 단번에 음료수를 마셨다. "하지만 우리도 이미 이걸 알고 있잖아. 역사 속에서 거대 기업들이 국가 정부에 처음 침투해 들어온 방식을 보라고. 인류 역사상 가장 큰 쿠데타였으니까."

"하지만 내가 말하려는 것은 그 이상이야! 어쩌면 도시는 우리가 하려는 것의 적절한 장소가 아닐지도 모른다는 생각이 들어. 네가 도시 공간을 재검토하는 것으로 내게 성가시게 굴었던 거 기억 안 나? 그래서 나도 네 말대로 생각을 바꿨지. 어째서 우리는 지금 있는 그대로의 도시에서 사는 것을 원하는 걸까? 언제부터 사람들은 일하는 것 말고 어떤 일에도 시간을 낼 수 없게 된 걸까? 지속적인 사회의 압력이 존재함에 따라, 사람들은 서로를 모르고 지내며 각자 뭘 하든 아무 상관 없는 곳이라면, 그런 곳에서 민주주의는 한낱 허상인 것 아닐까? 그건 어떤 생활양식일까? 대도시는 인간의 사회적 적응 범위를 한참 넘어섰어. 그래서 대신 우리는 아샤푸르 같이 더 작은 바스티를, 어쩌면 그런 바스티들 수천 개를 묶어 도로나 녹색 통로 같은 물리적 연결망처럼 센서넷으로 연결되는 하나의 군집으로 엮어 공동체를 만들 수 있을지도 몰라…"

"잠깐. 마후, 네 메타포를 조금 더 살펴보자. 길가의 낙엽들 말이야. 긍정적인 사회적 변화는 항상 변경에서 시작되지만, 주류 내에 있는 저항의 섬들도 마찬가지로 중요하다…"

"우리 잠깐이라도 정치 대신 미래의 도시들을 생각할 수 없을까?"

"정치적이지 않은 것은 없어, 마후. 너도 알잖아!"

이런 이상이 시간과 경험에 따라 어떻게 자라나 변화할지 당시 카페에 앉아 있던 그들은 알 수 없었지만, 마음속에 처음 뿌리내린 것은 바로 그때였다. 네트워크를 이룬 바스티들은 녹색 통로로 상호 연결되고, 각 거주지에는 센서가 내장돼 있으며, 타워형 농장이 전통적인 농경을 대체한다. 그런 정착지들이 인도와 전 세계 여기저기서 등장하게 될 것이다. 예전 농경지들은 야생으로 돌아가거나 생물권의 생명유지체계에 가해진 피해 회복을 위해 생계형 농경으로만 사용될 것이다.

마후아가 현재로 돌아와 말했다. "내가 알고 싶은 것은 구상 중인 생태 바스티나 아샤푸르가 독자적인 미기후*를 형성할 수 있느냐 하는 거야. 그리고 제대로 연결돼 있다는 전제하에서 얼마나 많은 미기후가 더 큰 규모의 기후를 바꿀 수 있을까? 내가 말했던 낙엽들이 도로를 뒤덮는 것처럼, 아니면 박테리아가 생물막을 형성하는 것처럼."

하지만 아샤푸르가 마침내 실현되기 시작했을 무렵, 그 건물과 녹지대가 데이터를 산출하기 시작했을 무렵, 라구는 떠났다. 그는 마후아가 거주지를 설계하고 벽과 창에, 나무와 샛길에 센서를 매립하는 것을 도왔다. 지금까지 건립된 것 중에 가장 효율적인 태양에너지 시스템인 태양타워를 만들기 위해 그는 여러 팀을 이끌었다. '고둥'과 데이터 바이저를 착용하고 바스티 안에서 걷는 사람은 천여 개의 센

---

* 지면에 접한 대기층의 기후. 보통 지면에서 1.5미터 높이 정도까지를 그 대상으로 하며, 농작물의 생장과 밀접한 관계가 있다.

서들에서 획득한 정보를 수신기로 전달받을 수 있었다. 그들은 에너지 사용량, 온도, 습도, 탄소 흐름, 기타 등등의 데이터를 읽을 수 있었다. 하지만 라구를 계속 괴롭히는 문제가 있었다. 그는 우울하고 무기력해졌고, 마후아는 그가 자기 직관을 따라가도록 보내줘야 한다는 것을 깨달았다. 언젠가 준비가 되면 돌아올 테니까.

그 후 반쯤 건축된 시점에서, 마후아는 뭄바이에서 도시 센서화 사업에 6개월 동안 참여할 기회를 얻었다.

카페 베란다에서 쓰레기들이 바람에 날리고 있었다. 사람들은 손에 종이컵을 들고, 어깨에 가방을 멘 채 자리를 뜨고 있었다. 한 시간 내로 거대 태풍이 몰려오는 것을 알리는 비상경보가 울릴 것이다. 마후아는 곧 대피소로 갈 거라고 델리에 계신 할머니를 안심시키면서 방금 통화를 마쳤다. "예, 할머니, 괜찮을 거예요. 걱정하지 마세요." 현재 예측은 사이클론이 뭄바이 북쪽 수백 킬로미터 떨어진 곳에 상륙할 것이라고 했지만, 태풍들은 육지 가까운 곳에서 급격히 진행 경로를 바꾸는 것으로 잘 알려져 있었다.

충동적으로 그는 '고둥'을 빼고 바이저를 벗어, 매 순간 머릿속으로 들어오는 데이터 흐름을 중지시켰다. 그리고 감지 장치 없이 벌거벗은 듯한 기분을 느끼면서, 구식이긴 하지만 세상의 소리와 감각들이 자신을 뚫고 지나가도록 내버려둔 채 자리에 앉아 숨을 골랐다. 매번 호흡과 함께 조심스레 놓아 보내는 제한된 자신의 자아가 구름, 파도를 비롯한 다른 존재들과 함께 어울리도록 하는 그 옛날 놀이를 마지막으로 했던 게 여러 해 전이었다. 정말 이상한 기분이었다.

바람이 불어 흙먼지와 어제 자 신문을 하늘로 날렸는데, 그녀의 눈에는 흙먼지가 형상을 이뤄 마치 수많은 작은 팔이 보이지 않는 독자를 위해 신문을 한 장씩 넘겨주는 것처럼 보였다. 매번 신문을 펼칠 때마다 신문지들이 한숨지으며 속삭였다. 바람은 이렇게 말했다. "지금은 그저 숨 쉬고 있는 것뿐이지만 몇 분 내로 나는 초강력 사이클론이 될 거야."

그녀가 앉아 있던 테이블 근처에, 경사진 회오리에 갇힌 무용수처럼 그녀의 머리 위로 약간 기울어진 나무 한 그루가 있었다. 가뭄 때문에 잎은 대부분 졌고, 이제 맨가지들만 바람에 달그락거리고 있었다. 고개를 들자 마지막 잎새가 가지에서 떨어져 이리저리 한가롭게 흔들리면서 내려오다가 그녀의 찻잔 왼편에 앉았다. 낙엽은 바람에 잠시 흔들리며 검은색 철제 테이블과 대비를 이루어 빛나는 것처럼 보였다. 낙엽 끝은 갈라져 잎맥과 잎자루로 이뤄진 섬세한 레이스가 됐지만, 나머지 부분은 손상되지 않았고, 가장 중심 부분은 여전히 푸른빛을 띠고 있었다. 낙엽은 열지 않은 선물처럼 잠시 그녀의 손길을 기다렸다.

그녀는 몇 년 전 델리에서 본 낡은 도로의 균열 속에 쌓인 다른 나무의 낙엽들을 떠올렸다. 바람 속에서 지면이 넘어가던 바로 그 조간 신문에서 봤던 별자리 운세에 따르면, 그녀는 낯선 이에게서 선물을 받게 될 거라고 했다. 그녀는 미소 지었다. "고마워." 그녀는 나무에게 그렇게 말한 뒤 자리에서 일어나 낙엽을 주머니에 넣었다.

그녀는 수상택시 정류소로 사용되는, 한때 1층 베란다였던 이끼 덮인 바위 턱으로 향했다. 강물이 잘게 쪼개진 거친 리듬에 맞춰 건물에 부딪혔다. 오후가 반쯤 지났을 뿐인데도 바람은 이제 돌풍이 돼 몰아쳤고, 어두운 구름은 낮게 깔려 있었다. 그녀는 초조한 기색으로 주위를 둘러봤지만, 운하는 텅 비어 있었다. 마지막 수상택시를 놓친 게 분명했다. 바로 그때, 작은 바지선 한 척이 눈에 띄었다. 배 안에 웅크리고 앉은 사람들 형체가 보였고, 작은 형체 하나가 길고 느긋한 손놀림으로 장대를 밀고 있었다.

"아레이!" 그녀가 배를 불렀다. 그녀는 낡은 바지 하나만 입은, 자신처럼 검은 피부의 바싹 마른 소년이 바지선 사공임을 알고 깜짝 놀랐다. 바지선 안의 다른 사람들은 어린아이들과 낡은 숄을 걸치고 웅크리고 앉아 돌풍을 견디는 나이 많은 여자 몇 명이 전부였다.

그녀가 모신을 처음 만난 것은 그때였다. 아무튼 그때 그 애는 뻗친 머리로 이 빠진 웃음을 짓는 길거리 개구쟁이일 뿐이었다. 지하철은 폐쇄된 상태였고, 입구는 예상되는 홍수를 막기 위해 차단돼 있었다. 모신이 마른 땅에서 가장 먼저 나온 차량 동승 지점에 마후아를 내려주자 그녀는 아이의 이름을 물었다. 그리고 그 아이를 다시 볼 수 있을 거라는 생각은 일찌감치 접고 손을 흔들어 작별했다.

기상학자들의 예측과 달리, 사이클론은 그날 저녁 도시 한가운데로 상륙했다. 바람은 밤새도록 소리 높여 불었고, 파괴를 즐기는 거인들 무리가 풀려난 것처럼 무언가 부서지는 요란한 소리가 여러 번 들렸다. 비가 억수같이 퍼부었다. 도시는 이런 폭풍을 여태껏 한 번도 접한 적 없었다. 정전으로 조명이 꺼졌고, 폭풍은 밤새도록 자기 힘을 휘둘렀다.

다음 날 오후나 돼서 바람이 잦아들었다. 마후아는 자신의 작은 셋

방에서 나와 변해버린 세상을 살펴봤다.

뭄바이는 철저히 파괴됐다. 발밑에는 깨진 유리 조각들이 널려 있었고, 멀쩡한 건물도 유리창들이 성한 곳은 없었다. 폭우로 수위가 올라간 결과, 도시의 저지대 전체, 새로 건설한 고속도로와 사무실 구역, 그리고 고층 건물들이 수 미터 깊이의 물에 잠겼다. 하수가 역류해서 넘친 강물이 오물과 수 톤의 쓰레기를 길거리로 퍼 올렸다. 사이클론은 부자라고 봐주는 법이 없었다. 빌리어네어즈로의 호화로운 첨탑들도 넘어져 콘크리트 블록들이 나뭇가지, 비단 커튼, 그리고 수백 구의 직원 시신들과 뒤엉켜 있었다. 부자들은 일찌감치 헬리콥터를 타고 도망간 뒤였다. 도시의 지도자들은 자기네 마피아를 데리고 돌아와 재산을 지키기 위해 가능한 모든 수단을 동원해서 약탈자와 재해민들을 격퇴했지만, 도시의 나머지 지역은 버려진 채로 남아 있었다.

재난 한가운데서, 마후아는 어느새 힐로 뭄바이라는 지역 협동조합의 지부에서 출발한 구조 그룹과 함께 자원봉사를 했다. 그들은 그녀가 봤던 여느 그룹들과는 달리, 자동 릭쇼 운전사, 해고당한 젊은 배우, 은퇴한 학교 교사, 청소부와 학생들로 잡다하게 구성돼 있었다. 그들이 어쩌다 뭉치게 됐냐고? 뭄바이의 저소득층 시 쓰기 강좌에서 서로 알게 됐다고 어느 학교 교사가 설명했다. 헤만트라는 나이 많은 자동 릭쇼 운전사가 다라비에서 몇 년 전에 모임을 시작한 것이 도시 전역에 여러 개의 지부를 설립하게 되기까지 확대됐다고 한다.

마후아는 힐로 뭄바이와 함께 생존자를 찾아 잔해를 수색하면서, 부상자들을 지역 의원으로 이송하고 입수할 수 있는 대로 생필품들을 분배했다. 시체 썩는 악취, 도시 저지대에서의 콜레라 발생 때문에 일상을 영위하는 것은 거의 불가능했다. 하지만 힐로 뭄바이 회원들은 함께 울고 웃었고, 서로에게 언성을 높이면서도 서로를 위로하며 작업을 계속했다. 그러는 동안 마후아의 마음속에서 무엇인가 꿈틀거렸다. 그녀는 잘 교육받아 도시 중산층으로 상승하는 방법만이 세상을 바꿀 수 있다고 생각했었다. 하지만 지금 여기 있는, 학력이나 재산으로 따지자면 그녀의 절반에도 못 미치는 사람들이 하는 것을 보라! 그녀는 라구가 몇 년 전에 했던 말들을 떠올렸다. 변화, 긍정적인 사회 변화는 변경에서 시작된다고. 어쩌면 가끔은 그 말이 사실인지도 모른다. 마후아는 그와 이야기를 나누고 싶었지만, 라구는 여전히 인도 어딘가 연락이 되지 않는 곳에서 떠돌고 있었다.

몇 달 뒤 델리로 돌아온 마후아는 노트 페이지 사이에 끼워 두었던, 카페 근처의 나무에서 얻은 낙엽을 발견했다. 낙엽은 거의 완전히 부스러져 정밀하고 섬세한 거미집 같은 잎맥만 남아 있었다. 낙엽을 이루고 있던 물질의 나머지는 갈색 가루가 돼 페이지를 얼룩지게 했다. 그녀는 낙엽의 잎자루 부분을 집어 빛을 향해 들어 올렸다. *부분들이 서로 연결돼 전체를 이룬 거미집이라.* 그리고 그녀는 낙엽을 내려놓고 노트를 덮었다.

그녀는 거대 폭풍을, 사이클론이 무너뜨린 부자들의 고층 건물들을 생각했다. 구조 작업의 참상 한가운데서 접한 "어쩌면 언젠가 그곳으로 돌아가게 되리라"는 시구가 떠올랐다.

그동안 아샤푸르는 서서히 성장했다. 옛것과 새것이 어우러져 만들어진 거주지는 진흙, 지푸라기와 쌀겨를 이겨 만든 두꺼운 벽을 둥글게 두른 건물들, 사람들과 자전거가 통행하는 내부 도로와 그들을 더 큰 도시로 연결하는 버스가 오가는 외곽 도로도 갖추고 있었다. 염부나무와 님나무 과수원은 물론, 건물 외벽과 지붕에 정원도 있었다. 각 주거지는 혈연이나 선택으로 정해져 이제는 대규모 공용 주방에서 함께 요리하는 가족들을 한 지붕 아래 최대 50명까지 수용했다.

센서넷이 건물들을 서로 연결해서 '고둥'이나 데이터 바이저를 착용하면 누구든 데이터의 흐름에 접근할 수 있었다. 녹색 통로의 탄소 포집률, 생물학적 다양성 지수의 유동성, 건물과 에너지 격자망 사이의 데이터 송수신 상황 등등. 서서히 죽어가던 야무나 외곽의 폐기물 하치장이 건설 예정지였기 때문에, 하치장에서 서서히 팽창 중이던 슬럼을 바스티가 대체하는 것을 요건 삼아 시정부는 부지를 무상으로 양여했다. 마후아는 슬럼 거주자들을 아샤푸르의 첫 번째 거주자로 받아들임으로써 약속을 지켰다. 그 사람들은 해수면 상승과 경작지 염분 축적을 비롯해 폭력 사태와 가난으로부터 벗어나기 위해 방글라데시와 벵골, 그리고 오디샤 해안 지방에서 온 난민들이었다. 그들은 사업에 자신들의 생존 기술, 그들의 전통과 문화, 정교한 손재간과 배우고자 하는 욕구를 더했다. 이제 그들은 바스티의 첫 번째 주민이 됐다.

메시지를 보내거나 전화를 걸어 침묵을 깨는 일도 없이 몇 년 동안 전국을 여행 중이었던 라구를 그녀와 할머니가 다시 볼 수 있을 거라는 희망을 거의 포기했을 무렵, 라구는 처음 떠났을 때처럼 느닷없이 현관에 불쑥 나타났다. 성대한 오찬을 앞에 두고, 그는 저항 세력과 함께 지냈던 일, 기업 마피아들을 미행했던 일, 아직 남아 있는 자연림 속에서 사는 부족민들과 생활했던 일, 도시 지하에 갇힌 지하수가 제대로 흐르도록 하려는 이단적인 과학자의 시도에 한몫 거들은 일 등등을 이야기해줬다. 마후아의 할머니가 왜 이렇게 오랫동안 연락하지 않았냐고 나무라자 그는 약간 당황했다.

"나니지, 이제부터는 자주 연락 드릴게요. 범죄를 저지르기 전에는 꼭 먼저 전화로 용서를 구하겠습니다!"

"요 말썽꾸러기, 지금은 무슨 음모를 꾸미는 게냐?"

"더 먼 곳으로 여행 가려고요. 세상 반대편에 있는 브라질로요!"

그는 마후아를 데리고 나가 같이 술을 마시면서 설명했다. "마후아, 아샤푸르에서 굉장한 일을 해냈더라. 하지만 난 여행하는 도중 센서 넷과 생명의 그물 그 자체에는 우리가 여태껏 뛰어넘지 않았던 간극이 있다는 생각을 떨쳐버릴 수가 없었어. 그러다가 마디아프라데시주의 곤드족 거주지에 머무르는 동안 한 가지 착상이 떠올랐어. 숲 전체를 센서화 하는 거야. 나무 몇 그루에 센서를 부착해서 탄소 포집량을 측정하는 게 아니라, 센서들이 숲 전체에서 백여 개에 이르는 수치들을 측정하는 거야. 그런 작업을 시작하는 데 지구상에 남아 있는 가장 거대한 삼림지대가 가장 적합하겠지. 그래서 아마존으로 가려는 거야."

마후아는 얼떨떨한 표정으로 그를 바라보기만 했다. 라구가 싱긋 웃었다. "핵심은, 가이아 이론가들은, 그러니까 빌어먹을 가이아코프 말고 지구가 살아 있는 유기체라는 오래된 관념 말이야, 가이아 이론가들은 지구가 하나의 초유기체라는 생각을 오랫동안 유지해왔어. 지난주 아샤푸르에서 센서화 할 거라 이야기했던, 숲속 나무들이 교신하는 데 사용하는 균사 네트워크는 우리가 아직 개념화하지 못하기 때문에 인식조차 못 하는, 생각하는 숲이라는 대규모 지능으로 귀결될 가능성도 있을지 몰라. 그래서 나는 그 곤드족 거주지에 머무르는 동안, 숲을 센서화 하는 것은 단지 첫걸음에 불과할 거라는 예감이 들었어. 센서들이 제대로 네트워크를 형성한다면 숲이 센서넷을 상호 의사소통할 상대로 인식할 수도 있고, 이와 마찬가지로 우리와 대화를 할지도 몰라!"

그의 눈이 번뜩였다. "마후아, 상상해봐. 사히아드리, 테라이, 아마존의 숲은 모두 기후변화로 고통받고 있어. 가뭄과 멸종이 진행 중이라고. 생명의 그물이 무너지고 있어. 우리가 숲과 대화할 수만 있다면! 숲이 우리에게 무슨 일이 일어나고 있는 건지 알려줄 수만 있다면, 우리가 그들을 구할 수 있을 텐데…"

"하지만 우리는 이미 센서에서 수집한 정보로 알고 있어! 그리고 여전히 바스티들의 규모를 확장하는 문제를 해결하지 못하고 있고. 지금 당장은 그게 더 중요해…"

마후아가 라구를 본 것은 그때가 마지막이었다. 리우데자네이루와 마나우스에서 편지가 몇 통 왔지만, 연락은 갈수록 뜸해졌고, 그녀는 더 이상 편지가 올 거라는 기대를 접었다. 그 이후로는 연락이 끊겼다. 40년 넘게.

그동안 마후아는 극도의 기후변화와 인간의 탐욕이 결합한 결과로 대부분의 옛 대도시가 죽어가는 것을 지켜봤다. 그 뒤 그 폐허에서 각자 지역 생태에 적응하되 대규모 센서넷으로 상호 연결된 아샤푸르 같은 주거지가 수백 곳이 지어지는 것을 봤다. 그녀는 10년 동안 델리를 덮친 살인 열기에도 바스티 군집들이 올바른 방향으로 지역 기후를 변화시킨 것 같다고 라구에게 말하고 싶었다. *어쩌면 우리는 네가 시뮬레이터에서 봤던 그 미래를 피한 것인지도 몰라.* 그와 나누고 싶었던 이야기가 정말 많았다! 인도 아대륙은 오랫동안 혼돈의 기간을 보냈다. 지금도 대규모 기아, 무력 충돌은 예사였고, 잔인한 마피아들이 통치하는 도시와 주에서는 일상이 위태로웠다. 하지만 그녀는 그 밖의 다른 곳에서 생활과 존재 양식의 대안을 실험해 수백만 명의 지지자들로부터 결실을 얻었고, 노동과 땀과 눈물로 대전환을 이끌었다.

마후아는 자신이 살아서 변화를 볼 수 있었다는 것에 감사했다. 자신이 그 일부이자 촉매였다는 사실을 이제 노년에 접어든 지금 만족스럽게 받아들였다. 하지만 몇 년 동안 그녀는 자신의 작업에 흥미를 잃어가고 있었다. 중요하지 않아서가 아니라, 자신의 생각과 착상이 만족스럽지 않은 데다 조바심 같은 것을 느꼈기 때문이었다. 자신의 섬세한 검은 손을, 그리고 얼굴에 패인 주름살을 보고 무릎에 생긴 통증을 느끼면서, 그녀는 경이감에 사로잡히곤 했다. 심장의 근육, 사지와 근육들이 인생에서 오랫동안 별다른 문제 없이 그녀를 뒷받침했다. 이제 그녀의 몸은 이 통증과 경련, 주름살로 그녀에게 무엇인가 말하고 있었다. 물론 필멸의 불가피함도 있었지만, 뭔가 다른 이야기가 또 있었다. 요즘 그녀는 종종 '고둥'이나 데이터 바이저를 벗고, 아무런 중개 장치 없이 자기 물리적 자아의 미세한 목소리를 듣고 싶었다.

그리고 이제 저널리스트가 옛 친구 라구의 '정보'를 가지고 그녀와 대담을 하기 위해 찾아올 것이다.

라파엘 실바라는 그 저널리스트는 떠났다. 도착하자마자 실바는 그녀에게 조각된 나무 상자 하나를 건네줬고, 마후아는 그것이 라구가 브라질로 출발하기 직전에 자신이 그에게 줬던 선물임을 즉시 알아봤다. 사실 그건 잡동사니 같은 것이었는데, 그 내부는 한 짝의 부서진 '고둥', 작은 나무 마개, 무엇을 표현한 것인지 알 수 없는 목제 조각품, 센서 셀과 광학 와이어 몇 개, 그리고 라구가 자필로 쓴 종이 몇 장으로 채워져 있었다. 그리고 5센티미터 길이의 잿빛 머리칼 한 타래가 검은 몇 가닥과 함께 나뭇잎에 싸여 끈으로 묶여 있었다.

실바는 마나우스시 인근에서 아마존 부족 지도자들 모임을 취재하고 있었다고 한다. 아마존에서 최근 발생한 가뭄과 기후변화로 부족들이 함께 모여 지혜를 나누는 자리를 가졌다. 그러다가 그는 우연히 데사나 부족의 장로와 이야기를 하게 됐다. 실바가 두루 여행 다니는 저널리스트임을 알게 되자마자 장로는 상자를 내놨다. 그는 그 상자를 1년 전 아마존 내륙 먼 곳에 거주하는 부족의 일원에게 전달받았는데, 상자를 준 사람은 자신들과 몇 년 동안 같이 생활했던 어느 이방인의 이야기를 들려줬다. 상자를 받았던 때로부터 2년 전쯤 금광 회사가 고용한 용병들의 공격 도중에 그 이방인은 총상을 입고 죽었다고 했다. 부족 사람들도 열세 명 죽었다. 그 이방인은 죽어가면서 마지막 소원으로 그 상자를 먼 나라에 있는 자기 고향 사람들에게 전해달라고 했다.

마후아의 이름과 아샤푸르에 있던 옛집 주소가 상자 표면에 새겨져 있었다. 상자가 내륙의 열대우림에서 도시까지 운반되는 데 2년이 걸렸다. 실바는 호기심을 느껴 동남아시아 출장 계획에 인도를 포함했다. 그는 자신이 직접 상자를 전하고 싶었다.

“정말 고맙습니다.” 실바가 이야기를 마치자 마후아가 말했다. 그녀는 눈물을 훔쳤다. “이렇게 먼 길 와주셔서 감사합니다.”

“천만의 말씀입니다.” 라파엘 실바가 대답했다. 그 뒤 마후아는 기꺼이 자신의 인생과 업적, 그리고 라구와의 친교에 대한 실바의 질문에 대답했다. 공동 주거인들이 그에게 식사를 대접했고, 밤에 묵을 자리를 마련해줬다. 그는 다음 날 아침에 출발했다.

다음 날 내내 마후아는 종이쪽지를 읽고 또 읽으면서, 부서진 ‘고둥’과 나뭇잎에 끈으로 묶인 그의 머리칼 타래를 만지작거렸다. 그녀는 아마존의 어느 커다란 나무에서 그 잎이 떨어지는 광경을, 그것을 집어 들었을 손을 상상했다. 그러고 나서 윤기가 흐르는 진녹색 나뭇잎을 어루만졌다.

친애하는 마후에게,

인간의 언어로 어떻게 대화를 하는지조차 잊어버리고 지냈어. 용서해주길 바라.

나는 동식물의 언어를 배우고 싶어서 우리가 연구하던 기술을 가지고 이곳 아마존에 왔어. 숲 자체와 대화하고 싶었지. 하지만 몇 년이 지난 뒤, 센서들은 너라면 이미 물어봤을 법한 질문에 대한 답에 지나지 않는다는 것을 깨달았어. 저 숲에 질문할 만한 다른 것이 있을까? 그렇게 나는 안내인과 동행들과 함께 숲속에서 살다가, 그들을 통해 지구가 사용하는 언어 이전의 언어가 있음을 알게 됐어.

아마존에서는 한때 강을 따라 들어선 대규모 정착지에서 자신들이 전체 생태계에 연결돼 있음을 의식한 문명이 일어났고, 그 문명은 유럽인들이 오기 전까

지 붕괴하지 않고 수천 년을 버텼어. 모든 재료를 숲에서 조달했고, 결국 그 폐허를 숲이 집어삼켰기 때문에 유럽인들이 도자기 조각 몇 개를 제외한 모든 것을 파괴해버린 지금은 아무 흔적도 남지 않았지만. 그들은 현대 과학기술도 없었는데 어떻게 이렇게 생활하는 법을 터득했을까? 그 답을 찾기 위해 숲이 나에게 무엇을 알려주려 하는지, 인간으로서, 지구인으로서 배워야만 했어. 지구를 구하고자 여기 왔지만, 반대로 내가 구원받게 된 거야. 이제 나 자신을 아마존에 돌려줌으로써 그 빚을 갚고자 해. 하지만 내 고향의 바람과 물과 흙이 나를 키웠으니 내 일부는 그곳으로 돌아가야 해. 이 머리칼을 받아 태우거나 네가 있는 곳 근처의 숲에 묻어줄래? 여러 해 동안 함께하지 못해서 미안해.

나니지께서 만수무강하시길 빌어. 하루도 두 사람 생각을 안 한 적이 없었어. 나는 이제 평안을 얻었어.

라구

이렇게 손수 편지를 쓰는 데 그가 엄청난 공을 들인 게 분명했다. 편지의 형태를 보니 글을 쓰는 손이 심하게 떨린 것을 알 수 있었다. 편지지 한쪽 구석에는 녹 색깔 얼룩이 희미하게 남아 있었다. 저녁에 그녀는 식구들에게 부탁했다. "이크람을 불러줘요. 내일 밖에 나갈 일이 있어요."

이크람의 보트가 강에서 바다로 나아갔다. 그는 모신의 손자로 진지한 표정을 한 야윈 청년이었다. 마후아는 무릎에 라구의 상자를 얹은 채 배 한가운데 차양 아래 앉아 있었다. 태양이 구름에 가려져 한낮의 하늘은 은색 햇살로 가득했다. 오늘은 비가 오지 않는다지만, 몬순 호우는 내일 다시 내릴지도 몰랐다. 비바람에 시달린 뭄바이 군도의 가파른 절벽들은 희미한 자주색으로 물들어 있었다. 카르비 꽃들이 8년 주기에 맞춰 꽃망울을 터트리려는 참이었다.

마후아는 라구가 이 배 안에 자신과 함께 있는 듯했다. 그는 라구에게 물속으로 가라앉은 도시와 납작하고 낮은 오래된 건물들의 얼룩 위로 가느다란 연필처럼 솟아오른 고층 건물들을 보여줬다. 날씨는 덥고 습했다. *저것 봐, 바다 노선들은 조업 중인 배들과 남부 해안으로부터 승객과 상품들을 싣고 오는 수상택시들로 붐벼.* 처음에는 앞쪽에서, 그다음에는 오른쪽에서, 마천루 하나가 서서히 물속으로 기울어지고 있었다. 그 건물이 언제 물속에 완전히 잠길지를 두고 많은 사람이 내기를 했지만, 바다는 비밀을 발설하는 법이 없다.

뭄바이의 다섯 섬의 산이 왼쪽에서 솟아올랐다. 그들이 탄 배가 해안을 끼고 수로로 접어드는 동안, 해수면에서 불과 1미터 높이인 낡은 건물 옥상에 세워진 바바 키즈르 사원이 그녀의 눈에 띄었다. 사원은 그의 축복을 비는 사람들이 탄 보트로 에워싸여 있었다. 여기서 한때 빌리어네어즈로가 있던 비탈길이 보였다. 나무와 덩굴, 그리고 야생동물들이 콘크리트 잡석 위에 자리를 잡았고, 바로 그 꼭대기에 대양의 여신인 사무드라 데비에게 봉헌된 사원이 있었다.

그가 라구에게 말했다. *지금은 작은 신들과 지역 신들, 그리고 오래전 잊힌 영적 스승들의 시대야. 심지어 라마는 유배당한 라마가 분리돼 따로 숭배받는대.*

거주지는 섬의 산 사면에 위치한 화초 군락의 덩굴로 뒤덮여 있었다. 물가에서 배와 뗏목들이 계류 용구mooring를 잡아당기며 물살에 실려 오르내렸다. 그들이 탄 배가 수로를 지나는 동안, 사람들이 손을 흔들거나 큰 소리로 그들을 환영했고, 환담하느라 몇 미터마다 배를 멈춰야만 했다. 그녀가 여기 마지막으로 들렀던 게 꽤 오래전의 일이지만, 사람들은 모두 그녀와 이크람이 누군지 알고 있었기 때문이었다.

그녀는 조각된 나무 상자를 무릎에 올려놓은 채 라구에게 말했다. *바바 키즈르 사원은 예전에 모신이 환상을 봤던 자리에 세워졌어. 어느 노인이 자신을 태운 물고기 위에 서서 물 위를 걸으며 도시의 수로들을 지나 대양으로 나가는 환상 말이야.* 모신은 파키스탄 내 인더스강 어귀에서 피난 온 난민이었던 자기 아버지에게 바바 키즈르 이야기를 들었다. 비하르와 아라비아처럼 먼 곳에도, 물의 수호자로서 발이 땅에 닿는 곳마다 꽃이 핀다는 스승에 관한 비슷한 이야기가 있었다.

이크람은 배를 계류하고 마후아가 배에서 내리는 것을 도왔다. 마후아는 몇 분마다 숨을 돌리기 위해 걸음을 멈춰야 했지만, 두 사람은 꾸준히 비탈길을 올랐다. 호흡할 때마다 그녀는 인류가 존속한 불과 수십만 년의 시간과 그 모든 국가와 대륙의 경계라는 공간을 훨씬 넘어선, 이 오래된 행성과 거대한 생물지구물리학적 순환에 빚지고 있었다. 그는 서쪽으로 아마존에 영양분을 공급하면서, 동쪽으로는 인도의 몬순기후에 영향을 미치는 사하라발 모래 폭풍을 생각했다. 자신의 존재가 아직 펼쳐지지 않은 이토록 거대한 드라마와 근원적으로 얽혀 있다는 생각에 숨이 가빴다. "오늘 정말 고마워." 그가 이렇게 말하자, 이크람은 싱긋 미소 지었다. 마침내 두 사람은 숲 가장자리에 이르렀다. 서늘한 공기 가운데 불어온 바람 한 줄기가 나뭇가지들을 흔들고 지나갔다. 진흙 길 하나가 숲속으로 나 있었다.

과일을 맺어 무겁게 늘어진 염부나무 때문에 이크람의 주의가 흐트러졌다.

"가서 따 오거라. 염부나무 열매를 가져가자. 난 괜찮아. 길이 갈라지는 공터에 있을게. 나중에 찾아오렴."

"손목 패드 갖고 계세요?" 그가 물었다.

"아무것도 안 갖고 왔어. 걱정하지 마라. 여기는 잘 아는 곳이니까."

자신의 인생이라는 강이 라구의 것과 때로는 나란히 흐르다가 때로는 멀어지기도 했지만, 결국에는 같은 목적지를 향해 흐르고 있었음을 깨닫게 되는 것은 정말 신기한 경험이었다. 그녀는 숲을 향해, 두 강이 합류하는 곳이자 만남의 장소를 향해 나아가고 있었다. 한두 해 전 들렀을 때의 기억에 따르면 여기 공터가 하나 있었는데, 라구도 알았더라면 좋아했을 만한 곳이었다.

그녀는 걸음을 늦췄다. 공터에는 구름 사이로 창백한 햇살이 새어 나와 카르비 꽃들을 비추고 있었다. 그는 상자를 들고 있는 자기 진갈색 팔을 내려다보더니 피부에 닿는 한낮의 열기를 느꼈다.

지구가 사용하는 언어 이전의 언어가 있어. 라구는 그렇게 말했다.

그래, 그리고 너는 그 언어를 몸으로 배울 수밖에 없었겠지. 마후아가 라구에게 말했다.

지금 이 순간 숲속의 한 마리 짐승일 뿐인 마후아는 위험과 죽음 앞에 취약했지만, 그의 감각들은 모든 사물에 활짝 열렸다. 빛과 그림자가 자아내는 패턴, 벌레들의 울음소리, 산비둘기의 지저귐, 멀리서 원숭이 무리들이 서로 부르는 소리. 마후아에 관한 모든 것들, 검은 피부에서 시작해서 이목구비에 이르는 것들은, 그녀의 민족이 태양의 고도와 대기의 기온 같은 환경에 적응함으로써 형성됐다. 그녀는 수 세기에 걸친 학대와 착취의 무게가 자신을 짓누르고 있다고 느꼈다. 그 중압감은 그녀의 세포 속 DNA에, 할머니께서 들려주신 이야기에, 이른 나이에 세상을 떠난 어머니에 대한 상실감과 칼파나 디의 자살 속에 아로새겨져 있었다. 까무러치지 않을까 싶을 정도로 그 고통이 예리하게 가슴을 파고들었다. 그녀는 나무에 기댄 채 라구의 상자를 가슴팍에 꼭 껴안았다.

마후아는 라구의 상자를 열고 접힌 나뭇잎을 꺼냈다. 상자를 나뭇가지 위에 올려놓은 채, 그녀는 끈을 풀고 나뭇잎을 펼쳐 머리 타래를 한 번 쓰다듬었다. 그러고 나서 다시 꾸러미를 묶더니 어제 내린 비로 흙이 부드러워진 곳을 찾았다. 그녀는 잡목 숲속에서 찾은 나뭇가지로 작은 구멍을 하나 판 뒤 그 속에 꾸러미를 내려놓았다. 그러고 나서 흙으로 그 위를 덮었다.

이제 훌훌 털고 떠나, 그녀는 라구에게, 그리고 칼파나 디에게 말했다. 그리고 천천히 몸을 곧게 폈다. 등과 다리가 저렸다. 산을 오르는 내내, 그녀는 다시 아픔에 익숙해져야 했다. 어쩌면 이 늙은이가 새 교훈을 얻을 때가 된 모양인지도 모른다. 그녀는 생명의 그물에 대한 경의라는 이상과 합의로 운영되는 공동체라는 모범에 기초해 새로 형성된 산탈주州라는, 할머니의 민족이 거둔 승리를 인정할 수 없었다. 그녀 자신의 몸과 민족의 역사에 새겨진 투쟁과 희생의 아픔을 인정하지 않고서 그런 것들을 축하할 수 없는 노릇이었다. 그리고 그렇게 함으로써 그녀는 마침내 자기 민족이 항상 봤던 것처럼 육신이자 어머니로서 땅 그 자체를 볼 수 있게 됐다.

공터의 가장자리에서 나뭇잎들이 바람에 날리며 속삭이는 소리를 냈다. 그녀는 자신이 인식의 지평을 넘어 확장되는 것을 느꼈다. 그녀는 잎 위에서 흔들리는 한 방울 이슬이었고, 나뭇가지에 비치는 한 줄기 햇살이었다. 그녀는 몇몇 예외를 제외하면 나무나 새들의 이름을 몰랐지만, 그런 것들은 차차 알게 될 터였다. 그 순간 그녀는 솟아오르는 새처럼 자기 존재에 연연함 없이 자유로웠다.

이크람이 그녀를 부르고 있었다. 마후아는 헛기침을 한 뒤 심호흡을 했다. "갈게." 그녀가 대답했다.

이렇게 역동적이고 복잡한 우주에 존재한다는 놀라운 특권은 73세의 노령에도 무언가 배울 게 남아 있다는 것일 게다. 그녀는 이크람과 함께 숲 가에 앉아 바다를 바라볼 것이다. 입술과 손에 자줏빛 과즙을 잔뜩 묻히면서 염부 열매를 먹는 동안, 그녀는 이크람에게 세상 반대편에 있는 또 다른 거대한 우림인 아마존을, 그리고 라구를 이야기할 것이다.

아메리카 끝에 있는 서점

찰리 제인 앤더스

단편 부문

2020 로커스상 수상작

박중서 옮김

Charlie Jane Anders

The Bookstore at the End of America

찰리 제인 앤더스의 가장 최근작은 장편소설 『밤 한가운데의 도시The City in the Middle of the Night』다. 다른 저서로는 네뷸러상, 크로포드상, 로커스상 수상작인 『하늘의 모든 새들All the Birds in the Sky』, 람다상 수상작인 『성가대 소년Choir Boy』, 중편소설 『록 매닝, 버티다Rock Manning Goes For Broke』, 단편소설집 『육 개월, 사흘, 다른 다섯 편Six Months, Three Days, Five Others』이 있다. '토르닷컴', 《보스턴 리뷰Boston Review》, 《틴 하우스》, 《콘정션스Conjunctions》, 《판타지 앤드 사이언스 픽션》, 《와이어드 매거진Wired Magazine》, 《슬레이트》, 《아시모프스》, 《라이트스피드》 등의 매체와 여러 작품 선집에도 단편소설을 기고한 바 있다. 단편소설 「육 개월, 사흘Six Months, Three Days」로 휴고상을 수상했고, 「요금을 부과하지 않는다면 고소하지 않겠습니다Don't Press Charges And I Won't Sue」로 시어도어 스터전상을 수상했다. 조만간 새로운 단편소설집 『심지어 더 큰 실수Even Greater Mistakes』가 출간될 예정이다. 찰리 제인은 또한 매월 〈작가와 술 한잔Writers With Drinks〉 낭독 시리즈를 조직하고, 애널리 뉴위츠와 함께 팟캐스트 〈우리 의견은 옳다Our Opinions Are Correct〉를 공동 진행 중이다.

홈페이지 주소: www.charliejane.net

SF-Fan

Charlie Jane Anders

The Bookstore at the End of America

언덕 위에 서점이 하나 있다. 출입문은 두 개고, 텅 빈 석판과 잔디로 장식한 진입로도 두 개, 심지어 '퍼스트 앤드 라스트 페이지' 서점에 찾아온 손님을 환영하는 표지판조차 두 개, 한가운데 있는 커다란 파란색 건물만 하나다. 비스듬한 타일 지붕에 넉넉한 빗물 홈통이 달린, 구식 헛간 같은 건물이었다. 그 건물 안에 얼마나 많은 책이 있는지는 아무도 몰랐고, 심지어 서점 주인인 몰리조차도 몰랐다. 하지만 그 건물 안에서 찾을 수 없는 책이 있다면, 그건 아마도 아직 누군가가 쓰지 않은 책일 가능성이 컸다.

두 진입로를 따라가면 똑같이 생긴 건물 출입문이 나왔고, 밀짚으로 만든 도어매트 냄새, 파란색 널빤지 바닥 냄새, 그리고 라일락과 오래된 건물 냄새가 동시에 났다. 하지만 그다음부터는 두 출입문 중 어디로 들어갔는지에 따라 완전히 서로 다른 서점을 보게 된다. 현금등록기도 두 대, 사용되는 화폐도 서로 다른 두 가지다.

캘리포니아 쪽으로 들어간 손님 앞에는 벽걸이 장식이 나타날 것이다. 다양한 연령, 모습, 출신의 여성들이 서로 손을 잡고 춤추는 모습이다. 소설과 시와 문화연구에 이르기까지 콜로라도스프링스와 샌타페이의 삶에 밀착한 다양한 소형 출판사의 최신간이 전시된 모습도 보일 것이다. 캘리포니아 쪽 출입문에서 가장 가까운 책장에는 여성 및 퀴어 연구 관련 책이 제법 되겠지만, 이와 더불어 버지니아 울프와 조라 닐 허스턴으로 거슬러 올라가는 여성 작가들의 고전문학 책들도 강세를 보일 것이다. 아울러 새로 나온 문고본도 있을 것이다.

아메리카 쪽 출입문으로 들어간 손님 앞에 나타난 기본 배치는 앞서와 상당히 비슷할 것이고, 예외라면 인근 로키산맥을 그린 커다란 그림 정도일 것이다. 하지만 여기서는 종교 관련 책이 더 많이 눈에 띌 것이고, 어딘가 좀 더 보수적인 접근법을 지닌 역사책도 일부 보일 것이다. 소설은 포크너, 소로, 헤밍웨이 유의 책이 대부분일 것이고, 애인 랜드는 두말할 나위 없이 함께 꽂혀 있을 것이며, 자신감과 굳건한 가정에 관한 에세이를 더 많이 찾아볼 수 있을 것이다. 역시나 저렴한 문고본이 있을 것이다. 문고본은 주로 스릴러와 전쟁 소설이고, 개틀린버그*에 있는 대형 인쇄 공장에서 나온 최신간도 포함될 것이다. 물론, 로맨스 소설도 있을 것이다.

둘 중 어느 한 쪽 출입문으로 들어가서 계속 걸어가는 손님은, 어느새 자기가 책장의 미로를 헤매고 있음을, 아울러 곳곳에 모퉁이와 옆방이 있음을 깨달을 것이다. 이곳에는 과학소설과 환상소설로 이뤄진

---

* 미국 남부 테네시 주의 도시.

동굴이 있고, 저곳에는 연극 책으로 이뤄진 깊은 후미가 있는 식이었다. 역사와 사회학으로 이뤄진 커다란 부속 건물도 있는데, 그중에는 벽 하나가 모조리 어떤 게임의 세계관인 '세계의 분리'의 기원을 해설하는 책들일 것이다. 물론 어떤 사람들은 한쪽 출입문에서 다른 한쪽 출입문까지 가기도 했다. 과식한 뱀 모양의 복도를 지나서. 수수한 붉은 카펫과 두 개의 낡아빠진 안락의자가 있는 커다란 중앙 열람실을 지나서. 수수한 붉은 카펫과 두 개의 낡아빠진 안락의자가 있는 커다란 중앙 열람실을 지나서 한쪽 출입문에서 다른 한쪽 출입문까지 가기도 했다. 하지만 서점의 설계 자체는 각자의 현실에 머물도록 손님을 독려하고 있다.

실제 국경에는 감시탑과 바리케이드, 그리고 "안녕히 가십시오" 또는 "어서 오십시오" 표지판, 끔찍하게 가격을 뻥튀기한 기념품 가게가 있었다. 하지만 '퍼스트 앤드 라스트 페이지'에는 이혼에 대처하는 방법을 소개하는 자기계발서가 꽂힌 높은 책장만 서 있을 뿐이었다.

양쪽 방향 모두에서 사람들은 수소전기 차, 태양광 자전거, 기계 말馬, 관광버스 등에 올라타고 각자에게 필요불가결한 어떤 책을 구입하러 수백 마일 거리도 마다치 않고 찾아왔다. 물론 '셰어'에서 전자책을 구할 수도 있었다. 하지만 거기에는 크라우드소스 방식의 편집이라든지, 사용자를 겨냥한 내용이라든지, 무분별한 주석이라든지, 때로는 그냥 쓰레기가 덧붙여져 있을 가능성이 도사리고 있었다. 예를 들어 '기젯'에서 『연방주의자 논집』을 읽고 있는데, 갑자기 원본에 들어 있지 않은 권리 대 의무에 관한 단락이 나올 수도 있었다. 또는 단지 어제 헤어크림을 검색했다는 이유 하나만으로, 갑자기 헤어크림과 관련된 글을 몇 페이지나 읽을 수도 있었다. 비록 똑같은 책이라도 아메리카에서 읽는 내용과 캘리포니아에서 읽는 내용은 완전히 다를 수도 있다는 사실이야 두말할 나위도 없었다. 따라서 잉크와 종이에 (또는 최근작일 경우 '페이포Peip0r'에) 의존해야만 비로소 일관성이 생겼다. 거기서 한 걸음 더 나아가 책의 냄새를 맡고, 촉감을 느끼고, 책장을 넘기고, 책등을 꺾는 등의 온갖 감각 경험도 가능했다는 사실 역시 두말할 나위도 없었던 것이다.

사람은 누구나 책을 필요로 한다고 몰리는 생각했다. 어디에 살든, 어떻게 사랑을 하든, 무엇을 믿든, 누구를 죽이고 싶든 말이다. 우리는 모두 책을 원했다. 따라서 책을 마치 어떤 회원제 클럽처럼, 또는 책에 대한 애정을 뭔가 고상한 기품처럼 생각하는 서적상이 있다면, 그 사람은 나쁜 서적상이었다.

책은 우리가 태어나기 이전의 사람들이 무엇을 생각했는지를 알 수 있는 최상의 방법이었다. 그리고 한 명의 저자는 자신의 곤경을 이해하기 위해 최선을 다했던 누군가였기에, 어쩌면 그들의 실패에서 우리의 실패에 도움이 될 수 있는 몇 가지 씨앗을 얻을 수도 있었다.

때때로 사람들은 왜 출입구를 그냥 하나로 단순하게 만들지 않았느냐고 몰리에게 물어보곤 했다. 그렇게 해서 아메리카에서 온 사람들이 캘리포니아에서 온 사람들에게 부득이 말을 걸지 않을 수 없게 만들고, 그 반대의 경우도 생기게 만들지 그랬느냐는 것이었다. 그렇게 한다면 이쪽이나 저쪽 사람들이 각자의 세계관에 아주 약간이나마 도전을 제기할 수 있는 어떤 책들에 노출될 수도 있지 않겠느냐는 것이었다. 그러면 몰리가 항상 내놓는 답변이란, 지금 자기로선 사업을 운영하고 있다는 것, 그리고 자기로선 모두가 계속해서 책을 읽게만 만들 수 있다면 그걸로 충분하다는 것이었다. 최소한 몰리의 그런 조치 덕분에 이곳은 국경에 자리한 전초지 중에서도 가장 평화로운 곳이었으며, 여기서만큼은 어느 한 쪽에서 모여든 사람들이 다른 한쪽에 있는 사람들을 향해 소리를 지르는 일이 없었다.

물론 실제로 소리를 지르는 사람들 가운데 일부는 충분히 나이가 많았기에 십중팔구 과거 두 나라가 묶여 있었을 때 성장했을 테지만, 그래도 그들은 마치 지금의 두 나라가 예전부터 항상 적대 관계였던 것처럼 행동했다.

서점의 출입구 가운데 어느 쪽으로 들어가든지 간에, 맨 먼저 손님의 눈에 띄는 사람은 아마도 피비일 것이다. 말라깽이에, 망아지 같고, 제멋대로이고, 딱 사춘기 문턱에 서 있는 이 여자아이는 맨발에다 충분히 가볍게 뛰어다녔기 때문에, 하다못해 책장 하나를 흔들리게 만든다거나 책 한 권 들썩이게 만드는 경우조차도 전혀 없었다. 그렇기에 대체로 피비의 발소리보다 웃음소리가 먼저 들리곤 했다. 피비는 평소에 대개 데님 멜빵바지와 싸구려 리넨 블라우스를 입었고, 때로는 바닥에 닿을 만큼 긴 치마나 레이스 달린 드레스를 입기도 했다. 플라스틱 팔찌와 목걸이를 차곤 했는데, 귀는 아직 뚫지 않은 상태였다.

국경의 양쪽에서 온 사람들 모두 피비를 좋아했다. 이 소녀야말로 우리가 오로지 멀리 떨어진 곳에서만 들을 수 있는 기쁨이 넘치는 비명이었고, 화단을 지나서 달려가는 기쁨의 숨결이었기 때문이다.

몰리는 피비에게 밖에 나가 신선한 공기 좀 마시라고 잔소리를 늘어놓곤 했다. 엄마로서 자녀에게 마땅히 해야 할 잔소리라고 생각했기 때문이었다. 몰리는 사실상 서점과 결혼한 셈이었기에, 자칫 피비에게 나쁜 엄마가 될까 봐 노심초사했다. (물론 그 서점에는 육아 서적 코너도 상당한 규모로 마련돼 있었지만). 하지만 피비가 엄마 말을 거역하고 끝도 없이 책을 읽으며 실내에만 있을 때면 몰리도 은근히 기뻤다. 몰리는 피비가 항상 수줍어하기를 바랐으며, 모녀가 함께 '퍼스트 앤드 라스트 페이지'에 숨어 있기를 바랐고, 함께 책을 읽지 않을 때면 얇은 리넨 커튼 너머로나 세계를 곁눈질하기를 바랐다.

그러다 피비는 열네 살이 되자 갑자기 늘 밖에 나가 있기 시작했다. 몰리는 몇 시간씩 딸을 못 보기도 했다. 그즈음 피비는 예기치 않게 예쁘고 호리호리하게 성장했고, 목도 충분히 길어져 다른 아이들과 함께 뛰어다닐 때면 적갈색 포니테일이 이리저리 흔들렸다. 아메리카 국경 쪽 가로수가 늘어선 거리들이 만나는 곳엔 아이들이 살고 있었다. 캘리포니아에서 이곳으로 슬그머니 넘어오는 아이들도 몇 명쯤 있었다. 국경에서도 이 지역을 아무도 엄격하게 순찰하지 않았으며, 마치 인근 로키 산맥에서 떨어져 나온 부스러기라도 되는 듯한 울퉁불퉁한 바위 더미가 하나 있어서, 올바른 길을 알기만 한다면 그곳을 넘어서 한 나라에서 다른 나라로 건너올 수 있었다.

피비와 아이들은 (나이는 열두 살에서 열다섯 살까지였다) 국경 인근의 웃자란 풀밭을 돌아다니며 보물 사냥을 하거나, 또는 바위에 기습 요새를 만들곤 했다. 때때로 피비는 몰리를 보고는 돌아서서 손을 흔든 뒤, 흙투성이 언덕을 달려 제이디와 마크에게 향했다. 캘리포니아에서 슬그머니 넘어온 두 아이는 천 배낭에 놀잇감과 잡동사니를 뒤죽박죽으로 잔뜩 담아 왔다. 때로는 피비가 아이들을 데리고 서점으로 들어와서 물 또는 몰리가 직접 만든 진저비어를 모두에게 대접했는데, 그러면 아이들은 모두 동작을 멈추고 "안녕하세요, 칼턴 아주머니"라고 말하고는 다시 바깥으로 달려 나갔다.

평소에 아이들은 장난감 총을 가지고 서로를 쫓아다니며 시끄럽게 떠들기만 했다. 때로는 해가 진 뒤에도 아이들이 나무와 고사리가 가장 웃자란 지역에 머물 때가 있었다. 그러다 몰리가 안 되겠다 싶어 기젯으로 다른 부모들에게 메시지를 보내려는 순간, 뒤틀려서 발톱같이 생긴 나뭇가지 사이로 몇 개의 불빛이 점점이 나타나곤 했다. 몰리는 피비에게 '숲'이라고 겨우 불릴 만한 그 얼마 안 되는 초목 속에서 아이들과 무엇을 했는지 항상 물어봤다. 그러면 피비는 이렇게 대답했다. 아무것도 안 했어요. 즉, 아이들은 그냥 모여 있기만 했다는 것이었다. 하지만 몰리는 달빛 아래 모여서, 커다란 나뭇잎의 그림자가 점점 드리우는 그곳에서, 아이들이 무슨 짓이든지 할 수 있다고 생각했다. 예를 들어 술을 마시거나 마약을 하거나, 그것도 아니라면 진실게임을 하거나 말이다.

설령 몰리가 자기 딸을 감시하고 싶더라도, 서점을 비우고 다닐 수 없는 노릇이었다. 이 서점의 이중국가형 설계 때문에, 항상 한 계산대에 한 명씩, 최소한 두 사람이 근무해야 했다. 하지만 몰리가 채용한 사람들은 대부분 한두 달쯤 근무하다 결국 고향으로 돌아갔는데, 또다시 전쟁의 기미가 살짝이라도 엿보인다 싶으면 그들의 가족이 무척이나 걱정했기 때문이었다. 몰리의 기젯에는 매일같이 또 한 무더기의 선전물들이 부글거리며 나타났는데, 양측에서 보낸 그 내용에는 한쪽을 폭압적인 신정 국가라고, 또 한쪽을 불경스러운 학살 범죄 국가라고 비난하고 있었다. 그런 와중에 소문이 들렸는데, 양쪽 모두 저 귀중한 수원의 마지막 잔재를 찾는다는 내용이었다. 때로는 실제로 우르릉거리는 소리가 들리기도 했는데, 캘리포니아에서 로봇 떼를 땅속 깊이 투입해서였다. 그때마다 모두들 숨을 죽이며 있었다.

몰리는 캘리포니아 쪽의 계산대에서 일하면서, 기묘한 문신을 새긴 사람들이나 두개골에서 번쩍이는 은색 실이 흘러나온 사람들에게 아무 반응도 보이지 않으려고 평소처럼 노력하고 있었다. 프로그래밍이 가능한 피임부터 아노스 콤플렉스와 개인을 연결하는 두뇌 이식에 이르기까지, 캘리포니아 사람들이 자기 몸과 두뇌 개조에 얼마나 열심인지는 모두가 잘 알고 있었다. 몰리는 미소를 짓고, 짧은 대화를 나누고, 지금까지 사람들이 구매했던 책에 대한 자신의 기묘한 기억에 근거해서 책을 추천했다. 말하자면, 그녀는 누구에게나 고객처럼 대했으며, 자신의 예수 십자가 상을 보고서 그녀가 신앙에 세뇌당했다고 생각해 혀를 차는 사람에게도 마찬가지로 대했다.

그러던 어느 날, '샌더'라는 이름의 단골 고객이 미합중국이 사라지던 날에 간행됐던 호프 도런스라는 여성 작가의 지속 가능한 농업과 동물 의식意識에 관한 희귀본을 찾으러 왔다. 어떤 이유에서인지 이 고객이 사는 캘리포니아에서는 이제껏 누구 하나 이 에세이를 셰어에 업로드 하지 않았다. 몰리는 고성능 컴퓨터로 살펴본 뒤, 마침 재고가 한 권 있다는 사실을 알아냈다. 하지만 몰리가 그 책이 있다는 책장으로 샌더를 안내했을 때, 그 책은 사라지고 없었다.

샌더는 『땅의 영혼』이 있어야 마땅한 빈 공간을 응시했고, **그들**의 창백하고도 둥근 얼굴에는 잔뜩 주름살이 잡혔다. **그들**의 몸엔 번쩍이는 갑옷을 걸친 나비 문신이 있었으며, 박박 밀어버린 두개골 뒤로는 전선이 잔뜩 쏟아져 나오고 있었다. **그들**은 아노스 콤플렉스에서 일하는 기술자였다.

"엇." 몰리가 말했다. "원래는 여기 있어야 할 책이거든요. 그렇다면 혹시 우리가 그 책을 저기, 음, 다른 쪽에 팔아넘긴 건지, 판매 기록을 미처 못 남긴 건지 여부를 확인하는 게 좋겠네요." 샌더는 고개를 끄덕이더니, 몰리를 따라 아메리카 쪽으로 갔다. 몰리는 그곳 계산대에서 일하는 미치 옆으로 비집고 들어갔고, 종잇조각 열두어 개를 뒤적이다가 그중 하나를 찾았다. "아, 맞네요. 음, 이런."

서점에 단 한 권뿐인 『땅의 영혼』을 아메리카 쪽의 가장 헌신적인 고객 중 한 명에게 이미 판매한 것이다. 테리 월리스라는 이름의 그 반백 머리 여성은 몰리가 다니는 교회에 함께 다녔다.(그리고 테리의 딸 서맨사는 피비와 다른 친구들과도 함께 놀았다). 테리는 때마침 어떤 요리책을 찾으러 서점에 와 있었다. 미치도 조금 전에 그녀가 지나가는 모습을 봤다고 했다. 불운하게도 테리는 대부분의 아메리카 사람들보다 훨씬 더 많이 캘리포니아 사람들을 미워했다. 그리고 샌더야말로 테리가 특히 좋아하지 않는 부류의 캘리포니아 사람이었다.

"그러니까 우리가 얼마 전에 그 책을 판매하고서 재고 목록을 업데이트하지 않았던 거예요. 그런 일은, 음, 간혹 일어나거든요." 몰리가 말했다.

"한마디로 거짓 광고를 하신 셈이로군요." 무엇이든지 간에 효율성에 조금이라도 흠이 생길 때면 나타나는 캘리포니아 사람 특유의 모욕감을 드러내며 샌더가 몸을 똑바로 폈다. "당신은 그 책을 살 수 있다고 제게 말했습니다. 실제로는 그럴 수 없다는 걸 알고 있었으면서도요."

몰리는 호프 도런스의 책을 구입한 사람이 누구인지 샌더에게 이야기하지 않기로 이미 작정한 상태였다. 하지만 샌더가 소매점 의사소통의 윤리에 관해서 한창 떠들어 대던 중에, 마침 테리가 비법 샐러드 책 하나를 들고 계산대로 돌아왔다. 그때 마침 센더 입에서 나온『땅의 영혼』이란 제목에, 테리의 귀가 쫑긋했다.

"아, 제가 얼마 전에 구입한 책 말이군요." 테리가 말했다.

샌더는 뒤로 획 돌더니, 미소를 지으며 이렇게 말했다. "아, 만나게 돼서 반갑습니다. 제 생각에는 당신께서 구입하신 그 책이 원래 제가 구입하기로 했던 책 같거든요. 제 생각에는 우리가 일종의 합의를 도출하지 못할 이유가 없을 것 같거든요? 어쩌면 일종의 필요에 따른 분배 시스템 같은 것 말이죠. 왜냐하면, 그 책에 대한 저의 필요가 극도로 크기 때문이지요." 샌더는 벌써 캘리포니아 사람이 어떤 문제에 직면했을 때 사용하는 과도하게 합리적이고 고집스러운 언어를 구사하고 있었다.

"죄송합니다만." 테리가 말했다. "그 책은 제가 산 거예요. 이제는 제가 소유하고 있죠. 제 거라고요."

"하지만." 샌더가 말했다. "방법은 여러 가지가 있으니까요… 무슨 말인가 하면, 당신이 그 책을 빌려주시면, 제가 가져가 디지털화하고

서 멀쩡한 상태로 당신께 돌려드리겠습니다."

"저는 그 책이 멀쩡한 상태이길 원하는 게 아니에요. 그저 지금 상태로 있기를 원할 뿐이죠."

"하지만…"

몰리는 앞으로 세 번만 더 이야기가 오가면 이 대화가 전혀 유쾌할 수 없는 상황으로 치닫게 될 것임을 알 수 있었다. 테리는 직접적으로, 또는 간접적으로 (즉 상대방을 일컬을 때 대명사를 '그들'이라 하지 않고 잘못 부름으로써) 샌더를 모욕할 것이었다. 그러면 샌더는 은근히, 또는 대놓고 테리를 멍청하다고 욕할 것이었다. 몰리는 손쉬운 해결책을 알고 있었다. 예를 들어 공짜 책이나 전폭 할인 같은 일종의 뇌물을 테리에게 주는 대가로, 샌더가 호프 도런스 책을 빌려서 페이지를 넘기는 특수 로봇을 이용해 디지털화해도 된다는 허락을 얻어내는 것이었다. 그러나 지금 당장은 그런 이성적인 방법으로 해결할 수 있는 게 아니었다. 어쨌거나 두 사람이 서로를 향해 으르렁거리고 있는 지금 당장은 아니었다.

그리하여 몰리는 가장 환한 미소를 지으며 이렇게 말했다. "샌더, 제가 방금 기억이 났는데요. 당신을 위해서 따로 빼놨던 정말 특별한 책들이 심리학·철학 분야 부속 건물에 있거든요. 그러잖아도 당신께 그걸 드릴 생각이었는데, 방금 생각이 났네요. 어서 가요. 제가 보여드릴게요." 그녀는 샌더의 한쪽 팔을 살살 잡아당긴 다음, **그들**을 데리고 책장 과밀 지역으로 돌아갔다. 아메리카 쪽을 벗어날 때까지 샌더는 계속해서 테리의 비합리적 이기주의에 대해 구시렁거렸다.

물론 샌더를 위해 따로 빼놨다는 특별한 책이 무엇인지는 몰리도 전혀 몰랐다. 하지만 로맨스로 이뤄진 해협과 전기傳記로 만들어진 모든 지그재그 길을 지나갈 무렵에는, 그래도 뭔가 하나쯤 생각해낼 수 있을 것이라고 짐작했다.

피비는 삼각관계에 휘말려 있었다. 몰리는 다른 아이들이 모여 있는 모습을 지켜보다가, 또 (엿듣지 않으려고 최대한 노력했음에도) 아이들의 대화를 부분적으로 엿듣다가, 그 사실을 알게 됐다. 몰리가 다니는 교회의 목사 아들인 존 브링크포트가 피비와 어울리기 시작했는데, 존의 굽신거리는 표정만 놓고 보면 마치 진실게임에서 뭔가 실수를 저지르는 바람에 마치 도박 빚이라도 진 듯한 모양새였다. 존은 키가 크고 말수가 적은, 잘생긴 사각형 얼굴의 소년으로 이웃 아이들 사이에 벌어지는 모든 사소한 다툼을 특유의 느긋한 엄숙함으로 중재했다. 그런데도 몰리가 보기에 그 소년은 한 번도 말이 막히는 경우가 없었다. 몰리는 존이 어렸을 때부터 비행선이 나오는 모험 소설을 선물해주곤 했다.

그리고 제이디 카그와가 있었다. 제이디의 아버지는 우간다 출신 이민자 2세대로 아주 오래된 과학소설을 좋아하는 사람이었다. 제이디는 한쪽 어깨에 갓 새긴 문신이 있었는데, 민들레 한 송이가 바람 속으로 홀씨를 날려 보내고, 그 꽃의 씨방에서는 광섬유 진주가 한 줄기 뻗어 나오는 도안이었다. 제이디의 책 취향은 과학과 수학, 급진 정치학, 심지어 승마 캠프 소녀들이 등장하는 소설에 이르기까지 여러 분야를 넘나들었다. 제이디는 피비에게 뭔가를 속삭이는가 하면, 매운 고추가 들어간 기묘한 사탕 같이 아기자기한 선물들을 캘리포니아에서 사 왔다.

몰리는 자기 딸이 캐논 브링크포트의 훌륭한 아들인 아메리카 소년과 데이트하는 대신 다른 어떤 (그것도 하다못해 '캘리포니아' 출신인) 여자아이와 부자연스러운 관계를 가질 경우, 교회에서 무슨 이야기를 들을지 충분히 상상할 수 있었다.

하지만 피비는 둘 중 누구 하나를 선택하려는 생각이 없는 것 같았다. 아이는 존의 더듬거리는 칭찬에도 제이디의 선물을 대할 때와 똑같은 수줍은 미소를 보낼 뿐이었다.

몰리는 피비와 캘리포니아로 당일치기 여행을 갔는데, 이들은 여권에 당일치기 입국 허가 도장을 받자 몰리의 낡아빠진 댄서 삼륜차에 올라탔다. 두 사람은 풍력발전소와 군사시설을 지나고, 가장 최신의 '아노스 클라우드 브레인 계획' 간판을 지나 밀크셰이크 가게에 멈춰 섰다. 밀크셰이크가 어찌나 진한지 빨아 먹기만 했는데도 양쪽 입 안의 상피가 떨어져 나가고 말았다.

피비는 음소거 모드였고, 밀크셰이크 삼킬 때를 제외하면 몸을 웅크린 채 커다란 합성섬유 재킷에 파묻혀 있었다. 몰리는 딸과 대화를 나눠보려 애썼다. 최근에 누가 어떤 종류의 책을 사 갔는지, 샤런 왕이 갑자기 탐조探鳥에 관심을 보인다는 사실에서 국제관계에 대해 무엇을 알아낼 수 있는지 이야기했다. 피비는 그저 어깨를 으쓱할 뿐이어서, 마치 몰리에게 대화 대신 그냥 뉴스나 읽으라고 말하는 것만 같았다. 마치 엄마는 아직 뉴스조차도 제대로 이해하지 못했다며 핀잔을 주는 것만 같았다.

그러다가 피비가 몰리에게 어떤 환상소설에 관해 말하기 시작했다.

자라나게 만드는 힘과 썩게 만드는 힘을 가진 공주 일곱 명이 있었는데, 그중 몇 명은 오로지 자라나게 만들 수만 있는 반면 다른 몇 명은 오로지 썩게 만들 수만 있다는 거였다. 땅의 요정과 놈트롤로 구성된 군대를 충분히 물리칠 만큼 산울타리를 높이 자라나게 하는 공주가 '푸른 왕좌'의 후계자가 될 예정이었다. 하지만 작중 초반엔, 아직 공주들이 자기네 능력이 각각 다르다는 사실을, 예를 들어 공주마다 자라나게 만들 수 있는 대상이 다르다는 사실을 미처 깨닫지 못한 상태였다. 아울러 각각의 공주를 좋아하는 왕자들과 시녀들도 있었지만, 공주들 중 어느 누구도 함께 있고 싶은 사람과 함께할 수 없었다.

이야기를 들을수록 소설의 내용이 점점 더 복잡해졌는데, 몰리로서는 서점에서 그런 책을 본 적이 있는지조차 기억나지 않았다. 그러다 그녀는 마침내 깨달았다. 지금 피비는 자신이 읽었던 책 이야기를 하는 게 아니었다. 피비가 어디선가, 어쩌면 몰리가 창고 어딘가에 남겨놓은 낡은 컴퓨터 중 한 대를 이용해서 쓰고 있는 책의 이야기였다. 몰리는 피비가 글을 쓰고 있다는 사실조차 미처 모르고 있었다.

"그래서 결말이 어떻게 되는데?" 몰리가 말했다.

"저도 몰라요." 피비는 마지막 한 모금이 남은 밀크셰이크를 빨대로 뒤적였다. "제 생각에는 공주들이 서로 경쟁하는 대신, 각자의 힘을 모아서 산울타리를 지어야만 할 것 같아요. 무엇보다도 공주들 모두가 알맞은 사람과 함께하도록 마무리해야 하는 게 어려운 부분이죠. 그리고, 음, 모두가 혼자 남았다는, 또는 이 왕국에서 자기의 자리를 찾지 못하겠다는 느낌을 받지 않도록 해야 해요."

몰리는 고개를 끄덕였다. 그러면서 지금 딸이 실제로 말하려는 내용이 확실하다 싶은 것에 대해 엄마로서 어떤 반응을 보여야 좋을지 궁리해봤다. "음, 너도 알다시피 누구든지 자기가 사랑할 사람을, 또는 자기에게 어울리는 장소를 찾기 위해서 반드시 서둘러야만 하는 것은 아니야. 그런 일에는 때로 시간이 걸리게 마련이니까, 당장 답을 알지 못해도 괜찮은 거거든. 무슨 말인지 알지?"

"네, 그런 것 같아요." 피비는 텅 빈 유리잔을 밀어놓고 창밖을 바라봤다. 몰리는 혹시나 딸이 뭔가 다른 이야기를 하려나 싶어 기다렸지만, 결국에는 대화가 끝났음을 깨달았다. 10대 아이들이란.

몰리가 '퍼스트 앤드 라스트 페이지'를 개업했을 때 피비는 아직 갓난아기였고, 그때는 국경 간 이동이 더 자유로웠다. 양측 정부는 '특별 무역 지대'를 만들려고 노력했으며, 개인이 특별 국가 간 사업 면허를 얻을 수도 있었다. 모두가 운전해서 갈 수 있는 거리 안에 서점이 생겼다는 사실에 열광하는 것처럼 보였다. 단지 서점을 열고 있다는 이유만으로도 몰리에게 감사해하던 사람들이 얼마나 많았는지 차마 셀 수도 없을 지경이었다. 그녀가 다루던 중고 책 가운데 상당수는 유품 처리 과정에서 구한 것이었지만, 기증으로도 놀라우리만치 잔뜩 들어왔다.

혹시라도 아메리카가 부도덕을 단속한다는 명목 하에 포괄적으로 제정한 법률 모두를 강행하겠다던 평소의 위협을 진지하게 실천하기 시작할 경우, 피비만큼은 부디 캘리포니아와 가까운 곳에 있었으면 하는 것이 서점을 연 몰리의 속내였다. 하지만 그뿐만이 아니었다. 몰리는 피비가 온갖 종류의 이야기들, 온갖 유형의 사람들, 삶을 바라보는 온갖 방식들에 에워싸인 채 자라나길 바랐다. 이에 더해서, 서점이 두 나라에 동시에 걸쳐 있게 한다는 건 잠재 시장을 두 배로 늘리는 방법으로 제법 영리한 사업상의 행보처럼 보였다.

한동안 국경에 술집, 햄버거 가게, 옷 가게가 생기기도 했다. 하지만 몰리는 그 가게들이 하나씩 문을 닫는 것을 거의 눈치채지 못했을 정도로 바쁘게 살았다. '퍼스트 앤드 라스트 페이지'는 달랐다고, 왜냐하면 그 누구도 책에 취해서 말다툼을 하진 않아서라고 그녀는 생각했다.

매슈는 마침 장사가 뜸하던 때 다리를 절면서 아메리카 쪽 출입구로 들어왔다. 몰리는 그의 다리 부분이 찢어진 바지며, 지저분한 손이며, 갈색 얼굴을 가로질러 말라붙은 소금 자국을 알아볼 수 있었다. 그녀는 이와 유사한 상태인 다른 사람들을 많이 봐왔기에, 이번에도 눈 하나 깜짝하지 않았다. 심지어 그녀는 매슈의 목에 찍힌 낙인을 굳이 볼 필요도 없었는데, 한 쌍의 꺾인 날개처럼 보이는 그 낙인은 그가 담보가 붙은 노예로서 그레이터 애팔래치안 교정 당국과 글래드 코퍼레이션의 관리 대상임을 알려주고 있었다. 그녀는 단지 고개를 끄덕인 다음, 다른 누군가가 보기 전에, 또는 너무 많은 질문을 던지기 전에, 서점 안으로 들어올 수 있도록 서둘러 그를 도와줬다.

"자기계발 책을 찾고 있는데요." 매슈가 말했다. 이런 사람들 중 다수가 하는 말이 바로 이것이었다. 어디선가 누군가한테 전해 들었을 것이다. 그들이 무엇을 필요로 하는지 몰리가 알게 해줄 암호 문구라고 말이다. 실제로 그런 암호 문구 따위는 전혀 없었고, 또한 굳이 필요하지도 않았지만 말이다.

몰리의 서점 말고도, 아메리카와 캘리포니아 국경 지대엔 아예 경비가 없는 구역이 수없이 많았다. 예를 들어 제이디와 다른 캘리포니아 아이들이 아메리카 아이들과 놀기 위해 기어 넘어오는 커다란 돌투성이 언덕도 마찬가지였다. 비어 있는 구역이 너무나도 많았기에 굳이 순찰하면서 시간을 허비할 이유가 없었고, 울타리나 센서를 설치할 이유는 더더욱 없었다. 어차피 캘리포니아에서는 점심 한 끼만 먹으려고 해도 무려 스무 대의 컴퓨터를 거쳐 신분 확인을 당해야 했으니까. 그런데도 매슈와 같은 사람들이 몰리의 서점을 굳이 골라 찾아오는 것은 책이 곧 문명을 뜻하기 때문이거나, 이 서점의 이름이 일종의 안전한 통로에 대한 약속처럼 보였기 때문이었을 것이다. '퍼스트 페이지'는 우아하게 '라스트 페이지'로 이어지게 마련이니까.

이번에도 몰리는 이런 망명자들에게 항상 해주는 일을 했다. 매슈가 로맨스 코너에서 철학 코너를 거쳐 역사 코너로, 거기서 다시 캘리포니아로 넘어가는 가장 빠른 길을 찾도록 도와준 것이다. 그녀는 기증품 보관함에서 깨끗한 옷을 몇 벌 꺼내 그에게 건네줬고 (그녀는 이 정도 크기의 기증품 보관함이면 다른 곳에서는 대피소로 사용할 것이라고 사람들에게 말하곤 했다), 자원과 연락책에 관해서 자기가 아는 내용도 말해줬다. 그리고 그가 화장실에서 최대한 씻을 수 있도록 허락해줬다.

새것이라 해도 무방한 코르덴 바지와 헐렁한 아가일 스웨터 차림으로 서점 안을 지나갈 때도 매슈는 여전히 다리를 절고 있었다. 몰리는 그의 다리를 한번 살펴봐주겠다고 제안했지만, 그는 고개를 저었다. "오래된 상처일 뿐이에요." 그녀는 구급상자를 찾아 그에게 진통제를 한 병 건네줬다. 매슈는 여전히 사방을 두리번거리는 것이, 아마도 감시 카메라가 있다고 (물론 없었다) 생각하는 듯했다. 그러다 몰리가 이미 캘리포니아로 넘어온 그에게 잠깐 기다리라고 말하자, 그는 급기야 비틀거리며 한 걸음 뒤로 물러섰다.

"뭐라고요? 혹시 뭔가 잘못됐나요? 뭐가 잘못된 거죠?"

"아무것도요. 아무것도 잘못되지 않았어요. 제가 생각을 좀 하고 있을 뿐이에요." 몰리는 항상 망명자들에게 무료로 책 한 권씩 선물하곤 했다. 앞으로 이들이 겪을 여정이 무엇이든지 간에 동반자가 될 만한 것으로 말이다. 그녀는 무작위로 책을 고르고 싶지 않았기에, 역사 코너 벽면 촛대에서 흘러나오는 흐린 호박색 불빛 속에서 한동안 매슈를 바라봤다. "혹시 어떤 종류의 책을 좋아하시나요? 그러니까 자기계발서 같은 것 말고요."

"죄송하지만, 돈이 전혀 없어서요." 매슈가 말했지만, 몰리는 손을 저어 만류했다.

"돈 낼 필요는 없어요. 다만 당신이 가져갈 만한 책을 하나 선물하고 싶을 뿐이에요."

바로 그때 피비가 다가와서 무슨 일인지 한눈에 파악했다. "저기, 엄마. 아, 안녕하세요. 저는 피비라고 해요."

"이분은 매슈라고 해." 몰리가 말했다. "이분이 가져가실 만한 책을 하나 선물하려던 참이었어."

"그곳에선 우리가 책을 갖지 못하게 했어요." 매슈의 말이었다. "그곳에도 작은 도서관이 있었지만, 도서관 이용은 특권에 해당했죠. 단순한 '모범 행동' 이상의 뭔가가 필요했어요. 그런 종류의 특권을 얻기 위해 심지어 무슨 일까지 해야 하느냐면…" 그는 피비를 흘끗 바라봤는데, 자기가 지금 하려는 말은 어린이가 듣기에는 부적절한 내용이기 때문이었다. "그곳에선 우리한테 성경을 읽게 했고, 저는 그중 일부 내용을 사실상 외우기까지 했죠."

매슈가 안절부절못하는 동안, 몰리와 피비는 서로를 쳐다봤고, 곧이어 피비가 말했다. "브라운 신부 미스터리요."

"진짜로 그렇게 생각해?" 몰리가 물었다.

피비는 고개를 끄덕였다. 그러더니 마치 사슴처럼 재빠르게 달려가서는 기증받은 옷인 코르덴 바지 주머니에 딱 들어갈 만한 G. K. 체스터턴의 작은 문고본 한 권을 가지고 돌아왔다. "이건 제가 좋아하는 책이에요." 그녀가 매슈에게 말했다. "하느님과 종교에 관한 내용이기는 하지만, 사실은 대단한 탐정 소설 단편집이고, 여기서의 단서는 항상 사람들을 이해하는 것임이 드러나죠."

매슈는 마치 발작적인 기침과도 비슷한 목쉰 저음으로 몰리와 피비에게 거듭 감사의 말을 건넸고, 결국 이들 모녀는 손사래를 치며 막아야 했다. 두 사람은 캘리포니아 쪽 서점 전면에 도착한 뒤에도, 아무도 없다는 확신이 들 때까지 누구의 눈에도 띄지 않게 매슈를 숨게 했다. 그러다 서둘러 그를 데리고 나왔고, 큰길을 따라가면서 여전히 사람의 눈을 피할 수 있는 가장 확실한 샛길을 보여줬다. 그는 손을 한 번 흔들고는, 자갈이 뒤덮인 좁은 주차장을 가로질러 뛰어갔다. 그 한 번을 제외하고, 그는 결코 뒤를 돌아보지 않았다.

캘리포니아 대통령은 아메리카 대통령에게 부활절 인사 대신 즐거운 춘분을 보내라는 인사를 보냈고, 이에 아메리카 대통령은 기자회견을 열어 이 용서 불가능한 모욕에 대해 논의했다. 아메리카의 도덕부 장관 윌리스 도슨은 캘리포니아의 남성 성 소수자인 법무부 장관을 가리켜 모욕적인 용어를 사용했다. 캘리포니아는 일부 병력을 국경 지대로 보내 약간의 '정규 훈련'을 실시했는데, 워낙 가까운 곳인 까닭에 몰리는 밤새 탕탕거리는 공포空砲 소리를 들을 수 있을 정도였다.(물론 그녀는 그게 부디 공포이기를 바랐다). 아메리카도 국경을 따라서 전투기와 무인비행체 여러 대를 보내 공중을 갈랐다. 캘리포니아의 수원 탐사 로봇이 바위투성이 지각 속에서 막대한 양의 지하수를 찾아냈지만, 아메리카와 캘리포니아 모두 그 물이 각자 자기네 영토 아래에 있다고 주장했다.

몰리의 기젯에서는 계속해서 선전으로 장식된 뉴스가 너울거렸다. 마치 양측 지휘부가 모두를 불타오르게 하려고 애쓰는 듯했다. 아메리카 언론에서는 뉴새크라멘토*에서 '피임 임플란트'의 펌웨어 업데이트가 잘못돼 태아를 잃은 한 임신부에 관한 기사들을 계속해서 쏟아냈다. 아울러 도시의 갱 폭력 범죄, 마약, 매춘 등에 관한 선정적인 기사들도 쏟아냈다. 그 와중에 캘리포니아의 언론 매체들도 구속복이 입혀진 채로 갇혀 본인 의사와 무관하게 아이를 낳을 수밖에 없었던 아메리카의 10대 강간 희생자를, 그리고 경찰에게 최루탄과 몰매 세례를 받은 아메리카의 평화로운 시위 군중들을 사람들에게 상기시키고자 열심히 일했다.

---

* 새크라멘토는 캘리포니아주의 주도다.

최근에는 거의 매일같이 아메리카 쪽 사람들이 서점에 찾아와 몰리가 갖고 있지도 않은 책들에 대해 재고가 얼마나 있는지 물었다. 결국, 몰리는 그중 한 권인『우리는 왜 서 있는가』라는 책을 갖다 놓기로 결정했다. 자칫 비난조가 되기 직전에 가까스로 절제한 듯한 어조로 개인주의와 기독교의 가치를 설파하는 일반 단행본 길이의 선언문으로, 이미 재쇄에 들어가서 당장 구할 수가 없었다. 반대로『우리 국민』을 판매하라는 요구는 몰리도 딱 잘라 거절했는데, 이 책에는 예를 들어 뉴새크라멘토 같은 서쪽 대도시에 대부분 몰려 사는 흑인과 황인을 거북하게 묘사한 캐리커처가, 아울러 그들의 상대적으로 낮은 지능에 관한 자칭 '과학적' 이론이 들어 있었기 때문이다.

사람들이 계속 찾아와『우리 국민』을 문의하자, 몰리도 이쯤 됐을 땐 그들도 그녀가 그 책을 갖고 있지 않다는 걸 알고 있음을, 다만 자기네 주장을 입증하려는 것뿐임을 확신했다.

"뭐랄까, 어떤 사람들이 말하길, 당신이 우리보다 스스로 더 낫다고 생각하는 것처럼 느껴진다는 거예요." 노마 벌레인의 말이었다. 그녀의 딸인 수다쟁이 금발 소녀 서맨사도 피비의 친구 그룹에 속해 있었다. "당신이 한가운데서 양쪽 모두를 상대하고, 당신의 멋진 의자에 웅크리고 앉아 어떤 책이 읽기에 적절하고 부적절한지 판결하는 방식이 그렇다는 거죠. 말 그대로 당신은 가만히 앉아서 우리를 심판하고 있으니까요."

"저는 아무도 심판하지 않아요." 몰리가 말했다. "노마, 저도 여기 사는 사람이라고요. 당신과 마찬가지로 주일마다 꼬박꼬박 홀리파이어 교회에 나가잖아요. 저는 심판 같은 거 하지 않아요."

"말은 그렇게 하겠죠. 하지만 그래놓고 당신은 『우리 국민』 판매를 거절했잖아요."

"그건 맞아요, 그 책은 인종차별주의적이니까요."

노마는 레지 와츠를 돌아봤다. 그의 아이들인 토비아스와 수즈도 피비의 친구들 무리에 껴 있었다. "당신도 들었죠, 레지? 지금 이 양반이 우리더러 인종차별주의자라고 말한 걸요."

"저는 당신들한테 뭐라고 한 적 없어요. 다만 책에 관해서 이야기했을 뿐이죠."

"책과 사람을 따로 떼어놓고 볼 순 없는 법이에요." 레지의 말이었다. 그는 동쪽으로 30마일 떨어진 큰 발전소에서 일했다. 그는 커다란 눈썹을 찡그리고 약간 몸을 굽히며 이렇게 말했다. "그리고 사람과 그 출신지를 따로 떼어놓고 볼 수도 없는 법이고요."

"조만간 당신도 어느 한 쪽을 확실하게 선택해야 할 때가 올 거예요." 노마의 말이었다. 곧이어 그들은 서점을 나섰지만, 그들이 드러낸 독선의 광휘는 여전히 가게 안에 남아 있었다.

몰리는 뭔가가 자신의 몸을 관통하며 씹어 먹는 듯한 느낌을 받았다. 마치 어릴 때 본 만화에 등장하는 '책벌레'가 책 한 권을 씹어 먹는 것처럼. 몰리의 몸속에서 벌레 한 마리가 깨끗하고 동그란 구멍 하나를 뚫어서, 그녀의 일부분을 읽을 수 없게 만들었다.

몰리는 다시 한 번 판매 전표를 뒤적였다. 지난번에 샌더와 테리의 말다툼을 겪은 이후로, 혹시 아메리카 쪽 판매 내역 중에서 컴퓨터에 기록하지 않은 것이 또 있을지 몰라 노심초사했기 때문이었다. 바로 그때 지진이 시작됐다. 땅이 흔들리면서 책 몇 권이 바닥에 떨어졌지만, 대부분의 책은 너무 빽빽이 꽂혀 있었기 때문에 곧바로 빠지지는 않았다. 진동에 뒤이어 지하에서 뭔가를 갈아대는 날카로운 소리가 들렸다. 귀가 다 욱신거릴 정도였다. 그녀가 다시 균형을 잡고 기젯을 들여다봤을 땐 아무런 정보도 뜨지 않았다. 그러나 곧이어 긴급 속보가 떴다. 캘리포니아가 땅속 깊은 곳에 있는 지하수를 자국 소유로 주장하면서, 무서운 속도로 그 내용물을 뽑아내는 일에 착수했다는 것이었다. 아메리카는 이를 전쟁 행위로 간주했다.

피비는 평소처럼 친구들과 밖에 나가 있었다. 몰리는 딸에게 기젯으로 메시지를 보냈고, 곧이어 밖으로 나가 허공에 대고 피비의 이름을 외쳤다. 지하에서 뭔가를 부수는 소리가 계속 들렸다. 다만 소리가 다소 작아졌는데, 어쩌면 몰리의 귀가 소리에 순응했거나, 소리 자체가 점점 멀어지는 것인지도 몰랐다.

"피비?"

몰리는 두 진입로로 이뤄진 길을 따라 걸어가면서 2분에 한 번꼴로 혹시 왔을지 모를 피비의 답장을 확인하기 위해 기젯을 들여다봤다. 해가 지기 전까지만 딸을 찾아낸다면 걱정할 필요 없다고 마음을 달랬지만, 결국 해가 졌고, 다시 공포의 새로운 마감 시한을 설정해야 했다.

가까운 곳에서 뭔가 거대하고 강력한 것이 입을 열고 소리를 질렀으며, 몰리는 쓰러지진 않았지만 휘청거렸다. 커다란 육식 동물의 뜨거운 숨결이 그녀의 얼굴에 훅 날아오고, 그녀의 두 귀에는 요란한 소리가 가득했다. 잠시 후 그녀는 스토커급 비행기 세 대가 머리 위로 매우 낮게 비행하고 있음을 깨달았다. 스텔스 모드다 보니, 귀로 듣고 손으로 만질 수는 있어도 눈으로 볼 수 없었던 것이다.

"피비?" 몰리가 외쳤다. 이제 그녀는 식료품점과 식당이 각각 하나씩 있는 긴 큰길 끝자락에 도착해 있었다. 그 거리를 따라가면 한쪽으로 넓은 옥수수 밭이 나왔고, 다른 한쪽으로는 고속도로와 이어지는 우회로가 나왔다. 저공비행의 여파로 옥수수가 바스락 소리를 냈다. 길 위에서 바퀴가 느슨한 흙과 작은 돌을 가르는 소리가 들리더니, 사선의 헤드라이트 불빛이 움직였다.

"엄마!" 피비가 작은 숲에서 나와 언덕을 달려 내려왔고, 그 뒤로 존 브링크포트, 제이디 카그와 등 다른 아이들 몇 명이 따라 내려왔다. "무사해서 정말 다행이에요!"

몰리는 피비에게 모두를 데리고 서점 안으로 들어가라고 말했다. 당장 인근 수 마일 이내에 폭격 대피소와 가장 흡사한 곳이라고는 서점의 열람실뿐이었다.

하지만 바로 그때 새로운 불빛과 귀를 쪼개는 소음이 나타났고, 곧이어 몰리는 마을 변두리에서 가장 높은 빌딩보다 세 배는 더 높은 그림자들 무리가 앞으로 움직이는 모습을 봤다.

몰리는 아직 한 번도 '메카'를 본 적이 없었지만, 다리에 집채만 한 이동 장치와 팔에 로켓 발사기를 장착한 그 금속 거인들이 메카라는 걸 곧바로 알아챘다. 마치 티타늄 합금 외장을 입고 근육을 부풀린 보디빌더를 묘사한 조잡한 캐리커처와 비슷했다. 머리에 두 개의 관찰구가 있고, 그 위에 붉은색 페인트로 그린 사선까지 더해지니, 마치 자기 발밑의 모든 사람을 노려보는 듯한 모습이었다. 그 부조리하게 느껴질 정도로 커다란 몸 곳곳에 갖가지 무기를 장착한 채, 금속 거인들은 국경을 향해 나아가고자 우선 마을로 진입하고 있었다.

"모두 서점으로 들어가!" 피비가 외쳤다. 제이디 카그와는 멋지게 생긴 태블릿을 꺼내 자기 아버지에게 메시지를 보내고 있었고, 다른 아이들도 각자의 부모님과 연락을 시도 중이었다. 하지만 곧이어 모두 '퍼스트 앤드 라스트 페이지' 안으로 들어갔다.

부모들이 아이들을 데리러 찾아왔다. 전투를 피해 대피할 곳을 찾아온 사람들도 있었다. 어떤 사람들은 적대 행위가 발발한 바로 그 순간에 서점에서 책을 훑어보고 있었거나, 또는 마침 차를 몰고 근처를 지나가고 있었다. 몰리는 모두를 서점 안으로 들어오게 했다. 그러다가 아메리카의 메카들이 실제로 캘리포니아의 '센추리온' 대대와 교전을 시작했다. 센추리온은 그 상대편 금속 거인과 거의 완전히 똑같았으며, 차이가 있다면 탑재 시스템이 아노스 콤플렉스와 연결돼 있다는 점뿐이었다. 양측이 로켓을 발사하자, 그 밝은 오렌지색 궤적이 모든 것을 그와 똑같은 호박색으로 바꿔놨다. 몰리가 지켜보는 동안 아메리카의 메카 한 대가 그 커다란 금속 주먹을 휘둘러 센추리온 한 대의 옆구리를 강타했고, 마치 제이디의 민들레 홀씨 문신처럼 금속 파편이 흩어졌다.

몰리가 열람실 안으로 들어가서 문을 봉인하자, 덜컹 소리가 만족스럽게 들려왔다. "건설업자에게 웃돈까지 줬죠." 그녀는 안에서 웅크리고 앉아 있는 모두에게 말했다. "이 벽은 은행 지하 금고하고도 비슷해요. 여러분 모두가 갈 수 있는 장소 중에서 가장 안전한 곳이죠." 화장실은 단단한 금속제 문밖을 나가서 복도를 따라가야 나왔기 때문에, 자칫 오줌을 누다가 폭탄을 맞을 위험이 있었다.

열람실에는 몰리와 피비 말고도 다른 사람들이 열두 명이나 들어와 있었다. 제이디와 그 아빠인 제이, 노마 벌레인과 그 딸인 서맨사, 레지 와츠와 그의 두 아이, 존 브링크포트, 앞서 『땅의 영혼』을 사러 왔던 기술자 샌더, 그 『땅의 영혼』을 실제로 소유한 여성 테리, 캘리포니아에서 온 열두 살짜리 꼬마 마시와 그 엄마인 페트리스였다.

이들이 모두 앉아 있는 방은 가로 2미터에 세로 3미터였고, 다섯 명이 편안하게 앉을 수 있는 안락의자가 있었으며, 바닥부터 천장까지 책장이 가득했다. 누군가가 안도하기 시작할 때마다 또 한 번의 지진이 일어났고, 소리는 점점 더 커지고 더 광포해졌다. 어느 누구도 자기 장치나 임플란트에서 신호를 잡을 수가 없었는데, 어쩌면 강화 벽 때문일 수도, 또 어쩌면 누군가가 통신을 적극적으로 방해하기 때문일 수도 있었다. 방 자체도 앞뒤로 계속 흔들렸다. 그나마 책이 무척 빽빽이 꽂혀 있었던 덕택에 한 권도 책장에서 빠지지 않을 뿐이었다.

몰리는 제이 카그와를 바라봤다. 한 팔로 딸을 감싸 안은 그의 모습을 보고 있자니, 지금으로부터 몇 년 전에 피비가 제이 아저씨와 데이트를 하라며 조르던 모습이 떠올랐다. 피비와 제이디는 이미 친구 사이였다. 하지만 둘 중 어느 누구도 아직 로맨스에는 관심이 없었고, 그저 피비는 저 땅딸막하고 건장한 건축가가 자기 엄마에게 좋은 짝이 되리라고 생각했을 뿐이었다. 제멋대로인 딸을 키우는 편부모가 되는 것에 대해 이야기하면서, 서로의 상황을 비교하면서 두 어른이 교환하던 짓궂은 미소를 보고 그렇게 판단했던 것이다. 물론 몰리와 피비 모두 아메리카 시민이었기에, 이중 시민권을 가진다고 문제가 되지는 않을 것이었다. 하지만 몰리에겐 사랑에 쏟을 시간이 없었고, 게다가 지금은 제이디가 여전히 피비를 곁눈질하고 있었다. 피비는 제이디와 존 사이에서 한쪽을 선택할 생각이 전혀 없어 보였고, 아마 앞으로도 결코 선택하지 않을 것 같긴 했지만 말이다.

제이는 딸을 끌어안기를 끝마쳤으며, 아울러 이런 일에 휘말리게 된 것에 대해서 야단치기도 끝마쳤다. 몰리를 비롯한 다른 부모들도 각자의 아이들에게 따끔하게 야단을 치고 난 다음이었다. "우리가 안전하게 집에 있었으면 얼마나 좋았겠니." 제이 카그와가 딸에게 이렇게 속삭였다. "이런 사람들하고 여기 갇혀 있는 대신에 말이야."

"'이런 사람들'이라니, 그게 무슨 말이죠?" 노마 벌레인이 방의 반대쪽 끝에서 물었다.

또 한 번 진동이 일어났다. 아까보다 더 귀에 거슬리는 소음이 들렸다.

"그만둬요, 노마." 레지의 말이었다. "저 사람도 딱히 무슨 뜻이 있어서 한 말은 아닐 테니까."

"아니에요, 저는 알고 싶어요." 노마가 말했다. "우리는 단지 각자의 삶을 잘 살아가고 각자의 아이를 잘 키우려고 노력했을 뿐인데, 어째서 우리가 '이런 사람들'이 돼야 하는 거죠? 게다가 당신네 나라에서는 낙태부터 부자연스러운 성관계까지, 심지어 사람의 머리를 갈라서 나노 테크 쓰레기들을 잔뜩 욱여넣는 일까지, 모두 문제없다고 결론 내렸죠. 그러니 제 생각엔 지금에야말로 이런 질문을 던져야 하지 않을까 싶네요. '왜 제가 당신 같은 사람들을 굳이 참아줘야 하는 걸까요?'"

"저는 당신네 나라에서 저 같은 사람들에게 무슨 짓을 하는지 직접 목격한 바 있습니다." 제이 카그와가 차분한 목소리로 말했다.

"캘리포니아 사람들이 아메리카 아이들을 납치해서 성 노예나 매춘부로 만들어버리는 일이 점점 더 빈번해지고 있는데, 이 일이 마치 전혀 없기라도 하다는 투네요. 저조차도 우리 서맨사한테서 결코 눈길을 뗄 수가 없단 말이에요."

"'엄마.'" 서맨사가 말했다. 바로 그 한 마디에는 "제발 내 친구들 앞에서 나 망신 좀 주지 마"에서부터 "아무리 엄마라도 나를 영원히 보호해줄 수는 없잖아"까지 모든 의미가 담겨 있었다.

"우리는 아이들을 납치하지 않아요." 샌더의 말이었다. "그건 터무니없는 가짜 뉴스일 뿐이라고요."

"당신네는 모든 것을 훔쳐가죠. 이번에는 우리 물까지 훔쳐가고요." 테리의 말이었다. "당신네는 신성한 것을 전혀 믿지 않으니까, 오로지 손쉽게 손에 넣을 수 있는 것에만 관심을 두는 거예요."

"무려 50만 명이나 되는 사람들을 강제 수용소에 집어넣은 사람들은 우리가 아니잖아요." 페트리스의 말이었다. 이 과묵한 성격의 반백 머리 여성은 대부분 원예와 이탈리아 역사에 관한 책을 구입했다.

"어, 아니죠. 전혀 아니에요. 캘리포니아에서는 무려 수백만 명이나 되는 사람들을 아노스 콤플렉스의 사이버네틱스 노예로 만들었잖아요." 레지가 말했다. "그거에 비하자면 훨씬 더 인간적인 거죠.

"저기요. 모두들 제발 진정하세요." 몰리가 말했다.

"두 주인을 섬기려는 여자 주제에 무슨 말을 하려고요." 노마가 몰리를 돌아보고 손가락질을 하며 말했다.

방 안에 있는 나머지 어른들 여섯 명도 서로 소리를 지르는 통에, 가뜩이나 좁은 열람실이 거의 바깥에서 벌어지는 전투 마냥 시끄러워진 것 같았다. 방이 흔들렸고, 아이들이 한데 모여 웅크렸으며, 어른들은 이제 거의 항상적이 된 타격음을 능가할 정도로 목소리를 높였다. 이번 분쟁은 순수하게 물에 대한 권리 때문에 벌어진 것임을 모두가 알고 있었지만, 지난 몇 달 동안 무시무시한 이야기들이 쏟아진 탓에, 다들 이번 분쟁이 마치 신성한 원칙을 놓고 벌이는 정당한 전쟁인 것처럼 생각하도록 훈련됐던 것이다. 우리의 아이들, 우리의 자유를 위한 투쟁. 모두가 서로를 향해 소리를 질렀다. 몰리는 한쪽 구석에 쌓인 신학 책 더미 옆에 주저앉아 아예 귀를 막은 채, 방 건너편에 존과 제이디와 함께 웅크리고 앉아 있는 피비를 바라봤다. 피비는 마치 긴 장거리 달리기를 시작하려는 사람처럼 콧구멍을 벌름거리고 몸을 긴장시켰지만, 자기 두 친구를 위로하는 데 온 관심을 집중하고 있었다. 몰리는 나쁜 엄마가 되지 않을까 하는 오래된 두려움이 한층 더 예리해지는 것을, 그리하여 얼굴이 붉어지는 것을 느꼈다.

바로 그때, 피비가 벌떡 일어나 소리를 질렀다. "모두 그만 좀 하세요."

모두가 소리치는 일을 그만뒀다. 뜻밖의 기적이었다. 모두들 하던 일을 멈추고 피비를 돌아봤다. 피비는 존과 제이디와 손을 붙잡고 있었다. 바깥 소음에도 불구하고 이 방에는 갑자기 섬뜩한, 거의 예식과도 같은 침묵이 느껴졌다.

"모두들 부끄러운 줄 아셔야 해요." 피비가 말했다. "우리는 모두 겁나고, 지치고, 배고픈 상태고, 어쩌면 밤새도록 여기 갇혀 있어야 할지도 모르죠. 그런데 여러분은 지금 마치 갓난아기처럼 굴고 있잖아요. 여기는 소리를 지르는 장소가 아니에요. 여기는 서점이라고요. 조용히 책을 훑어보고 읽어보는 장소이니까, 만약 조용히 있을 생각이 없다면, 여기서 나가주세요. 여러분이 서로에 대해 무엇을 알고 있든, 무엇에 대해 떠들고 있든 저는 상관 안 해요. 이제부터 여러분은 확실히 예의를 지키셔야 할 거예요, 왜냐하면… 왜냐하면…" 피비는 제이디와 존을 돌아본 다음, 자기 엄마를 바라봤다. "왜냐하면, 잠시 후에 우리의 북 클럽 첫 번째 모임이 시작될 예정이니까요."

북 클럽? 모두가 당황해 하면서 서로를 바라봤다. 마치 허에 찔린 듯했다.

몰리가 자리에서 일어나 박수를 쳤다. "좋아요. 북 클럽 모임이 10분 뒤에 시작됩니다. 모두들 반드시 참석해주세요."

바깥의 소음은 아까보다 더 커졌을 뿐만 아니라, 더 확실히 둘로 나뉘어서 들렸다. 한쪽 소음은 바로 이들의 발아래에서 들려왔는데, 마치 지각의 깊은 곳에서 지하수에 대한 통제권을 놓고 로봇들 사이에, 또는 땅을 파는 전쟁 기계 사이에 처절한 투쟁이 벌어지기라도 하는 듯했다. 이렇다 보니 '땅은 단단하다'라는 친숙한 느낌을 이제는 전혀 느낄 수 없었다. 그 와중에 이들의 머리 위에서도 비행기, 또는 금속 거인들, 또는 하늘을 가득 메운 윙윙대는 자동 조종 비행기들 사이의 투쟁으로 주거니 받거니 발포가 이뤄졌다. 하늘이 붉게 변했다. 방 안에 갇힌 사람들은 서로를 예민하게 만드는 내용 말고는 아무런 정보도 없는 상태에서, 온갖 사소한 소음을 가지고서 공포 분위기를 조성하고 있음을 깨달았다.

한쪽 구석에 모인 몰리와 피비는 지금 방 안에 있는 모두에게 충분히 친숙할 만한, 하지만 실제로 그 내용에 관해 대화를 나눠보지는 않았을 법한 책을 찾아내려고 애쓰고 있었다. 몰리는 실제로 지난 몇 년 동안 서점에서 몇 가지 북 클럽을 개최했으며, 지금 열람실에 모여 있는 사람들 가운데 최소한 몇 명은 그런 행사에 참석한 적이 있다는 걸 알고 있었다. 이전 북 클럽에서 어떤 책을 읽었는지는 차마 기억이 나지 않았다. 몰리는 계속해서 '세계의 분리' 시대 즈음에 문학적인 반향 일으켰던 성장소설을, 또는 친숙한 제인 오스틴 가운데 하나를 제안했다. 하지만 피비는 두 책 모두에 퇴짜를 놨다.

"우리는 저 사람들이 정신을 팔게끔 만들어야 해요." 피비는 자기네 뒤의 열람실에 모여 있는 사람들을 엄지손가락으로 가리켰다. "지루해서 죽게끔 하면 안 된다고요."

그리하여 '그레이트 인터내셔널 북 클럽'의 처음이자 어쩌면 마지막 선정 도서는 『하나 안에 100만』이라는 모험 환상소설이 됐다. 사악한 마법사가 어느 구球 속에 가둬놓은 100만 명의 영혼을 10대 소년 노먼이 구출했는데, 어쩌다 보니 그 영혼들을 자기 몸 속에 흡수하게 된다. 하나의 몸 속에 100만 명의 영혼이 들어 있다 보니, 노먼도 그들 덕분에 마법의 힘을 사용할 수 있게 된다. 하지만 그와 동시에 그들이 미처 마무리하지 못한 모든 일을, 그리하여 그들 모두의 해방되고 싶은 열망을 느끼게 된다. 결국, 노먼은 모두의 영혼뿐만 아니라, 덤으로 그의 영혼까지도 원하는 마법사와 싸우게 된다. 이 책은 원래 10대 독자를 겨냥한 작품이었지만, 몰리가 알기로는 국경 양쪽의 성인 독자들도 모두 이 책을 읽은 바 있었다.

"음, 물론 이 책의 설정에는 크나큰 모순이 있어요." 샌더가 불평했다. "애초부터 영혼을 보관하고 이전할 수 있다고 설정했는데, 정작 노먼은 자기 몸 안에 들어온 영혼들조차도 다른 용기에 옮겨 담지 못하니까요."

"그 문제에 대해서는 2권에서 설명이 나와요." 제이디는 약간 황당해하는 표정을 지었다. "그 영혼들은 노먼 내부에 갇혀 있었던 거죠. 게다가 그가 만약 다른 어딘가에 그 영혼들을 옮겨 놨다면, 마법사가 나타나서 가져갔을 테죠."

"제가 도무지 이해할 수 없는 점은, 맥신이라는 인물이 명색이 교사면서 정작 펜드래건 교환에 관한 모든 이야기를 노먼에게 곧바로 해주지 않았다는 거였어요." 레지의 말이었다.

"음, 죄송한데요. 스포일러는 삼가해주시면 좋겠어요." 존이 투덜거렸다. "아직 5권을 못 읽은 사람도 있을 테니까요."

"그냥 흠을 잡는 것 말고, 그 책의 주제에 관해서 이야기할 수는 없을까요?" 테리가 팔짱을 끼고 말했다. "예를 들어 노먼이 그 많은 사람을 자기 몸 하나에 담을 수 있으면서도 여전히 노먼으로 남아 있을 수 있었다는 사실이 저는 각별히 매력적이더군요."

"그건 마치 데카르트의 이원론을 깨트린 셈이죠." 제이 카그와가 말했다.

"음, 어떤 면에서는 그렇죠. 무슨 말인가 하면, 데카르트를 읽어보시면 아시겠지만, 그의 말에 따르면…"

"진짜 핵심은 그 마법사가 그 영혼 모두를 통제하고 싶어 한다는 것이죠. 하지만…"

"그냥 '노래하는 도끼'에 관해서만 이야기하면 안 될까요? 도대체 그건 뭐였던 걸까요?"

사람들은 평화롭게 토론을 벌였고, 새벽 세 시쯤 되자 모두가 마침내 지쳐버렸다. 하늘과 땅에서는 여전히 때때로 우르릉 소리가 들렸다. 하지만 어쩌면 모두가 이미 거기 익숙해진 것이거나, 또 어쩌면 가장 격렬한 파괴는 이미 끝나버린 것이거나, 둘 중 하나인 듯했다. 몰리는 주위를 돌아보며 방 곳곳에서 열두어 명쯤 되는 사람들이 서로에게 기댄 채 천천히 잠드는 모습을 확인하고 필사적이라 할 수 있는 보호 본능을 느꼈다. 단지 사람들에 대해서만이 아니었다. (물론 그녀는 그들 중 어느 누구에게도 그 어떤 해악이 오는 것을 바라지 않았으니까) 심지어 그녀가 성인기의 대부분을 바쳐 유지했던 이 건물에 대해서만도 아니었다. 뭔가 더 추상적이고 혼란스러운 것에 대해서도 그런 감정을 느꼈다. 과연 '퍼스트 앤드 라스트 페이지' 서점이 더 오래 존속할 수 있는 가능성은 어느 정도일까? 특히 양쪽 국가에 한 발씩을 걸친 상태에서 그럴 가능성은? 오늘 밤의 사건이 단지 또 한 번의 작은 충돌에 불과한 것인지, 아니면 앞으로 수개월 동안 지속돼 양쪽 국가를 잿더미로 만들어버릴 본격적인 전쟁의 서막이 될지는 아무도 모르는 일이 아닌가?

피비는 존과 제이디를 남겨두고 엄마 옆으로 와서 나란히 앉았다. 그녀의 입꼬리는 여전히 만족스러운 듯 올라가 있었다. 피비는 한 손에 책을 쥐고 있었다. 몰리는 금박이 새겨진 그 표지를 처음에만 해도 못 알아봤지만, 곧이어 책등을 알아봤다. 수채화 삽화가 포함된 동화를 수록한 작은 양장본 책이었고, 몰리가 스무 살이 된 딸에게 생일 선물로 준 것이었다. 하지만 이후 한 번도 본 적은 없었던 책이었다. 그녀는 피비가 그 책을 한 시간쯤 가볍게 훑어보고 어딘가에 던져놨으리라 짐작하고 있었다. 피비는 엄마에게 몸을 기대고, 하늘의 푸른 줄무늬며 성城과 산의 검은 붓 자국을 묘사한 그 그림들을 반쯤 읽고 반쯤 바라보다가, 몰리의 어깨에 기댄 채 잠들었다. 잠든 피비의 모습은 더 어려 보였고, 몰리는 딸을 바라보다가 자기도 꾸벅꾸벅 졸기 시작했다. 결국, 서점 전체가 휴식을 취하게 됐다. 가끔 한 번씩 전투의 굉음과 경련 때문에 잠에서 깼지만, 나중에 가서는 그것조차도 잦아들면서, 몰리의 귀에는 책들로 이뤄진 고치 속에 들어 있는 사람들의 느리고 지속적인 숨소리밖에는 들리지 않게 됐다.

Tobias S. Buckell

은하 관광 산업 지구

토비아스 S. 버켈

박중서 옮김

The Galactic Tourist Industrial Complex

토비아스 S. 버켈은 카리브해 태생으로 《뉴욕 타임스》의 베스트셀러 저자이자 세계환상문학상 수상자다. 그레나다에서 성장했고, 영국령이자 미국령 버진아일랜드에서 한동안 살았고, 이때의 경험이 그의 작품에 큰 영향을 끼쳤다. 그의 장편소설과 1백 편 가까이 되는 단편소설은 19개 언어로 번역된 바 있다. 그의 작품은 휴고상, 네뷸러상, 세계환상문학상, 어스타운딩 신인 과학소설 작가상 같은 주요 문학상의 후보로 지명된 바 있다. 현재는 오하이오주 블러프턴에서 아내와 쌍둥이 딸들과 반려견 두 마리와 함께 살고 있다.

홈페이지 주소: www.tobiasbuckell.com

SF-Fan

Tobias S. Buckell

The Galactic Tourist Industrial Complex

JFK에 도착한 은하인들에게는 종종 암모니아, 황, 그리고 타비도 결코 콕 집어 말할 수 없는 다른 뭔가의 냄새가 났다. 물론 그는 그들을 외부 탱크에 실어 수송하고, 그들의 장비가 오존을 뱉어내고 지구의 공기에 적응할 때까지 기다리는 여러 해 동안의 경험을 통해 어쨌거나 그런 냄새에 익숙해진 상태였다. 그는 수화물과 특수환경적응장비를 싣고, 생명체의 요구와 일정과 관광 목적지를 대조 및 조사할 것이었다.

타비가 이번에 예상하지 못한 사실은 무게 4백 파운드의 문어처럼 생긴 그 생물이 신新브루클린교橋의 상공 1천 피트에서 갑자기 택시 문을 열어서, 차갑고도 고함치는 공기의 폭발로 택시를 가득 채우고, 계기판에 경고 불빛이 들어오게 만들었다는 것이었다.

또한 타비가 확실히 예상 못 한 사실은 그 외계인이 통역해주는 스피커로 "저 첨탑들 좀 봐!" 하고 소리쳤다는 것이었다.

그리하여 그 외계인이 택시에서 뛰어내리고 한참이 지나도록, 타비는 조종석에서 충격으로 얼어붙은 상태로 그저 곧장 날아갈 수밖에 없었던 것이었다.

결코 일어나서는 안 되는 일이었다. 그에게 일어나서는 안 되는 일이었다. 그가 간신히 굴러가게 만든 이 낡은 고물 택시 안에서, 그것도 맨해튼 면허 갱신을 얼마 앞둔 상황에서 더욱 일어나서는 안 되는 일이었다.

맨해튼으로 날아 들어가려면 허가가 필요했다. 타비가 이 문제를 맨 먼저 걱정한 까닭은, 얼마 전에 그 허가가 만료됐는데도 갱신하지 않고 한동안 방치했기 때문이었다. 뉴욕관광청에서는 그에게 단지 벌금만 내게 하는 데서 그치지 않았고, 아예 3개월 동안 영업 정지 처분을 내렸다. 타비는 몇 가지 일용직을 전전했다. 공항에서 탱크 청소를 하고, 그 섬에 다녀온 택시의 뒷좌석을 문질러 닦는 등 여러 지저분한 일이었다.

하지만 지금은 아니었다. 그의 모든 면허증은 최신 상태였다. 승객을 찾아 다리 인근의 수면 위를 선회하면서 이런 걱정부터 하고 있으니 끔찍하다는 생각도 들었다. 그는 승객을 걱정해야 마땅했다. 타비는 어쩌면 이 외계인이 한참 동안의 추락을 견딜 수도 있을지 모른다고 생각했다.

어쩌면.

하지만 외계인은 수면으로 올라오지 않았다.

계기판 스크린의 저장장치 어딘가에 연락 카드가 있었다. 그는 손으로 두들겨서 외계인을 불렀다.

"제발 응답 바랍니다. 제발."

하지만 아무런 응답도 없었다.

그는 그 외계인에 관해서 뭘 알고 있었나? 뭔가 문어류인 것처럼 보였다. 그건 무슨 뜻이었을까? 그들은 걸어서 돌아다닐 수도 없을 테니, 일종의 외골격을 입고 있어야만 했을 터였다.

그렇다면 외골격이 보호 작용을 해줄 수도 있지 않을까?

타비는 다시 물 위를 선회했다. 그는 이 사건을 반드시 신고해야 했다. 하지만 그러고 나면 경찰은 과거의 실수들을 들먹이며 그를 들볶을 것이었다. 어쩌면 이번 사건은 그의 잘못이 될 수도 있었다. 그는 맨해튼으로 날아 들어가는 면허를 잃을 수도 있었다. 외계인들이 특히 사랑하는 곳이 바로 맨해튼이었다. 그것이야말로 "진짜" 미국의 체험이라고 간주됐다. 비록 그곳 대부분은 다양한 종류의 외계인들을 위한 구역으로 이뤄졌지만 말이다. 예를 들어 의복 구역은 메탄 호흡을 하는 외계인을 위한 곳이라 건물에 반투명 덮개가 씌워져 있고 외계의 대기를 함유하고 있었다. 수소 유형을 위한 구역은 모두 센트럴 파크 북쪽에 있었다.

타비가 보기에도 그곳의 상점 가운데 상당수는 구경할 만해 보였지만, 그중 인간에게 쓸모 있는 물건을 파는 곳은 극소수였다. 초창기에는 수많은 연구자와 과학자가 그곳으로 몰려가서 은하인들이 판매하는 물건을 구입했으며, 그들이 발견한 것을 역逆설계할 수 있다고 확신했다.

알고 보니 그 물건들은 관광객을 겨냥한 싸구려 외계산을 가져와 지구산이라 포장한 가짜였다. 작년에 몇몇 정부기관에서는 (구매자의 고향 행성으로 배송이 가능하다고 광고하는) '진짜' 인간용 스포츠카를 구매했다. 그 안에는 일종의 반중력 장치처럼 보이는 엔진이 들어 있어서 모두가 정말로 열광했다. 하지만 외장을 깨트리자마자 폭발이 일어나서 도시의 몇 구역이 날아가버렸다.

브로드웨이의 매장 진열장에 몇 가지 다른 모델을 전시 중이던 키크고, 털이 수북하고, 마치 용각류처럼 생긴 외계인들은 이 사건 소식을 접하고도 그냥 어깨를 으쓱하면서, 그 물건은 자기네가 만든 것이 아니며, 그저 팔기 위해 지구에 가져왔을 뿐이라고 말했다.

하지만 이 도시에 가득한 은하인은 센트럴파크의 호숫가를 거닐지 않을 때를 제외하면, 그런 쓰레기를 실제로 구입했다. 만약 타비가 맨해튼에 갈 수 없다면, 그는 일자리를 유지하지 못할 것이었다.

타비는 끙 소리를 내며 911에 신고했다. 앞으로 수많은 질문이 쏟아질 것이었다. 잔뜩 쏟아지다 못해 그의 턱밑까지 차오를 것이었다.

하지만 그가 도망친다면, 그들은 그의 트랜스폰더를 기록에 올릴 것이었다. 그러고 나면 그는 마치 유죄로 보일 것이었다.

속이 살짝 뒤틀리는 느낌을 받으면서, 타비는 자신의 하루가 꼬일 것에 대비했다.

타비는 부두에 서 있었다. 브루클린 덤보 지구의 한 건물에서 흘러나오는 듯한 겨자가스 비슷한 기체 때문에 방독면까지 쓰고 있었다. 역시나 방독면을 쓴 경찰들이 짧은 진술을 받았다. 타비는 지문도 찍었다. 그러자 경찰들은 그에게 가라고 말했다.

"그냥 가라고요?"

외계인이 떨어진 곳 주위에는 항구 순찰선 몇 척도 맴돌고 있었다. 하지만 전반적으로 다급함이 결여돼 있었다. 적극적인 수사 대신 소극적인 태도로 실마리가 나타나길 기다리는 것처럼 보였다.

타비의 진술을 받은 경찰관은 금융 구역의 한 카지노를 광고하는 문구가 ("과거 주식시장에서처럼, 여기에 당신의 돈을 거세요! 크게 이겨서 성공하세요!") 적힌 노란색 점프슈트를 입고 있었다. 그는 받아 쓰면서 방독면을 쓴 채 고개를 끄덕였다.

"당신의 연락처는 우리 기록에 있으니까요. 지금 우리는 영상 확인을 하고 있습니다."

"하지만 강바닥을 수색하지는 않을 건가요?"

"그냥 가세요."

경찰의 어조 속 뭔가가 소리를 죽이는 방독면 사이를 뚫고 나와서 이건 명령이라고 타비에게 말해줬다. 불가능한 순간에 그는 옳은 일을 한 것이었다.

그는 옳은 일을 한 것이었다.

옳다고?

그는 집에 돌아가서 한숨 자고 싶었다. 블라인드를 내리고, 어둠 속에 웅크린 채, 하루 동안 이 모두가 흘러가게 내버려 두고 싶었다. 하지만 먹고 살려면 돈을 벌어야 했다. 택시에도 보험이 필요했고, 택시에 사용하는 카이나인 연료는 지구 궤도에서 지상까지 운송되는 것이다 보니 저렴하지 않았다. 택시 아래의 스프링클러에서 분사한 연료막이 차체를 한 꺼풀 더 덮을 때마다 타비는 자기 은행 계좌의 잔고가 줄어드는 소리를 들을 수 있었다.

하지만 좋은 이용 후기를 얻고 싶다면 맨해튼의 실제 땅 위를 바퀴로 달리지는 말아야 했다. 지상 통행 면허는 심지어 비행 면허보다도 더 헐값이었는데, 행성간 관광객은 지속적인 교통 소음을 질색했기 때문이었다.

이런 교통이야말로 진정한 옛 맨해튼이라고 누군가에게 말해봤자 눈총만 받을 뿐이었다.

추락 사고 후에도 그는 승객을 네 번이나 더 받았다. 택시의 운전석으로 스며드는 노란색 기체도 더 많아져서 타비는 기침을 해댔고 눈물을 흘렸다. 마지막 단체 손님인 늑대 비슷한 생물의 무리는 택시에 올라타자 마치 다람쥐들처럼 떠들고 짖으면서 그에게 인간 음식을 먹을 수 있는 곳으로 가달라고 요청했다.

“진짜 인간 음식이요. 인간 음식처럼 보이게 만든 엉터리 말고요. 대신 우리 몸에서 받아들일 수 있게끔 조절된 것으로요.”

타비의 계기판에 나타난 몇 군데 식당은 그가 룸미러로 바라볼 때마다 서로를 계속 핥아주는 이런 외계인 무리가 갈 수 있도록 관광청이 공인한 장소들이었다.

“예, 알겠습니다.”

그는 이들을 자기 사촌 제프가 할렘에서 운영하는 식당으로 데려갔다. 그 지역은 외계의 대기를 주입하고 거품으로 덮어버린 마천루가 많지는 않았다. 떼를 이룬 외계인은 산소 호흡을 했지만, 산소만으로는 부족한지 뭔가 별도의 기체를 튜브로 코에 주입하고 있었으며, 간혹 계피 냄새가 나는 공기를 한 모금 씩씩거리고 뿜어냈다.

이 시점에 이르러 타비는 기분 전환용으로 뭔가를 먹고 싶은 생각이 간절해졌다. 식당 앞쪽 홀에서 외계인들이 진정한 인간용 메뉴를 이해하려고 노력하는 동안, 그는 뒤쪽 주방의 뜨겁고 번쩍이는 스테인리스스틸 속으로 슬그머니 들어갔다.

"리키!" 제프가 소리를 질렀다. "네가 저 개들을 데려온 거야?"

"그래." 타비가 실토했다. 그러자 제프가 한 팔로 세게 끌어안는 바람에, 그의 드레드 머리채가 타비를 찰싹 때렸다. "어쩌면 저 친구들이 너한테 백만 달러를 팁으로 줄 수도 있겠어."

"'무슨'. 어쩌면 저 친구들이 너한테 '1조' 달러를 팁으로 줄 수도 있겠지."

이것은 서비스업 종사자들 사이에서 통하는 오래된 농담이었다. 단지 지구를 직접 눈으로, 또는 빛 수용체로 보기 위해 은하를 가로질러 여기까지 온 관광객은 도대체 얼마나 씀씀이가 큰 걸까? 실제로 지구에 온 외계인 가운데 일부는 워낙 먼 거리를 지나왔고, 워낙 복잡한 우주선을 타고 여행했기에, 한 나라의 GDP보다 더 많은 돈을 쓰곤 했다.

그런 외계인들 중 하나에게 지구인이 받는 팁은 '실제로' 수백만 달러가 될 수도 있었다. 그런 터무니없는 소문이 있었다. 접시닦이 소년이 하루아침에 부자가 됐다는 소문. 달에 주택을 보유한 관광 안내원도 있다는 소문.

그러다 보니 관광청은 물론이고, 관광객을 이곳으로 데려오는 은하인 소유 기업들도 서비스에 과도하게 돈을 내지 말라고 그들에게 경고했다. 지구는 연약한 경제를 갖고 있다는 것이 그들의 설명이었다.

어떤 지구인의 연봉에 해당하는 금액을 팁으로 뿌리고 다녀서는 안 된다는 것이었다. 자칫 그러다가는 우연한 인플레이션을, 또는 한 지역에서 불균형한 힘을 만들어낼 수 있다는 것이었다.

따라서 관광객들의 시스템에 있는 앱은 (그들이 어떤 시스템을 쓰든지 간에) 그 지역 환율이 얼마인지를 파악해서 거기 비례해 지구인에게 돈을 냈다.

그래도 일확천금을 향한 지구인의 기대까지 중지시키지는 못했다.

제프는 마카로니 파이와 콩과 밥과 닭고기를 담은 접시를 그에게 건네줬다. 타비는 오늘 아침에 있었던 일을 사촌에게 말했다.

"경찰을 부르지 말았어야지." 제프의 말이었다.

"그러면 어떻게 하라고? 그냥 내뺐어야 했다는 거야?"

"관광청에서는 너를 블랙리스트에 올릴 거야. 거기서도 체면을 차려야 하니까. 하지만 죽어가는 관광객 이야기는 표면상 어느 누구도 듣고 싶어 하지 않을 거야. 평판이 나빠지니까. 너는 맨해튼으로 들어가는 면허를 잃게 되겠지. 뉴욕시관광청은 최악이니까, 인마."

타비는 수건에 손가락을 닦고 나서 기침을 했다. 계피 맛이 그의 목에서 강하게 올라왔다.

"괜찮아?"

타비는 눈물이 맺혔어도 고개를 끄덕였다. 저기 있는 떼거리가 냄새 맡는 기체가 무엇인지 간에, 그의 폐로 스며들어오고 있었다.

"너도 조심해야 해." 제프의 말이었다. "택시에 더 좋은 필터를 놓으라고. 니셸의 아버지는 선다이버 가운데 일부가 걸친 보호복에서 흘러나온 썩어빠진 성분 때문에 작년에 폐암에 걸렸어. 의사들도 어떻게 할 도리가 없었대."

"나도 알아, 안다고." 타비는 기침을 하는 사이마다 이렇게 말했다.

제프는 그에게 봉지를 하나 건네줬는데, 그 안에는 알루미늄포일에 둘둘 말려진 뭔가가 있었다. "차에서 먹을 수 있게 만든 로티야. 뼈는 안 들었어. 곱빼기도 있는데, 원한다면 그걸로 줄까?"

"아니야." 제프는 너무 친절했다. 그는 타비가 경제적 궁지에서 어떻게 빠져나왔는지를 알고 있었으며, 매일 밤 문을 닫으면 '남은 음식들'을 가져오곤 했다.

이곳의 음식 대부분은 비非인간 관광객을 위한 것이었으며, 그들의 독특한 신체를 교란시키지 않게끔 변형한 것이었다. 타비는 관광객 떼거리를 이곳에 데려오면서 거짓말을 했다. 앞에서 파는 음식은 개 비슷한 외계인을 위한 것이었다. 하지만 이 봉지에 들어 있는 음식은 진짜였고, 뒤로 들어오는 방법을 아는 손님들을 위해 제프가 만든 것이었다.

타비는 JFK로 돌아가기 위해 한 번 더 달렸고, 이번에는 그 거대 구조물 주위를 몇 바퀴 선회하며 날았다. JFK 우주공항은 하늘을 향해 뻗어 올린 다리의 발에 해당했으며, 그 다리는 구름을 뚫고 그 너머로까지 솟아서 우주에 닿았다. 이곳은 여러 별에서 별로 관광객을 실어 나르는 거대한 외계 우주선이 정박하는 깊은 물로 이어지는 부두였다. 이곳이야말로 미국의 자랑이었다. 의회에서는 은하 건설 컨소시엄에 자국의 한 세기 GDP 전체를 지불하는 조건으로 그 건설 자금을 마련했다. 따라서 이곳 하나를 간신히 짓고 나면 또 하나를 지을 여력조차 없었지만, 명목상으로는 공항만 완공되면 맨해튼의 관광 증대로 일자리가 늘어날 것이라고 선전됐다. 하지만 은하인들은 그들이 원하는 것과 맞바꿔 여기에서 팔 물건들을 가져왔기 때문에, 지구의 산업 생산 역량이라는 측면에서는 별로 대단할 것이 없었다. 미국 경제의 절반 이상이 관광업이었고, 나머지는 서비스업이었다.

JFK의 가장 아래층에서는 열성적인 휴양객과 관광객이 각자의 다양한 생물 구조에 맞춰 고안된 터미널로 들어갔다가, 지구에서 지내기 위한 장비를 갖추고 나왔다. 또는 타비의 가장 최근 고객처럼, 깡통 속에 들어간 상태로 택시 뒷좌석에 실려 간 다음, 맨해튼의 옛날 건물들을 왜소하게 만드는 규모의 호텔들 중 하나에 내렸다. 타비는 볼 수도 없고 상호작용할 수도 없는 깡통 속 관광객을 내려놓는 일을 마치고 집으로 향했다. 그러려면 라과디아 우주공항의 잔해 위를 조심스럽게 날아가야 했는데, 우주공항의 수직 다리는 무너져서 안정궤도에서 떨어져 나온 이후 줄곧 그랬던 것처럼 브루클린에서 지평선을 가리키며 기울어져 있었다.

라과디아 우주공항의 잔해 인근의 땅은 저렴했으며, 타비는 과거에만 해도 우주 엘리베이터의 외피였던 그을린 덩어리 아래에 있는 그늘진 한 아파트 건물에 살고 있었다.

"즐거운 우리 집." 그는 착륙을 위해 접근하며 말했다.

택시 뒤쪽에서 뭔가 타는 냄새가 났다. 연기가 조종석을 가득 채우고, 날개바퀴가 고장났다.

그는 여전히 공중에 떠 있었고 카이나인 분무기는 마땅히 할 일을 했다. 즉 그가 중립적 부력을 잃지 않게 막아주면서 활강시켰다.

타비는 화를 내고 싶었고, 운전대를 치고 싶었고, 계기판을 때리고 싶었다. 하지만 차가 옥상의 주차 지점에서 약간 떨어진 곳에 마침내 멈추어 섰을 때 그는 단지 입술을 깨물었을 뿐이었다. 그가 분무기를 조작해 공중 부양 취소 거품을 조금 살포하자 차는 주차 장소에 약간 세게 떨어졌다.

"최소한 집에는 돌아왔잖아." 그가 택시 문을 열고 비틀거리며 밖으로 나오자, 시에나가 웃으면서 말했다. "당신은 내가 이 은하인 어쩌구 똥차를 어떻게 생각하는지 알 거야."

"그래도 이것 덕분에 일을 할 수 있는 거지."

시에나는 택시 안으로 고개를 넣더니 숨을 참았다. 그녀의 부풀어 오른 머리카락이 출입문 옆에 부딪혀 까딱거렸다.

"고칠 수 있겠어?" 그가 그녀에게 물었다.

"혹시 계피 입 냄새를 풍기는 개 녀석들 중에 하나가 손님이었어? 그놈들이 호흡하는 그 기체가 O-링을 부식시키거든. 당신도 여기 뒤쪽에 있는 굴대를 막아버리는 데 돈을 좀 써야 해."

"다음에 큰 팁을 받으면." 타비가 그녀에게 말했다.

그녀는 뒤로 기어 나오더니, 이제껏 참고 있었던 숨을 내쉬었다.

"좋아. 다음에 큰 팁을 받으면. 하지만 당신이 나랑 저녁을 나눠 먹는다면 내가 이 작업을 해줄게." 그녀는 제프가 그에게 준 봉지를 바라보며 고개를 끄덕였다.

"그러지."

"그리고 당신네 문 앞에서 웬 남자가 기다리고 있어. 관광청 사람 같던데."

"빌어먹을." 그는 관광청에서 나온 누군가가 이곳까지 오는 걸 바라지 않았다. 이 지역을 가로질러 공중에 기우뚱 매달린 우주 엘리베이터의 폐허 속 불법 점유지까지는 오지 말았으면 했던 것이다.

이곳에는 에어컨이 없었다. 고철 조각을 엮어 만든 지붕에 달아 놓은 태양광 패널은 이를 현실로 만들기에 충분한 전기를 펌프질하지 못했다. 하지만 동작 감지 선풍기는 작동하고 있었으며, LED 유도등이 모두 켜진 상태에서, 타비는 시뻘건 얼굴의 관광청 요원을 모기장 안으로 안내했다.

"택시에 문제가 생기신 모양이죠?"

관광청 요원 데이비드 칸은 짧은 머리카락에 번쩍이는 갈색 피부였는데, 이는 그가 택시 뒷좌석에 외계인들을 태우기 위해서 바깥에서 많은 시간을 소비하지 않는다는 뜻이었다. 그는 내근직이었다.

"시에나가 고칠 겁니다. 그녀는 원래 넝마주이로 자랐죠. 그녀의 아버지는 라과디아를 치우고 돈을 받기로 했던 최초의 폐기물 처리업자 가운데 한 명이었거든요. 그러다가 계약이 해지되는 바람에 계속 여기 머물기로 작정한 겁니다. 맥주라도 드릴까요?"

타비는 냉장고에서 물방울이 맺힌 레드스트라이프를 하나 꺼내 건네줬다. 칸이 그걸 한 손으로 들고 머뭇거리는 모습을 보면, 마치 거절하고 싶다는 듯한 투였다. 대신 그는 맥주를 자기 이마에 갖다 댔다. 칸은 더위 속에서 한참 기다렸다. 심지어 그는 정장도 입고 있었다.

"제가 이렇게 찾아온 이유는 대뉴욕관광청에서 나온 지원금을 당신께 드리기 위해서입니다." 칸이 말을 꺼냈는데, 약간 본인조차도 자신 없어 하는 말투였다.

"지원금이요?"

"관광청은 우리 택시를 지구 상에서 가장 안전한 택시로 만들기 위한 현대화 캠페인을 시작했습니다. 다시 말해서 당신의 택시를 가져다가 개조해서 더 나은 안전, 더 향상된 날개바퀴, 더 나은 에어록을 만들어 드린다는 것이지요. 운전자의 안전을 위해서 말입니다."

"운전자요?"

"물론입니다."

타비는 이것이 순 거짓말이라고 생각했다. 인간의 목숨은 싸구려였다. 이 행성에는 수십억 명이 떼 지어 살았다. 만약 타비가 물러난다면, 다른 누군가가 그의 맨해튼 면허를 얻기 위해 입찰할 것이고, 그는 며칠 만에 깡그리 잊힐 것이었다.

어쩌면 몇 시간 안에도 그런 일이 벌어질 수 있었다.

"그냥 받아." 시에나는 이렇게 말하며 모기장 안으로 들어왔다. "저 놈의 똥차에는 뭐라도 도움이 필요할 테니까 말이야."

타비로서도 굳이 더 들을 필요가 없었다. 그는 문서에 엄지손가락을 갖다 댔고, 작고 빨간 불빛에 동의한다고 구두로 반복했다. 그러자 칸은 견인 트럭이 지금 오는 중이라고 말했다.

이들은 택시가 견인 트럭에 실리는 모습을 지켜봤다. 마치 조각 이불마냥 누덕누덕 기워 만든 그 택시의 세세한 부분까지도 타비는 다 알고 있었다.

"그나저나 죽은 외계인은 어떻게 됐나요?" 타비가 물었다.

"음, 당신께서 방금 서명하신 문서에 따르면, 당신께서는 그… 에… 사고에 대해서 두 번 다시는 말씀하실 수 없습니다."

"무슨 말인지 알겠습니다." 타비는 저만치 사라지는 택시와 견인 트럭을 향해 경례를 보냈다. "그러잖아도 당신이 '지원금'을 주신다고 했을 때 어느 정도 짐작하기는 했거든요. 하지만 그 외계인에게 도대체 무슨 일이 일어난 겁니까? 시신을 발견하기는 했나요?"

칸은 깊은 한숨을 내쉬었다. "발견했습니다. 물에 뛰어든 곳에서부터 더 하류에서요."

"도대체 왜 그렇게 했답니까? 왜 뛰어내렸답니까?"

"휴가용 약물에 취해서 정신이 나갔더군요. 궤도 상에서 친구 몇 명과 함께 시작했던 파티 광경이 카메라에 찍혔습니다. JFK 엘리베이터를 타고 지상에 내려올 때까지 계속했더군요."

"그러면 시신을 그 종족에게는 언제쯤 보내실 계획입니까?"

"보내지 않을 겁니다." 칸은 깜짝 놀라 주위를 둘러봤다. "종류를 막론하고 가뜩이나 이목을 끄는 문어류가 지구에서 죽었다는 사실은 어느 누구도 알고 싶어 하지 않습니다. 따라서 그들도 알고 싶어 하지 않지요. 그 추락 사건을 찍은 비디오는 더 이상 그 어떤 시스템에도 존재하지 않습니다."

"하지만 그들이 시신을 추적한다면…"

"…이미 구형 로켓에 실어서 우리의 태양을 향해 발사했습니다. 그렇게 하면 여기에는 아무 증거도 남지 않을 겁니다. 지구 상에서는 아무 일도 일어나지 않은 겁니다. 당신에게도 아무 일도 일어나지 않은 거고요."

칸은 시에나와 타비와 악수를 나누고 떠났다.

다음 날 아침, 완전히 새것인 택시 한 대가 옥상에 주차돼 있었다.

"DNA를 모조리 닦아내는 것보다는 이게 더 쉬웠겠지." 시에나가 말했다. "예전 택시도 우리가 이렇게 이야기를 나누는 지금쯤 아마 로켓에 실려 태양으로 발사됐을 거야. 그 시체와 마찬가지로 말이야."

그는 항상 배고파하는 자기 룸메이트를 위해서 달걀을 몇 개 챙겼고, 옆집의 오라지 형제를 위해 몇 개 더 챙겼다. 이곳의 용접해 붙인 고철 조각 속에는 진짜 가족과 비혈연 가족의 무작위적인 무리가 서른 가구나 더 살고 있었다. 그중 몇몇은 아침 식사를 하면서 이쪽 지평선에서 저쪽 지평선까지 흩어진 녹슨 폐허 위로 태양이 기어오르는 모습을 지켜봤다. 타비는 이곳저곳으로 관광객을 태우고 날아다니는 일로 돌아갈 예정이었고, 시에나는 잔해에서 뭔가 가치 있는 것을 캐내는 일로 돌아갈 예정이었다.

이들이 식사를 마치자마자, 택시 한 대가 구름을 뚫고 내려왔다. 그리고 땅에 착륙하면서 먼지를 약간 일으켰다.

"이 멍청아!" 시에나가 소리를 질렀다. "착륙할 거면 금속 위에 했어야지. 그랬다면 이렇게 모두의 얼굴에 먼지를 날리지는 않았을 거야."

투덜거리며 동의하는 소리가 아침 공기 속으로 떠올랐다.

문이 열리자 타비는 가슴이 내려앉는 느낌이었다.

또 한 명의 문어 비슷한 외계인이 땅에 내려서서 그들을 올려다봤기 때문이다.

"타비라는 이름의 인간을 찾고 있소." 그의 외골격에 달린 스피커 박스에서 이런 소리가 들렸다. "그가 여기 있소?"

"아무 말도 하지 마." 시에나가 속삭였다. 그녀로 말하자면 폐허 속에서 넝마주이를 하면서 먹느냐 먹히느냐의 상황을 평생 겪으며 요령을 쌓아왔기 때문이었다.

"접니다." 타비는 이렇게 말하며 외계인에게 다가갔다.

"이 멍청아." 시에나가 말했다. 그녀는 고철 더미 아래의 그늘로 걸어가더니 이내 사라져버렸다.

외계인은 그늘이 있는 장소에 웅크린 채 햇빛을 피하려고 애쓰면서, 빛에 민감한 피부 위에 자외선차단제를 때때로 문질렀다.

"나는 당신의 행성을 관광하러 내려왔을 때, 당신의 차량에서 마지막으로 목격된 개체의 공동 후원자요."

타비는 정말 가슴이 덜컥하고 내려앉는 느낌이었다. "아." 그는 얼떨떨한 채로 말했다. 그로선 '공동 후원자'가 뭔지 알 수 없었고, 왜 이 외계인의 언어가 하필이면 그렇게 통역됐는지도 알 수 없었다. 다만 이 외계인이 앞서 그가 뛰어내려 사망한 것을 목격했던 외계인과 가까운 친구이거나, 또는 가족 관계라는 느낌이 들기는 했다.

"아무도 내게 말해주지 않더군. 당신네 대표단은 여기저기 들쑤시고 돌아다니며, 내 앞길에 관료제적 먹물을 뿌리는 일 말고는 아무것도 하지 않았어." 외계인 관광객의 말이었다.

"돌아가신 분께 진심으로 애도를 표합니다." 타비가 말했다.

"그러니까 당신이야말로 공격기가 관여하기 전에 내게 남은 마지막 기회인 셈이지." 외계인이 이렇게 이야기를 마무리했다.

"공격기가?"

외계인은 기계화된 사지 가운데 하나를 이용해 위를 가리켰다. 그림자 하나가 땅을 가로질렀다. 뭔가 거대한 것이 구름을 스쳐 가더니 태양을 막아섰다. 그것이 웅웅 소리를 냈다. 그러자 땅 전체가 거기 맞춰 웅웅 소리를 냈다. 어째서인지 타비는 저 위에 있는 것이 뭐든지 간에 행성 하나를 박살 낼 만한 물건임을 '깨닫게' 됐다.

타비의 손목밴드가 진동했다. 전화가 왔다. 칸이었다.

온 세계가 그를 향해 무너져 내리고 있었다. 타비는 한순간 그 모두가 흔들리는 것을 느꼈고, 곧이어 깊은숨을 들이마셨다.

"나는 그저 옳은 일을 하고 싶을 뿐이야." 그는 이렇게 중얼거리고 나서 전화를 받았다.

"아주 커다란 외계인의 전함들이 왔어요." 데이비드 칸이 말했다. 차분하지만 겁에 질린 것이 분명한 목소리였다. "저희 대뉴욕관광청에서는 현재 당신과 접촉 중인 존재, 또는 존재들이 요구하는 바가 무엇이든지 간에 그대로 따르시라고 당신께 '강력히' 권고하는 바입니다. 하지만 이와 동시에 그들이 지칭하는 실종 생명체의 행방은 저희도 전혀 알 수 없다는 점을 확인해드리고자 합니다. 잠시만 기다려주세요. 대통령께서 통화를 하고 싶으시다고…"

타비는 팔찌를 툭 쳐서 꺼버렸다.

"어떻게 하기를 원하시는 겁니까?" 타비가 외계인에게 물었다.

"나는 진실을 알고 싶을 뿐이오." 외계인이 말했다.

"가만 보니 당신은 고성능 외계 접촉복을 입고 계시군요. 진짜 인간용 맥주라도 한잔 마셔보시겠습니까?"

"그게 도움이 된다면야 마셔보겠소." 외계인이 말했다.

"당신들은 무척이나 아름다운 행성을 갖고 있소. 무척이나 손상되지 않은, 마치 낙원 같은 행성을 말이오. 어제 나는 당신네 태평양에서 고래들과 함께 헤엄쳐봤소."

타비는 자리에 앉아서 외계인에게 레드스트라이프를 하나 건네줬다. 외계인은 촉수로 그걸 감아서 제 주둥이로 가져갔다. 이들은 라과디아의 폐허 주위를 에워싼 나무들이 바람에 흔들리는 모습을, 푸르스름한 하늘을 가로질러 솜털 구름이 흩어진 모습을 지켜봤다.

그들은 의도적으로 전함이 하늘을 가득 채운 쪽으로 등을 돌리고 앉아 있었다.

"저는 한 번도 태평양에 가본 적이 없습니다." 타비가 시인했다. "그저 제 가족의 출신지인 카리브해에만, 그리고 대서양에만 가봤을 뿐이죠."

"나는 좋은 바다의 감식가라오." 외계인이 말했다. "이곳의 바다야말로 정말 최고 수준에 해당하더군."

"우리는 바다에서 물고기를 잡곤 했습니다. 제 할아버지는 보트를 한 척 갖고 계셨죠."

"아, 지금도 그 일을 하시오? 나도 물고기를 잡는 걸 좋아하거든."

"지금은 보트 대여 일을 시작하셨습니다." 타비가 말했다. "은하인들이 식당을 매입하다 보니, 할아버지도 더 이상 물고기를 제일 좋은 시장에 내다 파실 수가 없게 됐거든요. 제일 좋은 장소 인근의 모든 것을 은하인들이 차지하다 보니, 지금은 동쪽 해안 전체가 그렇게 됐지요."

"듣고 보니 유감이로군."

"당신의 친구분은 말입니다." 타비는 맥주를 한 모금 들이켰다. "그

분들은 제 택시에서 뛰어내리셨습니다. 택시가 공중을 날고 있을 때의 일이었죠. 약물에 취하신 상태셨습니다."

오랜 침묵이 흘렀다.

타비는 세계가 종말을 맞이하기를 기다렸지만, 그렇게 되지는 않았다. 그래서 그는 이야기를 계속했고, 외계인은 그가 하는 이야기를 잠자코 들어줬다.

"그렇다면 그들이 뛰어내리지 못하도록 막아주는 안전 시스템도 전혀 없었다는 거요?" 그의 말이 끝나자 외계인이 물었다.

"그 택시에는 없었습니다."

"허허." 외계인이 말했다. "정말 진정으로 인간답군. 정말 위험해. 나로선 당신의 증언을 당신네 관청의 해명과 비교해야만 할 거요. 하지만 내가 무척 안심했다는 말은 하고 싶군. 나는 혹시 부정한 수작이 있는지 의심했었지만, 알고 보니 그냥 전적으로 진정한 원시세계의 경험이었을 뿐이었군. 출입문에 안전장치가 없어서라."

머리 위로 길고도 격렬한 비행운이 하늘을 가로질러 불타올랐다.

"저게 뭐죠?" 타비는 불안해하면서 물었다.

"개별 검증이지." 외계인이 말했다. 그러더니 자리에서 일어나 자기가 타고 온 택시로 훌쩍 뛰어내렸다. "그렇다면 나도 여기에서 진짜 그냥 뛰어내릴 수 있겠군, 안 그렇소?"

외계인이 문을 열었다. 옥상에서 아래로 훌쩍 뛰어내린 다음, 계단을 통해서 아래로 내려온 타비는 택시 안에 있는 하얀 얼굴의 운전기사를 흘끗 봤다. '미안하게 됐네, 친구.' 그는 생각했다.

우주에서 더 많은 그림자가 아래로 내려오고 있었다. 점점 더 많은 우주선이 저 높은 대기권에서 움직이고 있었다.

"무슨 일이 일어나고 있는 거죠?" 타비는 물었다. 입이 말랐다.

"당신네 세계에 관한 소식이 퍼진 거지." 그가 말했다. "당신네 세계는 더 이상 발굴되지 않은 작은 비밀이 아니오. 우리가 택시를 타고 가다가도 죽을 수 있다는 사실을 알아냈으니까. 여기 말고 다른 어디에서 그런 위험을 맛볼 수 있겠소?"

택시가 이륙하더니 날아가버렸다.

시에나가 그늘에서 다시 나왔다. "그들이 지금 모든 도시 위에 나타났어. 그러고는 터무니없는 돈을 제시하면서 부동산을 사겠다고 한대."

타비는 하늘을 바라봤다. "당신 생각에는 이 일이 언젠가 멈추기는 할 것 같아?"

그녀는 그의 어깨에 한 손을 올려놓았다. "그들이 우리를 박살 내는 게 더 빠르지 않겠어? 저항하는 다른 세계들에 그들도 때때로 그런 일을 하더라고."

타비는 고개를 저었다. "그렇다면 이 아래 있는 우리에게는 아무것도 남지 않을 거야, 안 그래?"

"아, 그들이 이곳을 원하는 일은 결코 없을 거야." 그녀는 양팔을 벌려서 수 마일에 걸친 우주 엘리베이터의 폐허를 가리켜 보였다.

"그리고 어쨌거나 나는 택시를 새로 갖게 됐으니까." 타비가 말했다.

그녀는 그의 어깨에 한 손을 올려놓았다. "어쩌면 여러 도시 위에 나타난 이 새로운 은하인들은 팁을 더 잘 줄지도 모르지."

그러자 며칠 만에 처음으로 타비도 웃음을 터트렸다. "희망은 항상 있는 거야, 안 그래?"

Jonathan Strahan

A New Beginning

새로운 출발점에 서서

조너선 스트라한

장성주 옮김

편집자 부문

2020
휴고상
최종 후보

1964년 북아일랜드의 벨파스트에서 태어나 오스트레일리아로 이주했다. 1990년 지인들과 함께 오스트레일리아의 SF 전문 잡지인 《에이돌론Eidolon》을 창간하고 편집을 맡았으며, 1997년 미국으로 이주해 SF 전문 잡지 《로커스》의 편집자로 일했다. 지금껏 50종이 넘는 SF 단편소설 선집과 단일 작가의 단편소설집 20종을 편집하며 2010년 세계환상문학상의 잡지 및 선집 편집 부문상을 수상했고, 휴고상 후보 명단에는 15회나 이름을 올렸다. 지금은 오스트레일리아 서부에 살며 단편소설집 및 선집 전문 프리랜서 편집자로 일하고 있다.

홈페이지 주소: jonathanstrahan.com.au

SF-Fan

Jonathan Strahan

A New Beginning

달력 원리주의자들은 10년이나 100년 또는 1000년이 정확히 언제 시작하는지를 놓고 논쟁을 벌일지도 모르지만, 일단 숫자가 바뀌면 새로운 시작점이자 새로운 출발점이라는, 또 이때껏 지나온 길을 되돌아볼 시간이 왔다는 느낌이 든다. 그러니 바야흐로 2020년대가 시작되는 지금은 잠시 멈춰 생각하기에 적당한 때로 보인다. 어쨌거나 이번 세기의 5분의 1은 이미 지나갔고, 그런 만큼 이 시점에 연간 SF 걸작 선집인 이 책을 (나의 오랜 벗이자 조언자였던 고故 가드너 도즈와*에게 존경과 애정을 담아 고개를 숙이며) 새로이 출범하는 일은 시의적절하다는 생각이 든다. 내게 이런 기회는 처음이 아니지만, 이번에는 특별한, 남다른 느낌이 든다. 우리가 마침내 미래를 살고 있기 때문이다. 조지 오웰의 『1984』는 이미 먼 기억이 됐고, 프린스가 히트곡 〈1999〉

* 2018년에 타계한 SF 전문 편집자 가드너 도즈와는 1984년에 이 걸작선을 처음 선보인 이후 세상을 떠나던 해까지 책임 편집을 맡았다.

에서 약속한 광란의 파티는 무려 수십 년 전의 일인데 아서 C. 클라크의 『2001 스페이스 오디세이』도 비슷하게 오래됐으며, 심지어 리들리 스콧이 〈블레이드 러너〉에서 보여준 훨씬 더 먼 미래인 2019년도 이제는 과거가 됐다.

그리고 이제 전에 없이 새로운 시대가 왔다. 지금 우리가 사는 SF계는 20년 전만 해도 상상하기조차 힘들었다. 이 책의 전신인, 2000년에 출간된 '올해의 SF 걸작선The Year's Best Science Fiction'의 머리말에서 가드너 도즈와는 전자책이 몰고 온 충격을 이야기하며 아마존닷컴이 살아남을 수 있을지 어떨지, 온라인으로 단편소설을 발행해 돈을 벌 사람이 과연 있을지(답: 아직 없음), 인터넷과 온라인 쇼핑의 충격은 어떤 식으로 지속될지에 관해 고찰했다. 당시 도즈와는 온라인 음악 파일 공유 서비스였던 냅스터와 무료 다운로드를 걱정했는데 이는 아이팟이 나오기 1년 전의 일이었다. 스마트폰과 전자책 단말기를 비롯한 갖가지 휴대용 전자기기가 폭발적으로 등장하는 것은 아직 상상도 못할 먼 미래의 일이었고, 당시에 디즈니와 애플과 아마존 같은 기업들이 지금 같은 영향력과 지배적 지위를 누리는 날이 온다고 하면 아무도 믿지 않았을 것이다. SF는 원래 미래를 예견하는 실력이 그저 그런 수준이긴 하지만, 2000년대 벽두에 SF계와 그 바깥의 더 넓은 세상에서 무슨 일이 일어날지 실제로 상상한 사람은 아무도 없었다. 오늘날 우리 삶을 특징짓는 가장 중요한 관심사 몇 가지가 당시에 이미 모습을 드러내기 시작한 것은 사실이다. 정치적 유행의 앞날을 속속들이 예견한 이는 없었을지 몰라도, 당시 사람들은 적어도 환경을 보호하고 도래할 기후 재난에 맞서야 한다는 이야기 정도는 하고 있었다. 이런 주제는 2000년대의 SF에서는 좀처럼 찾아보기 힘들지만, 지금은 우리 삶과 상상의 가장 중요한 화두이자 오늘날 우리가 목도하는 대다수 SF의 근간이기도 하다.

그렇다면 지금 여러분이 손에 든 이 책은 정확히 뭘까? 열성적인 일부 독자들은 오랜 시간을 들여 SF란 무엇인지를, 즉 SF의 경계 안에 정확히 들어간다는 이유로 SF인 것은 무엇이고, 그 경계 바깥에 머무는 까닭에 SF가 아닌 것은 무엇인지를 정의하고자 한다. 이러한 논의는 비 오는 날 오후의 즐거운 오락거리로 손색이 없지만, 한편으로는 끔찍한 논쟁과 불화의 씨앗이 될 소지가 있으며, 시간도 너무 많이 잡아먹는다. 1950년대 초 SF 작가이자 평론가였던 데이먼 나이트는 과학소설이 무엇인지 정의하려 애썼는데, 당시에 그가 제시한 답은 곧잘 다음과 같이 표현되곤 한다. "과학소설이란 우리가 과학소설이라고 말할 때 가리키는 것이다(또는 그것을 의미한다)." 나는 그 밖에도 재미있는 정의를 여럿 들어봤지만, 이 책과 앞으로 나올 시리즈에서는 위의 정의 정도면 충분할 듯싶다. 앞으로 내가 과학소설이라는 말을 쓸 때 가리키는 것이 곧 과학소설이라는 말이다. 내 생각에 이 책을 읽을 사람들은 대개 SF의 정의나 (단순한 즐길 거리 이상의) 소임 또는 목적을 크게 고민하지는 않을 듯싶으니, 여기서는 배제보다는 포용을 확고히 선호했다는 정도만 밝혀둔 채 나머지에 관해서는 언젠가 어디서 잔을 기울이며 이야기꽃을 피우기로 하고 다음으로 넘어가자.

앞으로 해마다 나올 이 책은 내가 1년 동안 읽은 최고 수준의 SF 단편소설 중 한 권의 책으로 모아 여러분 앞에 선보일 만하다고 느낀 작품들만 담아야 한다는 것, 그것이 나의 의도이다. 사적인 걸작선, 즉 내가 1년 동안 읽은 모든 작품 가운데 최고만 모아서 사색과 재미를 겸비한 책 한 권을 엮으려는 진솔한 시도인 것이다. 독자 여러분은 아는 사람끼리만 아는 비밀 악수법이나 클럽 입장용 암호를 알아둘 필요도, 연이어 쏟아지는 SF 단편소설 가운데 멋진 작품만 추려내려고 다른 책들을 잔뜩 쌓아놓고 읽을 필요도 없다. 그저 여러분을 둘러싼 세상에 대한 관심과 신나고 재미있고 시의적절한 소설을 읽고 싶은 호기심만 갖추면 된다. 이런 식의 설명은 지금 이 책이 어떤 책인지는커녕 어떤 책이 되고 싶었는지조차 알려주지 않는다. 비록 이런저런 곡절이 있기는 했지만 SF는 더 포용적이고 더 다양한 창작물 쪽으로, 즉 하나의 목소리에만 귀 기울이지 않고 여러 목소리를 존중하는 방향으로, 폭넓은 시야에서 들려주는 이야기들에 더 개방적인 장르로 꾸준히 이동해왔다. 얼마나 SF다운지에 관해 지나치게 전전긍긍하지 않고 장르의 경계를 흐려서 조금씩 섞이게 하기, 그것이 바로 SF의 특징이다. 순혈주의자에게는 그리 내키지 않겠지만 내가 보기에는 훌륭한 일이다. 부디 이 책에 앞서 말한 특징들이 고스란히 담겨 있기를 바라 마지않는다. 여기 실린 이야기들은 비단 SF 애독자들뿐 아니라 멋진 이야기라면 뭐든 사랑하는 독자들을 위한 것이므로.

2019년에 '필독서'로 꼽힌 SF 두 권을 살펴보면 양쪽 다 SF의 기준에서 새로운 경지를 열었다고 보기는 힘들며, 장르의 경계를 살짝 흐리고 섞는 데도 별 거리낌이 없었다. 그중 하나인 탬신 뮤어의 첫 장편소설 『아홉 번째 궁宮의 기드온Gideon the Ninth』(토르닷컴 펴냄)은 사이언스 판타지로서, 레즈비언 강신술사들이 우주를 구하려고 힘을 합치는 고딕 스페이스 오페라… 라고나 할까. 이 책은 2019년 3분의 2

가 지난 시점에 등장해 모두를 열광시켰다. 이 책은 SF일까, 판타지일까? 별로 중요한 문제는 아닌 듯한데, 왜냐하면 산뜻하고, 새롭고, 바로 지금 가장 각광받는 작품이기 때문이다. 다른 하나인 『당신은 이렇게 시간 전쟁에서 패배한다This Is How You Lose the Time War』(사가프레스 펴냄)는 아말 엘모흐타르와 맥스 글래드스턴이 함께 쓴 경장편소설로, 시간 전쟁을 벌이는 양 진영의 첩보원 둘이 사랑에 빠지면서 주고받는 쪽지와 전언으로 이뤄진 서간체소설이다. 이 작품 역시 이야기의 뼈대는 SF지만, 이야기 자체는 널리 사랑받을 자격이 차고 넘칠지언정 새롭다고 할 구석은 별로 없다. 지금의 분위기에서는 우리가 살아가며 목도하는 공동체의 전체상을 소설에서 어떻게 재현하느냐가 중요한데, 이 또한 나라는 독자가 보기에는 괜찮은 세계관이다.

그럼 SF계의 지난 1년은 어땠을까? 솔직히, 조금은 롤러코스터에 탄 기분이었다. 2019년 한 해를 가장 상징적으로 또 격정적으로 보여준 장면은 아일랜드의 더블린에서 열린 제77회 월드콘(세계SF대회) 현장에서 일어났다. 홍콩에서 태어나 영국에서 활동하는 판타지 작가 지넷 잉이 '존 W. 캠벨 기념 최우수 신인작가상'을 수상하러 단상에 올랐다가, 수상 소감을 통해 그 상이 기념하는 SF 작가 겸 편집자였던 존 W. 캠벨의 정치관과 인종관을 규탄하는 동시에 고향인 홍콩에서 벌어지는 일련의 정치적 사건을 격앙된 어조로 고발했던 것이다. 잉의 연설은 호기로우면서도 격정적이었고, 변화의 발화점으로 작용했다. 시상식 날로부터 2주도 안 돼 캠벨 기념상을 후원하는 델 매거진스 출판사가 상의 이름을 어스타운딩상으로 바꾸겠다고 발표했고(이는 아마도 2020년에 창간 90주년을 맞는《아날로그 사이언스 픽션 앤드 팩트Analog Science Fiction and Fact》가 90주년 기념사업의 일환으로 이전부터 적극 고려했으리라 여겨진다), 한 달도 안 돼 캔자스대학교의 건Gunn SF연구센터가 '캠벨 학술회의'를 '건 센터 학술회의'로 바꾸었으며 이곳에서 주관하는 캠벨상의 이름 또한 바꾸기로 논의하는 중이다. 뒤이어 10월 중순에는 팁트리 재단 평의회가 SF 작가 고故 제임스 팁트리 주니어를 둘러싼 복잡하고 민감한 사안들을 감안해 제임스 팁트리 주니어 문학상의 이름을 아더와이즈상으로 바꾼다고 발표해 얼마간 논쟁을 불러일으켰다. 이러한 조치는 2015년, 즉 H. P. 러브크래프트의 흉상이었던 세계환상문학상의 상패가 앞서 소개한 최근의 사례와 비슷한 이유 때문에 다른 조형물로 대체됐을 때부터 뚜렷해진 변화의 흐름과 궤를 같이할 뿐 아니라, 전반적으로는 한 걸음 진보한 조치로 환영받기도 했다.

출판계의 분위기는 그다지 떠들썩하지 않았다. 출판인들의 인사이동이나 출판사의 창업, 합병, 폐업 같은 소식에 어두운 나로서는 여러분께 출판업의 세부 진단을 들려드릴 엄두가 나지 않는다. 적어도 출판사의 관점에서는 그렇다는 말이다. 참관자의 관점에서 보면, 출판업계는 꽤 평온했다. 소란도 있었고 성공도 있었지만, 전반적으로는 여느 해와 마찬가지로 꾸준히 성장했다는 말이다. 분명 오늘날은 출판사 및 서점에 시련의 시기이지만 그런 시련은 유사 이래 늘 있었고, 다양화와 변화와 진화를 요구하는 압력은 수그러들 줄 모르게 마련이다. 유명한 영국의 SF 전문 편집인 겸 발행인 맬컴 에드워즈가 자신이 큰 힘을 보태 발전시킨 골란츠 출판사를 떠난다고 발표하면서 그의 공로에 걸맞은 송별회가 열렸다. 그의 퇴사가 잠시 쉬어가는 걸음이 아닌 것은 금세 드러났다. J. G. 밸러드와 윌리엄 깁슨의 편집자였던 에드워즈가 웰백 출판 그룹이 부활시킨 임프린트 '안드레 도이치'의 발행인을 맡아 출간 도서 목록에 SF를 포함시킨다는 발표가 났기 때문이다. 이와 비슷한 소식으로는 〈해리 포터〉 시리즈를 일찌감치 발굴해 미국에서 대성공을 거둔 편집인 아서 A. 러바인이 23년간 몸담았던 스콜라스틱 출판사를 떠나 독립 출판사를 열겠다고 발표한 일이 있다.

그 밖의 사례 몇 건을 생략하면 2019년 한 해 동안 SF 출판계는 근 몇 년 동안 나타났던 것만큼 커다란 변화는 보이지 않았으며, 그보다 앞서 몇 해 전에 오빗북스*에서, 또 그보다는 나중에 토르북스에서 일어났던 일**과 맞먹을 만한 격변은 아예 없었다. 다만 사이먼 앤드 슈스터 출판 그룹이 인기 있는 SF 판타지 전문 임프린트인 사가프레스를 더 크게 키우기로 결정하고 아동 도서 부문에서 성인 대상 임프린트인 갤러리북스 산하로 옮긴 일은 주목할 만하다. SF 분야의 여러 상을 수상한 이름난 편집인 나바 울프는 2019년 말에 사가프레스를 떠났다. 펭귄랜덤하우스 출판 그룹이 이름난 논픽션 전문 임프린트인 스피겔앤드그라우를 폐업시키기로 한 일 또한 주목할 만하다. 폐업이 유행인 업계 상황을 거스르기라도 하듯이 토르북스는 새로운 호러 전

* 영국의 SF 판타지 전문 출판사인 오빗북스가 2006년 미국 법인을 설립한 이후 수많은 SF상을 휩쓴 앤 레키의 〈라드츠 제국〉 시리즈와 휴고상 장편 부문 3년 연속 수상이라는 전무후무한 기록을 세운 N. K. 제미신의 〈부서진 대지〉 시리즈를 연이어 선보이며 SF계의 강자로 자리 잡은 일을 가리킨다.

** 토르북스가 2008년에 웹진 《토르닷컴》을 출범한 일을 가리킨다. 단편소설뿐 아니라 SF 판타지 전반의 정보까지 폭넓게 제공하며 영향력을 키운 토르닷컴은 2014년부터 토르북스의 중단편 및 연작 소설 전문 임프린트로 종이책도 발행하고 있다.

문 임프린트인 나이트파이어를 설립했는데, 호러 및 다크 판타지에 중점을 둔 이 회사는 2020년에 첫 책을 발간했다.

비영어권 SF의 번역 출판은 내가 기억하는 한 과거 어느 해보다 지난 한 해 동안 더 활발해 보였지만, 비즈미디어 출판사는 다나카 요시키의 『은하영웅전설』을 끝으로 오랫동안 널리 인정받은 일본 출판물 번역 전문 임프린트인 하이카소루의 운영을 중지한다고 발표했다. 하이카소루가 장차 회생할 기미는 전혀 보이지 않지만, SF 번역 출판에 활력을 불어넣은 이 회사는 독자들의 기억 속에 오래 남을 것이다. 7년에 걸쳐 유럽의 SF 팬덤을 취재해 영어로 소식과 정보를 전해주던 유로파 SF, 즉 '유럽사변소설포털European Speculative Fiction Portal'이 2019년 연말에 문을 닫은 것 역시 주목할 만하다. 한편 같은 시기 중국에서는 쓰촨대학교가 "SF계의 발전 및 관련 문예 활동의 지원"을 목적으로 중국 최초의 SF 연구기관인 '중국SF연구원'을 설립했다. 2019년 중반에는 칠레에서 '칠레SF판타지문학협회'가 설립됐다. 보시다시피 SF는 세계 어느 곳에나 존재한다.

작은 독립 출판사들은 새로운 목소리를 발굴하고 역사를 기록하고 대안적 관점의 편에 서서 투쟁하는 등, SF계에 없어서는 안 될 소임을 맡고 있다. 한 해 동안 손에 꼽을 만큼 훌륭한 책을 여러 권 펴낸 서브터레이니언프레스를 필두로 여러 독립 출판사가 2019년을 알차게 보낸 것처럼 보이는 반면, 어려움을 겪은 곳들도 있다. 안타깝게도 크로스장르 출판사는 재고 도서를 모두 판매하는 대로 무기한 휴업에 들어간다고 발표했다. 큐리오시티퀼스프레스는 미정산 인세를 모두 지불할 때까지 종이책 발행을 중지한다고 발표했다. 가장 큰 논란이 된 소식은 캐나다의 독립 출판사 치진이 인세 지급 연기 및 미지급을 비롯한 경영상의 여러 부적절한 행위로 비난을 받은 끝에 창립자인 샌드라 캐스투리와 브렛 세이버리가 출판 관련 업무에서 완전히 물러나고 크리스티 하킨이 임시 발행인을 맡는다고 발표한 일이었다. 이 출판사가 앞으로 어떻게 될지는 내가 이 글을 쓰는 지금으로서는 알 길이 없다.

이 모든 사정과 내가 분명 놓치고 말았을 다른 여러 변화는 지금 상황에서 무엇을 의미할까? 나로서는 확언하기 힘들다. 미국 출판계는 견실한 상태이며 앞으로 10년 동안은 낙관해도 좋을 듯싶다. 종이책과 전자책과 오디오북의 매출은 탄탄하고, 독립 서점들은 번창하는 중이고, 자비출판은 한때 짊어졌던 오명을 씻고 안정적인 출판 경로로 자리 잡았다. 다만 단편소설과 SF 잡지의 출판 현황은 다른 분야보다 훨씬 더 위태로워 보여서 조금 우려되는 부분이 있는데, 이제 여기에 관해 살펴보기로 하자.

한 해에 얼마나 많은 SF 단편소설이 출판되는지는 알 길이 없다. 명망 있는 SF 전문 잡지 《로커스》(웹사이트: www.locusmag.com)가 예전에 추산한 바에 따르면 SF 장르의 단편소설은 해마다 3천 편이 넘게 출판되는데 이는 적게 잡은 수치로 보이는 것이, 오늘날 단편소설은 여러 작가가 참여한 선집과 한 작가의 작품을 모은 단편소설집, 종이 및 전자 잡지, 페이트리언Patreon을 비롯한 크라우드펀딩 플랫폼의 후원 프로젝트, 정기 소식지, 연구 기관의 프로젝트, 온라인으로 판매하는 개인 창작물 외에도 온갖 방식으로 출판되기 때문이다. 얼마나 유용한 지표인지는 확실치 않지만, 현재 어떤 장르든 사변소설을 전문적으로 출판하는 단편소설 원고 구매처를 미국 SF 판타지작가협회(SFWA)는 40곳, 《로커스》는 70곳을 소개하고 있으며, 온라인 정보 집적소인 인터넷 사변소설 데이터베이스(www.isfdb.org)의 목록에 따르면 지난 1년간 단편소설을 게재한 잡지의 총 종수는 종이책과 전자책을 통틀어 862종에 이른다. 이는 당연히 미국과 영국과 오스트레일리아 바깥에서 간행된 거의 모든 출판물, 또는 영어가 아닌 다른 언어로 간행된 출판물을 제외한 수치이다. 여기서는 세계 곳곳에서 해마다 수없이 많은 단편소설이 출판된다고만 말해두겠다.

2019년의 분위기를 결정지었다고까지는 못하더라도 방향 정도는 제시한 연초의 변화 한 가지는 1월에 SFWA가 상업 목적의 단편소설 원고료(SFWA 상업 작가 요율) 최저가를 2019년 9월 1일부로 단어당 8센트로 인상한다고 발표한 일이다. 이 발표는 단편소설 창작자들이 지급 받는 원고료의 액수를 늘리자는 긴요한 압력 이상으로, 원고를 상업적 용도로 팔고자 하는 작가들이 어느 게재처를 선택하느냐에 적잖은 영향을 미쳤다. 일부 구매처는 더 높아진 요율에 따라 원고료를 지급하기가 힘들어질 테고, 따라서 최고 수준의 작품을 끌어오는 데도 지장이 있겠지만, 그럼에도 이러한 추세는 환영할 만하다.

SF 잡지 시장은 꽤 괜찮은 한 해를 보냈다. 폐간 소식은 많지 않았고 종이 잡지든 웹진이든 거의 모든 잡지가 잘 버티는 것처럼 보인다. 지난날 우리의 든든한 의지처였던 종이 월간지는 여전히 등장하지 않았지만, 안정적인 시장을 유지하는 대가로 치면 그 정도는 사소하다 하겠다. 2000년 이전에 창간한 잡지는 대부분 종이 잡지였고 2010

년 이후에는 주로 웹진이라는 점을 이쯤에서 언급해야 할 듯싶지만, 2019년에 이르면 정도의 차이는 있어도 모든 잡지가 온라인과 오프라인 모두 발행하는 중이다.

20년 남짓 거슬러 올라가면 SF계에는 이른바 '빅 스리Big Three'로 불리는 잡지 세 종이 있었는데, 바로 《아시모프스 사이언스 픽션Asimov's Science Fiction》과 《아날로그 사이언스 픽션 앤드 팩트》, 《판타지 앤드 사이언스 픽션Fantasy&Science Fiction》이다. 비록 그 별명은 이제 통하지 않고 지금은 그 세 잡지에 《토르닷컴Tor.com》과 《클라크스월드Clarkesworld》, 《라이트스피드 매거진Lightspeed Magazine》, 《언캐니 매거진Uncanny Magazine》을 더해 '빅 세븐Big Seven'으로 부르는 경우가 더 많지만, 그들 모두가 여전히 우리 곁에 머무는 것, 또한 이곳저곳 쳐낸 구석이 보이기는 해도 이 디지털 시대에 여전히 번창하는 인상을 주는 것은 다행스러운 일이다. 《판타지 앤드 사이언스 픽션》은 2019년에 창간 90주년을 맞아 파올로 바치갈루피와 켈리 링크, 마이클 무어콕 등의 작품이 실린 기념 특집호를 발행했다. 이 잡지의 편집인을 맡은 지 5년째인 찰스 콜먼 핀레이는 2019년에 G. V. 앤더슨과 제임스 모로, 샘 J. 밀러 같은 작가의 훌륭한 판타지 및 호러 단편소설과 함께 라비 티드하, 엘리자베스 베어, 리치 라슨, 마이클 리블링 같은 작가의 힘 있는 단편 SF를 발행하며 지금껏 최고의 해를 보냈다. 델 매거진스에서 발행하는 두 잡지, 즉 《아시모프스》와 《아날로그》 역시 건실한 한 해를 보냈다. 둘 가운데 SF의 기술 공학적 측면에 덜 집중하는 쪽은 1977년에 창간한 《아시모프스》로, 오랫동안 편집인을 맡은 실라 윌리엄스는 캐리 본과 테건 무어, 수전 파머, 로런스 와트에번스, 그렉 이건, 시오반 캐럴, 레이 네일러, E. 릴리 위 같은 작가들의 멋진 단편 SF로 한 해를 장식했다. 2019년에 창간 89년을 맞은《아날로그》(창간 당시의 제호는《어스타운딩 스토리스 오브 수퍼사이언스》)는 편집인 트레버 캐슈리가 이끌면서 알렉 네발라리와 앤디 두닥, S. B. 디브야, 애덤트로이 카스트로, 제임스 밴펠트 같은 작가들의 탄탄한 단편 SF를 발행했다. 2020년에 창간 90주년을 맞은《아날로그》가 지금도 건재하며 쉬지 않고 진화하는 모습을 보여주다니 흐뭇하다. 또 하나의 주요한 SF 전문 종이 잡지는 앤디 콕스가 편집인을 맡은 영국의《인터존Interzone》이다. 1982년에 창간한 이래 새롭고 실험적인 작품에 언제나 개방적인《인터존》은 팀 차와가, 마리아 하스킨스, 존 케셀 같은 작가들의 흥미로운 단편소설을 여럿 발행했다.

닐 클라크의《클라크스월드》와 조지프 애덤스의《라이트스피드》, 린 토머스와 마이클 대미언 토머스의《언캐니》,《토르닷컴》은 없어서는 안 될 중요한 SF 잡지들로서, 전적으로 또는 상당 부분을 온라인으로 발행한다. 2006년에 창간한《클라크스월드》는 SF와 판타지를 발행하는 잡지이다. 현대 SF계에서 번역 소설이 발전하는 데 중요한 공헌을 해온 이 잡지는 2019년에 김보영의 강렬한 중편소설「얼마나 닮았는가」와 천추판의「지금 이 순간 우리는 즐겁다这一刻我们是快乐的」를 비롯해 중국과 한국의 훌륭한 작품들을 영어로 옮겨 발행했다. 또한, 이 잡지는 장르를 불문하고 2019년 최고 수준의 단편소설인 수전 파머의「나무를 칠하는 이」와 M. L. 클라크, A. T. 그린블라트, 레이철 스워스키의 멋진 작품들도 발행했다.《라이트스피드》는 2010년 창간해 SF와 판타지를 발행해왔다. 내가 보기에 2019년《라이트스피드》

에 실린 최고작들은 브룩 볼랜더의 훌륭한 단편소설을 비롯한 판타지 쪽이었지만, 매슈 코라디, 애덤트로이 카스트로, 도미니카 페터플레이스, 이사벨 얍의 강렬한 작품들과 2019년 최고의 SF 단편소설로 꼽을 만한 캐롤라인 M. 요킴의 「사랑의 고고연대학The Archronology of Love」 같은 SF 단편소설도 함께 발행했다. 2014년에 창간한 《언캐니》는 2016년부터 4년 내리 휴고상의 최우수 준상업지상을 수상했다.* 《언캐니》는 SF와 판타지의 경계에 걸쳐진 훌륭한 작품들을 자주 선보인다. 2019년 이 잡지는 엘런 클레이지스, 비나 지에민 프라사드, 실비아 모레노가르시아 등의 걸출한 판타지 단편과 아마도 SF 장르에서 가장 멋진 한 해를 보냈을 엘리자베스 베어를 비롯해 모리스 브로더스, 팀 프랫, 프랜 와일드 같은 작가들의 멋진 SF 단편도 발행했다. 2008년 토르북스 출판사가 설립한 《토르닷컴》은 창간하기가 무섭게 최고 수준의 장르 단편소설을 펴내는 탁월한 발행처로 자리매김했다. 이곳에 실리는 작품들은 수많은 편집자가 발탁하는데 그중에는 나도 포함된다. 팔이 안으로 굽는다는 말은 피하고 싶기 때문에, 여기서는 《토르닷컴》이 2019년에 시오반 캐럴, S. L. 황, 리버스 솔로몬, 조너선 캐럴, 캐럴 존스턴, 테건 무어, 그렉 이건, 실비아 박을 비롯한 수많은 작가의 어떤 상을 받아도 손색없는 작품들을 선보였다는 정도만 언급하겠다.

앞서 살펴본 잡지들은 SF계의 주요 '상업지'인 반면, 적은 인쇄 부수나 원고료 요율 또는 무급 직원에 의존하는 등의 이유로 '준準상업

* 2020년에도 이 상을 받으면서 5년 연속 수상을 이어갔다.

지'로 분류되는 잡지들이 있는데 전통을 자랑하는 이들 잡지는 수준이 극히 높은 작품들을 발행하며 주요 게재처로 여겨진다. 앞서 언급한 《언캐니》도 여기에 속한다. 명망 높은 준상업지 《스트레인지 호라이즌스》는 소설과 서평, 비평에 더해 번역 SF를 다루는 계간지 《사모바르》를 출간하며 2019년을 풍요롭게 보냈다. 이 잡지는 신임 편집장 바네사 로즈 핀이 2019년에 제인 크롤리와 케이트 달러하이드의 뒤를 이어 취임하면서 알렉스 유시크, 시브 람다스, 캐스린 할란 등의 탄탄한 작품들을 발행했다. 흑인 작가들의 사변소설을 집중적으로 다루는 계간 웹진 《파이야: 매거진 오브 블랙 스페큘러티브 픽션Fiyah: The Magazine of Black Speculative Fiction》 역시 영광의 해였던 2018년만큼은 아니라도 풍성한 한 해를 보냈다. 발행인 트로이 L. 위긴스가 꾸려가는 이 잡지는 2019년 한 해 동안 네 호를 펴내며 매 호마다 그해 최고 수준의 중편소설인 젠 브라운의 「용들이 하늘을 지배할 무렵While Dragons Claim the Sky」과 함께 니키 드레이든, 델 샌딘 같은 작가들의 탄탄한 작품을 실었다. 발행인 파블로 디펜디니가 이끄는 《파이어사이드 매거진Fireside Magazine》은 한 해 동안 소설과 시를 모아 월간 및 계간 형식의 웹진으로 펴냈다. 여기에는 L. D. 루이스, 대니 로어, 니베디타 센을 비롯한 여러 작가의 훌륭한 작품들이 실렸다.

이 지면은 SF를 개관하는 자리이므로 판타지와 다크 판타지 및 호러에 주력하는 잡지는 길게 다루지 않겠지만, 수상 경력이 화려한 스콧 앤드루스의 《비니스 시즐리스 스카이스Beneath Ceaseless Skies》(앞서 말한 장르에서 내가 최고로 꼽는 웹진이다), 실비아 모레노가르시아와 션 월리스의 《더 다크The Dark》, 존 조지프 애덤스의 《나이트메어Nightmare》, 라숀 M. 워낵의 《기가노토소러스GigaNotoSaurus》, 앤디 콕스의 《블랙 스테이틱Black Static》은 추천하고 싶다.

SF 잡지 시장은 꽤 안정적이었지만, 변화도 몇 가지 있었다. 가장 중요한 변화는 《에이펙스 매거진Apex Magazine》이 문을 닫은 것인데, 이곳은 발행인의 건강 때문에 무기한 정간에 들어갔다. 《에이펙스》가 문을 닫기에 앞서 발행한 아프로퓨처리즘 특집호에는 수이 데이비스 오쿵보와, 스티븐 반스와 태너내리브 듀, 토비아스 S. 버켈 같은 작가들의 훌륭한 작품이 실려 있다. 《오슨 스콧 카즈 인터갤럭틱 메디신 쇼Orson Scott Card's Intergalactic Medicine Show》(2019년에 세 호를 펴냈다)와 《사이언스 픽션 트레일스Science Fiction Trails》, 《아세니카Arsenikia》, 《커프리시어스 Capricious》 등도 문을 닫았지만, 《오메나나Omenana》와 《퓨처 사이언스 픽션 다이제스트Future Science Fiction Digest》는 독자들에게 재정지원을 요청해 현재도 발행하고 있다.

지금껏 살펴본 잡지들은 귀중한 소설과 논픽션 기사들을 발행하는 곳들로서 독자들의 응원을 받기에 손색이 없다.

단편소설 읽기에 얼마나 많은 시간을 들이는지 감안하면, 나로서는 장편소설 길이의 작품을 읽을 시간이 한정됐다는 점을 인정할 수밖에 없다. 그러므로 장편소설에 관해서는 내가 2019년에 실제로 읽은 책들 이야기와 많은 이들의 찬사를 받은 책들을 조명하는 데서 그치고자 한다. 2019년은 SF와 SF에 인접한 소설들이 멋지게 활약한 해였다. 아마도 2019년에 가장 열광을 일으킨 책은 앞서 소개한 탬신 뮤어의 첫 장편소설 『아홉 번째 궁의 기드온』일 것이다. 이 책은 입소문을 타고 널리 알려졌는데 작품의 고딕 정서가 지금의 분위기와 딱 맞아떨어졌던 것으로 보인다. 나 역시 매우 즐겁게 읽었다. 그렇기는 하지만, 2019년의 최고 장편 SF는 단연코 팀 모언의 첫 장편소설인 『무한한 사소함Infinite Detail』(파라스트로스앤드지루 펴냄)으로, 여기에는 사이버테러리즘과 감시, 빅브라더 같은 소재들이 담겨 있다. 여러분은 이 책을 꼭 찾아서 읽어봐야 한다. 이 책은 오늘날의 시대정신도 당연히 생생하게 담고 있지만 SF 본연의 정신을 잘 살렸다. 어쩌면 조금 변했을지도 모르지만, 그래도 여전히 살아 있다. SF의 중심이라면 역시 스페이스 오페라인데, 2019년에는 끝내주는 스페이스 오페라가 몇 편 나왔다. 그중 최고는 엘리자베스 베어의 탄탄하고 흥미진진한 『태고의 밤Ancestral Night』(사가프레스 펴냄)이지만, 맥스 글래드스턴의 『영원의 황제Empress of Forever』(토르북스 펴냄) 역시 무척이나 재미있었고 아케이디 마틴의 매력적인 첫 장편소설 『제국이라는 이름의 기억A Memory Called Empire』(토르북스 펴냄) 또한 아주 마음에 들었다.

시간 여행은 낡은 장치이지만, 2019년에는 애널리 뉴이츠의 근사한 두 번째 장편소설 『다른 시간선의 미래The Future of Another Timeline』(토르북스 펴냄)에서 새롭게 다뤄졌다. 성별 구분을 거부하는 이른바 '논바이너리nonbinary' 페미니스트들이 과거로 넘어가 미래의 여성 인권을 지키고자 벌이는 싸움을 그린 이 소설에는 살인과 아비규환뿐 아니라 미국 서부 해안 펑크록마저 덤으로 담겨 있다. 찰리 제인 앤더스의 『밤 한가운데의 도시A City in the Middle of the Night』(토르북스 펴냄) 또한 내가 보기에는 작가의 두 번째 장편소설로서 손색없는 모습을 보여줬는데, 그야말로 눈을 떼기 힘든 이 소설은 기이하고 살기 힘든 행성을 배경으로 외계인과 저항 세력, 밀수업자들의 이야기를 담고 있다. 세라 핀스커의 첫 장편소설 『새날을 위한 노래A Song for a New Day』(버클리 펴냄)은 사회 변화가 라이브 공연에 미칠지도 모르는 영향을 도발적이면서도 매우 흥미롭게 그렸으며, 대단한 예지력까지 담고 있다.

2019년에는 훌륭한 연작소설도 몇 편 출간됐는데, 그중 백미는 테이드 톰슨의 〈웜우드〉 가운데 2부와 3부인 『로즈워터 내란The Rosewater Insurrection』과 『로즈워터 해방Rosewater Redemption』(오빗 펴냄)일 테지만, 이언 맥도널드의 『루나: 떠오르는 달Luna: Moon Rising』(골란츠 펴냄)과 알라스테어 레이놀즈의 『그림자 함장Shadow Captain』(골란츠 펴냄), C. J. 체리와 제인 팬처의 『동맹의 봉기Alliance Rising』(DAW북스 펴냄), 그리고 S. A. 코리의 〈익스팬스〉 시리즈 마지막 권인 『티아마트의 분노Tiamat's Wrath』(오빗 펴냄)도 무척 즐겁게 읽었다. 2019년에는 뛰어난 번역 장편 SF도 몇 편 발간됐다. 그중 최고이자 솔직히 2019년 최고의 장편 SF 3, 4위 안에 들어갈 만한 작품은 오가와 요코의 『은밀한 결정密やかな結晶』(판테온 펴냄)으로, 망설이지 않고 추천하는 책이다. 휴고상 수상자인 류츠신의 『초신성시대超新星纪远』(토르북스 펴냄)와 천추판의 첫 장편소설 『쓰레기 조류荒潮』(토르북스 펴냄)도 훌륭했다.

그 밖에 2019년에 크게 주목받은 장편 SF는 다음과 같다. 나오미 크리처의 『고양이 게시판에서 집사 행세하기Catfishing on Catnet』(토르틴 펴냄), 지넷 윈터슨의 『프랑키스슈타인Frankissstein』(조너선케이프 펴냄), 벤 윈터스의 『골든 스테이트Golden State』(멀홀랜드북스 펴냄), 그렉 이건의 『태양과 만나는 여름Perihelion Summer』(토르닷컴 펴냄), 크리스토퍼 브라운의 『선점의 원칙Rule of Capture』(하퍼보이저 펴냄), 팀 프랫의 『금지된 별들The Forbidden Stars』(앵그리로봇 펴냄), 마거릿 애트우드의 『증언들』(한국어판 황금가지 펴냄), 토치 온예부치의 『투쟁하는 소녀들War Girls』(레이저빌 펴냄), 에마 뉴먼의 『외로운 아틀라스Atlas Alone』(에이스북스 펴냄), 샘 J. 밀러의 『괴물들에게 전멸을Destroy All Monsters』(하퍼틴 펴냄), C. A. 플레처의 『세상 끝의 소년과 그의 개A Boy and His Dog at the End of the World』(오빗 펴냄), 개럿 L. 파월의 『단검 함대Fleet of Knives』(타이탄북스 펴냄), 데이브 허친슨의 『돌아온 기상천외한 폭발남The Return of the Incredible Exploding Man』(솔라리스북스 펴냄), 린다 나가타의 『변방들Edges: Inverted Frontier Book 1』(미틱아일랜드 펴냄), 데릭 퀸스켄의 『양자 정원The Quantum Garden』(솔라리스 펴냄), 벤 스미스의 『도거랜드doggerland』(포스이스테이트북스 펴냄), 수전 파머의 『파인더Finder』(DAW북스 펴냄), K. 체스의 『실존한 적 없는 유명인들Famous Men Who Never Lived』(틴하우스북스 펴냄), 테미 오의 『그대, 테라2의 꿈을 꾸는가?Do You Dream of Terra-Two?』(사가프레스 펴냄), 수이 데이비스 오쿵보와의 『데이비드 모고, 신 사냥꾼David Mogo, Godhunter』(애버든북스 펴냄).

해마다 발행되는 단편소설이 너무나 많다 보니 단편소설집이 흉년인 해는 상상하기가 힘든데, 2019년 역시 마찬가지였다. 흉년은커녕 우리는 기후위기부터 사회적 포용성, 번역 출판, 아프로퓨처리즘까지, SF계 전반에 영향을 미치는 여러 주제와 유행이 축소판으로 한가득 들어 있는 한 해를 목도했다. 그 이야기를 하기 전에 먼저 면책조항 삼아 밝혀두자면 『미션 크리티컬Mission Critical』과 『올해의 SF 판타

지 걸작선: 제13호The Best Science Fiction & Fantasy of the Year: Volume Thirteen』는 내가 편집한 단편소설집인데 두 책 다 2019년에 발간됐다. 추천 도서라는 점만 밝히고 다음으로 넘어가고자 한다.

오가와 요코, 류츠신, 천추판, 다나카 요시키, 바오수 같은 작가들의 주요 장편소설이 번역되고 《클라크스월드》와 《에이펙스》, 《더 다크》를 비롯한 여러 잡지가 번역 단편소설을 게재하면서 2019년은 번역 SF의 해가 됐는데, 이 점은 한 해 동안 발간된 번역 SF 단편집의 수를 보면 알 수 있다. 그중 가장 주목받은 책이자 2019년 최고의 단편소설집을 꼽자면 아마도 켄 리우가 엮은 두 번째 중국 SF 단편집인 『부서진 별들Broken Stars』(토르북스 펴냄)일 텐데, 여기에는 한쑹과 샤자, 바오수, 류츠신 같은 작가들의 수작이 실려 있다. 2016년에 나온 『보이지 않는 별들Invisible Stars』과 짝을 이루는 이 단편소설집은 필독서이다. 아셰트 출판 그룹의 인도 법인 아셰트인디아는 2019년에 SF 단편집 두 종, 즉 타룬 K. 세인트가 엮은 『골란츠 남아시아 SF 단편선The Gollancz Book of South Asian SF』과 수카니아 벤카트라가반의 『마성의 여성들Magical Women』을 펴냈다. 둘 다 멋진 책이다. 세인트의 선집에는 2019년의 최고작 반열에 드는 반다나 싱의 단편소설 「재회Reunion」를 비롯해 S. B. 디브야, 기티 찬드라, 수미타 샤르마 같은 작가들의 힘 있는 작품들이 실렸다. 다행히 이 책은 영국과 북아메리카 독자들도 서점에서 구할 수 있다. 한편 『마성의 여성들』은 지금 인도 여성 작가들이 어떤 장르소설을 쓰는지 보여주는 매우 중요한 책으로, 시베타 타크라르, 니키다 데시판데, 아스마 카지 같은 작가의 흥미로운 작품들을 아우른다. 한국 SF가 영어로 번역돼 바야흐로 미국 독자들 앞에 등장하기 시작한 데는 박선영과 고드 셀라, 그리고 《클라크스월드》 편집진의 공이 크다. 박선영과 박상준이 함께 엮은 중요한 선집 『레디메이드 보살Readymade Bodhisattva』(카야프레스 펴냄)에는 김창규와 박민규, 정소연을 비롯한 여러 작가의 멋진 작품이 실려 있다. 그리고 마지막으로, 영국의 코마프레스 출판사가 펴내고 바스마 갈라이니가 엮은 『팔레스타인+100: 추방의 날로부터 100년 동안의 이야기들Palestine+100: Stories from a Century After the Nakba』은 2019년 내가 가장 즐겁게 읽은 선집에 속한다. 영국이 팔레스타인을 점령하고 나서 100년 동안 벌어진 사건들을 진지하게 상상한 단편 SF를 풍성하고 다양하게 모은 이 선집은 하나의 계시 같은 책으로서, 살림 하다드, 안와르 아흐메드, 마젠 마루프 등을 비롯한 여러 작가의 작품들을 담고 있다. 내가 강력히 추천하는 책이다.

2019년에는 처음 공개하는 작품들을 모은 강렬한 SF 단편집도 몇 종 출간됐는데, 그중 최고작은 빅터 라발과 존 조지프 애덤스가 함께 엮은 『미국 민중 미래사A People's Future of the United States』(원월드 펴냄)이며, 여기에는 찰리 제인 앤더스, 앨리스 솔라 김, 샘 J. 밀러를 비롯한 여러 작가가 최고 수준의 작품을 실었다. 이 책과 비슷한 맥락에서 엮은 캣 람보의 『이대로 가다가는: 오늘날 정치의 SF적 미래If This Goes On: The Science Fiction Future of Today's Politics』(파버스프레스 펴냄)와 제이슨 시즈모어의 『순순히 넘어가지 맙시다Do Not Go Quietly』(에이펙스 펴냄) 또한 추천할 만한 뜻깊은 책이다. 라발과 애덤스의 선집 다음으로 가장 인상적인 영어권 SF 단편선은 도미닉 패리시언과 나바 울프가 세 번째로 힘을 합쳐 엮은 『신화적 몽상The Mythic Dream』일 텐데, 여기에는 인드라프라밋 다스, 카르멘 마리아 마차도, 셰넌 맥과이어 등의 작품이 실렸다. 니시 숄이 엮은 『새로운 태양들: 유색 인종 작가들의 미공개 사변소설 단편선New Suns: Original Speculative Fiction by People of Color』(솔라리스 펴냄), 마베시 무라드재러드 슈린의 『추방자들의 시간The Outcast Hours』(솔라리스 펴냄), 브라이언 토머스 슈미트의 『무한한 별들: 암흑의 최전선Infinite Stars: Dark Frontiers』(타이탄북스 펴냄)도 인상적이었다.

근래 들어 기술 기업과 과학 잡지와 연구 단체 등이 이런저런 소설 프로젝트를 진행했는데 개중에는 밋밋하고 지루한 것도 있지만, 참으로 훌륭한 것도 있다. 그중 2019년 최고의 프로젝트이자 모든 장르를 통틀어 최고 수준의 선집은 앤 밴더미어가 엮은 『미래 조류: 해양 SF 단편집Current Futures: A Sci-Fi Ocean Anthology』(엑스프라이즈 펴냄)으로, 기후 위기와 세계의 여러 대양에 관한 신감각 SF를 담은 이 책에는 오늘날 활약하는 최고 수준의 여성 작가들, 즉 반다나 싱, 네일로 홉킨슨, 엘리자베스 베어, 데버러 비안코티 등이 참여했다. 이 프로젝트는 기이하게도 인터넷 검색 엔진에는 포착되지 않고 웹사이트에서만 읽을 수 있는데(홈페이지 주소: https://go.xprize.org/oceanstories) 내가 강력히 추천하는 작품들이다. 그 밖에 이 분류에 속하는 2019년 주요 프로젝트는 켄 리우, 천추판, 엘리자베스 베어 등이 참여한 《슬레이트Slate》의 〈미래시제Future Tense〉 시리즈와 코리 닥터로, 테드 창, 브루크 볼랜더, 프랜 와일드 등이 짧은 글로 참여한 《뉴욕 타임스》의 〈미래에서 쓴 기명 칼럼Op-Ed From the Future〉 시리즈이다. '미래시제' 프로젝트 첫해의 작품들을 커스틴 버그가 엮은 선집 『미래 시제 소설: 내일의 이야기들Future Tense Fiction: Stories of Tomorrow』(디언네임드프레스 펴냄)도 2019년에 출간됐다.

SF계는 지금 이 책과 같은 연간 걸작 단편 선집을 좋아하는데, 2019년에는 앞서 언급한 내가 엮은 선집뿐 아니라 가드너 도즈와의 마지막 선집 『걸작 중의 걸작: 35년간의 SF 걸작선The Very Best of the Best: 35 Years of the Year's Best Science Fiction』(세인트마틴스그리핀 펴냄)과 닐 클라크의 『올해의 SF 걸작선 제4호The Best Science Fiction of the Year: Volume Four』(나이트셰이드 펴냄), 리치 호튼의 『올해의 SF 판타지 걸작선 2019The Year's Best Science Fiction&Fantasy 2019』(프라임북스 펴냄), 카르멘 마리아 마차도와 존 조지프 애덤스의 『미국 SF 판타지 걸작선 2019The Best American Science Fiction and Fantasy 2019』(마리너북스 펴냄), 보기 토카치의 『초월 4: 올해의 트랜스젠더 사변소설 걸작선Transcendent 4: The year's Best Transgender Speculative Fiction』(레테프레스 펴냄)도 출간됐으며 모두 찾아 읽을 가치가 있다. 닐 클라크의 『독수리 내려앉다: 달 탐사 SF 50년The Eagle Has Landed: 50 Years of Lunar Science Fiction』(나이트셰이드 펴냄), 하누 라자네미와 제이컵 와이즈먼의 『SF의 새 목소리들The New Voices of Science Fiction』(타키온 펴냄)도 흥미로운 책이다.

끝으로 비록 이 글은 판타지나 호러를 다루는 자리가 아니지만, 2019년 최고의 판타지 및 호러 선집은 앨런 대틀로가 엮은 두툼한 책 『메아리들: 사가 유령 이야기 선집Echoes: The Saga Anthology of Ghost Stories』(사가프레스 펴냄)이며, 여기에는 이 장르의 최고 작가들이 쓴 으스스한 단편소설이 인상적으로 어우러져 있다는 점을 밝혀둔다. 앤 밴더미어와 제프 밴더미어가 엮은 『고전 판타지 대전The Big Book of Classic Fantasy』(빈티지북스 펴냄)은 그보다 더 두툼한데, 그 본질은 대학교 전공 과정 몇 년 치를 책 한 권에 욱여넣은 것이다. 이 또한 강력히 추천하는 책이므로 찾아 읽어보시길.

결국 2019년은 보기에 따라 단편소설의 풍년일 수도 있고 흉년일 수도 있지만, 어쨌거나 전성기를 맞은 주요 작가의 묵직한 단편소설집이 적어도 네 종은 출간된 해였다. 그중 가장 기대를 모은 책은 단연 테드 창의 『숨』(한국어판 엘리 펴냄)이었다. 테드 창이 30년에 이르는 작가 경력에서 2002년 『당신 인생의 이야기』에 이어 고작 두 번째로 펴낸 단편소설집인 『숨』은 창이 첫 번째 단편소설집 이후에 발표한 중요한 작품이 모두 실렸는데, 여기에는 표제작 및 「상인과 연금술사의 문」 같은 익숙한 수작秀作과 함께 「불안은 자유의 현기증」과 「옴팔로스」 같은 중요한 미발표 신작도 함께 실렸다. 이따금 아찔할 정도로 탁월한 동시에 사색을 불러일으키는 이 책은 장르를 막론하고 단편소설 애독자라면 반드시 읽어야 한다. 『숨』과 판이하게 다르면서도 걸출한 지성으로 치면 그리 멀지 않은 사촌에 해당하는 『그렉 이건 걸작선The Best of Greg Egan』(서브터레이니언프레스 펴냄)은 단출한 제목 아래 거의 30년 세월 동안 발행된 단편소설 스무 편을 담고 있으며, 여기에는 「내가 되는 연습Learning to Be Me」과 「내가 행복한 이유Reasons to Be Cheerful」, 휴고상 수상작인 「기원의 바다Oceanic」 같은 작품들이 포함된다. 이건의 단편소설들은 SF 역사상 전례를 찾아보기 힘든 수준으로 1990년대를 풍미했으니, 그 시대를 망라한 기록인 이 책을 놓칠 수는 없는 노릇이다. 딱 잘라 SF라고 하기는 힘든 『결정판 케이틀린 R. 키어넌 걸작선The Very Best of Caitlín R. Kiernan』(타키온 펴냄)은 14년이 넘는 시간 동안 발표한 단편소설 스무 편을 모은 책으로, 그 시간 동안 키어넌은 SF 작가나 판타지 작가가 아니라 그저 순수하게 작가로서 때가 되면 어떤 장르에서나 기가 막힌 실력을 발휘한다는 사실을 스스로 입증했다. 이 책에는 그때의 결실이 여럿 담겨 있다. 그중 백미는 「기조력Tidal Forces」과 「인터스테이트 러브 송(살인 발라드 제8번)Interstate Love Song(Murder Ballad No. 8)」, 「아흔 마리 고양이의 기도The Prayer of Ninety Cats」이다. 그리고 이 자리에는 전혀 어울리지 않는 책이 한 권 있다. 공정을 기하자면 이쪽에 속한다고 해야겠지만, 그래도 어울리지는 않는다. 위대한 이야기꾼인 고故 R. A. 래퍼티는 1959년부터 2002년에 이르는 긴 세월 동안 SF와 그 비슷한 길고 짧은 이야기 및 판타지를 썼다. 『R. A. 래퍼티 걸작선The Best of R. A. Lafferty』(골란츠 펴냄)은 내가 엮었다고 한 번 더 밝혀야 할 책이기는 하지만, 〈골란츠 거장Gollancz Masterworks〉 시리즈에 걸맞은 한 권으로서 래퍼티의 최고작들을 개별 서문과 함께 마흔 편 남짓 수록한 책이다.

앞서 소개한 책 네 종이 두드러지기는 하지만, 당연히 거기서 끝날 리는 없다. 소피아 레이의 『만물은 문자로 이뤄졌다Everything is Made of Letters』(애쿼덕트 펴냄)는 황홀한 책이다. 에스파냐어에서 영어로 번역된 이 책은 기가 막힌 SF 단편 다섯 편을 품고 있으며, 그중 단연 사랑스러운 「문에 얽힌 비밀 이야기」는 지금 여러분이 읽는 이 책에 다시 실렸다. 레이의 책과 분위기가 비슷한 책이 바로 SF 작가이자 시인인 말카 올더가 발표한 첫 단편소설집 『…그리고 그 밖의 재난들…And Other Disasters』(메이슨자 펴냄)로, 유쾌하고 암시적이고 매혹적인 책이다. 이들보다 SF 분위기가 더 확연히 느껴질 법한 알리에트 드 보다르의 첫 단편소설집 『전쟁, 기억, 별빛에 관해Of Wars, and Memories, and Starlight』(서브터레이니언 펴냄)는 드 보다르의 수야 우주Xuya universe 단편들에 더해 중요한 신작 중편 「생일, 곰팡이, 상냥함에 관해Of Birthdays, and Fungus, and Kindness」를 함께 실었는데, 이 중편은 지면만 넉넉했더라면 이 책에도 함께 싣고 싶었다. 이윤하의 〈제국의 기계Machineries of Empire〉 삼부작은 2010년대의 훌륭한 SF를 꼽을 때 빠질 수 없는 연작 장편소설이다. 시리즈 전체뿐 아니라 각 권이 휴고상 후보에 올랐으며, 그중 『나인폭스 갬빗』(한국어판 허블 펴냄)은 네뷸러상 후보에도 올랐다. 2019년에는 이 연작 세계관의 단편을 모두 모은 『육두정부 이야기Hexarchate Stories』(솔라리스 펴냄)가 출간됐는데, 여기에 신작 중편 「유리 대포Glass Cannon」도 함께 실렸다. 2019년에 각광받은 또 하나의 SF 단편집은 코리 닥터로의 불온하고 혁명적인 책 『급진화Radicalized』(토르북스 펴냄)로, 수록된 신작 중편 네 편 모두 빠뜨릴 수 없는 작품이다.

끝도 없이 길어질 우수 단편소설집 목록을 되도록 짧게 줄이고자 참고 도서는 아래에 소개하는 책으로 갈음한다. S. B. 디브야의 『종말에 대비한 비상 계획Contingency Plans for the Apocalypse』(아셰트인디아 펴냄), 존 크롤리의 『그러므로 이렇게 갈지어다And Go Like This』(스몰비어프레스 펴냄), 세라 핀스커의 『조만간 모두 다 바닷속으로 가라앉는다Sooner or Later Everything Falls into the Sea』(스몰비어 펴냄), 테오도라 고스의 『백설공주 요술을 배우다Snow White Learns Witchcraft』(미틱딜리리엄 펴냄), 크리스토퍼 프리스트의 『일화들Episodes』(골란츠 펴냄), 니노 치프리의 『향수

병Homesick』(쟁크북스 펴냄), 셰넌 맥과이어의 『대학 폭소 사건Laughter at the Academy』(서브터레이니언 펴냄), 은네디 오코라포르의 『빈티: 전 단편 소설집Binti: The Complete Collection』(DAW북스 펴냄), 폴 파크의 『말로 이뤄진 도시A City Made of Words』(PM프레스 펴냄), 줄리아 암필드의 『소금처럼 느리게salt slow』(플래티런북스 펴냄), 아스자 바키치의 『화성Mars』(더페미니스트프레스 펴냄), 마이클 비숍의 『도시와 새끼 백조들The City and the Cygnets』(페어우드프레스/쿠즈두프로덕션 펴냄), J. S. 브루켈라의 『충돌Collision』(미어캣프레스 펴냄), 몰리 글로스의 『예측하지 못한Unforeseen』(사가프레스 펴냄), 캐머런 헐리의 『미래에서 만납시다Meet Me in the Future』(타키온 펴냄), 귀네스 존스의 『큰 고양잇과 짐승Big Cat and Other Stories』(뉴컨프레스 펴냄), 수전 팔윅의 『모든 세계가 진짜다All Worlds Are Real』(페어우드 프레스 펴냄), 팀 프랫의 『기적과 경이Miracles&Marvels: Stories』(메리블랙스미스 펴냄), 닉 우드의 『영리한 원숭이와 악어Learning Monkey and Crocodile』(루나프레스 펴냄).

오래된 독자라면 누구나 알다시피 SF 출판사들은 수십 년 전부터 이른바 '경장편소설*을 단권으로 펴냈다. 오래전 에이스북스 출판사가 두 책이 하나로 붙은 판형으로 펴냈던 『에이스 더블』 시리즈를 경장편으로 분류할지 말지는 차치하더라도, 1980년대에 이미 이 얇은 책들은 꽤 흔히 눈에 띄었다. 그러나 그 사실뿐 아니라 경장편이야말로 SF의 이상적인 분량이라는 일부 독자의 견해까지 인정한다 하더

* 경장편소설로 옮긴 'novella'는 영어로 15,000단어에서 40,000단어 분량의 글을 가리키는데, 200자 원고지로는 약 300매에서 700매에 해당한다.

라도, 최근 너덧 해 사이에 경장편소설이 전례 없이 주목받았다는 점은 부인하기 힘들다.

토르닷컴 퍼블리싱은 2014년 토르북스가 경장편 및 단편 소설을 출판하려고 만든 곳으로 은네디 오코라포르의 〈빈티〉 시리즈와 마사 웰스의 〈머더봇 다이어리〉 연작(한국어판 알마 펴냄), 셰넌 맥과이어의 〈웨이워드 칠드런〉 시리즈 등을 펴내면서 단숨에 SF계의 탁월한 경장편 전문 출판사로 자리 잡았다. 2019년 토르닷컴은 한 해를 통틀어 최고 수준의 경장편소설들을 간행했는데 그 작품들이 이 책에 실리지 않은 까닭은 순전히 지면이 부족해서이다. P. 젤리 클라크의 멋진 책 『유령 나오는 015번 전차The Haunting of Tram Car 015』와 사드 Z. 호세인의 주목할 만한 책 『구르카족과 화요일의 군주The Gurkha and the Lord of Tuesday』는 지면에 제한만 없었다면 이 책에 실었을 작품이며, C. S. E. 쿠니의 『데스데모나와 심연Desdemona and the Deep』, 마이클 블룸레인의 『더 길게Longer』, 프리야 사르마의 『오름섀도Ormeshadow』, 캐서린 더킷의 『밀라노의 미란다Miranda in Milan』, 이언 맥도널드의 『먼 저편에서 온 위협The Menace from Farside』, 알라스테어 레이놀즈의 『영구동토층Permafrost』 또한 기꺼이 추천하는 책들이다. 토르닷컴은 그렉 이건의 탁월한 기후위기 SF 『태양과 만나는 여름』도 펴냈는데, 내 느낌으로는 이건이 쓴 책들 가운데 가장 진입장벽이 낮은 책 같다. 기왕 단권으로 출판된 경장편소설 이야기를 시작했으니 아말 엘모흐타르와 맥스 글래드스턴이 함께 쓴 『당신은 이렇게 시간 전쟁에서 패배한다』를 한 번 더 언급하지 않을 수 없다. 이 책은 2020년에 주요 SF 문학상을 모조리 휩쓸 것이다. 힙합 그룹인 클리핑의 노래를 바탕으로 리버스

솔로몬이 쓴 강렬한 책 『심연The Deep』과 K. J. 파커의 걸출한 책 『멋진 내 인생My Beautiful Life』(서브터레이니언프레스 펴냄) 또한 내게 묵직한 한 방을 날렸다. 영국의 독립 출판사 뉴컨프레스는 훌륭한 경장편소설을 연이어 펴내는 곳으로, 2019년에는 애덤 로버츠의 『클링이 되려 한 남자The Man Who Would Be Kling』와 데이브 허친슨의 『유목민들Nomads』을 선보였다.

나는 SF 관련 논픽션은 많이 읽는 편이 아니지만, 그럼에도 눈길을 끈 책 네 권이 있어서 소개하려 한다. 이제는 로버트 A. 하인라인이라면 언급하기도 적잖이 피곤한 지경이다 보니 더 할 얘기가 없을 거라 생각했는데, 파라 멘델슨의 훌륭한 저서 『로버트 A. 하인라인이라는 즐거운 일The Pleasant Profession of Robert A. Heinlein』(언바운드 펴냄)은 이 위대한 SF 작가에 관한 새로운 얘깃거리가 가득해서 눈을 떼기가 힘들었다. 귀네스 존스의 도발적이고 매력적인 저서 『조애나 러스Joanna Russ』(일리노이주립대학교출판부 펴냄)는 극히 중요한 작가인 러스의 삶을 개관하는 드문 책 가운데 하나로서 책꽂이에 모셔둘 가치가 충분하다. 이 책은 러스의 저작들을 더 많이 재간해야 한다는 시급한 요청이기도 하다. 『조애나 러스』와 맨델슨의 책은 내가 꼽는 휴고상 1순위 후보작이지만, 존 크롤리의 『거꾸로 읽기: 에세이와 서평 2005~2018Reading Backwards: Essays and Reviews, 2005-2018』(서브터레이니언 펴냄)과 피터 와츠의 환상적이고 논쟁적인 『피터 와츠는 성난 지적 종양 덩어리: 보복 판타지와 에세이Peter Watts Is An Angry Sentient Tumor: Revenge Fantasies and Essays』(타키온 펴냄) 역시 훌륭한 책이다.

2019년 8월 15일부터 19일까지 아일랜드의 더블린에서 열린 제77회 월드콘(일명 더블린콘 2019)에는 최근 몇 해와 비교하면 조금 적은 수인 4,190명이 모였다. 이 대회에서 발표된 2019년도 휴고상의 수상작 및 작가 명단은 다음과 같다. 최우수 장편소설상에 메리 로비넷 코월의 『계산하는 별들The Calculating Stars』. 최우수 경장편소설상, 마사 웰스의 『인공 조건Artificial Condition』. 최우수 중편상, 젠 조의 『처음에 실패하면 다시, 또다시 할 것If at First You Don't Succeed, Try, Try Again』. 최우수 단편소설상, 앨릭스 E. 해로의 『마녀를 위한 탈출법: 포털 판타지 실용 대계A Witch's Guide to Escape: A Practical Compendium of Portal Fantasies』. 최우수 청소년 도서상, 토미 아데예미의 『피와 뼈의 아이들』(한국어판 다섯수레 펴냄). 최우수 연관 작업상, 인터넷 팬픽션 집적소 '아카이브 오브 아워 오운Archive of Our Own'. 최우수 화집상, 어슐러 K. 르귄과 찰스 베스(그림)의 『어스시 전집: 일러스트레이션판The Books of Earthsea: The Complete Illustrated Edition』. 최우수 만화상, 마저리 리우(글)와 사나 타케다의 〈몬스트레스 제3권: 피난처Monstress Volume 3: Haven〉. 최우수 장편영화상, 〈스파이더맨: 뉴 유니버스〉. 최우수 단편영화상, 드라마 〈굿 플레이스〉 3시즌 9화 「4명의 재닛」. 최우수 편집상 단편 부문, 가드너 도즈와. 최우수 편집상 장편 부문, 나바 울프. 최우수 전문 미술가상, 찰스 베스. 최우수 준상업지상, 《언캐니 매거진》. 최우수 팬 잡지상, 《레이디 비즈니스Lady Business》. 최우수 팬 작가상, 포즈 메도스. 최우수 팬 미술가상, 리케인(미아 세레노). 최우수 팬 방송상, 애널리 뉴이츠와 찰리 제인 앤더스의 〈우리가 제대로 봤다니까요Our Opinions Are Correct〉. 최우수 시리즈상, 베키 체임버스의 〈여행자들Wayfarers〉 시리즈.

2019년도 네뷸러상은 그해 5월 18일 미국 캘리포니아주 우드랜드 힐스에서 발표됐으며 수상작 및 작가 명단은 다음과 같다. 최우수 장편소설상에 메리 로비넷 코월의 『계산하는 별들』. 최우수 경장편소설상, 알리엣 드 보다르의 『다도 명인과 탐정The Tea Master and the Detective』. 최우수 중편상, 브룩 볼랜더의 『하나뿐인 무해하고 훌륭한 것The Only Harmless Great Thing』. 최우수 단편소설상, P. 젤리 클라크의 「조지 워싱턴의 틀니에 박힌 흑인 노예 치아 아홉 개의 감춰진 삶The Secret Lives of the Nine Negro Teeth of George Washington」. 최우수 게임 평론상, 찰리 브루커의 「블랙 미러: 밴더스내치Black Mirror: Bandersnatch」. 안드레 노튼 기념상, 『피와 뼈의 아이들』의 토미 아데예미. 레이 브래드버리 기념상, 〈스파이더맨: 뉴 유니버스〉의 극본을 쓴 필 로드와 로드니 로스먼. SFWA 데이먼 나이트 기념 그랜드 마스터상에 윌리엄 깁슨.

2019년도 세계환상문학상은 같은 해 10월 31일부터 11월 3일까지 로스앤젤레스에서 열린 제45회 세계 판타지 대회에서 발표됐으며 수상작 및 작가 명단은 다음과 같다. 최우수 장편소설상에 C. L. 포크의 『마녀 표식Witchmark』. 최우수 경장편소설상, 키지 존슨의 『해피엔드라는 특권The Privilege of the Happy Ending』. 최우수 단편소설상, 멜 카셀의 「쪽빛 뱀과 맺은 계약 열 건Ten Deals with the Indigo Snake」과 에마 퇴르스의 「강이 하늘을 사랑하듯이Like a River Loves the Sky」. 최우수 선집상, 아이린 갈로가 엮은 『지나가면서 본 세상들Worlds Seen in Passing』. 최우수 단편소설집상, 파올로 바치갈루피와 토비아스 S. 버켈의 『뒤죽박죽인 땅The Tangled Lands』. 최우수 미술상, 로비나 차이. 상업 작가 부문 특별상, 『작가의 지도: 상상 세계 전도The Writer's Map: An Atlas of Imaginary Lands』의 휴루이스존스. 비상업 작가 부문 특별상, 《비니스 시즐리스 스카이스》의 스콧 H. 앤드루스. 평생공로상, 잭 자이프스와 미야자키 하야오.

2019년 캠벨 기념상, 『블랙피시 시티Blackfish City』의 샘 J. 밀러. 시어도어 스터전 기념상, 『로봇과 조종사가 이스트 세인트루이스를 구한 날When Robot and Crew Saved East St. Louis』의 애널리 뉴이츠. 아서 C. 클라크상, 『로즈워터』의 테이드 톰슨. 위에서 언급한 상을 비롯한 여러 상에 관한 정보는 'SF상 데이터베이스(www.sfadb.com)'를 참조하기 바란다.

안타깝게도 해마다 너무나 많은 창작자가 우리 곁을 떠난다. 2019년 별세한 이들은 다음과 같다. SFWA 그랜드 마스터이자 세계환상문학상 평생공로상 수상자이며 SF 명예의 전당에 이름이 오른 **진 울프**. 울프의 연작 장편 『새로운 태양의 서The Book of the New Sun』는 사이언스 판타지 장르의 신기원을 이룬 작품으로, 13권 분량으로 확장되면서 세계환상문학상 4회 수상, 네뷸러상 2회 수상, 휴고상 후보 9회 선정이라는 기록을 남겼다. 세계환상문학상 평생공로상 수상자이자 『카르멘 도그Carmen Dog』, 『미스터 부츠Mister Boots』, 『비밀 도시The Secret City』, 필립 K. 딕상 수상작 『탈것 인간The Mount』과 세계환상문학상 수상작 『세계 종말의 시작The Start of the End of It All and Other Stories』 등을 쓴 **캐럴 엠슈윌러**. 엠슈윌러는 네뷸러상 후보에 4회 올라 최우수 단편소설상을 2회 수상했다. 출판인 **베티 밸런타인**. 밸런타인은 남편인 고故 이언 밸런타인과 함께 밴텀북스와 밸런타인북스를 설립하고 펭귄북스의 미국 법인을 세워 염가판 페이퍼백 도서를 미국 시장에 도입하는 데 일조했다. 「안개와 풀과 모래의Of Mist, and Grass, and Sand」와 『꿈

뱀Dreamsnake』, 『달과 해The Moon and the Sun』로 네뷸러상을 수상한 **본다 N. 매킨타이어**. 매킨타이어는 클라리온 웨스트 작가 양성 과정을 만드는 데 참여했으며, 2010년에 SFWA 선정 케빈 오도넬 기념 공로상을 수상했다. 『새들의 다리Bridge of Birds』로 세계환상문학상을 수상하고 후속작인 『돌 이야기The Story of the Stone』와 『팔선전Eight Skilled Gentlemen』으로 잘 알려진 **배리 허가트**. 레인보우리지북스와 한정판 도서를 전문으로 펴내는 도닝컴퍼니 출판사를 설립한 출판인 **로버트 S. 프리드먼**. 판타지 중편소설 연작인 〈배의 왕Ship Kings〉 시리즈를 비롯해 호평받은 장편소설을 여럿 쓴 오스트레일리아 작가 **앤드루 맥가한**. 캠벨 기념상 최종 후보에 2회 선정되고 단편소설 「드럼 스틱은 사랑을 싣고Love on a Stick」로 갤럭틱 스펙트럼상 후보에 오른 작가 **캐리 리처슨**. 프랑스의 알자스 출신 작가이자 화가로 1998년 한스 크리스티안 안데르센상의 어린이 그림책 공로상을 수상한 **토미 웅게러**. 군사 및 미스터리 소설 작가로서 필명인 W. E. B. **그리핀**으로 더 잘 알려진 작가 W. E. **버터워스**. 파시즘을 다룬 장편 SF 『영도자The Leader』를 쓴 작가 **길리언 프리먼**. 성공한 정신과 의사이자 미스터리 및 SF 소설 작가로서 때로는 남편 아이작 아시모프와 공동 창작을 한 **재닛 아시모프**. 『공포의 물결A Tide of Terror』을 필두로 단편소설을 재록한 선집을 발간하며 주로 1970년대에 활약했으나 지난 세기 끝 무렵까지 현역으로 활동한 편집자 **휴 램**. 『검은 공포의 책Black Books of Horror』을 11회 편집하고 그중 두 권으로 영국환상문학상 후보에 오른 편집자 **찰스 블랙**. 호러 및 러브크래프트 세계관 소설을 쓴 작가 W. H. **퍼그마이어**. 크리스 번치와 함께 〈스텐 연대기The Sten Chronicles〉 시리즈를 쓴 작가 **앨런 콜**. 러시아의 외국 문학 잡지《포린 리터러처Foreign Literature》의 편집자로서 스타니슬라브 렘을 비롯한 폴란드 작가와 영어권 작가들의 책을 러시아어로 옮기기도 한 **타마라 카자프친스카야**. SF 소설『달 무지개Лунная радуга』를 쓰고 룬나야 라두가상을 제정한 작가 **세르게이 파블로프**. 『내가 죽은 날The Day I Died』과 『타액Saliva』, 『다섯째 기수The Fifth Horseman』 같은 소설을 비롯해 〈검은 산호초의 괴물Creature from the Black Lagoon〉과 〈런던의 늑대 인간The Werewolf of London〉 같은 영화의 소설화 작업을 맡은 작가 **월터 해리스**. 인도 벵골 지방 출신으로 인도 최초의 SF 잡지《아스차리아Ascharya》와 나중에 창간한《판타스틱Fantastic》의 편집인을 맡으며 벵골어 SF에 공헌, 수딘드라나스 라하상을 수상한 편집자 **아드리시 바르드한**. 브램 스토커상 평생공로상 수상자이자 『안개The Fog』와 『캘리포니아 고딕California Gothic』, 『다크사이드Darkside』 등의 소설로 세계환상문학상과 영국환상문학상을 여러 차례 수상한 **데니스 에치슨**. 폴란드의 작가 겸 편집자로《노바 판타스티카Nowa Fantastyka》의 편집자이자《차스 판타스티키Czas Fantastyki》의 편집인이었던 **마치에이 파로프스키**. 불가리아의 SF 전문 임프린트 갤럭시를 설립해 아시모프, 브래드버리, 스투르가츠키 형제, 어슐러 르귄 같은 작가들의 책을 번역 출간한 **밀란 아사두로프**. 『밤과 나란히Alongside Night』와 『무지개 카덴차The Rainbow Cadenza』로 프로메테우스상을 2회 수상하고, TV 드라마 〈환상특급The Twilight Zone〉의 「은화에 새겨진 옆얼굴Profile in Silver」 편의 극본을 쓴 작가 **J. 닐 슐먼**.《알테어 매거진Altair Magazine》의 편집인 겸 발행인이자 여러 선집을 편집하고 단편소설「라스트레인지에 내리는 비Rains of la Strange」로 2011년 오레알리스상을 수상한 **로버트 N. 스티븐슨**. 프로메테우스상을 2회 수상하고 『얼음 달Moon of Ice』, 『아나키아Anarchia』 같은 소설과 드라마 극본도 몇 편 쓴 작가 **브래드 리나위버**. 1979년에 첫 소설을 발표하고 〈스카이 라이더Sky Rider〉 시리즈를 비롯한 장편소설을 여러 권 쓴 **멜리사 C. 마이클스**. 1949년에 첫 작품을 발표하고 1972년 「실종된 남자The Missing Man」로 네뷸러상을 수상, 2003년 SFWA 명예 작가로 선정된 바 있는 **캐서린 매클린**. 드라마 〈닥터 후〉 시리즈의 극본을 여러 편 쓰고 1968년부터 1974년까지 해당 시리즈의 극본 편집자로 일했으며 〈어벤저스The Avengers〉, 〈월면기지 3호Moonbase 3〉, 〈우주 대모험 1999Space: 1999〉 같은 드라마에 참여한 **테런스 딕스**. 영웅 판타지에 관한 연구서 『돌아온 영웅들Return of Heroes』을 쓰고 『톨킨 백과사전J. R. R. Tolkien Encyclopedia』 집필에 참여했으며 래리 니븐의 〈맨진 전쟁Man-Kzin Wars〉 시리즈 단편소설을 쓰기도 한 **할 콜배치**. 2006년에 첫 단편소설을 발표하고 2010년부터는 J. A. 피츠라는 필명을 사용하며 『검은 칼날의 블루스Black Blade Blues』를 필두로 장편소설 시리즈를 쓴 **존 A. 피츠**. 『산, 움직이다The Movement of Mountain』와 『엑스, 와이X, Y』, 『치유자The Healer』 등의 장편소설과 단편소설집 네 종을 발표해 세계환상문학상, 브램 스토커상, 제임스 팁트리 주니어상 등의 후보에 오른 작가 **마이클 블룸레인**. 세계환상문학상의 평생공로상 수상자이자 《플레이보이》, 《매거진 오브 판타지 앤드 사이언스 픽션》을 비롯한 여러 잡지에 호러와 판타지와 유머가 섞인 독창적인 만화를 연재한 만화가 **가한 윌슨**. 〈스타 트렉〉의 극본가이자 스토리 편집자로 오래 일했으며 〈별들의 전쟁Buck Rogers in the 25th Century〉, 〈바빌론 5Babylon 5〉, 〈우주 전쟁War of the Worlds〉을 비롯한 수많은 드라마에도 참여한 D. C. **폰타나**. 영국에서 캐나다로 이민해 첫 장편 『개척 기지 게헨나Station Gehenna』 이후 『종말에 더 가까이Getting Near the End』, 『실종자들의 거리Boulevard des disparus』 등을 발표한 작가 **앤드루 위너**.

이제 준비운동은 끝났다. 이야기들이 기다리고 있다. 세계뿐 아니라 SF에도 흥미로운 시대인 오늘날, SF계가 눈앞에 닥친 여러 도전에 맞서 힘차게 일어서는 광경이 이제 여러분 눈앞에 펼쳐진다. 나는 다음 걸작선에 실을 단편소설들을 이미 읽기 시작했고 그 이야기들을 여러분과 어서 함께 나누고 싶어 안달이 날 지경이지만, 지금은 그저 바랄 뿐이다. 여러분이 이 책에 실린 이야기를 내가 즐겼던 만큼 즐기기를, 그리고 다음번에도 이 자리에서 다시 만나기를.

2020년 1월

오스트레일리아 서부 퍼스에서

조너선 스트라한

옮긴이 소개

김상훈

SF 평론가이자 번역가. 시공사의 〈그리폰북스〉와 열린책들의 〈경계 소설〉 시리즈, 행복한책읽기의 〈SF 총서〉, 현대문학의 〈필립 K. 딕 걸작선〉과 〈미래의 문학〉 시리즈, 은행나무의 〈조지 R. R. 마틴 걸작선〉 등을 기획하고 번역했다.
주요 번역 작품으로는 테드 창의 『당신 인생의 이야기』, 『숨』, 필립 K. 딕의 『파머 엘드리치의 세 개의 성흔』, 『유빅』, 스타니스와프 렘의 『솔라리스』, 그렉 이건의 『쿼런틴』, 로저 젤라즈니의 『신들의 사회』, 『전도서에 바치는 장미』, 로버트 A. 하인라인의 『스타십 트루퍼스』, 조 홀드먼의 『영원한 전쟁』, 『헤밍웨이 위조사건』, 로버트 홀드스톡의 『미사고의 숲』, 크리스토퍼 프리스트의 『매혹』, 이언 뱅크스의 『말벌공장』, 새뮤얼 딜레이니의 『바벨-17』, 콜린 윌슨의 『정신 기생체』, 카를로스 카스타네다의 『돈 후앙의 가르침』 3부작 등이 있다.

장성주

출판 편집자를 거쳐 번역자 및 기획자로 일하고 있다. 우리말로 옮긴 책에 스티븐 킹의 『별도 없는 한밤에』, 『언더 더 돔』, 〈다크 타워〉 시리즈, 켄 리우의 『종이 동물원』, 『제왕의 위엄』, 『어딘가 상상도 못 할 곳에, 수많은 순록 떼가』, 윌리엄 깁슨의 『모나 리자 오버드라이브』, 레이 브래드버리의 『일러스트레이티드 맨』, 데즈카 오사무의 『아돌프에게 고한다』, 우메즈 가즈오의 『표류 교실』 등이 있다. 2019년 『종이 동물원』으로 제13회 유영번역상을 수상했다.

박중서

출판기획가 및 번역가로 활동 중이다. SF 번역서로는 『시어도어 스터전』, 『폴의 죽음』, 『트리피드의 날』, 『안드로이드는 전기양의 꿈을 꾸는가?』, 『흘러라 내 눈물 경관은 말했다』, 『성스러운 침입』, 『발리스』 등이 있다.

이동현

SF, 판타지, 호러 번역가. 웹진 '거울'의 번역 필자로 활동하면서 루시어스 셰퍼드, 댄 시먼스, 클라이브 바커 등의 중단편을 번역했다. 옮긴 책으로는 『아누비스의 문』, 「바스라그 연대기」 3부작이 있다.

에스에프널 SFnal 2021 Vol. 1

초판 1쇄 펴낸날 2021년 3월 24일
초판 3쇄 펴낸날 2021년 12월 30일

지은이 테드 창·켄 리우·S. L. 황·그렉 이건·캐롤라인 M. 요킴·말카 올더·엘리스 솔라 김·한쏭·엘리자베스 베어·소피아 레이·폰다 리·치넬로 온왈루·반다나 싱·찰리 제인 앤더스·토비아스 S. 버켈·조너선 스트라한
펴낸이 한성봉
편집 하명성·신종우·최창문·이종석·이동현·김학제·신소윤·조연주
콘텐츠제작 안상준
디자인 김현중
마케팅 박신용·오주형·강은혜·박민지
경영지원 국지연·강지선
펴낸곳 허블
등록 2017년 4월 24일 제2017-000050호
주소 서울시 중구 퇴계로30길 15-8 [필동1가 26]
페이스북 www.facebook.com/dongasiabooks
인스타그램 www.instagram.com/dongasiabook
트위터 twitter.com/in_hubble
전자우편 dongasiabook@naver.com
블로그 blog.naver.com/dongasiabook
전화 02) 757-9724, 5
팩스 02) 757-9726

ISBN 979-11-90090-40-7 03840

이 도서의 국립중앙도서관 출판예정도서목록(CIP)은
서지정보유통지원시스템 홈페이지(http://seoji.nl.go.kr)와
국가자료종합목록 구축시스템(http://kolis-net.nl.go.kr)에서
이용하실 수 있습니다.

※ 허블은 동아시아 출판사의 SF 브랜드입니다.

※ 잘못된 책은 구입하신 서점에서 바꿔드립니다.

만든 사람들

책임편집 김학제
교정 김보미
디자인 김현중
본문조판 김경주